ONLY ROOMMATES

Luca + Kian

Bibliografische Information der Deutschen Nationalbibliothek: Die Deutsche Nationalbibliothek verzeichnet diese Publikation in der Deutschen Nationalbibliografie; detaillierte bibliografische Daten sind im Internet über dnb.dnb.de abrufbar.

Verlag: BoD · Books on Demand GmbH, In de Tarpen 42,
22848 Norderstedt
Druck: Libri Plureos GmbH, Friedensallee 273,
22763 Hamburg
ISBN: 978-3-7693-1021-4

lisaf.olsen

Korrektorat: Finja Lundqvist
Sensitivity Reading: Max & Charlotte
Covergestaltung: huhwn / www.huhwn.design
Innenillustrationen: Lisa F. Olsen
Buchsatz: Lisa F. Olsen
www.lisafolsen.de

Inhaltswarnung

Liebe Lesenden,

in diesem Buch sind potenziell triggernde Inhalte zu finden. Folgende Themen werden unter anderem angesprochen/thematisiert:

- Alkoholabhängigkeit
- Alkoholmissbrauch
- Erbrechen
- Beschreibung von Wunden/Verletzungen

Empfohlenes Lesealter: 16+

Dieses Buch enthält explizite Darstellungen von Sex und BDSM-Elementen wie u. a. Choking.

FSC
www.fsc.org
MIX
Papier aus ver-
antwortungsvollen
Quellen
Paper from
responsible sources
FSC® C105338

Für Charlotte und Max,

durch unsere Gespräche durfte ich so viel lernen und

fühlen. Ich bin euch unendlich dankbar für euer

Vertrauen in mich.

Playlist

Kelsea Ballerini, LANY - I Quit Drinking

Taylor Swift - Midnight Rain

mgk, Trippie Redd - struggles

G-Eazy, Halsey - Him & I (with Halsey)

Ruelle - Find You

Hot Milk - I Fell in Love With Someone I Shouldn't Have

Taylor Swift - Don't Blame Me

Sigrid, Bring Me The Horizon - Bad Life

Sum 41 - With Me

Tate McRae - you broke me first

Tom Twers - Perfekt Für Dich

Story Untold - Don't Fall In Love With Me

NESS - Betrunken

Tom Odell - The End

Dermot Kennedy - Something to Someone

Gomey, Xuitcasecity - Partner in Crime

mgk, blackbear - make up sex (feat. blackbear)

Tannstein Tigers

aktive Spieler

Schmitt, Adam (#73): Torwart

Gruber, Malte (#22): (rechter) Flügelstürmer, Kapitän

Fink, Jan (#9): Verteidigung (rechts)

Ulrich, Sebastian (#46): Center, Flügelstürmer

Williams, Isaiah (#8): Verteidigung, Co-Kapitän

Arslan, Kian (#69): (linker) Flügelstürmer

Jenssen, Luca (#7): Sturm

Martinez, Leander (#2): Center, Sturm

Hecker, Jonas (#29): Verteidigung (links)

Anders, Kevin (#32): Verteidigung

ehemalige Spieler

Sanders, Caspar (#16): Verteidigung

Die Tannstein Tigers spielen unter Trainer Thomas in der Landesliga, der 5. von sechs Ligen in Deutschland.

Prolog

Frühling

Kian Arslan

»**B**ekommen wir das ohne Gewalt hin?«, fragt Gruber und schürt das Feuer in meinem Inneren.

»Klar«, lüge ich und schaue zu Luca Jenssen. Wenn er wüsste, wie oft ich mir ausgemalt habe, ihm eine reinzuhauen. Dabei dachte ich letztes Jahr noch, dass wir Freunde sind. Dass ich auf ihn zählen kann.

Jenssen lacht mir falsch ins Gesicht, so als hätte er meine Gedanken gehört. Als würde er sich über mich lustig machen. Als wäre allein die Vorstellung davon, dass wir Freunde waren, total absurd für ihn.

»Was bekommt der Gewinner?«, frage ich und schaue immer noch zu Jenssen, der genau wie Fink, Gruber und ich in Hockey-Montur auf dem Eis steht. Keine Ahnung, wieso unser Kapitän unbedingt die Differenzen zwischen Jenssen und mir hier austragen will, aber mir soll es recht sein. So kann ich Jenssen endlich all die Gemeinheiten der letzten Wochen und Monate heimzahlen.

»Als ob es hier Gewinner geben wird«, antwortet Jan Fink frustriert. Ja, vielleicht ist es nicht fair, dass unsere beiden Mitbewohner darunter leiden, aber ich habe damit nicht angefangen.

»Der Gewinner darf ansagen, wer als Erstes spricht«, schlägt Gruber vor. Interessiert mich nicht. Ich bin nur hier, um Jenssen im Hockey und danach ins Gesicht zu schlagen.

»Genug gequatscht. Drei. Zwei. Eins«, zählt der Grund, warum wir heute hier stehen, an, und dann beginnt das Spiel mit einem Höllentempo.

Fink gewinnt für uns das Face-Off und wir üben direkt Druck in die andere Hälfte aus. Keine Ahnung, ob ich je so aggressiv Hockey gespielt habe, aber es tut verdammt gut, endlich den Frust der letzten Wochen abzubauen.

Jenssen hat den Puck und ich halte mich nicht zurück. Das hier ist kein Training und wir sind keine Freunde. Ich bin viel zu schnell, als ich ihn in die Bande presse. Ihm entfährt ein schmerzerfülltes Stöhnen, das sich wie eine Belohnung anfühlt.

»Wundert mich, dass du mich getroffen hast, heute mal nicht voll?«

Ich hätte wissen müssen, dass Jenssen ein schlechter Verlierer ist. Dass er nichts für sich behalten kann. Dass er mir nicht geglaubt hat. Heiße Wut brennt sich durch meinen Körper.

Ich reiße an seinem Pulli, bis er liegend übers Eis schlittert. Aber das reicht mir nicht. Ist keine Genugtuung für den Hass und die Enttäuschung, die schwer in meinem Magen liegen. Ich stürze ihm hinterher, weil alles in mir nach Erlösung lechzt. Der Punkt, dass ich eine Erklärung für sein Verhalten will, ist überschritten.

Ich erreiche Jenssen, rechne aber nicht damit, dass er mir augenblicklich die Beine unter dem Körper wegschlägt. Ich lande auf dem Rücken und alle Luft weicht aus meinen Lungen. Seine Schläge treffen mich. Und meine Ihn.

Von irgendwo her sind Fink und Gruber zu hören. Ich brülle Jenssen an. Will, dass er seinen Mund hält und aufhört, Lügen zu verbreiten. Ich weiß, was er von mir denkt. Sehe es jeden Tag in seinen missbilligenden Blicken. Das gibt ihm aber noch lange nicht das Recht, Scheiße zu erzählen.

Irgendwer reißt mich von Jenssen, aber ich will nicht. Gebe einen Fick darauf, ob wir mit dieser Aktion noch mehr zerstören, als wir es sowieso schon haben. Gruber geht bald. Jenssen hat schon nach neuen Wohnungen geschaut. Wir gewinnen nicht mehr auf dem Eis. Ich habe nichts mehr zu verlieren.

»Arslan hat ein Drogen- und Alkoholproblem!«, schreit Jenssen.

»Lüge«, brülle ich. Gluthitze breitet sich in meinem Inneren aus. Ich hätte nicht gedacht, dass er wirklich was sagt. Dass er mich so bloßstellt, obwohl ich ihm die letzten Wochen so scheißegal war.

»Ich habe gesehen, wie du eine Line gesnifft hast, und ich habe dich darauf angesprochen. Du hast mir geschworen, dass es einmalig war und du das im Griff hast. Wir haben so oft darüber geredet, dass du dir Hilfe suchen musst. Dass du mit dem Team reden sollst. Oder zumindest mit Gruber. Aber du hast immer wieder gesagt, dass es das letzte Mal war. Ich weiß nicht mal, wann du das letzte Mal nicht high oder voll warst«, kommt es von ihm.

Ich ertrage es nicht, in seine Richtung zu schauen. Wie sollen wir darüber so oft geredet haben, wenn er mich nur ignoriert? Wenn er mir nicht mehr in die Augen schaut? Wenn er mir nicht glaubt?

»Was?«, kommt es von unserem Kapitän und alles in mir zieht sich bei seinem enttäuschten Tonfall zusammen.

»Luca … übertreibt. Ich habe seit November nichts mehr genommen. Und davor auch nicht viel. Zumindest nicht so viel wie zu der Zeit, als ich noch bei meinen Eltern gewohnt habe.« Ich starre auf das Eis unter meinen Handflächen, während Blut in meinen Ohren rauscht.

»Wieso habe ich das nicht mitbekommen?« Finks Stimme hört sich weit entfernt an. Soll ich ihm sagen, dass ich meine Rolle seit meiner Jugend perfektioniert habe? Hatte.

»Ich habe es im Griff, okay? Ich gehe einmal die Woche zu einem Treffen.« Ich schaue zu Gruber, weil ich will, dass wenigstens er mir glaubt.

»Wo soll dieses Treffen stattfinden, Kian?«

Also erzähle ich ihm das, was er hören will, auch wenn er mir nicht glauben wird.

Jenssen schnaubt verächtlich. »Ich kann Arslan nicht vertrauen.«

Ich bin müde. Weiß nicht, ob es sich lohnt zu kämpfen, wenn er schon längst aufgegeben hat. Dann zerbricht eben die WG. Und das Team. »Ich weiß nicht, was ich machen soll, damit du mir glaubst.«

»Ich weiß nicht, ob ich so mit euch zusammenleben kann … Mit all den Lügen und dem Hass«, spricht Fink genau das aus, was ich denke.

Wir reden darüber, auszuziehen. Dass jeder sich was Eigenes sucht. Aber der Gedanke daran, wieder zu meinen Eltern zu ziehen, fühlt sich wie verlieren an. Wie meine persönliche Hölle.

»Ich schwöre dir, Luca, dass ich länger nichts mehr genommen habe, und dass mein Konsum nicht hoch war. Ich ... Du kannst mit zu den Treffen kommen, wenn das hilft. Oder mein Zimmer regelmäßig durchsuchen.« Vielleicht ist es schwach, dass ich aufgebe. Dass es mir doch wichtiger ist, ein Zuhause zu haben, als Jenssen sein Verhalten der letzten Wochen heimzuzahlen. Und wahrscheinlich sollte ich was dazu sagen, als er das Ganze wieder ins Lächerliche zieht und behauptet, ich würde ja nur wollen, dass mein Zimmer aufgeräumt wird. Aber so würden wir keinen Schritt weiterkommen. Dann wären Hockey und die WG auch in Zukunft kein Zufluchtsort. Das würde sich irgendwann auf meine Abstinenz auswirken. Also halte ich den Mund. Warte darauf, dass Jenssen was sagt.

»Wir könnten es versuchen.«

Ich bin mir nicht sicher, ob er mir wirklich noch eine Chance gibt. Oder ich ihm. Aber wahrscheinlich muss ich einfach darauf vertrauen. Daran glauben, dass wir das irgendwie wieder hinbekommen.

Teil 1
Sommer

1

Luca Jenssen

Es ist nicht so, als hätte ich an einem Freitagabend was Besseres zu tun.

Trotzdem stehe ich mitten in der Altstadt neben dem gotischen Kirchengebäude und warte darauf, dass sich Arslan endlich blicken lässt.

Ich starre auf mein Smartphone, in der Hoffnung, eine Nachricht von ihm zu bekommen. Ich erwarte von meinem Mitbewohner nicht, dass er pünktlich ist, wenn wir uns verabreden. Aber ich begleite ihn schon seit Anfang des Jahres jede Woche und nie war er mehr als fünf Minuten zu spät.

Wir haben halb acht und ich wurde schon zweimal für einen Obdachlosen gehalten. Keine Ahnung, ob es an den Haaren liegt, die bei der Hitze in verwahrlosten Locken an meinem Kopf kleben. Oder es ist die ripped Jeans. Vielleicht hätte ich mich auch gegen das weite, weiße Tanktop entscheiden sollen, das die Tattoos kaum bedeckt.

Nichtsdestotrotz bin ich jetzt um fünf Euro reicher, von denen ich mir gleich auf dem Heimweg einen Matcha-Latte kaufen kann. Wenigstens etwas.

Ich klicke auf Arslans Nummer, aber wie die anderen zwanzig Mal geht nur die Mailbox an. *Scheiß drauf.*

Ich stecke es zurück in meine Tasche und mache mich auf den Heimweg.

Es ist Freitagabend, ich könnte Collin und den anderen schreiben. Ausgehen. Leute treffen. Aber ich habe mich schon viel zu lang nicht mehr gemeldet. Seit die ganze Sache mit Arslan angefangen hat. Und ich weiß nicht mal, wann das war. Wann alles aus den Fugen geraten ist.

Selbst das habe ich nicht gecheckt. Habe mich gefragt, was für ein Problem er hat, als er mit Lara gevögelt hat, kurz nachdem ich was mit ihr hatte. Nicht, dass ich mich gern daran zurückerinnere. Ich glaube, für uns beide war das kein cooles Ereignis. Vielleicht ist sie deswegen zu Arslan. Keine Ahnung.

Ich habe auch keinen Plan, wo er heute Abend ist. Warum er mich warten gelassen hat, ohne mir zu schreiben.

Abgesehen davon, dass wir uns jede Woche an dieser Kirche treffen, haben wir kaum was miteinander zu tun. Dabei sind wir Mitbewohner. Und spielen in einem Team. Doch Letzteres hat durch die Sommerpause sowieso an Bedeutung verloren.

Ich habe also keinen blassen Schimmer, was Kian Arslan gerade treibt, aber ich hoffe inständig, dass er auf Drogen jeglicher Art verzichtet.

Ich steige an unserer Haltestelle aus, immer noch mit den Kopfhörern auf den Ohren. Irgendwann habe ich mich an den Soundtrack zu meinem Leben gewöhnt. An das Noise-Cancelling, das mich schon vor den einen oder anderen Reizen bewahrt hat.

Ich schließe die Haustür auf und gehe die Stufen nach oben. Jeder Schritt passend zu Hot Milks *I Fell in Love With Someone I Shouldn't Have*. Als wäre mir das schon mal passiert. Mich in jemanden zu verlieben. Dafür müsste ich erst mal bereit sein, jemanden so nah an mich heranzulassen. Aber das ist eine andere Geschichte.

Ich atme tief ein, stoße die Wohnungstür auf und trenne mich von meinen Kopfhörern. Immer ein seltsamer Moment, wenn die Welt plötzlich wieder zu hören ist.

Ich komme nicht weit, weil ich beinahe mit Jan Fink zusammenstoße.

»Schon zurück?«, frage er und schaut an mir vorbei zur geschlossenen Tür.

»Arslan ist nicht gekommen«, erwidere ich und mustere ihn kurz.

Irgendwas ist anders. Finks Arme sind an seine Seiten gepresst. Er hat ein weißes, weites Shirt an, dessen Aufdruck nur schwach lesbar ist. Seine Wangen sind gerötet und er trägt keine Kappe. Es ist eines der wenigen Male, dass ich seine kurzgeschorenen dunkelblonden Haare außerhalb der Kabine sehe.

»Alles gut?«, frage ich und betrachte noch einmal das Oberteil, das er auf links trägt.

Er öffnet die Lippen, doch bevor er etwas rausbringt, betritt noch jemand den Raum.

Ich hebe den Kopf. Lange blonde Haare und ein süßes Gesicht, das ihren Charakter perfekt verbirgt.

»Wow.«

Ihrem Lächeln nach zu urteilen, versteht sie die vor Sarkasmus triefende Aussage nicht. Es war kein anerkennender Ausruf.

Wäre es nicht Fink, mit dem sie gerade offensichtlich nicht Monopoly in unserer Küche gespielt hat, würde ich sie zur Rede stellen. Dafür fehlt mir aber die Energie. Und bringen würde es sowieso nichts.

»Okay, Shit, ich verspreche dir, dass wir angezogen in der Küche waren.« Ich weiß nicht, ob es an Finks Aufregung liegt, weil er selten Frauenbesuch mit nach Hause bringt, dass er so was sagt. Mich kümmert der Raum, in dem es stattgefunden hat, am wenigsten.

Seine Augen sind weit aufgerissen und ich kann genau die Schuld in dem Grünton erkennen.

»Sie … Arslan und ich …« Ich weiß nicht, wie ich den Satz zu Ende bringen soll, ohne dass Lara mich gleich vor Fink bloßstellt. Ihm erzählt, was für ein Desaster unser »One-Night-Stand« war.

Leider habe ich zu spät erkannt, dass sie zu den Frauen gehört, die anderen alle unschönen Details erzählen, damit sie am Ende besser dastehen.

Zum Glück brauche ich nicht mehr zu sagen. Fink sieht mich an und Verständnis spiegelt sich in seinem Ausdruck wider.

»Du und ich«, kommt es von Lara. Ihr darauffolgendes Lachen ist alles, aber garantiert nicht entzückend.

Und ich weiß nicht, ob es ihre Stimme oder die Gesamtsituation ist. Oder ob es daran liegt, dass ich die letzten Tage das Training und Essen wieder schleifen gelassen habe. Plötzlich dreht sich meine gesamte Welt, so heftig, dass ich mich an die Eingangstür lehnen muss.

Ich schließe die Augen. Helle, blinkende Kreise zucken vor meinen geschlossenen Lidern.

Ich konzentriere mich auf meine Atmung. Nicht auf die Stimmen. Auf meinen Namen, der viel zu oft fällt.

Ich muss hier weg.

Spätestens als das Kribbeln in meinen Fingerspitzen beginnt, schiebe ich mich an der Wand entlang zu meinem Zimmer.

»Luca?« Finks Stimme bringt die grellen Kreise dazu, sich schneller zu drehen.

Ich taste blind nach der Klinke, habe aber keine Ahnung, wo ich bin, weil ich in der Regel nicht in der WG bin, wenn es anfängt.

Die lauten Stimmen und die Helligkeit hinter meinen Lidern wirken wie Katalysatoren, von denen ich nicht wusste, dass sie sich so auswirken. Normalerweise startet es in den Fingern und ich rufe sofort bei meiner Schwester an. Keine Ahnung, warum heute alles schneller läuft als sonst.

Mit einem Schlag beißt sich Übelkeit durch meinen Körper. Jeder Schritt wird unsicherer, weil ich darum kämpfe, mich nicht hier im Flur übergeben zu müssen. In mein Zimmer zu kommen. Aus dem Hellen zu fliehen. Dabei ist mir das Taubheitsgefühl in den Fingern keine Hilfe dabei, den Weg zu finden.

Ein lauter Knall hallt durch den Raum. Wirkt wie ein Schlag in meine Magengrube. Wie ein Tritt in meinen Rücken.

Ich falle und erbreche alles, was ich zu mir genommen habe. Ohne dass es was ändert. Ohne dass das Gespür in meiner rechten Hälfte zurückkommt. Ich öffne die Augen nur kurz. Sehe die hellgrünen Spritzer und übergebe mich noch mal.

Das Gefühl von Sicherheit, das meine Schwester mir gibt, ist nicht da. Sorgt dafür, dass sich mein Körper immer heftiger zusammenzieht.

Fuck. Fuck. Fuck.

»Luca.«

Jemand berührt mich und ich zucke zurück, nur um im selben Augenblick noch mehr Matcha-Latte zu verteilen.

Kaya weiß, dass Anfassen mich triggert. Dass es nicht besser wird auf dem Boden. Und dass die Helligkeit mich töten wird.

»Kaya.« Ich muss zu ihr.

»Luca, wer ist das?«

Finks Panik befeuert meine. Und es dauert nur Sekunden, bis sich der drückende Kopfschmerz von meiner rechten Schläfe über die gesamte Gesichtshälfte ausbreitet.

»Schwester.« Jeder Atemzug fühlt sich wie hunderte Nadelstiche in meinem Kopf an. In meinem Hals. In meinem gesamten Körper.

Ich habe schon zu oft versucht, die Luft anzuhalten. Bis es aufhört. Dadurch wird es nur schlimmer.

»Ich ruf den Krankenwagen.«

»Nein. Handy.« Jedes Wort schmerzt. Jedes Wort kostet mich so viel Kraft, dass ich hoffe, bewusstlos zu werden. Aber ich bin immer noch da. Spüre seine Hände an meiner Hose und übergebe mich noch mal. Hoffentlich trifft ihn nichts.

Fuck, warum ist es heute so schnell passiert? Warum hier?

Einatmen. Ausatmen.

Aber es hilft nichts, die Abwärtsspirale hat schon begonnen. Ich fühle kaum noch was außer Schmerz. Außer der Übelkeit. Sehe wieder die hellen Blitze, die alles schlimmer machen. Wenigstens höre ich nichts mehr.

Als ich das nächste Mal meine Umgebung wahrnehme, ist es dunkel. Meine Augen sind geschlossen. Ich rieche nichts. Schmecke nur die Überreste der Übelkeit. Und Minze. Keine Ahnung, woher das kommt. Alles um mich herum ist weich. Glaube ich. Mein Kopf pocht. Drückt. Schmerzt. Aber es ist nicht so schlimm wie eben.

Ich habe keinen Plan, warum der Scheiß so plötzlich kam und nicht einfach genauso schnell wieder geht.

2

Luca Jenssen

Irgendwann schaffe ich es, die Augen zu öffnen, ohne dass ich das Gefühl habe, jemand sticht mir ein Messer in den Schädel. Langsam kann ich unter der rechten Hand meine Bettwäsche ertasten. Nicht die kratzige Couchdecke wie sonst. *Ich bin zuhause.* Zum ersten Mal, seit ich diese Kopfschmerzen bekommen habe.

Ich traue mich nicht, nach meinem Smartphone zu greifen, weil ich den Dämon nicht unnötig triggern will.

Warum kann ich mich nicht tagelang von Tiefkühlkost ernähren und das Training skippen, ohne dafür direkt die Konsequenzen zu bekommen? Ich glaube, das ist nicht das, was Gesundheitsexperten meinen, wenn sie sagen, dass einem durch schlechte Ernährung wertvolle Lebenszeit verloren geht. Sie meinen garantiert nicht, dass man direkt danach tagelang ausfällt.

Ich habe keine Ahnung, wie viel ich dieses Mal verpasst habe. Aber der Drang, auf Klo zu gehen, ist größer, als herauszufinden, wie viel Zeit ich verloren habe.

Ich drehe mich zur Seite. Die Welt kippt mit. Doch bevor ich meine Lider schließen kann, sehe ich den dunkelgrauen Eimer neben meinem Bett.

Es ist nicht das erste Mal, aber ich fühle mich jedes verdammte Mal wie ein scheiß Loser. Aber was soll ich machen? Ich kann nicht aufstehen. Und besser in den Eimer als ins Bett.

Ich lehre meine Blase ehrenlos auf der Seite liegend und hasse jede Sekunde davon.

Danach greife ich nach dem Glas Wasser, das auf meinem Nachttisch steht. Auf dem Weg zu meinem Mund verschütte ich so viel, dass es aussieht, als hätte ich doch ins Bett gemacht. Cool. Ich bin definitiv nicht besser als sie.

Nachdem ich das Glas abgestellt habe, falle ich zurück auf die Matratze. Mein Brustkorb hebt und senkt sich so schnell, dass ich nicht wegschauen kann. Dass ich nicht weiß, ob sich mein rasendes Herz bald aus seiner geschützten knochigen Behausung löst. Wenn ich irgendwann draufgehe, dann auf jeden Fall wegen der Scheiße.

Vielleicht ist das taktlos und verdammt asozial, aber manchmal wünschte ich, ich könnte mit Arslan tauschen. Einfach einmal die Woche in der Kirche abhängen und versuchen, nicht zu trinken oder irgendwas zu nehmen. Dafür nicht mehrfach im Monat diesen Scheiß durchzumachen.

Arslan hat es ja nicht mal geschafft, aufzutauchen. Gestern?

Vorgestern?

Ich drehe mich zur Seite und schließe die Augen. Versuche, mich nicht wieder überwältigen zu lassen von der dumpfen Hölle, die meine rechte Gesichtshälfte gerade in ihrer Gewalt hat.

Es ist mies, Arslan die Schuld für all das hier zu geben. Und nicht richtig. Ich habe morgens schon gemerkt, dass mein Nacken steifer war als sonst. Aber ich habe mir eingeredet, dass es nur daran lag, dass ich falsch gelegen hatte. Nur weil ich ein verdammtes Mal normal sein wollte.

Als ich das nächste Mal wach werde, ist es heller im Raum. Nicht unangenehm. Das ist doch schon mal positiv. Ich schließe die Augen und öffne sie erneut, nur um zu testen, ob ich wirklich nicht mehr schlafe. Es wäre nicht das erste Mal, dass sie mich täuscht und dann doch hinter der nächsten Bewegung lauert. Auch das teste ich. Drehe mich ganz vorsichtig. Die Welt dreht sich nicht mit.

Ich greife nach dem vollen Glas Wasser auf meinem Nachttisch. Schon beim ersten Tropfen merke ich, wie ausgetrocknet mein Mund ist. Trotzdem trinke ich langsam. Die Übelkeit kommt nicht zurück.

Mit den Fingern fahre ich über den Stoff der Bettdecke. Fühlt sich echt an. Fühlt sich *wach* an.

Ich rutsche ein Stück höher im Bett. Übelkeit und Kopfschmerzen bleiben aus.

»Du bist wach.«

Ich zucke zusammen. So doll, dass ich das schwammige Gefühl in meinem Kopf doch spüre. Den einzigen körperlichen Nachweis darüber, dass es die letzten Stunden oder Tage überhaupt gab.

Als ich die Augen beim nächsten Mal aufschlage, ist es nicht meine Schwester. Die einzige Person, die von diesem Scheiß weiß. Den einzigen Menschen, den ich damit belasten will.

»Ich wollte dich nicht erschrecken«, flüstert Jan Fink.

»Fuck.« Ich wollte nie, dass jemand aus der WG was mitbekommt. Vor ein paar Monaten, als die Situation mit Arslan und mir immer unerträglicher wurde, bin ich sogar zeitweise zu meiner Schwester gezogen. Um den Kopfschmerzen zu entkommen. Und Gruber, der mit seiner ganzen Fragerei irgendwann bestimmt darauf gekommen wäre.

»Brauchst du was? Soll ich Kaya noch mal anrufen?«

Ich ertrage die Sorge in seiner leisen Stimme nicht. Deswegen habe ich ihnen nichts davon erzählt.

»Nur mein Handy. Danke.« Ich schaffe es nicht, Fink in die Augen zu sehen. Stattdessen mustere ich das Oberteil, das ich schon ewig nicht mehr anhatte. Es ist dunkelblau und fühlt sich weich an.

»Ich … Deine Schwester hat gesagt, dass der Bildschirm deine Schmerzen triggern kann, deswegen habe ich es in die Küche gelegt.«

»Wo ist Kaya?« Ich frage nicht danach, wie oft Fink mich umgezogen hat. Oder welchen Tag wir haben. Wie viel ich verpasst habe. Oder wie peinlich die ganze Aktion war.

»Ich habe sie zur Arbeit geschickt und versprochen, dass ich für dich da bin.«

»Shit. Welchen Tag haben wir?«

»Montag.«

Freitag ist Arslan nicht aufgetaucht. Zwei Tage bin ich komplett ausgefallen. Nicht das erste Mal. Es fühlt sich trotzdem scheiße an.

»Nicht schlimm, Luca.« Wenn Fink Vornamen verwendet, ist es ernst.

»Ich weiß«, sage ich. Wahrscheinlich zu unfreundlich, aber was soll ich antworten?

»Willst du allein sein?«

Ich kann ihn jetzt nicht rausschmeißen, oder? Schließlich musste er sich die ganze Zeit mit mir rumschlagen.

»Schon okay.« Ich greife nach dem Glas, das noch bis zur Hälfte mit Wasser gefüllt ist. Einfach, um ihn nicht ansehen zu müssen. Eine klare Null auf der Freundesskala.

»Du musst was essen«, kommt es von Fink, der schon auf dem Weg aus dem Raum ist, als seine Aussage endlich auch in meinem Hirn ankommt.

»Ich … kann ich vielleicht selbst in die Küche?« Meine Stimme klingt fremd. Unsicher. Aber sie bringt Fink dazu, mitten in der Bewegung innezuhalten.

»Ja, natürlich. Ich helfe dir?«

Ich hasse es, so schwach zu sein.

Zumindest schaffe ich es Minuten später eigenständig an die Bettkante. Das ist doch schon mal was.

»Tut mir leid«, murmele ich, als Fink mich am Arm stützt. Wahrscheinlich kommt die Entschuldigung viel zu spät, aber besser als gar nicht. Oder?

»Du musst dich nicht dafür entschuldigen, dass du krank bist.« Vielleicht hat er recht. Aber mein mieses Verhalten ihm gegenüber hat nichts mit der Krankheit zu tun.

Ich spüre den Nachhall jeden Schrittes. So als würde mein Hirn müde und schwammig gegen die Innenseite meines Kopfes stoßen. Wieder und wieder.

Aber zumindest kann ich gehen und sehen. Und vielleicht wird es besser, wenn ich mal was gegessen habe. Lügen und Illusionen, die ich mir seit Jahren erzähle und die dann doch nie eintreten. Es wird nicht besser. Niemals.

»Luca?« Finks Stimme ist zu nah. Zu laut. Oder einfach ungewohnt, weil es nicht Kaya ist.

»Ja?« Mein Hirn ist noch nicht in der Lage, zuzuhören und gleichzeitig zu denken.

»Möchtest du erst zur Toilette?« Hat Fink den Eimer geleert? Oder Kaya? Von wann ist die Erinnerung? Von gestern? Von heute? Von vorgestern?

»Ja.« Mein Wortschatz scheint auch noch nicht wiedergekehrt zu sein.

Ich schaffe es, allein zu pinkeln. Darüber scheint Fink überraschter zu sein als ich. Wenn er wüsste, wie oft ich das alles schon gemacht habe. Aber woher soll er das wissen, wenn ich ihm und den anderen nichts erzählt habe?

»Soll ich dir gebratene Nudeln machen?« Er hat zu viel mit Kaya telefoniert.

»Ich kann das auch selbst.« *Hallo, Arschloch.*

Fink zuckt beinahe unmerklich zurück, so als hätte ich ihn geschlagen. Dabei bin ich der, der mal eine Ohrfeige für sein Verhalten kassieren sollte.

»Das macht mir nichts aus, Luca.«

Jetzt zucke ich zusammen.

»Okay.« *Danke.*

Leicht schwankend, aber ohne mich an ihm festzuhalten, tapse ich in die Küche.

Dabei stoße ich beim Betreten des Raums beinahe mit einem Arm die Topfpflanze vom Regal neben der Tür, weil ich mich bemühe, so viel Abstand wie möglich zwischen Fink und mich zu bekommen.

Er sagt dazu nichts. Ich auch nicht.

Mein Blick gleitet durch den Raum, ohne bei meinem Mitbewohner hängen zu bleiben. Jede kleinste Fläche ist genutzt für Arslans Pflanzenparadies. Seit Malte Gruber nach Neuseeland gereist ist, hat Arslan angefangen, alles zuzustellen. Keine Ahnung, ob das eine Art Kompensation ist oder ob Arslan plötzlich seinen grünen Daumen entdeckt hat. Ich könnte ihn einfach fragen und es herausfinden, aber wir reden ja nicht miteinander. Also nicht wirklich. Viel wichtiger wäre es, mit Fink und Arslan darüber zu sprechen, was wir mit Grubers Zimmer machen und wann wir endlich einen Nachfolger suchen. Aber auch dazu sagt keiner was. Ich auch nicht. Ich habe mir einfach einen zweiten Job gesucht, um die Miete zahlen zu können. Im Fitnessstudio konnte ich meine Stunden nicht erhöhen, also habe ich angefangen, Regale im Supermarkt aufzufüllen. Allerdings habe ich da Samstag auch eine Schicht verpasst.

»Käse über die Nudeln?«

Die Bauchschmerzen, die nur Sekunden später kicken, liegen garantiert nicht daran, dass ich mich die letzten Tage übergeben habe. Vielleicht doch. Aber vor allem an meinem schlechten Gewissen Fink gegenüber.

»Ja. Danke.« Ich starre weiterhin die Efeutute an, die vom Küchenschrank hinunterrankt und auf mich den Eindruck macht, als bräuchte sie dringend Wasser.

»Wo ist eigentlich Arslan?«, spreche ich das aus, was mir seit Minuten im Kopf herumschwirrt.

»Keine Ahnung.« Fink steht mit dem Rücken zu mir vorm Herd. Er sieht aus wie immer. Kappe, Tigers-Shirt, graue Shorts. Aber wenn mir sein besorgt-angespannter Gesichtsausdruck nicht schon aufgefallen wäre, dann hätte ich spätestens jetzt an seiner Körperhaltung gemerkt, dass etwas anders ist. Fink und ich spielen zusammen Eishockey. Wir gehen einmal die Woche zum Yoga. Wenn nicht wie gerade Semesterferien sind.

Ich sehe, wie angespannt seine Schultern sind. Und ich bin dafür verantwortlich.

»Es tut mir leid, dass du dich das ganze Wochenende mit mir rumschlagen musstest.« Wahrscheinlich hätte ich darauf warten können, dass er sich umdreht. Aber das ist doch schon mal ein Anfang.

Fink sagt nichts. Keine Ahnung, wieso. Seine Schultern bleiben angespannt, während er mir mein Essen macht.

Minuten später, die sich anfühlen wie Stunden, sitze ich mit einem Teller fettiger Nudeln an unserem Küchentisch. Mir gegenüber Fink. Erst jetzt erkenne ich unter seinem aufmerksamen Blick die Müdigkeit.

»Ich —«

»Wehe, du entschuldigst dich nochmal«, unterbricht er mich und ich schließe sofort meinen Mund. »Es kotzt mich an, dass wir nicht miteinander reden. Ich dachte, es hätte sich was verändert, als Malte uns aufs Eis gezwungen hat. Nichts. Ich wäre besser auf das Wochenende vorbereitet gewesen, wenn du mit einer Silbe mal erwähnt hättest, wie schlecht es dir geht. Ich … hätte doch niemals was mit Lara angefangen, wenn ich gewusst hätte, dass du mit ihr was gehabt hast. Vielleicht wärst du nicht so lange außer Gefecht gewesen, wenn ich früher reagiert hätte.«

Das Ziehen in meinem Magen ist mit so viel Härte zurück, dass ich die Gabel beiseitelegen muss.

»Ich rede nicht gerne darüber.« Mein Blick liegt auf den kreisrunden Rändern auf der hölzernen Tischplatte. Rückstände von Bierflaschen und Shotgläsern. Erinnerungen an erste gemeinsame Abende, Freundschaft und Siegesfeiern. An Zeiten, in denen Fink, Gruber und Arslan meine besten Freunde waren. In denen wir beinahe wie eine Familie waren. Damals schon habe ich ihnen nichts davon erzählt. Bin schon bei den ersten Anzeichen zu meiner Schwester und erst zurück, als sich alles wieder normal angefühlt hat.

»Warst du mal beim Arzt?«

»Ja.« Aber dadurch, dass ich erst hingehen konnte, als es mir wieder besser ging, hat er nichts gefunden. Nicht, dass ich das Gefühl hatte, er hat wirklich danach gesucht.

»Hat er dir nicht helfen können?«

»Er hat mir stärkere Schmerzmittel verschrieben.« So eins, das mich total ausschaltet, wenn ich es nur ein paar Minuten zu spät einnehme. Eins, das mit mehr Nebenwirkungen kommt, als meine Kopfschmerzen mir Symptome bringen.

»Oh.« Was soll Fink auch mehr sagen?

Ich nehme eine Gabel Nudeln und kaue so lange, bis die Gefahr, mich daran zu verschlucken, minimal ist. Wäre nicht das erste Mal, dass mein Kopf noch nicht hundertprozentig funktioniert nach der Kopfschmerzattacke. Und ich kann darauf verzichten, das selbstgekochte Essen direkt wieder auszukotzen.

»Hast du mal bei Arslan angerufen?«

Kauen. Schlucken. Atmen. Antworten. »Hab versucht, ihn Freitag zu erreichen. Er ist nicht dran gegangen.«

»Komisch«, erwidert Fink und stützt seinen Kopf auf den Händen ab.

»Mhm«, entgegne ich zustimmend. Keiner von uns sagt was dazu, dass dieses Verhalten seltsam für den neuen Arslan ist. Allerdings nicht für den alten. Den Kian Arslan, der gelogen hat wegen seiner Abhängigkeit.

Es dauert länger als sonst, bis ich fertig bin mit dem Essen. Fink leistet mir die gesamte Zeit über Gesellschaft, ohne dass wir miteinander reden. Zwischendurch sind seine Augen immer wieder länger geschlossen. Und mein schlechtes Gewissen wird übermächtig.

»Danke, Jan«, sage ich, als wir die Küche verlassen.

»Ich würde das immer wieder tun, Luca. Es wäre nur schön gewesen, wenn du vorher was gesagt hättest.«

Eine Ohrfeige hätte sich weniger schmerzhaft angefühlt.

Ich schaue Fink nach, bis er in seinem Zimmer verschwindet, bevor ich in meins gehe und meiner Schwester schreibe.

3

Luca Jenssen

Als ich am Samstag die Haustür aufschließe, empfängt mich eine Lautstärke, die ich eigentlich abends und nicht mittags erwarte. Aber wahrscheinlich habe ich das verdient. Schließlich bin ich Montag direkt zu meiner Schwester gefahren. Natürlich, nachdem ich Fink Bescheid gesagt habe. Vielleicht, um Abstand von dem Zimmer zu bekommen, in dem Fink sich um die Eimer mit diversen Ausscheidungen gekümmert hat. Vielleicht, um nicht jeden Tag im Pflanzendschungel oder im Badezimmer mit allen möglichen Drogerieprodukten daran erinnert zu werden, dass Arslan sich immer noch nicht gemeldet hat. Nicht bei mir. Und nicht bei Fink. Keiner von uns beiden traut sich, Gruber anzuschreiben und in seinem Auslandsaufenthalt wegen so etwas zu nerven. Wir bekommen das schon irgendwie hin. Dass Hinbekommen auch bedeutet hätte, dass ich besser gestern Abend noch mal zur Kirche gegangen wäre, ignoriere ich.

Leider wird der Lärm im Hausflur auch nach der zweiten Etage nicht weniger. Bleibt nur unsere oder die darüber. Unsere Wohnung kann es nicht sein, denn das würde bedeuten, dass es ein Hockey-Treffen gab, und davon hätte ich gewusst. Ich habe nämlich nicht wie sonst, wenn ich bei Kaya bin, mein Handy ausgemacht. Warum? Vielleicht, weil ich darauf gehofft habe, dass Fink schreibt, wenn Arslan nach Hause kommt. Oder er sich selbst meldet.

Wie sehr ich mich in meiner Annahme täusche, merke ich erst, als ich unsere Wohnungstür aufschließe und mir der Lärm von vielen lauten unterschiedlichen Stimmen entgegenschlägt.

Ich habe nicht mal die Schwelle übertreten und werde schon, in meiner eigenen WG, von mehreren fremden Menschen angestarrt.

Ich mache einen Schritt zurück, um unser Klingelschild anzuschauen. Arslan, Fink, Gruber und Jenssen. Unsere Wohnung.

»Kian, dein Mitbewohner ist zuhause«, schreit eine Frau mit dunklen Haaren. Sie mustert mich von Kopf bis Fuß, bevor sie aus meinem Sichtfeld verschwindet, ohne etwas zu mir zu sagen.

Zwei kleine Mädchen, die möglicherweise zwischen vier und zwölf Jahren sein könnten, starren mich mit geöffneten Mündern an.

»Mach langsam.«

»Bleib sitzen.«

»Wir wären besser zuhause geblieben.«

»Ayla, hilf deinem Bruder mal.«

Die Stimmen aus der Küche überschlagen sich, während die beiden Kinder mich weiterhin mit ihren Blicken fixieren. Gruselig.

Was ich nicht erwarte, ist, dass Arslan wenig später im Flur steht.

»Ah, du bist es«, sagt er.

Wenn die beiden Mädchen nicht wenige Meter entfernt stehen würden, hätte ich ihm auf seine Aussage hin wahrscheinlich den Mittelfinger gezeigt.

»Was zur Hölle …«, erwidere ich und würde am liebsten der Hitze, die in meinem Körper lodert, nachgeben, um ihm mal an den Kopf zu werfen, wie asozial er sich verhält. Doch bevor ich meine Lippen öffnen kann, gleitet mein Blick an ihm hinab.

Er geht mit Krücken.

Sein rechtes Bein ist eingewickelt und wirkt an verschiedenen Stellen deutlich dicker im Vergleich zum linken.

Meine Aufmerksamkeit landet wieder bei seinem Gesicht. Entweder liegt es an dem Lärm unserer Umgebung oder der Wut in meinem Inneren, dass ich die blauen Augen und Schrammen nicht direkt gesehen habe.

»Was ist passiert?«, frage ich.

»Kian, du kannst nicht hierbleiben.« Hinter Arslan taucht eine Frau auf, die mir vage bekannt vorkommt.

»Ich bleib hier«, kommt es von ihm, ohne dass er sich zu ihr dreht. Sein Blick bleibt auf mich geheftet.

»Ich glaube nicht, dass dein Mitbewohner sich um dich kümmern kann.« Ihr türkischer Akzent ist so stark, dass ich mich wundere, warum sie auf Deutsch geredet hat. Vielleicht, damit ich genau weiß, wie wenig sie von mir hält.

Mein Blick gleitet wieder zu dem Bein, das unter dem Verband unnatürlich geformt ist.

»Ich glaube auch nicht …«, beginne ich, stoppe aber, als ich Arslans flehenden Ausdruck einfange.

»Hilf mir bitte«, formt er mit seinen Lippen.

»Wie heißen Sie, junger Mann?« Seine Mutter steht direkt vor mir und wirkt trotz ihrer Körpergröße beängstigender als die meisten Hockeyspieler. Unter dem dunkelgemusterten Kopftuch stecken bestimmt ähnlich schwarze Haare wie die von Arslan.

»Jenssen. Luca Jenssen.«

Auch wenn das kaum möglich ist, ziehen sich ihre Augenbrauen noch ein Stück zusammen und ihre Miene verfinstert sich. »Kian, wir gehen wieder nach Hause.« In ihrer Aussage liegt so eine Endgültigkeit, dass das Gemurmel aus den anderen Räumen für einen Moment verstummt.

»Ich helfe ihm dieses Mal nicht mit den Treppen«, kommt es laut aus der Küche.

»Ich bleibe und ihr geht.« Arslans Stimme wirkt sicherer als der Blick, den er immer wieder nervös durch den Raum gleiten lässt.

»Können wir dann endlich ein Eis?«, kommt es von einem der gruseligen Mädchen in der Flurecke.

»Kein Eis. Keine Diskussion, du begleitest uns nach Hause.«

»Nein.« Ich weiß nicht, wie es Arslan schafft, bei dieser Frau standhaft zu bleiben. Meine Wut, die beim Anblick meines Teamkollegen hochgekocht ist, wurde mittlerweile von der Angst abgelöst, seine Mutter zu verärgern. Dabei sind Mütter nicht mal mein Ding, weil sie eine einzige Enttäuschung sind.

»Du willst mir also erzählen, dass dieser Jenssen deinen Verbandswechsel macht und das Metall sauber hält?«, fragt sie und dreht sich in meine Richtung. »Können Sie das?« Ihr Blick gleitet streng und abschätzig über das ausgeleierte Shirt, das mittlerweile wahrscheinlich mehr nach Angstschweiß als nach meinem Parfüm riecht.

Ich schaue über sie hinweg zu meinem Mitbewohner. »Bitte«, formen seine Lippen.

»Ich … bin Krankenpfleger.« Und komme so was von in die Hölle.

Die Augenbrauen von Arslans Mutter wandern bis zu ihrem dunklen Haaransatz und es ist das erste Mal, dass in ihrem Ausdruck mehr als Strenge und Verachtung liegen.

»Warum hast du das nicht gesagt, Kian?«

»Ich wusste nicht, dass dich die Lebensgeschichte meiner Mitbewohner interessiert«, erwidert er, ohne meinen Blick loszulassen.

Altbekannte Wut lauert in meinem Körper und ich weiß nicht, ob es an ihrem bevormundenden Verhalten liegt oder daran, dass Arslan mich überhaupt in diese Lage gebracht hat. Aber was viel schlimmer ist als die Wut, die sich langsam ausbreitet, ist das Gefühl dahinter. Die Schwere in meinem Magen. Das Ziehen in meiner Brust. Das Kribbeln in meinen Fingern.

»Wie redest du mit deiner Mutter?« Ihre Stimme fühlt sich an wie ein Schnitt durch mein Gehirn. Die letzten Kopfschmerzen oder der letzte *Anfall*, wie Kaya es immer nennt, ist nicht mal eine Woche her.

Also mach ich das, was ich schon beim Betreten unserer Wohnung hätte machen sollen. Ich gehe. Schiebe mich einfach an allen vorbei in mein Zimmer. Ich drehe den Schlüssel um, stelle meinen Rucksack auf dem Schreibtisch ab und krame nach meinen Kopfhörern. Schon wenige Sekunden nach dem Aufsetzen spüre ich, wie das Druckgefühl in meinem Kopf abnimmt.

Ich schließe die Rollläden und ziehe das Verdunklungsrollo, das ich nach dem Einzug nachgerüstet habe, nach unten. Dann lege ich mich auf mein Bett.

In der letzten Woche habe ich bewiesen, dass ich ein miserabler und undankbarer Freund bin. Ich bin mir nicht sicher, ob ich das mit der Aktion noch mal verdeutlicht oder widerlegt habe. Wobei der Begriff *Freund* bei mir und Arslan etwas zu hochgegriffen ist.

4

Kian Arslan

Ich bin kurz davor, all meine Vorsätze über Board zu schmeißen, als sich endlich die Tür schließt und ich ihre Stimmen nur noch gedämpft höre. Bei der Vorstellung davon, die Erlebnisse der letzten Woche einfach mit Alkohol runterzuspülen, zieht sich in mir alles zusammen. Und nicht auf die schlechte Art.

Aber als ich den nächsten Schritt mache und Schmerz meinen Körper durchfährt, weiß ich wieder, warum das eine beschissene Idee ist. Und warum ich mich dafür entschieden habe, zurück in die WG zu kommen. Auch wenn ich weiß, dass ich nicht allein mit meinem Bein und dem Fixateur klarkomme. Denn hey, warum sollte ich mir meine Knochen einmal brechen, wenn ich sie auch mehrfach auf komplizierte Weise zerstören kann?

Zum Glück ist die Gehirnerschütterung besser. Ich wüsste nicht, wie ich mich selbstständig auf Krücken bewegen sollte, wenn ich mich bei jedem Schritt übergeben müsste.

Die nervigste Folge des Unfalls, mal abgesehen vom Offensichtlichen? Mein Smartphone hat einen ähnlichen Bruch hingelegt, sodass es nicht mehr funktioniert. Und dadurch, dass ich meine Kellner-Karriere auch an den Nagel hängen kann, weil es nur ein Minijob ist und ich über Monate ausfalle, kann ich mir auch kein neues Handy kaufen. Mein Ausbildungsgehalt brauche ich für die Miete.

Coole Situation. Und das alles nur wegen eines Blowjobs, an dessen Ende ich mich nicht mal erinnern kann.

Ich humpele abgestützt auf den Krücken in die Küche. Jedes Mal, wenn ich mein Bein falsch bewege oder mit der Spitze meines Fußes über den Boden streife, fährt ein stechender Schmerz durch meinen Körper.

Im Raum angekommen, lehne ich mich an der Küchenzeile an und versuche, mein Gleichgewicht zu finden. Ich greife nach dem Glas Wasser, das meine Schwester mir eben eingeschüttet hat. Es ist nicht so, als hätte ich das nicht allein geschafft. Aber die letzten Tage waren Atmen und Toilettengänge das Einzige, was ich selbstständig machen durfte.

Es dauert, bis ich mich ausbalanciert habe und das Glas leeren kann. Währenddessen rechne ich beinahe damit, dass irgendwer den Raum betritt und mich bemitleidet. Aber es passiert nichts. Und wahrscheinlich würde ich auch eher einen auf den Deckel bekommen, weil ich mich so lange nicht gemeldet habe und ihnen jetzt einfach die Verantwortung für die Konsequenzen meines dummen Verhaltens aufbürge.

Ich stelle das leere Glas zurück und lasse den Blick durch den Raum gleiten. Irgendwer hat sich um meine Pflanzen gekümmert und ich gehe stark davon aus, dass es Fink war.

Allerdings sehen die Blätter der Monstera von hier schon staubig aus. Beinahe mache ich einen Schritt nach vorn. Nur der Schmerz, der schon auftritt, wenn ich falsch einatme, erinnert mich daran, dass ich eingeschränkt funktionsfähig bin. So wie es in dem Bericht gestanden hat, den ich mit meinen Tanten, Onkeln und meinen Eltern in den letzten Tag mehrfach durchgegangen bin. Damit auch alle Bescheid wissen. Warum? Keine Ahnung.

Aber hey, Monsti sollte nicht unter meiner fehlenden Mobilität leiden.

Auf die Hüfte gestützt, den Arm unter einer Krücke, schiebe ich mich an der Küchenzeile entlang. Ich feuchte eins der letzten Tücher an und drück mich noch ein Stückchen an der Küche entlang, bis ich bei meinem Ziel ankomme.

Die ganze Pflanze abzustauben, ohne mein verletztes Bein zu belasten, ist ein absoluter Kraftakt. Zum Schluss bin ich völlig außer Atem, aber Monsti wird es mir danken, weil sie jetzt wieder ordentlich Photosynthese betreiben kann.

Ich wünschte, ich könnte auch von Sonnenlicht geheilt werden. Aber die Aussichten auf meine Zukunft sind weit weniger rosig. Zumindest, wenn ich der Ärztin glauben mag, die mich operiert hat. Pflege, Entzündungsprophylaxe, Physio, Reha. Um nur einige Highlights meiner nächsten Wochen zu nennen.

Ich vergreife mich beim Zurückziehen zur Küchenzeile und bleibe mit dem Ärmel an dem Servierwagen mit diversen Ölflaschen hängen. Das Glasklirren geht in dem grellen Schmerz, der durch meinen Körper reißt, verloren. Für einen Moment vergesse ich, wie Atmen funktioniert. Warum ich darauf bestanden habe, keine Schmerzmittel zu nehmen. Wieso ich aufgehört habe, Alkohol zu trinken. Licht explodiert hinter meinen geschlossenen Lidern, während der Schmerz weiterhin wie Blitze durch meinen Körper zuckt.

Ich weiß nicht, ob ich noch stehe. Ob ich falle. Ob ich lebe.

Ich habe keine Ahnung, wie lange ich versuche zu atmen. Versuche nicht zu schreien.

Irgendwann vergeht der Schmerz. Nicht ganz. Aber der Nachhall ist weniger heftig.

Ich öffne blinzelnd meine Augen. Meine Wimpern kleben feucht zusammen. Vor mir immer noch der Servierwagen. Aber ich stehe noch. Es sind die kleinen Dinge.

Mein Blick gleitet beinahe abwesend über die Flaschen. Bis ich die helle ohne Etikett entdecke. Wir haben fast keinen Alkohol mehr im Haus. *Fast.* Das ist Finks Flasche. Die er offensichtlich unauffällig hier deponiert hat, weil ich sein Zimmer schon mal durchsucht habe. Ich bin nicht stolz darauf.

Auch nicht auf den aktuellen Augenblick. Nicht darauf, dass sich in meinem Inneren alles zusammenzieht. Dass mir das Wasser im Mund zusammenläuft, allein bei dem Gedanken daran. Dass mein Körper keine Zeit mehr für die Schmerzen hat, weil er nur eins will. *Erlösung.*

Mit den Fingern fahre ich über das kühle Metall des Servierwagens. Dann über die Flaschenhälse. Bis ich bei meinem Ziel ankomme. Sie ist halb gefüllt mit einer klaren Flüssigkeit, von der ich weiß, dass es Wodka ist. Fink hat keine Ahnung, dass ich es weiß.

Aber Jenssen? Jenssen ist nur einen Raum entfernt.

Ich angele mit der Hand also nicht nach der Flasche, sondern nach der anderen Krücke. Nach sekundenlangem Strecken und Zähne-vor-Schmerzen-Aufeinanderbeißen, stehe ich mitten in der Küche, die seit Wochen eher wie eine Pinterest-Pinnwand als ein Hockey-WG-Zimmer wirkt. Und egal, wie oft ich Jenssen schon dabei erwischt habe, wie er die Augen verdreht, wenn ich eine neue grüne Errungenschaft mit nach Hause gebracht habe, ich finde, es macht den Raum wohnlich. Schließlich ist es der einzige in der ganzen WG, in dem wir uns zusammen aufhalten.

Vor Wochen waren es noch wir vier, bis Malte entschieden hat, dass er einen Selbstfindungstrip nach Neuseeland machen will. Seit er weg ist, sind die gemeinsamen Treffen beinahe ausgeblieben. Fink ist tatsächlich häufiger hier als Jenssen. Manchmal sehe ich Jenssen nur freitagabends in der Kirche und da reden wir kaum miteinander. Vielleicht kurz darüber, wie unsere Woche war, aber wenn ich recht überlege, frage ich nur nach seiner, er nie nach meiner.

Deswegen erwarte ich auch keine große Reaktion, als ich ein paar Minuten später vor seiner geschlossenen Zimmertür stehe.

Ich zögere einen Augenblick und entscheide mich dann doch, zu klopfen. Mir wird schon irgendwas einfallen, wenn er wider Erwarten die Tür öffnet.

Mit dem Plastikgriff der Krücke schlage ich leicht gegen die Holztür. Und dann noch mal. Nur um sicherzugehen. Nach zwanzig Sekunden lehne ich mein Ohr an die Tür. Nichts zu hören.

Jenssen ist als Mitbewohner wie ein Geist. Er ist da und doch irgendwie nicht.

Ich klopfe noch ein letztes Mal, bevor ich den Rückweg antrete.

Mittlerweile gesellt sich zu den Beinschmerzen auch ein ungemütliches Gefühl in den Armen und im Schulterbereich vom ganzen Bewegen. Aber wenigstens bleibe ich so in Form. Auch wenn mir die Krankenschwestern unnötig viele Thromboseprophylaxe-Spritzen eingepackt haben.

Wahrscheinlich sollte ich mich auch eher darum kümmern, mein Gepäck auszupacken und alle medizinischen Utensilien griffbereit zu lagern, anstatt Experimente durchzuführen.

Aber man lebt nur einmal. Und wenn ich was seit letztem Freitag gelernt habe, dann, dass Aufgeben keine Option ist. Das ist nicht mal ein Wort in meinem Wortschatz.

Viel zu schnell stehe ich an der Küchenzeile.

Ich öffne den einzigen Hängeschrank und greife nach dem kleinsten Glas, das ich finden kann. Natürlich wurden die Schnapsgläser mit den Flaschen entsorgt.

Außer der Ausnahme, die jetzt vor mir steht.

Ich fahre mit den Fingern über die Rillen des Verschlusses. Ganz langsam. Und dann schneller. Hoch und runter. Bis ich den Mut finde und den Deckel aufdrehe.

Der Geruch, der mir daraufhin entgegenschlägt, lässt mich beinahe zurückfallen. Und der Gedanke allein reicht schon, dass Schmerz durch mein rechtes Bein fährt.

Ich kann das.

Vorsichtig greife ich nach der Flasche und drehe sie einen Moment in meiner Hand.

Dann setze ich sie an den Rand des Glases und kippe zweifingerbreit Flüssigkeit hinein.

Alles riecht nach Alkohol.

Ich starre die klare Flüssigkeit an. So lange, dass meine Augen brennen. Vielleicht brennen sie, weil ich nicht blinzele. Vielleicht, weil meine Erinnerung kickt.

Keine Ahnung, wie lange ich das Glas und die Flasche anstarre. Sekunden. Minuten. Stunden.

Ich kämpfe gegen den Drang an, einfach danach zu greifen und es zu trinken.

Und ich gewinne.

Es ist Monate her, dass ich das letzte Mal was getrunken habe. Ich dachte wirklich, es würde mir leichter fallen, das Glas wegzukippen.

Wahrscheinlich wäre Susan, die Gruppenleitung der Anonymen Alkoholiker, verdammt sauer, wenn sie wüsste, was für Experimente ich viel zu häufig mache. Aber ich mag das Gefühl, den Inhalt des Glases zu entsorgen. Es fühlt sich besser an als jeder Hockeysieg.

Ich umgreife das Glas und hangele mich zur Spüle.

»Was ... Spinnst du?« Jenssens Stimme lässt mich zusammenzucken. Nur Sekunden später schießt ein gleißend heller Schmerz durch mein Bein bis in meinen unteren Rücken.

Aus der Ferne ist das Zerbersten von Glas zu hören und dann riecht wieder alles nach Alkohol. Mit letzten Kräften klammere ich mich an die Krücke und die Küchenzeile.

Erst als die Schmerzen weniger werden, traue ich mich, richtig durchzuatmen. Ich öffne die Augen.

Und bin allein. Nur die Scherben vor mir erinnern daran, was passiert ist. Und daran, dass ich mit dem Bein und den Krücken nicht in der Lage bin, hier selbstständig rauszukommen. Fuck. Und ich kann nicht mal sauer auf Jenssen sein, weil ich verstehe, wie das ausgesehen haben muss.

»Jenssen«, rufe ich und umklammere mit zittrigen Fingern das Holz der Arbeitsplatte. Die zweite Krücke liegt am Boden zwischen den Scherben und ist damit für mich unerreichbar.

»Jenssen!« Vielleicht wäre ich doch besser zu Hause geblieben? Dann hätte ich aber beim nächsten Test versagt und das Glas nicht weggekippt.

»Jenssen. Bitte!« Vielleicht schaffe ich es auch allein hier raus. Ich drehe meine Hüfte nur Millimeter, aber der Schmerz, der mich daraufhin durchfährt, ist beinahe nicht auszuhalten. Raubt mir den nächsten Atemzug. Kostet mich zu viel Energie. Kraft, die ich brauche, um mich auf den Beinen zu halten.

»Luca. Ich schaff das nicht allein!«, rufe ich, so laut ich kann. Dann schließe ich die Augen und versuche, den Geruch des Alkohols und den Schmerz wegzuatmen.

Einatmen. Ausatmen. Ein. Aus.

»Nur, dass du es weißt: Ich bin scheißwütend auf dich.«

Ich traue mich gar nicht, hinzuschauen, weil ich das Gefühl habe, dass mein Hirn mir Streiche spielt.

Aber als ich das nächste Mal die Augen öffne, kniet Jenssen vor mir mit Schaufel und Handfeger und fegt die Überreste meines Experiments weg. Vielleicht sollte ich das wirklich mal sein lassen. Nicht nur wegen Susan.

»Tut mir leid«, murmele ich und bin mir nicht sicher, ob er mich wirklich hört.

»Wow, Kian Arslan entschuldigt sich.«

»Arsch«, entgegne ich und bin beinahe versucht, ihm mit dem Bein einen Tritt zu geben. Aber wahrscheinlich würde er das wieder falsch verstehen und mich allein zurücklassen. Außerdem habe ich keine Kraft mehr, die Schmerzen noch mal auszuhalten.

Er funkelt mich aus wütenden Augen von unten an. »Ich gehe mit dir seit Wochen jeden Freitag zum Treffen … Lüge deine Mutter an und der Dank dafür ist, dass du einfach alles hinschmeißt?« Seine lockigen blonden Haare stehen wild von seinem Kopf ab. Er trägt ein graues Tanktop, das weder seine Tattoos noch seine muskulösen Arme verdeckt.

»Guck mich nicht so an«, verlangt er genervt.

»Was soll ich machen? Du kniest genau in Blowjob-Höhe vor mir«, erwidere ich.

»Ich sollte dich einfach in deinem Scherbenhaufen zurücklassen.«

»Bitte nicht. Ich hör jetzt auf, versprochen«, sage ich und versuche mich an einem entschuldigenden Ausdruck.

Er verdreht nur die Augen und kehrt die restlichen Scherben zusammen.

»Bevor ich dir die Krücke angebe und du auf dein Zimmer verschwindest, will ich wissen, was die scheiß Aktion sollte?«

Er steht mit verschränkten Armen vor mir. Mein Blick bleibt an der tätowierten Schlange hängen, die sich um seinen linken Unterarm schlängelt.

»Arslan?« Manchmal frage ich mich, ob Jenssen auch noch andere Stimmlagen außer Genervtheit zu bieten hat.

»Ich kann's dir gerne erklären, aber ich bin mir sicher, dass du mir sowieso nicht glauben wirst.« Außerdem will ich einfach nur in mein Zimmer und mein Bett, weil ich mich langsam nicht mehr auf dem Bein halten kann. Wahrscheinlich würde die Ärztin, die mich operiert hat, einen Anfall bekommen, wenn sie wüsste, wie wenig ich heute gelegen habe.

»Versuch es.« Er ist ein paar Zentimeter kleiner als ich, aber durch den herausfordernden Blick aus seinen grünen Augen fällt der Größenunterschied kaum auf. Er schaut mich so an, als wäre er sich sicher, dass ich ein absoluter Versager bin. Und ich bin so kurz davor, ihm den Wunsch zu erfüllen. Zu sagen, dass ich schwach bin und mich betrinken wollte. Dass er mich mit seiner herablassenden Art am Arsch lecken soll.

Vielleicht sollte ich ein Kreuz im Kalender machen, weil ich mich einmal für die vernünftigere Variante entscheide. Schließlich bin ich auf Jenssen angewiesen. Zumindest in den Zeiten, in denen Fink nicht da ist.

»Es war ein Test. Manchmal … Wenn ich weiß, dass ich Wodka widerstehen kann, dann bin ich mir sicher, dass ich auch andere Herausforderungen schaffe. Dass ich die nächsten Wochen ohne Schmerzmittel überstehe. Dass ich im Herbst wieder bereit für Hockey bin.« Ich fixiere seine Augen immer noch, weil ich nicht verpassen will, wie er mich verurteilt. Wie er mir nicht glaubt. Wäre schließlich nicht das erste Mal.

Überraschenderweise wird sein Ausdruck weicher.

»Okay.« Dann greift er nach meiner Krücke, und ich lasse zu früh die Küchenzeile los.

Aber er stützt mich einfach mit einem festen Griff um meinen Oberarm, bevor ich das Gewicht auf mein rechtes Bein verlagern kann. Das Ziehen ist beinahe aushaltbar.

»Danke«, sage ich schwer atmend.

Er erwidert nichts, während ich mich mit dem Arm auf der Krücke abstütze.

Es dauert Ewigkeiten, bis wir in meinem Zimmer ankommen. Erschöpft lasse ich mich auf dem Bett nieder, was deutlich höher ist als das, was zuhause bei meinen Eltern steht.

»Was brauchst du noch?«, fragt er und schaut sich in dem Zimmer um. Sieht all die Wäscheberge. Die Trikots an der Wand, die teils eingerahmt hängen und teils nur mit Nägeln befestigt sind. In einer Ecke stehen noch drei Kakteen, für die ich keinen besseren Platz gefunden habe.

Ich würde gern sagen, dass alles gut ist und ich allein zurechtkomme. Aber das wäre gelogen.

»Ich … weißt du, wo Fink ist?«

»Keine Ahnung. Ich war die Woche nicht zuhause«, erwidert er und weicht meinem Blick aus.

»Ich muss mein Bein hochlegen. Im Tigers-Beutel sind Spritzen, die in den Kühlschrank müssen. Eine davon kannst du hierlassen. Und wenn es dir nichts ausmacht, müsste ich mal kurz mit deinem Handy telefonieren.«

»Wo ist denn deins?«, fragt er, ohne den Rest zu kommentieren.

»Beim Autounfall kaputt gegangen.«

»Du hattest einen Autounfall?«

»Meinst du, das ist passiert, weil ich gestolpert bin?«, frage ich und schaue zu dem ausgestreckten Bein, das auf meiner dunklen Bettwäsche liegt, die ich schon vor Wochen wechseln wollte. Stattdessen habe ich es einfach vor mir hergeschoben. Ich konnte schließlich nicht ahnen, dass ich irgendwann darauf angewiesen bin, dass mir jemand anders meine Wäsche macht.

»Wie ist der Unfall passiert?«

Ich habe mich zum Sex verabredet und anstatt zu warten, bis wir an einem Ort sind, an dem man miteinander nackt sein kann, habe ich ihm einen Blowjob im Auto gegeben. Hätte ja keiner ahnen können, dass uns jemand in die Seite fährt, obwohl wir Grün hatten. Aber es wäre ganz sicher weniger passiert, wenn ich angeschnallt gewesen wäre.

»Das würdest du mir sowieso nicht glauben«, erwidere ich.

»Versuch's mal.« Es ist, als wären wir in einem dieser Zeitschleife-Filme gefangen, in denen alle paar Minuten das gleiche gesagt wird.

»Eine Verkettung unglücklicher Umstände«, entgegne ich und zwinkere ihm zu.

Er verdreht seufzend die Augen und geht zu den Taschen, die am Eingang meines Zimmers liegen. Keine Ahnung, warum Mama dachte, dass sie mir Kleidung mitgeben muss, wo meine Schränke voll sind, aber ich wollte einfach nur weg von Zuhause, deswegen habe ich mich nicht gewehrt.

Jenssen packt das Päckchen mit den Spritzen aus und bringt mir eine, bevor er sich auf den Weg aus dem Raum macht.

»Kannst du mir vielleicht noch Kissen aus Finks Zimmer oder so bringen? Für mein Bein?«, frage ich und hasse jede Sekunde davon.

»Klar, gerne.«

Ich habe nicht das Gefühl, dass Jenssen das auch so meint. Aber was soll ich sagen. Es hätte viel schlimmer kommen können.

5

Luca Jenssen

Wie soll man jemandem einen Vorwurf dafür machen, einen sitzengelassen zu haben, wenn der Grund ein Autounfall war? Wie soll ich sauer auf ihn sein, weil ich mich jetzt um ihn kümmern muss, wenn er nicht zu seiner Familie kann, ohne rückfällig zu werden?

Er kann für all das, was passiert ist, nichts. Trotzdem hinterlässt sein Anblick, er mit dem hochgelagerten verbundenen Bein im Bett, einen bitteren Beigeschmack.

Ich schaffe es nicht mal ihn dafür anzuschreien, dass er seit zwanzig Minuten mein Smartphone beschlagnahmt, wenn seins kaputt gegangen ist und er sich kein neues leisten kann, ohne dass er mit der Miete in Verzug gerät.

Mit geballten Fäusten verlasse ich sein Zimmer. Ich muss dringend Fink anrufen und fragen, wo er ist. Es wäre nicht das erste Mal, dass er am Wochenende zu seiner Familie abhaut, aber kann er das vielleicht einfach wann anders machen?

Ich lehne mich gegen die Wand im Flur, weil ich nicht in mein Zimmer gehen und die Tür hinter mir schließen kann. Wenn irgendwas mit Arslan wäre, würde ich ihn nicht hören, und ich bin gerade der Einzige, der für ihn da ist. Fuck. Ich wünschte, Gruber wäre hier, dann könnte er das Team zusammentrommeln und ich wäre nicht allein. Natürlich könnte ich auch in unserer Gruppe fragen, aber ich melde mich nie bei ihnen. Warum also jetzt? Und mit den drei Neuen im Team, Grubers Abgang und der knappen, aber verheerenden Niederlage im letzten Spiel ist gerade alles komisch.

Außerdem sind es nur noch wenige Wochen bis zu den Semesterferien. Das heißt, die meisten sind mit Lernen oder Feiern beschäftigt. Und es ist nicht so, als hätte ich was Besseres zu tun. Die Verabredung im Gym mit Collin kann ich verschieben. Ich hoffe, dass Fink bis dahin wieder zurück ist. Muss er sein, weil ich zwar das Wochenende frei habe, aber nächste Woche wieder zur Uni und arbeiten muss.

»Bin fertig«, kommt es von Arslan aus seinem Zimmer. Wahrscheinlich wollte ich den Raum verlassen, um ihm irgendwas zu holen. Ein weicheres Kissen, eine eisgekühlte Cola oder eine Tiefkühlpizza. Aber auf dem Weg nach draußen muss ich das wohl vergessen haben. Er schaut auf, als ich den Raum betrete, und beim Anblick seines geschundenen Gesichts ist mein schlechtes Gewissen wieder zurück. Mit voller Kraft. Und zwar stärker als meine Wut und Enttäuschung.

»Du hast übrigens noch eine Nachricht von deiner Schwester bekommen.«

Ruhig bleiben, Luca.

»Ich habe dir mein Handy nicht gegeben, um darin herumzuschnüffeln«, entgegne ich möglichst neutral. Anhand seines Ausdrucks, der sich sofort verschließt, erahne ich, dass es anders rübergekommen ist als geplant.

»Danke, dass ich es benutzen durfte.«

Ich hasse es, wie er mir das Gerät hinhält und meinen Blicken ausweicht. Fuck. Aber ich greife trotzdem danach. »Sorry ... war nur ein Scherz, ist mir egal, wenn du meine Nachrichten liest.«

»Du musst mich nicht anlügen, Luca.« Mit einem Schlag ist mir richtig übel. Und es sind nicht die Magenschmerzen, die sonst meine Kopfschmerzen ankündigen. Nein.

»Brauchst du noch was?« Freundschaften kann ich.

Er mustert mich und jede Sekunde befeuert das Ziehen in meiner Magengrube.

»Bock auf 'ne Runde *Mario Kart*?«

Ob ich Lust habe, noch länger als nötig mit ihm Zeit zu verbringen, um unsere *Freundschaft* so richtig in den Sand zu setzen, weil ich die Wut nicht in den Griff bekomme? *Klar.*

»Wenn du unbedingt verlieren willst, gern«, erwidere ich und zucke mit den Schultern. Das entlockt ihm das erste Lachen für heute. Dabei schließt er die Augen und legt den Kopf in den Nacken. Leichtigkeit breitet sich in meinem Körper aus. Doch bevor sich auch auf meine Lippen ein Lächeln legen kann, verzieht sich sein Gesichtsausdruck vor Schmerzen.

Erst dann fällt mein Blick wieder auf sein rechtes Bein. So, als hätte ich es die letzten Stunden vergessen. So wie die Aktion mit dem Alkohol und die Scherben, in die er beinahe mit seinem gesunden Fuß getreten wäre.

»Wie ist das mit dem Verband?«

»Ich habe Termine zum Wechseln im Krankenhaus, ab Ende der nächsten Woche, weil vorher nichts frei war«, sagt er und blickt zu seinem Bein, das immer noch auf dem Kissenberg thront und total unreal aussieht.

»Das ist aber lang«, sage ich, weil ich zwar keine Ahnung von pflegerischen oder medizinischen Tätigkeiten habe, aber um die Vermehrung von Bakterien und die Entstehung von Infektionen weiß.

»Der Fixateur muss vorher schon gepflegt und der Verband gewechselt werden. Meine Mutter hat eine Einweisung dazu bekommen … ich will sie aber nicht sehen.«

»Okay«, erwidere ich.

Ich frage nicht nach, ob ich das machen soll. Und er bittet mich nicht darum. Aber trotzdem wirkt die Stille zwischen uns so, als wäre das klar. Denn wer sollte es sonst übernehmen?

»Machst du die Switch jetzt an oder nicht?«, hakt er nach und auf seinen Lippen liegt wieder sein altbekanntes Lächeln. Nur, dass es weniger arrogant ist und seine dunklen Augen nicht erreicht.

»Und bring die Controller mit«, verlangt er, während ich vor seinem Fernseher knie, um an die Spielekonsole zu kommen. Dabei ignoriere ich den ganzen Staub auf dem schwarzen einfachen Unterschrank, der nur so überquillt von Pflanzendünger und Kartenspielen.

»Zu Befehl.«

Ich kann mich nicht erinnern, dass wir das vorher schon mal gemacht haben. Eigentlich ist das, was uns alle vier verbindet, Hockey und Zusammenleben. Dazwischen gibt es kaum Berührungspunkte.

Arslan hat seine Freunde und ich meine. Vielleicht liegt es am Altersunterschied. Oder dass ich an der Uni bin und er in der Stadt eine Ausbildung macht. Keine Ahnung.

Unsicher stehe ich mit den Controllern vor seinem Bett und reiche ihm einen.

»Leg dich dazu«, sagt er und klopft neben sich.

»Wusste nicht, dass du jetzt auch darüber entscheidest, wo ich gegen dich antreten soll?« Wie kacke willst du sein? Luca: ja.

»Whoa, wer hat dir denn heute den Tag versüßt?« *Du.*

»Sorry«, sage ich und schaue noch mal zu der freien Bettseite, die ziemlich einladend aussieht.

»Beweg deinen zickigen Hintern, damit wir anfangen können.«

»Hätte nicht gedacht, dass du es so darauf anlegst, zu verlieren. Darum hätte ich mich schon früher kümmern können«, erwidere ich und durchquere sein Zimmer.

»Hör auf, große Reden zu schwingen, und komm her.«

»Wenn du so auch mit deinen Bettgeschichten redest, wundert es mich gar nicht, dass ich mich um dich kümmern muss«, entgegne ich und merke erst, als ich auf der anderen Seite des Bettes stehe und ihm ins Gesicht blicke, dass ich vielleicht zu weit gegangen bin. Dass da Verletzung in den dunklen Augen liegt.

»Langsam habe ich das Gefühl, dass du nur große Sprüche spuckst und nichts dahinter ist, Luca Jenssen.«

»Wann hast du das letzte Mal deine Bettwäsche gewaschen?«, erwidere ich und fasse den blauen Stoff mit der freien Hand gespielt angeekelt an.

»Eben. Wollte testen, wie lange ich auf einem Bein stehen und hüpfen kann.« Dann wackelt er mit den Augenbrauen und lacht mich an.

»Arslan.«

»Wusste nicht, dass du so empfindlich bist, Jenssen.«

»Wann?«, frage ich. Nicht weil mich sein Waschverhalten interessiert. Oder ich ein Hygieneproblem habe. Nein, ich versuche, einen Grund zu finden, mich nicht dazuzulegen. Weil ich nicht so tun will, als wären wir Freunde. Und ich will auch keinen Grundstein dafür legen mit jemandem, dem ich nicht vertrauen kann. Jemandem, der mich am Ende sowieso nur anlügt und zurücklässt.

»Letzte Woche irgendwann.« Sein Blick gleitet von mir zum Bildschirm und wieder zurück. Es gibt keinen Grund mehr, das Ganze weiter rauszuzögern. Sich nicht neben ihn zu legen.

»Deine Finger bleiben bei dir«, sage ich und setze mich vorsichtig hin. Dabei rutsche ich so weit hoch, bis ich mich an der Wand anlehnen kann.

»Vielleicht sind dir die Anhimmelungen der Puck-Bunnies zu Kopf gestiegen, wenn du glaubst, dass ich, nur weil ich auch auf Kerle stehe, Interesse an dir hätte. Du bist nicht mal ansatzweise mein Typ.«

Ich wusste nicht, dass Arslan auch auf Kerle steht. Er hat mir letztes Jahr während eines Streits mal an den Kopf geworfen, dass ich rassistisch bin. Und dass es mir was ausmachen würde, wenn Typen auf Typen stehen. Ich habe gedacht, er hat von Gruber geredet. Nicht von sich.

»Was ist los, Jenssen, habe ich zur Abwechslung mal deine Gefühle verletzt?«

»Fuck you.«

»Können wir dann oder muss ich vorher noch dein Ego streicheln?«, fragt er und zwinkert mir zu. Wie gut, dass er nicht weiß, dass ich ein bisschen Wut brauche, um klarer zu sehen. Konzentrierter zu gewinnen.

»Du bist Spieler Eins«, erwidere ich und nicke zum Bildschirm.

Augenblicke später suchen wir unsere Charaktere und die Fahrzeuge aus. Und natürlich ist Arslan genau so ein Anfänger bei dem Spiel, wie ich ihn eingeschätzt habe. Er wählt Toad. Jeder weiß, dass Wario der schnellste Fahrer ist.

»Dir ist schon klar, dass das hier kein lahmes Partyspiel wird, sondern ein Wettkampf, oder?«, frage ich, als wir bei der Fahrzeugwahl sind und er sich für ein Dreirad entscheidet.

»Kannst du dir vorstellen, dass man manchmal Sachen einfach zum Spaß macht?« Er wirft mir einen belustigten Blick zu.

»Welche sollten das sein?« Ich drehe mich wieder zurück zum Spiel, um die Fähigkeiten von zwei Fahrzeugen miteinander zu vergleichen.

»Sex zum Beispiel.«

Obwohl ich es versucht habe, bemerkt er wahrscheinlich mein Zusammenzucken bei seinen Worten. Sex und Spaß sind bei mir so weit voneinander entfernt wie Malte Gruber von uns.

»Such dir eine Grand Prix aus, es wird keine Auswirkungen auf meinen Sieg haben.« Ich gehe nicht auf seine Aussage ein. Was soll ich darauf auch erwidern?

»Hatte vergessen, was für ein Sympathieträger du bist, Jenssen. Vielleicht liegt es auch daran, dass du keinen Spaß beim Sex hast.« Das glaube ich kaum.

»An Auswahl mangelt es mir nicht, du brauchst dir also keine Sorgen zu machen.«

»Arroganter Arsch«, sagt er ohne Härte in seinem Tonfall.

»Können wir dann jetzt starten?«, frage ich genervt.

»Wunder Punkt.«

»Nö«, lüge ich, blicke ihn an und nicke zum Bildschirm.

»Heute noch was vor?«

Nein, weil ich ihn schließlich nicht allein lassen kann. Ich schreibe Fink mal nach dem Spiel. Aber wenn er bei seiner Familie ist, wird er nicht alles stehen und liegen lassen, um hier hinzukommen.

»Außer dich besiegen nicht.«

»Pass auf, dass du den Mund nicht zu voll nimmst«, erwidert er. Mein genervtes Seufzen und Augenrollen lassen sein Grinsen nur breiter werden.

»Game on.« Er dreht sich zum Bildschirm.

Dann passiert etwas, womit ich nicht gerechnet habe: Er ist verdammt gut. So gut, dass ich zwischendurch auf den zweiten Platz zurückfalle.

»Wie kann das sein?«

Arslan fährt mit Toad und dem Dreirad als Erstes über die Zielgerade.

»Ah, Jenssen, hast du endlich einen würdigen Gegner gefunden?«, ruft er und grinst mich so breit und süffisant an, dass ich sein Bein fast vergessen und ihn dafür geschlagen hätte.

»Noch mal«, sage ich nur und nicke auffordernd zum Fernseher.

6

Kian Arslan

Es ist nicht das erste Mal, dass Luca Jenssen neben mir und total sauer ist. Auf mich. Aber es ist wohl das erste Mal, dass ich es genieße. Sehr.

»Kann da etwa jemand nicht verlieren?«, frage ich laut und unterbreche damit seinen Monolog darüber, dass es nicht sein kann, dass ich gegen ihn gewinne, weil er den besseren Fahrer und das schnellere Fahrzeug hat. »Dann liegt es an den Fähigkeiten, die ich besser beherrsche als du.«

Ich schwöre, Jenssen hat mich noch nie so sauer angeguckt wie gerade.

Er hat die grünen Augen zusammengekniffen und selbst die dunkelblonden Locken hängen ihm wütend in der Stirn. Wahrscheinlich hilft es seinem Gemütszustand nicht, dass mein Lachen lauter wird. Aber ich will mich nicht gegen die Leichtigkeit in meinem Inneren wehren, die endlich zurück ist.

Beinahe unmerklich ist der Druck, den ich seit dem Unfall mit mir herumschleppe, immer größer geworden. Erst der Schock. Dann die Ungewissheit. Hilflosigkeit. Hoffnungslosigkeit. Die Nachricht, dass ich nach Hause zu meiner Familie ziehen muss. Angst davor, wieder rückfällig zu werden und alles zu verlieren.

Mein Bein tut scheiße weh, bei jedem verdammten Atemzug, aber seine lächerliche Wut über ein Spiel, das ich schon konnte, bevor ich Laufen gelernt habe, ist das Beste, was mir seit Tagen passiert ist.

»Noch eine Runde.«

Wir spielen noch zwei, bis ich den Drang, auf Toilette zu müssen, nicht mehr unterdrücken kann. Durch seine Verärgerung, Wut und Fassungslosigkeit und meine Erheiterung habe ich vergessen, in welcher Situation ich mich gerade befinde. Abhängigkeit. Als ich das realisiere, werden mein Lachen und die Neckereien weniger.

»Hast du mich gewinnen lassen?« Er funkelt mich herausfordernd an. Vielleicht habe ich mich zurückgehalten. Habe den Pilz in den falschen Momenten eingesetzt und bin nicht immer die Ideallinie gefahren.

»Vielleicht bin ich … müde«, sage ich und blicke kurz zu meinem Bein.

»Sicher?«, fragt er, seine Stimme strenger als sonst.

»Ich … muss auf Toilette.« Ich habe keine Lust, ihn anzulügen und mir das am Ende vorwerfen zu lassen. Wundert mich schon, dass Jenssen noch nichts dazu gesagt hat, dass ich ihn vorigen Freitag alleingelassen habe. Zu der Zeit war ich im Krankenhaus, aber wenn ich eins die letzten Jahre über meinen Mitbewohner gelernt habe, dann, dass er Prinzipien hat, Wert auf Vertrauen und Verlässlichkeit legt. Und dass er selten zweite Chancen verteilt. Und bei mir wäre es die dritte. Wobei … wahrscheinlich die zehnte oder so.

»Okay«, sagt er, legt den Controller zur Seite und greift nach seinem Smartphone. Er macht keine Anstalten, sich zu bewegen. Vielleicht schaffe ich das auch heute mal allein.

Ich richte mich auf, greife mit den Armen unter meine Beine und drehe mich mit zusammengebissenen Zähnen zur Seite. Dabei halte ich die Luft an. Ich weiß nicht, ob das Flackern vor meinen Augen vom mangelnden Sauerstoff oder von den Schmerzen kommt, die durch meinen Körper schnellen.

Es braucht mehrere Anläufe, bis ich wankend auf den Krücken zum Stehen komme. Ich versuche, mich von den Punkten im Sichtfeld nicht beeinflussen zu lassen. Allerdings habe ich in den letzten Stunden nicht ausreichend getrunken. Nicht richtig gegessen. Zusätzlich dazu verweigere ich, seit ich zuhause bin, die Schmerzmedikation. Mein Körper ist also nicht nur mit Heilen, sondern auch mit Schmerzen haben beschäftigt, und stundenlanges *Mario-Kart*-Zocken liefert mir weder Energie noch Nährstoffe.

Ich mache einen Schritt und schwanke so hart, dass ich Angst habe, mich nicht mehr fangen zu können. Ich schaffe es. Aber der Weg zum Bad fühlt sich unerreichbar an, dabei liegt es genau gegenüber von meinem Zimmer.

Ich lasse den Blick durch den Raum gleiten. Vielleicht kann ich auch einfach in eine Flasche pinkeln und mich wieder hinlegen. Mit Jenssen im Raum. Wobei mir das egal ist. Mein Unterbauch zieht sich schon seit einer halben Stunde immer wieder zusammen, mir ist schwindelig und meine Hände sind so schwitzig, dass ich Angst habe, von den Krücken abzurutschen.

Aber natürlich sehe ich in dem Chaos nichts, was als Toilettenersatz dienen können. Und wenn noch mal das Wort Toilette in meinem Kopf auftaucht, mache ich mir in die Hose.

»Fuck.«

»Alles okay?«, kommt es von Jenssen, aber mir fehlt die Kraft, mich in seine Richtung zu drehen.

Ich will ihn nicht fragen. Weil ich nicht möchte, dass sich irgendwer verantwortlich für meine Lage fühlt. Aber ich kann ihn *nicht* nicht fragen, weil ich es allein nicht schaffe.

»Ich … kannst du mir helfen? Bitte.«

Für einen Moment herrscht absolute Stille. Ich sehe ihn nicht. Habe keine Ahnung, was er gerade denkt. Wie angekotzt er ist, dass er hier ist und Fink nicht.

Es war auch einfach dumm von mir, ohne darüber nachzudenken, zurück in die WG zu gehen. Was hätte ich gemacht, wenn niemand da gewesen wäre? Dann hätte ich so oder so mit nach Hause gemusst.

Es raschelt und wenige angestrengte Atemzüge später ist er neben mir.

»Was soll ich machen?« Seine Stimme ist anders als sonst. Unsicher. Zögernd.

»Mir ist schwindelig«, sage ich, weil es nicht angebracht wäre, zu fragen, ob er mich zum Bad tragen kann. Außerdem würde es wahrscheinlich daran scheitern, dass ich größer und breiter bin als er. Aber gerade bin ich mir unsicher, ob ich es gehend bis zum Bad schaffe.

»Soll ich dich an einer Seite stützen? Dann müssten wir die Krücke aber hierlassen«, schlägt er vor.

»Okay.« Ich gebe ihm die linke, die er ans Bett lehnt, bevor er mir seinen Arm umlegt. Es dauert mehrere Schritte, bis wir uns eingespielt haben. Bis ich nicht bei jeder Bewegung das Gefühl habe, zu fallen oder vor Schmerzen bewusstlos zu werden.

»Also wenn ich dich jetzt häufiger tragen muss, sollten wir über deine Ernährung nachdenken.«

Ich habe keine Ahnung, ob er das scherzhaft oder ernst meint. Mein Magen protestiert auf jeden Fall grummelnd.

»Es fühlt sich an, als hättest du gar nichts zu tun«, erwidere ich und lehne mich noch mehr an ihn. Nicht um ihn zu ärgern, sondern weil ich nicht mehr kann.

»Arsch«, sagt er schnaufend, ohne mich wieder zurück zur Krücke zu drücken.

Mit einer Hand öffnet er die Badezimmertür und wenig später stehen wir vor der Toilettenschüssel. Er schaut mich von der Seite fragend an. Dann wandert sein Blick zu meiner Hose.

»Also ich halte deinen Schwanz nicht.« Und obwohl seine Aussage nur so trieft vor Sarkasmus, sprechen seine Augen eine ganz andere Sprache. Angst. Unsicherheit. Zögern.

»Schiss, dass es dir gefällt?«, frage ich und wackele mit den Augenbrauen. Mein Vater hat schon als Kind zu mir gesagt, dass ich irgendwann mein persönlicher Untergang sein werde. Und er wird wahrscheinlich recht behalten.

»Ich würde dich gerade so gerne schubsen und hier liegen lassen, aber dafür bin ich zu nett.«

»Also nett wäre definitiv nicht das erste Wort, an das ich denke, wenn ich deinen Namen höre«, erwidere ich und zwinkere ihm unnötig auffällig zu.

Ob ich wohl einfach mal die Klappe halten kann?

»Wir wäre es, wenn du es dir sparst, mich darüber aufzuklären, und einfach deine Hose aufmachst, damit –«

»Vielleicht fragst du einen Kerl vorher mal nach einer Verabredung, bevor du ihm an die Wäsche willst. Nur so als Tipp.«

»Arslan, ich kann dich auch hier stehen lassen und gehen«, sagt er und seinem Gesichtsausdruck nach habe ich den Bogen ganz schön überspannt.

»Okay.« Jetzt kommt der Part, den ich befürchtet habe. Zuhause ist immer jemand mit auf Toilette gekommen und hat mir mit der Hose geholfen. Hätte ich meinen Mund gehalten, könnte ich Jenssen danach fragen, ohne dass es unangenehm wird. Aber ich bin ich und deswegen muss ich die Krücke jetzt gegen die Wand lehnen und mir die kurze Jogginghose irgendwie so weit runterschieben, dass ich mich nicht selbst anpinkele. Gleichzeitig möchte ich nicht mal in Berührung mit dem Fixateur kommen.

Ich benötige so lange, dass Jenssens genervtes Seufzen in mitleidiges umschwenkt. »Also wenn du immer ewig brauchst, dich auszuziehen, frage ich mich wirklich, wie du Spaß beim Sex haben kannst«, sagt er und es sollte mich freuen, dass seine Stimme wieder einen lustigen Unterton angenommen hat. Aber ich bin einfach angekotzt, weil ich nicht mal so was Alltägliches selbstständig schaffe.

»Darf ich?«, fragt er und ich lehne mich noch ein Stück mehr zu ihm, damit er mir helfen kann.

Ich schließe die Augen, weil ich nicht mit ansehen kann, wie er den verbundenen, rausstechenden Metallteilen an meinem Bein immer näher kommt. Und weil mich der Anblick seiner tätowierten Hände auf meiner nackten Haut *irritiert*.

»Okay.« Es wirkt so, als würde er das mehr zu sich als zu mir sagen.

Ich warte noch einen Moment ab, dann greife ich nach meinem Penis. Und obwohl ich seit einer Woche nicht mehr allein auf Toilette gehen kann und superdringend muss, passiert nichts. Ich hätte besser die Flaschenvariante gewählt. Shit.

»Hast du die Augen zu?«, frage ich nach Sekunden, die sich anfühlen wie Stunden, in denen sich alles in mir zusammenzieht.

»Was los, Arslan, plötzlich doch nicht mehr so cool?«, murmelt er und sein heißer Atem streift meinen Hals.

»Ich kann das so nicht«, sage ich, woraufhin ich sein Lachen auch in meinem Körper spüre.

»Ich guck nicht, versprochen.« In einer anderen Situation würde ich ihn für den selbstgefälligen Tonfall gegen die nächste Bande drücken. So hart, dass ich mehr als zwei Minuten vom Eis fliege.

»Kannst du ... bisschen weiter weggehen?«

»Soll ich vielleicht noch Pipi-Geräusche nachmachen oder den Wasserhahn laufen lassen?«, fragt er, immer noch lachend, und lässt ein bisschen von mir ab.

Ich spiele seit Jahren Hockey, könnte locker übers Eis nur auf einem Fuß, und jetzt schaffe ich es nicht mal, mich ohne Hilfe auf einem Bein zu halten, um zu pinkeln? Selbst betrunken habe ich das in allen möglichen Lagen hinbekommen. *Fuck.*

»Komm schon, Arslan.«

»Wasserhahn«, verlange ich murmelnd und starre weiterhin in das Klo, in der Hoffnung, dass es mich inspiriert. Jenssen macht ein paar Schritte von mir weg. Einen Augenblick später plätschert Wasser ins Becken und das Ziehen in meinem Bauch verschwindet beinahe sofort. Ich schließe die Augen und lasse mich von dem warmen Gefühl an meiner linken Seite nicht ablenken.

»Endlich«, murmelt Jenssen genervt und ich antworte nichts, bis ich fertig bin und mein bestes Stück in der Shorts verstaut habe.

»Du hast mich angelogen und doch geguckt«, sage ich, während ich mir mit seiner Hilfe die Hände wasche. Wobei das deutlich leichter ist als Pinkeln, weil ich mich einfach am Waschbeckenrand halten kann.

»Du mich doch auch. Du hast mich mit Absicht gewinnen lassen«, erwidert er und unsere Blicke begegnen sich im Spiegel. Der tadelnde Ausdruck in dem Grün seiner Augen wirkt so vertraut wie seine Nähe. Was komisch sein sollte, oder? Doch nur zwei Atemzüge später liegt meine Aufmerksamkeit wieder bei meinen Händen. Keinen Grund, die ganze Situation noch unangenehmer zu gestalten.

Der Weg zurück verläuft wenig ereignisreich und ist trotzdem energieraubend. Als ich endlich an meinem Bett angekommen bin, habe ich das Gefühl, bis nächste Woche durchschlafen zu können.

»Danke schön«, murmele ich, als Jenssen mich loslässt, damit ich mich allein auf die Matratze legen kann. Ich habe kein Interesse daran, zu wissen, wie die ganze Aktion für ihn aussehen muss, weil es sich für mich völlig trottelig und umständlich anfühlt. Jedes Ziehen, Heben und Atmen schmerzt. Aber irgendwann liege ich, mit einem leicht schwitzigen Film auf der Haut, in meinem Bett.

»Deine Spritze ist noch hier«, sagt Jenssen und betrachtet das Objekt meiner größten Angst auf dem schwarzen Nachttisch.

»Jap«, erwidere ich und schaue überall hin, nur nicht in sein Gesicht. Ich brauche dringend was zu essen. Und zu trinken. Und eine Dusche. Und ein frischbezogenes Bett.

»Aber muss die nicht in den Kühlschrank, wenn du sie nicht verwendest? Und benötigst du die nicht?«

Wo ist Jenssens Desinteresse an meinem Leben hin? Warum hat er sich genau diesen Moment ausgesucht, um sich Gedanken um mich zu machen?

»Ich …« Habe eine scheiß Angst vor Spritzen, weil sie mich daran erinnern, wie Sucht auch aussehen kann. Weil ich mir seit einigen Monaten jeden Freitag anhören kann, wie sich Menschen Drogen gespritzt haben. Und wie diese Personen heute aussehen.

»Hat Fink sich schon gemeldet?«

»Kian Arslan, versuchst du gerade auszuweichen?«

»Du klingst wie meine Mutter«, erwidere ich und starre die Decke an, um nicht zu ihm sehen zu müssen.

»Dann geh doch zurück zu ihr«, entgegnet er so kalt, dass ich frösteln müsste, wenn mein Körper nicht vor Wut glühen würde. Wut, die mich so schnell überfallen hat, dass ich kaum mitkomme.

»Scheiße, meinst du das ernst?« Ich wollte noch nie so gern wie jetzt gehen und mich mit ihm schlagen können. Unsere Blicke treffen sich. In seinen grünen Augen lodert Verachtung und Abneigung.

»Warum bist du hier?« Seine Stimme ist bedrohlich leise und ich spüre genau, was er mir eigentlich sagen will. *Warum bist du hier bei mir?*

»Bist du sicher, dass du das hören willst, und nicht lieber einfach abhauen möchtest?« Ich bin scheiße und unfair. Ich weiß. Aber mich pisst es an, dass er mich von oben herab betrachtet, weil ich gerade nicht mehr stehen kann. Ich hasse es, dass er mir überlegen ist. Dass das Machtgefälle zwischen uns noch größer ist als in den letzten Monaten. Da war nur meine Alkoholabhängigkeit. Jetzt ist es die Hilflosigkeit.

»Trau dich und sprich einmal die Wahrheit.« Seine Stimme klingt drohend. Er lehnt immer noch über mir. Immer noch mit Hass in den Augen.

»Ich kann nicht nach Hause, weil ich sonst rückfällig werde … und ich kann mir keine Spritze setzen, weil ich Angst vor einer neuen

Sucht habe. Ich verrecke lieber an einem Blutgerinnsel in meinem Kopf.« Meine Stimme klingt laut durch den Raum.

Ich bin durch mit Jenssen. In diesem Leben werden wir keine Freunde mehr. Wir müssen nur noch die nächsten Tage schaffen. Und dann? Ich könnte irgendwen anders aus dem Team fragen. Fink?

»Ich hasse es, dass ich auf dich und deine Hilfe angewiesen bin … Aber ich habe gerade niemand anderen.« Ich senke den Blick auf mein scheiß Bein und warte darauf, dass sich seine Schritte entfernen und ich gucken muss, woher ich was zu essen bekomme. Der Spaziergang zur Toilette und zurück hat mich zu viel gekostet und selbst auf dem Bett geistern Punkte durch mein Sichtfeld.

»Geht's dir jetzt besser?«, fragt er. Den Tonfall kann ich nicht zuordnen.

»Fick dich, Jenssen.«

»Sag's noch mal, aber guck mich dabei an«, verlangt er.

Seine grünen Augen funkeln. Herablassend? Vergnügt? Keine Ahnung. Ich bin kurz davor, nach meiner Krücke zu greifen und sie ihm überzuziehen. Doch er ist schneller. Er beugt sich zu mir und plötzlich sind wir uns wieder so nah wie im Bad.

»Sag es.«

Ist es okay, jemanden zu schlagen und dann zu fragen, ob er mir was zu essen holt? Alles in mir brennt. Schreit. Ich hatte die letzten Tage nicht eine Sekunde Zeit, schwach zu sein. Nicht einen Augenblick, alles rauszulassen, weil ich mir zuhause nichts anmerken lassen konnte. Weil ich stark sein musste, um jedes Mal abzulehnen, wenn mir jemand Schmerzmittel angeboten hat. Weil ich nett sein musste, damit Jenssen mir hilft.

»Fick dich!«

Er ist mir so nah, dass ich das Nasenpiercing, das er sich vor ein paar Wochen stechen lassen hat, ganz genau erkennen kann.

»Fuck you, Arslan.« Sein Atem geistert über mein Gesicht und für einen Moment sagt keiner was. Er ist mir so nah, dass ich ihn schlagen könnte. Dass ich ihm ins Gesicht sagen könnte, was ich von ihm halte. Dass es mich anpisst, dass ich in seinen Vorstellungen immer der Böse bin. Jemand, dem man nicht vertrauen kann. Ich würde ihm gern vorwerfen, dass er es nicht zugelassen hat, dass wir Freunde werden.

Aber je länger wir uns anschauen, desto mehr verraucht meine Wut. Desto stärker nehme ich die Erschöpfung und den Hunger wahr.

»Besser?«, fragt er und macht ein paar Schritte zurück. Auf seinen Lippen liegt wieder das Lächeln, das er so oft trägt. Eins, das ich immer als herablassend abgestempelt habe. Vielleicht hat das auch mit dazu beigetragen, dass Jenssen und ich nicht richtig warm miteinander geworden sind. Außer wenn wir Party gemacht haben, aber da habe ich alle gemocht. Und genau das fehlt mir manchmal.

»Ist zufällig was zu essen im Kühlschrank?«, frage ich und rutsche im Bett nach oben, um mich an der Wand anzulehnen. Mein Körper fühlt sich an, als würde er nicht mehr zu mir gehören. Als wäre ich gefangen in diesem erschöpften, schlappen Käfig und könnte nicht daraus ausbrechen. Dabei bin ich zu hungrig, um müde zu sein, und zu müde, um mir was zu essen zu holen.

»Ich kümmere mich darum«, sagt er und dreht er sich weg von mir. Nur um innezuhalten und dann nach etwas auf meinem Nachtschrank zu greifen. »Lass uns einen Deal machen, okay? Solange ich für dich verantwortlich bin, verreckst du nicht.« Dann verlässt er mit der Spritze in der Hand den Raum.

Ich schließe die Augen, weil ich zu erschöpft bin, Löcher in die Luft zu starren.

7

Luca Jenssen

Ich umgreife die Küchenzeile, schließe die Augen und atme tief ein und aus. Versuche, mich nicht von den Bildern von vor einigen Stunden übermannen zu lassen, als Arslan beinahe genauso hier gestanden hat. Mit dem Shot vor sich.

Ich durchsuche die Flaschen, bis ich die finde, von der ich dachte, dass sie nicht mehr existiert. Nicht in dieser Wohnung. Schnell drehe ich sie auf und entleere ihren Inhalt in das Waschbecken. Keine Tests mehr für Arslan oder mich.

Das bedeutet auch, dass ich so was wie vor wenigen Minuten in seinem Zimmer nicht noch mal abziehen kann. Ich war so kurz davor, ihn zu schlagen und dann zu meiner Schwester zu fahren, dass es nicht mehr lustig war. Bis ich Arslan angeschaut habe. Bis ich gesehen habe, dass in ihm Kämpfe toben, für die ich mir normalerweise keine Zeit nehmen würde. Weil ich keine Kraft und Energie in jemanden wie ihn investieren will. Jemanden wie sie. Und ich habe es trotzdem getan. Bin auf ihn eingegangen statt auf die Wut in meinem Inneren.

Ich stelle die leere Glasflasche zu den anderen, die unbedingt mal zum Glascontainer gebracht werden müssten. Aber seit Gruber fehlt, ist keiner von uns bemüht, irgendwelchen Pflichten nachzugehen. Als würden wir hier nur noch existieren, nicht mehr leben. Und als ich den Kühlschrank öffne, um die Spritze zu den anderen zu legen, bestätigt sich der Eindruck.

In Finks Fach sind noch zwei Aufstriche und eine Flasche Bier. Mein Fach ist leer. Grubers sowieso. Und in Arslans liegen die Spritzen.

Im Tiefkühlschrank sind noch zwei Packungen Spinat. Nudeln, Kartoffeln und Proteinpulver sind in den Küchenschränken. Aber nichts, was einen von uns beiden wirklich satt machen würde. Ich habe mit nichts anderem gerechnet.

Eigentlich wollte ich auf dem Weg von meiner Schwester in die WG einkaufen, aber ich hatte keinen Bock, zusätzlich Taschen zu meinem Rucksack zu tragen. Also wollte ich den abstellen und dann weiter. Konnte ja keiner mit dem Überfall von Arslan und seiner Familie rechnen. Und damit, dass er nicht einfach gefehlt hat, sondern einen Autounfall gehabt hatte.

Ich schließe die Küchentür. Wir werden wohl bestellen müssen. Und in der Wartezeit klären wir die Prophylaxe-Angelegenheit und am besten auch, wann Fink wiederkommt.

Ich greife nach einer der gekühlten Spritzen, bevor ich wieder zurück in sein Zimmer gehe. Er lehnt an dem Kopfteil seines Bettes. Seine Augen sind geschlossen. Ich habe ihn schon zu oft so gesehen. Seine Gesichtszüge eingefallen. Seine Arme, die kraftlos an seinem Körper hängen. Seine komplett eingesunkene Gestalt. Erinnerungen vom letzten Jahr fluten meinen Geist. Von Wochenenden, die immer so geendet haben. Von Wochentagen, die meistens nicht anders waren. Keine Ahnung, warum ich das nicht früher bemerkt habe. Vielleicht, weil ich zu sehr mit meinem Scheiß beschäftigt war. Damit, niemanden zu nah an mich ranzulassen.

Ich mache ein paar Schritte in den Raum, in dem es total stickig ist und nach Schweiß riecht. Also öffne ich die Fenster. Wahrscheinlich auch, um Zeit zu schinden, um Arslan nicht wecken zu müssen. Aber er muss was essen. Und seine Spritze braucht er auch. Dringend, wenn er heute noch keine hatte.

Als ich neben seinem Bett stehe, stoße ich ihn kurz an. So wie im letzten Jahr, um zu überprüfen, ob er überhaupt noch atmet. Nur, dass er früher nicht direkt reagiert hat. Dass der Blick aus seinen Augen mir damals Angst gemacht hat und heute mein Mitleid schürt.

»Hey«, murmelt er heiser.

»Wir müssen was bestellen«, sage ich und angele nach dem Smartphone in meinen Shorts, bevor ich es ihm reiche.

Er nimmt es entgegen und seufzt schwer.

»Kannst du …?«, fragt er und hält mir das Gerät wieder hin.

»Bestellen?«

»Egal was«, erwidert er, lässt die Hand sinken und schließt die Augen. Vielleicht hätte ich schon früher mal fragen sollen, was er braucht. Mehr auf ihn als auf die negativen Gefühle in meinem Inneren achten sollen. Vielleicht hätte ich dann auch bemerkt, dass Arslan gar nicht so schwach ist, wie ich ihm insgeheim immer vorgeworfen habe.

Schließlich liegt er gerade nur hier, weil er auf sich aufgepasst hat.

Möglicherweise hat er seine Bedürfnisse nicht geäußert, weil er es sich nicht mit mir verscherzen wollte. Weil er dachte, dass er mich nicht überfordern darf, aus Angst, dass ich gehe und er dann doch zu seiner Familie muss. Und ich fühle es. Weiß genau, wie es ist, nicht zurück in sein Elternhaus zu wollen.

Mein Magen zieht sich zusammen. Und wahrscheinlich nicht nur, weil ich Hunger habe.

»Pizza?«, frage ich und öffne die App des Lieferdienstes.

Ein zustimmender Laut verlässt seine Lippen und ich bin mir unsicher, ob es ihm wirklich egal ist, wenn ich einfach irgendwas aussuche, oder ob er so erschöpft ist, dass er sich damit nicht auseinandersetzen möchte.

Ich scrolle auf der Seite des Italieners rauf und runter. Ohne eine Vorstellung davon zu haben, was Arslan mag. Ob er Nudeln oder Pizza will. Ob er irgendwelche Unverträglichkeiten hat. Ich habe noch nie für jemand anderen was zu essen ausgesucht.

Ich wähle eine Pizza mit Schinken. Eine mit Gemüse. Und zwei verschiedene Nudelgerichte. Morgen ist schließlich Sonntag und von irgendwas müssen wir uns ernähren.

Nachdem ich meine Bestellung abgeschickt habe, betrachte ich Arslan noch einen Moment. Seine Atmung geht unregelmäßig und anders. Aber vielleicht schläft er so?

Mein Blick wandert von ihm zu der Spritze, die ich eben auf dem Nachtschrank abgelegt habe. Ich entscheide mich nicht dagegen, vom Plan abzuweichen, weil ich weiß, wie wichtig Thromboseprophylaxe bei so einer einschränkenden Verletzung ist.

Schon bei der ersten Berührung an seiner Schulter zuckt er erschrocken zusammen und im selben Atemzug verlässt ein Schmerzenslaut seine Lippen. Er verharrt eine Sekunde, bevor seine Aufmerksamkeit zu mir gleitet.

»Deine Spritze«, sage ich und halte sie ihm hin. Solange ich im Raum bei ihm bleibe, sollte er es ja allein schaffen, oder?

»Ich kann das nicht«, murmelt er und schaut wieder weg.

»Ich bleib.«

Er streicht über die Bettdecke, erwidert aber nichts.

»Soll ich die Spritze setzen?«, biete ich an, ohne eine Ahnung davon zu haben. Aber wenn mein Biologiestudium mich irgendwas gelehrt hat, dann, dass Blutgerinnsel an der falschen Stelle eine reelle und tödliche Gefahr sind.

»Okay«, antwortet er, kann mich dabei aber immer noch nicht ansehen.

»Ich habe das noch nie gemacht, also müsstest du mir schon mal sagen, wie das abläuft«, sage ich und hoffe, es kommt weniger genervt rüber, als es in meinem Kopf klingt.

Aber anstatt zu antworten, legt er die Decke zur Seite und schiebt sein Shirt ein Stück nach oben.

Es ist nicht so, dass ich Arslan zum ersten Mal ohne Shirt sehe. Das ist ehrlich gesagt schon so oft passiert, dass es mich wundert, dass ich überrascht bin. Dass mein Blick zu lang über die Erhöhungen und Vertiefungen seiner Bauchmuskeln gleitet, die sich angestrengt heben und senken.

Wahrscheinlich bin ich deswegen auch abgelenkt und sehe erst zu spät die kleinen roten und blauen Flecken, die sich um seinen Bauchnabel sammeln. Die zwischen den schwarzen Härchen trotzdem deutlich zu erkennen sind.

»Kian«, sage ich, weil mir die Info vielleicht beim Ort weiterhilft, aber nicht beim Wie.

»Kannst du nicht ein Youtube-Video oder so was gucken?«

Wenn er mich dabei nicht angesehen hätte und ich die Unsicherheit in seinen dunklen Augen erkennen würde, wäre ich wahrscheinlich schon gegangen und hätte ihn seinem Schicksal überlassen.

Wahrscheinlich nicht.

Ich greife seufzend nach meinem Smartphone und öffne die App. Arslans Blick ist derweil gegen die Decke gerichtet. Als könnte er allein den Gedanken daran, was gleich passiert, nicht ertragen.

»Okay, hast du Desinfektionsmittel und Kompressen oder so?«, frage ich, weil ich auch beim zweiten Umsehen nichts entdeckt habe.

»In der Tasche muss was sein«, erwidert er matt. Erst jetzt sehe ich die kleinen Schweißperlen auf seiner Stirn und die verkrampften Arme.

»Sind da auch die Schmerzmittel drin?«

»Ich nehme keine.«

»Du hast ein Stück Metall, das aus deinem Bein rausschaut«, erwidere ich und betrachte die Stellen, die von Verband verdeckt sind. Keine Ahnung, warum es den Schutz braucht. Vielleicht, damit nichts von außen an das Metall kommt? Ich habe mir heute Mittag Bilder dazu angeguckt. Dabei war die aufkommende Übelkeit vergleichbar mit der während meiner Kopfschmerzen.

»Danke, Jenssen, wenn du nichts gesagt hättest, wäre mir das gar nicht aufgefallen«, erwidert er schweratmend.

»Ich habe nicht das Gefühl, dass gerade der beste Zeitpunkt für Scherze ist, *Kian*.« Als ich seinen Namen ausspreche, bleibt seine Aufmerksamkeit wieder bei mir hängen.

»Kannst du mir bitte einfach die Spritze setzen?«, fragt er, ohne auf unsere vorherige Diskussion einzugehen. Und ich mache es auch nicht.

Mit der Sprühflasche und den Tupfern bewaffnet, stehe ich wenig später vor seinem Bett.

»Also eigentlich muss die Stelle, laut Video, frei von Haaren sein«, sage ich und betrachte seinen nackten Bauch.

»Du willst mich jetzt rasieren?«, fragt er und ein trockenes Lachen verlässt seine Lippen. Der Gedanken daran fühlt sich komisch an. Noch seltsamer, als ihm die Spritze zu geben.

»Kannst du für einen Moment stillhalten?«

»Ja, Herr Doktor«, entgegnet er und ich bin beinahe erleichtert über seinen Kommentar.

»Warum war mir das klar, dass so was kommt?«, frage ich.

»Kein Fan von Rollenspielen?«

Anstatt ihm zu antworten, sprühe ich mehrmals mit dem Desinfektionsmittel auf die Stelle unterhalb seines Bauchnabels, auf der noch nicht so viele Flecken sind. Er zuckt zusammen und stöhnt vor Schmerz auf, sodass das Ziehen in meinem Magen wieder stärker wird. Ich hätte besser vorher angekündigt, was ihn erwartet.

»Ich weiß nicht, ob du ein Problem mit mir hast oder mit Sex«, sagt er und in seinem Ton liegt immer noch ein müdes Lachen.

»Ich brauche Ruhe, um mich auf das Spritzen zu konzentrieren«, entgegne ich und drücke mit Daumen und Zeigefinger vorsichtig etwas Haut zusammen. Ich habe keine Ahnung, wie das funktionieren soll, weil der Wirkstoff ins Fettgewebe gespritzt werden sollte, Arslan davon aber zumindest am Bauch nichts aufweist.

»Kein Ding, wir haben ja morgen noch genug Zeit, um herauszufinden, was dein Problem ist.«

Ich weiß nicht, ob es der neckende Tonfall oder meine sadistische Veranlagung ist, aber ich nutze genau diesen Moment, um die Spritze zu setzen. Dabei gehe ich wie im Video vor. Mit ordentlich Schwung, woraufhin ihm ein überraschter Laut entfährt.

Nachdem ich ihm das Mittel gespritzt habe, warte ich noch einen Moment, bevor ich die Nadel rausziehe.

»Okay?«, frage ich, weil außer seiner schweren Atemzüge nichts zu hören ist. Vielleicht habe ich es doch übertrieben. Aber er wollte es nicht selbst machen. Also blieb uns nicht viel übrig.

»Ja«, erwidert er, hält die Augen aber immer noch geschlossen.

»Ich … bring die Spritze weg«, sage ich und verlasse sein Zimmer. Wahrscheinlich ist das nicht gut, weil ja auch irgendwas schief gegangen sein könnte und ich ihn beobachten muss, aber ich brauche den Moment. Benötige den Augenblick ohne ihn, um mich zu beruhigen. Um mein rasendes Herz, was jetzt erst richtig losgelegt hat, runterzufahren. Ich atme auf dem Weg zur Küche tief ein und wieder langsam aus. Aber die Schwere auf meiner Brust wird nicht weniger.

Ich entsorge die Spritze, deren Spitze schon nach dem Rausziehen vom Material eingezogen wurde. Dann checke ich mein Smartphone.

Fuck. Ich bin bei meinen Eltern. Komme
mit dem Zug erst Montagabend. Soll
ich einen Früheren buchen?

Jan Fink, 19:53

Passt. Denke wir
schaffen das so.

Luca Jenssen, 20:13

Was soll ich ihm auch sonst schreiben? Ich kann Arslan zur Toilette begleiten und ihm zweimal am Tag was spritzen. Außerdem habe ich nichts vor. Also wäre es Schwachsinn, wenn ich verlangen würde, dass Fink früher zurückkommt.

Ich hatte einfach Pech. Und bin ein absolutes Arschloch.

Das Klingeln an der Tür unterbricht meinen Selbsthass. Was wahrscheinlich besser so ist.

Trinkgeld habe ich schon online gegeben, also ist die Abhandlung mit der Pizzabotin an der Tür, die ich von irgendwoher kannte, schnell. Wieder zurück in der Küche, stehe ich vor der gleichen Frage wie eben: Was isst Arslan gern?

Also greife ich nach der vegetarischen Pizza und nehme sie mit in sein Zimmer.

Ich muss ihn schon wieder wecken. War sein Gesicht eben schon so blass?

Ich setze mich neben ihn. Vielleicht bemerkt er schon die Bewegung der Matratze und ich muss ihn nicht wieder anfassen und erschrecken. Aber er rührt sich nicht. Und obwohl er an der Wand lehnt und sein Oberkörper abgeknickt ist, wirken seine Atemzüge entspannter als eben noch.

Aber er muss was essen.

Ich klappe den Karton auf, nehme mir ein Stück Pizza und rutsche noch näher zu ihm. Vielleicht überzeugt ihn der Geruch. Oder erschreckt ihn zumindest nicht und lässt ihn damit auch nicht zusammenzucken. Ich will nicht wissen, wie sein Schmerzlevel ist, vor allem, da er auf Schmerzmittel verzichtet.

»Arslan«, flüstere ich und halte ihm das Stück unter die Nase. »Arslan.« Keine Ahnung, ob es meine Stimme war oder sich meine Theorie bestätigt hat, aber seine Lider öffnen sich langsam. Sein Blick unter den langen schwarzen Wimpern ist verträumt. Ich habe keine Ahnung, was er sieht.

Einen Moment später fixiert er mich und beißt von der Pizza ab. Dabei lässt er mich nicht aus den Augen. Plötzlich wird es wärmer im Raum.

Erst jetzt wird mir klar, wie schräg die Idee war. Aber ich scheine der Einzige zu sein, der das so sieht, weil Arslan einfach noch mal abbeißt.

8

Kian Arslan

Wenn ich eins gelernt habe in seltsamen Situationen: einfach tun, als wäre es nicht so.

Ich konnte ja beim Aufwachen nicht damit rechnen, dass Jenssen entschieden hat, mich mit Essen zu füttern. Und da ich nicht weiß, wann es das letzte Mal passiert ist, dass mir jemand Pizza angereicht hat, mache ich weiter, ohne mich von Jenssens geschocktem Blick ablenken zu lassen.

Wenn ich raten müsste, wie er sich dabei fühlt, würden mir ein paar Sachen einfallen. Aber mein Hunger gewinnt gegen die vor Horror weit aufgerissenen Augen.

»Mehr«, verlange ich und versuche mit einem Lachen, die angespannte Stimmung zu lösen.

»Den Rest schaffst du so«, sagt er und legt das angebissene Stück in den Karton, den er daraufhin weiter in meine Richtung schiebt.

Ich protestiere nicht, weil ich zwischen uns nicht alles seltsamer machen will. Also greife ich nach dem Rest und esse allein weiter.

»Hast du keinen Hunger?«, frage ich, nachdem ich die letzten Bissen des zweiten Stücks runtergeschluckt habe. Sein Blick ist währenddessen durch den Raum geglitten und dabei kein einziges Mal bei mir hängen geblieben. Keine Ahnung, was los ist.

»Ich … Da ist noch Schinkenpizza, die hole ich mir.«

Ich nicke, weil ich gelernt habe, nicht mit vollem Mund zu sprechen. Als er den Raum verlässt, greife ich mit meiner nicht fettigen Hand nach der Fernbedienung. Ich überlege kurz, ob ich eine Serie starten will, entscheide mich dann aber doch für einen Sportkanal, auf dem NHL-Spiele der letzten Saison wiederholt werden.

Er sagt nichts, als er mit einem weiteren Karton den Raum betritt. Sein Blick gleitet vom Bildschirm zu mir und dann zum Platz neben mir. Erwartet er, dass ich ihm wieder ein Signal gebe, sich neben mich zu legen? Soll ich ihm irgendwie zeigen, dass sich für mich in den letzten Stunden nichts geändert hat? Soll ich was sagen?

Ich kann mit seinem Schweigen und dieser seltsam angespannten Stimmung zwischen uns nichts anfangen.

Vielleicht habe ich auch gesabbert während des Schlafens und er fand es supereklig. Vielleicht hat er in der Küche einen komischen Anruf bekommen. Oder er musste jemanden versetzen, um hier zu sein, und hat jetzt zu viel Anstand, mir das zu sagen?

Wahrscheinlich wäre es schlauer, den Elefanten im Raum anzusprechen. Aber was mache ich, wenn er danach geht? Vielleicht schaffe ich es allein auf Toilette und gegessen habe ich jetzt auch erst mal. Aber Spritzen und Verbandswechsel? Eher nicht.

Ich räuspere mich, weil sein Blick immer noch auf dem Bett klebt, er sich aber bisher nicht gerührt hat.

Das Geräusch scheint ihn aus der Trance rauszuholen, denn er bewegt sich endlich. Ohne etwas zu sagen.

Irgendwann liegt er neben mir und wir essen in Stille, während ein Spiel der Devils läuft.

»Jack Hughes ist einfach unfassbar.« Ich gebe es zu. Ich kann nicht gut mit Schweigen umgehen. Wir wissen alle, wie krass New Jerseys linker Flügelspieler ist. Nichts Neues. Aber über irgendwas müssen wir ja reden.

»Mhm.« Mehr sagt er nicht. Es ist nicht so, als hätte meine Aussage irgendwas an der unangenehmen Stimmung, die zwischen uns herrscht, geändert. Doch bevor ich noch etwas sagen kann, klingelt sein Smartphone.

Er legt sein Stück Pizza zurück in den Karton und sucht nach dem Gerät. Wenn meine Bettdecke sauber gewesen wäre, hätte ich mich darüber beschwert, dass er seine fettigen Hände an dem Stoff abputzt. Aber so esse ich einfach weiter.

»Ja.« Sein Tonfall klingt wie immer, also ist es vielleicht jemand aus dem Team. Vielleicht Gruber. In Neuseeland ist gerade Morgen.

»Warte, ich mach dich laut, er liegt neben mir.« Er schenkt mir einen kurzen Seitenblick, dann legt er das Smartphone zwischen uns. *Jan Fink* steht im Display.

»Hey, Kian, was machst du für Sachen?« Fink ist manchmal wie unsere Mutter. Gruber wäre in dem Szenario dann unser Vater. Und Jenssen? Ich blicke kurz zur Seite. Und schüttele mich beim Gedanken daran, uns als Familie vorzustellen.

»Passiert.« Was soll ich auch antworten?

Jenssen schaut mich grinsend und kopfschüttelnd an.

»Passt Luca gut auf dich auf?«

»Kann mich nicht beklagen. Manchmal nervt er ein bisschen, aber so kennen wir ihn ja.« Das entlockt meinem Mitbewohner ein echtes Lachen und macht den Fausthieb, den ich daraufhin kassiere, beinahe wett.

»Als Jenssen mir davon erzählt hat, habe ich nach anderen Zügen geguckt, um früher nach Hause zu kommen, aber ich schaffe es nicht. Sorry.« Selbst durch den Hörer spüre ich Finks schlechtes Gewissen.

Ich will sagen, dass das kein Ding ist. Aber das fühlt sich Jenssen gegenüber nicht fair an. Schließlich merke ich ja, dass es *ein Ding* ist.

»Ich habe dir doch schon gesagt, dass wir das hinbekommen. Genieß die Zeit zu Hause«, kommt es von Jenssen, der mir danach ein Schulterzucken schenkt.

»Ich weiß«, hallt es aus dem Hörer.

Keine Ahnung, was ich noch sagen soll. Wieder Schweigen. Wieder komische Stimmung zwischen uns. Dieses Mal sind wir sogar eine Person mehr.

»Ich bringe das alte Smartphone meiner Schwester mit, das kannst du haben, Arslan.« Mit einem Satz löst sich das Drücken in meinem Inneren. Traurig, dass es mir nach einer Woche immer noch nicht egal ist, ob ich erreichbar bin oder nicht.

»Danke, aber nicht nötig, ich lese gerne die Nachrichten von Jenssens Verflossenen«, entgegne ich lachend, was mir ein erneutes Schubsen von links einbringt.

»Danke. Ich habe mir noch nie mit jemanden mein Smartphone geteilt, und jetzt weiß ich auch wieder, warum.« Bei Jenssen bin ich mir unsicher, ob er es ernst meint oder nicht.

Aber ich würde es verstehen, wenn er es nicht im Scherz meint. Ich fände es auch komisch, wenn jemand die gesamte Zeit über Zugriff auf meine Nachrichten hätte.

»Schlagt euch bitte nicht die Köpfe ein. Okay?«

»Ja, Mama«, erwidere ich, während Jenssen genervt die Augen verdreht. Keine Ahnung, ob wegen mir oder Finks bemutternder Aussage.

»Habt ihr Gruber Bescheid gegeben?«

Ich schaue zu meinem Mitbewohner, der mit den Schultern zuckt. Was soll ich darauf antworten? Ich habe kein Handy und von Jenssens aus habe ich Gruber auch nicht geschrieben.

»Ich werte das Schweigen einfach mal als Nein. Luca, hast du die Nachricht in der Gruppe nicht gesehen?«

»Doch, aber ich dachte, du machst das schon«, entgegnet er und ein Grinsen liegt auf seinen Lippen.

»Danke dafür«, kommt es grummelnd von Fink.

»Sonst frag ihn doch einfach, ob wir nächste Woche mal telefonieren können?«, schlägt Jenssen vor.

»Was sagst du denn, Arslan? Sollen wir auch was in die Tigers-Gruppe schreiben?«

»Dadurch, dass ich aktuell nur Jenssens Smartphone zur Verfügung habe, habe ich mir darüber noch keine Gedanken gemacht«, erwidere ich.

»Sonst lass da drüber reden, wenn du wieder zurück bist.«

»Ich habe das Gefühl, dass du mich loswerden willst, Jenssen«, sagt Fink und sein Lächeln ist deutlich zu hören.

»Dann vertrau darauf«, antwortet Jenssen lachend.

»Arsch.«

»Also, Fink, war schön dich gehört zu haben, wir sehen uns ja Dienstag.«

»Alles klar, Luca. Und Kian? Wenn ich wieder zurück bin, will ich die ganze Story hören.«

Ganz sicher nicht.

»Natürlich«, erwidere ich, jeder Buchstabe trieft nur so vor Sarkasmus.

Dann legen wir auf und mit einem Schlag ist die komische Stimmung zwischen uns wieder zurück. Sein Handy vibriert. Er greift danach und ich beobachte ihn dabei. Was soll ich auch sonst machen?

»Leander«, sagt er irritiert, weil er wahrscheinlich nicht mit einer Nachricht unseres neuen Centers gerechnet hat. Ich auch nicht, weil wir eigentlich alles geklärt haben.

»Können wir uns sehen?«, liest Jenssen vor und ich komme mir vor wie in einem schlechten Film.

»Ich gehe davon aus, dass die Nachricht für mich ist«, sage ich.

»Aber woher weiß er, dass er dich so erreichen kann, wenn es keine vorherigen Nachrichten im Chatverlauf gibt?«

Weil ich sie gelöscht habe. Nicht, dass ich ein Geheimnis aus etwas machen möchte, was nichts ist. Zumindest bin ich davon ausgegangen. Wir haben uns schließlich nur das eine Mal getroffen und haben beide vorher abgeklärt, dass das nichts Ernstes ist. Aber nach Jenssens Reaktion auf Joris und Gruber bin ich vorsichtiger, was die Infos angeht.

»Kein' Plan«, erwidere ich und nehme das Gerät entgegen. Ohne zu wissen, was ich Leander schreiben soll. Ich kann mir gut vorstellen, dass er sich immer noch schlecht fühlt, vor allem, weil ich mich über eine Woche nach unserem Unfall nicht bei ihm gemeldet habe. Weil ich weder Handy hatte, noch seine Nummer wusste. Aber was sollen wir machen? Es ist sowieso schon seltsam genug, weil wir nach der Sommerpause wieder zusammen auf dem Eis stehen werden. Es war von Anfang an keine gute Idee.

»Warum musst du lügen?«, fragt Jenssen und weicht nur wenige Augenblicke später meinem Blick aus. Als hätte er eigentlich nichts sagen wollen.

»Cool. Ich sag, warum ich gelogen habe, wenn du mir eröffnest, was los ist, seit ich eingeschlafen und mit Pizza vor meinem Gesicht aufgewacht bin.«

Daraufhin landet Jenssens Aufmerksamkeit wieder bei mir.

Wir schauen uns lange an. Ich wusste nicht, *wie* unangenehm intim sich Angucken anfühlen kann. Dass mein Bauch sich schon nach wenigen Sekunden zusammenzieht.

»Beantworte deine Nachricht, damit ich in mein Bett kann.« Seine Stimme ist kalt. Distanziert. Reserviert.

Ich würde ihm gern mal sagen, wie genervt ich davon bin, dass er von mir Sachen erwartet, die er selbst nicht erfüllt. Aber das Wort *Bett* hat meine Müdigkeit wieder in den Mittelpunkt gerückt.

Also schreibe ich Leander, dass ich nicht raus kann, er aber vorbeikommen kann. Und dass es mir egal ist. Und ich hoffe, er bezieht das nicht nur auf sein Auftauchen, sondern auch auf unser kurzes Miteinander. Klingt fies. Vielleicht ist etwas von Jenssens strahlend positiven Charakterzügen auf mich übergeschwappt, wer weiß das schon.

Ich schicke die Nachricht ab, ohne den Verlauf zu löschen. Soll er doch lesen, wenn ihm langweilig ist.

»Also dann«, kommt es von Jenssen, und plötzlich wird mir heiß und kalt gleichzeitig. Mein Appetit ist verflogen. Wurde abgelöst von dem Ziehen in meiner Magengegend.

»Ich war noch nicht im Bad.«

Der Blick, der mich daraufhin trifft, sagt so viel. *Warum denkst du, dass das mein Bier ist und mich interessiert?*

Ich kann genau den Moment erkennen, in dem er das Bein sieht und die Situation realisiert.

Wenig später sind wir zusammen im Bad. Wir reden nicht miteinander, während er mir die Zahnbürste reicht und danach den Blick abwendet. Er kommentiert nicht, dass ich wieder viel zu lange vor der Toilette brauche. Er bringt mich einfach zurück in mein Zimmer, wartet, bis ich mich hingelegt habe, und verschwindet dann mit einem tonlosen »Nacht«.

Und ich? Ich liege noch Minuten später wie erstarrt in meinem Bett, bevor ich den Fernseher anmache, in der Hoffnung, dass er mich von den dumpfen Schmerzen ablenkt.

9

Luca Jenssen

»Luuuuuuca!«

Ich schrecke im Bett hoch und brauche einen Moment, um das Geschrei und den Knall zuzuordnen. Mein Körper realisiert vor mir, was los ist. Mein Herz rast und ich bin in Sekundenschnelle richtig wach. *Arslan.*

Ich renne im Dunklen aus meinem Zimmer, bleibe mit dem Fuß an irgendwas hängen, kann mich aber noch abfangen.

»Luca.« Seine Stimme ist kaum noch zu hören, als ich endlich bei seiner Tür angekommen bin und sie aufreiße.

Es sind nur Schemen zu erkennen, bis ich den Lichtschalter finde.

Arslan liegt wimmernd auf dem Boden. In wenigen Schritten bin ich bei ihm. Habe aber keine Ahnung, was ich machen soll.

»Luca«, bringt er zwischen erstickten Schmerzensschreie hervor.

Ich weiß nicht, wie ich ihm helfen kann. Er liegt auf dem Bauch. Sein rechtes Bein von sich gestreckt. Ich muss ihm irgendwie aufhelfen. Ihn umdrehen.

Ich greife ihm unter die Arme und versuche, seinen verkrampften Körper zu bewegen. Er schreit immer wieder auf. Seine Haut ist kalt und schwitzig.

Ich schaffe es endlich, ihn zu drehen. Mein Atem bleibt mir im Hals stecken, als ich die roten Flecken auf seinem Verband bemerke. Genau an der Stelle, wo der Fixateur aus seinem Bein herausguckt.

Fuck. Was machen wir jetzt?

Ich schaue zu meinem Mitbewohner, dessen Gesicht noch nie so ausgesehen hat wie heute. Schmerzverzerrte Züge gemeinsam mit einem leidenden Ausdruck. Alles zieht sich in mir zusammen. Wie kann ich ihm helfen? Warum bin ich nicht bei ihm geblieben?

»Ich rufe einen Krankenwagen«, sage ich. Keine Ahnung, zu wem. Ob er mich überhaupt hören kann.

»Nein, hilf –« Seine Stimme bricht zum Schluss. Geht unter in seinen leidenden Geräuschen.

»Arslan, ich weiß nicht, wie.« *Du blutest.* Aber das will ich ihm nicht sagen. Ich muss ihm nicht auch noch Angst machen.

»Ich … Zieh mich hoch.«

Er muss sich für einen Augenblick locker machen. Nicht verkrampfen. Aber wie soll ich ihm das sagen, wenn ich mir nicht mal ansatzweise vorstellen kann, wie stark seine Schmerzen sein müssen. Wahrscheinlich ist er genau auf dem Fixateur gelandet. Auf dem Metallgerüst, das sein Bein zusammenhält.

Mit einem Schlag breitet sich Übelkeit in meinem Magen aus, die ich gerade nicht gebrauchen kann.

»Halt die Luft an. Oder beiß dir für einen Moment auf die Lippen. Denk an was anderes. Ich bekomme dich schreiend und so verkrampft nicht zurück ins Bett.« Ich versuche, langsam zu reden. Beruhigend. Versuche, nicht durchklingen zu lassen, wie viel Angst ich gerade habe. Dass ich nicht mal mehr weiß, ob meine Hände so schwitzig sind wegen mir, oder weil ich seine Haut berühre.

Er lehnt mit dem Rücken am Bett. Sein Gesicht ist tränenüberströmt und zerrissen von Schmerz und Leid. Arslan bekommt seinen Körper kaum gehalten. Bei jedem Atemzug sackt er mehr zusammen.

Ich steige hinter ihm auf die Matratze und ziehe ihn das letzte Stück hoch, bis er zum Liegen kommt. Es klingt als würde er ein Wimmern unterdrücken.

Sein Körper fühlt sich heiß und verschwitzt hat. Total verkrampft und hart.

Ich versuche, die Kissen unter seinem Bein zu arrangieren, ohne ihm dabei ins Gesicht zu gucken. Ohne zu sehen, wie viele Schmerzen ich ihm gerade bereite. Ohne mich von den Blutflecken auf dem Verband ablenken zu lassen.

»D…anke. Ich komm klar«, stößt er zwischen zusammengebissenen Zähnen aus.

»Wo wolltest du hin?«, frage ich, ohne auf seine absurde Aussage einzugehen.

»Klo.« Seine Schultern heben und senken sich angestrengt.

»Soll ich dir eine leere Flasche oder so besorgen?« Schließlich kenne ich mich aus mit Wasserlassen im Bett.

»Brauch … ich nicht.« Er kann mir immer noch nicht ins Gesicht sehen.

Mein Blick wandert zurück zu der Stelle am Boden. Erst jetzt realisiere ich den Geruch. Verstehe, warum er mich nicht angucken kann. Warum er will, dass ich gehe.

»Ich kümmere mich darum.« Dann stehe ich auf, um einen Überblick über das Ausmaß zu bekommen. Um zu wissen, wo ich zuerst anfangen soll.

»Wo ist dein Verbandsmaterial?«, frage ich.

»Tasche«, antwortet er unter schweren Atemzügen.

Ich mache einen Bogen um den feuchten Fleck auf seinem Boden. Dann krame ich nach den Verbandsmaterialien.

Ich habe keine Ahnung von medizinischer Versorgung, aber so schwer wird es wahrscheinlich nicht sein. Und zur Not gibt es garantiert irgendwen da draußen, der ein Video dazu hochgeladen hat. Wie immer.

Minuten später bereue ich meinen nächtlichen Optimismus, der überhaupt nicht zu mir passt.

Das Gute: Es waren *nur* ein paar Flecken Blut auf dem feuchten Verband. Das Schlechte: Es ist das erste Mal, dass ich den Fixateur sehe. Die Metallstäbe, die aus seinem Oberschenkel herausragen.

Und obwohl er Glück hatte und nichts blutet oder komischer aussieht als auf den Videos, die ich gesehen habe, muss ich mich zusammenreißen, mich nicht zu übergeben. Nicht zu fliehen. Ihm nicht zu sagen, wie heftig das ist.

Ich bin zwischenzeitlich in mein Zimmer, um mein Smartphone zu holen und mir dazu Videos anzuschauen, weil Arslan weder mich noch sein Bein ansehen kann. Er gibt nicht einen Laut von sich, während ich mit Kompressen und Desinfektionsspray alles vorsichtig säubere.

Nachdem ich fertig bin, helfe ich ihm beim Ausziehen und besorge ihm eine Schüssel mit Wasser. Während er sich wäscht, verlasse ich den Raum. Wahrscheinlich muss sich meine Schwester genauso fühlen, wenn sie mich versorgt. Wenn ich wieder einen der Anfälle habe und nicht mehr allein klarkomme.

Ich klicke mich müde durch mein Smartphone, aber wir haben kurz nach drei, also kann ich nicht mal irgendwem schreiben. Es ist nicht so, dass es jemanden gäbe.

»Fertig«, kommt es aus Arslans Zimmer, als ich schon mehrere Minuten auf TikTok verbracht habe.

Wir reden nicht, während ich ihm helfe, sich wieder anzuziehen. Es fühlt sich weniger seltsam an als gedacht und zeitgleich doch anders. Ich spiele seit Jahren Hockey und ziehe mich schon genauso lange mit anderen in einer Kabine um. Aber ich habe noch nie hingesehen. Nicht, weil ich damit ein Problem habe, sondern es hat mich nicht interessiert. Nackte Körper im Allgemeinen, nicht nur die von Jungs und Männern. Irgendwie habe ich das nie verstanden.

Nicht, dass Arslans verkrampfter und von blauen Flecken gezeichneter Körper mir plötzlich die Augen öffnet. Nein. Aber obwohl ich ihm so nah bin, wir kein Wort miteinander reden, fühlt es sich nicht komisch an. Und genau das ist seltsam und neu. Aber ich sage nichts. Weil von ihm auch kein Laut kommt.

Ich ziehe sein Bett ab. Erst die Seite, auf der ich gestern gelegen habe, danach seine. Streng genommen ist an seine Bettwäsche wahrscheinlich nichts drangekommen, aber Kaya macht das auch immer bei mir, nachdem die Attacke abgeflacht ist, und das mag ich am meisten.

Arslan hat selbst keine Bezüge, also nehme ich welche von mir und stecke seine Sachen in die Waschmaschine, die ich auf morgen früh programmiere.

Zurück in seinem Zimmer stehe ich etwas ratlos vor dem Bett. »Brauchst du noch was?«

Er hebt nicht mal den Kopf, um mich anzusehen. »Nein.«

»Was zu trinken?«, schlage ich vor. Keine Ahnung, warum. Vielleicht, um den Moment herauszuzögern, weil ich noch keine Entscheidung getroffen habe.

»Nein. Aber danke für …« Seine Stimme klingt leise und abgekämpft. Und bestärkt meinen Entschluss.

»Alles klar«, erwidere ich, lösche sein Licht und gehe zu der anderen Seite des Betts.

»Was machst du?«

»Schlafen«, entgegne ich und lege mich dahin, wo ich schon den ganzen Tag verbracht habe.

»Luca.«

Ich weiß nicht, ob er noch was sagen will. Warte ab, bis seine Atmung ruhiger wird.

Mein Körper wird leichter. So, als wäre der Druck, der den ganzen Tag auf meiner Brust und meinen Schultern gelastet hat, plötzlich weniger geworden.

Ich lausche noch ein paar Minuten Arslans Atemzügen, bis ich merke, dass meine Glieder auch schwerer werden.

Ein Klingeln reißt mich aus dem Schlaf und ich hoffe, dass Fink, Arslan oder Gruber zur Tür gehen, weil ich keinen Bock habe. Ich drehe mich zur Seite und ziehe mir die Decke noch etwas höher.

Als es das nächste Mal klingelt, bin ich wacher. Realisiere, dass Gruber in Neuseeland ist und Fink das gesamte Wochenende nicht hier war. Und Arslan? Sturz. Verbandswechsel. Bettwäsche.

Ich schlage die Augen auf und blicke in das Gesicht meines Mitbewohners, das heute wesentlich besser aussieht als gestern Nacht. Seine Züge wirken entspannter und seine Gesichtsfarbe sieht deutlich gesünder aus.

»Erwartest du jemanden?«, frage ich und versuche damit gleichzeitig, die komische Stimmung zwischen uns zu überbrücken. Es ist nicht das erste Mal, dass wir zusammen in einem Bett aufwachen. Wenn er total betrunken war und wir uns nicht sicher waren, ob er die Nacht nicht an seinem Erbrochenen erstickt, hat er bei mir geschlafen.

Aber da habe ich ihn am Morgen gehasst. Da war alles wie immer. Meistens war ich auch schon lange vor ihm wach.

Es klingelt noch mal.

»Ich geh mal davon aus, dass du die Tür nicht aufmachen kannst«, sage ich und schlage die Decke zurück.

»Wirklich witzig, Jenssen.« Seine Stimme ist rau. Wahrscheinlich von den ganzen Schreien gestern. Mit einem Ziehen in meiner Magengrube ist mein schlechtes Gewissen zurück. Aber ich antworte nichts, sondern mache mich in Boxershorts und Shirt auf den Weg zur Tür.

Wenige Augenblicke später steht ein blonder Typ in Hemd und Jeansshorts in unserem Flur und ich brauche ein paar Sekunden, um ihn zuzuordnen. Leander Martinez. Einer der Neuen im Team.

»Was gibt's?«, frage ich, weil ich keine Ahnung habe, was er von mir will. Ich weiß ja nicht mal, wie spät wir haben. Aber unangekündigt am frühen Morgen vor unserer Wohnung zu stehen und uns rauszuklingeln, ist schon ziemlich unhöflich. Unfreundlicher als meine Begrüßung.

Er fährt sich durch sein kurzes Haar und lässt den Blick durch den Flur gleiten.

»Ist Kian da?«

»Arslan?« Und dann fallen mir die Chatnachrichten ein. Vielleicht ist er meine Ablösung. Vielleicht hat Arslan ihn gebeten zu kommen, weil er keinen Bock mehr auf mich hat.

Soll mir recht sein.

»Da rechts.« Ich zeige zu der offenen Zimmertür und drehe ihm den Rücken zu, während ich mich auf den Weg zur Küche mache.

Vielleicht kann ich gleich doch noch mit Collin und den anderen ins Gym.

Aber ein Gefühl von Erleichterung stellt sich auch Minuten später nicht ein.

10

Kian Arslan

Ich muss pinkeln. Ziemlich dringend. Und das erinnert mich an letzte Nacht, als ich es nicht allein geschafft habe. Als Jenssen hier alles sauber machen musste. Einschließlich mir.

Der bittere Beigeschmack, den Leanders Auftritt hinterlässt, verstärkt sich. Und er schaut mich jetzt schon mitleidig an, dabei liegt die Decke immer noch über meinem verbundenen Bein.

»Ich habe die letzten Tage die ganze Zeit an dich gedacht.« Seine Stimme zittert und seine Augen sind glasig. Ich weiß, dass er sich Vorwürfe macht, schließlich ist er gefahren. Aber unsere Ampel war grün. Grün. Nicht orange. Das einzig Riskante war, dass ich nur Sekunden später meine Lippen um seinen Schwanz hatte und uns in dem Moment ein anderes Auto getroffen hat.

Zumindest wurde mir das erzählt. Erinnern kann ich mich nur noch daran, dass ich mich zu ihm gebeugt habe.

Der Augenblick könnte also nicht komischer sein. Vor allem, weil *ich* die letzten Tage nicht an ihn gedacht habe. Weil meine Sucht im Vordergrund stand. Die Angst davor, rückfällig zu werden. Das Verlangen, mich wieder so zu fühlen, wie wenn ich einen Pegel habe. Meine Familie. Hockey. Dass ich Jenssen versetzt habe. Dass ich Jenssen zu viel zumute. Dass Jenssen mich hier zurücklässt. Ich habe eher an den nächsten Toilettengang gedacht und wie ich den allein hinbekomme als an Leander und unser Treffen.

Und jetzt steht er vor mir mit Tränen in den Augen und ich weiß nicht, was ich sagen soll.

»Sorry.« Ich entscheide mich dafür, um nicht auf seine Aussage einzugehen. Um ihm nicht zu beichten, dass ich nur wenig bis gar nicht an ihn gedacht habe.

»Können wir darüber reden?«

Worüber? Über den Blowjob, der in einem Unfall geendet ist? Was mir passiert ist? Kann ich einfach ablehnen? Würde er dann wieder nach Hause gehen?

Wahrscheinlich färbt Jenssens Arschlochsein schon auf mich ab.

»Okay«, erwidere ich und versuche mich an einem aufmunternden Lächeln.

Beim Hochrutschen im Bett muss ich die Zähne zusammenbeißen, um nicht aufzustöhnen. Wegen der Schmerzen und meiner vollen Blase. Es gibt also auch gerade Dinge, die mir wichtiger sind als Gespräche mit Leander. Ich komme offiziell in die Hölle.

»Ich ... wollte mich persönlich bei dir entschuldigen. Es tut mir so leid, dass ich ... Ich wünschte, wir hätten uns an dem Tag nicht getroffen. Und gleichzeitig würde ich dich gerne noch mal sehen ... das ist schräg, oder?« Er beißt sich auf die Lippen und weicht meinem Blick aus.

Leander ist eigentlich nicht mein Typ. Er ist kleiner als Gruber, schmal, und wirkt beinahe so, als würde er beim Boarding auseinanderbrechen. Dabei habe ich ihn auf dem Eis gesehen, weiß, dass der erste Eindruck von ihm nicht richtig ist, weil er viel einstecken kann. Noch dazu ist er ein großartiger Hockeyspieler. Ich habe keinen Plan, warum er zu uns gewechselt hat, wenn seine alte Mannschaft höherklassig spielt.

Vielleicht war es die Kompetenz, die mich angemacht hat. Oder die Unschuld, die in seinen hübschen Gesichtszügen liegt. Keine Ahnung. Vielleicht war es auch der Mut, den ich damals bewundert habe, als er mich nach dem Training nach einer Verabredung gefragt hat. Er war zwar genauso unsicher und fahrig wie heute, aber in seinen Worten lag eine Entschlossenheit, die keinen Interpretationsspielraum offengelassen hat, was er mit *Verabredung* gemeint hat.

»Dich trifft keine Schuld. Es war grün, also konntest du nur fahren.«

»Ich hätte dich aufhalten sollen, als du ...«, beginnt er und lässt seinen Blick durch mein Chaos wandern.

»Als ich dir die Hose aufgemacht habe und deinen Schwanz in meinen Mund genommen habe?«, schlage ich vor. Keine Ahnung, ob es an meiner mangelnden Geduld liegt, weil ich nicht noch mal so ein Missgeschick wie gestern Abend erleben will, oder daran, dass ich es liebe, wie sein Gesicht rot anläuft.

»Genau«, kommt es von ihm und ich bin fast versucht, auf sein Angebot einzugehen. Denn sind wir mal ganz ehrlich, ich werde die nächsten Wochen keine Action haben. Weder bewegungstechnisch noch sextechnisch. Aber nur weil es bequem wäre und ich es mag, wie er bei Dirty Talk reagiert, werde ich nichts mit ihm anfangen.

»Ich … würde dich gerne besser kennenlernen und dich die nächsten Wochen unterstützen.« Das hoffnungsvolle Glitzern in seinen Augen befeuert das Ziehen in meienr Brust. Was soll ich dazu sagen? Ich will nicht, dass Jenssen allein für mich verantwortlich ist. Und er will das garantiert auch nicht. Aber das Date mit Leander war von Anfang an eine ganz blöde Idee.

»Ich könnte … Maltes Zimmer nehmen —«

»Was?«, frage ich.

»Ich habe meinen Eltern davon erzählt … also von dem Unfall und wie es passiert ist —«

»Du hast deinen Eltern von dem Blowjob erzählt?« Meine Familie weiß weder von den Frauen noch von den Männern, die ich date.

»Ich musste mit irgendwem reden.« Sein Tonfall ist anders. Irgendwie anklagend oder vorwurfsvoll. Aber ich gehe nicht darauf ein. Sage ihm auch nicht, dass ich mir kein neues Smartphone leisten kann. Dass ich gekämpft habe, nicht nach den Schnapsflaschen in der Küche meiner Eltern zu greifen. Und das jeden verdammten Tag.

»Sie haben mich rausgeworfen.«

»Tut mir leid«, erwidere ich und frage mich gleichzeitig, ob es scheiße wäre, wenn ich ihn bitte, Jenssen zu holen. Ich weiß natürlich, dass es das ist, also bin ich still.

»Ich schlaf aktuell bei Williams auf der Couch, aber so lange kann ich da nicht mehr bleiben. Er meinte, dass ihr was frei habt.«

»Haben dich deine Eltern wegen des Blowjobs rausgeworfen oder weil der von einem Kerl kam?«

Daraufhin schaut er mich völlig zurecht irritiert an. Aber was soll ich ihm sagen? Dass wir den Raum brauchen? Das wäre eine Lüge.

Doch Gruber kommt bald wieder und es würde sich falsch anfühlen, jetzt jemanden aufzunehmen. Außerdem entscheide ich so was nicht allein.

»Sie wussten nicht, dass ich schwul bin.«

Shit.

»Fuck, Mann. Das tut mir leid.« Wir können ihn nicht *nicht* aufnehmen. Er ist ein Tiger und wurde rausgeworfen wegen seiner sexuellen Orientierung.

»Von mir aus kannst du das Zimmer haben.« Ich muss so dringend auf Toilette.

»Echt?« Seine himmelblauen Augen, die so perfekt in das hübsche Gesicht passen, leuchten hell.

»Ja. Kannst du Jenssen holen … Bitte.«

»Natürlich.« Er ist schneller aus dem Zimmer verschwunden, als ich blinzeln kann. Und ich bin unfassbar dankbar dafür, während ich die Luft anhalte, weil ich Angst habe, ins Bett zu machen. Oder auf den Boden, schon wieder.

Erst als ich mir nach dem Toilettengang die Hände wasche und Jenssen im Spiegel sehe, realisiere ich, was ich eben gemacht habe.

»Ich habe Leander Grubers Zimmer gegeben.«

»Was? Warum?«

Es ist das erste Mal, seit er aufgestanden ist und die Tür geöffnet hat, dass wir uns richtig angucken. Mittlerweile müsste ich an seinen abgefuckten Gesichtsausdruck gewöhnt sein. Trotzdem fühlt er sich heute wie ein Schlag in die Magengrube an.

»Weil er zuhause rausgeflogen ist.« Wahrscheinlich bekommt Leander, der in meinem Zimmer auf mich warten wollte, jedes Wort mit, das wir in dem gefliesten Bad besprechen.

»Warum ist das unser Problem?« Zum Glück ist Jenssens Stimme leise.

»Sei nicht so ein Arsch.« Selbst wenn ich nicht der Grund wäre, dass er rausgeflogen ist, hätte ich ihm das angeboten. Oder zumindest mit Fink und Jenssen gesprochen.

»Ich habe das Gefühl, du verheimlichst mir was.« Er verschränkt die Arme vor der Brust und funkelt mich im Spiegel an.

»Wir hatten was miteinander … und deswegen ist er von zuhause rausgeflogen«, murmele ich. Es ist nicht gelogen, aber ich weiß selbst, dass ich zu viele Sachen ausgelassen habe.

»Dann lass deinen *Boyfriend* doch in deinem Zimmer schlafen.« Jenssens Tonfall ist wie gewohnt neutral. Und es kotzt mich trotzdem an. Keine Ahnung, warum. Ob es das *Boyfriend* ist oder die Tatsache, dass er wahrscheinlich nur auf eine Gelegenheit wartet, mich loszuwerden.

»Wir sind nicht zusammen und werden es auch nie sein«, flüstere ich, weil ich keinen Bock habe, dass Leander das so mitbekommt.

»Und du meinst, dass das eine gute Idee ist? Dass er hier wohnt, wenn ihr vorher gefickt habt? Wenn ihr ab Herbst wieder zusammen auf dem Eis steht?«

Ich bleibe stumm. Was soll ich auch sagen? Dass ich mit dem Bein garantiert nicht zum Saisonauftakt Hockey spielen werde? Dass ich von Anfang an wusste, dass es eine dumme Idee war, ich aber geil, geschmeichelt und beeindruckt war?

»Können wir wenigstens mit Fink und Gruber mal darüber reden?«

»Kümmert er sich dann ab jetzt um dich?«, entgegnet er, ohne auf meine Frage einzugehen.

»Luca.«

Er zuckt zusammen und weicht meinem Blick aus.

Ich warte ab. Versuche, eine Lösung für die eklige Stimmung zwischen uns zu finden.

»Weißt du was, Arslan? Manchmal muss man seinen Scheiß auch erst mal selbst klären und nicht dauernd vor allem weglaufen.« Jetzt bin ich es, der wegguckt.

Ich sage nichts mehr. Weil ich nicht zugeben will, wie sehr mich seine Aussage verletzt. Weil ich weiß, was er meint. Dass ich nicht auf ewig vor meiner Familie flüchten kann und mich ihr langsam stellen muss. Aber ich kann nicht.

Er schüttelt nur mit dem Kopf und hilft mir zurück in mein Zimmer, in dem Leander auf mich wartet.

»Ich komme gleich wieder, weil du noch deine Spritze brauchst«, sagt Jenssen, nachdem er mich auf die Bettkante gesetzt hat.

»Okay«, erwidere ich. Ich weiß, was er mir eigentlich sagen will.

Klär deinen Scheiß, bis ich wieder zurück bin.

Aber wie soll das funktionieren, wenn Leander mich nicht anschaut? Wenn er keinen Ton von sich gibt. Und ich kann nicht mal sagen, ob es an meinem Anblick liegt oder weil er unser Gespräch mitanhören musste.

»Ich muss erst mal mit meinen Mitbewohnern reden, bevor ich dir eine Zusage für das Zimmer gegeben kann … da war ich eben einfach zu schnell. Sorry.«

»Kein Problem.« Ich hasse es, wie seine Stimme zittert, weil ich der Grund dafür bin.

»Ich … kannst du vielleicht näherkommen, ich will –«

»Du willst das mit mir nicht mehr. Schon kapiert.« Er ist gefasster, als ich erwartet habe.

»Ich … Du bist wirklich toll. Nett. Hübsch und –«

»Du musst mich nicht anlügen. Ich bin kein Kleinkind, was mit Zurückweisungen nicht umgehen kann.« Er verschränkt die Arme vor der Brust und schaut mich zum ersten Mal richtig an. Irgendwie erinnert er mich an Jenssen. An die jugendfreie Variante von ihm.

»Ich weiß. Das war nur die Wahrheit. Ich bin aber gerade nicht bereit für was Festes und Snacken im Team ist nie eine gute Idee.«

»Okay. Warum … hast du von Anfang an nichts gesagt?« Tja, wie soll ich mich da jetzt rausreden?

»Weil ich für einen Moment mal nicht verantwortungsbewusst sein wollte.« Ich schließe die Augen und warte nur darauf, dass er mich zurecht als Arschloch bezeichnet. Aber nichts dergleichen passiert, weil Jenssen im Raum steht, als ich meine Augen wieder aufschlage.

»Ich wollte euch nicht stören, aber Arslan braucht jetzt seine Thromboseprophylaxe.« Er ist bemüht freundlich, auch wenn ich an seinem verkniffenen Gesichtsausdruck erkenne, wie viel ihm das abverlangt. Wäre die Situation nicht unangenehm genug, würde ich das Lachen nicht zurückhalten können.

»O…kay. Ich muss sowieso weiter«, kommt es von Leander, der Jenssen einen Moment mustert, bevor sein Blick zu mir gleitet.

»Tut mir leid … Danke, dass du vorbeigekommen bist.« Ich weiß nicht, ob das Lügen schon vor der Sucht da war oder erst mit ihr gekommen ist. Aber es stört mich, dass es mir so leicht von der Hand geht.

»Meldest du dich wegen des Zimmers?« Es ist nicht so, dass ich es vergessen habe. Aber ich hätte es gern verdrängt.

»Klar«, erwidere ich und vermeide es dabei, zu Jenssen zu schauen.

»Okay … dann schönen Sonntag euch noch. Bis dann.« Als er aus dem Raum geht, hasse ich mich für den erleichterten Seufzer, der schneller meine Lippen verlässt, als ich ihn aufhalten kann.

Dann fällt die Wohnungstür ins Schloss und ich lehne mich befreit zurück in die Kissen.

»Der arme Kerl reiht sich ein zu all den anderen gebrochenen Herzen, die auf deinen Nacken gehen«, kommt es grinsend von Jenssen.

»Fick dich«, erwidere ich und schiebe mein T-Shirt hoch. Wenn ich mich weiterhin so schlecht ernähre und so wenig bewege, habe ich bald mehr Fett für die Spritzen. Ist doch auch was.

Dieses Mal tut es fast gar nicht weh.

Jenssen bringt die Thromboseprophylaxe weg und kommt mit zwei Tellern Nudelgerichten zurück, die wir essen, während wir still nebeneinander fernsehen.

Es ist nett. So nett, dass ich zwischendurch fast vergesse, warum er Zeit mit mir verbringt.

11

Kian Arslan

Es ist Freitagabend und Jenssen ist schon den gesamten Tag nicht aufgetaucht. Nicht, dass ich es ihm verdenken kann. Er ist diese Woche immer wieder weg gewesen. Und dadurch, dass ich Physio-, Arzt- und Verbandswechseltermine hatte, haben wir uns kaum gesehen. Was total okay war, weil Fink da war. Oder Williams und Joris. Selbst Leander kam vorbei. Gut, Letzterer war mehr hier, weil er schon mal einen Teil seiner Kleidung vorbeigebracht hat. Leander zieht nämlich am Montag zu uns. Wir haben diese Woche mit Gruber gesprochen, und obwohl Jenssen und ich nicht sonderlich begeistert waren, haben Gruber und Fink uns zurechtgewiesen. Und natürlich haben sie recht. Leander ist von zu Hause rausgeflogen und wir haben ein Zimmer frei. Da bedarf es keine lange Zeit zum Nachdenken, was wir tun können.

Ich wünschte, das wäre der einzige Anpfiff, den wir uns von unserem Kapitän abholen konnten. Aber als er gehört hat, dass ich auf den Fixateur gefallen bin und nicht im Krankenhaus war, ist er richtig sauer geworden und hat direkt Joris vorbeigeschickt. Dass ich Joris nicht noch ein zweites Mal darum bitten werde, meinen Verband zu checken, weil er total gestresst und müde aussah, muss Gruber ja nicht wissen.

Auch wenn Jenssen und ich uns kaum gesehen haben, ist er jeden Abend zurückgekommen und hat bei mir im Bett geschlafen. Keine Ahnung, wo er heute ist. Oder warum es mir was ausmacht. Als es einen Moment später an der Tür klopft, ist das eklige Gefühl in meinem Magen so schnell verschwunden, wie es aufgetaucht ist.

Aber es ist nicht der Mitbewohner, auf den ich gewartet habe.

»Hey«, kommt es von Fink, der in blaukarierten Shorts und dunklem Shirt in meinem Zimmer steht.

Ich nicke nur, weil ich kein Wort rausbekomme. Weil ich Fink nicht sagen will, dass ich auf Jenssen gewartet habe. Schließlich bin ich froh über jede Person, die sich freiwillig um mich kümmern will, damit ich nicht zu meiner Familie muss. Und wenn jemand das wirklich gut kann, dann Jan Fink. Seine Berührungen sind sanft. Seine Worte sind freundlich und aufmunternd. Seine Ausstrahlung ist positiv. Er ist mit allem, was ansteht, unglaublich geduldig. Er ist das komplette Gegenteil von Jenssen.

Wahrscheinlich stimmt irgendwas mit mir ganz gehörig nicht, weil ich mir Jenssens abweisende Art herbeiwünsche statt Finks liebevolle.

»Stört's dich, wenn ich dir diese Nacht Gesellschaft leiste?«, fragt Fink und macht noch ein paar Schritte in den Raum.

»Nein. Danke.« Natürlich stört es mich, weil es mich mal interessieren würde, wo Jenssen abgetaucht ist. Vielleicht hat er irgendwo eine Freundin oder sucht eine. Und ich würde alles dafür geben, auch vögeln zu dürfen. Aber das steht die nächsten Wochen erst mal nicht zur Debatte. Und die Pausen, in denen keiner der Jungs, der Physiotherapie oder der Frau vom Pflegedienst im Raum sind, nutze ich nicht, um mich selbst um mein Problem zu kümmern. Meine Vorlieben sind garantiert nicht langweilig, aber beobachtet zu werden zählt nicht dazu.

Fink legt sein Smartphone auf dem Nachtschrank ab und schlüpft unter Jenssens Decke.

Die letzten Tage über hat es sich beinahe normal angefühlt, nicht allein zu schlafen. Heute fühlt es sich komisch an, jemanden neben mir liegen zu haben.

»Wo ist Jenssen?« Nur das Licht des Fernsehers erhellt den Raum, wirft meterlange Schatten und lässt den Platz neben mir schemenhaft erscheinen.

»Bei seiner Schwester … schätze ich«, antwortet er und ich kann nicht ausmachen, ob er müde ist oder genervt.

»Warum?«

»Ich bin so abgefuckt von euren scheiß Geheimnissen.« Okay, er ist definitiv nicht müde.

»Was denn für Geheimnisse?«

»Ja, Arslan, was denn für welche?« Gut, vielleicht hat er da einen Punkt. Aber was verbirgt Jenssen?

»Was macht er bei seiner Schwester?«

»Wie wäre es, wenn du ihn einfach beim nächsten Mal fragst? Und vielleicht können wir uns dann alle noch mal an einen Tisch setzen und darüber reden, was wir uns die letzten Wochen nicht gesagt haben«, erwidert er.

»Ich habe keine Geheimnisse.«

»Leander«, antwortet er nur und ich schließe den Mund.

»Genau das meine ich. Wie können du und Jenssen miteinander befreundet sein, wenn ihr über nichts redet.« Jetzt klingt Finks Stimme mehr erschöpft als abgefuckt. Das ist doch schon mal was.

»Freunde wäre jetzt nicht das Label, das ich uns verpassen würde«, sage ich, anstatt den Gedankengang einfach für mich zu behalten.

»Ich weiß gar nicht, wer von euch beiden schlimmer ist.«

»Jenssen«, erwidere ich, ohne lange nachzudenken.

Fink lässt nur einen tiefen Seufzer folgen, bevor er sich zu meiner Seite dreht.

»Brauchst du noch was? Musst du noch mal ins Bad?«

»Nope. Danke.«

»Können wir den Fernseher ausmachen?«

Jenssen hat das nie gestört.

Aber ich komme seiner Bitte nach und Sekunden später umhüllt uns nachtschwarze Dunkelheit.

Fink hat mich daran erinnert, warum ich Übernachtungen seit meiner Kindheit aus dem Weg gehe. Ich habe kaum ein Auge zugetan, weil er komisch geschlafen hat. Er hat Geräusche gemacht. Gezuckt. Kam mir manchmal zu nah und hat dann noch angefangen zu schnarchen. Aber was soll ich sagen, er hat mich vor ein paar Minuten im Bad unterstützt. Und ich habe leider zu viel Angst, dass sich die Situation von letzter Woche wiederholt, um ihn rauszuwerfen. Und wer weiß, vielleicht kommt Jenssen ja zurück.

Auch am Sonntag, den ich zum größten Teil unfreiwillig mit meiner Familie verbringe, erscheint er nicht. Ich habe ihm gestern mit dem

Smartphone, das Fink mir mitgebracht hat, mehrere Nachrichten geschickt. Keine Antwort.

»Soll ich den Verband machen?« Ich erkläre meiner Mutter seit einer halben Stunde, dass morgen der Pflegedienst kommt und genau dafür von der Krankenversicherung bezahlt wird.

»Nein.« Ich frage mich, wann sie endlich wieder gehen. Vielleicht bin ich auch das größte Arschloch überhaupt, aber langsam will ich mal mehrere Stunden nur für mich haben.

Dabei versuche ich, das Gute an der Situation zu sehen. Mama hat uns Essen gebracht, darüber haben sich Fink und Leander gefreut. Es ist irgendwie komisch zu wissen, dass Grubers Zimmer nicht mehr leer ist. Dass da jetzt jemand anderes auf seiner Matratze liegt.

»Kannst du dich um die Pflanzen kümmern?«, frage ich meine Mutter. Ich habe schon vor ein paar Tagen angefangen, ihr einfach Aufgaben zu geben, damit sie mich nicht als *Aufgabe* sieht. Ab jetzt wäscht sie wohl meine Wäsche. Ich habe ihr nicht erklärt, dass die Bettwäsche eigentlich von Jenssen ist, sondern sie einfach machen lassen, als sie es wieder bezogen hat. Ich meine, er taucht ja sowieso nicht auf, also braucht er auch keine Decke.

Er würde aber bemerken, dass mir meine Mutter zu viel ist. Dass es mich stresst, wenn sie dauerhaft in meinem Zimmer ist. Dabei sitzt sie gerade einfach auf einem Stuhl und hat ein Buch in der Hand. Aber allein die gleiche Luft mit ihr zu atmen, setzt mich unter Druck.

»Hast du dran gedacht, die Krankmeldung zu deiner Ausbildung zu schicken?« Die Lehre, zu der sie mich gezwungen haben, dabei hätte ich locker so wie alle anderen in der WG studieren können.

»Ja«, lüge ich sie an, weil ich keine Ahnung habe. Weil es mich ehrlich gesagt nicht interessiert. Weil ich keine Lust habe, die nächsten zwei Jahre weiter mit Holz zu arbeiten.

»Du weißt, wie wichtig dieser Platz ist. Dein Vater und ich können dir die Miete nicht bezahlen.« Das ist der einzige Grund, warum ich damals zugestimmt habe, eine Ausbildung zu machen. Wobei meine Zustimmung nebensächlich war, weil ich schon immer Erwartungen erfüllen musste, ohne nachzufragen. Keine Ahnung, ob es daran liegt, dass ich ihr einziger Sohn bin und sonst nur Schwestern habe.

»Ich weiß noch nicht, ob ich es die nächsten Tage schaffe, aber du hast sicherlich eine Freundin, die sich um dich kümmern und kochen kann.« Das ist Mutters subtile Art zu fragen, wann ich endlich heirate und unsere Familie vergrößere. Als bräuchten wir das. Manchmal würde ich ihr gern sagen, dass ich lieber Kerle vögele als Frauen, und glaube, dass es an ihnen liegt. Aber ich halte meinen Mund.

»Kian, hast du mir zugehört?« Ich weiß, dass die beißende Übelkeit unter meinem Rippenbogen nicht nur von ihrer Anwesenheit, sondern auch von einer gewissen Abwesenheit kommt.

Ich war seit zwei Wochen nicht mehr bei einem Treffen. Anfangs habe ich nicht verstanden, was das bringen soll, regelmäßig hinzugehen. Heute verstehe ich es.

Ich schreibe Jenssen wieder eine Nachricht, dass er mich retten muss. Natürlich kommt auch Minuten später keine Antwort. Ich könnte auch Fink texten. Aber ich bin müde. Erschöpft davon, immer wegzulaufen. Denn genau das würde Jenssen mir wahrscheinlich auch sagen. Dass ich aufhören soll, vor meinen Problemen zu fliehen. Was witzig ist, weil er ja gerade genau das Gleiche macht.

»Ich will, dass du gehst.«

»Wie bitte?« Sie schaut mich mit weit aufgerissenen Augen an.

»Ich möchte bitte, dass du gehst. Ich brauche Ruhe.«

»So redest du nicht mit deiner eigenen Mutter«, entgegnet sie und bleibt.

»Sonst was?« Was soll passieren? Sie kann mich nicht mehr von zuhause rausschmeißen und in die Hölle komme ich sowieso.

»Kian Arslan.«

»Geh, Mutter.«

Ich rechne fest damit, dass sie mich anschreit. Dass sie einfach für immer bleibt.

»Du bist eine Enttäuschung.« Das kommt jetzt wirklich überraschend. Nicht.

»Kann ich mit leben«, erwidere ich und zeige auf die Tür, bis sie endlich aufsteht und geht.

Aber sie nimmt das kribbelnde Gefühl in meinem Inneren nicht mit. Und die Angst bleibt auch.

12

Luca Jenssen

Ich war seit einer Woche nicht mehr in der WG. Was ziemlich arschig vom mir ist, aber nicht überraschend.

Als ich die Tür aufschließe, erwarte ich, dass alles laut ist. Vielleicht ist Arslans Familie wieder zu Besuch. Vielleicht ist er gerade auf dem Weg nach draußen. Auf jeden Fall gehe ich davon aus, dass er deutlich erholter und gesünder aussieht als letzte Woche.

Ich bin nicht gegangen, weil ich wollte. Sondern weil ich musste. Aber als es mir dann besser ging, *wollte* ich bleiben.

Niemand empfängt mich im Flur. Von irgendwoher kommen Geräusche. Vielleicht von einem Fernseher. Von einem Telefonat. Keine Ahnung.

Ich räume meine Einkäufe in den Kühlschrank, ohne dass mir jemand begegnet. In den anderen Fächern sind auch frische Lebens-mittel. Selbst Grubers Fach ist belegt. Weil Leander jetzt in seinem Zimmer wohnt.

Als ich die Tasche in meinem Raum abstelle, wird mir klar, warum ich mich die letzten Tage davor gedrückt habe, zurückzukommen. Dass es nicht nur die guten Kochkünste meiner Schwester waren, die mich dableiben gelassen haben.

Mein Bett ist abgezogen, weil meine Bezüge bei Arslan sind. Da, wo ich heute Nacht wieder schlafen werde, weil ich nicht will, dass er sich verletzt. Hat er die letzten Nächte allein in seinem Zimmer verbracht? Hat Leander bei ihm geschlafen? Mit ihm? Wahrschein-lich, schließlich ist Arslan ein sexpositiver Mensch. Im Gegensatz zu mir. Ich bin ein sexnegativer Mensch. Wobei man Sex aus der Gleichung streichen kann.

Ich habe meine Wäsche der letzten Tage in die Waschmaschine gesteckt, bevor ich vor seinem Zimmer stehen bleibe. Irgendwie kommt es mir komisch vor zu klopfen, schließlich bin ich hier ein- und ausgegangen und habe hier übernachtet. Aber was ist, wenn er beschäftigt ist? Und was ist, wenn er gar keinen Bock hat, mich zu sehen, weil ich nicht mal auf seine Nachrichten geantwortet habe? Weil er nicht weiß, wo ich war und warum?

Aber auch Sekunden später, die sich anfühlen wie Minuten, höre ich nur den Fernseher oder irgendein Video.

Als ich eintrete, ohne vorher anzuklopfen, hebt er nur kurz den Kopf, bevor er ihn wieder auf sein Smartphone senkt.

Dann geht ein Ruck durch seinen Körper und unsere Blicke treffen sich. Dieses Mal richtig. Und ich habe keine Ahnung, warum sich plötzlich in meinem Inneren alles zusammenzieht.

»Wenn ich gehen könnte, würde ich dir eine runterhauen.«

»Freut mich auch, dich zu sehen«, entgegne ich, ohne ihn aus den Augen zu lassen.

»Fick dich, Jenssen. Du hast kein Recht, so mit mir zu reden, nachdem du mich hier einfach allein gelassen hast.« Er ist sauer. Aber nicht nur. In seinen dunklen Augen liegt so viel Enttäuschung, dass der Druck auf meiner Brust größer wird.

»Sorry.«

Sein Gesichtsausdruck verdunkelt sich. »Du haust eine Woche ab und meldest dich nicht und das ist alles, was du zu sagen hast?«

»Ich … Du hattest doch Fink … und Leander.«

Er starrt mich an, als hätte ich den Verstand verloren. »Wo warst du?«

»Bei meiner Schwester.«

»Warum?«

»Was soll das Verhör?«, entgegne ich, ohne auf seine Frage einzugehen.

»Du hättest einfach sagen können, dass dir alles zu viel ist … dann hätten wir zusammen eine Lösung finden können, ohne dass du verschwinden musstest. Du hättest wenigstens dein scheiß Handy benutzen können.«

»Vorsicht, Arslan, es klingt fast so, als hättest du dir Sorgen gemacht.«

»Du kotzt mich so an, Luca.«

»Kann ich nur zurückgeben, *Kian*.« Ich verschränke die Arme vor der Brust und halte seinen Blick. Wahrscheinlich wäre es besser gewesen, einfach ganz bei meiner Schwester zu bleiben. Nicht mehr zurückzukommen.

»Ich will gleich zu dem Treffen. Kommst du … Hast du vor, wieder abzuhauen? Wolltest du nur kurz Bescheid sagen, bevor du für immer verschwindest?« Auch wenn er sich größte Mühe gibt, dass ich nicht hinter die Fassade aus Hass und Verachtung blicken kann, höre ich Hoffnung zwischen den Zeilen mitschwingen.

»Hältst du so lange auf Krücken durch?«, frage ich und betrachte sein Bein, an dessen Anblick ich mich beinahe gewöhnt habe.

»Wärst du hier gewesen, dann hättest du mitbekommen, dass ich mit der Physio schon mal draußen war. Sie hat gesagt, ich soll nicht die ganze Zeit drinnen sein, sondern mich bewegen.«

»Okay. Hast du deine Prophylaxespritze heute schon bekommen?«

»Hat dich die letzten Tage auch nicht gekümmert«, entgegnet er und verschränkt die Arme vor der Brust.

Ich mache ein paar Schritte auf ihn zu, ohne was zu sagen. Er mustert mich von Kopf bis Fuß. Irgendwie fühlt sich sein Blick warm an. Meine Haut kribbelt, als hätte ich sie vergessen einzucremen. Was gut sein kann.

»Hast du … Du hast dir ein Piercing stechen lassen, während ich mir jede Nacht Finks Geschnaufe und Geschnarche geben musste?« Seine Stimme ist wieder genauso laut wie vor einigen Minuten.

»Warum nicht Leander?«, frage ich, anstatt ihm zu sagen, dass ich das zweite Nasenpiercing brauchte. Dass ich nach all der Scheiße, die die letzten Wochen war, etwas spüren musste. Und für ein Tattoo hat mein Geld nicht gereicht, weil ich die letzten Monate wegen Grubers Neuseeland-Trip mehr Miete gezahlt habe.

»Eifersüchtig?«

»Warum sollte ich das sein?«, erwidere ich in einem ähnlich abgefuckten Tonfall wie er.

»Du fragst überraschend häufig nach Leander, dafür, dass dir alles so scheißegal ist.«

»Du kannst vögeln, wen du willst.«

»Alter, wann checkst du es endlich? Wir haben nicht gefickt. Ich habe ihm einen Blowjob gegeben, als ein Auto in meine Seite gekracht ist.« Dann beißt er sich auf seine Lippen und mein Magen zieht sich im gleichen Moment schmerzhaft zusammen.

»Das ... wusste ich nicht.« Was soll ich darauf sagen? Wir wissen beide, wie absolut dämlich es ist, einen Blowjob während der Autofahrt zu geben. Nicht, dass ich da schon mal in Versuchung gekommen wäre.

»Und ich weiß nicht, warum du bei deiner Schwester warst. Warum du dich nicht gemeldet hast. Warum du mich ... hier –« Es ist das erste Mal, dass er seinen Blick von mir löst und durch den Raum wandern lässt.

Ein Geheimnis für ein anderes.

»Ich habe manchmal schlimme Kopfschmerzen. Mit Übergeben. Ohnmacht und allem. Manchmal dauern die nur wenige Stunden, aber die letzten Male waren ziemlich heftig«, murmele ich, ohne ihn dabei anzusehen.

Ich weiß, warum es dieses Mal so schlimm war. Warum ich mir dringend einen Arzt suchen sollte. Aber vernünftig zu sein gehört weniger zu meinen Stärken.

»Warum hast du Fink davon erzählt ... und mir nicht?« Seine Stimme ist leise. So leise, dass ich mir nicht sicher bin, ob ich ihn richtig verstanden habe.

»Fink hat es mitbekommen, als du den Unfall hattest.«

»Oh.«

Mehr sagt er nicht, muss er auch nicht, schließlich reden wir eigentlich nicht über so was. Es ist nicht so, als wären wir Freunde gewesen, bevor das mit dem Alkohol rauskam. Ich habe nichts gegen Arslan. Wir haben uns auf dem Eis gut verstanden. Und wenn wir beide was getrunken haben. Aber ohne das alles ... hat sich Arslan fremd angefühlt. Vielleicht, weil er so anders ist als ich.

Je mehr Zeit wir miteinander verbringen, desto weniger sehe ich unsere Unterschiede. Irgendwie sind wir beide verloren. Er ist versunken in seiner Sucht und seinen dummen Entscheidungen und ich ... ich ertrinke fast an meiner Vergangenheit, die mich daran hindert, in der Gegenwart zu leben. Ich versuche so sehr, nicht zu sein wie sie und nie wieder jemanden in meinem Leben zu haben, der so ist wie sie, dass ich niemanden mehr habe. Außer meiner Schwester. Und es ist auch nur eine Frage der Zeit, bis ich sie verliere, weil wir uns jedes Mal streiten, wenn meine Kopfschmerzen vorbei sind. Weil ich mir immer noch keine Hilfe gesucht habe. Weil ich heute schon wieder nicht meditiert habe. Weil ich vorgestern nach dem Piercing eine Portion Pommes gegessen habe. Weil ich seit Wochen keinen regelmäßigen Tagesablauf mehr habe.

»Wir müssen früher los. Ich brauche länger«, unterbricht er die Stille und schaut kurz zu seinem Bein, bevor er wieder zu mir blickt. Und für einen Moment fühle ich mich nicht ganz so verloren, weil er mich sieht. Und ich ihn.

13

Kian Arslan

Nach über zwei Wochen wieder zu einem Treffen zu gehen, fühlt sich beinahe an wie beim ersten Mal. Dabei ist es dieses Mal Monate und nicht Tage her, seit ich das letzte Mal was getrunken habe.

Als ich an der Reihe war, habe ich von dem Unfall erzählt. Nicht alles, aber so viel, dass klar war, dass ich nichts getrunken und keine Schuld daran getragen hatte.

Heute sind einige neue Gesichter dabei, aber ich bin mir ziemlich sicher, dass ich mir ihre Namen nicht merken kann, weil ich dazu zu erschöpft bin. Die Frau ist ein paar Jahre älter als ich und der Junge wirkt zu jung, um diese Probleme zu haben.

Keine Ahnung, ob die Erschöpfung von dem Hinweg kommt, der deutlich aufwendiger war, als ich mir vorgestellt hatte. Oder ob die Müdigkeit daher rührt, dass ich in der letzten Woche wieder zu viel gegen meine Sucht ankämpfen musste, weil ich ihr die ganze Zeit ausgesetzt wurde. Mit meiner Familie. Und der Abwesenheit von Jenssen. Auch wenn ich ihm keinen Vorwurf machen kann, bin ich immer noch sauer. Was mich nicht nur zu einem Arschloch macht, sondern zu einem egoistischen.

Als das Treffen endlich vorüber ist, würde ich am liebsten bleiben, weil mir der Heimweg zu anstrengend vorkommt.

Aber als wir nach draußen treten und ich die anderen Menschen sehe und den Sommer rieche, will ich aus einem anderen Grund nicht nach Hause.

»Vielleicht erwischen wir die Sechs noch«, kommt es von Jenssen, der mich auf der linken Seite stützt, weil mein Arm müde ist.

»Können wir ... vielleicht noch was essen gehen ... oder so?«, frage ich, ohne ihn anzuschauen. Aus zwei Gründen: weil ich seine Reaktion nicht sehen will und weil ich aufpassen muss, bei den unregelmäßigen Pflastersteinen nicht zu stolpern.

»Von mir aus.«

»Nicht, wenn's dir zu viele Umstände macht«, erwidere ich, weil ich keinen Bock habe, nur eine Belastung für ihn zu sein. Er braucht es schließlich nicht auszusprechen, weil mir auch so klar ist, dass ich nicht zu seinen Freunden zähle.

»Hab heute sowieso nichts mehr vor«, entgegnet er.

»Keine Freundin, die auf dich wartet?«, frage ich und grinse ihn an. Keine Ahnung, warum. Wahrscheinlich, weil ich nie gelernt habe, wie man angemessen die Stimmung hebt.

»Warum gehst du davon aus, dass es eine Freundin und kein Freund ist?«

Und dann passiert es doch. Ich stolpere und falle nur nicht hin, weil Jenssen lachend nach mir greift.

Ich habe mit allem gerechnet. Mit allem. Nur nicht damit. Jenssen und Kerle? Jenssen ist so straight, dass man ihn nicht mal oft mit Girls sieht.

Er lacht immer noch, als ich mich wieder gefangen habe. Seinen Kopf hat er zurückgeworfen. Die dunkelblonden Locken fliegen durch die Luft. Und das frisch gestochene Piercing glitzert in der Sonne, die immer noch zu viel Wärme abgibt. So viel, dass Jenssen heute ein Shirt ohne Ärmel trägt. Und ich bin ein Opfer für schöne Arme. Im Allgemeinen, nicht im Speziellen bei Jenssen. Aber vielleicht starre ich trotzdem ein bisschen zu lange auf seine dunklen Tattoos auf sonnengebräunter Haut. Auf die Schlange, die sich um seinen Arm rankt. Die Schriftzüge, die immer wieder zwischen Symbolen und Mustern auftauchen. Und es ist nicht das erste Mal, dass ich wissen will, was da steht. Und warum.

»Das war ein Scherz, *Kian*, kein Grund, so zu gucken.«

»Wie?«, frage ich und schaue ihn direkt an.

»Du weißt genau wie.«

»Sag es«, flüstere ich und zwinkere ihm zu.

Wir bleiben einige Augenblicke voreinander stehen. Viel zu nah und doch zu weit weg, um irgendwas zu machen.

Was? Keine Ahnung. Aber die Müdigkeit ist gewichen. Gekommen ist ein kribbeliges Gefühl, das sich durch meinen ganzen Körper brennt.

Dann färben sich Jenssens Wangen leicht rosa und er wendet den Blick ab.

»Wohin willst du ... essen gehen?«

Offensichtlich ignorieren wir den Dialog und tun so, als wäre nichts gewesen.

»Such du aus«, schlage ich vor, weil mein Körper und Geist noch nicht verstanden haben, dass wir zehn Schritte zurückmachen.

Als wir uns eine halbe Stunde später gegenübersitzen, zwei Pizzen zwischen uns, fühlt sich die ganze Situation von eben mehr an, als wäre sie ein Traum gewesen statt Realität.

Das Einzige, das mich wirklich daran erinnert, dass ich mir das Herzklopfen und das kribbelige Gefühl nicht eingebildet habe, ist, dass es wieder auftaucht. Und ich kann es gar nicht aufhalten.

Er fährt sich mit tätowierten Fingern durch seine blonden Strähnen, die einen Moment später wieder zurück in die Stirn fallen. Dann lässt er den Blick durch den Raum gleiten. Und meiner? Meiner bleibt bei seinem makellosen Gesicht hängen. Bei der geraden Nase, den hohen Wangenknochen und den vollen Lippen.

Was zur Hölle ist los mit mir?

»Ist was?«, fragt er und reißt mich aus meinem Alptagtraum.

»Könntest die Haare auch mal schneiden«, entgegne ich.

»Findest du?« Er fährt sich noch mal durch die Strähnen. Ich wende meinen Blick ab, zu seinen Armen. *Viel besser.*

»Ja«, entgegne ich, weil ich ihm ja schlecht die Wahrheit sagen kann.

Du, Jenssen, mir ist eben aufgefallen, dass ich gerne mit dir schlafen will. Dass ich sehr gerne jedes deiner Tattoos mit meiner Zunge nachfahren möchte. Dass mich interessiert, wie du schmeckst. Wie du dich anhörst, wenn du kommst.

Aber ich halte meine Klappe, weil ich die kurzzeitige Abwesenheit meines Verstands auf den Mangel an sexuellen Kontakten der letzten Wochen schiebe – und nicht darauf, dass Jenssen hot ist. Weil das ist nichts Neues. Neu ist, dass es mich interessiert. Und ich hoffe, das hört genauso schnell auf, wie es angefangen hat.

»Erzähl mir von deiner Woche«, verlangt er und schiebt sich den nächsten Bissen Pizza in den Mund.

»Williams ist schlechter als du bei *Mario Kart* oder er hat mich absichtlich gewinnen lassen, weil er Mitleid hatte.« Wir haben genau eine Runde gespielt, weil mich Williams Einstellung angekotzt hat. Weil sie mich an Jenssens erinnert hat, die mir deutlich besser gefällt. Williams hat es nämlich nichts ausgemacht zu verlieren, weil er trotzdem Spaß hat, mit mir Zeit zu verbringen. Absolut schräg.

Jenssen lacht nur. So, als hätte er meine Gedanken gelesen.

»Und Leander, wie macht er sich?«

»Du fragst schon wieder nach ihm«, erwidere ich und schenke ihm ein vielsagendes Grinsen.

»Er wohnt jetzt mit uns zusammen und ich weiß so gut wie nichts über ihn. Du *kennst* ihn ja.«

»Du meinst, weil ich weiß, wie sein Schwanz schmeckt?«, murmele ich und fixiere Jenssens Blick. Er zuckt zusammen und verzieht sein Gesicht.

»Wow, danke, Arslan. Eigentlich wollte ich den Rest meiner Pizza noch essen.«

»Du hast es doch darauf angelegt«, entgegne ich und verschränke die Arme vor der Brust.

»Wenn du meinst.« Ich kann nicht einschätzen, ob er wirklich genervt oder sein Ausdruck nur gespielt ist.

Ersteres wahrscheinlich, weil wir den Rest des Essens kaum noch miteinander reden.

Auch die Heimfahrt ist stiller als gewohnt. Und ätzender als die Hinfahrt, weil ich da fitter war. Weil es da besser geklappt hat, meine Krücken abzugeben, mich die Treppen hochzubewegen und dann direkt hinzusetzen. Vielleicht ist der Tannsteiner Busverkehr auch nicht gemacht für Leute mit Verletzungen und Behinderungen.

Ich bin total fertig, als wir endlich die Wohnungstür zur WG aufschließen. Vielleicht habe ich Luca auch angelogen, als ich behauptet habe, dass Chiara gesagt hat, ich soll mich mehr bewegen. Also ja, das hat sie gesagt, aber bestimmt nicht den Ausflug gemeint, den wir heute gemacht haben.

Jenssen hilft erst mir, mich im Bad fertig zu machen, und bringt mich zurück ins Bett. Dann putzt er sich die Zähne.

Keine Ahnung, ob er immer noch bei mir übernachtet oder ob ich im Restaurant alles kaputtgemacht habe. Zuzutrauen wäre es mir.

Doch wenig später steht er mit Boxershorts und T-Shirt in meinem Zimmer und ich schaue woanders hin. Kein Grund, es noch komischer zu machen.

Er legt sich neben mich mit seinem Smartphone in der Hand. Wahrscheinlich ist das ein Signal für mich, dass ich die Klappe halten soll. Also greife ich nach der Fernbedienung und mache irgendeine Serie an. Langsam bin ich extrem angekotzt davon, aber was soll ich machen.

Die Müdigkeit von eben ist verflogen. Warum sollte sie auch bleiben? Jetzt, wenn Jenssen neben mir liegt und atmet. Jetzt, wenn wieder alles nach ihm riecht. Jetzt, wenn mein Blick über die trainierten und tätowierten Oberarme wandert, die zu nah bei mir liegen.

Dann kommt Bewegung in seinen Körper und er legt das Smartphone zur Seite. Ohne was zu sagen. Aber hey, ich bin ein Meister darin, komische Situationen aufzulösen.

Easy.

14

Luca Jenssen

»**H**ast du ein Problem damit, wenn ich mir einen runterhole?«

Wo zur Hölle kommt das bitte her?

»Ja, hab ich.« Ich drehe meinen Kopf in seine Richtung. Wenig überraschend ist sein Blick schon auf mich gerichtet.

»Kannst du das nicht morgen machen?«, frage ich.

»Zu spät«, erwidert er und beißt sich auf die Lippen. Ich warte auf die Schwere in meinem Magen. Auf das eklige Gefühl auf meiner Zunge. Ich warte auf den schnellen Herzschlag und das Fluchtgefühl. Aber nichts davon kommt.

»Was soll das heißen?«

»Na ja …«, beginnt er und dann wandert sein Blick die Decke weiter runter. Meiner folgt. Ohne dass ich irgendwas dagegen machen kann. Ich sehe zum Glück nichts.

Seine Hand verschwindet unter der Bettdecke. Meiner Bettdecke. Dabei schaut er mich an.

Und dann kommt es doch das Gefühl. Aber ganz anders. Es kribbelt und fühlt sich mehr wie *positive* Übelkeit an, nicht wie sonst.

»Ich gehe.« Ich weiche seinem Blick aus, weil ich den Ausdruck nicht ertrage.

»Kannst du mir noch die Tücher geben?«, fragt er, als wäre an dieser Situation nicht alles verrückt. Ich greife nach der Box und schmeiße sie zu ihm, bevor ich aufstehe.

»Guck, dass nichts davon auf meiner Seite landet«, sage ich und verlasse den Raum, ohne noch mal zurückzublicken.

Im Flur versuche ich, mein rasendes Herz zu beruhigen. Dabei weiß ich, dass das nicht funktioniert. Weil ich das schon unzählige Male mitgemacht habe. Weil ich genau weiß, dass gleich die Übelkeit kommt, die ich nicht mehr unterdrücken kann. Obwohl ich es schon so oft versucht habe zu ignorieren. Die Berührungen, die Gerüche, das Gemurmel, die Nähe. Wenn alles auf mich einprasselt und ich versuche, es zu verhindern. So viel trinke, bis ich es irgendwie schaffe, es durchzustehen. Fremde Körper, die mir viel zu nah sind.

Dabei ist das doch normal.

Mein Herz versucht immer noch, das Wettrennen gegen meine Atmung zu gewinnen. Aber es passiert nichts weiter. Nicht das eklige Gefühl, das mich sonst überfällt. Nicht der Druck, es durchzuziehen, der auf meinen Schultern und meinem Brustkorb sitzt. Der Druck, keine Enttäuschung zu sein. Erwartungen zu erfüllen.

Ich habe keine Ahnung, wie viel Zeit Arslan braucht, um alles zu erledigen. Ist nicht so, als hätte ich da besonders viel Erfahrung, auf die ich zurückgreifen kann.

Also mache ich das, was ich noch nie gemacht habe. Ich greife nach der Gießkanne und checke alle Pflanzen. Wahrscheinlich habe ich Arslan zu oft dabei zugesehen oder darüber reden gehört, aber ich zupfe vertrocknete Blätter weg und staube gesunde mit einem Tuch ab.

Als ich mich das nächste Mal umdrehe, zucke ich erschrocken zusammen. Leander steht an der Spüle. Warum habe ich ihn nicht reinkommen gehört?

»Hey«, begrüßt er mich, als unsere Blicke sich treffen.

Ich nicke ihm nur zu. Weil ich ein Arsch bin. Obwohl es mir leidtut, dass er zuhause rausgeflogen ist, bin ich kein Fan davon, dass er jetzt in Grubers Zimmer wohnt. Auch wenn es nur bis zum Ende des Jahres ist.

»Kann ich dich mal was fragen?«

»Ja«, erwidere ich und stelle die Kanne auf den Küchentisch.

»Wie geht's Kian wirklich?«

Ich kenne ihn nicht. Trotzdem schätze ich, dass das Sorge ist, die in seinem Blick liegt. Und ich sollte mich darüber freuen, dass Arslan Menschen in seinem Leben hat, die sich Gedanken um ihn machen. Aber irgendwas stört mich an Leander, was ich nicht greifen kann. Er ist nett, ambitioniert, sportlich, jung und intelligent. Bei den wenigen Trainings, die wir zusammen hatten, wirkte er witzig und aufgeschlossen. Und trotzdem haben wir noch nicht viele Worte miteinander gewechselt.

»Keine Ahnung«, antworte ich verzögert. Im ersten Moment bin ich froh, ihn nicht angelogen zu haben, merke aber im zweiten, dass es doch so ist. Denn auch wenn ich mir selbst immer wieder vormache, dass Arslan und ich so weit von Freundschaft entfernt sind wie die Tigers von einem Abstieg, stimmt es nicht. Ersteres. Zweiteres will ich nicht jinxen.

Arslan ging es heute nicht gut. Er war total angespannt während des Treffens in der Kirche. Ihm hat es gutgetan, mal rauszukommen, auch wenn er richtig erschöpft war.

Wobei … so müde kann er nicht gewesen sein, wenn er sich noch einen runterholen musste.

»Habe ich irgendwas falsch gemacht?« Leanders Blick und Frage treffen mich unvorbereitet.

»Wieso?« Ich verstehe, warum manche Leute mich angucken und denken, dass ich nichts im Hirn habe, wenn ich so offensichtlich ausweichende Gegenfragen stelle.

»Ich bin nicht zu den Tigers gekommen, um Gruber den Platz wegzunehmen. Ich wollte aus meiner alten Mannschaft weg und freue mich über jede Position, die ich spielen darf, ohne jemanden zu verdrängen. Ich suche mir zum Start des Semesters ein Zimmer in einer anderen WG … Ich weiß, dass Gruber Ende des Jahres wieder zurück ist.«

Ich starre ihn an, ohne dass der Druck auf meiner Brust weniger wird.

»Kian mag mich nicht so … Nicht so wie dich.«

»Was?«, frage ich und erkenne meine Stimme nicht mehr wieder.

Ich bin es gewohnt, dass ich mehr als einmal im Monat die Kontrolle über meinen Körper verliere. Ich weiß, wie es sich anfühlt, wenn alles aus dem Gleichgewicht gerät.

Trotzdem überrascht mich die undefinierbare Welle an Gefühlen, die ganz plötzlich über mich hereinbricht.

»Komm schon, jeder sieht doch, wie er dich anschaut.« Die Übelkeit von eben ist mit einem Schlag zurück. Mein Herz rast.

»Ich habe keine Ahnung, wovon du sprichst«, erwidere ich und versuche, so gefasst wie möglich zu klingen. Versuche, ihm nicht zu zeigen, dass ich mit solchen Infos nichts anfangen kann. Dass das Erwartungen sind, die ich niemals einhalten kann und werde.

»Okay. Ich wollte das nur gesagt haben. Ich werde jetzt ein paar Monate hier wohnen und ich hoffe, dass wir in der Zeit einen Weg finden, miteinander klarzukommen.« Sein Blick ist aufrichtig, offen und freundlich. Einerseits fühle ich mich unglaublich schlecht, weil ihm das so wichtig ist. Andererseits ist es mir scheißegal, weil ich nicht dafür verantwortlich bin, dass er sich hier wohlfühlt.

Aber was soll ich ihm sagen? Dass ich ihn trotzdem irgendwie nicht mag. Dass ich einen Unterschied zwischen Mitbewohnern, Mannschaftskollegen und Freunden mache und ganz gut damit klarkomme, auch mal eine Woche weder mit Fink noch mit Arslan zu reden?

»Danke, dass du das Gespräch gesucht hast, wenn von meiner Seite aus Gesprächsbedarf besteht, komme ich noch mal auf dich zu.«

»O…kay«, murmelt er. Er hat wahrscheinlich eine andere Erwiderung erwartet. Irgendwas Netteres. Oder eine Antwort auf seine Fragen. Aber ich habe ihm einfach nichts geliefert.

Er schenkt mir noch ein letztes Lächeln, was dieses Mal seine Augen nicht erreicht, bevor er sich wieder dem Topf zuwendet.

»Nacht«, sage ich und fliehe schnell aus der Küche, bevor er noch mal irgendwelchen Blödsinn zu Arslan erzählt. Reicht schon, dass die Stimmung gleich wieder total seltsam sein wird, nachdem ich Arslan Zeit für sich schenken musste.

Keine Ahnung, ob er fertig ist oder nicht, aber ich will nur noch ins Bett. Am liebsten in mein eigenes, aber das ist erst mal keine Option.

Ich klopfe an und verharre vor seiner Tür.

»Bin fertig«, kommt es von drinnen und ich warte noch einen Moment, bis ich seinen Raum betrete. Wie bei den letzten Malen, die ich hier übernachtet habe, ist die einzige Lichtquelle sein Fernseher.

Keiner von uns sagt ein Wort, als ich mich neben ihn lege. Heute läuft Fußball statt Eishockey. Ansonsten wirkt alles wie immer.

»Es tut mir leid. Ich habe eine unangenehme Situation geschaffen, mit der du nicht einverstanden warst … streng genommen war das sexuelle Belästigung, und es wird nicht mehr vorkommen.«

Zu sagen, dass ich überrascht bin und mich kurz frage, ob ich mir das Gespräch einbilde, wäre unfair ihm gegenüber. Aber ich habe nicht damit gerechnet, dass er so erwachsen mit dem Thema umgeht.

»Ich hoffe auf jeden Fall nicht, dass ich damit jetzt irgendwas versaut habe. Was natürlich typisch wäre.« Seine Stimme wird gegen Ende leiser und er schüttelt immer wieder den Kopf.

»Ist okay. Also ich kann verstehen, dass du mal Zeit für dich brauchtest, ohne dass irgendwer in dieses Zimmer kommt.«

»Okay. Danke.« Dabei klingt seine Stimme anders als sonst. Zurückhaltender. Und wahrscheinlich hätte ich ihm sagen sollen, dass ich komisch bin, wenn es um Sex geht. Aber ich habe keine Ahnung, wie.

»Meine Familie war letzte Woche jeden Tag da.« Und so einfach ist die Stimmung zwischen uns nicht mehr seltsam. Okay, immer noch anders, weil wir früher nie so viel Zeit miteinander verbracht haben.

»Shit. Deswegen deine Nachricht?« Die ich erst zwei Tage später lesen konnte und wegen der ich mich dann so schlecht gefühlt habe, dass ich lieber nichts geantwortet habe.

»Jap. Fink und Leander wissen nicht, wie viel Einfluss ihre Besuche auf meine Stimmung haben. Gut, Fink wahrscheinlich schon, aber er kann meiner Mutter nicht die Stirn bieten.«

Ich will Arslan keine Versprechungen machen, dass ich jetzt immer da sein werde, weil das nicht fair ist. Weil ich keine Ahnung habe, wann ich das nächste Mal ausfalle.

»Ich werde ein Auge darauf werfen.«

»Auf mich oder meine Mutter«, kommt es von ihm mit einem vielsagenden Grinsen auf den Lippen.

»*Kian.*« Ich seufze genervt und unterstreiche alles mit einem Augenrollen.

»Sorry«, kommt es von ihm, aber das Lachen glitzert immer noch in seinen Augen.

»Können wir dann jetzt schlafen?«, frage ich.

»Stört es dich, wenn ich den Fernseher laufen lasse?«

»Nein«, erwidere ich und rutsche noch ein Stück weiter nach unten. Das Bettzeug riecht anders als letzte Woche, aber ich sage nichts. Schließlich bin ich froh, dass Fink hier übernachtet hat und Arslan nicht allein war.

»Nacht, Luca.«

15

Kian Arslan

»Du willst mir also erzählen, dass du am Freitag in der Altstadt warst?« Chiara schaut mich kopfschüttelnd an und ich kann es ihr nicht verübeln. Eigentlich stehen Spaziergänge erst für nächste Woche auf dem Plan. Unser aktuelles Ziel war es, die Gelenke zu bewegen und meine Muskulatur in den Armen und Schultern zu lockern.

Aber ich kann ihr nichts von dem Treffen sagen, weil das schließlich nicht in meiner Krankenakte steht. Als ich nach dem Autounfall zu mir gekommen bin, hatte meine Mama schon alle meine gesundheitlichen Infos mit dem Arzt besprochen und ich habe mich nicht getraut, ihnen zu sagen, dass ich trocken bin und keine Schmerzmittel nehmen möchte.

»Kian, wir werden die nächsten Wochen ziemlich viel und oft miteinander arbeiten, also erwarte ich, dass du mir sagst, was abgeht. Warum der Ausflug? Ein Date?«

Ich lache, und dann bleibt es mir doch im Hals stecken, weil ich daran denke, was wir nach dem Treffen gemacht haben. Dass es sich irgendwie so angefühlt hat. Für mich.

»Ich bin seit ein paar Monaten trocken und musste zu einem Treffen.« Komisch, dass die eine Wahrheit mir dieses Mal so leicht von den Lippen geht, weil die andere sich nicht richtig anfühlt. Nicht echt. Als hätte ich mir das nur eingebildet. Weil ganz ehrlich, das ist Luca Jenssen. Die letzte Person, auf die ich gerade einen Crush haben sollte.

»Das … wusste ich nicht«, kommt es von Chiara und sie schaut mich entschuldigend an.

»Ich hatte keine Chance, es den Ärzten zu sagen. Meine Eltern wissen nichts davon«, sage ich, ohne sie anzuschauen.

»Danke, dass du ehrlich zu mir warst. Jetzt ergibt es Sinn, dass du keine Schmerzmittel nehmen willst. Auch wenn wir darüber noch mal reden müssen.«

»Können wir erst mal die Übungen machen und dann noch mal quatschen?« Ich weiß, was sie sagen will. Ich weiß, dass es für die Schwellung in den Weichteilen im Bein besser wäre, wenn ich ein abschwellendes, schmerzstillendes Medikament nehmen würde. Ich weiß, dass ich damit der Heilung entgegenwirke.

»Okay. Mobilisation und dann gehen wir vor die Tür.«

»Muss das sein?«, frage ich, woraufhin sie nur die Augen verdreht und mit meinem rechten Fußgelenk startet.

Sie erzählt von ihrer letzten Woche. Ihren Patienten, natürlich ohne Namen zu nennen. Und ich muss ganz unweigerlich auch an meine Woche denken. Daran, dass Jenssen nicht da war und ich kaum zur Ruhe gekommen bin. Daran, dass ich die letzten drei Tage gut geschlafen habe. Dass ich manchmal vergessen habe, was passiert ist, weil ich wusste, dass Luca da ist. Keine Ahnung, warum er plötzlich anders aussieht und warum es sich anders anfühlt. Wahrscheinlich müsste ich einfach mal wieder raus und andere Menschen sehen.

»Wie klappt das eigentlich mit dem Studium? Bekommst du die Unterlagen von irgendwem? Wobei, ihr habt gerade sowieso Semesterferien, oder?«, fragt sie, während sie mit ihren Daumen meinen Unterschenkel massiert. Und es klingt schöner, als es sich anfühlt.

»Ich studiere nicht«, erwidere ich zwischen zusammengebissenen Zähnen, weil ich nicht laut losschreien will, wenn ich mal angefasst werde.

»Sorry … Irgendwie habe ich das angenommen.«

»Nicht schlimm«, erwidere ich und starre an die Decke.

»Was machst du denn?«

»Eine Ausbildung zum Holzmechaniker.«

»Oh, das funktioniert wahrscheinlich nicht mit dem Bein.«

»Nope«, entgegne ich.

Heute Morgen war schon ein Anruf von meinem Chef auf der Mailbox, aber mir fehlt die Lust, zurückzurufen. Also habe ich es einfach ignoriert und plane auch nicht, das zu ändern.

»Ich überlege, ob ich vielleicht im Herbst anfange zu studieren und das mit der Physio nur nebenher mache.«

»Klingt gut«, erwidere ich und beiße die Zähne aufeinander, um ihr nicht schon wieder einen Grund zu liefern, eine Diskussion über Schmerzmittel vom Zaun zu brechen.

»Atmen, Kian.«

Ich versuche es. Aber je näher sie dem Oberschenkel kommt, desto unangenehmer wird es. Sie hat mir schon beim letzten Mal erklärt, dass es daran liegt, dass die Muskeln viel zu angespannt sind. Und dadurch, dass die restlichen Muskelgruppen eine Schonhaltung einnehmen müssen, um den Oberschenkel zu entlasten, wird das ohne Schmerzmittel nicht besser.

Sie erzählt davon, dass sie zwischen zwei Studiengängen schwankt und nicht genau weiß, ob es ihr wichtiger ist, am Ende einen gut bezahltem oder spaßigem Job nachzugehen. Aber irgendwann kann ich ihrer Stimme nicht mehr folgen, weil meine Aufmerksamkeit bei ihren Händen liegt, die gerade mein rechtes Fußgelenk halten.

»So kann das nicht mehr weitergehen, Kian«, sagt sie und lässt mein Bein wieder los.

»Ich weiß jetzt, woher der Verzicht auf Schmerzmittel kommt, aber ich möchte, dass wir uns da beide drüber informieren, ob Medikamente wie Ibuprofen auch eine Gefahr darstellen, weil sie ja an ganz anderen Rezeptoren andocken als Alkohol, Drogen und Opiate. Vielleicht fragst du einfach mal Luca, der kennt sich damit besser aus. Aber gerade auch für die Heilung und Vorbeugung von Entzündungen durch die äußeren Eintrittsstellen —«

»Woher kennst du Luca?«, frage ich, ohne auf ihre Empfehlung einzugehen. Keine Ahnung, warum mich das brennender interessiert als meine Zukunft und die Tatsache, ob ich wieder Hockey spielen kann oder nicht. Und wahrscheinlich kennt sie ihn genau daher, schließlich brauchen wir häufiger Physiotherapeuten und der Chef ihrer Praxis ist auch derjenige, der unser Team betreut. Also würde die Verbindung naheliegen.

»Wir hatten vor ein paar Monaten mal ein Date«, erzählt sie und greift nach dem gesunden Bein.

»Was?« Das ist also sein Typ Frau. Blonde lange Haare, zierliche Statur, kräftige Hände.

»Du bist heute komisch«, erwidert sie nur und macht mit ihrem Programm weiter.

»Sag Bescheid, wenn es nicht mehr geht.« Sie umgreift mein Fußgelenk und knickt mein Bein so, dass mein Knie beinahe meine Brust berührt.

»Seid ihr nur einmal ausgegangen?«, frage ich schweratmend.

»Wenn du weiter Fragen stellen kannst, dann scheine ich noch nicht weit genug gegangen zu sein.« Sie grinst und drückt nach. Und dann spüre ich es. Das Ziehen an der Schenkelinnenseite.

»Shit«, stoße ich aus und funkele sie böse an.

Aber ihr Lachen wird nur lauter, als sie mich endlich aus der Position befreit.

»Zwischen Luca und mir hat es nicht gepasst. Außerdem hatte er irgendwann was mit einer Freundin von mir und das mache ich nicht.«

»Okay, aber dann hast du ihn ja vor ihr gedatet. Für sie scheint das ja kein Problem gewesen zu sein.«

»Du bist heute offensichtlich besonders interessiert«, entgegnet sie nur. Und damit ist das Gespräch wohl beendet, weil sie einfach weitermacht.

»Jetzt ist es leider etwas spät geworden. Du könntest mich noch zur Bushaltestelle bringen, müsstest dann aber allein zurück. Oder du fragst Luca oder so.«

Ich werde den beiden garantiert nicht noch mal die Chance geben, sich kennenzulernen. Keine Ahnung, wieso. Vielleicht haben mich die Schmerzen schon wahnsinnig gemacht. Wer weiß das schon.

»Okay«, erwidere ich und stehe mit ihrer Hilfe wenig später auf.

Fink hat kein Problem damit, uns zu begleiten. Ganz im Gegenteil. Während Chiaras und meine Unterhaltung aus Smalltalk und Gesprächen über meine Krankheit bestand, reden die beiden richtig miteinander.

Auch wenn ich Fink kenne. Langsam weiß, welche Ticks er hat, auch wenn ich noch nicht ganz herausgefunden habe, warum er immer eine Kappe tragen muss, habe ich nicht gewusst, dass er eine Ausbildung zum Yoga-Trainer machen möchte.

Das ist tatsächlich das Erste, was ich höre. Aber die beiden lassen mir nicht mal die Gelegenheit, Zwischenfragen zu stellen, weil ich entweder zu langsam gehe und zurückfalle oder schlicht und einfach keine Pausen in ihrem Gespräch sind.

»Kann ich mal mit dir zum Kurs kommen? Ich bin schon die ganze Zeit auf der Suche nach einem Ausgleich zur Arbeit.« Chiara schaut zu meinem Mitbewohner.

»Total gerne«, erwidert er und läuft rot an. Was ich auch noch nie an ihm gesehen habe. Fink ist ein absoluter Ruhepool. Ich habe das Gefühl, dass er alles entspannt sieht. Aber gerade wirkt er ganz und gar nicht gelassen.

»Soll ich dir meine Handynummer geben?«, fragt sie und strahlt ihn an. Und ich frage mich zeitgleich, was ich hier eigentlich mache. Selbst, wenn ich jetzt fallen würde, würde das von den beiden keiner mitbekommen, weil sie nur Augen füreinander haben.

»Okay. Hast du vielleicht Lust, dir die Lichtershow im Planetarium am Samstag anzuschauen?«

Ich bin so froh, dass ich Fink und nicht Jenssen gefragt habe. Jetzt kann ich mich von ganzem Herzen für meinen Mitbewohner freuen und würde ihm am liebsten zujubeln, aber ich will es für ihn nicht verkacken, also bleibe ich still.

Wir brauchen für meinen Geschmack viel zu lange bis zur Bushaltestelle, was an meiner Einschränkung liegt. Aber auch daran, dass ich versuche, ihr unbeholfenes Kennenlernen zu belauschen, und mich gleichzeitig als fünftes Rad am Wagen fühle.

Die beiden verabschieden sich mit einer Umarmung. Und natürlich warten wir so lange, bis der Bus kommt und Chiara uns zum Abschied winkt.

»Soll ja Menschen geben, die auf dem Weg zur Bushaltestelle die Liebe ihres Lebens kennenlernen«, sage ich, als wir uns umdrehen, um zurückzugehen.

»Arsch«, erwidert er nur und grinst ziemlich trottelig.

Fink trägt heute wieder seine dunkelgrüne Tigers-Kappe. Seit dem Ende der Saison hat er sich nicht mehr rasiert. Der dunkle Bart steht ihm richtig gut und ich frage mich nicht zum ersten Mal, wie mir das wohl stehen würde. Vielleicht würde ich dann auch mal älter als zwanzig aussehen. Wenn ich dann noch auf Krücken komme, ist alles perfekt. Scherz. Dating kann ich mir für die nächsten Wochen abschminken. Und ich weiß genau, dass der kleine Crush auf Jenssen genauso schnell verfliegen wird, wie er aufgetaucht ist.

»Ich freue mich für dich, Alter«, sage ich zu Fink und meine es auch so. Er schenkt mir ein dankbares Lächeln und hält mir die Haustür auf.

16

Luca Jenssen

Ich habe gestern bei meiner Schwester geschlafen, weil alle Anzeichen für die Kopfschmerzen da waren. Aber als ich heute Morgen aufgewacht bin, habe ich mich so fit wie nie gefühlt.

Also habe ich heute ganz schön was erledigen können und mich seit Ewigkeiten mal mit Collin und Julian im Gym getroffen.

Aber wie die meisten Abende der letzten Wochen in der WG verlasse ich irgendwann mein Zimmer, um bei Arslan anzuklopfen. Ohne mich bemerkbar zu machen, betrete ich seinen Raum nicht mehr.

»Müde?«, fragt er, als ich im Türrahmen stehe, und grinst mir zu.

»Kann nicht jeder so 'ne Nachteule sein wie du«, erwidere ich und mache mich auf den Weg zu meiner Seite. Dabei steige ich über einen der Wäscheberge, die verteilt in seinem Raum rumliegen. Wahrscheinlich bin ich diese Woche wieder dran. Keine Ahnung. Gestern Morgen war aber keine Zeit, weil ich Arslan zum Röntgen gebracht habe. Seine Stäbe sitzen gut und die Ärzte haben gesagt, dass sie, wenn er weiterhin so regelmäßig Ibuprofen einnimmt und die Weichteile weiter abschwellen, schon in den nächsten Wochen den Fixateur entfernen können. Niemand von uns beiden hat den Ärzten gesagt, dass er keine Schmerzmittel nimmt.

Wahrscheinlich ist genau das jetzt meine Aufgabe, aber er hat recht. Ich bin müde.

»Wie war dein Tag, Schatz?«, fragt er und lacht danach, als hätte er den lustigsten Witz aller Zeiten gemacht.

»Gut«, erwidere ich nur und greife nach dem Smartphone in meiner Tasche, bevor ich mich zu ihm lege.

Mittlerweile habe ich mich an seine Scherze gewöhnt und es fühlt sich weniger komisch an als angenommen.

Meine Schwester hat mir geschrieben, dass sie das kommende Wochenende nicht zuhause ist. Wahrscheinlich, weil ich sie vorgestern überrascht habe und sie will, dass ich darauf vorbereitet bin. Das Wissen, dass sie nicht zuhause ist, macht mich nicht mehr ganz so nervös wie noch vor einigen Wochen. Fink hat es schließlich auch irgendwie geschafft. Außerdem war ich die letzten Tage regelmäßig beim Sport und habe ordentlich gegessen. Damit meine ich keine bestimmte Diät, sondern einfach keine Unmengen an Zucker und Fastfood. In der Regel wird mir Ungesundes schon nach wenigen Tagen zum Verhängnis. Und so gut kann nichts schmecken, dass ich dafür bereit bin, mir die Seele aus dem Leib zu kotzen und ganze Tage zu verlieren.

»Alter, diese Nägel kommen ganz sicher nicht in die Nähe meines Schwanzes«, kommt es von Arslan aus dem Nichts.

Mittlerweile habe ich mich an seine komischen Ausbrüche gewöhnt. Und die hohe Frequenz, in der er über Sex, Schwänze oder Brüste redet. Meistens halte ich meinen Mund, weil sich das Thema entweder von selbst erledigt oder weil er mich sowieso direkt fragt, wenn er meine Meinung dazu hören will.

So wie jetzt, als er mir sein Smartphone mit einem Tinderbild vors Gesicht hält.

»Ich meine, sie ist total hot. Aber die Fingernägel? Die kommen mir nicht in die Hose.« Dann lacht er laut und ich nutze den Moment, um das Bild zu betrachten. Dunkle Haare. Dunkle Augen. Breites Lächeln. Sie zeigt uns Peace und die Nägel an ihrer Hand sind silber und richtig lang und spitz.

Wahrscheinlich wäre Arslan überrascht, wenn er wüsste, was ich auf dem Bild sehe. Nichts. Keine Ahnung, warum das so ist. Für mich ist die Vorstellung, jemanden, mit dem ich mich verabrede oder Sex habe, anhand eines Fotos auszusuchen, so unrealistisch, dass es nicht mal mehr lustig ist. Als alle damit angefangen haben, habe ich es mal probiert. Vorher habe ich wochenlang mit ihr geschrieben. Bei dem Treffen musste ich mich übergeben und bin dann nach Hause, ohne ihr Bescheid zu geben. Ich kann mich noch glasklar daran erinnern. An die Panik.

Das Gefühl, wegrennen zu müssen. Den kalten Schweiß auf meiner Haut.

»Sagst du nichts, weil du dir wünschst, sie fährt mit den Fingernägeln über deinen Rücken? Stell ich mir entspannend vor, aber überleg mal, was sie an deinem Schwanz alles verletzen könnte.«

Wenn ich mir ausmale, dass die Person mit ihren Fingern über meinen Körper fährt, wird mir richtig schlecht.

Ich schiebe Arslans Smartphone weg von mir und starre auf meins, ohne was zu sehen.

»Okay, Luca, was ist los mit dir? Ich habe das Gefühl, jedes Mal, wenn das Gespräch in Richtung Sex geht, machst du zu.« Seit ein paar Tagen hat er sich angewöhnt, mich mit dem Vornamen anzusprechen. Aus seinem Mund klingt das fremd und seltsam.

»Bleib dran, du scheinst da etwas auf der Spur zu sein«, erwidere ich und halte den Blick demonstrativ auf das Display gerichtet.

»Ich kenn das, ich habe auch fast vergessen, wie sich Sex anfühlt, weil es bestimmt schon zwei Monate her ist.«

Und dann kann ich das aufsteigende Lachen nicht mehr aufhalten. Wobei es in meinen Ohren wehleidig und nicht belustigt klingt.

Natürlich lässt er das Thema nicht auf sich beruhen. So feinfühlig wie Arslan manchmal sein kann, so trampelig und grenzüberschreitend ist er in anderen Fällen.

Er rutscht einfach zu mir und dreht sich in meine Richtung. Ich beobachte alles aus den Augenwinkeln, weil ich ihn nicht ansehen kann.

»Können wir das Thema ändern«, bitte ich und wechsele zu TikTok, in der Hoffnung, dass es mich ablenkt und das Ziehen in meiner Magengrube weniger wird.

»Nope.«

Und dann kommt nichts mehr von ihm. Aber ich spüre seinen Blick. Meine ganze Haut kribbelt und Übelkeit hangelt sich meinen Hals hinauf.

Es ist mir egal. Ganz ehrlich. Dann übergebe ich mich eben in sein Bett, vielleicht ist das Thema damit ein für alle Mal erledigt.

Ich lege mein Smartphone zur Seite, bevor ich mich in seine Richtung drehe und ihn direkt anschaue. Er ist mir so nah, dass ich seine Atemzüge auf meinem Gesicht spüre.

»Was willst du hören, Arslan? Dass ich seit über einem Jahr keinen Sex hatte? Dass ich in den meisten Fällen betrunken sein muss, um überhaupt einen hochzubekommen? Dass ich jede einzelne Sekunde hasse? Dass ich nicht gern angefasst werde? Dass ich die Luft anhalten muss, weil ich Angst habe, mich übergeben zu müssen? Willst du vielleicht auch noch hören, dass ich nicht komme? Bist du jetzt zufrieden? Können wir dann schlafen?« Wäre der Moment nicht so erniedrigend, wäre sein sprachloser Ausdruck unbezahlbar.

»Es tut mir leid«, murmelt er. In seinen dunklen Augen liegt so viel, dass ich nicht mehr hingucken kann. Mitleid. Scham. Unverständnis.

»Gibt Schlimmeres«, erwidere ich und drehe mich weg von ihm.

Nur einen Augenblick später spüre ich seine Finger auf meinem Arm. Nur kurz. Aber es reicht aus.

Ich schließe die Augen. Es ist das erste Mal seit Jahren, dass sich nicht alles zusammenzieht. Dass ich die Wärme spüre und auf die brennende Schwere warte. Die nicht kommt, weil er mich loslässt.

»Mist, du hast gesagt, du magst keine Berührungen. Sorry.«

Ich erwidere nichts. Was soll ich auch sagen? Reicht ja nicht, dass Arslan von meinem Kopfschmerzproblem weiß. Jetzt kennt er eben noch mein Sexproblem, über das ich mit niemandem reden kann. Wie auch? Schließlich ist es nicht normal, wenn man kein Bedürfnis danach hat.

»Ist das der Grund, warum du nur einmal mit Chiara ausgegangen bist?«

»Chiara?«

»Meine Physio. Sie hat mir am Montag davon erzählt.«

»Ist auf jeden Fall schon was her. Ich verabrede mich nicht oft«, erwidere ich.

»Verstehe ich. Kannst du mich noch mal angucken, Luca?«

Mein Herz schlägt mir bis zum Hals. Wahrscheinlich, weil das Worte sind, die mein Kopf normalerweise mit Flucht verbindet.

Er ist mir nicht so nah wie eben, betrachtet mich aber beinahe noch aufmerksamer.

»Ich bin zu weit gegangen. Es tut mir leid, dass ich deine Grenzen nicht respektiert habe. Ich hoffe, du weißt, dass das für mich nichts ändert … Also doch, weil ich mich bemühe, nicht mehr so oft über

Sex zu reden. Sollte mir nicht schwerfallen, weil ich schließlich keinen mehr habe.« Dann lacht er und schließt für einen Moment die Augen. Als er sie das nächste Mal öffnet, bin ich gefangen. Wie gebannt von dem sanften und respektvollen Ausdruck.

»Ich hoffe, du weißt, dass nichts daran nicht okay ist. Wenn du keinen Sex magst und keinen mehr haben willst, ist das genauso normal, wie dauernd welchen haben zu wollen … Also falls du dir darüber Sorgen gemacht hast. Vielleicht sollte ich einfach aufhören zu reden.«

»Vielleicht«, flüstere ich.

Daraufhin reißt er die Augen auf und sein Blick landet auf meinen Lippen.

Plötzlich kippt die Stimmung. Blut rauscht in meinen Ohren. Meine Finger kribbeln. Alles zieht sich zusammen, nur dass ich dieses Mal weiß, dass die Übelkeit nicht kommt. Keine Ahnung, woher. Keine Ahnung, warum.

Ich spüre wieder seinen Atem auf meiner Haut. Den Ausdruck in seinen Augen kann ich nicht deuten, aber er bringt mein Blut zum Kochen. Überfordert meinen Körper und meine Sinne.

Ich will, dass er was sagt. Dass er ausspricht, was gerade los ist.

Aber dann atmet er seufzend aus und dreht sich auf den Rücken.

Und ich? Ich verstehe die Welt nicht mehr.

17

Kian Arslan

Heute habe ich Besuch der besonderen Art bekommen. Besonders nervig. Ich habe kein Problem mit Joris. Schließlich ist er Maltes Boy, aber Joris und Jolene in Kombination sind nie eine gute Idee.

»Wir stellen dir einfach ein paar Fragen und schneiden die Antworten dann am Ende in einem Video zusammen«, erklärt mir Jolene, während Joris irgendwas an seinem Smartphone macht. Seine blonden Locken sind wieder etwas länger als beim letzten Mal, als wir uns gesehen haben. Nicht, dass das oft der Fall war, weil unsere einzige Überschneidung gerade in Neuseeland sitzt. Er *liegt* wahrscheinlich, der Zeitverschiebung nach zu urteilen.

»Legst du dann Ludovico Einaudi unter die Videoclips?«, frage ich.

Natürlich nur, um ein genervtes Seufzen und Augenrollen von Jolene zu kassieren. Aber darauf hatte ich es auch angelegt, weil ich die Idee, meinen Krankheitsverlauf auf unserem Tigers-TikTok-Account zu teilen, nicht besonders ansprechend finde. Und verantwortungslos ist es irgendwie auch, weil ich es immer noch nicht geschafft habe, meinen Arbeitgeber darüber zu informieren. Und es ist nicht so, als würde mir die Zeit dafür fehlen.

»Kannst du einmal ernst bleiben, Arslan?«, fragt sie und fährt sich mit den Fingerspitzen durch ihr kurzes blondes Haar. Denn wenn jemand dieses Jahr eine Veränderung hingelegt hat, dann Jolene. Ich habe sie an der Wohnungstür eben kaum erkannt. Sie nennt es Sommerhaarschnitt – ihre raspelkurzen blonden Haare. Es soll Personen geben, die Frauen mit kurzen Haaren nicht schön finden. Ich zähle mich nicht zu diesen Menschen. Aber da Jolene immer noch mit ihrer Freundin zusammen ist, starte ich keinen Versuch. Ich brauche schließlich nicht noch mehr Drama in meinem nicht vorhandenen *Liebesleben*.

»Von mir aus. Aber dann erklär mir bitte mal, welchen Sinn das hier verfolgt?«

»Erstens brauchen wir Content im Sommerloch. Zweitens wäre es doch großartig, wenn du dich ins Team und ins Leben zurückkämpfst und ihr dann den Aufstieg –«

»Jinx es nicht«, unterbreche ich sie.

»Hätte dich nicht für abergläubisch gehalten.«

»Soll ich euch allein lassen oder können wir dann anfangen?«, kommt es von Joris, der eben schon Aufnahmen von mir beim Gehen gemacht hat.

Doch bevor wir starten können, öffnet sich meine Zimmertür. Für einen Moment hoffe ich, dass es Luca ist, der mich aus der Situation retten kommt. Aber natürlich ist es nur Williams. Luca ist heute Morgen schon nicht mehr da gewesen, als ich aufgewacht bin. Keine Ahnung, wo er ist. Es ist nicht so, dass wir mehr reden, seit er mir gesagt hat, dass er keinen Sex mag.

Und es wäre eine Lüge, wenn ich sagen würde, dass mich das die letzten Tage nicht beschäftigt hat. Nur dass mir meine Internetrecherche auch nicht dabei hilft das Gespräch zu Luca zu suchen.

»Sollen wir vielleicht noch das gesamte Team dazuholen? Ich habe das Gefühl, drei Leute sind zu wenig, um mit mir über meinen Unfall zu reden«, sage ich und schaue in die Runde.

»Dramaqueen. Ich stelle die Fragen, Joris ist heute der Kameramann und Williams wird mit dir auf dem Video zu sehen sein. Wir dachten, dann bist du nicht so allein. Aber wenn dir das nichts ausmacht, bleibt Williams auch hinter der Kamera.«

»Schon okay«, entgegne ich und setze mich aufrechter hin. Wenn es nach mir gegangen wäre, dann hätten wir die ganze Szene im Bett aufgenommen, aber Jolene und Joris haben auf Stühle bestanden.

»Bereit?«, fragt Jolene, nachdem Williams seinen Stuhl neben meinen geschoben hat.

»Von mir aus.« Damit kassiere ich ein Augenrollen von Jolene und ein verzweifeltes Kopfschütteln von Joris.

Was soll ich eigentlich hier? Und warum kam Williams nicht, um mich zu retten? Oder Luca?

»Also Kian, hol uns doch mal ab und erzähl uns von dem Unfall.« Ich werde Jolenes Frage ganz sicher nicht ehrlich beantworten.

»Ein anderes Auto ist in meine Seite gefahren, dann bin ich mit dem Bein aufgewacht.« Ich schaue auf mein in Jogginghose steckendes, ausgestrecktes Körperteil, um meine Aussage zu untermalen.

»Gib uns nicht zu viele Details«, entgegnet Jolene lachend.

»Leander war mit dabei, oder?«, kommt es dann überraschenderweise von Williams.

»Jap«, sage ich und schaue ihn statt Joris mit dem Smartphone an.

»Stimmt, Leander ist mit einem blauen Auge davongekommen.«

Ich weiß genau, dass Jolene versucht, das Gespräch am Laufen zu halten, aber das erhöht auch nicht meine Motivation für das Video.

»Zum Glück nicht mal mit einem blauen Auge«, erwidere ich. Wahrscheinlich klingt es trotzdem so, als hätte ich mir gewünscht, Leander wäre was passiert. Dabei bin ich froh, dass es nicht so war. Es reicht, dass ich die Konsequenzen meines Fehlverhaltens tragen muss.

»Leander ist danach auch zu euch in die WG gezogen, oder?«, fragt sie und legt den Kopf schräg, als könnte sie damit Einblicke in meine Gedankenwelt gewinnen.

»Das hat nichts mit dem Unfall zu tun.« Vielleicht klingt meine Stimme unfreundlicher als sonst.

»Erzähl uns doch einfach, wie dein Tag gerade aussieht nach dem Unfall.«

Was soll ich ihr erzählen? Dass ich Schmerzmittel zu lange wegen meiner Abhängigkeit verweigert habe, aber mich jetzt doch dafür entschieden habe, welche einzunehmen, und deutlich mobiler bin? Dass ich dringend die Krankmeldung für meinen Arbeitgeber losschicken sollte, aber nicht will, weil ich diese Ausbildung nicht mehr machen möchte? Dass ich seit ein paar Tagen nur noch an Luca denken kann, selbst wenn er neben mir liegt?

»Eigentlich mache ich nicht besonders viel. Ich gucke alte Eishockeyspiele, habe zwischendurch immer mal wieder Arzttermine und fast jeden Tag Physio.« Ich schaue kurz zu Williams, der mir ein zustimmendes Lächeln schenkt.

»Nimm uns mal mit in eine Physio-Einheit. Was machst du für Übungen? Was ist euer Ziel?«

»Wir machen zum Beispiel Muskellockerungsübungen. Alle Gelenke werden mobilisiert. Vor ein paar Tagen haben wir mit Spaziergängen angefangen. Aber wenn ich ehrlich bin, besteht die wichtigste Arbeit von Chiara und mir darin, mich zu motivieren, was zu machen. Ich habe viel gelegen und oft sehr starke Schmerzen gehabt und es ist gut, dass sie für Abwechslung in meinem Alltag sorgt«, erzähle ich ihr und bemerke erst zum Schluss wieder Joris' Smartphone, das alles aufgenommen hat.

»Ich habe mir sagen lassen, dass die Tigers und vor allem deine WG dich in den letzten Wochen unterstützt haben.«

»Ja, ich bin ihnen ziemlich dankbar, dass ich da nicht allein durch musste, und bin froh, mich auf mein Team und meine Freunde verlassen zu können.« Hätte Jolene mich ohne Kamera gefragt, hätte ich ihr von Luca erzählt. Dass ich ihm am meisten dafür danke.

Ich schaue zu Williams und hoffe, dass er erkennt, dass ich fertig bin. Dass ich nicht noch weiter darüber reden möchte, was passiert ist und wie es mir damit geht.

»Vielleicht noch eine letzte Frage: Werden wir dich in der kommenden Saison auf dem Eis sehen?«

Die Frage aller Fragen, die ich gern mit Ja beantworten würde. Aber wir sind eine Amateurmannschaft. Mein Leben besteht nicht aus dem Sport. Es sollte also nicht schlimm sein, mit »Nein, wahrscheinlich nicht« zu antworten. Und trotzdem zieht sich bei dem Gedanken daran alles in mir zusammen.

Eishockey ist mein Ausgleich. Mein Ventil, wenn wieder alles scheiße ist. Der Ort, der sich wie Familie anfühlt.

Nicht mehr dazuzugehören, fühlt sich nach Magendarminfekt an.

»Ich gebe alles«, antworte ich und meine es zum ersten Mal wirklich.

»Danke für eure Zeit«, sagt Jolene und Joris nimmt das Smartphone endlich runter.

Danach gehen die beiden recht zügig. Selbstverständlich bedanke ich mich für das Interview, obwohl das nicht auf meinem Mist gewachsen ist und ich keine Lust darauf hatte.

Dann sitzen Williams und ich allein in meinem Zimmer. Wobei ich zurück in meinem Bett bin, während er auf dem Stuhl ist. Wahrscheinlich hat Luca oder Fink ihn gefragt, ob er mir heute Nachmittag Gesellschaft leistet. Wir werden auf keinen Fall noch mal *Mario Kart* spielen, weil ich dann zu abgelenkt bin.

»Ey, Williams? Du bist doch ein Experte, was unangenehme Fragen angeht?«

»Hast du dir was eingefangen?«, fragt er und schaut von seinem Smartphone auf.

»Ich hatte ewig keinen Sex mehr. Also nein«, erwidere ich.

»Danke für die Info, die brauchte ich.« Sein Seufzen ist so schwer, dass ich es beinahe spüre. Aber ich gebe trotzdem nicht auf, bevor ich nicht die Frage losgeworden bin, die mich seit dem Gespräch mit Luca beschäftigt.

»Wie kann ich mit einer Person Sex haben, die keinen Sex mag?«

»Na, am besten gar nicht.«

»Wirklich witzig«, erwidere ich und rutsche noch ein Stück höher im Bett.

»Was willst du hören von mir? Nein heißt Nein, dazwischen gibt es kein Ja.«

»Ich glaube, es geht um Asexualität.«

»Warum denkst du, dass ich mich damit auskenne?« Er mustert mich genervt.

»Du bist pan, poly und PoC. Du bist quasi der gesamte Regenbogen.«

»Soll das jetzt ein Kompliment sein?«, fragt er lachend.

»Komm schon, Williams«, bitte ich.

»Dann formuliere deine Frage besser.«

»Ich fühle mich zu einer Person hingezogen, die gesagt hat, dass sie Sex nicht mag. Und ich frage mich, ob das an den Menschen liegen kann, mit denen meine Person Sex hatte oder ob das generell vom Tisch ist.«

»Asexualität ist ein Spektrum. Ich kann dir also nicht sagen, wie sich *deine* Person fühlt. Aber wenn dir jemand sagt, dass er oder sie keinen Sex mag, dann solltest du nicht davon ausgehen, dass du der Grund sein wirst, dass die Person wieder Sex mag.«

»So was denke ich gar nicht.«

»Ja, ja«, erwidert er und ich sage nichts mehr. Was auch? Nicht, dass ich angenommen habe, dass Luca Sex mit anderen scheiße findet und dann mit mir mag. Er mag mich ja nicht mal und steht auf Frauen.

Wahrscheinlich ist es das Beste, wenn ich die Anziehung zwischen uns ignoriere und mich mit jemand anderem verabrede.

Das wird schon. Wahrscheinlich ist das sowieso nur ein Crush, der verfliegt, sobald wir nicht mehr so viel Zeit miteinander verbringen und ich wieder fitter bin.

Teil 2
Herbst

18

Kian Arslan

»Hör auf zu sabbern.«

»Fick dich«, sage ich zu Chiara, ohne sie anzusehen, weil mein Blick an der Eisfläche klebt. Vielleicht eher an den Spielern. Besser gesagt: an einem einzigen.

Warum ist mir vorher nie aufgefallen, wie heiß Hockeyspieler sind? Es ist schließlich nicht das erste Mal, dass ich von außen zusehen muss. Nur dass es dieses Mal darauf hinauslaufen wird, dass ich die nächsten Monate auf den Rängen verbringe und nicht nur ein paar Trainingseinheiten oder Spiele, weil ich wieder die Klappe zu weit aufgerissen habe.

»Ich verstehe immer noch nicht, warum du ihn nicht einfach fragst, ob er mal mit dir ausgehen will«, kommt es von Chiara.

Ulrich passt den Puck zu Luca, während Fink versucht, das Spiel der beiden zu unterbrechen. Ich könnte ewig dabei zusehen, wie Luca beinahe über das Eis fliegt. Wie er sich aus Finks Bedrängung herausdreht. Wie er ihn in die Bande befördert, als er ihm das nächste Mal zu nahe kommt.

»Kiaaaan?«

Ach ja, stimmt, Chiara hat wieder die Frage aller Fragen gestellt.

»Du weißt genau, dass ich das nicht machen werde«, erwidere ich und zucke beinahe zusammen, als Hecker, einer der neuen Spieler, ihn übers Eis segeln lässt.

»Was hast du zu verlieren?« Das weiß sie auch, weil wir so oft darüber geredet haben.

Irgendwann im Sommer war ich es leid, diesen nervigen Crush mit mir allein rumzutragen, und habe Chiara davon erzählt. Sie war natürlich direkt Feuer und Flamme und hat versucht, Pläne zu schmieden. Vorgeschlagen, dass Luca und ich ja mal mit ihr und Fink ausgehen könnten. Es hat gedauert, bis ich ihr beigebracht habe, dass ich ihr nicht davon erzählt hatte, damit sie mir hilft, Luca für mich zu gewinnen, sondern um zu vergessen. Damit sie mir vielleicht einen ihrer Freunde vorstellt und ich jemand anders kennenlerne.

Aber den Crush loszuwerden war genauso unerfolgreich, wie Chiara von der Ausweglosigkeit der Situation zu überzeugen. Denn entgegen ihrer Annahme habe ich ziemlich viel zu verlieren. Luca schläft nämlich immer noch in meinem Bett, wenn er nicht wieder bei seiner Schwester verschwunden ist.

Er begleitet mich beinahe jeden Freitag zu einem Treffen und danach gehen wir immer noch was trinken oder essen. Und ganz vielleicht nenne ich diese Ausflüge in meinem Kopf Date.

Und genauso, wie ich jede Sekunde genieße und immer mal wieder zu viel flirte, ist es gleichzeitig total anstrengend, nichts unternehmen zu können.

Es ist nicht so, als hätte ich nicht versucht, mich abzulenken und andere Menschen zu daten. Aber obwohl es Monate her ist, dass ich mit jemandem geschlafen habe, hat es nie gefunkt. Ich habe geknutscht und gekuschelt, als wäre ich zwölf, aber weiter habe ich es nie geschafft.

»Müssen wir jetzt echt noch mal durchgehen, was ich zu verlieren habe? Es ist schön, dass du und Fink glücklich seid. Aber nur weil wir das von überall aus suggeriert bekommen, heißt das nicht immer, dass alle ihr Happy End erhalten.«

Luca zieht sich den Helm vom Kopf und fährt sich durch seine verschwitzten Locken. Er lacht über irgendwas, was Williams ihm sagt, und ich bin gefesselt von dem Augenblick. Dabei kann ich von hier nicht mal erkennen, wie seine Augen glitzern.

Ich wäre sowieso lieber da unten als hier. Aber jetzt noch mehr.

»Du bist echt ein hoffnungsloser Fall und es tut weh, dabei zuzusehen.«

»Dann schau halt nicht hin«, entgegne ich. Wahrscheinlich sollte ich meinem Rat auch folgen.

Nicht dabei zusehen, wie er das machen kann, was ich mir selbst verbaut habe. So wie alles in meinem Leben. Genau wie meine Ausbildung, die mir gekündigt wurde.

Vielleicht hatte ich darauf auch insgeheim gehofft, schließlich habe ich die Krankmeldung zu spät nachgereicht. Anrufe ignoriert. Meinen Arbeitgeber zahlen lassen, obwohl die Krankenkasse das übernommen hätte.

Und ja, vielleicht hatte ich auch gehofft, dass sie mich kündigen, weil ich nicht mehr dahin wollte. Weil ich einfach wie die anderen studieren will. Aber ich habe mich nicht eingeschrieben und habe keine Ahnung, woher ich die nächsten Monate Geld bekommen soll.

Aber das alles ignoriere ich genauso wie meinen Crush, der keiner mehr ist, und tue einfach so, als wäre alles super. Und irgendwie funktioniert das die meiste Zeit sehr gut.

Chiara ist eigentlich die Einzige, die das durchblickt, weil wir die letzten Monate ziemlich viel Zeit miteinander verbracht haben.

»Warten wir auf die Jungs oder fahren wir zusammen heim?«

»Warten«, erwidere ich, woraufhin sie nur lachend den Kopf schüttelt.

Als wir endlich aus dem Eisstadion rauskommen, bereue ich meine Entscheidung. Ich wäre besser mit Chiara heimgefahren und hätte den Abend mit ihr verbracht, anstatt darauf zu hoffen, Luca zu treffen.

Was habe ich davon? Ich werde ihm niemals davon erzählen, dass ich mir schon zu oft vorgestellt habe, ihn zu küssen und weiterzugehen.

Und langsam weiß ich nicht mehr, was schlimmer ist: ihn zu sehen, aber nicht anfassen zu dürfen, oder ihn nicht zu sehen.

»Also *Abseits*?«, fragt Hecker.

Wahrscheinlich wissen einige aus dem Team von meinem Problem. Aber die wenigsten realisieren, dass dazu auch gehört, Kneipen zu meiden. Und ich bin ehrlich gesagt zu erschöpft, das Thema heute anzusprechen.

Ich will mich gerade zu Chiara umdrehen und sie fragen, ob sie mit mir heimfährt, als Luca neben mich tritt. Woher ich das weiß, ohne hinzuschauen? Ich habe unnötig häufig an seinem Duschgel im Bad geschnuppert. Chiara hat recht, ich bin ein hoffnungsloser Fall.

»Ich bin für heute raus«, sagt er und ich spüre seinen Blick auf mir. Bei seiner Aussage schlägt mein Herz so schnell, da muss ich nicht noch in seine Richtung schauen und ihm zeigen, was ich denke. Außerdem heißt das schließlich noch lange nicht, dass er mit nach Hause kommt.

»Wo hast du die Krücken gelassen?«

Das frage ich mich auch schon seit dem Ende des Trainings. Vielleicht war ich etwas zu ambitioniert in meinem Vorhaben, alles ohne meine lästige Begleitung der letzten Monate zu schaffen.

»Chiara war ja dabei«, sage ich und betrachte Williams und Ulrich vor mir.

»Und? Hätte sie dich dann getragen, wenn es nicht geklappt hätte?«, fragt Luca und ich kann nicht einschätzen, ob er scherzt oder genervt ist. Wenn ich vernünftig wäre, würde ich Abstand verlangen und nicht immer wieder versuchen, zu verstehen, was er gerade denkt.

»Nö, aber du bist ja da und kannst mich heimtragen.« Und dann mache ich es doch. Drehe mich zur Seite und mustere ihn. Großer Fehler. Seine Haare fallen ihm in dunklen, feuchten Locken in die Stirn. Er trägt nur ein Shirt, weil die Reste des Sommers immer noch in der Luft hängen.

»In deinen Träumen, Arslan.«

Er würde schreiend weglaufen, wenn er wüsste, was wir so treiben, wenn ich die Augen schließe. Aber ich erwidere nur sein Grinsen und halte den Mund, weil ich zwischendurch auch vernünftig sein kann.

Am Ende sind Chiara, Fink, Luca und ich die Einzigen, die am Zentralplatz aussteigen und in die Sieben nach Hause einsteigen. Jetzt bekommt Chiara das Doppeldate, das sie sich immer gewünscht hat. Nur dass Luca derjenige ist, der nichts von meiner Gefühlswelt weiß.

Wir sitzen uns alle gegenüber – Chiaras Werk. Und so offensichtlich, wie Fink von mir zu Luca guckt, ist es nur eine Frage der Zeit, bis unser Teamkollege was davon mitbekommt.

Dabei verstehe ich nicht ganz, warum er noch nie Anstalten gemacht hat, dass er von meiner Gefühlswelt weiß, schließlich ist subtil kein Adjektiv, das mich beschreibt.

»Und was habt ihr beiden heute vor?«, flötet Chiara und schenkt uns ihr breitestes Grinsen. *Fick dich,* forme ich mit den Lippen und verschlucke mich nur Sekunden später, als Luca »schlafen« sagt und meine Fantasie durchdreht.

Chiara lacht immer noch, als ich meinen Husten endlich in den Griff bekommen habe.

Fink funkelt uns beide abwechselnd böse an, weil er es natürlich nicht mag, dass Luca so außen vor ist und von nichts eine Ahnung hat.

Ich schenke ihm nur ein Schulterzucken. Was soll ich machen? Luca hat weder Interesse an mir noch an Sex im Allgemeinen. Auch wenn meine Recherche mir aufgezeigt hat, dass es verschiedene Abstufungen von Asexualität gibt und es sich für jede Person anders anfühlt, weiß ich, dass ich daran nichts verändern kann. Also funktioniert das auf allen Ebenen nicht. Schließlich müsste er mich erst mal mögen oder an Männern interessiert sein.

Den Rest der Fahrt schaue ich aus dem Fenster den vorbeiziehenden Lichtern und Wohnhäusern nach und hoffe inständig, dass dieses dumme Verknalltsein verschwindet.

19

Luca Jenssen

*S*ie hat angerufen und damit beinahe alles zum Einsturz gebracht, was die letzten Wochen gut gelaufen war. Das ist der Grund, warum ich bei Kaya bin, obwohl ich Arslan versprochen habe, heute Abend mit ihm zu einem Treffen zu gehen.

»Vielleicht funktioniert es dieses Mal.« Kayas Stimme ist tränenerstickt. Ihre schwarzen Haare stehen wild von ihrem Kopf ab, weil wir die ganze Nacht nicht geschlafen haben. Mein Körper hat geschwankt zwischen Übelkeit und Kopfschmerzen, während sie versucht hat, für mich da zu sein und sich selbst nicht zu verlieren.

Manchmal wünsche ich mir, unsere Mutter würde es endlich schaffen, sich zu Tode zu saufen. Und vielleicht macht mich das zum schlechtesten Menschen auf diesem Planeten. Aber ich kann nicht mehr.

Ihre Schmerzen und ihre Sucht sind meine Kindheit. Meine Jugend. Meine scheißverfickte Vergangenheit, die hinter jeder Ecke auf mich wartet.

Dabei hasse ich den Hass, den ich auf sie habe, weil er meine Kopfschmerzen befeuert. Weil er mir die letzte Nacht geraubt hat. Weil er einfach alles zerstört, an dem ich die letzten Wochen gearbeitet habe.

Ernährung. Sport. Routinen. Entspannung. Schlaf.

Ein Anruf, den nicht mal ich, sondern Kaya bekommen hat, und all meine Mühen waren umsonst. Dabei sind die Kopfschmerzen seit Wochen endlich mal aushaltbar, wenn sie auftreten.

»Ich glaube, ich will sie sehen.« Kaya rinnen Tränen über die Wangen.

Und dann tue ich es doch, nehme sie in den Arm, obwohl ich gerade auf der Kippe stehe. Aber es ist Kaya. Mein einziger Lichtblick aus der Vergangenheit.

Wir haben vielleicht unterschiedliche Väter, aber sie ist alles an Familie, das ich habe.

Wobei, das stimmt nicht ganz. Unsere *Mutter* hat nach meiner Geburt noch weitere Kinder bekommen, die das Jugendamt ihr weggenommen hat. Aber uns haben sie gelassen. Keine Ahnung, warum, vielleicht weil Anneliese sie auch immer wieder angelogen hat. Wie uns.

Es ist nicht der erste Anruf, den wir bekommen. Auch nicht der zweite.

Sie macht immer mal wieder einen Entzug und kommt zu dem Punkt, an dem sie mit ihren Angehörigen reden soll. Dann meldet sie sich. Meistens heult sie. Sagt, wie dankbar sie ist, dass es uns gibt. Redet davon, wie leid es ihr tut. Und nur ein Augenblinzeln später schmeißt sie Glasflaschen und entblößt sich vor unseren Freunden. Nicht, dass uns oft jemand besuchen kam, schließlich gab es meist nichts zu essen oder die Wohnung sah aus wie eine Kneipe.

Irgendwann hat sie mal erzählt, sie würde nur so viel trinken, damit sie ihre Kopfschmerzen erträgt. Das heißt, sie hat mir nicht nur eine wundervolle Kindheit geschenkt, sondern auch noch diesen Aspekt.

Nur, dass ich nicht so schwach bin wie sie und bei den Schmerzen nicht nach der Flasche greife.

»Sie wird dich nur verletzen, Kaya«, murmele ich und streiche ihr über die Haare. Dabei ignoriere ich die beißende Übelkeit, die sich meinen Hals hinaufbrennt. Ich habe keine Zeit, mich jetzt damit auseinanderzusetzen.

»Was, wenn nicht?«

Ich verstehe Kaya. Wirklich. Aber ich weiß, dass Anneliese nicht so ist. Vielleicht lässt sie Kaya in ihr Leben. So lange, bis sie Geld braucht oder ein Dach über dem Kopf und ihre eigene Tochter nur ausnutzt.

Ich weiß nicht, ob es die Nähe zu Kaya ist oder die Gesamtsituation, aber die Übelkeit wird mehr, während das Gefühl in meiner rechten Seite abnimmt.

Ich lasse los und mache einen Schritt nach hinten. Hasse es, dass ich nicht so für sie da sein kann, wie sie für mich. Ihr Blick spricht Bände, aber ich weiß, dass sie mir keine Vorwürfe machen kann. Dabei wünschte ich, sie würde endlich mal was sagen. Mich anschreien, weil sie immer für mich da ist und ich nur vorbeikomme, wenn ich sie brauche.

»Kannst du wen anrufen?«, frage ich, ohne sie anzuschauen. Ich betrachte den dunklen Holzboden unter mir, der sich anfühlt wie Zuhause, aber heute zu viel ist.

»Ja«, murmelt sie, ihre Stimme tränengeschwängert. Wegen unserer Mutter. Wegen mir. Wegen ihrem Vater, der sie nie kennenlernen wollte. Wegen ihrer Familie, die sie nur im Stich lässt. Mich eingeschlossen.

Ich warte so lange in ihrer Wohnung und auf Abstand, bis eine Freundin die Tür reinkommt, die ich nicht kenne. Ich weiß zu wenig über das Leben meiner Schwester.

»Danke«, sage ich zu der kleinen Blondine, die mir ein verhaltenes Lächeln schenkt. Wahrscheinlich musste sie sich schon zu oft anhören, wie scheiße Kayas Bruder ist.

Kühle Luft trifft mich, als ich vor die Haustür trete. Ich brauche einen Moment, um mich zu orientieren, weil mein Körper gerade mit anderen Dingen beschäftigt ist.

Ich angele nach meinem Smartphone und rufe die Person an, die mir gerade am ehesten helfen kann.

»Hi.«

»Kim? Kannst du mich heute noch irgendwo dazwischenschieben. Bitte. Es ist dringend.«

»Ich hätte noch Platz für ein Piercing. 16:30?«

»Danke.«

Dann lege ich auf und kann das erste Mal seit Stunden durchatmen.

Ich komme erst eine Stunde später in der WG an, weil ich die ganze Strecke zu Fuß zurückgelegt habe. Vielleicht nicht meine beste Idee, weil Arslan mich jetzt zu dem Termin begleiten muss, damit wir es rechtzeitig zu seinem Treffen schaffen.

Als ich Arslans Zimmer betrete, ist Chiara noch da. Natürlich habe ich nicht darüber nachgedacht, dass er vielleicht was vorhat und gar nicht mitkommen kann.

»Hey«, sagt er.

Seit einigen Wochen steht er vor seinem Bett, statt darin zu liegen, wenn er Übungen mit Chiara macht. Ab und an besucht er sie auch in der Praxis, aber dadurch, dass seine Physio mit unserem Mitbewohner zusammen ist, kann sie Termine oft dazwischenschieben.

»Hi, ich wollte dir nur Bescheid geben, dass ich jetzt schon losmuss, weil ich einen Termin in der Stadt habe. Vielleicht treffen wir uns später einfach vor der Kirche«, sage ich, obwohl ich nicht weiß, ob ich nach dem Stechen noch bereit bin, mir Geschichten anzuhören, die manchmal so klingen wie die von Anneliese.

»Wir sind jetzt fertig«, kommt es überraschenderweise von Chiara, nicht von ihm. Sie dreht sich zu Arslan hin und ich kann nicht genau erkennen, was die beiden lautlos besprechen. Nur, dass er mit den Augen rollt, bevor er wieder zu mir sieht.

»Ich komm mit, kein Problem.«

»Alles klar, ich ziehe mir noch gerade ein anderes Shirt an und checke die Busverbindungen«, entgegne ich und verlasse sein Zimmer.

Wir haben den Weg über nicht miteinander gesprochen. Mein Körper kämpft immer noch gegen die Übelkeit und die bevorstehenden Kopfschmerzen an.

Und ich weiß, dass es vernünftiger gewesen wäre, Arslan zuhause zu lassen. Fink darum zu beten, heute Abend mit ihm zu dem Treffen zu gehen. Bei meiner Schwester zu bleiben.

Keine Ahnung, warum ich das heute nicht kann. Und ich weiß noch weniger, wie ich das später machen soll. Was ist, wenn sich das wieder über Tage zieht? Wenn ich nicht selbst auf Toilette gehen kann und auf Hilfe angewiesen bin. Wie scheiße ist das, dass ich es vorher nicht mal jemandem sage? Aber ich kann Arslan nichts erzählen. Zumindest nicht, bevor ich ihn nicht gefragt habe, was heute los ist.

Normalerweise redet er wie ein Wasserfall. Erzählt mir irgendwas von der Therapie, von Hockeyspielen oder Ähnlichem. Warum ist er heute so still? Und warum schaffe ich es nicht, nachzuhaken?

Meine Gedanken werden endlich langsamer, als ich die dunkle Tür aufstoße und in dem Empfangsbereich vom Studio stehe. Der

Geruch nach Desinfektionsmittel und das summende Geräusch der Nadeln sind wie Urlaub für mein Hirn.

»Oh, hi, Luca, du kannst schon durchgehen, wenn du willst. Kim ist gleich so weit.« Ich nicke Laura, die am Empfang arbeitet, seit ich das Studio für mich entdeckt habe, zu und mache mich auf den Weg.

Erst als ich den Raum betrete, in dem ich schon so viele Stunden verbracht habe, wird der Druck auf meiner Brust weniger.

Es stört mich nicht mal, dass Arslan nach mir eintritt.

Ich setze mich auf die Liege und fahre mit den Fingern über das raue Papier unter mir.

»Hast du hier alle Tattoos gestochen bekommen?«, fragt er und nimmt auf dem Stuhl mir gegenüber Platz.

»Die meisten«, erwidere ich, ohne ihn anzusehen. Zwischendurch habe ich mich gefragt, ob ich genauso bin wie Anneliese. Nur, dass nicht Alkohol, sondern Tattoos meine Droge sind. Dass die Nadeln das Einzige sind, das mich daran erinnert, wie sich Schmerz von außen anfühlt.

»Hey, Luca. Du hast heute ja mal jemanden mitgebracht.« Wenn Kim einen Raum betritt, zieht er die Aufmerksamkeit immer auf sich, was nicht an seinen Haaren liegt, die oft in einer anderen Farbe leuchten. Oder an den vielen Tattoos. Nein, Kim hat diese positive Ausstrahlung, die alles mit sich reißt.

Vielleicht ist es auch nicht nur der Schmerz, sondern das Gesamtkonzept. Der Geruch. Die Geräusche. Kims Anwesenheit.

»Arslan, Kim. Kim, Arslan«, stelle ich die beiden verzögert vor.

»Hockey?«, fragt Kim und schaut von meinem Mitbewohner zu mir.

»Ja«, erwidern wir zeitgleich.

»Cool.« Ich weiß, dass das nicht Kims Sport ist, obwohl er schon das ein oder andere Mal bei einem Spiel der Tigers zugeschaut hat. Mir zuliebe. Wahrscheinlich könnte ich ihn zu meinen Freunden zählen, wenn ich gut darin wäre, mich zu bemühen. Zuzuhören. Gemeinsam Zeit zu verbringen.

»Was machen wir heute?« Kim greift nach dem rollenden Hocker und schiebt sich zwischen mich und Arslan.

Ich greife nach dem Saum meines weiten Shirts und ziehe es mir über den Kopf. Arslan macht irgendein undefinierbares Geräusch, was meine Aufmerksamkeit von Kim zu ihm lenkt.

»Hätte ich gewusst, dass du dich ausziehst, wäre ich zuhause geblieben«, sagt er und hält meinen Blick. Ich kann nicht sehen, ob er es ernst meint oder Spaß macht. Nicht zum ersten Mal.

Ich war immer der festen Überzeugung, dass man sich, wenn man sich länger kennt und viel Zeit miteinander verbringt, ohne Worte versteht. Wir können das auch. Aber manchmal guckt mich Arslan an, wenn wir abends im Bett liegen, und ich habe keine Ahnung, was er sieht und denkt. Vielleicht wird es auch Zeit, dass ich wieder in meinem Zimmer schlafe. Schließlich kann jetzt nichts mehr passieren. Oder?

»Witzig ist er auch noch«, kommentiert Kim.

Ich unterbreche den Blickkontakt, weil ich weiß, dass Kim mich nur dazwischengeschoben hat und garantiert gleich weiter will.

»Nippelpiercing«, sage ich, woraufhin Kims Grinsen breiter wird.

»Was?« Arslans erstickter Ruf hallt durch den Raum.

»Traubenzucker ist in der obersten Schublade. Oder du wartest draußen.« Arslan wäre nicht der Erste, der in diesem Raum umkippt. Nicht, dass ich aus Erfahrung spreche, weil ich hier noch nie Kreislaufprobleme hatte. Im Gegensatz zu meinen Kopfschmerzaussetzern.

»Schon okay«, murmelt Arslan. Sein Ausdruck offenbart die Lüge. Seine Augen sind immer noch geweitet und seine Gesichtsfarbe sieht blasser aus als sonst. Letzteres könnte aber auch an dem Licht der Neonröhren liegen.

»Komm etwas näher, dann kann Luca dir die Hand halten, wenn's ganz schlimm wird.« Daraufhin lacht Kim laut und teuflisch und bewegt sich durch den Raum, um alles zusammenzusuchen.

Mein Blick klebt wieder an Arslan, dessen Aufmerksamkeit auf meinem Oberkörper liegt. Keine Ahnung warum, er hat mich schließlich schon unzählige Male ohne Shirt gesehen.

Er schließt die Augen. Sein Brustkorb hebt und senkt sich mehrfach. Dann steht er auf, nimmt den Stuhl mit sich und setzt sich direkt neben die Liege.

Er war letzte Woche beim Friseur. Seine Haare sind an den Seiten richtig kurz und obendrauf lockiger. Natürlich habe ich ihn damit aufgezogen und gesagt, dass sein Haarschnitt zwei Jahre zu spät kommt. Danach hat er mich in *Mario Kart* abgezogen und ich habe nichts mehr gesagt. Auch nicht zu seinem Bart, den er nicht mehr rasieren will, bis er wieder auf dem Eis steht. Über Letzteres reden wir übrigens auch nicht. Warum auch? Arslan zieht es jedes Mal runter und ich bin nicht die Person, die ihn da wieder rausholen kann. Also tanzen wir einfach um das Thema herum.

»Ich zähle darauf, dass du mich rettest, wenn ich umkippe«, murmelt er und schenkt mir ein Lächeln, das seine braunen Augen in dem hellen Licht leuchten lässt.

»Es ist ja nicht so, dass *ich* die Schmerzen ertragen muss«, sage ich.

»Komm schon, du stehst doch drauf«, entgegnet er und zwinkert mir zu.

»Seid ihr dann fertig mit flirten?«, kommt es von Kim, woraufhin Arslans Lächeln sofort verschwindet.

Und vielleicht ist es gut, dass ich nie eine Freundschaft zu dem Tätowierer aufgebaut habe. Ich mag es nicht, wie verschlossen Arslans Ausdruck jetzt ist.

Dann läuft alles wie immer ab. Oder vielleicht doch nicht ganz wie sonst, weil Arslan heute dabei ist und ich meinen Blick nicht abwenden will.

Sprühen. Wischen. Sprühen. Warten.

Kim weiß, dass ich keine Zahlen brauche oder einen Überraschungseffekt, um weniger von dem Schmerz mitzubekommen. Er weiß, dass ich genau deswegen hier bin.

Arslans Blick gleitet über meinen Oberkörper. Aber er schaut nicht verängstigt. Oder angeekelt. Er schaut, als würde ihm gefallen, was er sieht. Und ganz plötzlich bekomme ich von der Klimaanlage, die immer noch läuft, weil wir im Dachgeschoss sind, eine Gänsehaut.

Dann hebt er den Kopf und ich sehe alles. Zumindest bilde ich mir ein, Verlangen zu erkennen. Feuer in dem dunklen Braun.

Greller, heller Schmerz schießt nur einen Augenblick später durch meinen gesamten Körper. Alles zieht sich zusammen und summt. Mein Kopf ist leise.

Für einen Moment fühlt sich alles leicht an. Sorgenfrei. Schwerelos.

Dann wird alles warm und weich. Und genau für die Sekunden bin ich hier, in denen alles andere unwichtig ist. In denen mein Körper wirkt, als wäre er im Einklang mit sich selbst.

Nur, dass das High dieses Mal länger anhält als erwartet. Keine Ahnung, wieso. Aber so mag ich mein Leben.

Als ich die Augen öffne, fällt mein Blick auf meine Hand, die Arslans umschließt.

20

Kian Arslan

Einen Ständer im Tattoostudio vom Händchenhalten zu bekommen, ist ein erstes Mal, auf das ich auch hätte verzichten können.

Trotzdem lasse ich nicht los. Wende meinen Blick nicht ab. Weil ich Erfahrung damit habe. Weil ich nicht weiß, wie oft ich schon in seiner Nähe Lust auf Sex hatte. Mittlerweile bin ich geübt darin, mit einem Ständer einzuschlafen.

Nur, dass wir nicht zu zweit sind. Dass ich meinen Schoß heute nicht unter einer Decke verbergen kann. Nein. Die Neonlichter in dem sehr klinisch eingerichteten Raum überlassen nichts der Interpretation. Aber es ist mir egal. Vor allem, als Luca seine Finger mit meinen verschränkt. Einfach so. Es muss nicht extra erwähnt werden, dass mein Herz Purzelbäume schlägt. Dass meine Handinnenfläche schwitzig ist. Dass ich versuche, gelassen zu atmen, statt nach Luft zu schnappen, aber nicht mehr hinterherkomme.

Dabei hatte alles ganz harmlos angefangen. Was soll schon groß in einem Tattoostudio passieren. Ich hatte mir vorgestellt, dass er sich vielleicht was an den Armen stechen lässt. Was Sicheres. Dass ich mich langweile.

Aber das Verhängnis nahm seinen Lauf, als er sich einfach das Shirt ausgezogen hat. Im Sommer hat er das oft genug gemacht, vorm Schlafengehen. Nur, dass ich da in meinen vier Wänden war. Ich konnte mich davon ablenken, ihn anzustarren. Und wenn nicht, dann hat er nichts davon mitbekommen, wie gut er mir gefällt.

Hier hat das nicht funktioniert. Dabei habe ich alles versucht. Habe mir vorgestellt, wie ich in einen Haufen verschwitzter Eishockey-Trikots geschubst werde. Habe an meine Familie gedacht. Und die Luft angehalten. Letzteres hat Kims und Lucas Aufmerksamkeit auf mich gelenkt, also musste ich damit schnell aufhören.

Der mangelnde Sauerstoff in meinem Kopf erklärt bestimmt auch, warum ich dann meinen Stuhl genommen und mich noch näher zu ihm gesetzt habe.

Aus der Nähe sehen die Zeichnungen auf seiner Haut noch eindrucksvoller aus. Jeder Atemzug erweckt die Bilder zum Leben. Von den definierten Muskeln will ich gar nicht erst anfangen. Natürlich habe ich die nur betrachtet, weil ich neidisch bin, schließlich sind meine seit dem Unfall verschwunden.

Nichts hat mich darauf vorbereitet, wie Luca aussieht, wenn er gepierct wird. Ich hätte mir besser angeschaut, wie Kim mit der Nadel seine Brustwarze durchbohrt, statt in Lucas Gesicht zu sehen.

Sein Anblick hat sich auf ewig in mein Hirn gebrannt. Der verträumt-benommene Ausdruck in seinen Augen. Wie seine Züge nur einen Moment von Schmerz durchzogen waren und danach nur noch Erfüllung zu erkennen war.

Als er sich auf die Lippen gebissen hat, war es vorbei. Mit mir.

Keine Ahnung, wer nach welcher Hand gegriffen hat. Warum seine Finger immer noch meine umschließen. Aber ich will nicht, dass der Moment aufhört. Will, dass das aufgeregte Rauschen in meinen Ohren unsere Melodie wird. Ich will, dass der Augenblick nie endet. Dass alles weiter nach Desinfektionsmittel und Alkohol riecht, auch wenn es sich die ersten Minuten nach Betreten des Raums scheiße angefühlt hat.

Ich will mit ihm an der Hand aus dem Studio gehen. Will wissen, wie sich das Piercing unter meiner Zunge anfühlt. Will wissen, wie das für ihn ist.

»Ich gebe euch noch ein paar Minuten, aber ich brauche den Raum gleich.« Ich schaue zu Kim, der kurz zu unseren verschränkten Händen blickt, bevor er mir zuzwinkert und geht.

Unsere Blase platzt einen Wimpernschlag später, als Luca seine Finger von meinen löst und nach seinem Shirt greift.

Ich schaue dabei zu, wie er nur einmal kurz das Gesicht verzieht, bevor er von der Liege aufsteht und zur Tür geht.

»Kommst du?«, fragt er, ohne zu mir zu schauen.

Habe ich mir das gerade eingebildet? Ist das wirklich passiert?

Dem Engegefühl in meiner Hose nach zu urteilen: ja. Aber meine Fantasien sind die letzten Monate sehr lebhaft geworden. Also weiß ich nicht, ob ich darauf vertrauen kann.

Wir gehen nach dem Treffen nicht essen. Wir fahren direkt nach Hause. Niemand von uns hat den Vorfall im Studio angesprochen. Luca hat nichts mehr gesagt, während ich versucht habe, die Stille zu füllen. Mit Eishockeygesprächen. Damit, dass ich glaube, dass es unsere Saison wird. Wie sich die neuen Spieler machen. Was mein Eindruck vom Training war. Natürlich ohne zu erwähnen, dass ich die meiste Zeit nur Augen für ihn hatte. Dass ich finde, dass Ulrich sich auf meiner Flügelposition beinahe besser macht als als Center. Dass ich gespannt bin auf unser erstes Testspiel. Dass Leanders Wechsel ein absoluter Glücksfall für die Tigers war. Dass ich hoffe, dass Gruber nach seiner Rückkehr das erfolgreichste Team seit Jahren an die Spitze der Tabelle führt, damit wir endlich den Aufstieg feiern können, den wir verdient haben. Dass es ziemlich nice wäre, ein ordentliches Sponsoring zu bekommen und nicht mehr für fast alles selbst zahlen zu müssen.

Aber selbst nach all den Themen haben wir immer noch vier Stationen vor uns. Also erzähle ich von dem Pflanzendschungel in unserer Küche, während ich Lucas Ausdruck im Fenster des Busses beobachte. Ich weiß nicht, ob er die ganzen vorbeiziehenden Lichter in der Dämmerung betrachtet oder ob er träumt. Keine Ahnung, ob er mir überhaupt zuhört. Aber das scheint den Strom an Gesprächsfetzen aus meinem Mund nicht aufzuhalten. Monstis Ableger. Lichtverhältnisse in der Küche. Umstellung auf andere Pflanzendünger.

Alles lieber, als darüber zu reden, was er mit mir macht. Dass ich langsam die Kontrolle verliere. Dass ich, wenn ich ehrlich zu mir bin, weiß, dass ich sie schon längst verloren habe.

Wenn ich nicht mit ihm rede, muss ich darüber nachdenken, was das heute für uns bedeutet. Dass ich auf Abstand gehen muss, obwohl alles in mir danach schreit, ihm nah zu sein.

Mein Blick wandert zu seiner Hand, die lässig zwischen uns liegt. Um seinen Ringfinger rankt sich ein Olivenzweig. Ich würde alles dafür geben, die Outlines nachzufahren. Zu testen, ob sich das schwarze Kreuz auf seinem Mittelfinger anders anfühlt als die Haut drumherum.

Aber ich ignoriere mein Bedürfnis. Lege meine Hand nicht auf seine, obwohl sich in mir alles danach sehnt. Mein Herz pocht so laut wie im Tattoostudio, aber dieses Mal bin ich stärker. Dieses Mal kann ich den Drang, ihn anzufassen, unterdrücken.

Aber wie lange noch? Und was ist, wenn er nicht mehr mit mir redet, weil er mir ausdrücklich gesagt hat, dass er Berührungen nicht mag, und ich seinen Wunsch ignoriert habe? Wie oft will ich noch seine Grenzen überschreiten, bis er mich aus seinem Leben ausschließt? Wäre es nicht besser, wenn ich mich jetzt zurückziehe, damit es nicht zu wehtut, wenn er sich von mir abwendet?

Auf dem restlichen Weg versuche ich nicht mehr, die Stille zu füllen. Vielleicht, weil wir uns nichts mehr zu erzählen haben. Dabei müssten wir über so vieles reden.

In meinem Zimmer läuft alles ab wie jeden Abend, den wir hier verbringen. Ich mache mich zuerst im Bad fertig und bin am Smartphone, als er das Schlafzimmer betritt. Irgendwas ist heute anders. Sein Gesicht ist noch kühler als sonst. Er redet weniger, aber ich frage nicht nach, weil mein Kopf mir Szenen ins Gedächtnis ruft, in denen sein Ausdruck anders war.

Glücklich. Ekstatisch. So, wie ich mir Lucas Gesicht schon zu oft vorgestellt habe, wenn er kommt. Wenn ich ihn dazu bringe.

Ich wende meinen Blick ab. Stelle mir vor, wie ich mit meinen Fingern durch verschwitzte Trikots fahre und sie auf links drehen muss. Jedes einzelne ist nass und stinkt.

Doch das Rascheln im Raum reißt mich aus meinen Gedanken. Luca steht neben dem Bett und zieht sich sein Shirt über den Kopf. Sein Oberkörper ist überzogen von Kunstwerken. Schlangen. Schriftzügen. Medizinischer Kram. Und ich wünschte, es würde kacke aussehen. Wünschte, der Stab mit den Schlangen, die ihn umranken, in der Mitte seines Brustkorbs, würde mir nicht so gut gefallen. Oder das Skelett, das sich auf seiner rechten Flanke befindet. Aber das Gegenteil ist der Fall. Als mein Blick auf das silberne Piercing in seiner linken Brustwarze fällt, weiß ich, dass ich verlieren werde, wenn er sich neben mich legt. Dass ich meine Finger nicht von ihm lassen kann.

»Vielleicht wäre es besser, wenn du heute in deinem Zimmer schläfst«, sage ich und schaue ihn dabei nicht an.

Ich will das nicht. Will meine Hand ausstrecken und über all die Bilder fahren. Will mit den Fingern über seine Muskeln streichen.

Aber ich weiß, dass er es nicht will. Weil er es gesagt hat. Weil er auf keinen meiner Versuche der letzten Monate etwas erwidert hat. Weil er nicht so fühlt wie ich. Und egal, wie scheiße sich das anfühlt - es ist sein gutes Recht. So ist das Leben. Manchmal erwidert die Person, in die man verknallt ist, die Gefühle und manchmal eben nicht.

Auch wenn es das erste Mal ist, dass ich jemanden so will wie ihn, heißt das noch lange nicht, dass ich ihn auch bekomme.

Also höre ich auf den vernünftigen Teil in mir, den Teil, der mich auch vom Alkohol weghält, und verwehre mir seine Nähe.

Doch als ich in seine grünen Augen blicke, bröckelt meine Überzeugung, dass das eine gute Entscheidung war.

Ich habe nicht damit gerechnet, dass er enttäuscht ist. Dass er den Mund öffnet, ohne was zu sagen. Dass er meinem Blick ausweicht. Dass sein gesamter Körper plötzlich total angespannt ist. Von den Schultern bis zu den Händen, die er immer wieder zu Fäusten ballt und löst.

Habe ich mich getäuscht? Irgendwas nicht verstanden?

»Aber ... ich schlafe hier besser.«

Und dann bricht irgendwas in mir, weil seine unsichere Stimme die restliche Vernunft wegspült.

21

Luca Jenssen

Ich weiß nicht, was ich sagen soll. Ob es besser ist, wenn ich gehe. *Wahrscheinlich.*

Aber ich hatte eine beschissene Nacht. War heute der schlechteste Bruder, seit ich denken kann. Und alles, was ich wollte, waren Schmerz und Ruhe. Ich habe seit Monaten nicht mehr in meinem Bett geschlafen. Wahrscheinlich ist es auch das erste Mal, dass ich lieber nicht allein wäre. Vielleicht liegt das an den Symptomen, die trotz Piercing an der Oberfläche wabern. Das kribbelige Gefühl in meinen Fingern. Der zeitweise Verlust meiner rechtsseitigen Wahrnehmung.

Aber was soll ich machen? Kian will mich hier nicht.

»Du … kannst bleiben. Aber ich brauche einen Moment für mich.«

»Warum?«, frage ich viel zu schnell und weiß nicht mal genau, was ich wissen will. Warum er sich umentschieden hat? Warum er Zeit für sich braucht? Warum mich die Vorstellung, ohne ihn einzuschlafen, stresst?

»Willst du das wirklich wissen, Luca?« Er hat sich wieder aufgesetzt und schaut in meine Richtung.

Es ist nicht das erste Mal, dass er mich *so* ansieht. Es ist der gleiche Blick wie im Tattoostudio und ich weiß, dass ich ihm einfach Zeit für sich geben sollte. Aber das Herzklopfen und die schwitzigen Finger kommen nicht vom Fight-or-Flight-Modus. Nein. Vielleicht bin ich doch normal. Anders normal.

»Sag's mir«, verlange ich leise und erkenne meine Stimme kaum wieder. Mir ist warm. Dabei trage ich nicht mal ein Oberteil.

»Mein Schwanz ist hart, seit du das Shirt im Tattoostudio ausgezogen hast.« Die heiser gemurmelten Worte lassen eine Gänsehaut meinen Rücken hinabrieseln, während der Ausdruck in seinen Augen zeitgleich mein Blut entfacht.

»Du bist so verflucht heiß, Luca.«

Das ist normalerweise der Moment, in dem die Übelkeit mich überkommt, weil auf solche Worte immer Berührungen folgen. Zartes Streichen über meine Haut, bei dem sich alles in mir zusammenzieht.

Aber nichts dergleichen passiert. Er fasst mich nicht an. Ich verliere nicht die Kontrolle über meinen Körper.

Doch. Schon irgendwie. Aber anders.

»Ich bin kurz davor, meine Hand in meine Hose zu schieben. Letzte Chance zu gehen, Luca.«

Ich weiß nicht, was ich will. Habe keine Ahnung, warum sich anstatt beißender Übelkeit heiße Erregung durch meinen Körper brennt.

Ich schließe die Augen. Sehe die Umrisse seiner Erektion von heute Nachmittag. Im Studio. Als ich seine mit meinen Fingern verschränkt habe. Weiß noch genau, wie sein erregter Ausdruck aussah, als ich die Augen aufgemacht habe. Und es hat mir nichts ausgemacht.

Aber was, wenn es doch passiert? Was, wenn das nur ein neues Symptom ist? Was, wenn er mich anfasst und meine Kopfschmerzen kicken? Was ist, wenn ich dann nie wieder bei ihm übernachten kann, weil wir nicht mehr miteinander reden?

Das Rascheln seiner Bettdecke reißt mich aus den Gedanken.

Ich drehe mich um und verlasse sein Zimmer, ohne noch mal zurückzuschauen.

Es ist nicht das erste Mal, dass ich im Flur stehe und genau weiß, was Kian hinter verschlossenen Türen macht. Nein. Das ist im Sommer häufiger vorgekommen. Schließlich machen das alle normalen Kerle mal. Zumindest wenn ich den Gesprächen in der Kabine Glauben schenke, die ich mir seit Jahren anhören muss.

Nur, dass es mir heute nicht egal ist. Nein. Ich habe zum ersten Mal seit viel zu langer Zeit das Verlangen, mir meine Hand in die Hose zu schieben, weil ich weiß, dass Kian gerade an mich denkt. Er denkt an mich, während er sich einen runterholt.

Kian Arslan, der, seit ich ihn kenne, nichts anbrennen lässt und immer mit irgendeiner Frau oder einem Typen auf Partys verschwindet. Oder nach Spielen. Sogar nach dem einen oder anderen Training hat jemand auf ihn gewartet.

Kian Arslan, der neben mir im Bett durch Dating-Apps swipt und bei jeder Fingerbewegung ein Match hat, findet mich heiß?

Das Blut rauscht in meinem Körper und ich habe keine Ahnung, was ich machen soll. Aber egal was, es wird nicht in diesem Flur passieren.

Erst als ich meine Zimmertür hinter mir schließe, kann ich wieder atmen. Immer noch zu schnell, aber das ist egal.

Bilder fluten unaufhaltsam meinen Geist, während ich mich auf den Weg zu meinem unbezogenen Bett mache. Und ich weiß nicht, was mich daran mehr überrascht.

Dass ich hart bin oder dass es ein Kerl ist. Und zwar nicht irgendeiner. Nein. Kian Arslan.

Ich bin nicht darauf vorbereitet. Habe kein Gleitgel irgendwo rumstehen. Es ist nicht so, als würde ich nicht ab und an mal einen Ständer bekommen. Das gehört einfach dazu. Aber meistens reicht es, zu warten.

Heute nicht. Heute bin ich zu erregt, um es zu ignorieren. Alles kribbelt. Alles brennt. Alles, woran ich denken kann, sind dunkle Augen, die verheißungsvoll leuchten. Seine Hand in meiner. Sein Geruch, der in diesem Raum schmerzlich fehlt. Aber es hält mich nicht davon ab, mit der Hand in meine Hose zu wandern.

Meine Länge zu umschließen, während ich nur an ihn denke.

Mein Schwanz ist hart, seit du das Shirt im Tattoostudio ausgezogen hast.

Ich höre meine eigenen Atemzüge. Meine Hand fährt immer schneller auf und ab. Und ich mag es, dass es nicht gleitet. Dass es schmerzt, wenn ich meinen Schwanz zu fest umschließe.

Du bist so verflucht heiß, Luca.

Meine Bewegungen werden fahriger. Die Bilder in meinem Kopf verschwommener. Ich weiß nicht, wie er nackt aussieht, weil ich nie hingesehen habe. Habe keine Ahnung, wie es sich anfühlt, von ihm angefasst zu werden. Sein Blick ist alles, was mein Hirn klar bauen kann.

Ich bin kurz davor, meine Hand in meine Hose zu schieben. Letzte Chance zu gehen, Luca.

Wenn ich geblieben wäre, wüsste ich, wie er aussieht, wenn er kommt.

Luca. Luca. Luca.

Es ist mein Name, in seinem rauen Tonfall, der meinen Körper durchdrehen lässt.

Ich komme so überraschend, dass ich den Laut nicht zurückhalten kann, der meine Lippen verlässt. Alles fühlt sich leicht und warm an. Ich hatte vergessen, wie es ist, einen Orgasmus zu haben. Dass es schön sein kann.

Keine Ahnung, wann das letzte Mal war.

Keine Ahnung, wie ich jetzt wieder zurück zu Kian ins Zimmer soll.

Nicht, dass er weiß, was hier passiert ist. Aber ich weiß, was er gemacht hat, und das hat ja erst zu diesem Zwischenfall geführt.

Alles klebt. Darauf war ich auch nicht vorbereitet. Vielleicht sollte ich schnell duschen gehen? Ist das zu auffällig? Ich schaue mich in dem Zimmer um, in dem ich in den letzten Monaten kaum Zeit verbracht habe. In einer Ecke liegt meine Tasche vom Hockey, in der ich immer irgendwo Taschentücher habe.

Nachdem alle Spuren beseitigt wurden, fühle ich mich nicht besser. Weg sind die Leichtigkeit und die Wärme, weil ich nicht weiß, was das alles zu bedeuten hat. Finde ich Kian anziehend? Kann ich mir vorstellen, dass er mich anfasst? Bedeutet der Orgasmus, dass ich Sex mit ihm haben will? Bin ich schwul und wusste es jahrelang nicht?

Es kotzt mich an, dass mein Leben mir nur Fragen und kaum Antworten liefert. Ich habe das Gefühl, dass meine Sexualität und meine Kopfschmerzen Rätsel sind, die ich nicht lösen kann. Nicht, dass ich es aktiv versuche. Ich nehme es einfach hin.

Ich komme nicht allein klar mit den Schmerzen und der Übelkeit? Ich gehe zu meiner Schwester statt zu einem Arzt, um abklären zu lassen, was eigentlich los ist. Ich bekomme keinen hoch und muss mich bei Berührungen beinahe übergeben? Ich verzichte auf Sex.

Ich hatte immer nur Kaya und wurde von anderen Menschen nur enttäuscht. Ich versuche nicht mal, jemanden an mich ranzulassen, um nicht wieder allein dazustehen.

Welcome to my life.

22

Kian Arslan

Luca muss irgendwann in der Nacht von Freitag auf Samstag in mein Bett gekommen, als ich schon eingeschlafen war. Ich bin zwischendurch aufgewacht, da war er da und am Morgen verschwunden. Letzte Nacht hat er wieder irgendwo anders geschlafen.

Ich habe die Bettwäsche gewaschen und sein Bett damit bezogen. Keine Ahnung, wann er wieder zurückkommt. Ob es an seinen Kopfschmerzen liegt oder daran, was ich zu ihm gesagt habe. Ich will nicht der Grund sein, warum er nicht mehr nach Hause kommt. Es wurde sowieso längst Zeit, dass er aus meinem Bett auszieht, schließlich kann ich mittlerweile wieder alles, außer auf dem Eis stehen.

Letzteres ist auch der Grund, warum ich allein in der Wohnung bin. Leander und Fink sind unterwegs, weil die Tigers ein Testspiel haben. Ich bin erst heute Mittag mit Chiara verabredet, deswegen habe ich unendlich viel Zeit, mir Gedanken darüber zu machen, wie sehr ich es mit Luca verkackt habe. Ich habe keine Erfahrung mit der Gefühlswelt, die seit Monaten in mir herrscht. Ich finde Menschen oft scharf oder interessant. Das hat auch schon häufiger länger angehalten als bis nach dem ersten Rummachen. Aber noch nie Monate. Vor allem nicht, wenn nichts gelaufen ist bis auf einen kurzen Moment, in dem er seine Finger mit meinen verschränkt hat.

Ich will Luca nicht aus meinem Leben verbannen. Aber ich kann mir kein Bett mehr mit ihm teilen. Ich kann freitags nach einem

Treffen nicht mehr mit ihm ausgehen, weil es kein Date ist, egal wie sehr ich mir das wünsche.

Ich greife nach dem Smartphone und rufe die einzige Person an, die mich nicht verurteilt. Es klingelt und ich bin kurz davor aufzulegen, bis Grubers Gesicht auf meinem Smartphone erscheint.

»Oh, hi, Arslan, was für eine Überraschung.«

Er ist oberkörperfrei und seine Haare hängen ihm in nassen Strähnen in der Stirn. Ich kann nicht genau erkennen, wo er gerade ist, aber es sieht aus, als wäre er draußen.

»Hi, wie geht's dir?«, frage ich und sein Lächeln wird breiter.

»Hätte ja nicht gedacht, dass du mich irgendwann vermisst, Arslan.« Sein Lachen ist warm und herzlich und erinnert mich an die Zeit, als er noch hier und Luca noch Jenssen war.

»Arsch«, erwidere ich und rutsche in meinem Bett noch ein Stück höher, während ich das Smartphone mit der rechten Hand vor mich halte.

»Mir geht's gut, aber es wird Zeit, dass ich nach Hause komme. Auch wenn mir das Surfen und die Menschen hier fehlen werden.«

»Dein Mann war letztens hier und hat mich interviewt wegen des Unfalls«, sage ich, weil ich nicht über den eigentlichen Grund meines Anrufs reden will.

»Ich wüsste es, wenn wir verheiratet wären. Aber ja, Joris hat mir davon erzählt und gemeint, dass du unerwartet wortkarg warst.«

»Ich wollte eben nicht vor laufender Kamera erzählen, dass ich Leander einen blasen wollte, als das Auto in unsere Seite gefahren ist«, entgegne ich, woraufhin Grubers Lachen lauter wird. Er weiß von Leander und mir. Damals, als Fink, Luca und ich mit ihm darüber geredet haben, ob Leander einziehen kann, habe ich davon erzählt, dass wir was gehabt hatten, ich die Sache aber beendet hatte.

»Ich habe dich vermisst, Arslan«, kommt es von Gruber und sein Blick ist viel ernster als noch vor Augenblicken.

»Ich … muss dir was erzählen.« Im Hintergrund sind irgendwelche Stimmen zu hören und Grubers Blick ist nicht mehr aufs Smartphone gerichtet.

Wahrscheinlich hat er gerade keine Zeit für mich, was total okay ist, weil ich sowieso nicht weiß, wo ich anfangen soll.

Er sagt irgendwas auf Englisch, aber ich verstehe ihn kaum.

Dann hebt er die Hand und bewegt sich irgendwo hin.

»Ich gehe kurz rein, weil die ersten Leute da sind und die Party jetzt startet«, sagt er und ich warte ab, bis er sich gesetzt hat und mir seine volle Aufmerksamkeit schenkt. »Okay, ich höre zu.«

Ich atme tief durch. Vielleicht fange ich damit an, dass Luca und ich uns seit Monaten ein Bett teilen. Oder damit, dass er mich versorgt hat. Oder vielleicht erzähle ich ihm von dem Treffen, bei dem ich gescheckt habe, dass ich Luca ziemlich attraktiv finde. Wahrscheinlich sollte ich seinen Namen nicht erwähnen, schließlich habe ich absolut keine Ahnung von seiner Sexualität und will niemanden gegen seinen Willen outen.

»Ich bin in Luca verknallt.« Wow. *Das lief ja genau wie geplant.*

»Luca? Luca wie in Jenssen?«, fragt Gruber viel zu laut und ich bin froh, dass niemand außer mir in der Wohnung ist.

Ich antworte nichts, weil ich nicht weiß, was. Ich hätte seinen Namen definitiv aus dem Spiel lassen sollen.

»Das hätte ich kommen sehen müssen.«

»Warum?«

»Ich habe es vermutet, als wir eure Differenzen auf dem Eis klären wollten. Da habe ich gedacht, ihr hättet was am Laufen gehabt, und du hättest das irgendwie … zerstört.«

»Wow, wie viel Vertrauen du in mich hast«, erwidere ich und ignoriere das Ziehen in meiner Magengrube. Warum erwartet jeder, dass ich es verkacke, und genau diese Erwartung muss ich erfüllen? Schließlich ist nichts anderes am Freitag passiert.

»Tut mir leid. Willst du mir trotzdem davon erzählen?«

Ich atme seufzend aus und drehe mich auf den Bauch, um das Smartphone am Kopfteil anzulehnen.

»Da gibt's nichts zu erzählen, weil er kein Interesse hat«, spreche ich das aus, was ich schon immer wusste, mir aber nicht eingestehen wollte.

»Bist du dir sicher?«

»Ich will nicht zu viel sagen, weil es Lucas Geschichte ist und ich wahrscheinlich in erster Linie nicht seinen Namen hätte nennen dürfen … aber er hat mir in mehrfacher Hinsicht zu verstehen gegeben, dass er kein Interesse an mir oder irgendwem anders hat.« Ich beiße mir auf die Lippen. Hört Gruber zwischen den Zeilen das, was Luca mir erzählt hat? Dass er keinen Sex mag und hat?

»Hmm … okay. Und was machst du jetzt?«

»Auf Abstand gehen? Ich habe gerade sein Bett bezog–«

»Sein Bett bezogen?«, unterbricht mich Gruber.

»Vielleicht hat er seit dem Unfall hier geschlafen?«, sage ich und fixiere das Kopfteil hinter dem Smartphone, um Gruber nicht ansehen zu müssen.

»Aber das ist Monate her.«

»Ich weiß«, erwidere ich und schaue dann doch wieder zurück aufs Display.

»Ihr habt euch die letzten Monate jede Nacht ein Bett geteilt … wieso denkst du, dass er deine Gefühle nicht erwidert?«

»Er hat das nur gemacht, weil ich ganz am Anfang in einer Nacht gestürzt bin und er nicht direkt da war.«

»Du kommst schon seit Wochen allein klar und er ist trotzdem geblieben?«, hakt Gruber noch mal nach. Ich weiß nicht, was das bringen soll, weil das Gespräch sich nur im Kreis dreht.

»Er sagt, er schläft hier besser.«

»Schon mal drüber nachgedacht, dass das seine Art ist, dir was über seine Gefühlswelt zu verraten?«

»Malte, ich habe ihm unmissverständlich zu verstehen gegeben, dass ich ihn will und dass, wenn er bleibt, mehr laufen wird als Übernachtung. Er ist gegangen.«

»Was, wenn er einfach überfordert war? Wenn er noch nicht so weit ist wie du? Wenn er kein Interesse an dem *Körperlichen*, aber an dir hat?«

»Keine Ahnung«, sage ich.

»Vielleicht solltest du ihm Zeit geben«, schlägt er nach einigen Sekunden des Schweigens vor.

»Mir bleibt sowieso nichts anderes übrig.«

»Ich habe dich noch nie so erlebt.«

»Ich mich auch nicht.«

Irgendwie hat es gutgetan, Gruber davon zu erzählen. Dabei konnte er mir nicht wirklich weiterhelfen.

»Genug von mir. Wie gibt's Neues bei dir?«

»Ich überlege, früher nach Hause zu kommen.«

»Echt?«

»Ich vermisse Joris.« Gruber ist, kurz nachdem er mit Joris zusammengekommen ist, für mehrere Monate nach Neuseeland gereist. Eigentlich wollte Joris ihn im Sommer besuchen. Seine Prüfungen lagen aber so schlecht, dass er es nicht geschafft hat.

»Hast du denn das gefunden, was du gesucht hast?«, frage ich und drehe mich wieder zurück auf den Rücken.

»Ich glaube, das habe ich schon irgendwie vorher. Mit Joris. Aber ich habe hier noch mal mehr gemerkt, wer mir wichtig ist und wer nicht. Und was ich danach machen will.«

»Hoffentlich nicht mit Hockey aufhören«, erwidere ich.

»Definitiv nicht, ich freue mich schon, endlich wieder auf dem Eis zu stehen. Surfen ist cool. Ich mag Wasser. Aber ich bevorzuge es dann doch, wenn es gefroren ist.«

Verstehe ich.

Wir reden noch einige Minuten, bevor Gruber sich verabschiedet, weil er zu der Strandparty muss. Da würde ich gerade auch lieber hin.

Ich erzähle Chiara auf der Fahrt zum Stadion von Freitag. In mehr Details als Gruber. Dabei wechselt ihr Gesichtsausdruck von entzückt zu enttäuscht, als ich fertig bin.

»Du denkst auch, dass er nicht will, oder?«

»Malte könnte schon recht haben, dass er Zeit braucht. Oder du hast es total verkackt«, entgegnet sie und zuckt mit den Schultern, als würde es gerade nicht um meine Gefühlswelt gehen.

»Danke für deinen Glauben an mich«, entgegne ich und schaue wieder aus dem Fenster.

»Was machst du jetzt?«

»Abstand. Hab sein Bett bezogen, obwohl ich nicht mal weiß, ob er heute Abend nach Hause kommt.«

»Dich hat es echt erwischt, oder?«

Ich antworte nicht, weil ich heute schon genug über mich und Luca geredet habe.

»Kannst du mit mir Freitag zum Treffen gehen?« Chiara weiß von meinem Alkoholproblem. Eigentlich weiß sie zu viel aus meinem Leben. Deswegen überrascht es mich, dass sie trotzdem mit mir abhängt.

Ich könnte auch allein zu einem Treffen gehen, aber ich will, dass Luca nachfragen kann, ob ich da war, wenn er schon nicht mitkommt. Dabei weiß ich, dass ich ihm keine Rechenschaft schuldig bin.

»Natürlich«, antwortet sie und legt mir ihre Hand auf den Oberschenkel.

Wahrscheinlich sollte ich ihr auch von der Kündigung erzählen, aber stattdessen frage ich sie nach Fink und ihrem Studium, das in zwei Wochen beginnt.

Im Stadion ist viel los, dabei startet die Saison erst in zwei Wochen. Die Tigers haben seit der zweiten Hälfte der letzten Saison wieder zunehmende Besucherzahlen. Keine Ahnung, ob es an dem TikTok-Kanal liegt oder Hockey allgemein beliebter wird. Aber uns spielt das gut in die Karten, weil wir so für die nächste Saison hoffentlich keine Probleme mehr mit Sponsoring für Ausrüstung haben werden.

Es ist kein Geheimnis, dass ich gerade lieber mit den Jungs in der Kabine wäre anstatt mit Chiara im Publikum, und ihr mitleidiger Blick unterstreicht das noch mal. Ich bettele sie beinahe jede Physioeinheit an, endlich mit mir aufs Eis zu gehen, aber sie lehnt jedes Mal ab, weil die Verletzungsgefahr zu groß ist. Ab nächster Woche bekomme ich einen anderen Therapeuten und weniger Stunden, weil Chiara ihr Studium anfängt und ich viele Übungen selbst oder im Fitnessstudio ausführen kann.

»Meinst du, Luca ist dabei?«, spricht sie das aus, was ich mich frage, seitdem er gestern Abend nicht aufgetaucht ist. Obwohl seine Kopfschmerzen mehrfach im Monat auftauchen können, haben sie die letzten Jahre noch nie Auswirkungen auf seine Anwesenheit beim Hockey gehabt. Es ist so schon schwer, dem Spiel zuzuschauen und nicht dabei zu sein, aber wenn Luca auch fehlt, wird das ein langer Nachmittag.

Weil wir leider zu spät ankamen, haben wir das Warmmachen nicht mitbekommen und sehen die Mannschaft erst, als sie zehn Minuten später unter Applaus auf das Eis fahren. Aus den Boxen tönt *Eye of the Tiger* und das Publikum wird immer lauter.

Mein Blick gleitet über die dunkelgrünen Trikots mit der weißen Schrift auf der Rückseite. Finks Nummer Neun und Williams Acht fallen mir direkt ins Auge, aber Luca finde ich einfach nicht.

»Er ist nicht da«, murmele ich und will am liebsten gehen, dabei steht mein Team da unten, das ich zumindest von den Plätzen unterstützen sollte.

Chiara legt mir den Arm auf die Schulter und schenkt mir einen mitfühlenden Blick, der mir auch nicht weiterhilft.

Das erste Drittel ist ein absolutes Chaos. Gruber, Jenssen und ich fehlen. Leander steht mit in der Startaufstellung, aber alles wirkt langsam und fehlerbehaftet. Ulrichs Fehlpass auf Williams lässt ein riesiges Loch in der Defensive entstehen, dass die Löwen nutzen, um unseren Goalie auszuspielen. Sie versenken den Puck mit Leichtigkeit im Netz und die Frustration der Tigers ist bis ins Publikum zu spüren.

Auch im zweiten und letzten Drittel passieren zu viele Fehler, die auf unsere Kappe gehen. Fink bekommt schon zum dritten Mal eine Zeitstrafe und tritt heftig von außen gegen die Bande.

Wahrscheinlich würde ich seine Wut nachvollziehen können, wenn ich jetzt auch da unten wäre. Oder wenn ich zumindest nicht die ganze Zeit darüber nachdenken würde, wie es Luca geht und warum er heute nicht da ist.

Ich checke noch mal mein Smartphone, aber ich habe auf meine Nachricht, die ich eben in der Pause geschrieben habe, immer noch keine Antwort erhalten.

Das Spiel endet 6:0 für die Löwen und ich verlasse mit Chiara das Stadion, ohne vor der Kabine zu warten. Was sowieso vergebens gewesen wäre, weil ich bei einem Sieg auch nicht mit ihnen ins Abseits feiern gegangen wäre.

Die Heimfahrt verläuft still und eine Nachricht kommt auch nicht.

23

Luca Jenssen

Ich schlafe kaum noch. Was wahrscheinlich erklärt, warum es heute anstrengender war als den gesamten Sommer über, mich ins Fitnessstudio zu schleppen. Dabei ist Collin heute in meiner Schicht und ich habe mich Anfang des Monats freiwillig dafür entschieden, meine Stunden zu erhöhen.

Als ich das Studio betrete, ist Collin mit Nina in ein Gespräch verwickelt. Schon beim Näherkommen höre ich, dass es um irgendeinen heißen Typen geht, mit dem Nina später einen Termin zur Optimierung seines Trainingsplans hat. Die wenigen Stunden, die ich im Sommer hier arbeiten konnte und die zumeist spätabends oder mittags waren, haben mich vor solchen Unterhaltungen bewahrt. Trotzdem habe ich schon häufiger mitbekommen, wie Kollegen über die Trainierenden sprechen, als wären sie nur Objekte.

Nicht, dass ich dazu irgendwas beitragen kann, weil halbnackte Körper, egal ob trainiert oder untrainiert, nichts mit mir machen.

»Hey, Mann«, begrüßt mich Collin mit einem breiten Grinsen und zieht mich in eine kurze Umarmung. Er ist die einzige Person, die mich so begrüßt, deswegen lasse ich ihm das durchgehen.

»Nina«, sage ich und nicke meiner dunkelhaarigen Kollegin zu.

»Hi, Luca.« Ihr Lächeln wird ein Stück breiter und sie legt den Kopf schief. Dabei fallen ihr die langen Haare in den Ausschnitt ihres knappen Oberteils und ich frage mich nicht zum ersten Mal, ob die Strähnen im Gesicht nicht beim Trainieren stören. Aber ich schätze, darum geht es hier auch nicht.

»Alles klar?«, fragt sie und ich nicke nur. Ich werde ihr garantiert nicht die Wahrheit sagen. Dafür fehlt uns die Zeit und ich weiß selbst nicht, was ich erzählen soll.

Ich musste vorletztes Wochenende nach Hause, weil ich Kaya nicht schon wieder im Stich lassen wollte. Verständlicherweise hat sie Zeit gebraucht, um mir mein egoistisches Verhalten zu verzeihen. Das könnt auch erklären, warum sie das Treffen mit Anneliese durchziehen will. Egal wie oft ich ihr ins Gewissen geredet habe.

Ich habe ein Spiel verpasst, weil es mir Sonntag nicht gut ging. Wahrscheinlich, weil mir gerade alles entgleitet, egal wie sehr ich mich um Routinen und Stabilität bemühe.

Als ich zurück in der WG war, um meine Sachen in meinem Zimmer abzustellen und dann in Kians zu verschwinden, wäre ich am liebsten wieder gegangen.

Er hatte mein Bett bezogen.

Und er hat die gesamte Woche nicht mit mir gesprochen.

Gestern hat er mir eine Nachricht geschrieben, dass er heute mit Chiara zum Treffen geht. Dabei war ich nur im Raum nebenan und das Treffen seit mehr als einem halben Jahr unser Ding.

Am liebsten würde ich ihn darauf ansprechen. Ihn fragen, was sein scheiß Problem ist. Schließlich war das nicht das erste Mal, dass er mir in den letzten Monaten zu verstehen gegeben hat, dass er mich heiß findet. Zumindest hatte ich nicht das Gefühl, dass das neu für mich ist.

Das Einzige, was neu für mich war, ist die Reaktion meines Körpers, mit der ich nichts anzufangen weiß.

»Luca?« Collin steht direkt vor mir und ich zucke zusammen.

»Sorry, was?«, erwidere ich und versuche, weniger genervt zu klingen, weil ich dankbar sein sollte, dass er mich aus dem Gedankenchaos gerissen hat, das mich seit über einer Woche beherrscht.

»Kannst du für mich übernehmen, ich muss den Trainingsplan vorbereiten.«

Ich schaue zu der jungen Frau, die bei uns am Tresen steht und irgendwie enttäuscht aussieht. Wahrscheinlich, weil sie lieber von Collin betreut werden wollte.

»Klar«, sage ich und bemühe mich um ein Lächeln, das sich falsch anfühlt.

Es stellt sich raus, dass ihr Armband, das zum Eintreten, Austreten und für die Schränke benutzt wird, nicht mehr richtig funktioniert. Eine Sache von zwei Minuten, die Collin auch hätte erledigen können, aber ich sage nichts. Nein, ich melde mich sogar freiwillig, alle Geräte abzustauben. Einen Job, den wir normalerweise mit irgendwelchen Spielen auslosen. Heute nicht. Was mir nicht nur von Collin, sondern auch von Nina einen irritierten Blick einbringt.

Ich bereue meine Entscheidung genau fünf Minuten später, als Kian und Chiara das Gym betreten. Super.

Er lässt den Blick durch das Studio gleiten, bis er mich entdeckt und den Kopf senkt.

Es ist nicht so, als wäre das Gefühl, weggestoßen zu werden, neu für mich. Das beschreibt ganz gut, wie meine Kindheit und meine Jugend liefen. Ich sollte also daran gewöhnt sein. Trotzdem ist da dieses beißende Ziehen in meiner Magengrube, dem ich gern nachgehen würde. Aber ich kann ihn schlecht hier zur Rede stellen.

Ihm sagen, dass ich im Sommer wie oft warten musste, bis er sich einen runtergeholt hatte. Das war also nichts Neues für uns.

Mein Schwanz ist hart, seit du das Shirt im Tattoostudio ausgezogen hast.

Gut, vielleicht war es doch anders als sonst. Aber wir hätten darüber reden können.

Hätte ich ihm dann auch gesagt, dass ich einen Ständer hatte? Dass ich an dem Abend auch einen Orgasmus hatte?

Was, wenn ich es sage? Was erwartet er?

Was, wenn ich es für mich behalte? Habe ich es dann überhaupt verdient, eine Erklärung von ihm zu verlangen?

Die nächste Stunde besteht meine Aufgabe nicht nur im Säubern der Geräte, sondern auch darin, die Zonen herauszufinden, in denen er nicht ist. Das ist auch der einzige Grund, warum ich ihn beobachte. Um zu wissen, wo er ist, und nicht, um zu sehen, wie sich seine Muskeln bei den einzelnen Übungen bewegen. Nein.

Er trägt eins der dunkelgrünen Tigers-Trainingsshirts und eine kurze graue Hose, die bei manchen Bewegungen hochrutscht. Bei genauerem Hinsehen erkennt man, wie ungleich ausgeprägt die Muskulatur in seinen Oberschenkeln immer noch ist.

Sie sind im freien Trainingsbereich, in dem keine Geräte zum Abstauben sind. Kian hat ein elastisches Band um die Unterschenkel gespannt und macht Übungen nach, die Chiara ihm vormacht. Dabei fasst sie ihn zu oft an. Mal an den Schultern, mal korrigiert sie auf Knien das Band an seinen Beinen.

Was soll das bitte bringen, wenn sie mehr Pause machen als trainieren? Dann dauert es noch Jahre, bis er wieder aufs Eis kann, und wir brauchen ihn.

»Du siehst aus, wie ich mich fühle, wenn Julian all meine Frühstücksflocken gegessen hat und ich auf Brot ausweichen muss.« Collin erscheint wie aus dem Nichts und erschreckt mich zum zweiten Mal.

»Findest du irgendwie Gefallen daran, mich zu Tode zu erschrecken?«, frage ich genervt und wische zum wiederholten Mal über die Griffe der Beinpresse.

Aber er geht gar nicht auf mich ein, sondern schaut zu Kian und Chiara, die über irgendwas lachen. Und es nervt mich überhaupt nicht, dass ihre Namen zusammen ziemlich schön klingen, weil ich weiß, dass Chiara und Fink happy sind. Zumindest gehe ich davon aus, weil sie oft bei uns zu Besuch ist und weil seine Taylor-Swift-Songs die Sexgeräusche auch nicht übertönen.

»Sie oder er?«, fragt Collin und schaut mich wissend an.

»Niemand.«

»Wow, so habe ich dich ja noch nie erlebt, Luca.« Er guckt zurück zu den beiden und ich will, dass er geht. Bereue den Tag, an dem er mich in der Vorlesung zu organischer Chemie angesprochen und sich neben mich gesetzt hat. Ich hätte danach einfach jemand anderes suchen und nicht immer mit ihm abhängen sollen.

»Musst du nicht arbeiten oder irgendwelche Verehrerinnen loswerden?«

Daraufhin lacht er nur laut. »Wir sind Freunde, Luca.« Er fährt sich durch die lockigen dunklen Haare und mustert mich aufmerksam.

»Das bereue ich«, murmele ich, bevor ich realisiere, dass er recht hat. Dass es nicht nur unzählige nächtliche Lerneinheiten, sondern auch Gespräche waren. Er ist zu den Spielen gekommen. Hat mir von Julian erzählt. Ich habe alles mitbekommen, von ihren ersten

Treffen bis zur gemeinsamen Wohnung, in der sie seit ein paar Wochen leben.

»Wenn du noch nicht bereit bist, ist das okay. Aber ich bin da für dich, Mann«, sagt er und nickt mir zu. Am Anfang unserer Freundschaft hat er mich manchmal berührt oder umarmt, aber dann Rücksicht genommen und es seither nur zum Begrüßen gemacht. Und ich habe ihm weder von den Kopfschmerzen noch von meiner nicht vorhandenen Sexualität erzählt. Vielleicht, weil beides nicht normal ist. Schon gar nicht für einen Kerl.

Aber vielleicht ist es genau das, was Kaya mir immer predigt. Dass ich gut bin, wie ich bin, und endlich jemand anderem außer ihr vertrauen soll.

Langsam, aber sicher werde ich wahnsinnig, wenn ich noch eine Woche mit meiner Gefühlswelt allein bin.

Kian legt seinen verschwitzten Arm um Chiara, die sich lachend und mit einem angeekelten Ausdruck aus seiner Umarmung dreht.

»Hast du Zeit für eine Pause?«, frage ich Collin und zwinge mich dazu, den Blick von den beiden abzuwenden.

Eine Viertelstunde später habe ich ihm alles erzählt. Von der Nacht, in der Kian gestürzt ist und ich in seinem Bett geschlafen habe. Von den Kopfschmerzen, wegen denen ich bei meiner Schwester übernachtet habe. Von dem Nachmittag beim Tätowierer und den Worten, die er mir abends gesagt hat. Zum Schluss sage ich Collin, dass ich nie eine sexuelle Anziehung zu irgendjemandem gespürt habe, bis zu dem Abend.

»Okay, du bist also demi.«

»Was?«

Er hat während meiner Erzählung nichts von sich gegeben, nur genickt und mich reden lassen, und das ist alles, was er zu sagen hat?

»Ich weiß nicht, ob du dich mal mit Asexualität auseinandergesetzt hast … Du musst nicht, aber vielleicht gibt es dir Antworten, die du suchst.«

»Wie soll mir das helfen?«, frage ich und verschränke die Arme vor der Brust.

Wir sind rausgegangen, weil der Pausenraum zu klein ist und ich keine Lust habe, dass Nina irgendwas davon mitbekommt.

»Du weißt, dass du damit nicht allein bist.«

Okay. Darüber habe ich noch nicht nachgedacht.

»Ich will dir damit eigentlich nur sagen, dass es genauso normal ist, kein Bedürfnis nach Sex zu haben, wie Lust darauf zu haben. Demi bedeutet, dass es sein kann, dass du erst den Drang spürst, einer Person nah zu sein, wenn du mit dieser schon eine Beziehung aufgebaut hast. Aber du musst dem Ganzen auch keinen Namen geben. Ich will nur, dass du weißt, dass mit dir alles okay ist, wenn du keine Lust auf Sex hast.«

Ich starre ihn wahrscheinlich zu lange an, ohne etwas zu sagen. Kian hat vor Monaten etwas Ähnliches gesagt. Dass es okay ist, keine Lust darauf zu haben. Ich dachte aber, dass er mir damit nur ein gutes Gefühl geben wollte.

»Und die Kopfschmerzen klingen für mich sehr nach Migräne. Aber das weißt du wahrscheinlich schon selbst.«

»Ist das vererbbar?«, frage ich, ohne über seine Aussage nachzudenken. Irgendwie wusste ich immer, dass es nicht nur Kopfschmerzen sind, aber ich hatte das Gefühl, dass es auch nicht besser wird, wenn ich dafür einen Namen finde. Keine Ahnung.

»Ja. Sag mal, studieren wir das gleiche, oder was machst du die ganze Zeit, wenn du an der Uni abhängst?« Er schenkt mir ein schiefes Grinsen, das ich mit einem Mittelfinger kommentiere.

»Was machst du jetzt wegen Kian?«

»Keine Ahnung«, erwidere ich und lasse den Kopf zurück gegen die Hauswand sinken.

Ich habe nicht damit gerechnet, dass mir das Gespräch mit Collin so viele Antworten liefert auf Fragen, die mich schon so lange beschäftigen.

»Wenn ich … Sex hatte, habe ich die Berührungen kaum ertragen. Mir ist dann oft übel geworden. Nicht nur vom Anfassen. Von allem irgendwie. Dem Alkohol. Dem Geruch. Dem Ort. Und dann habe ich mich so darauf konzentriert, mich nicht übergeben zu müssen und das irgendwie hinter mich zu bringen, dass es immer scheiße war«, erzähle ich ihm, während ich in den Himmel schaue. Die Wolken dabei beobachte, wie sie weiterziehen.

»Okay. Danke, dass du es mir anvertraut hast.«

Wir schweigen einen Moment und ich weiß nicht, was ich noch sagen soll. Dass ich Angst habe, dass es so mit Kian ist. Dass wir es nicht mal bis dahin schaffen, weil ich es verkackt habe. Dass er mich nicht mal mehr ansieht, geschweige denn mit mir redet.

»Ich … habe noch nie was mit einem Kerl gehabt«, sage ich leise. Dieses Mal schaue ich ihn dabei an.

»Steckt da irgendwo eine Frage drin?«, fragt er.

»Keine Ahnung«, antworte ich.

Es ist gut, dass Collin nichts mehr sagt. Schließlich hat er mir so schon weitergeholfen. Vielleicht hilft es mir, dass ich für alles, in dem ich anders bin, einen Namen habe.

»Erzähl mir was von dir.« Das frage ich wahrscheinlich viel zu selten. Aber vielleicht hat Kaya recht. Ich kann mir auch mal Mühe geben.

»Ich glaube, Julian ist die Person, die ich heiraten will.«

»Was?«

»Guck nicht so«, erwidert er.

»Ich freue mich für dich … euch. Aber wir sind dreiundzwanzig und du denkst jetzt schon an für immer?« Ich weiß, dass Julian älter ist, aber ist das nicht verrückt?

»Ich verlass mich da auf mein Bauchgefühl, nicht auf gesellschaftliche Normen.«

»Ich sollte mir da ein Beispiel an dir nehmen«, entgegne ich und betrachte Collin, mit dem ich im Semester fast jeden Tag verbringe. Mit dem ich oft zusammenarbeite. Und irgendwie habe ich das Gefühl, nicht richtig aufgepasst zu haben. Nicht nachgehakt zu haben. Nicht aufmerksam genug gewesen zu sein.

Wenn ich nicht so wäre, wie ich bin, wäre mir vielleicht auch schon früher aufgefallen, dass da was zwischen Kian und mir ist.

24

Kian Arslan

Ich habe noch nie so was Dummes gemacht. Aber es ist mir egal. Hat mich schon nicht interessiert, als ich den Schlüssel eben aus Finks Zimmer geklaut habe, als er und Chiara in der Küche gegessen haben. Auch nicht, als ich das dunkle Stadion betreten und mir mit meiner Taschenlampe den Weg zu den Kabinen beleuchtet habe.

Ich weiß nicht mal, was mich letztendlich dazu bewegt hat, die Empfehlung von Roman, meinem neuen Physio, zu ignorieren und hierherzukommen. Vielleicht war es die Tatsache, dass ich vorgestern ein Date mit einer wunderschönen Frau hatte und ihr nicht mal einen Kuss geben konnte, ohne an Luca zu denken. Oder daran, dass es nur noch zwei Wochen dauert, bis ich meine Rechnung nicht mehr bezahlen kann und wieder zurück zu meiner Familie muss.

Vielleicht alles zusammen. Vielleicht habe ich einfach nichts mehr zu verlieren.

Scheiß auf warten.

Ich schnüre die Schuhe noch ein Stück enger. Atme den dezenten Geruch nach Gummi, Deo, Schweiß und Duschgel ein und genieße das aufgeregte Herzklopfen, das ich seit Wochen nicht gespürt habe.

Viel zu schnell bin ich durch die Kabine und am Eis angekommen. Das Licht der Straßenlaternen draußen spendet genug Helligkeit. Während des Gehens habe ich nichts gemerkt an meinem Bein. Das ist ein gutes Zeichen. Trotzdem gesellt sich Angst zur Aufregung. Vielleicht sollte ich zurück in die Kabine und nach Hause.

Keine Ahnung, woher der Anflug von Vernunft kommt. Aber ich ignoriere ihn und öffne die Tür, um die Fläche zu betreten.

Erst als ich unter beiden Kufen Eis spüre und ein paar Meter geglitten bin, löst sich eine Last von meinen Schultern, von der ich nicht mal wusste, dass sie da war.

Scheiß auf meine Ausbildung. Am liebsten würde ich auf dem Eis stehen und Geld verdienen.

Aber ich weiß, dass ich dafür schon zu alt bin. Dass wir in Deutschland leben und die DEL so weit von mir entfernt ist wie der Mond. Es gibt jedoch keinen Plan B, weil meine Eltern mir nie die Chance dazu gegeben haben. Also bleibt mir nur noch der Traum, von dem ich keine Miete bezahlen und mir kein Essen leisten kann.

Vielleicht hätte ich mit Chiara darüber reden sollen, anstatt herzukommen.

Ich bewege mich vorsichtig über das Eis. Gleite, statt meine Füße in den festen Untergrund zu drücken. Für einen Moment schließe ich die Augen. Nur das Schrappen der Kufen und meine Atmung sind zu hören. Wenn ich nichts sehe, kann ich mir vorstellen, dass ich einem Puck hinterhereile. Dass in meiner Linken der Schläger ist. Dass ich mit den Händen in Handschuhen stecke, anstatt die kühle Luft auf meiner Haut zu spüren.

Ich öffne meine Lider und die Ränge sind dunkel und leer. Niemand außer mir ist hier. Das Einzige, was ich machen kann, ist, langsam Kreise auf der Eisfläche zu ziehen, dabei würde ich alles dafür geben, einem Gegenspieler hinterherzujagen.

Das dumpfe Gefühl in meiner Brust ist nichts im Vergleich zu der Müdigkeit in meinem rechten Bein. Eins von beiden kann ich ändern, in dem ich das Eis verlasse und nicht mehr herkomme, bevor mein Physio das Okay dazu gibt. Aber meine Vernunft habe ich in der Kabine gelassen.

»Kian Arslan!«

Wenn ich die Augen wieder schließen würde, könnte ich mir vorstellen, dass Lucas Stimme nur in meiner Imagination existiert und er nicht wirklich hier ist. Ich könnte mich auch schneller bewegen, damit er mich nicht bekommt.

»Denk nicht mal dran«, kommt es laut von ihm, als hätte er meine Gedanken gelesen.

Ich drehe mich um, nur um ihn auf mich zukommen zu sehen. Er trägt eine graue Jogginghose und einen schwarzen Hoodie. Seine blonden Haare hängen in chaotischen Locken von seinem Kopf.

Je näher er kommt, desto klarer wird der grimmige Ausdruck in seinem Gesicht.

Ich verlagere mein Gewicht, um was Dummes zu machen, aber mein Bein versaut es. Genauer gesagt: der plötzliche Schmerz, der mir den nächsten Atemzug raubt.

»Shit«, stoße ich zwischen zusammengebissenen Zähnen aus.

Er umgreift meinen Oberarm und ich stütze mein Gewicht auf ihm ab.

»Mir fehlen wirklich die Worte, Kian«, murmelt er. Seine Stimme klingt enttäuscht, nicht sauer. Keine Ahnung, was ich damit anfangen soll.

Ich habe seine Nähe vermisst. Die Wärme, die er immer ausstrahlt. Der Geruch seines Duschgels, der auch tagsüber an meiner Bettwäsche klebte, als er noch bei mir geschlafen hat.

»Was machst du hier?«, frage ich.

»Das würde ich gerne von dir wissen«, erwidert er. Der Ausdruck in seinen Augen ist herausfordernd. Aber anders als damals, als er mich in der Küche bei meinem kleinen Alkoholtest erwischt hat.

Ich habe keinen Plan, warum er heute hier ist. Ich bin eine einzige Enttäuschung und er muss meine Fehler jedes Mal ausbaden. Ich ignoriere ihn seit Wochen in der Hoffnung, dass mein Herz nicht jedes Mal Überstunden schiebt, sobald er in meiner Nähe ist. Fazit: Es hat nichts gebracht. Natürlich könnte das Rauschen in meinen Ohren auch von dem abnehmenden Schmerz in meinem Oberschenkel und nicht von seiner Anwesenheit kommen. Aber ich bin fertig damit, mir was vorzumachen.

»Warum hast du das gemacht, obwohl Chiara gesagt hat, dass es dafür noch zu früh ist?«

Egal wie flehend der Ausdruck in dem schönen Grün seiner Augen ist, ich werde ihm die Frage nicht beantworten.

»Wenn du mal mit mir reden würdest –«

»Ach, du meinst so, wie du mit mir sprichst?«, unterbreche ich ihn und bleibe stehen. Wir stehen uns genau gegenüber. Das Licht von draußen leuchtet seine Gesichtszüge unnatürlich hell aus. Es ist der gleiche Ausdruck wie immer, wenn es um echte Themen geht. Neutral-abweisend.

»Was soll das heißen?«, fragt er und verschränkt die Arme vor der Brust.

»Ich habe dir gesagt, dass ich dich heiß finde, weil ich mich nicht getraut habe, dir davon zu erzählen, dass ich verknallt bin. In dich.«

Er weicht zurück, als hätte ich ihn geschlagen.

»Anstatt was zu sagen … irgendwas, bist du einfach gegangen. Und jetzt stehst du hier, als würde dir irgendwas an mir liegen. Ernsthaft, *Jenssen?*«

Ich warte nicht auf seine Antwort. Ignoriere den dumpfen Nachhall in meinem Bein, als ich vom Eis gleite.

Heute bereue ich es wieder, dass ich mich auf Leander eingelassen habe. Vielleicht mag mich Luca deswegen nicht so, wie ich ihn. Weil ich niemanden aus dem Team daten sollte. Doch weder Luca noch Leander können irgendwas dafür, dass ich dauernd meine eigenen Regeln breche. Nur, dass ich Letzteren, seit er eingezogen ist, meide, als würde mein scheiß Bein mich nicht schon genug an meine dummen Entscheidungen erinnern. Also selbst wenn ich wieder zurück aufs Eis kann, wenn alles wieder funktioniert, will mich da wahrscheinlich keiner. Damit habe ich auch das Letzte in meinem Leben verspielt.

Frustriert ziehe ich mir die Schuhe von den Füßen und hänge sie zurück.

Meine Sneakers schnüre ich eindeutig zu langsam. Wahrscheinlich, weil mein Unterbewusstsein von Netflix geprägt ist und davon ausgeht, dass er in die Kabine gerannt kommt und mir seine Liebe gesteht. Aber es passiert nichts. Weil es eben nicht so ist, dass Gefühle erwidert werden. Dass jede Person ein Happy End bekommt. Das Leben ist kein Film.

Irgendwann kann ich es nicht mehr länger herauszögern und verlasse das Stadion. Damit Trainer Thomas mich nicht absägt, bevor ich überhaupt eine Chance habe, noch mal zurückzukommen, lege ich den Schlüssel in Lucas Schuhe.

25

Luca Jenssen

Ich habe die letzte Nacht nicht geschlafen. Habe mich den ganzen Tag nicht auf die Uni konzentrieren können, dabei muss ich morgen mein Projekt in Biochemie vorstellen, damit ich hoffentlich nächsten Monat endlich mit der Masterarbeit starten kann.

Am Abend bin ich so genervt von mir und meinen wandernden Gedanken, dass ich einen Entschluss fasse. Vielleicht wird es Zeit, mutig zu sein. Gut, vielleicht war das nicht meine Idee. Vielleicht hat Collin mich heute den ganzen Tag in der Bib genervt.

Ich habe ihm von gestern erzählt. Davon, dass Kian sich in mich verknallt hat. Und davon, dass mein ganzer Körper gekribbelt hat. Dass mein Herz gerast ist und meine Hände immer noch gezittert haben, als ich mir später die Schuhe angezogen habe.

Collin hat nicht nur einmal aufgezählt, was die ganzen Symptome bedeuten. Panikattacke. Krebs. Oder Verknalltsein.

Ich habe daraufhin nichts erwidert, weil ich es weiß. Aber was soll Kian mit der Antwort anfangen? Ich habe keine Erfahrungen mit Beziehungen. Mit Kerlen. Gefühlen. Und nur schlechte mit Sex.

Ich weiß, dass Kian gerade struggelt und ganz schön viel auf der Platte hat. Da braucht er nicht so einen Klotz am Bein wie mich. Und mich nur darauf einzulassen, damit er meine Unfähigkeit in wenigen Wochen bemerkt und mich wegstößt – darauf kann ich verzichten.

Collins Stimme, die in meinem Kopf widerhallt, erinnert mich daran, dass ich Kian die Entscheidung überlassen sollte. Dass ich ihm und mir eine Chance geben sollte.

Keine Ahnung, ob es die Angst vor einer weiteren schlaflosen Nacht ist und dem Risiko, wieder einen *Migräne*anfall zu bekommen, die bewirkt, dass ich vor seiner Tür stehe. Dabei habe ich meine Kopfschmerzen nicht mal diagnostiziert, weil ich erst in drei Wochen beim Spezialisten einen Termin bekommen habe.

Vielleicht sollte ich also wieder zurückgehen, noch eine Nacht nicht schlafen, damit ich beim Arzttermin genau erläutern kann, wie ein Anfall abläuft.

Keine Ahnung, wem ich hier was vormachen will, schließlich weiß ich das ziemlich genau. Immerhin habe ich mehrfach im Monat Kopfschmerzen. Mal harmlos, mal tagelang.

Ich hebe die Hand und klopfe zweimal fest an. Von drinnen sind Geräusche zu hören, aber er antwortet nicht. Wahrscheinlich ist das Schicksal und ich sollte einfach gehen.

Ich klopfe noch mal und öffne dann die Tür.

Manchmal weiß man schon, dass man eine dumme Entscheidung getroffen hat, bevor man mit den Konsequenzen konfrontiert wird. Ich habe mit vielem gerechnet. Habe mir die Situation, wie ich sein Zimmer betrete, das monatelang irgendwie auch meins war, tausend Mal vorgestellt:

Er ist nicht da.

Er will mir nicht zuhören.

Er hat es sich anders überlegt.

Ich bekomme kein Wort raus und entscheide mich doch dagegen.

Wir bekommen das irgendwie hin.

Aber ich hätte mir nicht mal in meinen kühnsten Fantasien vorstellen können, was gerade in seinem Zimmer abgeht.

Er kniet auf seinem Bett in der knappsten Unterhose, die ich je gesehen habe. Sie ist schwarz und er bedeckt sich so schnell mit einem Handtuch, dass beim nächsten Blinzeln nichts mehr zu erkennen ist. Aber das ist egal, weil dieser Anblick wahrscheinlich für immer in mein Gedächtnis eingebrannt ist. Die feinen Haare, die noch vor Monaten seinen definierten Oberkörper überzogen haben, sind weg. Seine Haut ist blasser als noch im Sommer, aber sie glänzt mehr, als hätte er sie eingecremt oder nass gemacht. Sein Bart ist weg, dabei kann er immer noch nicht bei uns mitspielen.

Dann fällt mein Blick auf die Ringleuchte am Fußende seines Betts.

»Was zur Hölle machst du hier?«, fragt er. Im Gegensatz zu mir, wenn ich in einer solchen Situation erwischt worden wäre, hält er meinen Blick.

»Ich habe geklopft«, antworte ich.

Er zeigt auf die Kopfhörer, die immer noch in seinen Ohren stecken. Von denen er sich nur Augenblicke später befreit.

»Was wird das, wenn es fertig ist?«

»Warum interessiert dich das?«, entgegnet er genervt.

Was soll ich ihm dazu sagen? Dass ich ganz genau weiß, was er gerade hier macht? Dass das Foto-Setup nicht so aussieht, als würde er einfach nur Nudes an jemanden verschicken, nachdem er mir gestern Abend gesagt hat, dass er in mich verknallt ist. Wahrscheinlich kommt daher die aufsteigende Übelkeit und nicht von seinem Anblick in der knappen Unterwäsche.

»Seit wann machst du das?« Und wir wissen beide, dass mit *das* Pornografie gemeint ist.

»Wenn du es genau wissen willst, existiert mein Account seit ein paar Stunden. Würdest du jetzt mein Zimmer verlassen?«

»Warum?«

»Damit ich weitermachen kann«, erwidert er, das Handtuch immer noch vor seinem Körper. Keine Ahnung, warum er direkt eins griffbereit hatte. Oder warum ich mir wünsche, dass es wieder runterfällt.

»Vielleicht solltest du dich anziehen und wir reden darüber, warum du pornografische Aufnahmen von dir ins Netz stellen musst.«

»Ich habe nie über deine Vorstellungen von Sex geurteilt, also ist es nur fair, wenn du mich auch nicht bewertest.«

»Kian«, sage ich und mache noch ein paar Schritte in den Raum.

»Luca.« Sein Blick hält meinen fest. Der Ausdruck in seinen Augen ist kein Vergleich mehr zu gestern Abend. Abweisend. Verschlossen. Garantiert nicht bereit für das, was ich ihm eigentlich sagen wollte.

Dass ich ihn mag. Dass ich an ihn denke. Dass ich mir vorstellen könnte, ihn zu küssen. Aber nicht so. Nicht, wenn er bereit ist, seinen Körper anderen zu zeigen außer mir.

»Willst du mir erzählen, was los ist?« Meine Stimme ist leiser als noch vor Sekunden. War ja klar, dass es nicht klappt, wenn ich einmal mutig bin.

»Kann ich mich anziehen?«

Ich habe nicht damit gerechnet, dass er nachgibt. Dass er mir Antworten gibt. Dass ich mit meiner Vermutung richtig lag.

Ich drehe mich mit dem Rücken zu ihm und höre zu, wie Kleidung raschelt und er sich anzieht. Dabei hätte ich ihn gern länger in der knappen Shorts betrachtet. Wäre gern mit meinen Fingerspitzen über seinen Körper gefahren.

Aber gerade braucht er einen Freund, niemanden, der sich nicht im Klaren über seine Gefühle ist. Niemanden wie mich, der absolut keinen Plan hat, was hier gerade läuft.

»Fertig«, kommt es irgendwann von ihm. Die Ringleuchte steht an der Wand, das Smartphone hat er in der Hand und den Blick gesenkt.

»Was ist los, Kian?«, frage ich leise. Keine Ahnung, warum. Wahrscheinlich, weil ich das Gefühl habe, kein Anrecht auf eine ehrliche Antwort zu haben, schließlich war ich ihm in den letzten Wochen kein guter Freund. Nicht, dass ich das jemals war oder sein wollte. Aber ich habe mich an ihn in meinem Leben gewöhnt.

»Ich wurde gekündigt.«

Shit.

»Sorry, seit wann weißt du davon?«

»Seit … ein paar Wochen.« Er weicht wieder meinem Blick aus.

»Kian. Ab wann bist du raus?«

»Nächste Woche.« Warum hat er nichts gesagt?

Weil du nicht zu den Menschen in seinem Leben gehörst.

»Shit.«

»Jap.«

»Deswegen die Aktion von eben?«, frage ich und kann nicht verstecken, dass es mir nicht gefällt, dass er seinen Körper anderen zeigt.

»Ich kann nichts, Luca. Die letzten Wochen habe ich mein Gehalt von der Krankenkasse bekommen. Wenn ich keinen Job mehr habe, laufe ich wieder über meinen Vater und muss zurück zu meinen Eltern. Und das alles wird noch schlimmer, wenn sie dann noch rauszufinden, dass ich keinen Ausbildungsplatz mehr habe.«

»Wir finden eine Lösung, bei der du deinen Körper nicht verkaufen musst.«

»Es ist ein verdammt schöner Körper, den ich niemandem vorenthalten will«, entgegnet er, aber das verschmitzte Lächeln auf seinen Lippen ist nicht echt.

»Das alles ins Lächerliche zu ziehen, ist keine adäquate Lösungsstrategie.«

»Aber die Einzige, die mir noch einfällt. Ich weiß nicht mehr weiter, Luca.«

Wenn ich Collin morgen an der Uni treffe und ihm erzähle, dass ich Kian nichts gesagt habe, dass ich meine neugewonnene Gefühlswelt nicht vor seinen Füßen ausgebreitet habe, wird er mich wahrscheinlich für feige halten.

Aber das ist mir egal, weil ich weiß, dass das hier gerade das Richtige ist. Dass ich zu all der Unsicherheit, die in Kians dunklen Augen liegt, nicht noch mehr Instabilität hinzufügen möchte. Was ist, wenn ich ihn küsse und wir es beide scheiße finden. Was bedeutet das für unsere Freundschaft? Wer ist dann für ihn da?

»Hast du jemandem von der Kündigung erzählt?«, frage ich.

Er presst die Lippen aufeinander und schüttelt den Kopf.

»Du musst doch nicht immer alles mit dir allein ausmachen.« Sagt genau die richtige Person, weil ich ja total großartig darin bin, mich anderen anzuvertrauen.

»Aber wie soll das helfen? Jetzt weißt du davon, aber daran ändern, dass ich ab nächster Woche wieder bei meinen Eltern bin, kannst du auch nichts.« Nichts ist mehr übrig von seinem Kampfgeist. Von der Energie, die er immer auf dem Eis ausgestrahlt hat. Die er die letzten Monate immer an sich hatte, wenn es um seine Verletzung ging. Keine Ahnung, ob ich das so hätte wegstecken können wie er. Ob ich immer so positiv geblieben wäre. Nicht, dass ich das jemals war.

Ich mache ein paar Schritte auf ihn zu, bis uns nur noch wenige Zentimeter trennen. So habe ich mir das vorgestellt, als ich angeklopft habe. Nur, dass ich mehr gemacht hätte, als ihm die Hand auf die Schulter zu legen. Ich hätte ihn vielleicht danach gefragt, ob er mich küsst. Der Blick in seinen Augen wäre ein anderer gewesen. So wie an dem Abend, als er mir gesagt hat, dass er mich heiß findet.

Von dem Feuer ist nichts mehr in dem dunklen Braun zu finden.

Aber ich will, dass es wieder zurückkommt, weil er so nicht Kian Arslan ist. Also stelle ich Freundschaft vor das, was wir hätten sein können.

»Ich verspreche dir, dass ich eine Lösung finde. Du bist jetzt nicht mehr allein. Und wenn es gar nicht anders geht, zahle ich deinen Anteil der Miete.« Ich könnte mehr Stunden im Fitnessstudio machen. Zur Not schiebe ich den Start der Masterarbeit noch etwas nach hinten, bis Kian alles geregelt hat. Zurück in den Supermarkt kann ich nicht, weil ich wegen der Kopfschmerzen zu oft gefehlt habe und sie mich gekündigt haben.

Er legt seine Hand auf meine und schenkt mir ein mattes Lächeln. »Danke.«

Mir ist noch nie aufgefallen, wie wenig mich seine Berührungen stören. Vielleicht wäre ich dann schon früher draufgekommen, dass ich gern mal wüsste, wie es sich anfühlt, wenn wir uns küssen.

26

Kian Arslan

Es ist das erste Spiel der Saison und ich sitze mit allen anderen neben der Eisfläche. Nur, dass ich keine Schutzausrüstung, keine Schlittschuhe und kein Trikot trage. Ich sitze neben Trainer Thomas in einem dunkelgrünen Trainingsanzug und fühle mich außen vor.

Aber da Roman, mein Physio, nicht sonderlich begeistert von meiner Aktion von vor zwei Wochen war, warte ich darauf, dass er mir das Go fürs Eis gibt. Dann wird es wahrscheinlich trotzdem noch ewig dauern, bis ich wieder richtig spielen kann.

Ich blicke zur Tribüne und den Zuschauenden, zwischen denen Chiara irgendwo sitzt. Eigentlich bin ich davon ausgegangen, dass ich die erste Hälfte der Saison mit ihr schauen werde, aber ich habe die Rechnung ohne das Team gemacht.

Vor ein paar Tagen haben Fink, Williams und Luca mit mir und im Anschluss mit unserem Trainer darüber geredet, dass es für mein Mindset besser wäre, wenn ich bei ihnen sitze. Keine Ahnung, ob Gruber oder Luca mit der Idee um die Ecke kam. Eigentlich würde es besser zu Gruber passen aufgrund seines Psychologie-Backgrounds, aber Luca hat mich die letzten Wochen so viel unterstützt, dass es mich nicht wundern würde, wenn das hier sein Werk ist.

Anfangs dachte ich, es würde mir was ausmachen, hier zu sitzen und den anderen nur dabei zuzuschauen. Aber ich mag die Nähe zum Eis, auch wenn das schräg klingt. Ich mag, dass ich das Boarding beinahe am eigenen Leib spüre, wenn wieder zwei genau vor uns in die Bande crashen.

Ich mag das aufgeregte Murmeln. Ich schätze es sehr, dass Thomas mich zwischendurch fragt, was ich sehe und was wir ändern können.

Aber am meisten liebe ich es, dass ich von hier aus Luca sehe. Seine Bewegungen. Seinen verbissenen Gesichtsausdruck.

»Ehrliche Meinung, Arslan, siehst du Leander als Flügelspieler, oder verschenken wir Potenzial?«, kommt es von Thomas. Es dauert Sekunden, bis ich den Blick von Lucas Hintern löse.

»Jetzt geht es wahrscheinlich nicht anders, weil Gruber und ich fehlen und wir dann keinen Flügel haben, aber ich finde, als Center würde er sich wahrscheinlich noch besser machen.« Woher ich das weiß? Garantiert nicht daher, dass ich das Spiel so genau studiere, sondern weil Leander mir irgendwann mal erzählt hat, dass das die Position ist, die ihm am besten liegt.

»Möglich«, kommt es von Thomas, bevor er sich wieder auf das Spiel konzentriert. Was ich auch tun sollte, aber dann wird Luca vor mir in die Bande gequetscht und kann sich nicht schnell genug lösen, um dem Spieler hinterherzukommen.

Mein Blick gleitet von Lucas schmerzverzerrtem Gesicht zu dem Gegner, der gerade mit einem Pass unsere ganze Defensive zerstört. Einen Wimpernschlag später sind es nur noch ein Gegenspieler und Schmitt. Der Gästeblock steht und dann fällt das Tor. 1:0 gegen uns im ersten Drittel.

Danach passiert alles viel zu schnell. Wir lassen uns überrollen und der Drang in mir, bei den anderen auf dem Eis zu sein, ist größer, als Luca zu betrachten. Vor allem, weil er gerade vom Eis kommt und wütend gegen die Bande tritt.

»Fuck«, sagt er und beinahe im gleichen Moment ertönt ein Hupen in der Halle. 2:0 für Hellinghausen.

Wir sind zu langsam. Wechseln zu spät und wirken, als würden wir erst seit zwei Tagen miteinander spielen. Jeder macht sein eigenes Ding, ohne dass wir als Team agieren.

Schmitt muss bei einem Angriff zu weit aus dem Tor, weil niemand mit nach hinten gekommen ist. Er schafft es gerade so, uns vor einem weiteren Treffer zu schützen.

Die Stimmung auf der Bank ist aufgeladen. Und ich verstehe sie. Nur, dass jeder von ihnen einen Unterschied machen und aufs Eis kann, während ich hier gefangen bin.

Luca mustert mich, als könnte er meine Gedanken lesen. Ich hoffe nicht, denn dann wüsste er genau, dass ich mir mehr wünsche, ihn anfassen, als bei den Tigers mitspielen zu dürfen. Aber ich will es nicht verkacken. Will nicht, dass wir schon wieder kaum Kontakt zueinander haben, weil ich Grenzen überschritten habe.

Wir haben die letzten Tage mehr Zeit miteinander verbracht. Er hat nicht bei mir übernachtet, aber er hat sein Wort gehalten. Dabei weiß ich gar nicht, womit ich seine Unterstützung verdient habe, schließlich hat er mich wie immer in einer absolut unangenehmen Situation angetroffen.

Ich hätte einfach abschließen sollen. Aber das mache ich nie. Ich habe nicht mal eine Ahnung, wo mein Schlüssel ist. Wahrscheinlich gehört das zum Einmaleins, wenn man in einer WG wohnt. Aber Fink, Gruber und Luca sind wie Familie. Mehr als Familie, weil bei denen bräuchte ich eher einen Schlüssel.

Er formt irgendwas mit den Lippen, was *fuck you, wir werden gewinnen, du fehlst* oder *ich seh dich* bedeuten könnte.

Am liebsten würde ich nachfragen, aber Williams und Ulrich sitzen zwischen uns, und die müssen nicht alles mitbekommen. Mein Blick gleitet also wieder zurück zum Eis, aber ich sehe nicht, was abgeht, weil ich an Luca denke und daran, dass er mir geholfen hat, Gelder zu beantragen, damit ich in der Wohnung bleiben kann.

Dadurch, dass mein Arbeitgeber mich gekündigt hat, steht mir Arbeitslosengeld zu. In den letzten Wochen habe ich Krankengeld bekommen, aber mir geht es mittlerweile wieder gut genug, um arbeiten zu gehen. Und vielleicht bewerbe ich mich auch mal im Fitnessstudio, wo die ganze Mannschaft trainiert und Luca seit ein paar Monaten arbeitet. Vielleicht würde ich den Job auch bekommen, aber trotzdem sollte ich mir überlegen, was ich vom Leben will, wenn ich kein Ausbildungsplatz mehr habe.

Denn egal, wie sehr mir Luca geholfen hat, mein Leben fühlt sich trotzdem nicht nach meinem an. Ich kann nicht aufs Eis, um Energie loszuwerden. Mir fehlt ein Sinn, jeden Morgen aufzustehen. Und Luca kann ich auch nicht mehr sagen, was ich fühle.

»Ich weiß nicht, was gerade mit euch los ist, aber ein Team sehe ich da draußen nicht«, kommt es von Trainer Thomas in der Pause, in der sich alle in der Kabine versammelt haben. Mein Kopf hängt genauso wie die meiner Teamkameraden, dabei habe ich nicht mal die Möglichkeit, was an der aktuellen Situation zu ändern.

»Ich weiß, dass Gruber und Arslan gerade auf dem Feld fehlen. Dass wir neue Spieler in den Reihen haben. Aber wenn wir den anderen Mannschaften eine Sache voraushatten, dann, dass wir ein Team sind und so auch agieren.« Ich weiß, was Thomas meint. Seit Gruber fehlt, gehen wir nicht mehr zusammen zum Yoga. Die Treffen im Abseits werden immer weniger, weil nicht nur Luca und ich fernbleiben.

Auf den ersten Blick wirkt es immer so, als stünden die Sachen nicht in Zusammenhang. Aber wir brauchen das. Das Gemeinschaftsgefühl. Uns kennenzulernen ohne Eis und Ausrüstung.

Wenig später sind die Tigers wieder zurück auf der Fläche. Und es wird angenehmer, ihnen zuzusehen, weil wir nicht mehr zehn Schritte hinterher sind. Weil wir agieren statt reagieren. Weil die Pässe endlich ankommen und wir uns weniger von Hellinghausen ablenken lassen.

Luca versucht gerade, den Puck zurückzuerobern, und schiebt dabei seinen Gegenspieler hart in die Bande. Ich kann genau den Augenblick lesen, in dem Luca den Puck zurückerobert hat, und das allein nur an seiner Körperhaltung.

Die Verbissenheit, mit der er in den Zweikampf gegangen ist, verwandelt sich in Ruhe und Angriffslust. Während sein gesamter Oberkörper bei der Aktion angespannt war, sind es jetzt seine Beine, mit denen er über das Eis fliegt. Beim nächsten Gegenspieler verlagert er kurzzeitig das Gewicht, bevor er die Scheibe an Williams abgibt, der sie versenkt. 2:1.

Erst im letzten Drittel machen wir den Ausgleichstreffer zum 3:3.

Die Anspannung in der Halle ist greifbar. Im Publikum ist, außer vereinzelten Geräuschen, kaum noch was zu hören. Luca ist wieder auf dem Eis. Trainer Thomas hat Leander zurück auf Ulrichs Position gezogen. Keine Ahnung, warum er in den letzten fünf Minuten bei einem so knappen Ergebnis noch mit der Aufstellung spielen muss.

Ich habe erwartet, dass wir der Offensive von Hellinghausen zu viel Platz geben. Dass wir zu viele Lücken haben, weil Ulrich weiter vorn spielt als normalerweise. Weil wir so noch nicht trainiert haben.

Weil ich das nur vorgeschlagen habe, weil ich in den letzten Monaten Leander gegenüber nicht fair war. Aber als dieser den Puck auf Luca spielt, fügt sich alles, mit dem wir vorher Schwierigkeiten hatten.

Es ist, als hätte Leander das Selbstbewusstsein wiedergefunden, das er zum Schluss der letzten Saison ausgestrahlt hat. Das mich damals dazu gebracht hat, all meine Grundsätze über den Haufen zu werfen.

Lucas Torschuss wird gehalten. Aber trotz rasend schnell ablaufender Zeit haben wir endlich die Ruhe gefunden, die es das ganze Spiel über nicht gab.

Leander spielt herausragend. Er verteilt Pässe, steht in Lücken, um Züge der Gegner zu unterbrechen, und unterstützt die Defensive gleichermaßen wie die Offensive. Nicht, dass er vorher schlecht gespielt hätte. Ganz im Gegenteil. Aber es ist, als hätte endlich was geklickt, was vorher nicht da war.

Einige Zuschauende stehen und ihre Blicke gleiten immer wieder von der Uhr zum Eis.

In der letzten Minute nimmt das Tempo noch mal zu. Fink spielt zu Leander, der den Puck, ohne aufzuschauen, in Lucas Lauf passt. Zwei Angreifer bedrängen Luca, aber er schafft es, beide gekonnt auszuspielen, in dem er nach einer Körpertäuschung zu Fink spielt, der plötzlich neben dem Tor aufgetaucht ist.

Ich halte die Luft an.

Es geht ein Hupen durch die Halle, bevor *Eye of the Tiger* ertönt und das ganze Stadion tobt.

Danach ist es vorbei und wir haben das erste Spiel der Saison gewonnen. Ich freue mich. Unabhängig davon, ob ich mit auf dem Eis stand oder nicht. Es macht keinen Unterschied, dass ich den Sieg nicht mal mit ihnen feiern kann.

27

Luca Jenssen

Finks Schulterpolster an meinem Hals raubt mir fast die Luft zum Atmen, aber ich halte mich trotzdem weiter an ihm fest, als würde mein Leben davon abhängen.

Wir haben gewonnen, verdammt noch mal. Mit Umarmungen und Berührungen auf dem Eis habe ich überhaupt kein Problem. Keine Ahnung, ob es an der Schutzausrüstung liegt oder daran, dass die Jungs meine Familie sind. Selbst Leander. Gerade Leander. Schließlich hat er uns zum Sieg geführt. Keinen Plan, was Thomas geritten hat, Center und Flügel zu tauschen, aber es war der Schlüssel zum Sieg.

»Fuck, Mann, du warst einfach so gut«, sage ich zu Leander und lege meinen Arm um seine Schultern. Sein Grinsen hinter dem Schutzgitter ist so breit und sympathisch, dass ich wette, wir hätten Freunde werden können, wenn ich nicht alles gegeben hätte, ihn zu ignorieren, als er bei uns gewohnt hat.

Wir feiern uns auf dem Eis. Mit dem Publikum, und immer noch, als es schon gegangen ist. Selbst Kian ist mit Sneakers auf der Fläche. Er steht bei Williams und Schmitt und ich schaue so oft zu ihm herüber, aus Angst, dass er sich verletzt. Nicht, weil die etwas zu langen Haare, durch die er sich gerade fährt, unheimlich gut an ihm aussehen. Nein. Wir sind schließlich nur Freunde.

Eine Stunde später sind endlich alle geduscht und an der Bushaltestelle. Aber wir steigen nicht wie sonst nach einem Sieg in die Sieben, sondern in die Zehn Richtung Wagnerstraße. Als Williams das, was wir letzte Woche besprochen haben, für alle verkündet, finden Kians dunkle Augen meine. Er zieht die Augenbrauen hoch, eine unausgesprochene Frage zwischen uns. Aber ich tue einfach so, als hätte ich keine Ahnung, was er von mir will.

Ich weiß nicht, wie wir so viel Zeit miteinander verbringen konnten in den letzten Tagen, ohne dass sich eine Gelegenheit ergeben hat, ihm zu sagen, was ich fühle. Denn entgegen meiner Erwartung ist das Herzklopfen in seiner Nähe nicht einfach verschwunden, als ich beschlossen habe, dass es gerade wichtiger ist, dass er einen Freund hat.

Anstatt seinen Only-Friends-Account mit Content zu füttern, haben wir einen Antrag auf Arbeitslosengeld gestellt und mit seiner Krankenkasse telefoniert. Die nächsten Monate ist er erst mal finanziell abgesichert, ohne ausziehen zu müssen.

Trotzdem muss er sich jetzt überlegen, was er machen möchte. Aber gestern kam seine Familie wieder zu Besuch, und danach ist er immer so verschlossen wie am Anfang unserer Freundschaft. Wenn man das, was zwischen uns ist, so nennen kann.

Wir steigen alle zusammen aus und ich verliere Kian irgendwo zwischen den anderen Teammitgliedern, die sich lautstark von der Haltestelle zu Williams' WG bewegen. Ich habe keine Ahnung, warum es mich heute so stört, schließlich haben wir unser erstes Spiel gewonnen und das ohne Gruber und Kian. Und mit einer neuen Aufstellung.

Im Hausflur angekommen, begegnen unsere Blicke sich endlich wieder. In seinen Augen liegt so viel Freude wie schon lange nicht mehr. Wie schon seit Wochen nicht mehr. Es war eine gute Entscheidung, heute hier zu feiern und nicht ins Abseits zu gehen. Nicht nur für Kian. Wir brauchen das als Team. Dass wir zusammen sind und nicht in unterschiedlichen Ecken abhängen, sobald wir die Bar betreten haben.

Leander legt Kian einen Arm um die Schultern und sagt ihm irgendwas, das ich nicht verstehen kann. Ich mag das Gefühl nicht, das der Anblick der beiden in mir auslöst, aber ändern kann ich es auch nicht. Also lasse ich mich von Fink mit in die Wohnung reißen und hoffe, dass ich irgendwann auf meine Gefühlswelt klarkomme.

Es dauert nur wenige Minuten, bis Williams die Musik anschmeißt und neben den lauten Stimmen auch irgendwelche Technoklänge durch die WG schallen.

»Der letzte Assist war ein absoluter Traum«, kommt es von Ulrich neben mir, der mir die Hand auf die Schulter legt.

»Danke«, erwidere ich und drücke mich durch die Tanzenden. Ich werde immer mal wieder aufgehalten. Es wird immer voller und aus dem Abend nur mit dem Team wird eine Riesenparty. Keine Ahnung, ob das so geplant war oder einfach passiert ist.

»Wir müssen noch mal alle zum Yoga. Auch die Neuen«, sagt Williams laut und drückt mir eine lauwarme Flasche Bier in die die Hand.

»Danke, ich bleib bei Wasser«, erwidere ich und halte mein Glas hoch. Ich will mit Kian reden und dabei nicht nach Bier riechen.

»Yoga?«, hakt er nach und schenkt mir ein breites Grinsen.

»Bin stark dafür.« Ich hoffe einfach, dass Gruber wieder mit solchen Teamaktivitäten anfängt, wenn er zurück ist.

»Hey, Joris«, begrüßt Williams ihn.

Grubers Freund bleibt bei uns stehen und schenkt uns ein müdes Lächeln. Ich bin mir nicht sicher, ob es an der Zeitverschiebung und der Fernbeziehung liegt oder daran, dass er wieder zu viel lernt.

Als Gruber und ich das letzte Mal miteinander telefoniert haben, hat er mir davon erzählt, dass er sich Sorgen um Joris' Ambitionen im Studium macht. Vor allem, weil er sich jetzt auch noch um die neuen Erstis kümmert.

Wir haben nicht darüber geredet, warum Gruber so Angst hat. Nein, ich habe einfach von Kian erzählt und davon, dass ich mir Gedanken mache, als würden wir beide über die Partner in unserem Leben reden. Dabei sind Kian und ich … Mitbewohner? Freunde? Teammates?

Als ich das nächste Mal aufschaue, sind Williams und Joris immer noch in ein Gespräch über Social-Media-Strategien und den TikTok-Kanal der Tigers vertieft.

Ich nicke ihnen kurz zu und mache mich dann auf den Weg durch die Menge, die mehr statt weniger zu werden scheint. Natürlich versuche ich nicht, einen dunkelhaarigen Kerl zu finden, der größer ist als ich. Nein.

Aber dann sehe ich ihn doch und komme nicht gegen mein stolperndes Herz an.

Er hat den Kopf in den Nacken geworfen und die Augen geschlossen. Ich kenne nicht mal den Song, der aus den Boxen tönt, und bin kein großer Freund vom Tanzen, aber gerade würde ich alles dafür geben, mich mit ihm zu bewegen.

Wann hat das eigentlich angefangen? Und warum hört es nicht mehr auf?

Plötzlich begegnen sich unsere Blicke und ich bin ihm viel näher als noch vor Sekunden. Meine Füße scheinen ihren eigenen Befehlen zu folgen.

Seine dunklen Augen glitzern. Seine Lippen sind immer noch zu einem Lächeln verzogen. Er legt den Kopf schief, als wäre er sich nicht ganz sicher, ob ich mich wirklich freiwillig durch die Menschenmenge drücke, um bei ihm zu stehen, wo es garantiert viel zu eng ist.

Aber mein Puls beschleunigt sich aus ganz anderen Gründen.

Vielleicht wird es Zeit, mutig zu sein.

Jeder Schritt scheint zum Takt der Musik zu passen. Entgegen meiner Erwartungen hat Williams nicht die Playlist angeschmissen, als wir die Wohnung betreten haben, sondern sein Mitbewohner hat sein DJ-Pult auf der Küchenzeile ausgebreitet und legt seither Musik auf. Dass der Typ mit der schrägen Gelfrisur und der dunklen Sonnenbrille auch bei Williams wohnt, habe ich eben nur mit einem Ohr mitbekommen.

Die Technoklänge hallen in meiner Brust wider, als ich vor Kian zum Stehen komme. Bevor ich die Chance habe, irgendwas zu sagen, was mir gerade im Kopf herumschwirrt, zieht er mich an sich. Keine Ahnung, ob er vergessen hat, dass ich kein Fan von Umarmungen bin, oder ob er das gerade einfach braucht. Aber ich mag es. Weiß nicht, ob wir uns schon mal so lange gedrückt haben. Alles riecht nach ihm und ich bin froh darüber. Denn wenn ich nur kurz die Augen schließe, kann ich mir vorstellen, dass gerade nicht unzählige Menschen um uns herum sind. Nicht, dass ich da was gegen habe. Aber ich wäre gern mit Kian allein. Nur wir zwei.

»Das ist dein Verdienst, oder?«, fragt er und sein heißer Atem streicht über die Haut unter meinem Ohr.

»Ich weiß nicht, was du meinst«, sage ich und drehe mein Gesicht in seine Richtung.

Offensichtlich werden Umarmungen und gleichzeitige Unterhaltungen nicht unser Ding, denn er trennt sich von mir.

»Komm schon, Luca.« Ist es heißer im Raum geworden?

Er lässt den Blick kurz über das dunkelgrüne Trainingshirt wandern, bevor er wieder bei meinen Augen ankommt.

»Wird Zeit, dass wir als Team wieder mehr unternehmen.«

»So?«, fragt er lachend und schaut sich im Raum um.

»Ja, ja«, erwidere ich und lasse mich von seinem breiten Grinsen anstecken.

Mein Bauch fühlt sich an, als hätte ich doch Alkohol getrunken. Leicht. Kribbelig. Komisch. Fast so, als würde die Übelkeit jeden Moment wiederkommen.

»Danke«, sagt er und hebt kurz die Hand, bevor er sie wieder fallen lässt. Wollte er mich noch mal umarmen? Seine Finger irgendwo anders hinlegen?

»Du warst heute überragend.« Und dann tut er es doch. Streicht ganz kurz über meinen Arm.

Mein Herz rast. Meine Atmung überschlägt sich beinahe. Bis seine Berührung aufhört und einen komischen Beigeschmack hinterlässt.

»Können wir irgendwo reden?«, frage ich. Wahrscheinlich hätte ich mich bedanken sollen. Aber ich will ihm auch sagen, wie unglaublich er ist. Und schön. Ich habe keinen Plan, warum mir das vorher nicht aufgefallen ist.

Er zieht die Augenbrauen hoch, bevor er mit den Schultern zuckt. Dann lässt er seinen Blick durch den Raum gleiten und macht mich mit einem Nicken auf eine Tür aufmerksam, zu der ich ihm folge.

Es dauert länger als gedacht und gleichzeitig kürzer als gehofft. Vielleicht ist es doch eine schlechte Idee, ihm heute alles zu erzählen. Aber ganz ehrlich. Wann sonst? Wie lange will ich mich noch davor drücken?

Ich betrachte noch einen Augenblick seine Schultern, über die sich das Shirt spannt, bevor er sich zu mir umdreht und ich die Tür hinter uns schließe.

Mit einem Mal ist der Beat nur noch gedämpft zu hören und ich weiß, dass ich mich nicht anstrengen muss, damit er mich versteht.

Das Smartphone in meiner Hose vibriert. Ich bin so kurz davor, es rauszunehmen, aber nicht heute. Nicht hier.

Er mustert mich aufmerksam aus seinen dunklen Augen. Ein leichtes Lächeln liegt auf seinem Gesicht, das ganz anders ist als sonst, wenn wir feiern waren. Im letzten Jahr hat er dauerhaft gute Laune versprüht, alle mit seinem Grinsen um den Finger gewickelt, aber es hat immer wie eine Fassade gewirkt. Wie eine Rolle, die er gespielt hat.

Vielleicht ist mir deswegen nie aufgefallen, wie schön er eigentlich ist. Weil alles, was ich kannte, die Maske war, die er aufgesetzt hat und die die letzten Monate immer mehr gefallen ist. Ich habe ihn kennengelernt und mich. Und uns.

Der Gedanke an all das macht mir keine Angst mehr.

»Okay, Luca, was wolltest du mit mir besprechen?«, fragt er und einen Augenblick später sind wir uns noch näher. Alles riecht wieder nach ihm. Nach Sicherheit und durchgeschlafenen Nächten. Nach Nähe. Ich wusste nicht, wie sehr es mir fehlt, bis ich aufgehört habe, bei ihm im Bett zu schlafen.

Das Smartphone in meiner Tasche fängt wieder an zu vibrieren, aber ich ignoriere es.

»Ich weiß ehrlich gesagt nicht, wo ich starten soll«, gebe ich zu und lasse den Blick durch den Raum gleiten, weil ich Kian nicht angucken kann. Wahrscheinlich sind wir gerade in Williams Zimmer, den Trainingsshirts und Trikots nach zu urteilen, die überall verteilt rumfliegen.

»Ist was passiert?« Kians Stimme nimmt plötzlich einen besorgten Ton an.

»Nein. Ich habe nur zu lange gebraucht, um … was zu kapieren. Also über mich.« Okay, keine Ahnung, wohin meine Fähigkeit verschwunden ist, Sätze zu bilden, aber ich hoffe, dass sie bald wieder zurück ist.

Als ich meinen Kopf hebe, begegne ich dem Ausdruck in seinen dunklen Augen, der immer noch beunruhigt wirkt.

Ich kann das. Doch bevor ich den Mund öffne, um ihm zu sagen, dass ich ihn mag und es nicht komisch finde, wenn er mich anfasst, vibriert mein Smartphone wieder.

Ist was passiert?

Shit, was ist, wenn mit Kaya was ist?

»Ich muss mal kurz an mein Handy«, sage ich entschuldigend und greife nach dem Gerät.

Fünf verpasste Anrufe von Kaya. Shit.

Ich rufe sie zurück. Das Blut rauscht in meinen Ohren und mein Herz schlägt zu schnell. Warum bin ich nur immer so egoistisch? Kaya springt, sobald ich vor ihrer Tür stehe, und ich schaffe es nicht mal, ans Telefon zu gehen, wenn sie mich braucht.

»Luca.« Ihre Stimme ist tränenerstickt.

»Kaya.«

»Ich brauch … Du musst kommen.«

Ich schaue zu Kian, stelle mir nur eine Sekunde vor, wie es wäre, mich mit einem Kuss von ihm zu trennen, bevor ich einen Rückzieher mache.

»Ich bin unterwegs.« Ist es feige, wenn meine Schwester mich braucht? Ist es eine Ausrede, um nicht mutig sein zu müssen? Oder ist es eins der ersten Male, an denen ich nicht an mich denke, sondern an jemand anderes.

»Wir müssen wann anders reden«, sage ich.

Sein Blick ist nur einen Augenblick lang enttäuscht, bevor er mich verständnisvoll ansieht.

»Geh. Und wenn du was brauchst, melde dich.«

»Danke«, murmele ich und lasse meinen Blick noch ein letztes Mal über sein Gesicht wandern, bevor ich den Raum verlasse.

Wir reden einfach morgen. Oder so.

Teil 3
Winter

28

Kian Arslan

Gruber ist zurück. Selbstverständlich haben wir seit Wochen seine Party geplant und es sind schon einige Gäste da. Das ganze Team. Freunde von Joris. Selbst Dora und eine ihrer Freundinnen sind gekommen. Gruber hat für Dora gearbeitet und die beiden haben sich über die Zeit angefreundet. Ich glaube, sie ist mehr Familie für ihn als seine eigene.

Fast alle sind da, aber der Hauptgast lässt auf sich warten.

»Hätte er nicht nach der Party genug Zeit, um Joris flachzulegen?« Lucas Ellenbogenstoß nach zu urteilen, habe ich die Frage zu laut formuliert. »Was denn? Ich habe doch nur das ausgesprochen, was alle gedacht haben«, sage ich und hebe ergeben die Hände.

Der Anblick Lucas, der mit den Augen rollt und dabei immer noch ein Lächeln auf den Lippen hat, bringt mich beinahe dazu, was ganz anderes laut auszuplaudern.

Dass ich ihm gern das lächerlich enge Shirt vom Körper reißen will. Dass wir, wenn er mich lassen würde, keinen Fuß in diese Party setzen würden, weil ich den ganzen Abend mit ihm beschäftigt wäre.

Aber natürlich behalte ich das für mich, weil ich ihn nicht verschrecken will. Weil ich mittlerweile nur froh bin, wenn wir überhaupt Zeit miteinander verbringen. Die letzten Wochen haben wir uns so gut wie gar nicht gesehen. Und wenn, dann haben wir nur darüber geredet, was ich vom Leben will. Studieren? Arbeiten? Eine Ausbildung?

Ich weiß es nicht. Habe keine Ahnung, was ich wirklich machen möchte, weil ich immer das tun musste, was meine Eltern sich gewünscht haben. Denen ich noch nichts von meiner Arbeitslosigkeit erzählt habe. Aber es ist nur eine Frage der Zeit, bis das rauskommt. Und wahrscheinlich wäre es besser, wenn ich selbst mit ihnen reden würde. Die letzten Wochen haben mir dafür aber sowohl Energie als auch Lust gefehlt.

Außerdem sind die Besuche meistens so negativ gewesen und meine Mutter hat mich nur kritisiert. Ich würde wahrscheinlich nicht zu Wort kommen, selbst wenn ich wollen würde.

Jedes Mal habe ich Luca ein bisschen mehr vermisst. Die Gespräche mit ihm. Die *Mario-Kart*-Schlachten. Die Nächte, die ich nicht allein verbringen musste.

Aber er war kaum zuhause. Und im Gym habe ich ihn auch nie angetroffen, dabei war ich vier bis fünf Mal die Woche dort. Häufiger als sonst, aber gerade habe ich ja auch nichts Besseres zu tun, als mein Bein fit zu bekommen, um so schnell wie möglich wieder auf dem Eis zu stehen.

Aber bevor ich ihn noch weitere Minuten anstarren kann, geht die Haustür endlich auf und Gruber ist zurück.

»Überraschung«, rufen ein paar aus dem Team, aber Grubers Ausdruck macht klar, dass er damit gerechnet hat. Joris' Gesicht läuft rot an und er formt ein stummes »Sorry« mit den Lippen.

Williams ist der Erste, der unseren verlorenen Teamkapitän in die Arme geschlossen hat, bevor wir alle einen Kreis bilden und uns aneinander festhalten. Ich habe das vermisst. Wahrscheinlich mehr als die Zeit auf dem Eis. Das Gefühl von Zusammensein und Zugehörigkeit.

»Jetzt reicht's aber langsam«, kommt es lachend von Gruber und wir trennen uns.

Ganz vielleicht streife ich beim Loslassen Lucas Nacken. Unabsichtlich natürlich nur. Aber ich komme damit nicht davon. Er tut nicht so, als wäre nichts passiert. Nein. Er schaut mich lange an. Unsere Blicke verfangen sich ineinander und ich kann seinen nicht deuten. Weiß nicht, ob er es mochte oder unangebracht fand. Habe keine Ahnung, ob ich damit eine weitere Grenze überschritten habe.

Dann wird sein Ausdruck weicher und seine grünen Augen glitzern fast. Vielleicht merkt er es ja auch. Diese Hitze, die plötzlich in meinem Körper herrscht. Das nervige Bauchkribbeln, das ich seit Monaten in seiner Nähe verspüre.

»Sorry«, sage ich, weil ich ihn noch ein bisschen länger anschauen will, ohne dass es komisch wird.

»Kein Problem«, erwidert er und fährt sich mit den Fingern durch die blonden Locken.

Meine Aufmerksamkeit wird von den Tattoos auf seinen Armen eingefangen. Um seinen Unterarm wickelt sich eine Schlange, deren Kopf in seiner Ellenbeuge endet.

»Arslan, du sabberst«, kommt es von Chiara. Ich zeige ihr den Mittelfinger, bevor ich den Blick von Luca und seinem Arm abwende.

»Arsch«, sage ich in ihre Richtung, woraufhin sie mir einen Luftkuss schenkt.

»Wer austeilt, muss auch einstecken können«, kommentiert Fink und legt seine Arme von hinten um Chiara.

Selbst nach den Monaten, die die beiden jetzt schon zusammen sind, sind sie immer noch eklig verliebt.

»Holt euch ein Zimmer.«

»Neidisch, Arslan?«, entgegnet Fink und zwinkert mir zu. Ich tue ihm nicht den Gefallen und schaue noch mal zu Luca. Ja, ich bin neidisch. Aber nur darauf, was die beiden haben. Dabei konnte ich mir die letzten Jahre nicht mal ansatzweise vorstellen, eine Beziehung mit jemandem führen zu wollen. Ich mochte es, frei zu sein. Spaß zu haben.

Aber seitdem ich diese nervigen Gefühle für Luca habe, fühlt sich Alleinsein einsam an und nicht mehr nach Freiheit.

»Pizza und Getränke sind in der Küche, aber du kannst natürlich die Sachen auch erst mal in deinem Zimmer ablegen.« Williams steht immer noch bei Gruber, der sich eigentlich kaum verändert hat. Er hatte schon, bevor er nach Neuseeland ist, eine beruhigende Ausstrahlung. Das war einer der Gründe, warum wir ihn zum Kapitän gewählt haben.

»Joris bleibt hier, sonst sehen wir dich den ganzen Abend nicht«, kommt es von Fink.

»Ich weiß gar nicht, warum ich euch vermisst habe.« Gruber schüttelt lachend den Kopf und zieht Joris an der Hand näher zu sich. Dann küsst er ihn, ohne mit der Wimper zu zucken oder uns einen zweiten Blick zu schenken.

»Diese ständigen Liebesbeweise habe ich nicht vermisst«, kommentiert Jolene und verdreht gespielt genervt die Augen.

»Gib's zu, Babe, du freust dich doch eigentlich für Joris, dass Malte endlich wieder zurück ist«, erwidert Romy, Jolenes Freundin.

»Vielleicht.« Dem liebevollen Blick nach zu urteilen, den Jolene Joris schenkt, lügt sie. Ich habe die schräge Verbindung der beiden auch nach über einem Jahr immer noch nicht gecheckt.

Ich weiß nicht, ob mich der Unfall, der Jobverlust oder das Verknalltsein in Luca zu so einem Menschen gemacht haben, aber ich ertrage diese ganze Liebe im Raum nicht mehr.

Chiara und Fink, die gegenüber von mir kuscheln. Jolene und Romy, die sich Blicke zuwerfen, dass es mich wundert, dass der Raum nicht schon in Flammen steht. Und dann Joris und Malte, die sich seit Monaten nicht gesehen haben und sich gegenseitig mit Pizza füttern.

Dabei mag ich diese Menschen und bin glücklich, wenn sie es sind.

»Eigentlich sahen meine Tage die letzten Monate immer gleich aus: Yoga, surfen, ein paar Stunden in der Strandbar arbeiten, Sonnenuntergänge auf dem offenen Meer anschauen und feiern. Und jede Gelegenheit nutzen, die wichtigste Person in meinem Leben anzurufen«, erzählt Gruber und schaut dabei so sehnsüchtig zu Joris, dass mein Magen sich krampfhaft zusammenzieht.

»Du hast nicht verraten, dass du dein Handy fast verloren hättest, als du mich vom Surfboard angerufen hast.« Joris' offenes und glückliches Lachen ist anders als das der letzten Monate. Ich bin mir nicht mal sicher, ob ich ihn überhaupt lachen gesehen habe. Er trägt immer so eine Ernsthaftigkeit mit sich. Ich kenne kaum jemanden, der so ambitioniert ist wie er. Aber heute wirkt er irgendwie freier. Wobei, so oft habe ich ihn die letzten Monate auch nicht getroffen, dass ich das beurteilen könnte.

Als Romy und Jolene anfangen, miteinander zu knutschen, und Hecker bei ihrem Anblick beinahe die Augen aus dem Kopf fallen, verlasse ich die Küche, in der sowieso zu viele Menschen abhängen.

Ich schließe meine Schlafzimmertür hinter mir und werde für einen Moment erschlagen von der Stille. Von dem nicht vorhandenen Gemurmel der anderen. Dem Anblick ihrer Liebe.

Wann bin ich eigentlich zu so einem Arschloch geworden?

Ich muss dringend über diesen Luca-Crush hinwegkommen, sonst werde ich irgendwann die liebsten Menschen in meinem Leben verstoßen. Dabei sind sie meine Familie. Zumindest die einzige, die mich so nimmt, wie ich bin. Also sollte ich mich ihnen gegenüber auch so verhalten und nicht fliehen, obwohl ich Gruber seit Monaten nicht gesehen habe.

Ich mache ein paar Schritte in den Raum.

Okay, ich bleibe nur wenige Minuten hier, damit das eklige Gefühl in meinem Magen abnimmt. Dann gehe ich wieder da raus und drücke Gruber so fest ich kann, um ihm zu zeigen, dass ich wirklich froh bin, ihn wieder hier zu haben.

Das Klopfen an meiner Tür reißt mich aus der Standpauke, die ich mir im Geiste gegeben habe.

Ich drehe mich um, und Luca steht im Türrahmen.

»Kann ich reinkommen?«, fragt er.

»Ja«, erwidere ich, ohne seinen Blick loszulassen.

Er schließt die Tür und kommt ein paar Schritte auf mich zu.

»Alles gut?«

Bis auf die Tatsache, dass mein verfluchtes Herz jedes Mal viel zu schnell schlägt, wenn du in meiner Nähe bist, und ich die Liebe meiner Freunde nicht mehr ertrage? Alles peachy.

»Jap.«

»Sicher?«

»Warum bist du hier, Luca?«

Er zuckt kurz zusammen und ich weiß nicht, ob es an meiner Frage, meinem Tonfall oder daran liegt, dass ich ihn mit dem Vornamen angesprochen habe. Manchmal starrt er mich dann für einen längeren Moment an. Oder reagiert so wie gerade.

»Kann ich dir was erzählen?«, fragt er.

Vielleicht will er erklären, warum wir uns seit Wochen nicht mehr gesehen haben? Seit der Party nach unserem ersten Spiel. Da wollte er schon mit mir reden. Und ich bin ganz ehrlich. Ich habe damals für einen kleinen Augenblick gedacht, dass er das auch fühlt. Das

Prickeln auf der Haut, sobald wir zusammen sind. Das Kribbeln. Das Herzrasen.

Aber die Hoffnung hat nur ein paar Tage angehalten. Tage, an denen ich ihn nicht mal gesehen habe.

»Klar«, antworte ich und lasse meine Hände ganz gechillt in den Taschen meiner Sporthose verschwinden. So, als würde mich seine Nähe nicht aus der Ruhe bringen.

»Ich weiß ehrlich gesagt nicht genau, wo ich anfangen soll.« Er legt den Kopf in den Nacken und ein verzweifeltes Lachen schwebt zwischen uns.

»Luca«, sage ich leise und mache einen Schritt auf ihn zu.

»Meine Mutter ist Alkoholikerin.«

Okay.

»Das erklärt … einiges.« Seine Reaktion im Sommer, als ich in der Küche den Shot vor mir hatte. Die Streitereien, die letztes Jahr immer eskaliert sind. Dass er es nicht schafft, mir zu vertrauen, und darauf bestanden hat, mich zu den Treffen zu begleiten. Aber vielleicht ist zumindest der Punkt besser geworden, weil er schon seit Wochen nicht mehr mit mir hin ist.

»Ja. Ich bin aufgewachsen mit einer Mutter, die die Flasche immer mehr geliebt hat als ihre eigenen Kinder. Während sich in anderen Familien der Tagesablauf nach den Schulbesuchen oder den Hobbies der Kinder richtet, war unsere Agenda die Sucht. Ich habe die Worte ›Ich bin trocken‹ häufiger gehört als ›Ich bin stolz auf dich‹.« Er macht eine Pause. Keine Ahnung, ob für mich oder für ihn. »Ich bin also voreingenommen und unfair dir gegenüber gewesen.«

»Luca, ich versteh–«

»Lass mich bitte fertig erzählen, okay?« In seinen grünen Augen liegt so viel Gefühl, dass ich mein Herz innerlich anschreien muss, nicht aus meiner Brust zu springen.

Er wird mich nie so mögen können wie ich ihn.

»Die letzten Wochen waren nicht einfach, weil sie sich wieder gemeldet hat. Erst bei meiner Schwester Kaya und dann bei mir. Ich habe ihre Anrufe ignoriert, während meine Schwester sich *Hoffnungen* gemacht hat, darauf, dass sie es dieses Mal ernst meint.« Nie hat sich Hoffnung hoffnungsloser angehört. Und ich kann jede Silbe nachempfinden. Weil ich mit diesem Gefühl lebe, seit meine

Hände in seiner Nähe jedes Mal zu zittern anfangen, weil sie ihn berühren wollen.

»Kaya hat sich mit ihr getroffen. Alles lief gut. Sie haben sich noch öfter gesehen. Bis … das Gleiche passiert ist wie immer. Sie hat angefangen, Kaya um Geld zu bitten. Erst kleine Summen, weil Anneliese natürlich kaum noch welches hat und etwas braucht für Essen, Friseurbesuche und Kleidung. Kaya hat mir nichts davon erzählt, weil Hoffnung einfach scheiße ist. Wie erwartet, ist sie rückfällig geworden. Ist total betrunken bei Kaya aufgetaucht. Zu jeder Tages- und Nachtzeit. Unsere Mutter hat Kaya unter Druck gesetzt, sie mit ihrer Liebe erpresst und hat sich genauso verhalten wie unsere gesamte Kindheit über.« Er starrt an die Decke und ich weiß nicht, was ich machen soll. Ob ich was sagen soll, obwohl er noch nicht fertig ist. Ob ich nach seiner Hand greifen soll, nur um ihm nicht das Gefühl zu geben, dass er damit allein ist.

»Die letzten Wochen waren ziemlich hart, weil ich für Kaya da sein wollte und ihr dabei geholfen habe, eine neue Wohnung zu finden. Deswegen bin ich an dem Abend in der Wagnerstraße gegangen, bevor wir reden konnten. Kaya brauchte mich, weil Anneliese in ihre Wohnung eingebrochen ist. Wobei sie wusste, wo der Schlüssel lag, also war es streng genommen kein Einbruch.«

Ich weiß nicht, wann wir das letzte Mal so viel geredet haben, aber ich mag es, dass er mir den Teil seines Lebens anvertraut. Auch wenn ich den leidenden Ausdruck auf seinen schönen Gesichtszügen kaum ertrage.

»Danke, dass du mir davon erzählt hast. Aber du bist mir keine Rechenschaft schuldig, warum du gegangen bist.«

»Das Gespräch mit dir war mir verdammt wichtig, aber es wäre egoistisch gewesen, meine Gefühlswelt über die Bedürfnisse meiner Schwester zu stellen. Sie war die letzten Jahre immer für mich da und ich wollte ihr das einmal zurückgeben.«

Irgendwie ist mein Geist bei *Gefühlswelt* hängengeblieben. Ich kann seinen Blick nicht deuten. Er hat mir eben mehr als deutlich vor Augen geführt, dass Hoffnung gefährlich und dumm ist. Trotzdem kann ich die leise Stimme in meinem Inneren nicht aufhalten, die mir zuflüstert, dass da vielleicht doch mehr zwischen uns ist.

»Es tut mir leid, dass ich dich irgendwie immer für ihre Fehler verantwortlich gemacht habe. Dabei bist du kein Stück wie sie. Du bist seit einem Jahr trocken und hast so oft bewiesen, dass du mehr bist als die Sucht. Es tut mir leid, dass ich so lange gebraucht habe, das zu sehen.«

»Ich verzeihe dir, Luca«, entgegne ich sanft und mache noch einen Schritt auf ihn zu. Wir sind uns so nah wie schon lange nicht mehr. Ich kann all die verblassten Sommersprossen auf seinem Nasenrücken sehen. Die zwei silbernen Nasenpiercings, die im Licht meines Zimmers hervorgehoben werden.

Wir schauen uns für einen Moment an, ohne dass einer von uns was sagt. Keine Ahnung, ob er es auch spürt. Das aufgeregte Knistern, das in der Luft liegt. Das Kribbeln, jedes Mal, wenn er den Blick über meinen Körper wandern lässt. Mein Blick hängt schon viel zu lange an seinen vollen Lippen.

»Worüber wolltest du mit mir an dem Abend reden?«

29

Luca Jenssen

Alles riecht nach Kian. Sein Atem streicht über meine Lippen und ich habe keine Ahnung, was ich mit dem Herzklopfen anfangen soll, das seine Nähe in mir auslöst. Aber vielleicht ist es gut, dass mein Blut irrsinnig schnell durch meinen Körper rast, und verhindert, dass ich einen Rückzieher mache. Dass ich zu lange darüber nachdenke, ob das hier der richtige Augenblick ist. Ich habe mir schon einmal die Chance entgehen lassen, mutig zu sein. Ein zweites Mal wird mir das nicht passieren.

»Ich sehe dich, Kian. Dich und nicht meine Vergangenheit.« Meine Stimme ist leise. Wird übertönt von dem Rauschen in meinen Ohren.

Ich versinke in seinen dunklen Augen. Hat er verstanden, was ich ihm sagen will? Dass ich mir wünsche, dass er endlich die letzten Zentimeter überbrückt und mich küsst. Dass er mir die Angst nimmt, dass Berührungen mit ihm genauso sind wie mit allen anderen.

»Luca, ich will das hier nicht verkacken. Du musst mir also sagen, wie du das meinst«, verlangt er. Seine raue Stimme löst eine Gänsehaut aus, die mir den Rücken hinunterrieselt.

Sein Blick ist so intensiv, dass ich für einen Moment die Augen schließen muss. Aufgeregte Vorfreude brennt sich durch meinen Körper. Gleichzeitig versuche ich, mein Herz und meine Atmung irgendwie zu beruhigen.

Aber ich scheitere auf gesamter Linie.

»Ich …« Dann öffne ich die Lider. Der Blick in seinen Augen ist hungrig.

Mein Schwanz ist hart, seit du das Shirt im Tattoostudio ausgezogen hast.

Du bist so verflucht heiß, Luca.

Er sieht mich genauso an wie im Studio. Wie abends, als ich ihn angefleht habe, bei ihm übernachten zu dürfen. Und genau wie damals ist da keine Übelkeit in meinem Körper, wenn ich daran denke, was ich von ihm will. Dass ich endlich erfahre, wie sich seine Hände auf mir anfühlen.

»Sag es«, verlangt er heiser.

»Küss mich.«

Ein Lächeln legt sich auf seine Lippen. Bevor es sich anfühlt, als würde die Zeit stehenbleiben. Seine Fingerspitzen geistern über mein Gesicht.

Aber zwischen Herzrasen, Kribbeln und dem lodernden Feuer in meinem Inneren ist kein Platz für Übelkeit.

Als er seine Hand endlich in meinen Nacken legt, verlässt ein Seufzen meine Lippen. Ich muss dagegen ankämpfen, die Augen zu schließen, weil ich nichts verpassen will. Nicht, wie das heiße Glitzern in dem dunklen Braun sanfter wird. Nicht, wie sich seine langen, dunklen Wimpern senken. Wie sein heißer Atem über meine Haut streicht, bevor sein Mund endlich meinen berührt.

Kian zu küssen, ist anders als alles, was ich davor erlebt habe. Während ich das in der Vergangenheit nur hinter mich bringen wollte, wünsche ich mir gerade, dass es nie endet.

Dass er nicht aufhört, mit seinen Lippen über meine zu streichen. Ich will mehr. Auch wenn ich nicht weiß, was *mehr* sein wird, weil mein Körper jetzt schon in Flammen steht.

Ich komme nicht hinterher. Klammere mich an seine Hüfte und ziehe ihn noch ein Stück zu mir, bis wir uns überall berühren. Aber es ist immer noch zu wenig. Seine Finger sind zu zaghaft. Seine Küsse zu sanft. Sie erinnern mich an all die flüchtigen Bekanntschaften der letzten Jahre. An die Gründe, warum ich damit aufgehört habe.

Aber ich will ihm das nicht sagen. Nicht nach mehr verlangen, wenn wir gerade erst angefangen haben. Wenn sich alles nach ihm anfühlt.

Er drückt sein Becken gegen meins und ich habe kurz Angst, zu fallen. Bis ich seine Härte spüre und nicht mehr weiß, was ich vor einer Sekunde gefühlt habe.

»Shit«, sagt er und löst sich von mir.

»Warum hörst du auf?« Ich öffne erst verzögert die Augen und kann seinen Blick nicht richtig deuten.

Es sieht fast wie Verzweiflung aus.

»Du magst es nicht, oder?« Er macht einen Schritt zurück und ich vermisse augenblicklich seine Wärme an mir. Seine Nähe. Seinen Geruch. Seinen Geschmack.

»Ich hab es definitiv gemocht.«

»Aber du …«, beginnt er und schaut dann an sich runter. In der grauen Jogginghose ist nicht zu übersehen, wie sehr er es mochte. Nicht, dass ich daran gezweifelt habe, schließlich habe ich seine Erektion gespürt.

»Ich habe ehrlich gesagt keine Ahnung, wie es weitergeht. Was du magst und was nicht. Wo deine Grenzen sind. Ich … Wir müssen nicht miteinander schlafen. Auf keinen Fall —«

»Kian«, unterbreche ich ihn und lege meine Hand auf seinen Unterarm, weil ich den Kontakt brauche.

»Ich habe einen Ständer und du nicht.« Seine Stimme klingt frustriert. Er fährt sich mit der freien Hand durch die Haare und übers Gesicht.

Ich versuche, ein Lachen zu unterdrücken, weil ich nicht will, dass er sich nicht ernst genommen fühlt.

»Ich brauche ein bisschen mehr, damit sich da was tut. Zumindest glaube ich das, weil das für mich alles Neuland ist.«

»Dass ich ein Kerl bin.«

»Das auch. Aber vor allem, dass ich es mochte, dich zu küssen. Sehr.«

Endlich ist Kians Lächeln zurück und lässt seine Augen strahlen.

»Du weißt nicht, wie oft ich mir das schon ausgemalt habe. Deinen Mund auf meinem. Meine Hände, die über deinen Körper streichen.« Der Ausdruck in seinem Gesicht wird verlangender, bevor er endlich seinen Worten Taten folgen lässt.

Mit den Fingern fährt er über meine Kopfhaut und verfängt sich immer wieder in meinen Locken.

»Fester«, verlange ich und lasse ihn dabei nicht aus den Augen. Verpasse nicht, wie sich seine Lust in Hunger wandelt.

Als er nach meinen Haaren greift und meinen Kopf ein Stück nach hinten zieht, verlässt ein Stöhnen meine Lippen.

»Gott, Luca, du bist so heiß.«

Ich weiß nicht, ob es seine Stimme oder seine Berührungen sind. Oder eine Kombination aus beiden, die mein Blut endlich in die richtige Richtung fließen lassen.

Er schiebt sein Bein zwischen meine. Ich stolpere beinahe, aber er gibt mir mit seinem festen Griff Halt.

»Fuck«, stöhnt er, weil er wahrscheinlich meine wachsende Erektion spürt.

Nur Augenblicke später beißt er mir in die Lippe und ich falle, ohne Boden unter den Füßen. Als er mit der Zunge über die Stelle streicht und wenig später meine berührt, fühlt sich mein Körper immer noch schwerelos an. Anders, als ich ihn kenne. Mein Herz bricht beinahe aus meinem Brustkorb, während sich Erregung durch jede meiner Zellen brennt.

Mein Becken bewegt sich wie von selbst an seinem Oberschenkel. Aber die Berührung ist viel zu wenig.

»Sag mir, was du brauchst«, murmelt er.

Doch bevor ich ihm in die Augen schauen kann, hat er seinen Kopf gesenkt und streicht mit den Lippen über meinen Hals. Zu zart. Zu langsam. Zu locker.

Mit den Händen fahre ich über seine Brust, seinen Bauch, bis ich bei seiner Hose angekommen bin. »Kann ich?«, frage ich und streiche am Bund entlang.

»Alles, was du willst«, erwidert er atemlos.

»Alles?«, hake ich nach und warte nur darauf, dass er mich wieder anschaut. So, als bräuchte mein Körper eine Erinnerung, dass es Kian ist. Dass es keine fremden Hände sind. Keine unbekannten Küsse.

»Du kannst alles mit mir anstellen, *Luca*. Hauptsache, du fängst endlich an.« Seine Stimme klingt verzweifelt.

Er greift nach meiner Hand und legt sie auf die Ausbeulung in seiner Jogginghose.

Auf seinen dunkelrotgeküssten Lippen liegt ein anzügliches Grinsen. Auch wenn ich weiß, dass er mich damit nicht herausfordern will, fühlt es sich ein bisschen so an.

Aber vielleicht lebe ich gerade auch für dieses aufgeregte Prickeln, das in meinem Magen aufsteigt und sich ganz anders anfühlt, als ich es kenne.

Ich schlüpfe mit den Fingern unter seinen Hosenbund. Streiche über die Haare und spüre, wie er unter meinen Berührungen erschaudert. Dabei lasse ich ihn nicht aus den Augen. »Sicher?«

Ein zustimmendes Seufzen verlässt seine Lippen.

»Worte, *Kian*«, murmele ich, während meine Hand tiefer gleitet.

»Fass meinen Schwanz an. Bitte.« Keine Ahnung, ob es an seinem flehenden Tonfall liegt. Oder daran, dass ich es nicht mag, unerfahrener zu sein. Aber meine Pläne, die ich hatte, verwerfe ich. Weil ich das High noch einen Moment länger genießen will. Weil ich keine Lust habe, dass es aufhört. Weil ich noch nie so erregt war wie mit Kian.

Also lege ich meine Finger nicht um seinen Schwanz, sondern schiebe seine Hose nach unten, während ich mich auf die Knie gleiten lasse.

»*Luca.*« Ich weiß nicht, wo ich zuerst hinschauen soll. In seine weit aufgerissenen Augen, oder zu seinem Ständer, der nur Zentimeter vor meinem Gesicht nach oben ragt.

Mein Körper scheint nicht aufzuhören, Adrenalin, Dopamin und Endorphine zu transportieren, anders kann ich es mir nicht erklären, dass ich mit der Zunge über die Unterseite seiner Erektion streiche, ohne Angst davor zu haben, irgendwas falsch zu machen.

Eigentlich ist es das allererste Mal, dass meine Gedanken sich nur darum drehen, ihn zum Kommen zu bringen. Nicht aus den üblichen Gründen. Nicht, weil ich will, dass es endlich vorbei ist. Sondern weil ich sehen will, wie ich seine Welt aus den Angeln hebe, so wie er es nur mit dem Kuss bei mir getan hat.

»Sprich mit mir.« Ich halte seinen Blick, während meine Zunge weiterhin langsam über die zarte Haut streicht.

»Du hast gesagt, du magst keinen Sex. Wie kann es sein, dass du es dann so gut beherrschst … *Fuck.*«

Als ich mit meiner Hand seine Länge umgreife, verlässt ein lautes Stöhnen seinen Mund. Aber ich denke nur eine Sekunde darüber nach, dass uns jemand hören könnte, bevor ich zum ersten Mal die Lippen um ihn schließe.

Meine freie Hand lege ich an seinen Oberschenkel und lehne mich noch ein Stück nach vorn. Er schmeckt ungewohnt. Anders. Trotzdem wirkt alles vertraut. Nicht eine Sekunde fühlt sich seltsam an.

Ich fahre mit den Fingerspitzen über die haarige Innenseite seines Oberschenkels, bis er unter mir erschaudert.

»Ich habe nie was Heißeres gesehen, als dich auf Knien vor mir.« Seine Stimme ist heiser und ich liebe alles, was sie in mir auslöst. All die Wärme, das Kribbeln und das Herzrasen.

Ich lege den Kopf in den Nacken und ertrinke in seinem erregten Blick. Er verdreht die Augen, als ich mit der Zunge über den Spalt auf seiner Eichel fahre.

»Hör nicht auf«, sagt er und streicht mit den Fingerspitzen durch meine Locken.

Ich unterdrücke das Stöhnen nicht, als er sich fester in meinen Haaren vergräbt.

»O Gott, Luca.« Er bewegt sein Becken in zu kurzen, abgehackten Bewegungen. Ich versuche, mehr von ihm aufzunehmen, aber er lässt mich nicht. Sein Rhythmus ist ein anderer als meiner. Als er das nächste Mal meine Lippen verlässt, schaue ich zu ihm. »Hör auf, dich zurückzuhalten.«

Der verträumte Ausdruck in seinen Augen wird für einen Moment klarer. Ernster. »Luca —«

»Kian, ich bin kein Fan von sanft. Also wenn dir das nichts ausmacht … ich habe meine Nase zum Atmen.«

Seine Wimpern senken sich langsam. Wahrscheinlich bin ich zu weit gegangen. Wer verlangt so was? Das ist nicht normal.

Doch als er mich einen Moment später anschaut, sind meine Unsicherheiten verflogen, weil nur noch Verlangen, Lust und Hunger in dem dunklen Braun seiner Augen zu sehen sind.

»Sicher?«

»Absolut.«

Keine Ahnung, was zwischen uns passiert. Ob er es auch merkt. Spürt, wie die Luft vibriert. Wie mehr Adrenalin als Sauerstoff im Raum zu sein scheint.

Kian umschließt mit seiner Hand meine und führt seinen Schwanz an meine Lippen. Ich komme seiner unausgesprochenen Bitte nach. Lasse meinen Kopf noch ein Stück in den Nacken fallen. Keiner scheint den Blickkontakt brechen zu wollen.

Er bewegt sich langsam. Zu vorsichtig. Ich versuche, was zu sagen, aber nur gurgelnde Laute verlassen meine Lippen.

»Hätte ich gewusst, dass ich dich so leicht zum Schweigen bringen kann, hätte ich das schon vor Monaten vorgeschlagen.« Er zwinkert mir zu und legt die zweite Hand auch an meinen Hinterkopf.

»Wenn es dir zu viel wird, will ich, dass du meinen Oberschenkel fester drückst. Hast du das verstanden, Luca?«

Brennende Vorfreude schießt durch meinen Körper. Ich nicke, mit seiner Erektion in meinem Mund.

»Gott, du bist … so schön«, sagt er und hält für einen Moment inne, so als müsste er sich vergewissern, dass das hier wirklich passiert.

Den ersten Stoß sehe ich nicht kommen. Es ist unangenehm. Zieht und mein Körper versucht, sich gegen das Eindringen zu wehren. Aber jahrelange Übung scheint sich auszuzahlen, weil ich bei den nächsten beiden Bewegungen vorbereitet bin. Weil ich für Momente meine Augen schließe und mich fallen lasse. Mich entspanne und nur auf ihn konzentriere. Nicht auf das allzu bekannte Gefühl von aufsteigender Übelkeit.

Ich atme durch die Nase. Passe mich seinem schnellen Rhythmus an.

Ich verliere mich in dem Anblick. Der Ekstase auf seinen Gesichtszügen. Vergesse mich im Moment und höre nur noch ihn. Sein Atmen. Sein Stöhnen. Seine geflüsterten Lobpreisungen.

»Du bist unglaublich.«

»Luca.«

»Wenn du wüsstest, wie sich dein Mund anfühlt.«

»Shit. Spürst du, wie weit ich komme.«

Meine Sicht verschwimmt. Atmen wird immer schwerer.

Aber ich liebe jede einzelne Sekunde. Lust, Angst und Verlangen, die durch meinen Körper heizen.

Meine freie Hand schiebe ich in meine Hose. Mein Kopf ist leise. Für einen Moment spüre ich nichts. Sehe Schwarz.

»Ich komme … Ich … Du.« Kians Stimme klingt weit weg. Hitze schießt plötzlich durch meinen Körper. Breitet sich über meiner Handfläche aus. Bringt jedes Molekül zum Singen.

Ich schnappe nach Luft und verschlucke mich Sekunden später beinahe. Ich schlucke reflexartig alles, was er mir gibt, und dann falle ich.

30

Kian Arslan

Luca kippt zur Seite und ich schaffe es gerade so, ihn mit meinen Händen zu stabilisieren und selbst auf die Knie zu gehen.

»Luca?« Vergessen ist der beste Orgasmus meines Lebens, weil das Hochgefühl von Panik abgelöst wird.

»Alles gut«, murmelt er und krallt sich an meinem Shirt fest. Ich lege meine Arme um ihn und ziehe seinen Körper an meine Brust.

Wie konnte ich zulassen, dass das passiert?

Wir haben uns zum ersten Mal geküsst und das hat mir nicht gereicht? Ernsthaft?

Er wollte es.

Aber ich hätte verantwortungsvoller sein sollen.

»Holy shit, war das gut«, sagt er und es kommt endlich Bewegung in seinen Körper.

»Was?«, frage ich, als er sich von mir trennt und mich mit rotgeränderten Augen anschaut. Auf seinen Wangen sind getrocknete Tränen. Sein Mund sieht wund aus. Aber der Ausdruck auf seinen Gesichtszügen wirkt so selig und entspannt, als hätte er gerade einen Urlaub hinter sich und wäre nicht fast an meinem Schwanz erstickt.

Sein verträumter Blick wird ganz schnell ein besorgter, als er mich länger mustert.

»Du wolltest das nicht.« Ihn küssen? Mit ihm schlafen? Ihn auf Knien sehen?

»Fuck, bist du überhaupt gekommen?«, frage ich.

Wie sympathisch geht's eigentlich noch? Seit Monaten will ich von Luca mehr als Sex. Mehr als Freundschaft. Definitiv mehr als Feindschaft. Aber sobald sich mir die erste Gelegenheit bietet, schaffe ich es nicht, meinen Schwanz in der Hose zu lassen.

»Ja, bin ich«, erwidert er und grinst breit und stolz zu seinem Schoß.

»Wieso bist du so … gechillt?«

»Weil ich zum ersten Mal Sex haben konnte wie jeder andere.« Sein Lächeln wird matter und das Leuchten in seinen Augen verschwindet.

»Aber dir hat es nicht gefallen, oder?«, fragt er leise und weicht meinen Blicken aus. Obwohl er mir so nah ist, fühlt es sich an, als wären wir weit voneinander entfernt.

»Doch, aber –«

»Du hast gedacht, ich ersticke an deinem Sperma?«

»Ja. Ich bin froh, dass es nicht passiert ist«, erwidere ich und strecke meine Hand aus. Ich will ihn anfassen, weil ich den Abstand zwischen uns nicht mag. Weil ich keine Ahnung habe, was das war. Nur weiß, dass es in meinem Leben alles auf den Kopf gestellt hat.

Ich streiche ihm eine Locke hinter die Ohren, die nur einen Atemzug später wieder zurückfällt. Ich verharre noch einen Moment, darauf wartend, dass er mich aufhält oder sich von mir wegbewegt. Entgegen meiner Erwartung greift er nach meiner Hand und verschränkt unsere Finger miteinander.

»Ich –«, setzt er an, wird aber von einem wilden Klopfen an der Tür unterbrochen.

»Seid ihr da drin? Ich soll checken, ob ihr noch lebt.« Leander bleibt zum Glück draußen.

Ich schaue zurück zu Luca, der sich auf die Lippen beißt, um ein Lachen zu unterdrücken. Seine grünen Augen glitzern verschmitzt. Dann zwinkert er mir zu und ich kann mein Lachen nicht mehr zurückhalten. Wärme spült die angespannte Nervosität, die die ganze Zeit zwischen uns geherrscht hat, weg.

»Alles gut«, rufe ich laut genug, dass Leander mich verstehen muss. Und hoffentlich deutlich genug, dass er verschwindet.

»Vielleicht sollten wir da raus … und später reden?«, schlägt Luca vor, wobei seine Stimme zum Schluss hin unsicherer klingt.

»Okay.« Reden darüber, was war? Was aus uns wird? Steckt in *später* eine versteckte Ausrede für nie?

»Ich bräuchte allerdings eine Hose von dir«, sagt er und schaut noch mal zu seiner dunklen Hose, die am Bund klare Spuren dessen, was zwischen uns passiert ist, aufweist. Zumindest weiß ich so, dass er wirklich gekommen ist. Von mir kann es nicht stammen, weil er alles geschluckt hat.

Ich reiche ihm eine meiner Hosen, die er, den Rücken mir zugedreht, wechselt. Als wäre der Anblick seines nackten Hinterns und das Wissen, dass er ohne Unterwäsche in meiner Hose steckt, weniger verführerisch. Aber ich bemühe mich, zwischendurch immer wieder den Blick durch den Raum gleiten zu lassen und ihn nicht zu lange anzustarren.

»Bereit?«, fragt er und grinst mich schief an. Seinem Gesicht ist nichts mehr von dem anzusehen, was noch vor wenigen Minuten zwischen uns geschehen ist. Aber seine blonden Haare stehen zerzaust von seinem Kopf ab. Sein ordentliches Auftreten, wenn wir da rausgehen, ist der einzige Grund, warum meine Finger den Weg zurück in seine Locken finden. Nicht weil es mich an eben erinnert. Oder weil er dabei die Augen so genießerisch verdreht.

»Die sahen unordentlich aus«, sage ich und streiche noch mal durch seine Strähnen.

»Ja klar, *Kian*.« Ich werde nie aufhören zu lieben, wie er meinen Namen sagt. Atemlos. Vielsagend. Mehrdeutig.

Viel zu schnell ist der Moment vorbei und wir verlassen mein Zimmer. Während ich auf dem Weg zur Küche damit beschäftigt bin, mein Gesicht zur Ordnung zu rufen, halte ich gebührend Abstand zu Luca.

»Ah, da seid ihr ja.« Natürlich hat Leander im Flur auf uns gewartet. »Alles klar bei dir, Kian?«, fragt er und mustert mich besorgt. Was mich beruhigt, weil dann verrät mein Gesichtsausdruck nicht, dass ich gerade den heißesten Sex meines Lebens mit dem Mann meiner Tag- und Nachtträume der letzten Monate hatte.

»Alles gut«, antwortet Luca an meiner Stelle und macht einen Schritt zu mir. Er mustert mich einen Moment. Ich kann nicht deuten, was er jetzt von mir will. Weiß nicht, warum sein neutral-abgefuckter Ausdruck, den er Leander gegenüber immer an den Tag legt, plötzlich sanfter wird. Irgendwo in dem leichten Lächeln ist eine Frage für mich versteckt. Ich weiß es ganz genau, bin aber geblendet von seinem Anblick und abgelenkt von der Hitze, die wieder in meinem Körper aufsteigt.

Luca scheint irgendwo in meiner Mimik oder meiner Haltung eine Antwort gefunden zu haben, denn er greift nach meiner Hand und verschränkt unsere Finger miteinander.

Vielleicht bin ich in meinem Schlafzimmer gestorben und das hier ist nicht echt. Auch wenn sich alles danach anfühlt. Das Klopfen meines Herzens. Die Wärme in meinem Körper.

»Was?«, fragt Luca lachend und zieht mich einfach mit sich in die Küche.

Wir stolpern mitten in eine wilde *Rage-Cage*-Schlacht. Alles riecht nach Alkohol. Und es ist zum ersten Mal zu viel. Die prickelnde Wärme, die noch vor Sekunden in meinem Magen herrschte, ist wie weggeblasen. Selbst Lucas Hand in meiner kann das Verlangen nach etwas anderem nicht bremsen.

Er wirft mir einen Blick über die Schulter zu. Ich ringe mir ein Lächeln ab, weil sein Ausdruck zum ersten Mal seit viel zu langer Zeit frei wirkt. Unbekümmert und sorglos. Ich will unbedingt, dass das so bleibt und er sich keine Gedanken um mich machen muss.

Schließlich ist das jetzt mein Leben, seit ich mich entschieden habe, mich auf Alkohol und Drogen zu verlassen und mich ihnen immer zuzuwenden, um meine Probleme loszuwerden. Einmal ist keinmal. Und jedes Wochenende betrunken oder high zu sein, ist so schnell passiert, dass ich es erst nicht bemerkt habe und dann nicht realisieren wollte.

Deswegen stehe ich jetzt in der Küche zwischen all meinen Lieben und wünschte, ich wäre an einem anderen Ort. Oder könnte zumindest das Gefühl von Lucas Hand in meiner genießen. Dass er nicht gezögert hat, mich vor unseren Freunden anzufassen, obwohl er zum ersten Mal was mit einem Typen hat.

Luca ist wie ein Traum, der endlich wahr geworden ist, und alles, woran ich denken kann, ist der Geschmack von Wodka auf meiner Zunge. Daran, mich neben Williams zu stellen und einen Becher Bier nach dem anderen zu trinken. Betrunken zu sein. Frei zu sein. Mir keine Gedanken darüber machen zu müssen, dass ich keinen Job und keine Perspektive habe.

»Ist alles okay bei dir?« Lucas Atem streicht über die feuchte Haut an meinem Hals. Dabei ist es hier nicht mal so warm. Oder?

»Klar«, erwidere ich und zwinkere ihm zu.

»Wir haben nicht darüber geredet, ob das für dich okay ist, wenn die anderen davon erfahren«, sagt er und drückt meine Hand.

Ich will ihm nicht sagen, dass es die meisten im Raum wahrscheinlich schon wissen.

Ja, möglicherweise, hätte ich erst mal abgewartet, mir angeschaut, wo das mit uns hinführt, bevor alle davon erfahren. Schließlich bin ich ein Meister darin, Dinge zu zerstören, die mir wirklich was bedeuten. Auf der anderen Seite weiß ich nicht, wie lange ich noch auf Luca hätte warten können.

»Glaub mir, ich habe garantiert kein Problem damit, wenn der ganze Raum weiß, dass du mir gehörst«, murmele ich und schenke ihm ein verschlagenes Grinsen.

»Ist das so?«, haucht er und plötzlich steht mein Körper wieder kurz davor, allen zu zeigen, was ich gerade wirklich fühle. Fast vergessen ist der Geruch nach abgestandenem Bier.

»Wurde auch endlich Zeit«, kommentiert Williams so laut, dass die Luca-Blase platzt und mein Blick zu den Menschen an unserem Küchentisch wandert, die uns anstarren.

»Was?«, fragt Luca, lässt meine Hand aber nicht los.

»Kian ist seit Monaten in dich verknallt.«

»Wow, danke, Fink«, entgegne ich und schenke ihm einen genervten Blick.

»Erst seit Monaten? Dachte safe, dass zwischen den beiden seit letztem Jahr was läuft«, sagt Ulrich und schaut zu Schmitt, unserem Goalie, der nur mit den Schultern zuckt.

»Wo ist eigentlich Gruber?« Ich bin nicht bereit, auf irgendeine ihrer Aussagen einzugehen.

»Mit Joris verschwunden. Wahrscheinlich, um genau das gleiche zu tun, was ihr bestimmt nicht gemacht habt.« Williams Stimme trieft nur so vor Sarkasmus. Und irgendwo zwischen den Worten ist etwas Bitteres versteckt, was ich besser aufdecken könnte, wenn nicht alles nach Alkohol riechen würde.

»Ich würde sagen, wir haben Arslan und Jenssen genug an den Pranger gestellt. Wie wäre es mit einer neuen Runde?«

Ich werde mich bei Fink garantiert nicht dafür bedanken, auch wenn er mich entschuldigend anschaut.

»Jenssen, dabei?«, kommt es von Hecker, der schon den Ball für die nächste Runde in der Hand hält. Es ist nicht so, dass ich ein besonders großer Fan von Trinkspielen bin, aber wenn ich mir eins aussuchen dürfte, dann wäre *Rage Cage* meine Wahl. Ich mag die Schnelligkeit und liebe es, unter Druck den Tischtennisball in meinem Becher zu versenken, um selbst nichts trinken zu müssen oder einer anderen Person das nächste Bier zu bescheren.

»Ich passe«, entgegnet Luca und dreht sich wieder mir zu. »Wollen wir bleiben oder gehen?«

Dem Alkoholverlangen nach, das in jeder meiner Zellen brennt, sollten wir besser gehen. Aber ich hasse es. Und gleichzeitig liebe ich es, der Versuchung so nah zu sein. So kurz davor zu sein, doch noch mit einzusteigen, dass ich das Bier schon schmecke.

»Mir egal«, erwidere ich und zucke mit den Schultern. Tue so, als wäre ich super gechillt, dabei ist mein Körper so angespannt wie nie zuvor.

»Okay. Limo, Cola oder Eistee?«, fragt er und lässt meine Hand los, um zum Kühlschrank zu gehen.

»Eistee«, verlange ich und bemühe mich um ein Grinsen.

»Wieso läuft eigentlich keine Musik?«, fragt Gruber, der den Raum betritt, als wäre er nur fünf Minuten weggewesen.

»Weil wir nicht verpassen wollten, was in euren Zimmern so abgeht«, kommt es von Jolene, die neben Romy am Tisch steht und ihr ein High-Five für den Spruch gibt.

»Euren?« Gruber stellt eine Gegenfrage, anstatt darauf einzugehen, dass unsere Freunde offen zugegeben haben, uns belauscht zu haben.

»Stimmt, das war eigentlich falsch, weil nur aus Arslans und Jenssens Zimmer was kam.«

»Danke, Chiara, ich dachte, wir wären Freunde«, entgegne ich und nehme das Glas Eistee von Luca an. Der nicht mal rot wird, obwohl es gerade darum geht, dass alle mitbekommen haben, dass wir Sex hatten.

»Ihr glaubt doch nicht im Ernst, dass wir was hören konnten, während wir hier alle gespielt haben.« Ich weiß, warum ich Williams so mag.

»Danke, Mann«, sage ich und schenke ihm ein Lächeln.

Obwohl Williams die Situation geklärt hat und sich die meisten wieder dem Spiel zuwenden, kommt Gruber mit einem breiten Grinsen auf uns zu. Und es ist nicht so, dass ich es schön finde, dass jetzt alle Bescheid wissen und ihre Scherze über uns machen, doch ich weiß, dass das ihre Art ist, Liebe auszudrücken. Aber ich bin gerade so genervt von mir und der ätzenden Sucht, die lauter ist als meine Gefühle für Luca. Wie kann das bitte sein? Wir hatten eben den krassesten Sex meines Lebens und ich habe nicht eine Sekunde an was anderes gedacht. Und jetzt spüre ich davon nichts mehr. Da ist nur noch das beißende Bedürfnis und diese heimtückische Stimme, die nach einem Shot verlangt. Die mir zuflüstert, dass es nichts ändert, wenn ich mit den anderen mitfeiere. Dass ich morgen ja wieder verzichten kann.

»Ich freue mich so für euch.« Grubers Aussage ist die einzige Warnung, die kommt, bevor er die Arme um uns legt und uns an sich zieht.

Und ganz plötzlich ist alles zu viel. Und der Hass wird noch ein bisschen mehr. Das hier ist Gruber. Wenn ich einen besten Freund auswählen würde, dann wäre er es. Warum kann ich also nicht einfach den Moment genießen? Schließlich ist er monatelang nicht hier gewesen und ich habe ihn vermisst.

»Ich würde sagen, das reicht jetzt«, versuche ich mich scherzhaft aus der Umarmung zu drehen. Er lacht, also scheine ich überzeugend gewesen zu sein. Bis mein Blick zu Luca wandert, der mich mit hochgezogenen Augen betrachtet.

Ich bemühe mich um ein Lächeln und hoffe, dass er keine Fragen mehr stellt. Dass er mich einfach in dem Sumpf aus Sucht und Vorwürfen allein lässt.

31

Luca Jenssen

Irgendwas ist anders, aber ich kann nicht genau sagen, was. Was vielleicht auch daran liegt, dass ich inständig hoffe, dass es nicht mit dem Blowjob zusammenhängt, weil ich den sehr gern noch mal wiederholen würde.

Kian war die ganze Zeit angespannt, als wir in der Küche mit den anderen waren. Seine Hand hat immer mal wieder gezittert und war ungewöhnlich feucht.

Ich rechne also damit, dass er mich in mein Zimmer schickt. Dass er Zeit für sich braucht. Dass das vor wenigen Stunden nur ein kleines Abenteuer für ihn war und er jetzt mit mir fertig ist. Wenn es sich für ihn so angefühlt hat wie der Sex, den ich vor ihm immer hatte, dann kann ich es ihm auch nicht verdenken. Ich hatte bisher noch nie Wiederholungsbedarf.

»Willst du … heute Nacht noch mal hier schlafen?«, fragt er dann, als wir vor seiner Tür enden. Seine Finger sind immer noch mit meinen verschränkt.

»Ja, weil wir dringend mal reden sollten.«

»Oh-oh, Arslan, das klingt nicht gut«, mischt sich Ulrich in unser Gespräch ein.

»Danke für deinen wertvollen Kommentar«, entgegne ich und schubse ihn leicht.

»Du hast zu tief ins Glas geschaut, Ulrich. Lass uns nach Hause gehen.« Williams legt ihm den Arm um die Schultern und zieht ihn in Richtung Haustür, während wir immer noch vor Kians Zimmer stehen.

Ich kann seinen Ausdruck nicht deuten. Dafür aber seine Körperspannung. Langsam mache ich noch einen Schritt auf ihn zu, bis ich so nah vor ihm stehe, dass ich seinen Atem auf meinen Lippen spüre. Dabei ist es mir total egal, dass immer noch Leute in der Wohnung sind, die hier nicht wohnen. Dass Jolenes laute Stimme, wie sie Romy zu einer Wette herausfordert, bis hierhin dringt.

»Wir hatten eben keine Zeit zum Reden. Und das will ich nachholen. Du musst dir also keine Sorgen machen, okay?« Meine Stimme ist leise, aber er hört mich trotzdem. Seine Gesichtszüge werden weicher. Sein Griff sanfter.

»Okay«, erwidert er und öffnet seine Tür. Wenig später stehen wir in dem Raum, in dem alles passiert ist. Und mit alles meine ich nicht nur den Blowjob. Irgendwann zwischen all dem Chaos und der Bettwäsche, die schon wieder meine ist, habe ich mich verknallt. Hals über Kopf und ohne dass ich es aufhalten wollte. Aber ich mag nicht nur das Gefühl, das er in mir auslöst. Ich mag es auch, mich gefunden zu haben in all den unbeantworteten Fragen. In all den Unsicherheiten. Ich habe zumindest den Teil gefunden, den ich noch nicht kannte.

Kian steht viel zu weit weg von mir, mit den Händen in seinen Hosentaschen. Mit den Füßen kickt er eine Boxershorts zu einem Haufen anderer Wäsche.

»Wenn ich ab jetzt hier häufiger schlafe, müssen wir echt an der Unordnung arbeiten«, spreche ich das aus, was mir durch den Kopf geistert.

»Willst du das denn?«, fragt er.

»Was? Dass hier aufgeräumt wird?«, versuche ich die Situation aufzuheitern, weil ich nicht genau einschätzen kann, was Kian will.

»Fink hat recht gehabt … Ich bin seit dem Sommer ziemlich verknallt in dich.« Dann hebt er endlich den Kopf und auf seinen Lippen liegt ein unsicheres Lächeln. Und es ist nicht so, als hätte er das nicht schon mal zu mir gesagt.

»Erzähl mir mehr«, sage ich und mache ein paar Schritte auf ihn zu.

»Ich hatte bisher nie eine Beziehung, aber ich würde es gern versuchen … wenn du willst.« Seine Stimme klingt atemlos. Seine Wangen färben sich und seine dunklen Augen glitzern.

»Ich mag dich auch schon länger, als ich mir eingestehen wollte. Ich habe das Gefühl, dass ich nicht nur dich, sondern auch mich viel besser kennengelernt habe, und ich bin nicht bereit, damit aufzuhören«, sage ich.

»Du hast ein Talent dafür, mehrdeutig zu sprechen. Dabei weißt du doch, dass ich nur mit klaren Aussagen umgehen kann.« Er überbrückt die letzten Meter und nimmt mein Gesicht in die Hände. »Also, Luca, willst du mit mir zusammen sein? Exklusiv.«

»Ja.«

»Können wir dann jetzt aufhören zu reden?«, fragt er und zieht mich Augenblicke später an seine Lippen.

Kians Küsse sind unbezahlbar. Sind das Schönste, was ich je erleben durfte. Seine Küsse fühlen sich so besonders an, weil sie mittlerweile mehr nach Realität als nach Traum schmecken. So, als würde das hier wirklich passieren und sich nicht nur in meinen Vorstellungen abspielen.

Er zieht mich mit sich und wir stolpern ein paar Schritte Richtung Bett, ohne unsere Lippen voneinander zu lösen. Alles fühlt sich warm an. Mein Herz stolpert bei jedem seiner Seufzer. In einem Augenblick stehen wir noch. Im nächsten setzt er sich auf die Bettkante und ich folge ihm, weil ich nicht aufhören kann, ihn zu küssen. Seine Hände liegen an meinen Oberschenkeln, als ich aufs Bett steige und mich auf seine Beine setze.

»Warte.« Er lehnt sich ein Stück zurück. Obwohl ich praktisch auf seinem Schoß sitze, ist er mit einem Mal zu weit weg.

»Was ist los?«, frage ich.

»Wir sollten über den Blowjob reden.«

»Was gibt's da zu besprechen?« Meine Stimme klingt eingeschnappt, weil ich gerade viel lieber weitermachen würde, ohne zu reden. Aber wenn mir eine Sache bei unserem Sex aufgefallen ist, dann, dass Arslan ungern den Mund hält.

»Wir könnten darüber sprechen, wie du in deiner Hose gekommen bist, weil es dir so gut gefallen hat.« Seine Stimme hat eine andere Tonlage angenommen. Eine, die meinen Puls zum Rasen und mein Verlangen zum Brennen bringt.

»Was willst du von mir hören?«, frage ich, denn natürlich hat er recht, wir sollten darüber sprechen.

»Was du mochtest und was nicht. Was ich besser machen kann. Was deine Grenzen sind.«

»Ich mag keine zarten Berührungen. Lieber ist mir, wenn du mich fester anpackst. Ich mag es, dir zuzuhören, weil ich mich dann auf deine Stimme konzentrieren kann, wenn alles ein bisschen zu viel wird.«

»Alles klar.«

»Wie sieht's bei dir aus?« Wahrscheinlich sollte sich ein Gespräch über Sex nicht komisch oder ungewohnt anfühlen, schließlich sollte man immer darüber reden, was die andere Person möchte. Aber ich kann mich nicht erinnern, dass das jemals geschehen ist. Zumindest nicht in meiner Vergangenheit. Was womöglich auch daran lag, dass es zu oft unter Alkoholeinfluss passiert ist.

»Ich bin so ziemlich offen für alles, Hauptsache, es trägt den Namen Luca.«

»Kitschig«, erwidere ich und ignoriere das aufgeregte Kribbeln im Bauch, das seine Aussage ausgelöst hat.

»Wird Zeit, dass wir das ändern, oder?« Sein Grinsen wird verschlagener. Plötzlich greift er in meine Haare und zieht meinen Kopf zurück. Im nächsten Augenblick spüre ich seine Lippen an meinem Hals. Ich liebe es, dass er sich nicht zurückhalt. Liebe das Gefühl, das der feste Griff in meinem Körper auslöst. Dass nur er und ich existieren.

Dann beißt er mich und ich falle in die Stille, die noch nie da war. Bis er mit der Zunge über meine Haut leckt und Lust ganz plötzlich das Zepter an sich reißt.

»Du kannst dir nicht vorstellen, wie gerne ich gerade mit der Hand in deine Hose fassen will. Wie sehr ich mir wünsche, dass du durch meine Berührungen kommst.« Seine Stimme ist dunkel, heiser und geistert über meine feuchte Haut.

»Ja.« Keine Ahnung, ob er mich zwischen Stöhnen und Seufzen überhaupt versteht, aber es ist mir egal. Ich schiebe mich ihm noch ein Stück entgegen, bis mein Schwanz gegen seinen Bauch drückt.

»Am liebsten würde ich dich ausziehen … all deine Tattoos mit der Zunge erkunden«, murmelt er, während sich seine Finger hart über meine Kopfhaut bewegen.

»Kian.«

»Aber wir sollten aufhören, weil ich das hier richtig angehen will.«

»Was?« Ein Eimer kaltes Wasser hätte sich angenehmer angefühlt.

»Guck mich nicht so an, sonst verwerfe ich meinen Anflug von Vernunft.«

»Mich würde sowieso mal interessieren, wo der herkommt«, erwidere ich und rutsche ein Stück zurück. Er lässt mich aber nicht los, umgreift mit seinen Händen meine Oberschenkel.

»Als du eben fast an meinem Schwanz erstickt bist —«

»Jederzeit bereit«, unterbreche ich ihn, woraufhin er mir ein seufzendes Augenrollen schenkt.

»Ich hatte Angst, es verkackt zu haben, weil ich wieder nur mit meinem Schwanz gedacht habe … und das will ich nicht mehr. Deswegen bin ich für alles außer kommen.« Natürlich ist das vernünftig. Wir haben uns quasi erst vor Sekunden gestanden, dass wir uns mögen, all unsere Freunde wissen schon von uns und wir hatten Sex. Und das alles in nur wenigen Stunden. Aber ich will das High vom Blowjob wieder zurück. Das Gefühl, so zu sein wie alle anderen. Das Gefühl, endlich Sex zu mögen. Vielleicht ist das der Teil, den meine Mutter mir mitgegeben hat. Und wahrscheinlich ist genau das der Grund, warum ich nachgebe. Nicht, dass ich mit Verführung Erfahrung hätte, aber ich schätze Kian so ein, dass es nur noch wenige Versuche gebraucht hätte, bis er aufgehört hätte, vernünftig zu sein.

»Okay. Aber Küssen ist erlaubt, oder?«

Er schenkt mir ein breites Lächeln, das ich bis in meine Magengrube spüre.

Dann zieht er mich einfach zu sich und legt seine Lippen auf meine.

Keine Ahnung, wie lange wir so sitzen. Wie oft Kian mir durch meine Haare fährt. Wie viele Beinahe-Knutschflecken er auf meinem Hals verteilt. Wie oft er mir ganz versaute Sachen ins Ohr flüstert.

Irgendwann werden unsere Küsse langsamer und meine Lider schwerer.

Wir machen uns zusammen im Bad fertig. Dabei starrt er mich während des Zähneputzens die gesamte Zeit über an. Es erinnert mich an die ersten Wochen im Sommer, als er vieles nicht allein konnte. Ich will ihm sagen, wie stolz ich auf ihn bin, aber ich weiß nicht, ob das hier der richtige Moment ist.

Also überlasse ich ihm als Erstes die Toilette und warte im Flur. Unter Grubers Zimmertür scheint Licht hindurch. Zum ersten Mal, seit Leander ausgezogen ist und ein Zimmer im Wohnheim gefunden hat. Wahrscheinlich liegt es auch an Kian und mir, aber es ist das erste Mal seit Wochen, dass ich mich richtig leicht und sorgenfrei fühle.

»Warum stehst du im dunklen Flur?«, kommt es von Kian, der mich irritiert aus müden Augen mustert.

Ich zucke nur mit den Schultern, bevor ich zur Toilette gehe.

Es ist ungewohnt, wieder in Kians Bett zu liegen, und gleichzeitig fühlt es sich an, als hätte sich nichts verändert. Als hätte es die Monate, die wir getrennt geschlafen haben, nicht gegeben.

»Ich habe Angst, morgen aufzuwachen und das hier war alles nur ein Traum«, kommt es leise von Kian. Wir haben schon vor Minuten das Licht ausgemacht.

Ich rutsche ein Stück in seine Richtung, bis mein Arm seinen berührt.

»Das hier ist echt«, flüstere ich und greife nach seiner Hand.

»Ich habe so lange versucht, dich aus dem Kopf zu bekommen, weil ich niemals damit gerechnet hätte, dass du meine Gefühle erwiderst. Dass wir hier enden.« Seine Stimme wird zum Schluss leiser. Ich will das Licht anmachen und ihn ansehen. Ihm signalisieren, dass das hier echt ist.

Ich lasse meine Finger seinen Arm hinabwandern. »Solange du mich hier haben möchtest, bleibe ich.«

»Soll das romantisch klingen? Das hört sich eher so an, als würdest du nicht um mich kämpfen, falls ich dich mal wegschicke«, sagt er mit einem neckenden Unterton, der seine Unsicherheit nicht verbergen kann. Zumindest nicht vor mir.

»Kian«, flüstere ich und drehe mich in seine Richtung.

»*Luca*.«

Dann finden meine Hände sein Gesicht und meine Lippen seine. Vielleicht bin ich noch nicht bereit, all das auszusprechen, was ich gerade fühle, aber so kann ich es ihm zumindest zeigen.

32

Kian Arslan

»Wo ist Luca?«, fragt Fink, als ich mir gerade mit dem Rücken zu ihm meinen Proteinshake zubereite. Wenn ich schon keinen Job habe und noch immer nicht aufs Eis kann, kann ich wenigstens an meiner Form arbeiten. Nicht, dass es irgendwen interessiert, wie ich aussehe.

»Kein' Plan«, erwidere ich und fülle die hellgrüne Flasche mit Wasser.

»Ärger im Paradies?«

Was soll ich darauf entgegnen? Dass Luca einfach vor zwei Tagen verschwunden ist und sich nicht meldet? Dass wir gerade nicht heißen Sex miteinander haben, so wie alle es von uns erwarten? Dass ich vielleicht alles falsch gemacht habe, als ich vernünftig war und nicht direkt noch mal mit ihm in die Kiste gestiegen bin?

Ich verlasse die Küche, ohne Fink zu antworten.

Wahrscheinlich übertreibe ich. Schließlich ist Luca vorher schon verschwunden. Er war das letzte Jahr über wochenlang nicht hier.

Aber darf ich nicht wenigstens hoffen, dass sich jetzt was geändert hat, weil wir uns geküsst und vor dem gesamten Team an den Händen gehalten haben? Bedeutet das nicht, dass ich ab jetzt für ihn da bin? Er gibt mir nicht mal die Möglichkeit, ihm etwas von dem zurückzuzahlen, was er die letzten Monate für mich getan hat.

Wird es immer so sein, dass er lieber zu seiner Schwester verschwindet, wenn es ihm schlecht geht?

An der Haustür laufe ich beinahe in Joris rein, der gerade auch unsere Wohnung verlassen will.

»Oh, hey«, kommt es von ihm.

»Hi«, sage ich, er kann ja schließlich auch nichts für meine schlechte Stimmung.

»Auch zum Bus?«, fragt er, nachdem ich die Tür hinter uns ins Schloss gezogen habe.

»Jep.«

Ich gehe hinter ihm die Treppen runter, was die Situation nicht komischer macht. Ich habe nichts gegen Joris, aber außer Gruber haben wir keine Überschneidungspunkte in unserem Leben. Gut, vielleicht noch der Teamaccount der Tigers, auf dem ich ab und an Rede und Antwort stehen muss.

»Wo musst du hin?«

»Zur Uni. Ich hatte nur heute Vormittag frei. Und wäre wahrscheinlich besser in die Bib zum Lernen anstatt zu Malte.« Seine Wangen färben sich leicht rot, aber ich ziehe ihn damit nicht auf. Ich freue mich, dass die beiden sich haben, wünschte nur, dass ich wüsste, woran ich bei Luca bin.

»Du?«

»Gym«, antworte ich und halte meinen Shaker hoch, um die Aussage zu unterstreichen. So, als wäre Joris nicht die intelligenteste Person, die ich kenne.

Wir stehen schweigend im Bus nebeneinander.

Wahrscheinlich sollte ich ihn irgendwas fragen. Ob Gruber schon Rückmeldung bekommen hat von der Klinik, in der er sich beworben hat. Aber am Ende fragt Joris mich danach, was ich jetzt eigentlich mache. Und um mit ihm darüber zu reden, bin ich nicht bereit. Nicht heute, wenn ich schon mehrere Anrufe meiner Mutter ignoriert habe und ohne Luca an meiner Seite aufgewacht bin.

»Und wie ist Uni so?«, frage ich dann doch, in der Hoffnung, dass er den Rest der Fahrt über sich redet.

»In zwei Wochen in die nächste Prüfung. Ansonsten ist alles wie immer. Vollgestopft, aber spannend.«

Manchmal wünschte ich, dass ich mich wie Joris so für eine Sache begeistern könnte. Eishockey war das in meinem Leben, aber beruflich konnte ich daraus nie was machen.

»Dann … viel Glück.« Er schenkt mir ein kurzes Lächeln, bevor er sich wieder dem Smartphone in seiner Hand zuwendet.

Vielleicht hätte ich mich echt mal besser mit dem Thema Zukunft auseinandersetzen sollen, dann würde ich nicht so eine Belastung für Luca sein. Vielleicht ist er auch genau davon genervt. Dass mein Leben total aus den Fugen geraten ist, während er alles im Griff zu haben scheint. Er studiert, hat einen Job und spielt Eishockey. Nebenher musste er sich die letzten Wochen und Monate auch noch immer mit mir rumschlagen. Wenn ich ihm mehr Beständigkeit liefern würde, wäre er vielleicht bei mir geblieben und nicht zu seiner Schwester.

»Alles klar bei dir?«, reißt mich Joris' Stimme aus den Gedanken.

»Wird schon wieder«, sage ich und glaube nicht wirklich daran.

Ich wache am nächsten Morgen auf, ohne dass Luca neben mir liegt. Egal, wie oft ich die Augen schließe und sie wieder öffne, seine Seite bleibt leer. Zu meinem Erschrecken hat sein Kissen schon gestern nicht mehr nach ihm gerochen. Alles fühlt sich so an, als hätte es den Abend von Grubers Rückkehrfeier nicht gegeben.

Vielleicht sollte ich einfach liegen bleiben und warten, bis er wieder da ist. Ist ja nicht so, als würde ich irgendwas verpassen. Als gäbe es einen Grund, für den es sich lohnt, aufzustehen.

Ich drehe mich wieder zur anderen Seite und greife nach meinem Smartphone. Die letzten drei Nachrichten, die ich ihm vorgestern geschrieben habe, sind immer noch unbeantwortet. Ich will ihm nicht noch eine vierte schreiben, also lege ich das Gerät wieder zur Seite und starre die Decke an.

Heute wird ein verdammt langer Tag, wenn er nicht nach Hause kommt. Vielleicht sollte ich zumindest aufstehen, um was zu essen, schließlich wollte ich an meinem Körper arbeiten. Aber der fühlt sich alles andere als fit an. In jeder Faser habe ich Muskelkater, was die Bewegungen erschwert und meinen Drang, im Bett zu bleiben, erhöht.

Natürlich könnte ich mich mit Studiengängen auseinandersetzen, oder Ausbildungsplätzen. Ich könnte mir einen Job suchen, damit ich nicht mehr vom Arbeitsamt abhängig bin. Aber all das kann ich auch morgen machen. Oder mit Luca zusammen.

Das Smartphone auf meinem Nachttisch vibriert und ich nehme den Anruf an, ohne aufs Display zu schauen.

Größter Fehler meines Lebens.

»Kian.« Der Vorwurf und die Enttäuschung in der Stimme meiner Mutter lassen mich in der Bewegung erstarren. Sie weiß es. Keine Ahnung, woher, aber sie muss keine Worte wählen, um mir zu sagen, dass sie von der Kündigung wissen. Jetzt hat sie endlich die Bestätigung, dass ihr Sohn ein Versager ist.

»Wie konntest du es so weit kommen lassen?« Dann stößt sie irgendwelche Flüche auf Türkisch aus, von denen ich eigentlich nicht wissen sollte, was sie bedeuten, weil sie uns nie ihre Muttersprache beigebracht haben. Keine Ahnung, warum. Meine Geschwister und ich leben in der dritten Generation in Deutschland und meine Eltern reden nicht über das Land ihrer Großeltern.

Du bist eine Enttäuschung für die ganze Familie.

Du ziehst zurück nach Hause.

Schande.

Nicht mein Sohn.

Egal, wie sehr ich versuche, die Sprache auszublenden, die nicht meine ist, ich spüre jeden Ausruf. Ich komme gar nicht zu Wort, weil sie nicht mal pausiert, um einen Atemzug zu nehmen. Im Hintergrund sind verschiedene Stimmen zu hören. Auf Deutsch. Auf Türkisch. Laut. Leise. Anklagend. Bemitleidend.

Ich bin so kurz davor, aufzulegen, lasse es aber dann doch. Schließlich weiß ich, dass sie recht hat. Ich habe nichts vorzuweisen als ein durchschnittliches Abitur, eine abgebrochene Ausbildung und eine Sucht. Natürlich weiß sie davon nichts. Und wird niemals etwas davon erfahren. Aber das macht es nicht weniger real. Das ändert auch nichts daran, dass ich genau weiß, dass es keinen Alkohol mehr in der Wohnung gibt, aber eine Straße weiter ein Kiosk ist. Einer mit ordentlich Auswahl an Spirituosen, schließlich wohnen wir im Studierendenviertel.

»Hast du nichts zu sagen?« Ihre Stimme lässt das Blut in meinen Adern gefrieren.

»Was denn?« Wahrscheinlich ist es nicht die korrekte Strategie, defensiv zu reagieren.

»Kian Arslan«, schreit sie, gefolgt von einer erneuten Salve an türkischen Flüchen. Ich halte das Smartphone weg von meinem Ohr. Dabei landet mein Blick wieder auf der leeren Bettseite neben mir. Vielleicht ist er auch deswegen gegangen, weil ich auch für ihn eine Enttäuschung bin.

»… gehst da hin und bettelst um die Stelle.« Irgendwann muss meine Mutter wieder ins Deutsche und in die Lösungsorientierung gewechselt haben, aber ich weiß nicht, wovon sie redet, also sage ich erst mal nichts.

»Hast du mich verstanden, Kian?«

Nein.

»Ja«, lüge ich. Das ist schließlich das Einzige, was ich wirklich gut kann. Alle um mich herum anlügen.

»Du gehst mit Youssef zur Baustelle, um die Zeit zu überbrücken.«

»Was?«, frage ich, weil ich nicht weiß, was mein Onkel mit der ganzen Misere zu tun hat.

»Du hast mich schon verstanden. Bis du deinen Ausbildungsplatz zurückhast, gehst du mit Youssef arbeiten. Er hat schon seinen Chef gefragt. Du kannst Montag starten.«

Alles in mir schreit danach, ihr die Stirn zu bieten. Ihr zu sagen, dass das mein Leben ist und ich das allein hinbekomme. Aber wir wissen alle, dass das auch nur eine weitere Lüge ist.

»Kian?«

Ich bin müde. Habe keine Lust mehr, zu kämpfen. Nicht mehr gegen die Sucht. Nicht mehr gegen meine Familie.

»Okay«, erwidere ich. Was soll ich auch sonst sagen?

»Wir sind so enttäuscht von dir.«

Dann legt sie auf und ich starre auch noch Sekunden danach in den leeren Raum. Gut, dass sie es noch mal laut ausgesprochen hat, sonst hätte ich fast vergessen, was für eine Schande ich bin. Es ist nicht so, dass ich das jeden Morgen daran merke, dass ich keinen Job und keine Perspektive habe.

Es war nicht gut, dass ich das Gespräch angenommen habe. Denn es ist nicht mehr nur die Abwesenheit von Luca, sondern vor allem die Abwesenheit von Alkohol, die mir gerade die Luft zum Atmen raubt.

Ich hatte alles im Griff. *Lüge.*

Mir ging es gut, bis meine Mutter mich an mein Versagen erinnert hat. *Lüge.*

Jede Zelle meines Körpers schreit nach dem Gift, auf das ich fast ein Jahr verzichtet habe. Ich habe beinahe jeden Freitag ein Treffen besucht, nur um jetzt nicht zu wissen, was ich machen soll. Warum plötzlich nichts anderes wichtig ist. Warum ich es vorher nicht aus dem Bett geschafft habe und es mir jetzt schwerfällt, hierzubleiben. Nicht aufzustehen, mich anzuziehen und die Wohnung zu verlassen.

Es klopft an der Tür. Luca? Doch selbst die Hoffnung darauf wird ertränkt im nächsten Atemzug, der nach Alkohol singt.

»Kian?«

»Ja?« Meine Stimme hört sich nicht *mehr* nach mir an.

Gruber betritt den Raum und ich versuche, so normal wie möglich zu sein. Mir nicht anmerken zu lassen, was ich gleich machen werde. Dabei könnte ich ihm einfach davon erzählen. Ihm beichten, dass ich nicht mehr ohne Alkohol klarkomme. Ihn um Hilfe bitten.

»Dein Fach im Kühlschrank ist leer. Ich wollte gleich einkaufen, soll ich dir was mitbringen?«

Sag es ihm.

Dann bekommst du keinen Alkohol.

In meinem Kopf herrscht ein Battle zwischen Sucht und Vernunft. Zwischen Verlangen und Verzweiflung.

Ich weiß nicht, wer gewinnt. Weil es am Ende sowieso nur Verlierer geben wird.

»Ich wollte eh später los.« *Lüge.*

Er schaut mich kurz irritiert an, bevor sein Blick durch den Raum gleitet. Ich habe keine Ahnung, was er sieht. Trotzdem halte ich die Luft an, so als würde das was ändern.

»Alles gut bei dir?«

»Jap«, erwidere ich viel zu schnell.

»Wenn du mal reden willst oder so, ich bin hier.«

Erzähl es ihm.

Er wird dich aufhalten.

»Ich sag Bescheid.« *Lüge.*

»Hat es was damit zu tun, dass Jenssen seit Tagen nicht hier war?«, fragt er und ich hasse ihn ein bisschen dafür, dass er so aufmerksam ist.

»Ist Fink da?« Ich muss wissen, ob mich jemand aufhält, wenn ich gleich die Wohnung verlasse.

»Nein, warum?«

»Nur so. War es das dann?« Ich weiß, dass ich scheiße zu Gruber bin. Er ist erst seit ein paar Tagen zurück und ich könnte die Gelegenheit nutzen, um ihm endlich zu zeigen, wie sehr ich mich darüber freue. Aber gerade gibt es kein anderes Gefühl in meinem Körper außer der Sucht. Also wäre es auch gelogen, wenn ich ihm sage, dass ich ihn vermisst habe.

»Alles klar. Bis später.« Er schenkt mir ein Lächeln. Trotzdem höre ich die Enttäuschung in seinen Worten. Schließlich ist das etwas, womit ich Erfahrung habe. Das kann ich auch raushören, obwohl mein ganzer Körper nach etwas Hochprozentigem schreit.

Gruber schließt die Tür und ganz plötzlich ist es ruhig. Im Außen und im Innen. Weil ich eine Entscheidung getroffen habe. Eine für den Alkohol und gegen das Leben, das ich die letzten Monate versucht habe, aufrecht zu halten.

Warum habe ich mir eigentlich so viel Mühe gegeben, wenn ich am Ende sowieso an diesen Punkt gekommen wäre. Wäre es dann nicht einfacher gewesen, gar nicht erst auf den Alkohol zu verzichten? Was hat mir die Abstinenz gebracht? Vorher hatte ich alles. Freunde. Hockey. Eine Ausbildungsstelle. Sex.

Jetzt fehlen mir der Job und der Sport. Luca ist auch gegangen und bei Gruber und den anderen ist es nur eine Frage der Zeit.

Ich halte die Luft an, um Grubers Geräuschen zu lauschen. Den Schritten im Flur. Dem Klang des Schließens der Haustür.

Und dann warte ich noch ein paar Atemzüge länger, um sicherzugehen, dass er nichts vergessen hat und wieder zurückkommt.

Aber es passiert nicht. Nur leise Vorfreude ist in allen Ecken zu spüren. Und dann explodiert irgendwas in meinem Inneren, das sich wie Euphorie anfühlt. Das mich aus dem Bett in meine Klamotten zieht. Das mich nach dem Geldbeutel fassen lässt.

Im nächsten Augenblick stehe ich im Flur und greife nach den Schuhen. Mein ganzer Körper summt und ich fühle mich zum ersten Mal seit Wochen frei. So wie ich. So, als hätte ich alles im Griff. Weil ich das Ruder selbst in die Hand nehme. Schließlich ist das mein Leben und nicht das meiner Eltern.

33

Luca Jenssen

Ich weiß nicht, wann ich das letzte Mal Tage an meine Kopfschmerzen verloren habe. Wahrscheinlich irgendwann im Sommer. Die letzten Monate hat es nicht so lange angehalten. Keine Ahnung, wo es jetzt wieder hergekommen ist, aber ich bin froh, dass sie nur noch ganz dumpf in meinem Kopf nachhallen und ich endlich nach meinem Smartphone greifen kann. Wie erwartet sammeln sich da einige Nachrichten von Kian und ich weiß, dass das flaue Gefühl nicht nur von den letzten Tagen herrührt.

Wir hatten keine Gelegenheit, darüber zu reden, was ist, wenn es mir wieder so schlecht geht. Also bin ich wie sonst bei den ersten Anzeichen zu meiner Schwester. Der Bus war total voll, weil eine Veranstaltung in der Stadthalle war, und das laute Stimmengewirr, die Gerüche und unabsichtlichen Berührungen haben dazu beigetragen, dass ich es nur noch geschafft habe, Trainer Thomas eine Nachricht zu schreiben, bevor ich im Flur meiner Schwester zusammengebrochen bin.

Und weil Kaya nichts von mir und Kian weiß, hat sie ihm natürlich nicht davon erzählen können.

Ich kann total verstehen, wenn er sauer ist. Aber ich hoffe, dass er mir verzeihen kann und wir für das nächste Mal eine Lösung finden.

»Brauchst du noch was?« Kaya steht mitten im Wohnzimmer. Ich habe schon in ihrer letzten Wohnung auf der Couch geschlafen, wenn es mir nicht gut ging. Ihr dunkelblaues Kostüm passt so wenig zu meiner kleinen, wilden Schwester, aber ich sage nichts. Schließlich ist das ihr Leben und ich habe kein Recht, sie daran zu erinnern, mehr zu wollen. Sie ist nach der Zehnten von der Schule und hat eine Ausbildung als Rechtsanwaltsfachangestellte abgeschlossen, obwohl sie mit ihrem Wissen auch locker Jura hätte studieren können. Aber genauso wenig, wie ich zum Arzt gehen will mit meinen Kopfschmerzen, will sie ihr Abitur in einer Abendschule nachholen. Also meiden wir diese Themen.

»Nein. Danke, dass ich herkommen durfte.«

»Immer doch.« Sie lächelt mir zu und dreht sich zu der kleinen Küchentheke, um sich was für die Frühstückspause zuzubereiten. Beinahe im gleichen Moment knurrt mein Magen.

»Soll ich dir was mitmachen?«, bietet sie an, aber ich lehne ab, weil ich ihr sowieso schon genug auf der Tasche gelegen habe.

»Du weißt, dass du gleich einen Termin an der Uni hast, oder?«, fragt sie mit dem Rücken zu mir.

»Fuck.« Ich schnappe mein Smartphone und checke die Uhrzeit. Ich habe in genau dreißig Minuten eine Verabredung mit meinem Dozenten wegen des Themas der Masterarbeit. Und dadurch, dass er kaum auf meine Mails antwortet und sich nicht für meine Belange interessiert, muss ich los, weil ich sonst noch mal Wochen auf einen Termin warte.

»Warum hast du nichts gesagt?«

»Hab ich doch«, entgegnet sie.

»Haha.« Ich sollte meiner Schwester nicht die Schuld dafür geben, dass ich mein Leben zu oft nicht im Griff habe.

»Musst du noch ins Bad oder kann ich?«, frage ich, anstatt ihr noch weitere Vorwürfe zu machen.

»Ja. Ich muss jetzt sowieso los.«

»Hey, sollen wir am Wochenende noch mal zusammen was essen gehen?«

Sie rauscht an mir vorbei und hält dann doch kurz inne. »Das wäre cool. Lass noch mal schreiben.«

»Okay.«

»Ich drücke dir die Daumen für das Gespräch mit deinem Dozenten. Tschüss.«

»Ciao.«

Wahrscheinlich sollte ich mehr tun, als sie zu einem Essen einzuladen für das, was sie immer für mich macht. Aber ich kann es gerade nicht ändern und muss mich dringend fertig machen.

Nachdem alles erledigt ist, greife ich nach meinem Smartphone und dem Geldbeutel, bevor ich noch einen letzten Blick in den Spiegel wage. Wahrscheinlich sollte ich zu dem Treffen mit dem Prof irgendwas Vorzeigbareres tragen als den dunkelgrünen Tigers-Pulli meiner ersten Saison im Team, bei dem schon einige der Umrisse abgeblättert sind. Auch die helle, verwaschene Jeans ist nicht gerade ansehnlich, aber ich habe nur ein paar Klamotten bei meiner Schwester und nicht die besten.

Ich hätte vor dem Treffen lieber einen Abstecher in die WG gemacht. Allein schon damit Kian aufhört, sich Gedanken zu machen. Es fühlt sich falsch an, ihm einfach eine Nachricht zu schicken, um zu sagen, dass es mir gut geht, wenn er vor zwei Tagen schon aufgehört hat, mir zu schreiben.

Trotzdem öffne ich auf dem Weg zur Bushaltestelle unseren Chatverlauf. Als ich die neueste Nachricht von ihm sehe, setzt mein Herz plötzlich aus.

Ich brauch dich.

Das ist alles. Und mit einem Mal ist das Herzrasen wieder da. Nur ganz anders. Meine Hände zittern, als ich das Smartphone noch fester umgreife. Er hat mir vor zehn Minuten geschrieben. Warum habe ich das nicht mitbekommen?

Ich habe ihm nicht geantwortet und er hat *mich* trotzdem um Hilfe gebeten. Als ich den Kopf hebe, fährt die Drei gerade vor, aber ich steige nicht ein, sondern tippe eine Mail an meinen Dozenten. Scheißegal, ob ich noch ein Semester dranhängen muss. Ich werde wahrscheinlich sowieso Ewigkeiten brauchen, um einen Job zu finden, mit einem reinen Biostudium. Also ist es egal, wenn ich noch etwas länger an der Uni bleibe. Ich steige in den nächsten Bus, der mich mit zu vielen Haltestellen nach Hause bringt.

Was ist, wenn ich zu spät bin?

Was ist passiert?

Ich schreibe ihm eine Nachricht und dann versuche ich, ihn anzurufen. Er geht nicht dran. Ich probiere es weiter, bis ich zum dritten Mal bei der Mailbox lande.

Ich wähle Grubers Nummer. Es ist Donnerstag. Fink wird den ganzen Tag an der Uni sein.

»Jenssen, endlich«, begrüßt mich Gruber mit atemloser Stimme.

»Was ist mit Kian?«

»Was?«, kommt es irritiert vom anderen Ende.

»Wo bist du? Was ist mit Kian?«

»Auf dem Weg zu Joris' Wohnung. Ich war einkaufen und –«

»Malte, wo ist Kian?«

»In der WG, wieso?«

»Er hat mir eine Nachricht geschrieben. Es klang ernst.« Ich stehe auf und dränge mich nach vorn. Noch eine Haltestelle, dann habe ich es geschafft. Eine Frau schenkt mir einen genervten Blick, den ich genauso abgefuckt erwidere. Sie hat mir sicherlich nicht zu sagen, wie früh ich mich hinstellen darf.

»Fuck. Ich … Er war so anders –«

»Wie meinst du das?« Ich hätte nicht gedacht, dass mein Herz noch heftiger pochen kann, aber es überzeugt mich gerade vom Gegenteil. Die Schwere auf meiner Brust blockiert den nächsten Atemzug.

»Ich war eben bei ihm im Zimmer und er wirkte … niedergeschlagen. Er vermisst dich. Aber da war noch mehr. Natürlich hat er gesagt, dass nichts ist. Ich hätte es wissen müssen.«

Was soll ich dazu sagen? Dass Gruber besser auf sein Gefühl gehört hätte? Dass er auf ihn hätte aufpassen sollen? Er war die letzten Monate nicht hier und es ist nicht seine Aufgabe, zu wissen, was Kian braucht. Zu erkennen, wenn er lügt. Wir wissen alle, wie gut er das kann. Dass er allen viel zu lange etwas vorgespielt hat.

Ich hätte da sein müssen, weil ich schon am Samstag gemerkt habe, dass etwas anders ist. Aber an dem Abend von Grubers Rückkehr ist so viel mehr passiert, weshalb ich nicht mehr nachgefragt habe.

»Ich bin fast zuhause«, sage ich.

»Ich muss gucken, wann der nächste Bus fährt, dann komme ich auch.« Seine Stimme ist abgehackt und er wirkt atemlos.

»Malte, ich melde mich noch mal, wenn ich dich brauche.«

»Bist du dir sicher?«

»Ja. Er hätte dir nicht gesagt, was los ist, auch wenn du noch mal nachgefragt hättest.« Das wissen wir beide.

»Ich … Fuck«, stößt er frustriert aus.

»Nimm das nicht auf dich, Captain.«

Für einen Moment sind nur Grubers schnelle Atemzüge zu hören. »Meld dich bitte.«

»Mach ich«, antworte ich.

Dann legen wir auf und ich steige aus.

Meine Sneakers berühren den Asphalt und ich renne los.

Ist er überhaupt zuhause?

Was ist, wenn er sich was angetan hat?

Ich hätte ihn nicht allein lassen dürfen.

Gedanken prasseln auf mich ein, während ich unsere Straße entlanglaufe.

Ich brauche drei Anläufe, um den Schlüssel mit meinen zittrigen Fingern ins Schloss zu bekommen. Meine Atmung rast, während ich die Treppe nach oben nehme.

Was ist, wenn ich zu spät bin?

Bei der Wohnungstür stelle ich mich geschickter an.

»Kian«, rufe ich, noch bevor ich die Tür ins Schloss fallen lasse. Die Wohnung ist still. Zu still.

Die Küchentür steht wie immer offen. Meine Füße tragen mich zu Kians Raum. Ich trete ein, ohne zu klopfen, und realisiere einen Augenblick später, dass ich zu spät bin.

Es wirkt, als hätte jemand die Zeit angehalten, meine schlimmsten Befürchtungen genommen und den Raum damit gestaltet.

Kian liegt auf dem Boden. Nicht wie im Sommer auf dem Bauch. Sondern auf dem Rücken, mit geschlossenen Augen. Ich rieche das Erbrochene, bevor ich die Lache neben seinem Körper sehe. Und dann entdecke ich die halbleere Wodkaflasche. Er ist fast ein Jahr trocken.

Irgendwas bricht in mir. Ich weiß nicht, ob es sein Anblick ist oder der Geruch. Oder dass er doch nicht anders ist als sie.

Ich würde mich am liebsten neben ihn fallen lassen und meinen Mageninhalt loswerden. Aber ich habe nicht mal gecheckt, ob er noch atmet. Dabei gehört das zum Einmaleins dazu. Nur, dass es mir bei Anneliese irgendwann nicht mehr wichtig war. Egal wie hart das klingt.

Ich mache ein paar Schritte auf ihn zu. Alles zieht sich in mir zusammen. Erinnert mich an meine Jugend. Und ich kann mich kaum wehren gegen die Wut, die in meinen Adern flackert. Wieso hat er das getan? Warum hat er es nicht geschafft, zu verzichten?

Er öffnet flatternd die Lider und braucht einen Moment, bis er mich sieht.

»Ich bin ein Versager.« Er redet langsam und undeutlich, aber ich spüre jedes Wort wie Messerstiche in meiner Brust.

Er ist nicht wie sie.

»Kian.«

Er zuckt zusammen, als hätte ich ihn geschlagen.

Dann greift er nach der Flasche. »Nimm ihn weg.«

Ich mache ein paar Schritte auf ihn zu und nehme ihm wortlos den Wodka aus der Hand. Er senkt beschämt den Blick. Ich weiß nicht, was ich machen soll. Weiß nicht, wie ich gegen den Hass, der so tief in meinen Eingeweiden verankert ist, ankommen soll.

Ich starre auf die Flasche. Auf ein Etikett, nach dem ich so oder so ähnlich in Schränken und Schubladen meiner Kindheit gesucht habe. Und heute hat es mich wieder eingeholt, dabei habe ich alles dafür gegeben, nicht mehr dieses Leben haben zu müssen. Und jetzt stehe ich hier in seinem Raum und alles riecht wie früher. Fühlt sich an wie damals. Nur, dass ich heute anders bin.

Ich verlasse sein Zimmer, weil ich mir nicht traue. Weil ich Angst habe, etwas zu sagen, dass ich bereuen werde. Weil in meinem Körper nichts mehr übrig ist von der Sorge von vorhin. Und ich hasse es.

Warum kann ich nicht die Krankheit sehen, die ihn in die Knie zwingt?

Warum darf er keinen Fehler machen?

Warum kann ich ihm nicht verzeihen?

Ich gehe in die Küche und entsorge den Wodka im Waschbecken, bevor ich die Flasche ausspüle und dann in mein Zimmer stelle. Routiniert greife ich nach allen Utensilien, die wir brauchen. Wasser, Kopfschmerztabletten, Lappen und Eimer.

Als ich zurück in seinem Raum bin, hängt der saure Geruch immer noch in der Luft. Er liegt weiterhin auf dem Boden.

»Kian?« Meine Stimme ist laut und mein Tonfall derselbe, den ich bei meiner Mutter verwendet habe. Egal wie sehr ich versuche, es zu ändern.

»Tut mir leid«, murmelt er und das Ziehen in meiner Brust wird übermächtig. Mein Herz bricht für ihn. Und für uns.

Irgendwie schaffe ich es, ihn ins Bett zu befördern. Ich wünschte, er würde so riechen wie Anneliese, dann würde es mir leichter fallen, einfach zu gehen.

Ich wechsele sein Shirt. Er hilft mir dabei. Ohne mich anzusehen. Danach wische ich sein Erbrochenes vom Boden und entsorge alles in der Toilette.

Ich meide den Blick in den Spiegel, weil ich mich nicht angucken kann. Weil es unfair ist, dass ich gehen werde, obwohl er nur einmal einen Fehler gemacht hat.

Trotzdem greife ich nach meinem Smartphone und rufe Gruber an.

»Ja.«

»Du musst kommen.«

»Ich bin schon unterwegs«, erwidert er und wir legen auf.

Ich nehme den sauberen Eimer mit in sein Zimmer und stelle ihn neben sein Bett. Er hat die Augen geschlossen und sieht beinahe friedlich aus. Aber nichts an der Sucht, die durch seine Adern pumpt, ist auf Frieden aus. Sie will Krieg, Zerstörung und Untergang, und er hat auf sie gehört.

Ich öffne die Fenster, ohne ihn aus den Augen zu lassen. Wahrscheinlich, weil ich so nicht an sie denken muss.

Das hier ist Kian. Der Mensch, in den ich mich die letzten Wochen und Monate verknallt habe. Die Person, die mir gezeigt hat, wie schön Nähe und Berührungen sein können.

Ich habe ihm nicht zugetraut, mit mir und den Kopfschmerzen klarzukommen. Und er hat es nicht geschafft, dem Alkohol Nein zu sagen.

Ich habe keine Ahnung, was ich machen soll, wenn alles in meinem Inneren nach Weglaufen und Selbstschutz schreit. Wenn nichts mehr übrig ist von der kribbeligen Vorfreude, die jedes Mal da war, wenn ich ihn angesehen habe.

Ich weiß nicht, wie lange ich so dastehe und mir kalte Winterluft in den Nacken bläst, während ich dabei zusehe, wie sich sein Brustkorb hebt und senkt.

Das Geräusch der Wohnungstür lässt mich zusammenfahren und nimmt gleichzeitig endlich etwas von der Last von meinen Schultern.

Wenige Augenblicke später steht Gruber im Zimmer. Sein Gesichtsausdruck ist sorgenzerfurcht.

»Er hat getrunken«, stellt er fest. Wahrscheinlich riecht es immer noch nach Kotze. Keine Ahnung.

»Ja.«

»Fuck.«

Jap.

»Ich muss gehen«, sage ich und starre auf meine Sneakers, die ich immer noch trage.

»Luca, du bist die einzige Person, die er sehen will, wenn er die Augen aufmacht.« Irgendwas zerreißt in meinem Inneren, von dem ich dachte, es eben schon mit Kians Alkoholerbrochenem in der Toilette runtergespült zu haben.

»Ich kann das nicht mehr.«

»Luca.«

Ich schaffe es nicht, Gruber in die Augen zu schauen.

Dass ich jetzt gehe, ist egoistischer als das, was Kian getan hat, als er mir geschrieben hat. Das weiß ich. Aber jede Sekunde, die ich ihn länger anschaue, zerfressen mich Wut und Hass noch weiter.

»Danke, dass du bei ihm bleibst«, sage ich, als ich den Raum verlasse. In der Hoffnung, dass die Schwere auf meiner Brust endlich verschwindet und ich wieder Luft bekomme.

34

Kian Arslan

Schon beim Wachwerden weiß ich, dass ich richtige Scheiße gebaut habe. Meine Zunge pappt an meinem Gaumen und mein Körper fühlt sich katerplatt an. Ein Gefühl, das ich seit fast einem Jahr nicht mehr hatte und das noch nie so beschissen war wie heute.

Als ich die Augen öffne, sitzt nicht Luca mir gegenüber. Dabei war ich mir ziemlich sicher, dass er hier war. Oder habe ich mir das nur eingebildet, weil ich ihn unbedingt sehen wollte?

»Hey, Kian«, kommt es von Gruber.

»Wo ist Luca?« Meine Stimme hört sich nicht nach mir an. Mein Körper fühlt sich nicht nach meinem an. Alles ist anders und ich hasse es. Hasse es, so schwach gewesen zu sein.

»Er … musste weg.«

Ich weiß, dass Gruber lügt, und das, obwohl er so lange weg war. Woher? Weil ich selbst der größte Lügner überhaupt bin. »Okay.«

Was Gruber nicht gesagt hat? Dass Luca nicht mehr zurückkommt. Dass er weg ist, weil er angewidert war von mir. Dass er gegangen ist, weil ich wie seine Mutter bin.

Ich warte auf den Schmerz. Darauf, irgendwas zu spüren, weil ich Luca verloren habe. Aber da sind nur der bittere Nachgeschmack des Alkohols und meines Versagens.

»Wie geht's dir?«, fragt Gruber und verdreht nur Sekunden später die Augen. Wahrscheinlich, weil er gemerkt hat, wie doof die Frage war.

»Er wird nicht mehr zurückkommen, oder?«

»Doch, bestimmt.« *Lüge*, aber ich wollte es so. Habe Gruber keine andere Möglichkeit gegeben, als nicht die Wahrheit zu sagen.

»Klar. Danke, dass du hiergeblieben bist, aber ich werde jetzt nicht mehr an meinem Erbrochenen ersticken … oder irgendwas anderes Dummes machen«, sage ich und lasse den Blick durch mein Zimmer gleiten.

»Ich weiß … Ich hab alles durchsucht.«

Das Schamgefühl, das sich in meinem Magen ausbreitet und alles mit sich reißt, sollte nicht neu sein. Aber ich hasse es.

Ich setze mich noch ein Stück im Bett nach oben und greife nach dem Glas Wasser. Erst als ich die ersten Schlucke genommen habe, merke ich, wie ausgetrocknet ich bin.

»Alles gut«, sage ich. Keine Ahnung, ob mehr zu ihm als zu mir.

»Wir müssen reden, Kian.«

Fuck. Mein Blick gleitet zu Gruber. Gruber, der seine brünetten Haare seit seiner Rückkehr ganz kurz trägt. Er hat vor ein paar Tagen noch erzählt, dass Joris von seinem Buzz-Cut nicht begeistert ist. Aber heute ist es nicht die ungewohnte Frisur, sondern der ernste Ausdruck in seinen Augen, der mich gefangen hält.

»Okay.«

»Was ist passiert?«

»Du musst das nicht machen. Ich gehe heute Abend zu einem Treffen«, erwidere ich und verschränke die Arme vor der Brust.

»Und ich begleite dich.«

»Wenn du nichts Besseres vorhast.«

»Kian. Du hattest einen Autounfall und hast deinen Ausbildungsplatz verloren. Situationen, in denen viele schwach geworden wären. Trotzdem hast du nach keinem dieser Ereignisse nach dem Alkohol gegriffen. Was war heute anders?«

»Ich habe das mit Luca versaut«, murmele ich leise.

Er antwortet nicht. Vielleicht, um mich nicht anlügen zu müssen. Vielleicht, weil ich wieder nicht auf seine Aussage eingegangen bin.

»Was ist, wenn der Grund viel banaler ist und ich trotzdem rückfällig geworden bin?« Ich fahre mit den Fingerspitzen über den Stoff meiner Bettdecke, weil ich ihn nicht ansehen kann.

»Vielleicht hast du das vergessen, weil wir uns in den letzten Monaten nicht gesehen haben, aber ich würde dich nicht verurteilen.«

»Das sagst du jetzt«, erwidere ich leiser.

»Aber meinst du nicht, es würde dir guttun, mit jemandem darüber zu reden?«

Reden. Ich bin mir nicht sicher, ob das wirklich hilft. Aber vielleicht liegt es auch daran, dass ich nicht gut darin bin.

»Meine Mutter hat erfahren, dass ich den Ausbildungsplatz verloren habe.«

»Okay. Was hat sie gesagt?«

»Nichts, was ich nicht schon wusste. Ab Montag habe ich einen Job bei meinem Onkel in der Firma.«

»Was hat sie gesagt?« Keine Ahnung, warum er seine Frage noch mal wiederholt. Vielleicht ist das eine Technik, die er im Studium gelernt hat.

»Dass ich eine Enttäuschung bin. Eine Schande. Dass ich wieder nach Hause ziehen soll und so weiter.« Während ich erzähle, tue ich so, als wäre das Muster der Bettdecke das Spannendste überhaupt, dabei interessiert sie mich kein Stück, wenn Luca nicht darunter liegt.

»Das tut mir leid. Und der Job?«

»Baustelle.«

»Shit.«

Ja.

Wir sitzen beide einen Moment da. Wahrscheinlich auch eine seiner Gesprächsführungstechniken aus dem Studium. Aber was soll er auch noch sagen? Ich weiß, dass ich mein Leben richtig an die Wand gefahren habe. Der Alkohol war nur die Krönung meines Versagens.

»Ich habe nichts mehr von Luca gehört seit … deiner Party und das hat mich zusätzlich beschäftigt. Ich meine, er hat sein eigenes Leben, aber ich brauchte einen Moment, um zu verstehen, dass ich nicht … gut genug bin.« Und dann löst sich irgendwo in meinem Inneren ein Lachen, dass sich fast wie ein Schluchzen anhört.

»Kian.« Grubers vor Mitleid triefende Stimme ist zu viel.

Das Augenbrennen, das ich die letzten Sekunden gekonnt ignoriert habe, wird übermächtig. Und es ist das erste Mal seit Jahren, dass ich die Tränen zulasse, die mir still die Wangen runterlaufen. Es ist nicht so, dass es bei mir immer glatt gelaufen ist, aber so schlimm wie gerade war es noch nie.

»Willst du eine Umarmung?«

»Auf keinen Fall.« Es reicht schon, dass er dabei ist und mich an diesem Punkt sieht.

Er sagt nichts mehr. Wartet wahrscheinlich genau wie ich darauf, dass die Tränen versiegen. Dass ich noch irgendwas sage, das es besser macht. Aber es gibt nichts. Keine Ahnung, wie ich mit dem Arbeitsamt klären soll, dass ich ab Montag arbeite. Luca hat mir bei all den Sachen immer geholfen. Aber vielleicht ist es endlich an der Zeit, dass ich mich darum selbst kümmere. Schließlich schaffe ich es auch ganz allein, mein Leben zu verkacken, dann sollte ich zumindest das auf die Reihe bekommen.

»Wirst du am Montag dahingehen?«, fragt er irgendwann.

»Was bleibt mir anderes übrig?« Meine Stimme klingt rau und leise.

»Du könntest etwas finden, worauf du Lust hast.« Es ist nicht so, als wäre mir der Gedanke nicht auch schon gekommen. Luca und ich haben häufiger darüber geredet, aber das war noch nie meine Entscheidung.

»Hast du vielleicht mal Lust, mit an die Uni zu kommen und dir eine Vorlesung anzuschauen?«

»Keine Ahnung.« Dann hebe ich den Blick und sehe, wie sein Gesichtsausdruck matter wird. »Vielleicht«, schiebe ich hinterher, weil es mir langsam reicht, eine Enttäuschung zu sein.

Doch bevor er etwas erwidern kann, klopft es an der Tür. Es ist das erste Mal seit dem Aufwachen, dass mein Körper sich anfühlt, als würde er leben. Luca. Mein Herz rast, als hätte es mit dem Alkohol heute Morgen nicht schon genug zu tun gehabt.

»Hey, Kian.« Es ist nur Fink, und seiner Miene nach zu deuten, ist ihm direkt aufgefallen, wie sehr ich gehofft hatte, dass er jemand anderes ist.

»Ich sollte dir Bescheid sagen wegen dem Treffen«, sagt er an Gruber gewandt, als wäre ich nicht im Raum und es würde nicht um mein Leben gehen.

Aber ich bin zu müde, um mich zu beschweren, oder sie irgendwie darauf aufmerksam zu machen.

»Bereit, Kian?«, kommt es von Gruber und er hat endlich wieder ein Lächeln auf den Lippen.

»Wenn es sein muss«, versuche ich mich an einem Scherz. Der natürlich auf ganzer Linie versagt, weil der Humor mit der Hoffnung darauf, dass Luca noch mal zurückkommt, im Sumpf der Sucht versunken ist.

Auf dem Weg zum Treffen reden wir nicht über das Gespräch in meinem Zimmer. Gruber erzählt von seiner neuen Arbeitsstelle und ich fühle mich fast so, als würde ich selbst vor einem neuen Lebensereignis stehen, so begeistert ist er.

Aber der Anblick der Kirche, in deren Räumlichkeiten das Treffen stattfindet, reicht aus, um alle Freude, die ich für Gruber empfunden habe, mit sich zu reißen.

Vielleicht ist es gut so, wie alles gekommen ist. Dass ich Luca nicht noch weiter mit in den Abgrund ziehe.

35

Luca Jenssen

Ich kann mich nicht konzentrieren. Kann meine Augen kaum auf dem Eis halten, weil mein Blick immer wieder zu Kian gleitet. Nicht, weil es mich immer noch beschäftigt, dass er nicht stark geblieben ist. Oder weil ich mich über mein Verhalten in der Situation am meisten ärgere. Nein, heute klebt meine Aufmerksamkeit an ihm, weil er zum ersten Mal seit dem Unfall mit uns auf dem Eis steht.

Ja, es ist nur zum Trainieren und er darf keine schnellen und abrupten Bewegungen machen, aber kurze Pässe und Laufübungen darf er absolvieren.

Trotzdem zieht sich alles in mir zusammen, wenn ich ihn über das Eis gleiten sehe. Was ist, wenn er sich wieder verletzt? Wenn er wieder auf Hilfe angewiesen ist? Und ich nicht da bin. Und das nur, weil ich ihn fallengelassen habe, als er einen Fehler gemacht hat.

»Wir passen auf ihn auf«, sagt Gruber, der neben mir zum Halten kommt.

»Okay«, erwidere ich.

Es sollte mir egal sein. *Er* sollte mir egal sein. Aber leider funktioniert das nicht so einfach, wie ich dachte.

Ich schlafe nur noch selten in der WG, weil ich mich an einem Abend dabei erwischt habe, wie ich vor seiner Zimmertür stand. Nicht, dass es bei meiner Schwester angenehmer ist, sie hat schließlich ihr eigenes Leben und ihre Wohnung ist nicht für zwei Personen ausgerichtet.

Seit zwei Tagen fragt sie ständig, was los ist. Aber ich kann es ihr nicht sagen. Genauso wenig, wie ich mich auf mein Spiel konzentrieren kann, wenn meine gesamte Aufmerksamkeit Kian gilt.

Als Hecker ihn gegen die Bande presst, platzt irgendwas in meinem Inneren.

»Sag mal, spinnst du? Das hier ist ein Training«, rufe ich und skate auf die zwei zu, aber bevor ich sie erreiche, schiebt sich Gruber zwischen uns.

»Chill, Jenssen.«

»Fuck you.« Okay, gut, vielleicht war das drüber, aber was fällt ihm eigentlich ein, sich einzumischen?

Irgendwann zwischen eben und jetzt hat mein Herz angefangen, in einem wütenden Tempo gegen meinen Brustkorb zu schlagen, und ich bin bereit, ihm Folge zu leisten.

»Hey, Mann, sorry«, kommt es von Hecker und er hebt beide Hände nach oben.

»Sagt das zu ihm«, bringe ich zwischen zusammengebissenen Zähnen raus und nicke in Kians Richtung.

»Nicht nötig.« Kian macht sich nicht mal die Mühe, zu mir zu sehen. Und genauso schnell, wie die Wut sich durch meinen Körper gebrannt hat, erlischt sie wieder.

»Was ist hier los?« Hinter uns taucht Thomas auf und ich unterdrücke ein genervtes Seufzen. Seit es in der letzten Saison immer wieder Probleme auf dem Eis und zwischen uns gab, ist er noch mal eine Spur aufmerksamer geworden. Vor allem, seit wir uns alle auf die Fahne geschrieben habe, diese Saison endlich den Aufstieg zu packen.

»Alles in Ordnung«, sagt Gruber und schenkt unserem Trainer ein mattes Lächeln.

»Könnt ihr mir dann erklären, warum zur Hölle immer Arslan und Jenssen involviert sind, wenn es zu Unstimmigkeiten kommt?«

Für einen Moment herrscht absolute Stille, während ich das zerfurchte Eis unter meinen Füßen betrachte.

»Niemand?«, hakt er noch mal nach, aber es bleibt so leise, dass ich den Herzschlag in meinen Ohren hören kann.

»Jenssen, Arslan, auf die Bank.«

»Aber Arslan ist heute –«, beginne ich, werde aber sofort von Thomas unterbrochen. »Interessiert mich nicht.«

Er wird nicht einmal laut, weil er das nicht braucht. Weil er nicht wie die Trainer der anderen Teams ist, die dauernd nur rumschreien.

Und genau wegen seiner ruhigen, aber entschlossenen Art weiß ich, dass es zwecklos ist, noch etwas zu sagen.

Also drehe ich mich um und gleite vom Eis, dabei spüre ich Kians Anwesenheit direkt hinter mir.

»Danke«, murmelt er genervt, als er sich ans andere Ende der Bank setzt.

»Tut mir echt –«

»Jetzt bekomme ich also eine Erklärung für dein Verhalten.« Seine Aussage presst alle Luft aus meinen Lungen. Legt sich wie ein Schraubstock um meinen Brustkorb.

»War klar, dass du dazu nichts mehr sagst«, flüstert er und starrt weiter geradeaus, auf das Feld und unsere Teamkameraden vor uns.

»Du willst das Gespräch jetzt?«, frage ich.

»Bist du bereit dazu, dass wir uns nachher in der WG zusammensetzen und darüber reden?«

Mit Kian in einem Raum, ohne ihn anfassen zu dürfen? Ihm nah zu sein, ohne ihm je wieder nah sein zu dürfen? Den gleichen Sauerstoff zu atmen und jede Sekunde zu wissen, dass ich einen Fehler gemacht habe, weil ich seinen nicht vergeben kann?

»Hab ich mir gedacht.«

Ich weiß nicht, wann ich Kian das letzte Mal so erlebt habe. So niedergeschlagen und matt. Ohne seine charismatische Ausstrahlung und positive Einstellung ist er kaum wiederzuerkennen. Ist er nicht der Kerl, den ich das gesamte letzte Jahr über gehasst habe.

»Ich habe Scheiße gebaut. Das weiß ich. Wahrscheinlich wird das auch nicht das letzte Mal bleiben, weil es nicht der erste und einzige Fehler in meinem Leben war. Aber ich dachte, wir bekommen das irgendwie … zusammen hin.« Dann lacht er frustriert. Das ungewohnte Geräusch aus seinem Mund zerreißt mir die Brust.

»Ich weiß nicht, was ich sagen soll«, antworte ich ehrlich.

»Warum hast du das gemacht? Ich warte seit Monaten darauf, wieder auf dem Eis zu stehen, und wollte nur eine Sekunde mal den ganzen Scheiß in meinem Leben vergessen.« Dann schaut er endlich zu mir rüber. Das Braun seiner Augen ist durchzogen von Verzweiflung und Erschöpfung.

»Ich hatte Angst, dass …« Aber ich beende den Satz nicht, weil ich weiß, dass ich dazu kein Recht hatte. Nicht, nachdem ich ihn einfach so zurückgelassen habe, ohne eine Erklärung. Aber was soll ich sagen? Dass ich ihn angelogen habe, weil ich nicht ihn sehe. Sondern meine Mutter. In allen schönen Momenten. In dem Gefühl von Hoffnung schwingt immer auch ein Stück von dem Luca mit, der damit aufgewachsen ist, dass es nicht lange anhält. Und am Ende wurden meine Befürchtungen bestätigt.

»Warum?«

Und mit einem Wort nimmt der Druck auf meiner Brust zu. Keine Ahnung, ob Atmen schon immer so anstrengend war oder ob es das nur in seiner Nähe ist.

»Kian.«

»Du kannst es dir nicht mal eingestehen, oder?«

Was ich fühle, wenn er in der Nähe ist? Wenn er mich so anschaut wie gerade?

Wie soll ich ihm sagen, dass er mein Herz zum Rasen bringt, wenn ich nur darauf warte, dass ihm die Sucht wichtiger ist als ich.

»Gott, Luca.« Er stößt ein frustriertes Seufzen aus, bevor er sich wieder dem Training zuwendet. Was ich auch machen sollte, denn wenn Thomas mitbekommt, dass wir nicht aufgepasst haben, bin ich beim Spiel raus.

Aber ich kann den Blick nicht von Kian lösen. Nicht, wenn er mir so nah ist. Seine dunklen Strähnen fallen ihm in die Stirn, berühren mit den Spitzen seine Augenbrauen. Ich hatte nie die Chance, ihm zu sagen, dass er am schönsten aussieht, wenn er den Helm vom Kopf zieht, nachdem er vom Eis geskatet ist. Unser Badezimmer steht voll mit Stylingprodukten, aber seine Haare sehen nie besser aus als jetzt.

»Du starrst«, sagt er, keine Spur seines neckenden Tonfalls, den ich so liebe.

»Sorry«, murmele ich und zwinge mich dazu, zum Team zu schauen.

Gruber ist erst seit zwei Wochen zurück, aber ich habe das Gefühl, dass die Mannschaft noch nie so im Einklang war wie heute. Vielleicht liegt es aber auch daran, dass ich nicht mit auf dem Eis bin. Keine Ahnung.

Wir reden mehr. Wir spielen Spielzüge, die funktionieren, und wenn sie es nicht tun, wird darüber gesprochen. In jedem Gesicht ist ein Kämpfergeist zu sehen, der die letzten Wochen gefehlt hat.

Ich hasse es, dass Kian nicht dabei sein kann. Dass ich ihm verwehrt habe, das zu spüren, was gerade auf dem Eis abgeht. Nicht, dass wir es hier nicht merken, aber nicht so. Und seiner angespannten Haltung nach zu urteilen, merkt er es auch. Nie habe ich mich mehr gehasst als in diesem Moment.

»Okay, ich lieb dich, Luca, aber ich kann mir das nicht mehr länger mitangucken.«

Ich finde es witzig, dass sie das noch nie gesagt hat, als ich mir die Seele aus dem Leib gekotzt habe, aber dass sie es nicht erträgt, wenn ich hier einfach nur sitze.

»Kaya«, erwidere ich, ohne den Blick von meinem Smartphone zu heben. Ich schwanke zwischen Berieselung und Nachrichten tippen, die ich dann doch nicht abschicke.

»Es ist irgendwas passiert. Ich habe dich noch nie so erlebt.«

»Du hast mich schon deutlich schlimmer dran gesehen.«

»Das ist was anderes und das weißt du auch«, entgegnet sie und verschränkt die Arme vor der Brust.

Sie steht genau vor dem dunkelgrünen Sofa, das ich vor ein paar Wochen hier hochgeschleppt habe und das seither mein Schlafplatz ist. Bequem ist anders, aber ich will mich nicht beschweren.

»Erzähl es mir oder ich schmeiß dich raus.«

»Dein Ernst?«, frage ich und schaue ihr ins Gesicht. Sie hebt aber nur eine Augenbraue.

»Ich warte.«

»Willst du Besuch empfangen, den ich nicht sehen darf, oder warum willst du mich unbedingt loswerden?«

»Dieses Mal kommst du mit deiner Technik nicht durch.«

»Ich habe keine Ahnung, wovon du redest.«

»Luca.« Ihr Ausdruck ist ernster als sonst.

Und ganz plötzlich zieht sich alles in mir zusammen. Ich hatte kein Problem damit, vor den Jungs nach Kians Hand zu greifen. Vielleicht, weil Leanders gespielte Sorge um Kian mich so abgefuckt hat. Aber ich wusste einfach, dass niemand in diesem Raum etwas dagegen hat.

Mit Kaya ist das eine ganz andere Sache, weil wir nie über solche Themen geredet haben. Wir sind mit einer alkoholkranken Mutter aufgewachsen, es gab für uns andere Probleme als die, ob jemand heterosexuell ist oder nicht.

»Ich habe Scheiße gebaut.« Sicheres Terrain.

»Hab ich mir schon gedacht.«

»Dein Vertrauen in mich ist beruhigend«, entgegne ich.

»Luca Jenssen.«

»Dir ist schon klar, dass man Menschen nicht zu einem Coming-out zwingen sollte.«

Sie reißt die Augen auf. Ich brauche ein paar Sekunden, um zu realisieren, was ich gerade gesagt habe.

Doch nur einen Wimpernschlag später setzt sie sich zu mir.

»Shit, Luca, das tut mir leid. Damit habe ich nicht gerechnet. Nicht, dass es einen Unterschied macht. Aber ich dachte nicht, dass irgendwas neu daran ist, dass du Scheiße gebaut hast.« Dann schenkt sie mir ein schiefes Grinsen, das in einem Schulterzucken endet.

»Ich hätte vielleicht vorher nachdenken sollen, bevor ich den Mund aufgemacht habe«, entgegne ich und reibe mir mit den Händen über die Jogginghose, die ich nach dem miserablen Training übergezogen habe.

»Also geht es um einen Jungen?«, fragt sie und dann verändert sich ihr Blick. Er ist sanfter. Aufmerksamer. Verständnisvoll. »Es ist jemand aus der WG«, stellt sie fest.

Kaya hat bisher nur Fink kennengelernt. Sie war bei dem einen oder anderen Spiel, aber ihr ist es oft zu kalt im Stadion. Keine Ahnung, ob ich Kian je erwähnt habe.

»Ja und ja. Er ... hat ein Alkoholproblem.«

»Oh, Luca.« Sie legt ihre Hand auf meinen Oberschenkel und schenkt mir den gleichen Ausdruck, den sie immer drauf hat, wenn ich aus meiner Kopfschmerzhölle erwache.

»Jap.«

»Er hat getrunken und du bist gegangen.«

»Ja.« Ich kann sie nicht mehr angucken, weil zwischen den Zeilen zu viel Geschichte liegt.

»Das hast du damals schon gemacht.«

Bruder des Jahres. Als ich alt genug war, um zu verstehen, dass sie sich nie ändern wird, bin ich manchmal abgehauen. Ich konnte sie nicht mehr sehen und vielleicht war da die leise Hoffnung, dass sie sich endlich mal Sorgen macht. Hat sie aber nicht. Dafür habe ich Kaya im Stich gelassen.

»Ich weiß.« Dass es damals schon falsch war.

»Luca, das muss aufhören. Du musst Menschen eine Chance geben. Du bist auch nicht perfekt. Du machst auch Fehler. Also dürfen das die anderen auch.«

»Ich weiß das doch«, sage ich und hebe den Kopf. Sie ist enttäuscht von mir.

»Okay. Willst du mir erzählen, wie du dich verliebt hast?« Sie zwinkert mir zu, als hätte sie ein Rätsel gelöst, bei dem ich auf dem Schlauch stehe.

»Von mir aus«, erwidere ich und schiebe ihre Hand von meinem Oberschenkel.

Als ich fertig bin, starrt sie mich wieder entgeistert an, dabei habe ich die jugendfreien Sachen nicht mal angeschnitten.

»Du weißt nicht, warum er rückfällig geworden ist? Und du hast keine Ahnung, warum er dir geschrieben hat, dass er dich braucht?«

Es ist was passiert und es war mir egal. Die Übelkeit ist mit einem Schlag zurück und ich weiß, dass sie dieses Mal nicht von den Kopfschmerzen, sondern von all den Fehlern kommt, die ich gemacht habe.

»Du bist verliebt und lässt ihn im Stich, wenn es ernst wird?«

»Leg vielleicht noch ein bisschen mehr Vorwurf in deinen Tonfall, ich glaube, es ist noch nicht gänzlich bei mir angekommen.«

»Luca.« Sie ist sauer und ich habe es verdient.

»Schrei mich an«, verlange ich, weil der Selbsthass, der sich durch meinen Körper brennt, nicht schmerzhaft genug ist.

»Das ist nicht meine Aufgabe. Aber vielleicht solltest du mal mit jemandem reden, der das professionell macht. Vielleicht lernst du dann, zu vergeben und zu verzeihen. Nicht für sie, sondern für dich und Kian.«

»Vielleicht hast du recht«, flüstere ich und greife dann wieder nach ihrer Hand. Ich habe nie darüber nachgedacht, dass meine Vergangenheit mein Leben *so* beeinträchtigt, wenn ich alles dafür gebe, sie aus meinem Leben zu verbannen. Aber so funktioniert das offensichtlich nicht. Zumindest nicht in meinem Fall.

»Ich hab Angst.«

»Ich weiß, Luca. Aber du musst aufhören, immer wegzulaufen. Das hilft dir nicht bei den Kopfschmerzen, nicht bei unserer Mutter und nicht bei deinen Gefühlen für Kian.« Sie drückt meine Hand noch ein bisschen fester, aber ich spüre kaum noch was, bis auf das Ziehen in meiner Magengegend.

»Wann bist du eigentlich so schlau geworden?«

»Du hast es nur nie gesehen.«

So, wie ich ihn nicht gesehen haben. Nicht wirklich. Vielleicht wird es Zeit.

36

Kian Arslan

Ich sitze zum ersten Mal in meinem Trikot und kompletter Montur mit auf der Bank. Obwohl Trainer Thomas vor dem Spiel klargemacht hat, dass er mich nicht einsetzen wird, fühlt es sich heute anders an als die letzten Male, in denen ich nur im Trainingsanzug teilnehmen durfte.

Wir liegen hinten, aber das Team spielt, als würden wir den Gewinn schon längst in der Tasche haben. Wir sind selbstbewusst und ruhig. Wir spielen einfache und schnelle Pässe, rotieren und schieben alle Spieler, damit keine großen Löcher entstehen.

Fink fliegt mit dem Puck aus unserer Hälfte zur gegnerischen. Er fällt weit nach außen, täuscht an und wird in die Bande gedrückt, aber er muss die Scheibe schon vorher abgegeben haben. So schnell, dass ich selbst kaum mitgekommen bin. Jenssen ist am Zug und ich hasse es, wie sehr ich es liebe, ihn beim Spielen zu beobachten. Er ist kleiner als ich. Wendiger und willensstark. In Sekunden dominiert er seine Gegenspieler. Wie er mit links den Schläger führt, sieht so leichtfertig und präzise aus, ich könnte ihm den ganzen Tag dabei zu sehen. Wenn Jenssen spielt, wirkt es, als würde er tanzen, und ich würde nur zu gern mit ihm auf dem Eis stehen.

Der Augenblick ist vorbei, als er den Puck blind in die Lücke in der Mitte passt und Williams im Bruchteil einer Sekunde den Treffer versenkt.

Gleichstand. Und ich würde gerade alles dafür geben, an Isaiah Williams Stelle zu sein und in Lucas Armen zu liegen.

Dabei habe ich mir die Chance gestern verspielt. Gruber hat zu einem Pizza-WG-Abend eingeladen. Es war das erste Mal seit Wochen, dass ich Luca in unseren vier Wänden gesehen habe. Nicht, dass ich gezählt habe, wie viele Nächte er nicht bei uns geschlafen hat.

Gruber und Fink sind irgendwann zum Pizzaholen verschwunden, dabei hätten wir die uns locker liefern lassen können. Neben unangenehmen Smalltalk (Was macht die Uni? Wie läuft es mit dem Training? Es ist ziemlich kalt geworden. Wir müssen dem Vermieter sagen, dass er die Heizung anders einstellen soll ...) haben wir kaum gesprochen. Bis er mich irgendwann gefragt hat, ob wir miteinander reden können. Also genau das, was ich schon vor Wochen gewollt hatte.

Und ich hätte so gern Ja gesagt. Ihm von meiner Woche erzählt, davon, dass ich aktiv versuche, etwas zu finden, was mir gefällt. Davon, dass ich alles allein mit dem Arbeitsamt geklärt habe, ohne seine Hilfe.

Aber er hat mich kaum ansehen können, also habe ich ihm die Wahrheit gesagt: Ich bin noch nicht bereit dazu.

Daraufhin hat er endlich seinen Blick gehoben und mich fixiert mit den traurigsten grünen Augen, die ich je gesehen habe. Aber es war nicht genug.

Wird er das nächste Mal, wenn ich was falsch mache, wieder gehen? Wird es überhaupt ein nächstes Mal geben? Werden wir reden und er sagt, er kann das nicht mehr? Bin ich in seinen Augen auch ein Versager, wie für meine Eltern?

Was wäre gewesen, wenn er die Fragen alle zustimmend beantwortet oder mich belogen hätte? Bin ich gerade stabil genug, um nicht wieder zum Wodka zu greifen?

Genau das ist der Grund, warum ich abgelehnt habe. Warum ich ihm nicht davon erzählt habe, dass ich jetzt zusätzlich zum Treffen ein Einzelgespräch bei einem Psychologen habe, der darauf spezialisiert ist, mit Suchtkranken zu arbeiten. Ich konnte ihn zwar erst zweimal sehen, aber die beiden Termine haben ausgereicht, um mich nicht so allein zu fühlen. Zum Glück hat Gruber nicht mit der Wimper gezuckt, als ich gesagt habe, dass ich zwar mit jemandem reden möchte, aber er nicht die Person dafür ist.

Er hat mir geholfen, die Hilfe zu finden. Aber nicht nur dabei, sondern auch mit den Praktika in den letzten Wochen. Ich hatte gehofft, dass mir die Arbeit als Gärtner gefällt, weil ich ein Händchen für Pflanzen habe. Aber die körperliche Arbeit und der geringe Lohn haben mir nicht zugesagt. Am spannendsten war der Tag, den ich mit Joris verbracht habe, aber mir ist ziemlich schnell klargeworden, dass das mit meinem durchschnittlichen Abitur vorerst nichts wird mit einem Medizinstudium. Dabei wäre Sportmedizin genau das, was mir gefallen könnte.

Gruber wird genau vor uns mit Gewalt gegen die Bande gedrückt. So heftig, dass er zusammensackt, als der Gegenspieler mit dem Puck weiterskatet. Aber er kommt nicht weit, weil die Stimmung nur Sekunden, nachdem Gruber mit dem Kopf das Eis berührt, kippt. Ich bin auf den Beinen, bevor ich realisiere, dass ich nichts machen kann. Dass ich nicht bereit bin, da rauszugehen und den Typen so fertigzumachen, wie Luca und Fink das gerade tun. Mein Herz rast. Was, wenn Gruber was passiert ist? Die beiden Schiedsrichter dringen kaum zu den sich schlagenden Spielern durch, weil beide Mannschaften aufeinanderprallen. Das gibt zumindest den Rettungssanis, die bei jedem Spiel dabei sind, genug Zeit, Gruber vom Feld zu holen. Dieser hängt mehr an der Schulter der einen Medizinperson, als dass er sich selbst bewegt. Aber zumindest hat er die Augen auf, das ist doch schon mal ein gutes Zeichen. Oder?

Die Sanitäter bringen ihn in den Tunnel Richtung Umkleiden, dicht gefolgt von Joris, dessen Gesicht sorgenzerfurcht ist.

Mein Blick gleitet wieder zurück zu dem Tumult, der sich aufgelöst hat. Fink und Luca sitzen draußen, genau wie zwei Spieler der anderen Mannschaft.

Die Stimmung ist aufgeheizt und angespannt, aber vielleicht rührt das auch einfach nur daher, dass Trainer Thomas neben mir auf und ab geht. Er sagt nichts, ärgert sich nicht lautstark wie der Trainer der Eisendorfer Eisbären. Obwohl eine ganze Fläche Eis mit schimpfenden Hockeyspielern zwischen uns liegt, sind seine wütenden Tiraden bis hierher zu hören.

Eisendorf hat sich von den zwei fehlenden Spielern schneller erholt als wir. Und das Ziehen in meinem Magen wird heftiger. Ich würde alles dafür geben, jetzt auf dem Eis zu stehen. Aber ich habe selbst im Training gemerkt, dass mein Ben noch nicht so weit ist. Und dadurch, dass ich beschlossen habe, vernünftig zu sein, biete ich Trainer Thomas nicht an, mich einzuwechseln, sondern bleibe sitzen und versuche, die Aufregung wegzuatmen. Aber mein Herz schlägt nur schneller, als die zwei Minuten vorbei sind und Jenssen wieder übers Eis gleitet.

Wir gehen mit einem Unentschieden ins letzte Drittel und das ganze Publikum steht, als sich Leander von seinem Gegenspieler freimacht und allein auf den Goalie zufährt.

Dann passiert alles so schnell, dass ich es kaum bis zum nächsten Atemzug schaffe, als Leander den Puck nach einer Täuschung im Netz versenkt.

Die Halle bebt. Aus den Boxen dringt *Eye of the Tiger* und das Team liegt sich in den Armen. Vielleicht feiern wir zu früh zu heftig. Vielleicht brauchten wir auch den Befreiungsschlag, um endlich unser Spiel zu spielen und nicht ihres. Der einzige Schatten, der über allem schwebt, ist, dass Gruber ins Krankenhaus musste, mit Verdacht auf Rippenstauchung und möglichem Schädelhirntrauma.

Aber wenn seine Verletzung ein Gutes hat, dann, dass das Team auf Rache aus ist. Nicht auf körperliche Schäden, sondern auf den Sieg, der uns zusteht.

Ich ignoriere Luca, wenn er bei uns auf der Bank sitzt, aber sobald er mit den Kufen das Eis berührt, habe ich nur noch Augen für ihn. Und ich habe aufgehört, mir was anderes einzureden.

Wenn ich poetisch veranlagt wäre, könnte ich wahrscheinlich ganze Gedichte darüber schreiben, wie gekonnt er den Schläger aus dem Handgelenk führt. Oder darüber, dass ich auch gern mal von ihm in die Bande gedrückt werden will. Vielleicht nicht ganz so hart, wie er es gerade mit einem Offensivspieler macht, aber ich hätte nichts dagegen einzuwenden, wenn er mich fester anpackt und berührt.

Als ich es endlich schaffe, meinen Blick von Luca zu lösen, treffe ich auf den von Williams, der neben mir sitzt und mir nur ein Augenverdrehen schenkt.

»Gibt's was, *Isaiah*?«

»Ich weiß, dass es mehr braucht, als dass der eine auf den anderen steht, um eine funktionierende Beziehung auf die Reihe zu bekommen. Aber es tut weh, euch zuzusehen.«

»Von meiner Position aus schmerzt es nicht weniger«, erwidere ich und schaue wieder zurück zum Eis.

»Sorry, Mann«, murmelt er.

Wahrscheinlich sollte ich Williams im Gegenzug auch mal nach seinem Leben fragen, weil er immer nur zuhört und ich den Eindruck bekomme, dass er niemanden hat. Aber ich kann das gerade nicht. Wäre ihm keine große Hilfe. Vor allem nicht mit den Gerüchten, die immer wieder in der Kabine aufkommen und bei denen ich versuche, nicht allzu genau hinzuhören.

Schließlich sollte es nicht unser Problem sein, ob Williams eine Polybeziehung geführt oder mit unserem ehemaligen Teamkameraden geschlafen hat. Der neuste Tratsch war, dass er den DJ der letzten Party, der auch sein Mitbewohner ist, in der Unibibliothek flachgelegt hat.

Mittlerweile glaube ich, dass an den meisten Erzählungen nichts dran ist. Ein Haufen Kerle in Umkleidekabinen ist meistens anstrengender als eine Gruppe Frauen.

Das Pfeifen des Schiedsrichters reißt meine Aufmerksamkeit wieder zurück zum Spiel.

Die letzten dreißig Sekunden laufen und ich weiß nicht, ob ich hinschauen soll oder nicht. Fink ist in der Mitte und führt den Puck an ihrem Center vorbei. Einen Augenblick später segelt die Scheibe über das Eis, genau in den Lauf von Luca. Er strahlt so viel Ruhe, Überlegenheit und Anmut aus, dass es mich nicht wundert, als er nur Sekunden später den vierten Treffer für die Tigers erzielt.

Das ganze Stadion rastet aus. Der Knoten in meiner Brust und die Last auf meinen Schultern lösen sich endlich und ich kann wieder ausatmen.

Eine Woche später siegen wir auswärts, und während alle anderen sich wieder bei Williams in der WG verabreden, entscheide ich mich dafür, nach Hause zu fahren. Nach dem, was am Abend von Grubers Empfangsparty war, brauche ich heute keine Versuchungen mehr.

Es ist nicht so, als hätte mir mein Psychologe verboten, dabei zu sein, aber ich will lieber auf Nummer sicher gehen. Nicht ablenken lassen, wenn ich endlich das Gefühl habe, mein Leben auf die Reihe zu bekommen.

Ich steige also am Zentralplatz um und fahre nach Hause. Gruber schenkt mir ein mitfühlendes Lächeln, als sie alle in die Zwölf einsteigen. Alle bis auf mich.

Dachte ich, bis ich im Bus bin und in den Spiegelungen der Fenster ein bekanntes Gesicht sehe. *Luca.*

Ich drehe mich nicht um und sage nichts, während ich weiter nach hinten gehe und mir einen Sitzplatz suche. Er kommt nicht zu mir, sondern hat sich irgendwo vorn einen gesucht. Keine Ahnung, warum er nicht mit den anderen mit ist, er hat schließlich zwei von fünf Toren erzielt. Also allen Grund zu feiern.

Ich schaue aus dem Fenster, um nicht bei seinem Hinterkopf hängenzubleiben, der in einer dunkelgrünen Mütze steckt. Regen prasselt gegen die Scheiben und lässt die Lichter der Stadt dahinter verschwimmen.

Vielleicht ist heute der Abend, an dem ich mit Luca reden sollte. Schließlich hat der Psychologe in dem Punkt recht: Wenn ich Luca meide, kann ich nicht weitermachen. Dann kann ich mich nicht von den Was-wäre-wenn-Gedanken lösen.

Was, wenn ich nicht zur Flasche gegriffen hätte? Wenn er früher zuhause gewesen wäre? Wenn ich den Anruf meiner Mutter nicht entgegengenommen hätte?

Wären wir dann zusammen oder hätte es so oder so nie funktioniert?

Er steigt an der gleichen Haltestelle aus wie ich. Aber er ist einige Meter vor mir. Vielleicht bleibt er stehen und wartet auf mich. Vielleicht falle ich extra ein Stück zurück, damit heute nicht der Abend ist, an dem ich mit ihm rede.

37

Luca Jenssen

Wir sind allein in der WG und ich weiß nicht, was ich machen soll. Er hat auf dem Weg von der Haltestelle bis in die Wohnung Abstand gehalten und ist direkt in sein Zimmer. Und ich? Ich stehe im Flur vor seiner Tür, weil ich offensichtlich keine Grenzen akzeptieren kann. Er hat mir gesagt, dass er noch nicht mit mir reden kann. Das ist über zwei Wochen her.

Vielleicht ist es der Rausch des Sieges, der mich mutig werden lässt. Vielleicht ist es mein Hang zur Selbstzerstörung. Wahrscheinlich hätte Gruber eine Antwort darauf, aber der ist gerade nicht hier.

Ich hebe die Hand und klopfe an. Und dann überrennt sie mich doch, die Nervosität. Das Herzklopfen. Das Magenziehen. Alles auf einmal, weil ich seine Wünsche nicht respektiert habe und bereit bin, mich wieder wegstoßen zu lassen. Verdient, weil ich einen großen Fehler gemacht habe.

»Komm rein.« Wir wissen beide, dass sonst niemand in der Wohnung ist.

»Hi«, sage ich und verweile im Türrahmen. Das letzte Mal, als ich hier war, hat alles nach meiner Jugend gerochen. Warum zur Hölle überschattet das all die anderen Male. All die kleinen und großen Momente, die wir zusammen hatten?

»Hey.«

Und dann sagt keiner mehr was.

Er hat aufgeräumt. Zumindest liegen nicht, wie oft im Sommer, überall Haufen von Klamotten auf dem dunklen Holzoptik-Boden.

»Du hast gut gespielt.« Er sitzt auf seinem Bett. Sein Smartphone auf der dunkelblau karierten Decke, die irgendwann mal meine war. Aber ich sage nichts, weil ich sie nicht zurückhaben will. Sie würde mich sowieso nur daran erinnern, dass ich am liebsten wieder mit ihm darunter liegen wollen würde. Ich bin mir zwar nicht sicher, wo wir gerade stehen, aber garantiert nicht da.

»Danke.« Kaya würde mir in den Arsch treten, wenn sie wüsste, dass ich jetzt kein Wort rausbekomme. Dass ich gern und lautstark andere auf ihre Fehler aufmerksam mache, aber meine nicht zugeben kann.

»Ich habe dir nie die Chance gegeben, zu sagen, was an dem Tag passiert ist. Das tut mir leid«, murmele ich.

»Genauso wenig, wie du mir eine reelle Chance eingeräumt hast bei dem, was zwischen uns war.« Kein Boarding hat je so geschmerzt wie seine Worte und sein Tonfall.

Ich hebe den Kopf, bin aber zu weit von seinem Bett entfernt, um den Ausdruck in seinen Augen auszumachen. Anstatt liegen zu bleiben, steht er auf, und ich beobachte jede seiner Bewegungen, völlig fasziniert von der Reaktion, die sie in meinem Körper auslösen.

Ich habe noch nie eine andere Person angeschaut und das Bedürfnis gehabt, sie zu berühren. Oder mich daran erinnert, wie es sich angefühlt hat, als wir zusammen waren. Dass nicht die Übelkeit das Kribbeln in meinem Magen ausgelöst hat, sondern der Wunsch, ihm nah zu sein.

Er kommt ein paar Schritte auf mich zu, bis er eine Armlänge von mir entfernt stehen bleibt. In seiner Haltung liegt so viel Stärke und Selbstbewusstsein wie schon seit langer Zeit nicht mehr. Seit diesem Sommer, als er so viel verloren hat.

Ich mag es, dass er jetzt wieder der Kian ist, dem niemand etwas anhaben kann, aber ich hasse es, dass ich nicht dabei war, als es passiert ist. Ich habe ihn im Stich gelassen, weil ich nicht mit meinem Leben klarkomme. Mit meiner Vergangenheit. Dabei war es mit ihm das erste Mal, dass ich mich nicht mehr so allein gefühlt habe.

»Du willst reden, Jenssen? Dann sprich.« Fuck. Ich hasse den harten Ausdruck in seinen warmen braunen Augen.

»Es tut mir leid –«

»Was genau? Dass ich einen verdammten Fehler gemacht habe, der dir den Grund gegeben hat, abzuhauen?« Er spricht beinahe tonlos und so eklig neutral mit mir, dass sich alles in mir zusammenzieht. »Das Schlimme daran ist eigentlich, dass ich dir geglaubt habe. In meinem Kopf bist du die perfekte, fehlerfreie Person und ich dachte … ich bin sowieso nicht gut genug für dich –«

»Kian«, flehe ich. Ich weiß nicht mal, was ich will. Dass er aufhört zu sprechen. Dass ich endlich mal was sage.

»Dummerweise gehst du mir seit verdammt vielen Wochen nicht mehr aus dem Kopf und das kotzt mich fast noch mehr an. Ich meine, wie kann ich jemanden mögen, der meinen Wert nicht sieht?«

»Fuck, Kian, ich seh–«

»Du siehst einen Scheißdreck. Du siehst deine Mutter. Du siehst mein Versagen. Du siehst den arbeitslosen Kian. Den Kian, der nicht mehr aufs Eis kann.« Er presst seinen Zeigefinger gegen meine Brust, genau da, wo mein verfluchtes Herz nur für ihn schlägt. Und für uns bricht.

»Ich will, dass du mich siehst. Das, was ich alles geschafft habe. Was ich durchgemacht habe. Wer ich heute bin. Aber ich habe keinen Bock, wieder alles zu riskieren und noch mehr zu verlieren. Ich bin fertig damit.«

Mein Hals schnürt sich so schnell zu, dass ich Angst habe, zu ersticken. Schiss habe, zu ertrinken in dem dunkelbraunen Meer aus Abneigung und Missbilligung.

Und dann schlucke ich meinen Stolz und die Hoffnung darauf, dass wieder alles gut wird, runter.

»Kian, was ist passiert?« Ich gehe hier nicht raus ohne die Antwort, wegen der ich gekommen bin. Egal, ob es mich alles kostet. »Bitte erzähl mir davon. Ich geh danach, wenn du willst. Ich will es verstehen –«

»Plötzlich? Wieso ist es dir jetzt wichtig, wo es dich damals kein Stück interessiert hat?«

Ich kann seine Reaktion nachvollziehen. Ich wäre mindestens genauso wütend an seiner Stelle.

»Ich hab alles falsch gemacht. Ich … wusste es nicht besser, habe gedacht, wenn ich meine Mutter und unsere Vergangenheit lang genug verleugne, hat das keine Auswirkungen auf mein Leben. Das war einfach nur dumm und ich weiß das jetzt.« Mein Blick gleitet durch sein Zimmer, zu seinen alten Hockey-Trikots und denen bekannter Spieler, die an seinen Wänden hängen, nur um ihn nicht anschauen zu müssen. Nicht zu sehen, wie hoffnungslos das hier ist. Nicht die Endgültigkeit in dem Braun seiner Augen zu erkennen, wenn ich noch nicht fertig bin, ihm mein Herz auszuschütten. Aber verdient habe ich mir das sowieso nicht, schließlich habe ich ihm auch nie eine Chance gegeben, seine Sicht zu erzählen.

»Ich habe einfach reagiert und dir nicht mal die Möglichkeit gegeben, dich zu erklären, oder dir Unterstützung angeboten. Gott, ich weiß, dass ich das hier nicht verdient habe. Dass du mir zuhörst und ich es nicht getan habe. Aber ich will es verstehen. Will besser werden. Und ich will für dich da sein, auch wenn ich nachvollziehen kann, dass du das nicht mehr möchtest.«

Und dann begegnen sich unsere Blicke endlich. Nur, dass ich keine Ahnung mehr habe. Dass ich diesen Kian nicht mehr lesen kann. Dass ich nicht mehr weiß, wie wir zueinander stehen. Wahrscheinlich genau so. Eine Armlänge entfernt. Ein zugefrorener See aus unbekannten Gefühlen und Gefahren, der uns trennt. Bei dem jeder Schritt und jede Bewegung den Untergrund zersplittern lassen, bis nichts mehr übrig ist von dem, was wir uns mal aufgebaut haben.

Und wahrscheinlich ist es besser, wenn er einfach alles kappt, dann müssen wir nicht mehr vorsichtig umeinander herumschleichen.

»Du bist gegangen. Hast dich tagelang nicht gemeldet, weil du mir nicht vertraut hast, dass ich damit klarkomme, wenn es dir schlecht geht. Damit hast du mir die Chance genommen, mich zu revanchieren. Dir zu zeigen, dass ich auch für dich da sein kann.« Kians Stimme ist atemlos. Er unterbricht immer wieder den Augenkontakt und ballt seine Hände zu Fäusten, bevor er wieder locker lässt. Und ich hasse mich noch ein Stück mehr dafür, dass ich das in ihm auslöse.

»Als mein Handy geklingelt hat, dachte ich, du wärst es. Ich habe den Anruf entgegengenommen und war so erleichtert, von dir zu hören, als –« Seine Stimme bricht und er dreht sich weg von mir.

Plötzlich ist die Stimmung im Raum eine ganz andere und ich komme nicht mehr mit. Weiß nicht, was ich machen soll, damit es besser wird. Habe keine Ahnung, woher das Ziehen in meiner Magengegend kommt.

Aber bei einer Sache bin ich mir sicher: Ich habe ihn nicht angerufen. Und das bereue ich am meisten.

»Wer war dran?«, murmele ich und mache einen Schritt auf ihn zu. Ich würde alles dafür geben, meine Hände auf seine angespannten Schultern zu legen. Dabei mag ich Berührungen nicht mal.

Der Laut seines frustrierten Lachens zerreißt die Stille zwischen uns. »Meine Mutter. Sie hat erfahren, dass ich keinen Ausbildungsplatz mehr habe. Sie … ich habe die letzten Wochen mit meinem Onkel auf verschiedenen Baustellen gearbeitet und –«

»Aber dein Bein«, unterbreche ich ihn.

Er dreht sich um und funkelt mich böse an. »Meinst du, irgendwer würde einen Scheiß darauf geben, dass ich vielleicht nicht mehr Hockey spielen kann, wenn ich Zementsäcke schleppen muss?«

Ich beiße mir auf die Lippen, um nicht noch mal etwas Dummes zu sagen.

»Ich war so scheißallein … und all ihre Vorwürfe sind irgendwie zu mir durchgedrungen. Ich war einfach müde. Vielleicht habe ich es auch nur gemacht, um zu bestätigen, was sie immer von mir dachte. Dass ich ein Versager bin.« Er legt den Kopf in den Nacken und stößt einen tiefen und lauten Atemzug aus.

Ich spüre die Last, die er die ganze Zeit mit sich getragen hat, als wäre es meine eigene. Sie legt sich schwer auf meinen Brustkorb, raubt mir den nächsten Atemzug, und ich kann nichts machen. Kann nur dabei zusehen, wie einzelne Tränen seine Wangen hinunterlaufen, während er immer noch zu weit von mir entfernt steht.

»Kian.« Ich habe keine Ahnung, was ich machen soll. Was er von mir erwartet. Soll ich bleiben? Ihn berühren? Was sagen? Oder soll ich lieber gehen und ihm den Raum geben, den er sich von mir gewünscht hat?

»Ich weiß nicht mal, warum ich dir das erzähle.« Seine Stimme zittert. Und ich kann nicht anders, als einen Schritt auf ihn zu zu machen. Aber ich schiebe meine Hände in die Hosentaschen, um nicht der Versuchung nachzugeben. Dem Kribbeln, das seine Nähe jedes Mal in mir auslöst. Das Herzrasen, an das ich mich in seiner Gegenwart schon gewöhnt habe, ohne zu checken, was es bedeutet.

Ohne zu verstehen, wie schnell es vorbei sein kann. Nur, dass mein Herz jetzt mehr aus Panik und Hoffnungslosigkeit gegen meinen Brustkorb pocht, die all die anderen Gefühle überschatten.

»Ich will für dich da sein. Sag mir, wie ich dir helfen kann.« Mein Blick wandert über seinen Hals, die Haut, die immer ein paar Nuancen dunkler ist als meine. Egal, ob wir Sommer oder Winter haben. Alles riecht nach Kian. Nach seinen Pflegeprodukten, die überall im Bad rumstehen und die ich genauso gemieden habe wie ihn und die Wohnung in den letzten Wochen.

»Du kapierst es einfach nicht.« Dann senkt er den Kopf. Seine Augenbrauen sind zusammengezogen und seine Lippen aufeinandergepresst. »Ich brauche dich nicht.«

Mein Hals zieht sich zusammen und ganz plötzlich brennen meine Augen. Ich bin so überfordert mit seinen Worten und der Reaktion meines Körpers, dass ich nichts sage. Dass ich ihn anstarre. Bis meine Sicht verschwimmt und alles darin ertrinkt. All die Erwartungen, die ich an das Gespräch hatte. An ihn. An mich. An uns.

»Was ist, wenn ich dich brauche?«, murmele ich und fahre mir so fest mit dem Handrücken über die Augen, bis ich Sterne sehe und hoffe, dass das Monster kommt und mich mit sich reißt. Aber ich weiß, dass die Übelkeit nicht von meiner Migräne kommt, sondern von der Reue und der Scham, die ich fühle, seit ich den Raum betreten habe.

Es ist trotzdem das erste Mal, dass ich mir wünsche, dass sie kommt und alles auslöscht, so wie sonst auch, wenn ich nicht darum bitte.

38

Kian Arslan

Was ist, wenn ich dich brauche?

Ich weiß nicht, was in der letzten halben Stunde passiert ist. Habe keine Ahnung, warum ich ihm alles gesagt habe. Wieso ich nicht um uns gekämpft habe.

Er musste vor mir zusammenbrechen, damit ich verstehen konnte, dass ich ihn genauso verletzen kann wie er mich. Und ich weiß nicht, ob ich das noch mal ertrage. Wusste nicht, dass es so viel mehr schmerzt, ihn so zu sehen, als gar nicht mehr.

Was ist, wenn ich dich brauche?

Meine Mutter hat mich heute angerufen. Den gesamten Morgen, und ich habe es ignoriert, bin zum Spiel und habe es für einen Moment vergessen. Vergessen, dass ich meinem Onkel gestern gesagt habe, dass ich nicht mehr auf die Baustelle komme. Ich war abgelenkt von den guten Sachen, die diese Woche passiert sind. Von den Einladungen zu Vorstellungsgesprächen. Von den positiven Gesprächen mit meiner Betreuerin beim Arbeitsamt.

Und dann hat er angeklopft und alles war wieder da. All der Druck und die Erwartungen. Und zwischendrin immer wieder Gesprächsfetzen von Gruber und meinem Psychologen. Und zu diesem ganzen Cocktail aus Verwirrung kam dann noch die Wut dazu, als ich gesehen habe, dass meine Mutter mich schon wieder angerufen hatte. Und jetzt stehen wir hier in den Scherben unserer Beziehung, die nie eine war. Und ich verstehe es nicht. Warum ist es so weit gekommen? Ich wollte Luca zurück. Wollte, dass er zugibt, auch einen Fehler gemacht zu haben. Aber ich habe mich kein Stück besser verhalten als er. All die Fortschritte, die ich gemacht habe. All die Augenblicke, in denen ich angefangen habe, wieder für mich einzustehen, haben dazu geführt, dass ich Luca verletzt habe. So wie er mich. Nur, dass ich das nie wollte.

Was ist, wenn ich dich brauche?

Als er vor mir auf die Knie sinkt, den Kopf immer noch vergraben in seinen Händen, reißt mich das aus meinem Gedankenchaos. Aus all den Vorwürfen und dem Selbsthass, dem ich doch eigentlich den Kampf ansagen wollte.

»Luca.« Ich lasse mich zu ihm auf den Boden gleiten. Bin ihm nicht so nah, wie ich wollte, aber das ist okay. Weil wir uns auf einem Terrain befinden, auf dem wir uns beide nicht auskennen. Weil ich ihn verletzt habe, so wie er mich. Und ich würde es rückgängig machen, wenn ich könnte. Will ihn halten und mich entschuldigen, aber ich weiß nicht, wie. Es ist, als würden wir uns zum ersten Mal gegenüber sein, nur dass wir dieses Mal alles offengelegt haben. Dass wir geredet haben. Fehler und Schwächen eingestanden haben. Und ich hoffe, das hat uns nicht noch weiter auseinandergetrieben als alles zuvor.

»Luca, es tut mir so leid …« Ich weiß nicht, ob er weint. Oder warum er mich nicht ansehen will. Aber ich verstehe es. Verstehe jetzt besser, warum er so reagiert hat, schließlich habe ich es heute auch getan.

»Ich … fuck, ich wollte dich nicht verletzen.« Keine Ahnung, ob er mich hört oder warum mein Bein auf dem Boden nicht protestiert, obwohl ich es die ganze Woche gespürt habe.

»Können … Kann ich dich anfassen?«, frage ich und strecke die Hand aus. Doch bevor ich ihn erreiche, hebt er endlich den Kopf. Seine Augen sind rotgerändert. Seine blonden Locken hängen ihm zerzaust in die Stirn. Der Ausdruck in dem Grün ist matt und hoffnungslos. Er reißt die letzten Mauern ein, die ich mir wochenlang aufgebaut habe. Wenn ich weiter mit so viel Schutz und Wut durch die Welt laufe, werde ich nicht erfahren, wie es ist, wenn Luca in mich verknallt ist, und das mehr als eine Nacht und einen Morgen. Ich werde irgendwann vergessen, wie es sich angefühlt hat, als er meine Hand genommen hat, vor all unseren Freunden.

»Was machen wir jetzt?« Seine Stimme ist total dünn. Er hat nicht
geantwortet, weil er nicht berührt werden will. Das ist okay. Das war
immer der Deal. Irgendwie auch verdient, nach dem, was ich ihm an
den Kopf geworfen habe.

»Keine Ahnung … aber zu lang kann ich nicht mehr hier auf dem
Boden bleiben.« Ich versuche, die Stimmung zu heben. Die Schwere
rauszunehmen. Aber ich bin mir nicht sicher, ob es mir gelungen ist,
weil er mich immer noch mit einem Ausdruck mustert, den ich nicht
deuten kann.

»Soll ich gehen?«, fragt er und weicht meinem Blick aus.

Und dann mache ich es einfach, ohne auf seine Antwort zu warten.
Schiebe meine Hand in seine und verschränke unsere Finger miteinander.

Dann warte ich. Augenblicke. Herzschläge. Atemzüge.

Er sieht mich an.

Wir sind noch nicht fertig.

Nicht von meiner Seite und hoffentlich auch nicht von seiner.

»Nicht, dass ich den Anblick nicht mag, aber ich muss aufstehen.«

»Das hast du nicht ernsthaft gerade gesagt«, erwidert er und für einen
Moment glaube ich, er ist sauer. Wollte nicht, dass ich ihn anfasse.
Will das hier nicht. Das, was zwischen uns ist.

Doch dann heben sich seine Mundwinkel. Nur ein kleines Stück, aber
ich sehe es ganz genau.

»Komm schon, *Jenssen*«, sage ich und ziehe ihn mit mir auf die Beine.
Ich stolpere einen Moment, weil mein rechtes Bein schon wieder taub
ist, aber er hält mich und lässt nicht los.

»Ich mag es nicht, wenn du mich so nennst.«

»Wie? Jenssen?«, frage ich, obwohl ich ganz genau weiß, was er meint.
Wir sind so weit weg von Teamkameraden, wie wir nur sein könnten.

»Ja.« In seinen grünen Augen flackern endlich wieder Kampfgeist,
Witz und Zuneigung. Und ich würde mich so gern darauf einlassen.
Mit ihm scherzen, ihn herausfordern, ihm sagen, wo es lang geht, nur
um am Ende nackt und befriedigt auf meinem Bett zu liegen. Aber wir
würden keinen Schritt weiterkommen.

»Was machen wir jetzt, Luca?«

»Ich habe keine Ahnung.« Dabei hält er immer noch meine Hand
und ich weiß, egal was passiert, er wird sie erst mal nicht loslassen.

»Kein Sex.«

»Was?«, fragt er mit weit aufgerissenen Augen und ich bin kurz davor, die Bedingung fallenzulassen. »Fuck, Kian, jetzt bin endlich auf den Geschmack gekommen und du nimmst mir den Spaß.« Für einen Moment glaube ich, eine Spur Ernsthaftigkeit zwischen den Zeilen zu hören, aber seine vergnügt funkelnden Augen verraten was anderes.

Ich schubse ihn spielerisch mit der freien Hand. Sein Grinsen wird breiter. Er macht einen Schritt zurück und zieht mich mit sich, bis wir uns viel näher sind als zuvor.

»Es tut mir leid, dass ich gesagt habe, ich brauche dich nicht. Ich … will, dass du bei mir bist. Ich wünsche mir, dass du mir hilfst. Aber ich habe die letzten Wochen gemerkt, dass ich auch allein Dinge schaffen kann. Du hast mich so verletzt und irgendwie …« Ich weiche seinem Blick aus. »Ich wollte das nicht und trotzdem ist es passiert.«

Wahrscheinlich waren es die Anrufe meiner Mutter, die meine Stimmung beeinflusst haben, dennoch habe ich den Menschen, der mir gerade am meisten bedeutet, verletzt, nicht sie.

»Lass doch einen Deal machen: Heute gibt's keine Entschuldigungen und kein Verletzen mehr.« Der Ton in seiner Stimme ist warm und er drückt meine Hand noch mal.

»Okay«, erwidere ich und betrachte ihn für einen Moment, weil ich die letzten Wochen nicht damit gerechnet habe, ihm noch mal so nah zu sein. Dass er hier in meinem Zimmer steht und wieder alles nach ihm riecht.

Braune Wimpern umrahmen seine grünen Augen, in denen endlich wieder viel Gefühl liegt. Seine dunkelblonden Locken liegen zerzaust auf seinem Kopf und ich muss das Bedürfnis, meine Finger in ihnen zu vergraben, dringend unterdrücken, weil ich mich sonst an meine eigenen Vorgaben nicht halten werde.

»Wenn wir nicht miteinander schlafen, ist nebeneinander schlafen dann okay?«, fragt er leise und ich kann das warme Kribbeln, das sich in meinem Körper ausbreitet, nicht verhindern. Ich habe das vermisst. Ihn und mich und das Gefühl, wenn wir zusammen sind.

»Solange ich morgen neben dir aufwache und wir beide angezogen bleiben, spricht nichts dagegen, finde ich.«

Daraufhin lacht er nur und hält meinen Blick. Ich liebe den sanften Ausdruck in seinen Augen. Mag es, wie er mich betrachtet, als wäre ich ihm wichtig. Als hätte er mich auch vermisst. Als wäre er auch froh, mir wieder so nah zu sein.

Und dann beuge ich mich vor, bis meine Lippen über seinen schweben. Bis sein Atem über meine Haut streicht. Bis mein gesamter Körper summt.

Aber keiner von uns wagt einen weiteren Schritt. Wir schauen uns nur an, ganz verloren im Augenblick. Zumindest denke ich, dass es ihm ähnlich geht.

Vielleicht denkt er ja auch, wenn wir uns nur ein Stückchen näher zueinander lehnen, zerplatzt der Moment. Dass das hier doch nicht echt ist. Dass er nicht in meinem Zimmer steht und wir gleich zusammen in mein Bett steigen. Dass das nicht seine Hand ist, die in meiner liegt.

Und dann wird sein Lächeln noch ein bisschen breiter. Bringt die Luft um uns herum zum Knistern.

»Küssen auch nicht erlaubt?«, murmelt er und ich verliere mich in dem Glitzern seiner grünen Augen.

»Was würdest du sagen?« Ich will wissen, was er denkt. Ob er das auch spürt. Die Hitze. Die Aufregung.

Ich will wissen, wie kurz er davorsteht, die Vernunft über Bord zu werfen und sich nach vorn zu lehnen.

»Ich bin bei allem dabei.«

Ich will, dass er es ausspricht. Dass er mir genau sagt, was er will. Sodass ich weiß, ob das okay ist. »Du musst schon etwas genauer werden.« Dann drücke ich seine Hand noch mal, die sich genauso warmfeucht anfühlt wie meine. Keine Ahnung, ob das meine Nervosität ist oder seine.

»Okay, dann … bin ich definitiv für Küssen.«

Die Luft zwischen uns wird immer aufgeladener, bis er die letzten Zentimeter überbrückt und unsere Lippen sich berühren. Endlich. Luca zu küssen ist wie Hockeyspielen. Es fühlt sich leicht an. Richtig. Berauschend.

Jede Zelle meines Körpers will mehr, bis mein Brustkorb seinen berührt. Ich hoffe, er spürt nicht, wie schnell mein Herz rast.

Mit meiner freien Hand streiche ich durch seine Haare. Genieße die Geräusche, die seine Lippen verlassen, als ich nach den einzelnen Strähnen greife.

»Wir müssen sofort aufhören.« Er löst sich von mir. Sekunden vergehen, in denen wir nur die Luft des anderen atmen. In denen ich seinen Blick halte und gleichzeitig versuche, meinen Körper zur Ordnung zu rufen. Seine Lippen sind dunkelrot und schimmern. Seine Haare sind unordentlicher als sonst. Aber es ist der Ausdruck in dem schönen Grün, der mich hoffen lässt, dass das hier kein Fehler war. Dass das hier unser Moment ist. Einer von vielen.

Er löst seine Hand von meiner. Soll ich es ihm sagen? Dass ich bereit bin, wieder alles zu setzen, auch wenn ich verlieren könnte? Dass alles besser ist, als wieder ohne ihn zu sein?

Dann streichen seine Finger zaghaft über meinen Hals und ich vergesse alles. Auch, dass ich sprechen kann, weil nur noch Laute meinen Mund verlassen, als sein Griff fester wird.

»Sag Stopp«, verlangt er und das Funkeln in seinen Augen wird dunkler.

»No way«, murmele ich und lege meinen Kopf in den Nacken, damit seine Finger alle Stellen erreichen.

Das nächste Mal, dass seine Lippen auf meinen liegen, ist anders. Verlangender. Wilder. Atemloser.

Wir küssen uns, als würde jede Sekunde, die wir nicht nutzen, eine verlorene sein. Seine Zähne streifen über meine Lippen und das Feuer in meinem Inneren breitet sich so schnell aus, dass es mir die Luft zum Atmen nimmt. Oder es sind seine Finger an meinem Hals, die zudrücken.

Alle Gedanken verstummen. Ich höre meinen Herzschlag. Spüre, wie das Blut durch meinen Körper rast. Und es ist noch immer nicht genug. Ich will mehr. Will alles. Will seinen Körper noch näher an meinem. Will, dass wir alles über Bord werfen, samt unserer Klamotten.

Luca ist die Droge, von der ich nicht gewusst hatte, dass ich sie brauche. Bis ich einmal davon gekostet habe und nicht mehr genug bekomme.

Er stöhnt und schiebt seine Zunge in meinen Mund.

Wenn er meinen Schwanz so umgreifen würde wie meinen Hals, wäre ich wahrscheinlich schon längst gekommen.

Wir müssen aufhören.

Aber wie? Wie, wenn seine Küsse alles sind, was ich immer brauchte?

Wenn alles nach ihm riecht. Nach ihm schmeckt. Sich nach ihm anfühlt.

Warum sollte ich aufhören, wenn es morgen schon vorbei sein könnte? Wenn es rum ist, sobald wieder genug Sauerstoff in meinem Körper ist?

Warum sollte ich es beenden, wenn es sich so anfühlt?

So richtig. So perfekt. So Luca.

Ich kralle meine Finger in sein Oberteil, weil ich es ihm nicht vom Körper reißen kann. Weil er es nicht ausziehen kann, ohne dass wir den Augenblick unterbrechen müssten. Ich will nicht, dass er aufhört, mich zu küssen. Sich alles zu nehmen.

Meine Hände erkunden weiter, in der Hoffnung, Erlösung zu finden. Und dann … ist der Moment vorbei.

Meine Arme fallen locker zu meinen Seiten. Ich öffne meine Augen und Luca steht zu weit weg. Mit zerzausten Haaren und geröteten Wangen. Ich habe keine Ahnung, was er denkt. Warum er sich von mir gelöst hat, wenn seine grünen Augen immer noch nach Verlangen und Sehnsucht aussehen.

Aber ich frage nicht, warum. Vielleicht, weil mein Körper damit beschäftigt ist, ausreichend Sauerstoff überall hinzutransportieren. Vielleicht, weil ich Angst habe, dass es jetzt vorbei ist. Dass er heute nicht hier schläft. Dass das unser letzter Kuss war.

»Ich bin jahrelang locker ohne Küssen, Berührungen und Sex klargekommen, aber sobald du nur das Zimmer betrittst, verliere ich die Kontrolle … auf die gute Art.« Dann zwinkert er mir zu und ich verliere kurzzeitig das Gefühl für Raum und Zeit. Für Realität und Traum.

»Glaub mir, mein Schwanz ist nicht gerade erfreut über meine No-Sex-Regel … aber ich will morgen nicht allein aufwachen und dich nächste Woche auch noch küssen können.« Vielleicht ist meine Angst unbegründet. Vielleicht ist sie ihm gegenüber nicht fair. Aber wenn wir das machen, dann richtig.

Verschwunden ist die Lust in seinen Augen, die jetzt deutlich reuevoller wirken.

»Ich habe das nicht gesagt, um dich zu verletzen … und es ist okay, wenn du mir das nicht glaubst, schließlich habe ich eben keine Rücksicht darauf genommen, als ich all diese Sachen gesagt habe.«

Vielleicht sollte ich nicht alles filterlos teilen, was mir durch den Kopf schießt. Aber ich mag es nicht, wie sich seine ganze Haltung verändert hat. Wie alles an ihm nach Schuldbewusstsein schreit. Angefangen von dem Ausdruck in seinem Gesicht, bis hin zu den hängenden Schultern und den angespannten Händen.

»Lass uns einfach einen Schritt nach dem anderen machen, okay?« Und dann mache ich es. Überbrücke die Armlänge, die uns trennt, und greife nach seiner Hand.

»Das ist alles so neu und so anders als alles, was ich kenne, dass ich schon fast davon ausgehe, es wieder zu versauen«, murmelt er und schaut mich endlich wieder richtig an.

»Glaube, wenn's ums Verkacken geht, habe ich immer noch die Pole-Position«, erwidere ich.

Er schüttelt grinsend den Kopf und verschränkt unsere Finger miteinander.

Und ich? Ich will ihn am liebsten noch mal küssen, bis mir schwindelig wird, aber ich weiß nicht, ob wir dann aufhören würden.

39

Luca Jenssen

Übelkeit reißt mich aus meinem Schlaf. Es dauert einige Atemzüge, bis ich die feinen Berührungen an meinem rechten Schulterblatt wahrnehme, die sich anfühlen wie Nadelstiche. Die das Unwohlsein in meinem Inneren erhöhen.

Ich öffne die Augen. Dunkelblaue Bettwäsche. Dunkler Nachtschrank. Helle Wände. Ein kleines gelbes Trikot mit Kians Namen hinten drauf.

Fingerspitzen fahren zaghaft über meine Haut und ich muss ein Erschaudern unterdrücken. Ich wünschte, ich wüsste, wann es angefangen hat, dass ich Berührungen kaum ertrage. Nicht, dass es mich in den letzten Jahren schwer gekümmert hat. Ich habe es dann einfach vermieden. Aber gerade würde ich alles dafür geben, dass ich der Sache mal auf den Grund gegangen wäre, anstatt wie immer wegzulaufen und es zu vermeiden.

Wie soll ich Kian sagen, dass ich mich wegen seiner Streicheleinheiten gleich übergeben muss? Was ist das für ein Einstieg in eine Beziehung?

Fass mich nicht an, sonst muss ich kotzen.

War klar, dass es nur Stunden braucht, bis ich alles versaue.

Als sich Wasser in meinem Mund sammelt und sich mein Magen zusammenzieht, drehe ich mich weg von ihm.

»Sorry, ich wollte dich nicht wecken.« Er klingt verschlafen. Aber ich kann die Augen nicht öffnen, weil ich mich aufs Atmen konzentrieren muss. Darauf, nicht in sein Bett zu spucken.

An irgendwas anderes zu denken außer den Nachhall, den seine Berührungen auf meiner Haut hinterlassen haben, die immer noch summt.

»Alles gut?«

Ich will ihm antworten. Aber sobald ich meinen Mund öffne, ist es vorbei.

Einatmen.

Ausatmen

Ein.

Aus.

Die Übelkeit bleibt, aber das Gefühl in meinem Mund ist gegangen.

»Ich … anfassen.« Meine Zunge ist in den Minuten nach dem Aufwachen um zehn Kilo schwerer geworden und ich bekomme keinen vernünftigen Satz gebildet.

»Oh, Shit, du hast gesagt, dass du das nicht magst. Ich habe darüber nicht nachgedacht. Sorry. Ich habe mich ablenken lassen von dem Tattoo und … deinen Muskeln.« Dann lacht er kurz und warm und irgendwas in meinem Inneren löst sich. »Kann ich etwas tun, sodass es dir besser geht?«

Pack mich richtig an. Nimm mir mit deinem Schwanz die Luft zum Atmen. Fessel mich.

Sind wahrscheinlich alles keine vernünftigen Antworten. »Erzähl was«, verlange ich und muss kurz danach die Luft anhalten, bevor ich wieder atmen kann.

»Ich überlege, mir eine neue Handynummer zuzulegen oder meine Mutter zu blockieren. Und dann mache ich es doch wieder nicht. Sie ist schließlich meine Mutter.«

Ich sage nichts, weil ich meiner Stimme nicht traue. Weil mein Magen immer noch verrücktspielt, auch wenn es schon deutlich weniger geworden ist. Keine Ahnung, ob es an seiner Stimme liegt. Daran, dass ich wieder neben ihm im Bett liege. Dass sich alles anfühlt wie der Sommer, in dem ich nicht verstanden habe, warum es so schön ist, bei ihm zu sein. Dass da mehr ist als die Wärme in meinem Inneren. Nur dass es gerade immer noch überschattet wird von dem flauen Gefühl in meinem Bauch.

»Und dann denke ich wieder, dass es egal ist, ob sie Familie ist oder nicht, wenn sie mir so ein Gefühl gibt. Sie hat mich zur

Arbeit auf dem Bau gezwungen, obwohl sie mit mir im Sommer im Krankenhaus war und weiß, wie langwierig das alles ist. Ich bin so froh, dass nicht mehr passiert ist, außer Muskelkater an Stellen, die ich nicht kannte. Ach, keine Ahnung, vielleicht bin ich einfach empfindlich, und all das, was sie macht, ist nicht schlimm.«

Ich hasse es, wie niedergeschlagen er klingt.

»Mach das, womit du dich wohlfühlst.« Ich klinge wie eine atemlose Grußkarte. Dabei würde ich alles dafür geben, ihn anzufassen. Ihm irgendwie zu zeigen, dass ich da bin. Und er auf mich zählen kann. Aber ich weiß nicht, ob das stimmt. Selbst Kaya habe ich zu oft im Stich gelassen.

»Das, womit ich mich wohlfühle? Dann wären wir beide nicht mehr angezogen.«

Ich kann mein Lachen nicht aufhalten. Nicht das Geräusch und nicht die Leichtigkeit, die es in mir auslöst.

»Gott, Kian.«

»Ich will, dass du das sagst, wenn ich die Chance bekomme, dir einen zu blasen.«

Ich schlage die Augen auf und drehe mich zu seiner Seite. Das Grinsen, das auf seinen Lippen liegt, löst endlich all die Schwere, die meinen Körper seit dem Aufwachen im Griff hatte.

»Geht's dir wieder besser?«, fragt er und mustert mich aufmerksam. Ich mag, wie er mich anschaut. Wie sein Blick über meinen nackten Oberkörper gleitet. Er trägt sein Shirt noch, sonst wäre wahrscheinlich mehr in der Nacht passiert als rumknutschen. Wobei das schon ziemlich spektakulär war.

»Ich mag es, dir zuzuhören.«

»Ist mir aufgefallen«, sagt er und wackelt mit den Augenbrauen.

»Deine Stimme erinnert meinen Körper daran, dass du nicht fremd bist … Okay, das klingt irgendwie schräg«, sage ich und weiche seinem Blick aus. Vielleicht wäre ich doch besser auf seine zweideutige Aussage angesprungen.

»Finde ich nicht.« Und dann verschränkt er seine Finger mit meinen. Keine Ahnung, warum Händchenhalten für meinen Körper okay ist und sanfte Berührungen auf meinem Rücken nicht. Warum seine Hand in meiner sich anfühlt, als könnte ich alles überwinden. Die abnormalen Reaktionen meines Körpers und die Übelkeit, die mich sonst so fest im Griff hat.

»Warum Ikarus?«, fragt er, nachdem er mir viel zu lange in die Augen geschaut hat und ich damit gerechnet habe, dass einer von uns beiden aufgibt. Wir uns küssen. Im Augenblick verlieren. Verbotene Dinge machen, wie uns anzufassen und gemeinsam zu kommen.

»Das Tattoo? Es erinnert mich daran, am Boden zu bleiben. Daran, dass alles schnell vorbei sein kann. Ich habe ein paar dumme Sachen gemacht, weil ich mich selbst überschätzt habe … Außerdem mag ich die Ästhetik. Vielleicht hätte mir damals schon auffallen können, dass ich auch Männerkörper mag. Aber dadurch, dass ich auch Frauenkörpern nichts abgewinnen konnte, ist das vielleicht mit untergegangen.« Ich fahre mit der freien Hand über meinen oberen Rücken, als könnte ich das Tattoo, das schon lange unter meiner Haut verweilt, ertasten.

»Wann ist dir das mit den Körpern aufgefallen?«

»Beim Hockey. In der Kabine. All die Geschichten über Aussehen und Sex und Bedürfnisse. Irgendwann war Hockey für die anderen nicht mehr so wichtig wie für mich. Allerdings war das erst mit achtzehn. Vorher hatte ich viel zu viel damit zu tun, auf meine Schwester aufzupassen, Alkohol zu verstecken, uns einen Übernachtungsort zu suchen, wenn Anneliese wieder männliche Gäste mitgebracht hat. Na ja, und dann hat es noch bis zur Uni gedauert, weil ich mir eingeredet habe, dass Anneliese und unsere Jugend der Grund dafür sind, dass ich komisch und anders bin. Als ich es dann endlich gecheckt habe, habe ich es einfach verdrängt. Bin davor weggelaufen, bis ich genervt und betrunken genug war, um es noch mal auszuprobieren. Und ja —« Ich stoppe, weil ich nicht weiß, ob ich ihm schon sagen kann, wie sehr er mein Leben verändert hat. Dass ich den Luca mag, den es in seiner Gegenwart gibt. Dass ich gern mit ihm Sex habe und ihm mindestens genauso gern dabei zusehe, wie er mich anschaut.

»Ich hätte es wahrscheinlich an deiner Stelle nicht anders gemacht«, entgegnet er.

»Und wie hast du gemerkt, dass du Frauen und Männer und Sex magst?«

»Reden wir jetzt über die wirklich wichtigen Dinge? Erste Male? Verflossene Liebe? Vorlieben im Bett?«, fragt er und zwinkert mir zu.

»Als ich das erste Mal woanders aufgewacht bin, habe ich mich in ihr Bett übergeben und bin danach bewusstlos geworden.«

»Oh, Shit.«

»Ich hätte nichts sagen sollen.« Warum muss ich immer den Moment und die Stimmung killen?

»Bist du deswegen gegangen ... an dem Morgen nach Grubers Party?« An dem Morgen, nachdem wir Sex miteinander hatten? Als sich meine komplette Realität umgestellt hat, weil ich es mochte? Weil ich an nichts anderes denken konnte.

»Ja. Ich habe schon beim Aufwachen meinen rechten Arm nicht mehr gemerkt. Wir haben nicht darüber geredet ... und ich wollte damit nichts kaputtmachen.«

»Ich wollte auch für dich da sein.« Nichts ist mehr übrig von der spielerischen Unterhaltung, die wir noch vor Augenblicken geführt haben.

Ich habe es nie von seiner Seite aus gesehen. Habe mir nicht mal die Mühe gemacht, darüber nachzudenken, was er davon hält. Wahrscheinlich ist genau das der Grund, warum ich nicht geschaffen bin für Beziehungen. Warum ich nicht mal die mit meiner Schwester auf die Kette bekomme. Warum ich niemanden an mich heranlasse.

»Ich habe dir so viel zu verdanken. Du warst im Sommer für mich da, hast hier geschlafen, dich um mich gekümmert, sodass ich nicht nach Hause musste. Du hast mir mit dem Arbeitslosengeld geholfen. Ich bin jünger, hab keinen Job und das Einzige, in dem ich wirklich gut bin, kann ich nicht spielen. Du bist einfach in so vielen Punkten besser, älter und erfahrener und du hast mir mit deinem Verschwinden die Möglichkeit genommen, dir zu zeigen, dass ich auch was kann.« Seine Stimme zittert und ich weiß nicht, was ich dazu sagen soll. Ich verstehe ihn. Nur wünschte ich, dass ich früher mal darüber nachgedacht hätte, wie das für ihn ist.

»Kian«, murmele ich und drücke seine Hand.

»Jetzt könnte ich es verstehen, wenn du gehst, schließlich kann ich nicht mal für mich selbst Verantwortung tragen.« Wo ist der Kian von eben hin? Der Kian, der mich beinahe angeschrien hat. Der für sich eingestanden ist. Der selbstbewusste Kian.

»Weißt du eigentlich, wie viele Fehler ich mache? Wie schlecht ich in allen möglichen Beziehungen bin, weil ich immer nur an mich denke? Ich habe verstanden, dass das ein Fehltritt war, und wenn du dafür wirklich bereit bist, bleibe ich bei dir.«

Er schaut mich lange an. Keine Ahnung, was er denkt. Warum da immer noch so viel Zurückhaltung in seinen Augen liegt. Aber ich warte und halte seine Hand.

»Lass es mich versuchen.« Seine Stimme ist leise, aber entschlossen.

»Ich vertrau dir«, sage ich und meine es auch so.

»Vielleicht fühlst du dich sicherer, wenn du mir die Nummer deiner Schwester gibst.«

»Kann ich machen. Allerdings würde sie mich töten, wenn ich dich ihr nicht vorher vorstelle.«

Sein Blick wird verlegener und verträumter.

Doch bevor ich ihn fragen kann, warum er mich ansieht, als hätte ich ihm ein großes Kompliment gemacht, klopft es an der Tür.

»Arslan hast du 'ne Ahnung, wo –« Und dann steht Fink im Raum. »Ich hab nichts gesehen«, ruft er viel zu laut und hält sich die Hände vor die Augen.

»Ich hab ein Shirt an«, erwidert Kian lachend.

»Und unter der Decke?« Finks Stimme klingt gespielt panisch.

»Willst du das wirklich wissen?«

Ich schaue Kian an und verdrehe die Augen. »Musst du noch Öl ins Feuer schütten?«

»Wenn Fink einfach so in mein Zimmer spaziert, muss er damit rechnen, dass ich ihn ärgere.«

»Gruber, Mum und Dad sind wieder zusammen«, ruft unser Mitbewohner und nimmt endlich die Hände von den Augen.

»Ernsthaft?« Ich weiß nicht, ob ich lachen oder ein Kissen nach ihm werfen soll.

»Aua.« Natürlich nutzt Fink den Kissenangriff, um noch theatralischer aufzutreten.

Sekunden später betritt unser Kapitän den Raum und sein Grinsen ist so breit, als hätten wir gerade den Aufstieg geschafft.

»Dass ich das noch erlebe«, sagt er und greift sich an die Brust.

»Was war heute bitte im Frühstück?«, frage ich und ziehe die Decke noch ein Stück höher, damit sie meinen Bauch bedeckt.

Doch anstatt den Raum zu verlassen, wirft sich Fink mit Anlauf auf die Matratze, sodass ich meine Füße zurückziehen und noch ein Stück zu Kian rutschen muss, bis wir uns berühren.

»Jetzt mal Spaß beiseite. Ich bin froh, dass ihr wieder zusammen seid. Seid ihr doch, oder?«, kommt es von Gruber, der vor dem Bett stehen geblieben ist.

Ich drehe mich zu Kian, der erst die dunklen Augenbrauen hochzieht, bevor er mich angrinst. Und da ist wieder das Gefühl in meinem Körper, das sich im ersten Moment so anfühlt, als würden meine Kopfschmerzen kurz bevorstehen. Dann wird alles warm, weich und kribbelig. Und nervig, weil ich nicht aufhören kann, ihn anzulächeln.

»Jetzt küsst euch endlich«, fordert Fink und beobachtet uns viel zu intensiv.

»No way«, entgegne ich lachend, bevor sich Kians Hand in meinen Nacken legt und er mein Gesicht wieder zu sich dreht.

Unsere Lippen berühren sich, obwohl noch keiner von uns im Bad war. Trotz dass wir Zuschauer haben, küsst mich Kian, als wären wir ganz allein.

Erst als Applaus zu hören ist, löse ich mich von ihm und starre ihn noch einen Moment an.

»War das okay?«, fragt er.

»Ja.«

40

Kian Arslan

»G anz schön romantisch«, kommentiere ich und wechsele vom Gummiboden aufs Eis. Vielleicht kommt der Moment ja irgendwann, in dem mein Herz nicht schneller schlägt, wenn ich den kühlen Fahrtwind spüre. Wenn unter meinen Schlittschuhen noch eine feine Schicht Wasser liegt und niemand vor mir über das Eis geglitten ist. Vielleicht wird das irgendwann mal langweilig.

Aber als Luca und ich eben am Stadion ausgestiegen sind und er nicht irgendwoher einen Picknickkorb gezogen hat, sondern wir einfach in die Kabine sind und uns angezogen haben, hat mein Herz wie wild geklopft. Wahrscheinlich hat seine Anwesenheit das Ganze noch befeuert.

»Wir können später noch essen gehen, wenn du willst.«

»Was ist, wenn ich nicht will?«, erwidere ich und skate zurück zu ihm.

»Dann eben nicht«, sagt er und zuckt mit den Schultern. Und wenn ich ihn nicht besser kennen würde, würde ich ihm glauben, dass ihm das nicht wichtig ist.

Aber ich weiß, dass er das will. Dass er kein Problem damit hat, wenn wir erst ausgehen, bevor mehr passiert.

Ich komme ihm noch näher, aber er fährt immer weiter zurück. Ohne mich aus den Augen zu lassen. Er sagt nichts. Sieht unglaublich cool aus in dem dunkelgrünen Trikot, unter dem die ganze Schutzausrüstung steckt, die seinen Oberkörper noch breiter wirken lässt. Wir tragen beide Helme, aber keine Fullface-Masken oder Gebissschutz.

Keine Ahnung, was er geplant hat, aber ich liebe es, dass wir auf dem Eis sind. Nur wir zwei. Heute Abend ist kein Training und für Besuchende ist schon längst geschlossen.

Ich bin froh, dass wir nicht ins Kino sind und er gesagt hat, dass wir Schläger und Pucks mitnehmen.

»Du hast also keine Lust auf Kerzenschein, leckeres Essen und mir den ganzen Abend ins Gesicht zu schauen?«, frage ich und komme ihm noch ein Stück näher, bis er nicht mehr weiter kann, weil die Bande in seinem Rücken ist.

»Klingt ziemlich langweilig, dich die ganze Zeit anzugucken«, sagt er und macht genau das.

Mein Körper brennt, obwohl es im Stadion eiskalt ist und wir uns in den letzten Minuten zu wenig bewegt haben.

»Findest du?«, frage ich und schiebe meine Schuhe zwischen seine.

»Jap.«

Als sich unsere kühlen Nasen berühren, fällt sein Blick ganz kurz auf meine Lippen.

»Wirklich?«

»Was willst du hören, Kian? Dass ich dich ausführen will, und zwar so richtig? Dass ich deine Hand halten und dir von meiner Woche erzählen will? Dass ich für uns Nachtisch bestelle und nur einen Löffel verlange, weil ich dich füttern will?«

Ich mache ein zustimmendes Geräusch und drücke mich an ihn. Nur der Stoff der Trikots und die Schutzausrüstungen trennen uns noch. Alles riecht nach Luca und seinem Parfüm, das ich noch nicht kenne. Aber ich frage ihn nicht danach, ob er es extra wegen heute Abend aufgelegt hat.

»Vielleicht noch, dass du mich danach nach Hause bringst, mich ausziehst und mich die ganze Nacht wachhältst?«, frage ich und lege meine Hände in seinen Nacken.

Seit wir uns letzte Woche ausgesprochen habe, ist nicht mehr als küssen zwischen uns passiert. Und ich liebe jede Sekunde, die wir Zeit miteinander verbringen. Aber als Fink heute Morgen am Frühstückstisch Scherze darüber gemacht hat, dass er die ganze Nacht nicht geschlafen hat, weil wir ihn wachgehalten haben, habe ich mich gefragt, wer uns zurückhält. Er oder ich. Aber ich habe es nicht angesprochen.

»Wie wäre es, wenn wir erst mal eine Runde spielen?«, schlägt er vor und zwinkert mir zu. Er legt seine flache Hand auf mein Brustpolster und drückt mich von ihm weg.

Ich will protestieren. Aber ein Teil von mir liebt Hockey fast genauso, wie Luca nah zu sein.

Ich atme tief ein, bevor ich ihm folge.

Noch bevor ich wieder ausatmen kann, stolpere ich fast über meine eigenen Schuhe.

Auf seinem dunkelgrünen Trikot prangt nicht die 7, sondern die 69, die eigentlich schon immer ein Scherz war. Und in weißen Lettern über der Zahl steht mein Name.

Er schaut über die Schulter zu mir und grinst mich so breit an, dass mein ganzer Körper kribbelt. Und plötzlich ist Hockey nicht mehr das Wichtigste, sondern die Frage, wie wir das Essen überspringen können und uns endlich ausziehen.

»Komm schon, *Arslan*.« Mein Nachname aus seinem Mund ist so fremd, obwohl er mich beinahe die ganze Zeit über, die wir uns kennen, so genannt hat.

Meine Schuhe schrappen über das Eis, während ich zu meinem Tor gleite. Ich habe die letzten Wochen mittrainiert, sowohl auf dem Eis als auch im Fitnessstudio. Und wenn ich Trainer Thomas richtig verstanden habe, stehe ich nächste Woche beim Auswärtsspiel im Kader und sitze nicht nur auf der Bank.

Luca gibt mir nicht eine Sekunde Zeit, mich aufzustellen und mich an die Torausmaße zu gewöhnen, bevor er mit Puck am Schläger in meine Richtung kommt.

Keine Ahnung, wie Schmitt das macht. Woher er immer weiß, wann der richtige Zeitpunkt gekommen ist, um den Torraum zu verlassen. Aber er hat uns davor und ich niemanden.

Ich zögere und dann stürze ich auf Luca zu. Zu schnell. Zu zielgerichtet. Zu fokussiert. Ich bin nicht vorbereitet darauf, dass Luca mich mit einer einfachen Körpertäuschung überwindet und nur Sekunden später die Scheibe ins Netz schlägt.

»Fuck«, stoße ich aus und drehe mich zu ihm um.

»Zu schnell, Baby?«

Den nächsten Atemzug verschlucke ich, und ich bin froh, dass ich so einen sicheren Stand habe. Das Adrenalin kickt höher als bei seinem Angriff und mein Körper vibriert förmlich.

Den weiten Augen nach zu urteilen, die unter seinen verschwitzten Strähnen hervorblicken, war der Kosename nicht geplant.

Er räuspert sich. »Soll ich langsamer machen?« Es ist, als würde in der Frage mehr stecken. Als würde er wissen wollen, ob er zu weit gegangen ist. Als würde er uns beiden einen Ausweg geben wollen.

Aber ich schüttele nur mit dem Kopf. »Noch mal.« *Baby.*

Er schenkt mir ein breites Lächeln, bevor er wieder zurück in seine Hälfte gleitet.

Die nächsten drei Angriffe laufen genauso wie der erste. Ich bin zu langsam und das Spiel zu schnell. Das kotzt mich am allermeisten an, weil sich Hockey so noch nie angefühlt hat. So, als hätte ich die letzten Monate mehr als nur Muskelmasse verloren.

»Scheiße«, fluche ich und bin kurz davor, Luca anzubetteln, aufzuhören. Meine Beine fühlen sich schwächer an. Meine Brust brennt von den schnellen Atemzügen und ich hätte mich besser ordentlich aufgewärmt, weil ich ein Ziehen in meiner Schulter spüre.

»Hey, wir probieren es einfach mal andersherum, okay?« Keine Ahnung, ob es daran liegt, dass mein Hirn zu langsam für das Spiel ist und deswegen darauf kommt, dass Luca das doppeldeutig gemeint hat. Denn ich bin definitiv bereit dafür, vor ihm auf den Knien zu sein.

»Passt schon«, bringe ich zwischen zusammengebissenen Zähnen hervor. Gleichzeitig hoffe ich darauf, dass er mich das nächste Mal fester gegen die Bande drückt, damit mein Körper wieder weiß, dass wir für Hockey hier sind und nicht, um Sex zu haben.

»Ist wirklich alles gut? Wir können auch aufhören, wenn das zu viel ist?« Ich hasse das Mitleid in seiner Stimme. Dabei weiß ich ja, woher es kommt. Er hat mich schließlich im Sommer gefunden, als ich am Ende war.

Aber nach allem, was ich danach durchgestanden habe, habe ich den Tonfall nicht verdient.

»Ist es das, was du mir mit dem *Date* zeigen wolltest? Dass ich noch nicht bereit bin für Bergstadt? Dass ich zu langsam bin, um mit euch mithalten zu können? Herzlichen Glückwunsch!« Ich schreie zum Schluss, weil er schon wieder bei seinem Tor angekommen ist und mein Körper gerade nicht weiß, was er will. Hockey, Streit oder Sex. Alles steht unter Strom und ich kann mit der Anspannung nichts anfangen.

Wir hätten einfach essen gehen sollen und uns mein Versagen ersparen können.

»Was ist los, Kian?« Seine ruhige Stimme ist wie das Öl zu dem Feuer in meinem Inneren. Dabei wüsste ich selbst gern, was gerade abgeht.

»Du hattest recht. Ich bin noch nicht so weit. Du hast gewonnen, okay.« Meine Stimme hallt laut durch das leere Stadion. Wahrscheinlich ein Zustand, an den ich mich gewöhnen muss, weil ich nie wieder vor vollen Rängen auf dem Eis stehen werde.

»Kian, rede mit mir.« Er kommt mir näher, wahrscheinlich, damit ich das Mitleid in seinen schönen Gesichtszügen nicht verpasse.

Ich will ihn weiter anschreien. Will ihm alles vor die Füße kotzen, was ich gerade fühle. All die Wut. Die Enttäuschung. Die Erniedrigung. Für all das will ich ihm die Schuld geben.

»Kian.« Sein flehender Tonfall kotzt mich an. Er ist genauso nervig wie das Herumgetanze, das wir machen, seit wir uns das erste Mal nähergekommen sind. Auch dafür würde ich ihn gern verantwortlich machen. Aber er hat mehr als einmal gesagt, was er will. Dass er mich will. Nackt. Angezogen. Küssend. Miteinander schlafend. Nebeneinander.

Und ich habe Nein gesagt. Habe uns das verwehrt. Und mir. Und jetzt mache ich das gleiche mit meinem Hockey. Und das nur, weil ich nicht mehr so gut bin, wie ich mal war? Wie auch?

»Ich hasse das«, brülle ich. Und dann verliere ich die Kontrolle. Nicht, dass sie vorher da gewesen wäre.

Das ist das Einzige, in dem ich wirklich gut bin.

Und im Selbstmitleid.

41

Luca Jenssen

Als Kian auf die Knie sinkt, zerbricht etwas in mir. Ich habe nicht damit gerechnet. Habe keine Ahnung, was zwischen dem Moment, in dem er mit einem breiten Lächeln aufs Eis getreten ist, und diesem hier passiert ist. Was ich verpasst habe. Was ich nicht verstanden habe. Ich weiß nicht, was ich hätte verhindern können.

Aber ich kann nicht weiter nur zusehen. Also lasse ich mich auch auf das Eis fallen. Rutsche noch ein Stück zu ihm. Er hat den Kopf auf die Fläche gesenkt. Sein Körper wird von unregelmäßigen Atemzügen geschüttelt.

»Geh weg, Luca.«

»Nein.« Ich bin schon einmal gegangen, als er mich gebraucht hat. Das wird mir nicht noch mal passieren.

»Luca!« Er schreit nicht mich an, sondern das Eis unter uns.

»So schnell wirst du mich nicht los.«

»Du kapierst es nicht!« Seine Atemzüge werden lauter und noch unregelmäßiger.

»Dann erklär es mir«, sage ich entschlossen.

»Ich werde nicht aufhören, bis ich dich verletze und von mir gestoßen habe.« Ein Schluchzen löst sich. Dann haut er mit den Fäusten auf das Eis, so fest, dass ich die Vibration spüre. Er schreit.

Mein Herz rast, weil ich Angst habe, dass er sich wehtut. Beim nächsten Ausatmen weiß ich, dass ich hier nicht länger bleiben kann. Dass ich weder weggehen noch ihm dabei zuschauen kann, wie er sich selbst zerstört.

Also rutsche ich nach vorn und lasse mich einfach fallen. Mein Gewicht drückt seinen gesamten Körper nach unten und er kann seine Hände nicht mehr verletzen.

»Luca!«

Ich bin bereit. Bereit, durch die Hölle zu gehen, wenn ich ihn dafür wieder mit zurückbringe. Einen Augenblick später lande ich mit dem Rücken auf dem harten Eis. Alle Luft entweicht aus meinen Lungen. Für einen Moment wird alles schwarz. Als ich die Augen öffne, dreht sich meine Welt immer noch. Ich wusste, dass es eine gute Entscheidung war, Helme zu tragen.

Als er sich auf mich wirft, knirscht irgendwas und ich bekomme für Sekunden keine Luft. Blut rauscht. Hitze breitet sich aus. Der Druck auf meiner Brust wird immer größer. Panisch versuche ich, mich mit meinen Händen abzustützen. Ihn von mir zu stoßen.

»Ich hasse es, dass ich nichts mehr kann. Eishockey war immer das Einzige, worin ich gut bin. Eishockey. Und Feiern. Und Sex. Du hast mir das alles genommen.« Seine Stimme erschüttert meine Sinne. Sein Gewicht lässt mich ersticken. Seine Worte schneiden tiefer als erwartet. Dabei hat er das angekündigt. Hat gesagt, dass er mich verletzen wird.

Luft füllt meine Lungen. Tränen meine Augen.

»Manchmal glaube ich, dass du einfach der Ersatz für die Drogen und den Alkohol bist.«

Und dann geht er und nimmt die Wärme mit.

Schmerzhafte Kälte frisst sich durch das Trikot. In mein Herz.

Das war's dann also.

Das hört sich eher so an, als würdest du nicht um mich kämpfen, falls ich dich mal wegschicke.

Das hat er gesagt. Genau wie all die anderen verletzenden Dinge gerade.

Ich kann hier liegen bleiben. Für immer. Ich weiß jetzt, wie es sich anfühlt, geliebt zu werden. Verliebt zu sein. Das reicht doch, oder?

Das hört sich eher so an, als würdest du nicht um mich kämpfen, falls ich dich mal wegschicke.

Weglaufen. Genau das, was ich am besten mache. Nicht zurückschauen. Mich nicht um Menschen kümmern. Niemanden an mich ranlassen. Aufgeben. All das habe ich die letzten Jahre bis zur

Perfektion getan. Ich bin müde. Will nicht mehr, dass meine Vergangenheit die Macht über mein Leben hat.

Ich habe mich um meine Schwester gekümmert.

Ich habe Kian eine Chance gegeben. Uns. Und mir.

Ich hatte Sex. Und habe jede Sekunde davon genossen.

Ich habe mich zum ersten Mal wie ich gefühlt.

Hitze brennt sich durch meinen schmerzenden Körper.

Kian hat nicht das Recht, alles, was wir waren, wegzuwerfen, weil er das scheiß Tor nicht getroffen hat. Ich drehe mich zur Seite und spüre ein Ziehen in meiner Brust. Eins, das bis zu meinem Rücken schmerzt. Aber es ist mir egal. Genauso wie die Tatsache, dass er so mit mir geredet hat. Ich weiß, dass er nur ein Ventil gesucht hat. Dass er irgendwem die Schuld geben musste. Dass er Angst hatte.

Das hört sich eher so an, als würdest du nicht um mich kämpfen, falls ich dich mal wegschicke.

Genau das erwartet er von mir. Deswegen hat er das getan. Hat versucht, mich zu verletzen, um sich selbst zu schaden. Das war das letzte Mal. Das letzte Mal, dass er so mit mir geredet hat. Dass er sich selbst so wehtut. Dass ich nicht um das kämpfe, was ich will.

Ich stütze mich an meinem Arm ab und setze mich auf. Keine Ahnung, wie lange ich hier gelegen habe. Vielleicht ist er nicht mehr da. Aber das kann ich nur herausfinden, wenn ich jetzt gehe.

Meine Glieder schmerzen bei jeder Bewegung, aber das ist mir egal. Ich drücke mich vom Eis ab und spüre den kühlen Wind auf meiner Haut kaum.

»Kian!«, rufe ich laut, als ich endlich wieder Gummiboden unter meinen Füßen habe. Das Licht in der Kabine brennt noch, was nichts zu heißen hat.

»Kian!«

Auf den ersten Blick ist er nicht zu sehen. Aber da ist seine Tasche. Und er wird ja nicht ohne gehen, oder? Ich lasse mich auf eine der Bänke fallen und schnüre mir die Schuhe auf. Wo ist Kian?

Und dann höre ich es. Wasser rauschen. Plätschern.

Er ist nicht gegangen. Er ist hier. Das muss einfach was heißen. Nur auf Socken laufe ich zu den Duschen. Die ersten Kabinen sind nicht belegt. Aber dann sehe ich endlich nackte Füße unter einer der Türen. Und ich zögere nicht. Denke nicht nach. Respektiere nicht seine Grenzen, sondern öffne die Kabine.

Er steht mit dem Rücken zu mir. Seine Hände sind an die Wand gestützt. Sein Blick ist gen Boden gerichtet. Wasser läuft über seinen Körper. Aber ich registriere seinen Anblick kaum, weil die Hitze in mir nicht vom Verlangen kommt. Nicht von Lust. Sondern von der Wut, die zum Vorschein treten will.

»Das war das letzte Mal, dass du so mit mir geredet hast.«

Er zuckt zusammen. Hat er wirklich nicht mitbekommen, wie ich die Tür geöffnet habe?

»Du hast gedacht, ich kämpfe nicht um dich. Aber ich bin hier. Dreh dich also bitte um.« Meine Stimme klingt sicherer, als ich mich fühle.

Wasser läuft weiter in Kaskaden seinen Rücken runter, aber er bewegt sich nicht.

»Ich werde nicht gehen.«

Dann passiert alles ganz schnell. Wasser spritzt. Kian dreht sich zu mir. Seine Hand liegt an meinem Hals. Er drückt mich mit seinem Körpergewicht gegen die Trennwand. Es ist das zweite Mal, dass mir alle Luft aus der Lunge entweicht. Der Schmerz in meiner Seite lenkt meine Aufmerksamkeit nur kurz von der Wut ab, die immer noch in meinen Zellen lodert.

Ich habe Kian noch nie so gesehen. Nasse Strähnen hängen in seiner Stirn. Wut blitzt in seinen dunklen Augen. Zorn liegt in seinem Ausdruck. Seine Lippen sind fest aufeinandergepresst. Sein ganzer Körper vibriert. Vielleicht vor Verärgerung. Ich spüre seine Abneigung in jedem Atemzug, der sich unter seinem Brustkorb löst. Ich weiß ganz genau, wie es sich anfühlt. Weil ich gerade auch nichts anderes merke. Weil ich so kurz davor bin, ihn zu schlagen. So lange, bis er endlich realisiert, dass wir alles sein könnten.

Dann drückt er meinen Hals zu und für einen Moment gesellen sich schwarze Punkte zu den Wasserspritzern. Zu der Wut, die in seinen harten Gesichtszügen liegt.

»Kian«, presse ich hervor.

Die ganze Welt beginnt sich zu drehen. Mein Kopf wird leise. All die negativen Gefühle werden weniger. Ich schließe die Augen, weil ich sowieso kaum noch was sehe. Heiße Tränen laufen meine Wangen runter. Meine Brust schmerzt. Mein Hals auch. Jeder Atemzug ist ein Kampf. Mein Körper scheint nicht zu wissen, dass der nächste der letzte sein kann.

»Wieso?« Seine laute Stimme hallt von den Wänden und in meinem Kopf wider. Was will er von mir?

Ich bin nicht bereit, ihm zu sagen, warum ich hier bin. Und er ist nicht so weit, es zu hören. Also soll er doch noch fester zudrücken, bis alles schwarz und still wird.

»Ich … Scheiße.«

Und dann wird alles feucht. Kalt. Und nass. Sein Körper an meinem. Tropfen lösen sich aus seinen Haaren und laufen über mein Gesicht. Seine schnellen, heißen Atemzüge geistern über meine feuchte Haut. Er löst seinen harten Griff um meine Kehle. Luft strömt in meine Lunge.

Ich öffne meine Lider. Brauche einen Augenblick, bis ich klar sehen kann. Kians Gesicht ist direkt vor meinem. So nah, dass sich unsere Nasen berühren. Seine Pupillen schimmern fast schwarz. Er lässt mich alles sehen, was sich zuvor hinter der Wut versteckt hat. Schmerz. Enttäuschung. Schuld. Selbsthass. Und irgendwo zwischen all den negativen Empfindungen stecken Dankbarkeit und Zuneigung.

»Ich hasse … mich. Dafür, dass ich zugelassen habe, dir all diese Sachen an den Kopf zu werfen, die nicht stimmen. Ich weiß nicht, warum du hergekommen bist. Warum du mich hier nicht gelassen hast. Womit ich das verdient habe.«

Wahrscheinlich sollte ich was sagen. Ihm irgendwie den Druck nehmen. Aber anscheinend bin ich doch nicht so selbstlos, wie ich mir eingeredet habe. Weil er recht hat. Es hat mich verletzt.

Was ist, wenn ich nur ein Symptom seiner Abhängigkeit bin? Was ist, wenn ich nur der Ersatz für den Alkohol bin. Für die Drogen.

»Es tut mir leid, Luca.« Der Ausdruck in seinen Augen ist ehrlich. Ernst. Und genau das, was ich mir noch vor dem Betreten der Kabine gewünscht habe.

»Ich weiß«, erwidere ich. Meine Stimme ist rau und jedes Wort schmerzt ein bisschen.

»Scheiße.« Er presst seine Stirn gegen meine. Atmet mich ein und uns wieder aus. Nur, dass ich nicht weiß, ob Letzteres echt ist. Oder ob ich einfach ein anderes High für ihn bin. Aber wie sage ich ihm das? Warum war noch alles gut, als er seine Hände an meinem Hals hatte?

»Was machen wir jetzt?« Er ist mir so nah, dass ich ihn beinahe schmecken kann. Als er mit den Händen wie gedankenlos über meine Arme streicht, löst er damit überall Gänsehaut aus. Aber nicht die gute Art, sondern die, die mit Übelkeit und Kopfschmerzen einhergeht.

»Kian«, bringe ich zwischen zusammengebissenen Zähnen hervor. Er macht einen Schritt zurück und schaut mich aus weit geöffneten Augen an.

Keine Ahnung, was mich mehr stört: die Abwesenheit oder Anwesenheit seiner Nähe.

»Tut mir leid.«

Ich bin mit einem Schritt bei ihm. Lege meine Hand an seine Brust und schiebe ihn unter den eiskalten Wasserstrahl, der immer noch aus der Dusche kommt.

»Shit!« Er stellt Sekunden später das Wasser ab. Und dann steht er vor mir. Perfekt ausgeleuchtet. Tropfen, die über seine Haut laufen. Schwarze, nasse Haare. Nachtschwarze Augen. Glänzend dunkelrote Lippen.

Und ganz plötzlich ist die Hitze wieder zurück. Brennt sich durch all meine Zellen. Nur, dass es keine Wut ist. Keine Verärgerung. Kein Hass.

Es ist heißes Verlangen, das mich unvorbereitet überfällt.

Als er sich über die Lippen leckt, bin ich bei ihm. Schmecke ihn. Beiße ihn. Atme alles ein, was er mir gibt.

Der Kuss ist hart. Unerbittlich. Gnadenlos.

Unsere Zähne treffen immer wieder aufeinander.

Schmerz rast durch meinen Körper, als er seine Zähne in meiner Lippe vergräbt. Er streicht mit der Zunge über die Stelle. Für einen Augenblick schmeckt er nach Blut. Für einen Moment ist alles scheißegal. Alles. Was da draußen passiert ist. Was er gesagt hat. Dass meine Kleidung feucht an meinem Körper klebt. Dass das hier der hässlichste Kuss ist, den ich je mit jemandem geteilt habe.

Ich will, dass er mich noch mal beißt. Will lieber den Schmerz als das nervige Gedankenkreisen.

Ich presse meine flache Hand zwischen uns und drücke ihn etwas zu fest gegen die Fliesen. Ein Grunzen verlässt seine Lippen, das das Feuer in meinem Inneren anheizt.

Beiß mich.

Würg mich.

Schlag mich.

Aber ich spreche nichts davon aus. Drücke meinen Körper noch fester gegen seinen, bis ich seine Härte an meiner Hüfte spüre.

»Fuck, Luca«, bringt er atemlos zwischen zwei Küssen raus. Ich will, dass er den Mund hält. Dass er mich nicht daran erinnert, dass ich eigentlich sauer auf ihn sein sollte.

Ich lasse die Hand, die zwischen unsere Körper gepresst ist, wandern. Streiche über seinen definierten, behaarten Bauch, den er die letzten Wochen trainiert haben muss.

Ich hätte nicht gedacht, dass mir irgendwann mal ein Körper gefällt. Mit den Fingern fahre ich über seine Erektion. Ganz langsam, weil er mir nicht viel Platz lässt. Oder ich ihm. Das könnte ich ändern. Will ich aber nicht.

Er knurrt. Ich weiß, dass er mehr will.

Er versucht, seine Hüfte gegen meine zu drücken, aber ich lasse ihn nicht. Mache einen Schritt zurück und lasse meine Hand fallen.

»Luca.« Seine Stimme vibriert. Genau wie die Stimmung um uns herum. Wie das Verlangen in meinem Inneren.

Und dann lasse ich los.

Ich umgreife sein Handgelenk. Betrachte für einen Moment seinen steifen Schwanz, der beinahe bis zu seinem Bauchnabel reicht.

Ich hebe seinen Arm. Und meinen Blick. Ich halte seinen, während ich seine Hand an meine Kehle lege.

Nur für einen Augenblick flackert ein fragender Ausdruck in dem dunklen Braun seiner Augen, bevor er einen Schritt auf mich zu macht und zudrückt.

42

Kian Arslan

Luca Jenssen wird mein Untergang sein. Ich habe es schon geahnt, als wir uns vor über einem Jahr auf dem Eis geprügelt haben, als Malte versucht hat, unsere Freundschaft zu retten.

Ich wusste, dass Luca Jenssen mir zum Verhängnis wird, als grelles Neonlicht auf uns geschienen ist und er sich ein Nippelpiercing stechen gelassen hat.

Aber erst jetzt wird mir klar, dass er nicht nur das ist. Dass er nicht nur mein Ruin und Verderben ist, sondern auch meine Rettung. Die einzige Person auf diesem scheiß Planeten, die mich versteht. Die genau weiß, wie ich ticke.

Als er mich aus weit aufgerissenen, lusterfüllten Augen anschaut, bin ich mir sicher, dass Luca Jenssen meine Erlösung ist.

Wahrscheinlich sollte sich das, was wir gerade machen, falsch anfühlen.

Meine Hand, die an seinem Hals liegt. Sein Puls unter meinen Fingern. Seine stoßweisen Atemzüge. Die Herausforderung, die in seinen geweiteten Pupillen zu erkennen ist.

Also warum sollte es falsch sein, wenn es sich so fucking richtig anfühlt? Wenn sich seine Erektion gegen meinen Oberschenkel presst. Wenn ich bei der kleinsten Berührung an meinem Schwanz kommen würde.

»Safeword?« Meine Stimme, die kaum wiederzuerkennen ist, hallt von den hellgefliesten Wänden der Dusche.

»Arslan.«

»Dir ist schon klar, dass es nicht mein Name sein sollte.«

»Kian, ich brauche kein Safeword. Und jetzt drück endlich zu.«

Ich mag seinen herausfordernden Tonfall. Genieße den provokativen Ausdruck in seinen Augen. Ich liebe es, ihm das zu geben, was er braucht. Weil es auch das ist, was ich will.

Mit Zeigefinger und Daumen übe ich Druck an den Punkten auf seiner Haut aus, unter denen sein Leben pulsiert. Nach wenigen Sekunden flattern seine Lider und sein Blick wird verträumter.

»Du bist so verflucht heiß«, murmele ich und lehne mich noch ein Stück näher.

Seine Atemzüge werden unregelmäßiger und kürzer.

»Wenn du dich gerade sehen könntest.«

Seine Arme hängen immer noch locker runter.

»Wenn du wüsstest, was du in mir auslöst.«

Er öffnet seinen Mund, aber nur ein erstickter Laut verlässt seine Lippen.

»Ich kann seit Tagen an nichts anderes mehr denken. An dich nackt über mir. Unter mir. In mir.«

Seinen Wangen werden röter.

»Ich will, dass du mich fickst.«

Er reißt die Augen auf.

»Ich will dich ficken.«

Panik flackert in dem Grün, in dem eben nur Platz für Lust und Erregung war.

»Ich würde dich so gut vorbereiten, dass es nicht wehtut«, flüstere ich und bin versucht, über seine weit geöffneten Lippen zu lecken.

»Aber wahrscheinlich brauchst du den Schmerz. Stimmt's, Jenssen?«

Er hebt die Hände und ich löse meine Finger.

»Fuck, Kian, ich war so kurz davor.« Seine Stimme klingt rau und atemlos.

»Ich kann dir versichern, dass wir noch nicht fertig sind, *Baby*.«

Er zieht eine seiner Augenbrauen hoch. Wahrscheinlich, um mich daran zu erinnern, was ich gerade gesagt habe. Ich hoffe, dass er die Entschuldigung in den vier Buchstaben gehört hat.

Aber ich lasse ihm keine Zeit, darauf zu reagieren.

Ich drücke zu und versinke in dem intensiven Blickkontakt.

»Ich will, dass du was für mich tust, Luca.«

Wenn ich mein Becken jetzt nach vorn schiebe. Nur so weit, bis ich ihn berühre. Bis ich meinen Schwanz an ihm reiben kann.

Aber ich halte mich zurück. Warte, bis er mir endlich zunickt und seine Arme wieder fallen lässt.

»Schieb deine Hand in die Hose«, verlange ich.

Mein Herz rast. Mein Körper brennt.

»Bist du hart?«

Ich kenne die Antwort auf meine Frage schon, aber das kurze Nicken ist wie ein Kickstarter für meine Gefühlswelt. Für das Selbstbewusstsein. Das Kribbeln in meinem Magen. Das Flattern in meiner Brust.

»Ich will, dass du mit deiner Hand deinen Schwanz umfasst. Stell dir vor, es ist meine«, verlange ich und beobachte, wie sich seine Pupillen weiten.

Die Selbstzweifel vom letzten Mal, als er zu Beginn nicht hart war, sind vergessen. Spätestens beim Anblick seines Arms, der sich in einem unerbittlichen Rhythmus bewegt.

»Ich wette, du brauchst es hart, damit du kommen kannst.« Und ich schwöre, dass nur ein Windzug dafür sorgen könnte, dass ich ihm folge.

Er öffnet die Lippen und ich lockere den Griff.

»Kian«, stößt er genervt aus. Sein Arm bewegt sich immer noch.

»Sag mir, was du brauchst, Luca.« Ich will, dass er danach bettelt. Will, dass er keinen klaren Gedanken mehr fassen kann, bis er kommt. Will, dass er nie vergisst, dass wir *alles* zu zweit sind.

»Hör auf, dich zurückzuhalten. Du weißt ganz genau, was ich brauche. Und du schuldest es mir.« Irgendwo in dem Grün, das in dem Deckenlicht der Dusche kaum noch auszumachen ist, steckt immer noch Wut. Und ich verstehe ihn.

»Es tut mir —«

»Ich will keine scheiß Entschuldigung, ich will, dass du mir die Luft nimmst und mich zum Kommen bringst.«

Luca löst irgendwas in mir aus, das niemand vor ihm geschafft hat. Mich zurückzuhalten ist keine Option, wenn er mich so herausfordernd anschaut.

Ich beuge mich noch ein Stück näher zu ihm, bis unsere Nasen sich wieder berühren. Zaghaft lecke ich über seine Lippen. Warte, bis Wut in seinen Augen aufflackert. Und dann beiße ich zu. Übe gleichzeitig Druck auf seine Halsschlagadern aus.

Ich spüre seine ruckartigen Armbewegungen an meinem Oberkörper.

»Das nächste Mal, wenn wir Sex haben, will ich, dass du nackt bist.«

Seine Lider flattern und ein stummer Ton verlässt seinen offenen Mund.

»Ich will wissen, wie dein Schwanz aussieht. Wie er schmeckt. Wie er sich in mir anfühlt.«

Erst jetzt bemerke ich den Blutstropfen auf seiner Lippe und lecke ihn einfach weg. Er gibt ein Knurren von sich.

»Es ist scheiße heiß, dass du mir genau sagen kannst, was du willst.«

Seine Bewegungen werden schneller. Sein Ausdruck verträumter.

»Aber nichts übertrifft die Tatsache, dass du mir die Führung überlässt. Dass du dich mir hingibst. Dass ich für deinen Orgasmus verantwortlich bin.«

Seine Wangen werden rosig. Ich weiß nicht, ob vor Erregung. Wegen des Sauerstoffmangels. Oder wegen des Gesagten.

Allerdings weiß ich, dass er einiges auf meine Aussage entgegnen würde, wenn ich ihm nicht den Hals zudrücken würde. Aber ich liebe es ein bisschen zu sehr, dass er es gerade nicht kann.

»Bist du bereit, so hart zu kommen wie noch nie in deinem Leben, Baby?«

Ich weiß, dass ich mehr geben kann, weil die Herausforderung in seinem Ausdruck immer noch übermächtig ist. Weil er die Lippen geöffnet hat, als würde er was sagen wollen. Dass er erst daran glaubt, wenn ich es auch wirklich durchziehe.

Es ist nicht so, als wäre das hier neu für mich. Als hätte ich nicht schon Erfahrungen mit Choking. Deswegen weiß ich, wie gefährlich es sein kann. Und wie verflucht heiß.

Wobei es noch nie so war wie mit Luca. Nichts in meinem Leben war bisher so, wie mit ihm.

»Lass für einen Moment los. Umgreif deine Eier.«

Er schaut mich mit zusammengepressten Lippen an. Ich muss mich zurückhalten, nicht zu lachen, und löse gleichzeitig den Druck.

»Mach, was ich sage, oder ich verlasse die Dusche.«

Er verdreht die Augen und hört abrupt auf, sich einen runterzuholen.

»Das hier macht mich so an. Du machst mich so an. Wenn du dein Becken nur Zentimeter nach vorn bewegst, komme ich.«

Natürlich kommt er meiner Bitte, die sich in meinem Kopf wie ein Flehen anhört, nicht nach. Würde ich an seiner Stelle auch nicht machen.

»Bereit, Luca?«

Er schaut mich an, als würde er mir nicht glauben, dass ich ihm jetzt das gebe, was er braucht.

»Ich will, dass du mit deinem Daumen über deine Spitze fährst und mir sagst, wie feucht du bist.«

Er beißt sich auf die Lippen und verdreht die Augen. Allerdings ist der Ausdruck in dem Grün verwegener.

»Nass.« Seine kratzige Stimme hallt von den gefliesten Wänden wider. Und ich würde alles dafür geben, jetzt auf die Knie zu gehen. Ihn zu schmecken. Zu lecken. Zum Orgasmus zu bringen.

Aber noch mehr als seinen Schwanz will ich sehen, wie Luca aussieht, wenn er kommt.

»Bring dich zum Kommen.«

»Kian.«

»Vertrau mir, Luca. Und jetzt leg deine Hand um deinen Schwanz.«

Meine Finger liegen immer noch an seinem Hals. Ohne Druck.

»Ich will hören, wie gut es dir gefällt«, verlange ich.

Seine Atemzüge werden lauter. Schneller. Kürzer.

»Fester«, flüstere ich.

Seine Geräusche hallen von den Wänden. Das Rascheln. Feuchte Haut an feuchter Haut. Die kleinen Seufzer.

»Fuck, Luca.«

Er schluckt. Ich spüre alles an meiner Handinnenfläche.

»Du wirst gleich keinen Ton mehr von dir geben. Also auch kein Safeword. Ich will, dass du deine Hand hebst, und ich höre sofort auf.«

Er funkelt mich neckend an und schüttelt den Kopf.

»Wie du willst«, sage ich und löse meine Hand.

»Kian Arslan, ich schwöre bei Gott … ich habe dich verstanden. Und jetzt kill endlich meine Luftzufuhr, damit ich kommen kann.«

Ich dränge ihn mit meinem Arm an seiner Brust gegen die Fliesen und lege die andere Hand zurück an seinen Hals.

Dann drücke ich genau an der pochenden Stelle so fest zu, dass ich weiß, dass es Spuren hinterlässt.

Dass, wenn er fertig ist, jeder sieht, was wir gemacht haben.

Dass jeder weiß, dass er zu mir gehört.

»Schneller. Härter.« Mein Mund schwebt genau über seinem. Ich spüre die kurzen, abgehackten Atemzüge.

»Luca.«

Er bewegt auch sein Becken, sodass es meins berührt. Hitze explodiert in meinem Körper.

»Mehr. Gib mir mehr.«

Ich habe keine Hand frei, um Erlösung zu suchen. Darf mich nicht ablenken lassen von der Lust, die meine Vernunft einzureißen versucht.

»Ich will, dass du mich anguckst, wenn du kommst.«

Der Ausdruck in dem Grün ist so verklärt, dass ich Angst habe, zu weit gegangen zu sein.

»Jetzt, *Baby*«, verlange ich heiser und hoffe, er hört nicht die Angst, die mitschwingt.

Seine Bewegungen werden schneller. Fahriger. Drängender.

Und ganz plötzlich lässt er einfach los. Und ich auch.

Er stöhnt laut auf. Verdreht seine Augen. Und beißt sich so hart auf die Lippen, dass Blut an dem Hautfetzen hängen bleibt. Bis auf seine Wangen und seinen Mund ist sein Gesicht blass. Was die grünen Augen noch deutlicher hervorhebt. Aber vor allem den befriedigten Ausdruck. Diese absolute Ruhe und Zufriedenheit, die sonst nicht in seinem Gesicht zu finden sind.

Er schließt die Lider und lässt den Kopf gegen die Fliesen kippen. Die Anspannung verlässt seinen gesamten Körper und nie hat er schöner ausgesehen.

Mein Blick fällt auf die roten Striemen an seinem Hals, die von meinen Fingern stammen, und das Feuer in meinem Inneren brennt nur in Sekunden wieder lichterloh.

Wahrscheinlich sollte ich ihm jetzt Halt geben. Ihm helfen runterzukommen.

Aber alles in mir lechzt nach der Erlösung, die er schon bekommen hat. Wie von selbst streicht meine Hand meinen Bauch hinab, bis ich meinen harten, nassen Schwanz umgreife. Es braucht wahrscheinlich nur wenige Berührungen, bis ich komme. Ich schließe die Augen und gebe mich dem Gefühl hin. Der Lust. Der Erregung. Dem Moment, den wir hatten. Der Kontrolle, die er mir gegeben hat. Dem Vertrauen.

»Arslan.«

Meine Bewegungen stoppen augenblicklich. Und das, obwohl meine Erektion weiterhin pulsiert und immer noch viel zu viel Blut in den unteren Regionen meines Körpers ist.

»Arslan«, sagt er noch mal.

Ich lasse meine Hand fallen und öffne die Augen. Weg ist der Ausdruck purer Euphorie. Zurück sind die Abneigung und der Hass, die in den letzten Minuten verschwunden waren.

Was soll ich sagen? Was erwartet er jetzt von mir? Soll ich mich noch mal entschuldigen? *Fuck.*

Er presst seine Handfläche gegen meine feuchte Brust und schiebt mich aus dem Weg. Ich hoffe beinahe darauf, dass er mich schubst. Dass mich ein Stoß gegen die Fliesen wieder zur Besinnung bringt.

Aber den Gefallen tut er mir nicht. Er schaut mich ein letztes Mal an. Dieses Mal liegt Enttäuschung in seinen wunderschönen Gesichtszügen, und dann geht er einfach. Lässt mich stehen. Ich breche nur Sekunden später zusammen.

43

Luca Jenssen

Warum hat mir nie jemand gesagt, wie beschissen es ist, verliebt zu sein? Wie kacke es sich anfühlt, von dem wichtigsten Menschen in seinem Leben so verletzt zu werden? Wie zur Hölle soll man in solchen Momenten die vernünftige und erwachsene Person sein?

Mein gesamter Körper steht unter Strom, als ich mit nassen Klamotten die Duschkabine verlasse. Den Ort, an dem ich so hart gekommen bin, wie noch nie zuvor.

So sieht das also aus, wenn ich versuche, um ihn zu kämpfen. Es bedeutet, Kontrolle abzugeben. Und das auch außerhalb des Sex. Und ich weiß nicht, ob ich dafür bereit bin.

Ich bin zurück in der Kabine und dankbar darüber, dass ich immer Wechselkleidung in meinem Spind habe. Wahrscheinlich nicht genau für den Fall, dass ich mir in der Dusche einen runterhole und mich von Kian Arslan würgen lasse, aber immerhin bin ich gut vorbereitet.

Ich schäle mich aus den nassen Sachen, suche in den anderen Schränken nach Handtüchern und werde bei Williams fündig. Schnell trockne ich mich ab und schlüpfe in das dunkelgrüne Tigers-Shirt und die graue Hose, die ich schon ewig nicht mehr anhatte.

Alles in mir schreit danach, abzuhauen und ihn einfach hierzulassen. Aber ich kann nicht. Nicht, wenn die Gefahr besteht, dass er sich was antut. Nicht, wenn es eine Chance für uns gibt. Auch wenn ich nicht weiß, wie die aussehen soll.

Wir streiten wegen irgendeinem Scheiß. Es eskaliert. Wir entschuldigen uns. Haben harten Sex. Und alles ist wieder super, bis der ganze Kreis von vorn anfängt.

Das kann ich nicht. Scheißegal, wie gut sich alles mit Kian anfühlt. Ich weiß nicht, ob wir meine Fluchttendenzen und sein zerstörerisches Verhalten überleben.

Zeitgleich weiß ich nicht, ob ich ihn schon aufgeben kann. Ob ich will, dass das unser letztes Mal war, wenn ich mich noch nie so lebendig gefühlt habe wie vor wenigen Sekunden. Denn ich bin nicht nur wegen ihm gegangen. Nicht nur, weil ich ihm seine Entschuldigung nicht abnehme. Ihm nicht glaube, dass es nicht mehr passieren wird. Ich bin abgehauen, weil es zu viel war. Zu intensiv. Zu gut. Zu verrückt.

Und ja, mein Safeword als Bestrafung zu nutzen, damit er nicht kommt, war albern. Total kindisch. Und übertrieben. Aber er hat es verdient.

Ich hänge meine Schuhe zurück an ihren Platz und wickele die nasse Kleidung in Williams Handtuch ein. Er wird es überleben, dass er es nicht mehr wiedersehen wird.

Kian ist immer noch nicht zurück, während ich in der Kabine auf und ab gehe. Die Wände in dem großzügigen Raum sind weiß, mit einem dunkelgrünen Streifen, der horizontal um den gesamten Raum verläuft. An der Wand gegenüber unseres Logos befinden sich dunkelgraue Spinde, die mich immer ein bisschen an die in einer amerikanischen Highschool erinnern. Der Boden unter meinen Sneakers ist schwarz und quietscht bei jedem Schritt.

Ich greife nach dem Smartphone, das ich eben hiergelassen habe, als ich aufs Eis bin, und schaue auf die Uhr. Ich warte schon seit mindestens zehn Minuten auf ihn.

Wenn er noch länger unter der Dusche bleibt, muss ich nach ihm sehen. Ich will nicht, dass er krank wird, nur weil ich verletzt bin. Egal, was er vorher gemacht oder gesagt hat.

Doch bevor ich nach ihm rufen kann, höre ich ihn. Nasse Füße auf Fliesen. Angestrengte Atemzüge. Wie er sich abtrocknet.

Dann steht er endlich in der Umkleide und schaut mich an, als wäre ich ein Geist. Als wäre ich jemand aus seiner Vergangenheit, den er nie wiedersehen will. Aber vielleicht deute ich seine hochgezogenen Augenbrauen und die zusammengepressten Lippen auch falsch.

»Du bist hier.« Seine Stimme klingt so erstickt, als wäre er die Person, die in der Dusche gewürgt wurde.

»Ja.« Was soll ich darauf antworten? Dass ich nicht gehen kann? Dass ich da drin um uns gekämpft und irgendwie verloren habe? Dass ich das Memo wohl doch nicht bekommen habe, wenn ich immer noch hier bin.

»Warum?«

Ich wünschte, ich wüsste die Antwort auf seine Frage.

»Weißt du was, ich will es gar nicht wissen.« Er wird mir jetzt sagen, dass er das nicht mehr kann. Dass es nicht an mir liegt, sondern an ihm. Dabei sind wir beide der Grund. Meine Feigheit und sein Selbsthass. Dass ich ihn aus meinem Leben schließe und ich für ihn nur eine weitere Sucht bin.

Mein Herz sollte nicht so schmerzen, weil es besser so ist. Weil wir nicht gut füreinander sind.

Und dann steht er vor mir, nur mit einem Handtuch bekleidet. Ich hätte nicht gedacht, dass er mir so nah dafür sein muss, um alles zu beenden.

Aber ich lege trotzdem meinen Kopf in den Nacken, um ihn anzusehen. Um ihm zu signalisieren, dass ich bereit bin. Bereit, mir das Herz brechen zu lassen. Dabei dachte ich nie, dass das möglich ist. Mit einer suchtkranken Mutter aufzuwachsen, hat mich einiges gelehrt. Ich bin davon ausgegangen, dass ich durch das Zusammenleben mit ihr die letzten Jahre niemanden an mich herangelassen habe. Aber vielleicht hat es einfach Zeit gebraucht, auf die Person zu treffen. Nur damit er jetzt wieder geht.

»Luca.«

Augenblicklich wirkt der Kloß in meinem Hals unüberbrückbar. Verschlägt mir die Stimme. Verwehrt mir einen ordentlichen Atemzug. Sorgt dafür, dass meine Augen brennen.

Ich weiß nicht, was er denkt. Habe keine Ahnung, was er wirklich sagen will, weil seine feuchten dunklen Strähnen ihm ins Gesicht hängen.

»Ich ... Du bist noch hier. Das bedeutet mir alles.«

Er beendet es nicht?

»Es wäre wahrscheinlich das Vernünftigste, wenn wir aufhören mit dem, was wir sind. Ich bin nicht gut für dich. Ich muss noch so viel an mir arbeiten. Ich bin an einem Tiefpunkt in meinem Leben, an dem ich wahrscheinlich keine Beziehung eingehen sollte.« Er atmet schwer.

Alles zieht sich in mir zusammen. Ich will was sagen, aber kein Ton verlässt meine Lippen.

»Luca, ich will besser werden. Für mich. Für dich. Für uns. Ich bin nicht bereit dazu, das hier aufzugeben.« Bei der kühlen Berührung seiner Finger an meiner Schulter zucke ich zusammen und finde endlich meine Stimme wieder.

»Kian, ich …« Was soll ich sagen? Dass ich noch nie so gefühlt habe wie mit ihm? Und damit meine ich nicht nur all das Positive. Die Vertrautheit. Das Zusammensein. Dass ich so sein kann, wie ich bin. Die Anziehung, die ich noch nie zuvor erlebt habe.

Ich war auch schon lange nicht mehr so enttäuscht von einem Menschen. So verletzt. So sauer. Das letzte Mal, als ich mich im Stich gelassen gefühlt habe, war, als Annelise mal wieder eine ihrer Versprechungen nicht eingehalten hat. Damals habe ich mir geschworen, dass mir das nicht mehr passiert. Und jetzt sitze ich hier. Und er steht vor mir. Erinnert mich mit seinem halb nackten Körper daran, was eben war.

Und ich weiß nicht, ob ich rennen oder bleiben soll.

Ob ich ihn von mir wegstoßen oder zu mir ziehen will.

Ob ich ihn darum bitte möchte, sich was überzuziehen, weil das Gespräch zu ernst ist, oder ob ich sein Handtuch loswerden will.

Mein Körper vibriert förmlich und ich kann damit nichts anfangen. Weiß nicht, ob es von seinen zu zarten Berührungen an meinem Hals kommt. Von seiner Nähe, die ich vielleicht nicht will. Von dem Schutzreflex in meinem Inneren, der nicht akzeptiert, wie er mit mir umgeht. Und ich mit ihm.

»Halt mich auf«, verlangt er flüsternd und mein Herz prescht in so einem Tempo vor, dass meine Atmung nicht hinterherkommt.

Seine Hand umschließt meinen Hals und ich habe keine Ahnung, wie ich Sekunden zuvor noch übers Weglaufen nachgedacht habe. Nicht, wenn ich unter dem feuchten Stoff seines Handtuchs ganz genau sehe, wie gut ihm das gefällt. Wie sehr er mich will. Und ich ihn. Eigentlich sollte das doch am wichtigsten sein, oder? Alles andere lässt sich doch klären, wenn er mehr anhat und ich die Abdrücke seiner Finger nicht mehr auf meinem Körper trage.

Er hat nur Augen für mich. Für seine Hand an meinem Hals.

»Luca, ich will dich nackt sehen.«

Hitze verbrennt meine Vernunft. Lust crasht die Bedenken. Anziehung übermannt die Unsicherheit.

Keine Ahnung, warum ich meine Stimme nicht wiederfinde. Aber ich brauche keine Worte, um ihm zu sagen, was ich will.

Ich greife nicht nach meinem Shirt, sondern nach seinem Handtuch. Eine Bewegung. Ein Ziehen. Einen Atemzug später steht er splitterfasernackt und erregt vor mir.

Und ich? Ich kann ihn nur anstarren. Die Erektion, die Zentimeter vor meinem Mund ist. Die schwarzen Haare, die seinen gesamten Körper säumen. Seine Haut ist Nuancen dunkler als meine. Trotzdem sehen meine tätowierten Finger auf ihm so platziert aus, als würde sie dahingehören.

»Das war nicht das, was ich im Kopf hatte«, kommt es von ihm und ich verliere mich in dem Schmunzeln, das alles in mir zum Summen bringt.

Ich liebe die Hitze seiner Berührung an meinem Hals. Genieße die volle Aufmerksamkeit und den intensiven Blick, den er mir schenkt.

Als ich mit meiner Hand seine Erektion umgreife, löst sich ein tiefes Stöhnen aus seiner Kehle, das die ganze Kabine füllt. Den Raum, in dem sich das Team mehrfach die Woche aufhält. Keine Ahnung, wie oft Kian schon nackt genau an diesem Ort vor der Bank stand. Ich bin mir aber ziemlich sicher, dass er noch nie so erregt war. Dass sein harter Schwanz hier noch von keiner anderen Hand als seiner berührt wurde.

»Luca, ich …« Sein Satz verliert sich in meinen Auf- und Abbewegungen. Ich bekomme nicht genug von den dunklen, lustverhangenen Augen, die zwischen seinen feuchten Haarsträhnen hervorblitzen. Liebe die schnellen Atemzüge, die seine Lippen verlassen.

Mit meiner freien Hand fahre ich über die Innenseite seiner Oberschenkel. Streiche über die Haare, bis zu seinen Leisten. Sorge mit meinen Berührungen dafür, dass sich seine Bauchmuskeln anspannen. Von all den nackten Körpern, die ich in den letzten Jahren gesehen habe, hat mich noch keiner so in Versuchung gebracht wie seiner. Doch als ich mich nach vorn beuge und dem

Drang, ihn noch mal zu schmecken, nachgeben will, hält er mich am Hals zurück. Und ich habe mit allem gerechnet, aber nicht damit, dass seine Handlung meinen Körper lichterloh brennen lässt. Ich drücke meine Handfläche gegen den grauen Stoff der Jogginghose, hinter dem mein Schwanz pocht. Wie kann es sein, dass ich so kurz davor bin, zu kommen? Etwas, das ich die letzten Jahre nicht brauchte und ohne, dass ich jetzt kaum einen logischen Gedanken fassen kann.

Doch Kian lässt mir keinen Atemzug Pause. Keinen Augenblick, in dem ich die Reaktionen meines Körpers sortieren kann.

Nein, der Druck um meinen Hals wird stärker. Er tritt einen Schritt zurück und zieht mich mit sich, bis ich genau vor ihm stehe.

»Ich will dich so gern nackt sehen. Jeden Zentimeter schmecken. Dich mit meiner Zunge um den Verstand bringen. Aber wenn das eine Grenze für dich ist, dann sag mir Bescheid, bevor ich dir die Kleidung vom Körper reiße.«

Okay, Shit.

Es muss an dem selbstsicheren Tonfall liegen, dass meine Worte zwischen Hirn und Mund verloren gehen. Oder an dem intensiven Ausdruck in den dunklen Augen, der dafür sorgt, dass Erregung in meinen Adern brennt.

»Wenn du wüsstest, wie gut mir meine Abdrücke an deinem Hals gefallen, dann würdest du abhauen, statt mir zu erlauben, dich weiter anzufassen.«

Falsch. Ich würde ihn auf Knien anflehen, weiterzugehen. Würde darum betteln, dass er mir seinen Schwanz so lange gibt, bis ich an seinem Orgasmus ersticke.

Aber das kann ich ihm nicht sagen. Sonst würde er laufen.

»Fuck, Luca«, murmelt er und fährt sich mit der Zunge über die Lippen.

Warum küssen wir uns eigentlich nicht? Warum ist meine Hand nicht mehr an seinem Schwanz? Warum habe ich noch so viel Platz zum Atmen?

Warum zur Hölle ist unsere einzige Berührung die von ihm an meinem Hals?

Doch da verweilt er nicht. Nein. Seine Finger gleiten zu sanft bis zum Kragen meines Oberteils.

»Hier gibt's genug Tigers-Shirts«, flüstert er.

Er zieht so fest an dem Stoff, dass er sich wahrscheinlich auch in meiner Haut verewigt, und ich liebe jede Sekunde. Den hungrigen Ausdruck in seinem Gesicht. Das reißende Geräusch des Stoffs. Das triumphierende Lächeln auf seinen Lippen, als er es endlich geschafft hat, meinen Körper von dem Oberteil zu befreien.

»Luca«, flüstert er und fährt mit den Fingern über meine Brust, über all die Muster, die ich seit Jahren unter meine Haut bringen lasse. Dabei stoppt er nicht bei dem Piercing, das ich mir mit ihm zusammen stechen gelassen habe. Ich weiß noch genau, wie er an dem Nachmittag ausgesehen hat. Wie er mich angestarrt hat. Wie er mir davon erzählt hat, was es bei ihm ausgelöst hat.

»Irgendwann frag ich dich nach den Schriftzügen, die du auf deiner Haut verewigt hast. Ich will alles wissen. Aber nicht jetzt. Jetzt will ich fühlen und nicht reden.«

Ich nicke zustimmend, was mir ein Zwinkern von ihm einbringt.

»Bereit?«, fragt er und ich weiß nicht, wofür. Es ist mir aber auch egal.

Er beugt sich vor und umschließt mit seinem Mund das Piercing. Er leckt. Saugt. Beißt.

Ich habe das Gefühl, dass meine Beine jeden Moment nachgeben müssen.

Und dann zieht er mit seinen Lippen an dem silbernen Schmuck. Schmerz durchbricht die Lust und ich weiß nicht, was ich gerade mehr brauche. Ein stöhnender Ton durchkreuzt meine abgehackten, zu lauten Atemzüge. Ein Geräusch, das Kian anzuspornen scheint, weiterzugehen.

Er lässt ab von meiner Brustwarze und widmet sich den wenigen freien Flächen zwischen den Tattoos. Überall hinterlässt er Spuren, die mich immer wieder an den Rand der Klippe bringen, aber nie fallen lassen. Dabei pocht mein Ständer mittlerweile in seinem ganz eigenen Rhythmus und hinterlässt wahrscheinlich so viel Flüssigkeit, dass meine Jogginghose schon einen anderen Farbton angenommen hat.

Wie hält er das alles aus? Wieso lässt er sich so viel Zeit, jeden Zentimeter meines Körpers zu erkunden, ohne vorhin gekommen zu sein?

»Hast du dir einen runtergeholt?« Die Stimme, die meinen Mund verlässt, klingt nicht mehr nach meiner. Verunsichert. Atemlos. Und so erregt.

Sein Lachen geistert über meine feuchte Haut. Ich würde ihn am liebsten von mir wegdrücken. Gehen. Nicht zulassen, dass er mich weiterhin berührt.

Aber bevor Lust und Schmerz zu Wut werden, hebt er den Kopf und schaut mich an. In dem dunklen Braun liegt so viel Aufrichtigkeit, dass ich meine Frage augenblicklich bereue.

»Nein, Luca, habe ich nicht. Als du gegangen bist und ich mir sicher war, dass ich alles kaputtgemacht habe, habe ich nicht mal eine Sekunde daran gedacht, mich anzufassen.«

Ich nicke nur, weil ich nicht weiß, was ich darauf sagen soll. Weil immer noch zu viel Blut in meinen unteren Körperregionen ist. Weil ich will, dass er seine Lippen wieder auf meinen Körper legt, und nicht weiß, wie ich ihm das klarmachen soll.

»Ich werde dir jetzt deine Hose ausziehen und weitermachen. Okay?«

Ich will, dass er aufhört, nach Einverständnis zu fragen, aber ich bewege nur zustimmend meinen Kopf.

Und dann gleiten seine Hände zielgerichtet über meinen Oberkörper und meinen Bauch bis zum Hosenbund. Sein Lächeln wird verwegener. Das Strahlen in seinen Augen lustvoller.

Er fragt nicht noch mal. Er schiebt mir den Stoff einfach von den Hüften.

»Bereit, Luca?«

»Hör auf zu fragen, Kian«, verlange ich und vielleicht klinge ich ungeduldig. Aber ich will, dass er mich anfasst. Dass er mich küsst. Dass er mir den Atem nimmt. Ich will verdammt nochmal, dass er mich zu Kommen bringt. Das sollte nicht zu viel verlangt sein.

Kians Lächeln wird breiter, bevor er sich auf die Knie fallen lässt. Fuck.

»Ich warte schon so lange darauf, dich endlich zu schmecken.«

Bevor ich irgendwas erwidern kann, nimmt er mir den nächsten Atemzug mit seinen Lippen um meiner Härte.

Mein Körper summt. Die Luft vibriert. Alles brennt.

»Ich liebe es, wie feucht du für mich bist.«

Ich stöhne, als er mehr von meinem Schwanz in seinen Mund nimmt. Als alles plötzlich ganz nass, warm und eng wird. Wieso wusste ich nicht, dass Sex sich so anfühlen kann? Warum war mir nicht klar, dass er alles auf den Kopf stellen kann? Dass man sich einer anderen Person so nah fühlen kann.

Irgendwas verändert sich und mein Körper kommt nicht mehr hinterher. »Fuck«, stöhne ich und vergrabe die Finger in Kians schwarzen Haaren. Seine Nase berührt beinahe die Stoppeln in meinem Intimbereich. Er schluckt und alles wird enger.

»Kian.« Ich bin so kurz davor, zu kommen. Ich will, dass es noch länger andauert. Will noch weiter dabei zusehen, wie er meinen Schwanz zwischen seinen Lippen hat.

»Ich … komme gleich.« Ich weiß nicht, ob er mich versteht. Ob meine Sätze Sinn ergeben. Ob ich noch stehe oder schon fliege. Lust brennt in jeder Zelle meines Körpers.

Ich lasse den Kopf in den Nacken fallen und schaue zur Decke, weil alles zu viel ist. Zu nass. Zu heiß. Zu nah.

Und dann ist plötzlich alles kühl und sein Saugen ist verschwunden.

»Ich will dich in mir.«

Mein Kinn kippt zur Brust und ich schaue ihn entgeistert an.

»Was?«

»Ich will deinen Schwanz in meinem –«

»Ich habe dich schon verstanden, Kian.« Er will mit mir schlafen? Hier? »Es hat garantiert niemand … Gleitgel hier.«

»Da wäre ich mir nicht so sicher.« Er steht auf und zwinkert mir zu, bevor er zu den Schränken geht. Meine Aufmerksamkeit bleibt an seinen breiten Schultern hängen, bevor sie zu seinem Hintern wandert.

Die Scham, die eben noch heiß in meinem Gesicht gebrannt hat, wird augenblicklich von der Lust abgelöst, die, seit er nur in Handtuch vor mir stand, nie wirklich meinen Körper verlassen hat.

Dann schaue ich wieder zurück und sehe, dass er gerade aus seinem eigenen Spind eine Packung Gleitgel und ein Kondom befördert. Ich hätte nicht mal welches in meinem Zimmer, nicht dass ich wirklich oft Hand angelegt habe in der Vergangenheit.

»Wieso brauchst du Gleitgel beim Hockey?«

»Ich bin eben gern auf alles vorbereitet.«

»Ich weiß nicht, was ich dazu sagen soll.«

»Du redest zu viel, Luca.« Er steht in wenigen Schritten vor mir. Mit der freien Hand umgreift er meinen Hals und drückt mich zurück auf die Bank. Ich habe keine Zeit, mich an das Gefühl des Holzes unter meinem nackten Hintern zu gewöhnen, weil er nur einen Augenblick später über mir kniet.

Er löst seine Hand von mir, um das Gleitgel zu öffnen und auf seinen Fingern zu verteilen.

»Bist du dir sicher? Hier?« Ich schaue noch mal kurz durch den Raum, in dem normalerweise mehr zu hören ist als nur unsere schnellen Atemzüge.

»Luca, ich habe dich eben unter der Dusche gewürgt. Wenn du jetzt Rosenblätter und Kerzen benötigst, dann sag Bescheid. Falls nicht, würde ich mich jetzt darum kümmern, dass du mich gleich ficken kannst.«

»Fuck, Kian.«

Er positioniert seine Beine noch ein Stück weiter auseinander. Seine Brust ist genau vor mir. Ich lehne mich nach vorn und lecke über seine Haut.

»Sag mir, was du machst«, verlange ich, weil ich nichts sehe, aber alles höre. Seine abgehackten Atemzüge. Das feuchte Geräusch, das seine Finger erzeugen.

»Es ist schon länger her, seit ich mich hier das letzte Mal angefasst habe. Seit ich das letzte Mal Sex hatte.« Sein Brustkorb hebt und senkt sich in einem schnellen Rhythmus unter meinen Berührungen.

»Warum?« Ich will nicht, dass er aufhört zu reden.

»Weil ich seit Monaten nur dich im Kopf habe.« Von allen Dingen, die er heute schon gesagt hat, ist das wahrscheinlich das heißeste.

Meine Finger finden von ganz allein den Weg zu seinen. Über all die angespannten Muskelgruppen, die feinen Haare und seinen steifen Schwanz. Ich erkunde so lange, bis seine Atemzüge sich in Stöhnen verwandeln. Bis ich ganz genau spüre, wie seine Finger in ihm verschwinden.

»Spürst du, wie eng ich bin.«

Ich lasse meinen Kopf nach hinten fallen, um ihm in die Augen zu sehen. Um anhand seiner geröteten Wangen genau ausmachen zu können, dass ihn das hier nicht kaltlässt. Dass er genauso erregt ist wie ich.

Ich fahre mit mehr Druck über die Stelle zwischen seinem Eingang und seinen Hoden und er erschaudert über mir. Ich verliere mich in der Lust, die in seinen dunklen Augen liegt. In der Erregung, die die Atmosphäre zwischen uns zum Flirren bringt. In dem Verlangen, das in jeder Zelle meines Körpers brennt.

44

Kian Arslan

Luca hält meinen Blick, als er seinen Finger zwischen meinen in mich schiebt. Und ganz plötzlich bin ich so kurz davor, zu kommen. Alles dreht sich. Alles ist bis zum Äußersten gespannt. Alles riecht und schmeckt nach Luca.

Und ich will noch mehr.

»Holy Shit, Kian. Das wird niemals passen.« Lucas Stimme klingt atemlos und besorgt. Aber ich höre nur die Herausforderung zwischen den Worten. Will seine ganze Welt auf den Kopf stellen, so wie er es mit meiner macht.

Ich lasse mich so weit sinken, bis ich endlich auf Luca sitze. Sein Finger rutscht noch ein Stück weiter und raubt mir den Atem.

Mit der freien Hand greife ich nach dem Kondom, das neben der Tube Gleitgel liegt.

»Drüberziehen. Jetzt«, verlange ich und mein Blick wandert zum wiederholten Mal von seinen grünen Augen zu den roten Spuren, die meine Finger an seinem Hals hinterlassen haben. Ich liebe es, dass jeder sehen kann, dass Luca zu mir gehört.

Wahrscheinlich sollte ich vernünftig sein und meinem Körper mehr Vorbereitung gönnen für Lucas Schwanz. Aber ich kann es nicht mehr abwarten.

Mit drei Fingern versuche ich, die Zeit zu überbrücken, bis Luca das Kondom übergezogen und Gleitgel auf seinem Schwanz verteilt hat.

Fuck. Das hier passiert wirklich.

Und wahrscheinlich ist es nicht schlecht, dass er vorhin gekommen ist, weil es sicher zu Beginn schmerzen wird. Aber mein Körper weiß ganz genau, was danach kommt. Dass es nichts Vergleichbares gibt. Nichts, was sich so anfühlt.

»Rutsch ein Stück nach vorn«, sage ich und stütze mich an der Bank ab, um ihm Platz zu machen.

Er lässt mich nicht aus den Augen, bis er mir so nah ist, dass ich seine Atemzüge an meinen Lippen spüren kann.

»Wir machen das wirklich«, murmelt er und ich bin mir nicht sicher, ob er weiß, dass er gerade seine Gedanken laut ausgesprochen hat.

»Ja, *Baby*, und jetzt halt deinen Schwanz so, dass ich unsere Welt verändern kann.« Ich klinge selbstsicherer, als ich mich fühle. Meine Beine zittern und ich weiß ganz genau, dass es nicht nur von meiner Position kommt.

Ich schlucke die Nervosität runter und versuche, mich ausschließlich auf ihn zu fokussieren. Auf seine Nähe. Den intensiven Ausdruck, mit dem er mich betrachtet. Den Händen, die an meinen Hüften liegen.

Ich atme noch einmal tief ein und lasse mich beim Ausatmen ein Stück sinken. Den ersten Impuls, die Luft anzuhalten, versuche ich zu unterdrücken. Versuche, mich fallen zu lassen. Und darauf zu konzentrieren, was nach dem unangenehmen Gefühl kommt.

Ich erinnere mich daran, dass Schmerz und Lust nah beieinanderliegen. Dass mich nur Augenblicke und Entspannung von dem größten High überhaupt trennen.

»Warte. Warte. Warte«, kommt es von Luca, als ich mich noch ein Stück auf ihm niederlasse. Er hat die Augen geschlossen und die Lippen aufeinandergepresst.

Irgendwann werde ich alles kaputtmachen, weil ich immer das nächste High will. Was ist, wenn er das hier wirklich nicht wollte. Wenn alles, was mit Penetration zu tun hat, nicht sein Ding ist. Wenn *ich* nicht sein Ding bin?

»Luca, sag mir, was los ist.« Ich bin so kurz davor, aufzustehen und das alles abzubrechen.

»Ich komme, wenn du noch einmal anders atmest.« Er öffnet seine Augen, und ich bin für einen Moment wie gefangen von dem Verlangen und der Begierde, die ich in ihnen wiederfinde.

Und dann lasse ich noch ein bisschen los, nur um mit dem erotischsten Stöhnen überhaupt belohnt zu werden.

Es gibt schönere Gefühle als sein erstmaliges Eindringen und wahrscheinlich hätte mehr Gleitgel die Sache um einiges einfacher gemacht. Aber Lucas Gesichtsausdruck, seine Atemzüge, die Geräusche, die er von sich gibt, sind wie Brandbeschleuniger für meine Lust. Für meinen Schwanz, der die letzten Minuten nicht so überzeugt war.

Beim nächsten Atemzug lasse ich mich ganz sinken.

»Fuck, Kian.«

Ein Lachen löst sich aus meiner Kehle, auf das ich nicht vorbereitet war.

»Kian«, stöhnt er und ich weiß ganz genau, was er meint. Ich spüre ihn überall. Merke, wie sich seine Atmung verändert, wenn ich mich bewege. Sehe, wie er sich auf die Lippen beißt, wenn ich mein Becken verschiebe.

Mein Körper braucht einige Atemzüge, um sich an ihn zu gewöhnen. Und mein Kopf kommt schon lange nicht mehr mit. Denn das hier ist Luca. Luca Jenssen.

Ich habe so oft daran gedacht. Genau an diesen Moment. Aber keine meiner Vorstellungen kommt an diesen Augenblick ran. Ich wusste nicht, wie er aussehen wird. Wie er mich ansehen würde. Dass so viel Überwältigung und Zuneigung in seinem Ausdruck liegen.

»Warte«, sagt er und umgreift meinen Oberarm so fest, als würde sein Leben davon abhängen.

»Sollen wir aufhören?« Warum bin ich so und kann nicht mal warten, bis wir zuhause in einem Bett sind. Einem Raum, der nur unser ist.

Er atmet mit geschlossenen Augen mehrmals ein und aus. Als er sie wieder öffnet, schaut er mich mit so viel Entschlossenheit an, dass es mir den nächsten Atemzug klaut.

»Benutz mich.« Shit.

Und dann komme ich seiner Aufforderung nach, weil ich nicht mehr kann. Weil sein Schwanz in mir wie ein Versprechen ist, das ich nur einlösen muss.

Ich stütze mich an seinen Schultern ab und bewege mein Becken langsam. Er stöhnt. Oder ich. Keine Ahnung.

Alles vibriert. Meine Beine. Die Bank unter uns. Die Luft zwischen uns.

Ich hebe und senke mich schneller. Er verdreht die Augen. Genau wie vorhin, als ich meine Hand an seiner Kehle hatte.

Ich drücke meine Finger tiefer in sein Fleisch und werde mit einem Seufzen belohnt.

Beim nächsten Mal bewege ich mich so, dass er beinahe rausrutscht. Als ich mich dann wieder setze, hört endlich das Weglaufen vorm Schmerz auf und die Jagd nach der Erlösung beginnt.

Ich bin ihm noch näher. Seine abgehackten Atemzüge vermischen sich mit meinen. Schweiß perlt von seiner Stirn. Seine Lider sind nur noch auf Halbmast.

Mein Schwanz streift immer wieder seinen Bauch. Jede Berührung bringt mich näher ans Ziel. Dabei will ich nicht, dass es aufhört. Will ihm immer so nah sein. Dabei zusehen, wie er Stück für Stück seine Kontrolle verliert. Wie er um alle Atemzüge ringt. Wie seine Hände ziellos über meinen Körper fahren.

»Kian, ich bin … so kurz … davor.« Ich mag es, wie erregt seine Stimme klingt. Liebe es, wie sie meine Nervenenden zum Singen bringt.

Er umgreift mit seinen Händen meinen Hintern und schiebt sein Becken so hart vor, dass ich Angst habe, von der Bank zu fallen. Aber er lässt mich nicht. Nimmt mich in einem schonungslosen Rhythmus. Einem, dem ich nicht mehr hinterherkomme. Mein Schwanz ist zwischen uns eingeklemmt. Es schmerzt, nur um sich im nächsten Moment wie der Himmel auf Erden anzufühlen.

Ich kann nicht mehr unterscheiden, wo er aufhört und ich anfange. Was seine Geräusche sind und was meine. Welche Bewegungen uns schneller an Ziel bringen. Meine oder seine.

Und dann kippt mein Becken und die Welt gleich mit.

Alles wird schwarz. Hell. Schwer. Und so verdammt leicht.

Heiße Lust sammelt sich zwischen uns. Ich spüre meine Beine nicht mehr. Nur noch ihn in mir. Schwebe, während er das High noch jagt.

Als er es findet, bin ich immer noch nicht runtergekommen.

»Kian.« Ich habe ihn noch nie meinen Namen stöhnen gehört und weiß jetzt schon, dass ich ihn nur noch so von ihm will. Aber ich kann nichts sagen, weil mir die Worte fehlen. Weil ich meine Stimme irgendwo zwischen seinem Körper und meinem verloren habe.

»Wir hatten Sex.« Er sagt das so überrascht, dass ich lachen muss. Nur wenige Sekunden später liegt auf seinen Lippen ein Schmunzeln, dass das Bauchkribbeln wieder zurückbringt. Und das Gefühl in meinem Körper.

Vorsichtig erhebe ich mich, während er seinen Schwanz umschließt und das Kondom festhält. Auf wackeligen Beinen komme ich zum Stehen. Mein Blick wandert von den rosigen Wangen über die dunkelroten Lippen bis zu den weißen Spuren auf seiner Brust und seinem Bauch.

»Ich kann nicht glauben, dass wir das gemacht haben. Ich will nicht wissen, was hier alles Ekliges auf der Bank war.« Er hat das Gummi zugeknotet und läuft an mir vorbei zum Mülleimer.

»Duschen?« Zu zusammenhängenden Sätzen ist mein Kopf heute wohl nicht mehr in der Lage.

»Auf keinen Fall. Ich war eben schon nur auf Socken da drin.«

Ich schaue ihn kopfschüttelnd an und greife dann mit meinen Fingern nach seinen, bevor er an mir vorbei ist.

»Willst du mir sagen, was dir gerade wirklich durch den Kopf geht?« Was ist, wenn er es jetzt schon bereut. Wenn er einfach so schnell wie möglich von mir wegwill und deswegen aus allem ein Drama macht?

Er weicht meinem Blick aus. Bleibt aber.

»Wir müssen nicht mehr miteinander schlafen, wenn das nichts für dich war.« Ich habe nicht mal gesehen, ob er wirklich gekommen ist. Bin mir nicht sicher, ob ich was gemerkt habe oder nur etwas bemerken wollte.

Wenn das hier das erste und letzte Mal mit ihm war, dann ist das so. Aber ich will weiterhin Teil seines Lebens sein.

Ich ziehe ihn noch ein Stück zu mir. Widerstehe der Versuchung, meine freie Hand an sein Gesicht zu legen.

»Ich wünsche mir, dass das funktioniert mit uns, weil ich nicht ohne dich sein kann«, murmele ich und hasse dieses drückende Gefühl, das ganz plötzlich in der Luft hängt.

Wo ist all die elektrisierende Spannung hin? Die Verbundenheit zwischen uns?

»Ich mochte es. Alles. Aber … wie soll das funktionieren?«

»Wie meinst du das?« Meine Stimme klingt sicherer, als ich mich fühle.

Als sein trauriger Blick endlich wieder auf meinen trifft, nimmt das Engegefühl in meiner Brust zu.

»Was ist, wenn das hier für dich ein weiteres High ist. Und für mich nur die Möglichkeit, endlich Sex haben zu können und mich normal zu fühlen?«

»Was ist, wenn das zwischen uns das Endgame ist?«

Er ist zu mir unter die Dusche gekommen, nachdem ich ihn verletzt auf dem Eis zurückgelassen hatte. Warum konnte er da kämpfen und jetzt nicht mehr?

»Ich weiß es doch auch nicht.« Seine Stimme ist nur ein Flüstern.

»Müssen wir das denn jetzt schon wissen?«, frage ich und gebe endlich dem Bedürfnis nach, ihn im Gesicht zu berühren.

»Wir können so nicht weitermachen.«

»Wie?« Er ist mir so nah, dass ich in dem Grün alle Gefühlsregungen sehen kann.

»Gott, Kian, wir können uns nicht dauernd verletzen und dann –«

»Den versautesten Sex überhaupt miteinander haben?« Das bringt mir zumindest ein kleines Schmunzeln ein.

»Ja. Das ist so was von toxisch und irgendwann wird es einen von uns richtig zerstören. Dafür bin ich nicht bereit. Ich habe nie gelernt, gesunde Beziehungen zu führen. Egal, ob zu Anneliese oder meiner Schwester. Oder zu irgendjemanden aus dem Team. Ich habe Angst, mich zu öffnen, zu viel Angriffsfläche zu liefern.«

»Okay. Ich will das zu zweit schaffen. Will mit dir gemeinsam wachsen, sodass diese Beziehung hier funktioniert. Und ich weiß, dass wir da beide an uns arbeiten müssen. Einzeln. Und zusammen.«

Ich habe keine Ahnung, was er gerade denkt. Ob er mir zustimmt oder ob ihm das alles zu ernst klingt. Nach zu viel Commitment.

Ich muss mich immer wieder daran erinnern, dass Luca das so noch nicht gemacht hat. Dass er bisher kaum Erfahrungen gesammelt hat. Dass er schon immer total verschlossen war und selbst Gruber Schwierigkeiten hatte, Zugang zu ihm zu finden. Niemand von uns wusste, dass er eine Schwester hat, obwohl er wie oft zu ihr verschwunden ist und sich tagelang nicht gemeldet hat.

»Okay«, murmelt er und ich realisiere erst Sekunden später, was er gesagt hat. Vielleicht, weil ich damit gerechnet habe, dass ihm das hier nicht so wichtig ist. Aber dann wäre er nicht geblieben.

Er hat recht gehabt. Wir haben uns mehr verletzt, als dass wir uns gutgetan haben. Aber das können wir ja ändern.

»Sag das noch mal«, verlange ich leise und widerstehe dem Bedürfnis, mich ihm noch ein Stück entgegen zu lehnen.

»Ich will nicht mehr weglaufen. Ich will dich.«

Ich hätte nicht gedacht, dass sich noch etwas außer meinem Namen aus seinem Mund so schön anhören kann. Wie sehr ich mich getäuscht habe.

Dann berühren seine Lippen endlich meine. So anders als vorhin. Weil eben keine Versprechen in seinen Berührungen lagen, anders als jetzt.

45

Luca Jenssen

Wir haben nicht geredet. Wir haben aber auch nicht mehr miteinander geschlafen. Nebeneinander schon. Wahrscheinlich wäre es besser gewesen, wenn wir Grenzen abgesteckt und über unsere Erwartungen gesprochen hätten, aber wir waren beide zu müde, als wir nach Hause kamen.

Heute musste ich schon früh zur Uni. Ich hatte einen Termin mit meinem Dozenten zur Finalisierung des Themas meiner Masterarbeit. Die nächsten Monate besteht meine Aufgabe darin, eine Metaanalyse über den Einfluss regelmäßiger sportlicher Betätigung auf das Mikrobiom des Darms zu schreiben. Wir haben über den Aufbau gesprochen und ich muss in der nächsten Woche, zwischen Job und Hockey, eine Gliederung ausarbeiten.

Vom Bus zum Stadion muss ich rennen, weil sich heute im Gym jemand auf dem Stairmaster übergeben hat, wir natürlich sowieso schon geringer besetzt waren und ich näher am Gerät war als Linn. Natürlich habe ich heute auch keine Kopfhörer dabei, die mich zumindest etwas vor dem Trubel schützen.

Aber zumindest bin ich auf dem Weg am Wald vorbei und auf dem Fußweg bis zum Eingang des Eisstadions allein. Aber im Stress, weil ich in zehn Minuten in Ausrüstung auf dem Eis sein soll.

Ich stoße die Tür auf, durch die ich gestern zusammen mit Kian gegangen bin. Atme gegen die Bilder an, weil es sonst noch länger dauern wird, bis ich mich umziehen kann.

Die Treppen nehme ich im Laufschritt und biege um die Ecke, um den dunkelgrün gestrichenen Gang zu den Kabinen zu nehmen. Überall hängen Bilderrahmen von Mannschaften und Meisterschaften der letzten Jahre, denen ich aber keinen zweiten Blick schenken kann.

Wahrscheinlich hätte die Stille aus unserer Kabine schon ein Zeichen dafür sein sollen, dass heute irgendwas anders ist. Aber spätestens als ich die Türen aufdrücke und mich alle anstarren, ist das altbekannte Ziehen wieder zurück.

»Hi«, murmele ich und mache mich mit gesenktem Kopf zu dem freien Platz neben Williams auf.

»Schön, dass du es auch endlich geschafft hast, Jenssen. Dann können wir ja anfangen.« Ich habe Trainer Thomas, der neben unseren Schränken steht, nicht gesehen. Was auch damit zusammenhängt, dass er genau wie wir im Tigers-Trainingsanzug ist. Und nur beim genauen Hinsehen auffällt, dass er älter ist als wir. Sonst könnte er glatt als Spieler durchgehen.

»Gut. Bevor ich ein paar Worte zum Spiel am Wochenende verliere, kommen wir direkt zu der Sache, warum wir hier und noch nicht auf dem Eis sind.« Er klingt angepisst und der Blick, den er durch die Kabine gleiten lässt, sieht wenig erfreut aus.

»Ihr wisst, wir haben nach der letzten Saison sowieso schon Probleme mit Sponsoren und müssen unsere Ausgaben runterfahren. Es kann nicht sein, dass ich vom Hausmeister heute Morgen angerufen werde, weil das Licht in den Kabinen und der Dusche die ganze Nacht gebrannt hat. Unmöglich.«

Ich halte den Blick gen Boden gerichtet, während mein Körper unter der Spannung beinahe auseinanderbricht. Die Übelkeit, die mich bei meinen Kopfschmerzen sonst überkommt, ist nichts gegen das schlechte Gewissen, das sich gerade in meinem Magen ausbreitet.

»Ich weiß, dass es ein paar von euch gibt, die auch außerhalb der Trainingszeiten im Stadion sind. Damit hatte ich sonst kein Problem, aber nicht, wenn ihr das hier so hinterlasst.« Fuck. Meine Aufmerksamkeit liegt immer noch auf dem Gummiboden, weil ich nicht zu Kian sehen kann. Und sobald Williams mein Gesicht sieht, weiß er auch Bescheid.

»Und ich weiß, dass es jemand von euch gewesen sein muss, weil da im Mülleimer ein benutztes Kondom liegt.«

Irgendwer zieht hörbar die Luft ein und von irgendwo kommt leises Gekicher. Wir sind so am Arsch. Fink und Gruber wissen, dass wir hier waren.

»Ey, wer von euch hat hier ein Girl reingeschleppt? Die Kabinen sind heilig«, kommt es von Adam Schmitt.

»Einen Typen hierher mitzubringen, wäre also okay?« Eins muss man Leander Martinez lassen, er ist in den letzten Monaten definitiv selbstbewusster geworden.

»Wenn sich die Person nicht meldet, dann wird es ab jetzt keine Eiszeit mehr in der Freizeit geben.«

Ich kann praktisch fühlen, dass Kian sich am liebsten bekennen will und es mir zuliebe nicht tut. Obwohl die meisten mittlerweile wissen, dass wir zusammen sind. Oder dass wir zumindest was am Laufen haben. Grubers Party liegt ein paar Wochen zurück und da war es mehr als offensichtlich.

Das genervte Gestöhne und Gemurmel ist laut, aber niemand von ihnen outet uns. Dabei macht es eigentlich keinen Unterschied, wenn Thomas es auch weiß.

»Is' meins«, sage ich und augenblicklich verstummen alle Geräusche um uns herum. Keine Ahnung, was in mich gefahren ist.

»Dann brauchst du dich gar nicht umziehen, weil ich dich eine Woche nicht auf dem Eis sehen will.« Trainer Thomas schaut mich mit zusammengezogenen Augenbrauen an. Ich weiß, dass er nicht wirklich sauer auf mich ist, sondern genervt von den ganzen Dingen, die unsere Aktion nach sich zieht.

»Okay. Sorry.« Keine Ahnung, was ich sonst sagen soll. Ich brauche Hockey. Ich habe mich den ganzen Tag darauf gefreut. Am Wochenende wäre die Chance groß gewesen, dass Kian und ich mal richtig zusammen auf dem Eis stehen. Aber dann eben beim nächsten Spiel.

»Ich finde es vorbildlich, dass du ein Kondom benutzt hast, aber verlege das doch beim nächsten Mal in ein Schlafzimmer. Das war es dazu. Den Rest besprechen wir auf dem Eis. Wir haben schon zu viel Zeit mit so einem Blödsinn vertrödelt. Fünf Minuten, dann sehe ich euch spätestens.« Er nickt noch einmal in die Runde, bevor er aus der Kabine verschwindet.

Es dauert nur einen Atemzug, bis der Lärm, den ich beim Betreten vermisst habe, zurück ist.

»Du lieferst deinen Boyfriend einfach ans Messer, Arslan?«

»Wehe, ihr hattet hier auf meinem Platz Sex.«

»Ich hoffe, es hat sich gelohnt.«

»Müssen wir neue Regeln aufstellen für Paare innerhalb der Mannschaft?«

»Wer ist denn noch zusammen?«

Ich blende alle Fragen aus und schaue zum ersten Mal, seit ich angekommen bin, zu Kian. Und natürlich sitzt er genau an der Stelle, an der wir gestern waren. So, als bräuchte er den Platz als Erinnerung an das, was zwischen uns passiert ist. Und damit meine ich nicht den Sex. Dabei war der mindestens genauso weltverändernd wie das anschließende Gespräch darüber, was wir eigentlich sind.

Er grinst mich mit einem schuldbewussten Ausdruck in den Augen an. Und ich weiß, dass er alles dafür geben wird, mich davon abzulenken, dass ich eine Woche nicht aufs Eis darf. Und er weiß hoffentlich, dass ich das für ihn und uns getan habe, weil ich nicht wollte, dass er schon wieder auf Hockey verzichten muss.

»Hast du 'ne Ahnung, warum Thomas aktuell immer so gestresst wirkt?«, fragt Williams Gruber, der auf meiner anderen Seite sitzt.

»Glaube, er trennt sich gerade von seiner Frau oder so. Wobei ich finde, dass er noch ziemlich human reagiert hat. Hätte er mich gefragt, hätte Jenssen bis zum Ende der Saison keine Kufe mehr aufs Eis bekommen«, sagt Gruber und ich vermeide es, ihm ins Gesicht zu sehen.

»Aber es sind doch deine Mitbewohner, Kapitän«, kommt es von Hecker, der schon fertig angezogen vorm Ausgang steht.

»Und ich bin ihr größter Supporter, wenn sie das bei uns in der Wohnung machen.« Wenn Malte mich in die Bande gedrückt hätte, hätte es weniger wehgetan. »Von Arslan habe ich das erwartet, aber von dir?«

Dann mache ich den Fehler, ihn doch anzusehen. Enttäuschung blitzt mir aus seinen braunen Augen entgegen, bevor er sich abwendet und die anderen auffordert, mit rauszukommen.

»Tut mir leid«, formt Kian mit den Lippen und gibt mir einen Luftkuss, bevor er sich dem Rest der Mannschaft anschließt und mich sitzenlässt.

Das drückende Gefühl in meinem Inneren wird mehr. Kämpft sich von meinem Magen bis in meine Brust. Und ich versuche, normal tief und langsam weiter zu atmen. Mich nicht davon ablenken zu lassen. Nicht dem Bedürfnis nachzugeben, wegzulaufen. Das Stadion nicht zu verlassen und eine Woche zu Kaya zu ziehen.

Ich habe es Kian gestern Abend versprochen. Und mir irgendwie auch.

Also stehe ich auf, schlinge mir die Tasche um die Schultern und verlasse den Raum, in dem ich erfahren durfte, dass Sex doch genauso krass, toll und weltverändernd ist, wie alle immer erzählen.

46

Kian Arslan

Ich darf spielen und das nur, weil Luca den Kopf für unser Sexabenteuer hingehalten hat. Gut, Trainer Thomas hat mir auch die Chance gegeben, weil ich keine Schmerzen mehr habe und das Training diese Woche ganz gut gelaufen ist.

Nicht so wie letzte Saison, als ich in meiner Topform war und unbedingt Leander abschleppen musste.

Ich bin auch nicht wie sonst in der ersten Linie mit Gruber, Fink, Ulrich, Hecker und Williams, und damit nicht zu Beginn des Spiels auf dem Eis. Aber ich werde zumindest Spielzeit bekommen, weil ich einen festen Platz habe.

Als wir aus der Kabine kommen, ist der Lärm ohrenbetäubend. Seit unseres TikTok-Auftritts haben die Zahlen der Besuchenden zugenommen. Der vordere Tabellenplatz hat das Ganze so weit gesteigert, dass seit Wochen alle Heimspiele ausverkauft sind.

Unter *Eye-of-the-Tiger*-Gesängen betreten wir das Eis. Ich habe so lange auf diesen Moment gewartet. Habe die letzten Monate alles gegeben, zumindest bei den letzten Spielen noch dabei sein zu dürfen.

Das Gefühl, zusammen mit dem Team und den Fans wieder hier zu sein, ist unbeschreiblich. Aber nicht ansatzweise zu vergleichen mit dem, was Luca und ich diese Woche hatten.

Mein Blick gleitet wie automatisch zu seinem Platz. Ich hasse es, dass er nicht hier neben mir ist. Dass meine Schnapsidee ihn vom Eis verbannt hat.

Er ist zu weit weg, um mit Sicherheit sagen zu können, dass er mich anschaut. Aber wohin soll er sonst gucken? Ich hebe kurz die Hand und bilde mir ein, sein typisches Grinsen zu sehen, das meinen Körper immer um den Verstand bringt.

»Du bist so verknallt«, kommentiert Williams und es ist mir egal. Ich wünschte, wir hätten nicht so viel Zeit verschwendet. Wünschte, ich wäre mutiger gewesen. Hätte mich getraut, ihm zu sagen, was ich gefühlt habe, als er mich zum Treffen begleitet hat. Als er sich dieses Piercing stechen gelassen hat.

Wir haben nicht darüber geredet, was passiert, wenn er sein Studium abschließt. Ob er dann hierbleiben will.

Unter Applaus verlassen wir das Feld und nur die erste Reihe bleibt. Wir sind Führende in der Tabelle. Heute muss also ein Sieg drin sein. Trainer Thomas hat noch nichts von Aufstieg gesagt, weil er das Ganze wahrscheinlich nicht jinxen will. Aber für die Tigers wäre das das erste Mal, dass wir höherklassig spielen können.

Gruber nimmt den Bully für uns mit und spielt zurück zu Ulrich, um das Bergstadt-Team aus seiner Hälfte zu locken.

Es funktioniert. Wir starten schnell und stark offensiv. Aber bevor Williams den Puck wieder zurück zu Gruber schicken kann, der weit in der gegnerischen Hälfte ist, wird er von zwei Spielern gegen die Bande gepresst. Der Aufschrei ist groß, als sich die Gäste in Orange die Scheibe erobern und keiner der Schiris etwas gegen das Boarding macht.

Mein Blick wandert vom Spiel zu Luca. Es ist wahrscheinlich besser, dass keiner von uns auf dem Eis steht, weil wir uns sonst garantiert eine Strafzeit eingehandelt hätten.

»Bereit machen«, kommt es von Thomas, der mit verschränkten Armen neben uns steht und Ulrich dabei zusieht, wie er versucht, dem gegnerischen Spieler den Puck abzunehmen, bevor er die Chance auf einen Abschluss hat.

Mein Herz rast und ich schaue ein letztes Mal zum Publikum, bevor ich aufstehe und mich an der Bande festhalte. Ich wünschte, Luca wäre hier. Er würde mir zumindest etwas von der Aufregung nehmen, die heiß durch meinen Körper pumpt. Als Gruber und Williams einen Fuß vom Eis machen, steige ich über die Bande und spüre endlich wieder kalten Wind im Gesicht.

Bergstadt lässt mir aber keine Sekunde Zeit, mich den neuen Gegebenheiten anzupassen, weil sie in Überzahl mit Puck in unserer Hälfte sind. Fuck.

Ich drücke mich mit den Kufen härter ab, um einen der Spieler zu erreichen. Es dauert nur wenige Atemzüge, aber ich bin trotzdem zu spät. Er kann die Scheibe abgeben, bevor ich etwas zu hart mit ihm zusammenstoße. Der Schiri lässt aber wegen Vorteil weiterlaufen. Ich halte die Luft an und hoffe, dass Schmitt den Treffer abwehrt.

Das Hupen, das durch die Halle tönt, ist wie ein Schlag ins Gesicht. Eine bittere Erinnerung daran, dass ich wohl doch noch nicht so weit bin, wie gedacht. Dass ich heute nicht hier stehen sollte, sondern Luca.

Leander denkt wahrscheinlich, dass er mir einen Gefallen damit tut, dass ich den Bully für uns mache. Aber wenn ich ehrlich bin, würde ich am liebsten rausgehen und nie wiederkommen.

Doch ich habe keine Zeit, Thomas ein Zeichen zu geben, mich auszuwechseln und nie wieder aufs Eis zu stellen, weil mein Team auf mich zählt. Und genau das ist gerade wichtiger als mein geschundenes Ego.

Also schiebe ich mich zum Mittelkreis, unabhängig davon, wie sehr meine Beine zittern. Und das liegt nicht an der abgeklungenen Verletzung meines Oberschenkels.

All The Small Things von blink-182 tönt durch die Halle, aber das Rauschen meines Blutes ist so laut, dass ich kaum was anderes wahrnehme.

Natürlich ist der Spieler in Orange, der mir gegenübersteht, ein richtiges Arschloch. Woher ich das weiß? Er schaut mich mit so viel Überlegenheit, Arroganz und Selbstsicherheit an, dass ich nicht nur neidisch, sondern stinksauer bin.

»Genieß den Höhenflug, wir holen euch schneller auf den Boden der Tatsachen zurück, als du *Mama* sagen kannst.« Vielleicht hätte ich auch einfach meine Klappe halten sollen. Aber das konnte ich noch nie gut.

»Ist dein Arsch fetter geworden bei dem ganzen Rumsitzen und Wichsen, Arslan?«

Ich bin so kurz davor, ihm den Helm vom Kopf zu ziehen und eine reinzuschlagen, aber ich halte mich zurück. Der Schiri hält mich davon ab, auf Wagners Satz noch etwas zu erwidern, also fokussiere ich all die Wut auf den Puck in seiner Hand.

Ich bewege meinen Schläger zu früh und muss dabei zusehen, wie Wagner das Duell für sich entscheidet. Nur, dass mein Körper darauf vorbereitet war, zu verlieren, und ich ihm schneller hinterherkomme als gedacht.

Ich sehe nur die weiße Zweiunddreißig und dann die schwarze Scheibe. Lauere darauf, dass er sich Richtung Tor lehnt. Er macht es mir zu einfach. Ich strecke den Arm mit dem Schläger noch ein Stück und fange den Puck ab. Es dauert, bis ich die Scheibe unter Kontrolle und die Fahrtrichtung gewechselt bekomme. Ich bin für wenige Atemzüge ungedeckt und kämpfe mich in die gegnerische Hälfte. Ich habe meinen ersten Zweikampf gewonnen. Mein Körper brennt immer noch, als ich den Puck an Hecker abgebe, der einen Torschuss versucht, der leider gehalten wird.

Nach dem zweiten Drittel führt Bergstadt immer noch 1:0. Mittlerweile habe ich mehr Zweikämpfe gewonnen als verloren und Thomas hat mich weiter eingesetzt. Aber ich weiß auch, dass da mehr kommen muss.

»Arslan, ich will, dass du mit Ulrich tauschst und zusammen mit Gruber, Williams, Anders und Fink spielst.« Er schaut kurz zu mir, dann zu den anderen. Es ist selten, dass Thomas mitten im laufenden Spiel eine komplette Reihe umstellt. Eigentlich baut er in solchen Fällen immer auf Sicherheit. Keine Ahnung, was heute in ihn gefahren ist, aber die anfängliche Nervosität ist mit einem Schlag zurück.

Ich glaube nicht, dass ich seinen Erwartungen gerecht werden kann. Durch die lange Verletzungspause bin ich immer noch zu langsam und vorsichtiger als letzte Saison. Wahrscheinlich, weil ich jetzt was zu verlieren habe.

Aber mir bleibt keine Zeit, mich den Selbstzweifeln hinzugeben, weil mein Team mich braucht. Schneller, als ich die Aufregung heruntergefahren bekomme, stehe ich wieder auf dem Eis. So wie letzte Saison in der ersten Reihe. Ohne Luca, dessen Blick meinem begegnet. Das Ziehen in meinem Magen wird weniger.

Mein Fokus ist auf den Bully gerichtet, den Gruber uns nur wenige Sekunden später erkämpft. Der Puck kommt zu mir, ohne dass Gruber in meine Richtung schaut. Ich gebe die Scheibe ab und kreuze mit unserem Kapitän die Position. So schnell und einfach, als hätten wir wochenlang nur darauf gewartet. Nur einen Atemzug später landet der Puck in meinem Lauf und die Bahn vor mir ist frei. Und ich? Ich stürze nach vorn, treibe die Scheibe übers Feld und komme mit einer gekonnten Körpertäuschung an dem Defensivspieler vorbei. Mein Blick heftet am Tor, und ich weiß, dass Williams links neben mir ist, ohne ihn zu sehen.

Alles geht ganz schnell. Ich gebe die Scheibe ab und positioniere mich so, dass Williams noch mal zu mir spielen könnte. Aber als der Puck an mir vorbeisaust, halte ich die Luft an. Der Applaus und die Jubelrufe aus dem Publikum übertönen das Hupen, das den Treffer signalisiert.

Fuck. Es hat geklappt. Williams konnte meine Vorlage verwandeln.

Nur Atemzüge später zieht er mich in eine Umarmung. Er nimmt mein Gesicht in die Hand und brüllt: »Du bist zurück!« Mit dem Helm stößt er gegen meinen und schenkt mir ein breites Lächeln.

»Ja«, entgegne ich und erwidere sein Grinsen. Endlich sind das Ziehen in meinem Magen und die Last auf meinen Schultern weniger.

Danach wird das Spiel noch schneller und härter.

Die letzte Minute läuft runter, als Jonas Hecker sich freispielt und den Puck an Leander Martinez abgibt. Keine Ahnung, wie Leander es schafft, aber er spielt die Scheibe beinahe direkt in Richtung Tor. Ich springe von der Bank auf, genau wie alle neben mir. Er trifft direkt in den rechten oberen Winkel. Eigentlich haltbar, aber wir haben verdammtes Glück und Leander ist einfach unglaublich talentiert.

Wir liegen uns alle in den Armen, bis die letzten Sekunden abgelaufen sind und wir das Match für uns entscheiden.

Die Stimmung in der Kabine ist unbezahlbar und alles, was ich mir die letzten Monate gewünscht habe. Das High eines Siegs kommt zwar nicht an den Sex mit Luca ran, aber an das des Alkohols. Und es ist wesentlich gesünder.

Ich bin schon auf Socken und ohne Shirt, als Luca mit einem Lächeln den Raum betritt. Er strahlt nicht so hell wie alle anderen in der Kabine, aber ich habe trotzdem nur Augen für ihn. Es dauert viel zu lange, bis er sich zwischen allen durchgekämpft hat, deswegen gehe ich ihm entgegen.

»Hey«, sage ich, aber wahrscheinlich versteht er mich über die Gesänge der anderen hinweg nicht.

»Ich bin so stolz auf dich«, sagt er so laut, dass Fink und Anders es mitbekommen und zu uns sehen. Aber das ist mir egal. Ich lege meine Hand in Lucas Nacken und warte darauf, dass er mich aufhält. Er beißt sich auf die Lippe und der Ausdruck in seinen Augen wird verlegener. Dann nickt er und ich kann mir endlich den Kuss abholen, nach dem mein Körper seit Stunden verlangt.

Als sich unsere Lippen berühren, vergesse ich die Zeit. Der Rausch des Sieges vibriert immer noch in meinem Inneren. Aber es dauert nicht lange, bis Lucas Geschmack und sein Geruch all meine Sinne infiltrieren. Bis ich nur noch ihn spüre und die Lust, die in jeder meiner Zellen lauert.

Erst das Gejohle und die Pfiffe erinnern mich daran, dass wir nicht allein sind. Dass das letzte Mal in der Kabine dafür gesorgt hat, dass ich heute ohne Luca auf dem Eis stand.

Ich löse mich zuerst und verliere mich kurz in der Erregung, die in dem schönen Grün hervorblitzt.

»Jetzt verstehe ich, wie es zu der Sache mit dem Kondom gekommen ist«, kommentiert Ulrich und die ganze Kabine lacht.

Aber Lucas Blick liegt weiterhin nur auf mir, und ich kann es kaum erwarten, bis wir endlich zusammen auf dem Eis stehen.

47

Kian Arslan

Heute lerne ich Kaya endlich kennen. Was schon reichen würde, um mich nervös zu machen. Aber wir treffen uns nicht zum Essen oder bei ihr in der Wohnung. Nein. Luca hat heute einen Arzttermin, zu dem seine Schwester und ich ihn begleiten. Die letzten beiden Termine bei anderen Ärzten hat er allein hinter sich gebracht. Bei denen wurde er nicht ernst genommen und er hatte eigentlich nicht vor, es noch mal zu probieren. Aber wir konnten ihn davon überzeugen.

»Du hättest ihr nicht extra Blumen kaufen müssen«, kommentiert Luca den kleinen Strauß in meiner Hand.

Wir sind auf dem Weg von der Haltestelle zur Praxis.

»Ich lerne deine Familie kennen, da will ich Eindruck hinterlassen.«

Er greift nur kopfschüttelnd nach meiner freien Hand und zieht mich ein Stück näher zu sich. Dass er meine Familie wahrscheinlich nie kennenlernen wird, darüber reden wir nicht. Ich wüsste auch nicht genau, was ich dazu sagen soll. Dass sich weder meine Eltern noch meine Geschwister gemeldet haben. Also genau das, was ich mir noch vor Monaten gewünscht habe, ist eingetreten. Und trotzdem fehlt mir was. Aber zwischen Hockey und der Suche nach einem Studienplatz habe ich nicht die nötige Zeit gefunden, mit ihm darüber zu reden.

»Wenn das heute wieder scheiße wird, dann gehe ich zu niemandem mehr.«

Ich kann Luca verstehen, mich würde es auch ankotzen, wenn mich niemand ernst nimmt. Aber es muss doch jemanden geben, der eine Lösung dafür findet. Oder zumindest Möglichkeiten, damit es besser wird.

»Ich habe ein gutes Gefühl.« Falls der Arzt wieder eine Enttäuschung wird, werde ich trotzdem versuchen, ihn von anderen zu überzeugen. Ich habe einen seiner leichten Anfälle mitbekommen und will mir nicht vorstellen, wie schlimm es noch werden kann.

Vor der Praxis wartet eine kleine brünette Frau, die Luca überhaupt nicht ähnlich sieht, ihn aber so anlächelt, dass ich weiß, dass es Kaya sein muss.

»Hi, ich bin Kian. Und die sind für dich.« Ich strecke ihr die Blumen entgegen und bin froh, sie mitgebracht zu haben, weil ich so nicht überlegen muss, ob sie gern umarmt wird oder wir uns die Hand geben.

»Ich freue mich, dass wir uns endlich kennenlernen.« Ihr Lächeln ist warm und ehrlich. Ich würde es gern genauso erwidern, aber das Wissen, dass keine meiner Schwestern Luca je so gegenüberstehen wird, fühlt sich verdammt scheiße an.

»Lass uns reingehen, ich will den Termin endlich hinter mich bringen.« Auf Lucas Aussage hin verdreht Kaya die Augen und seufzt schwer.

Ich drücke seine Hand noch mal, bevor ich meine löse und ihm in die Praxis folge.

Als Luca nach einer halben Stunde Wartezeit endlich aufgerufen wird, sind Kaya und ich zum ersten Mal allein. Ich checke auf meinem Smartphone die letzten Nachrichten aus der Tigers-Gruppe. In drei Tagen haben wir ein Auswärtsspiel. Das Training diese Woche lief richtig gut und die WhatsApp-Gruppe wirkt mittlerweile mehr, als hätte ich ein Motivationscoaching gebucht. Dabei sind Williams und Gruber nicht die Einzigen, die uns täglich daran erinnern, wo wir gerade in der Tabelle stehen und was wir bis hierhin schon alles erreicht haben. Nein, es sind auch Leander, Jan Fink und Kevin Anders, die es sich zur Aufgabe gemacht haben, die Stärken jedes Einzelnen noch mal hervorzuheben und mit einem Meme zu untermalen.

»Ich mag den Luca, der er ist, wenn er mit dir zusammen ist«, kommt es von meiner linken Seite und ich lasse vor Schreck beinahe mein Smartphone fallen.

»Ehm … danke.« Ich starre immer noch auf die weißen Steinfliesen unter mir, anstatt zu ihr zu sehen.

»Er hätte das hier nicht noch mal versucht, wenn es dich nicht in seinem Leben gäbe. Ich versuche ihn schon seit Jahren zu überzeugen und war richtig sauer, als dieser Spezialist so ein Arsch war. Ich dachte, damit könnten wir vergessen, jemals Hilfe für ihn zu finden. Wahrscheinlich ist dir schon aufgefallen, dass er ganz schön stur ist.«

Ich glaube, ich war in meinem Leben noch nie so sprachlos. Kaya denkt wirklich, dass ich gut genug für Luca bin. Irgendwo in meinem Inneren weiß ich das auch, sonst hätte ich nicht um ihn gekämpft und wäre heute hier.

Vielleicht liegt es daran, dass Kaya Familie ist und in meiner noch nie jemand positiv über mich geredet hat. Vielleicht fällt mir deswegen nichts zum Erwidern ein.

»Danke«, murmele ich, weil sie mich immer noch so erwartungsvoll anschaut. Ihr Lächeln sieht ganz anders aus als das von Luca, aber es hat einen ähnlichen Effekt. Es fühlt sich gut an, in ihrer Nähe zu sein.

»Glaube, meine Familie würde das anders sehen«, rutscht es mir raus.

Ihr Ausdruck verändert sich kaum. »Ich weiß, was du meinst. Unsere Mutter … hat nur ein gutes Haar an uns gelassen, wenn sie was brauchte.« Und dann weicht sie meinem Blick aus und starrt das abstrakte Bild an der gegenüberliegenden Wand an, dass ein aufgeschnittenes Gehirn zeigt. Zumindest vermute ich das.

»Tut mir leid. Luca hat mir von Anneliese erzählt.«

»Sie hatte auch immer Kopfschmerzen, zumindest hat sie behauptet, dass das der Grund für ihre Alkoholabhängigkeit war. Wahrscheinlich war auch das gelogen.«

Ich hasse es, dass Kaya und Luca so eine Kindheit hatten. Dass ihre Vergangenheit immer noch so einen großen Einfluss hat.

»Das hat Luca mir nicht erzählt.«

»Ich glaube, deswegen hat er diese Anfälle so lange verschwiegen, weil er nicht wie sie sein wollte. Ich bin froh, dass ihr Bescheid wisst.«

»Ich auch«, sage ich leise und schaue auch zu dem Bild.

Das Gemälde erinnert mich an die Vorlesung, die ich vor Wochen zusammen mit Joris besucht habe. Vielleicht sollte ich das mit dem Medizinstudium doch probieren. Wahrscheinlich muss ich die Wartezeit, bis ich einen Platz bekomme, mit Arbeiten überbrücken, aber ich könnte mich zumindest mal informieren, welche Voraussetzungen ich noch bräuchte.

Lösungen dafür zu finden, Menschen wie Luca zu helfen, klingt nach einem sinnvollen Job. Vielleicht würde mir das auch dabei helfen, besser zu verstehen, was Sucht ist. Wieso sich Zusammensein mit Luca manchmal ein bisschen so anfühlt, wie Alkohol zu trinken, nur ohne den Hangover und die Lügen. Manchmal habe ich Angst, zu viel zu wollen und nicht ohne ihn zu können.

»Ich hatte lange Angst, dass Luca niemanden an sich ranlassen kann, wegen dem, was in unserer Vergangenheit war. Du bist die erste Person, die er mir je vorgestellt hat.«

»Ich habe Schiss ... es zu verkacken.« Wahrscheinlich sollte ich das seiner Schwester nicht sagen, aber von meiner Familie habe ich nicht mitbekommen, wie man über Gefühle redet. Und in meiner Therapie sind wir noch nicht bei dem Punkt.

»Allein, dass du dir darüber Gedanken machst, zeigt mir, dass du es ernst mit meinem Bruder meinst. Außerdem weiß ich auch, dass Luca nicht ganz einfach ist.«

»Danke. Ich bin ziemlich froh, dass er dich hat. Du bist ... cool.« Komplimente machen, ohne zu flirten und Alkohol im Blut zu haben, scheint mir nicht zu liegen.

Sie lacht daraufhin und schaut zu mir. »Danke, ich glaube, Luca findet mich nicht besonders cool, aber es freut mich, dass ich dich überzeugt habe.«

Wir schweigen einen Augenblick, dann greift sie nach ihrem Smartphone, während ich immer noch das Gemälde uns gegenüber anstarre.

Ich hoffe, es ist ein gutes Zeichen, dass Luca noch nicht zurück ist. Hoffentlich finden sie was und es gibt endlich eine Möglichkeit, ihm zu helfen.

»Bleibt ihr eigentlich in der WG oder sucht ihr euch eine Wohnung?«

Was soll ich ihr darauf sagen? Dass wir den heißesten Sex überhaupt haben und ich seine Nähe liebe, aber wir noch nicht einmal darüber gesprochen haben, wie wir uns unser Zusammensein vorstellen? Was würde sie sagen, wenn sie wüsste, dass ich keinen Job, keine Ausbildung und keinen Studienplatz habe? Dass ich nicht genau weiß, was ich vom Leben will, und Luca gerade auf der Tasche liege?

»Ich weiß es ehrlich gesagt nicht.« Obwohl es der Wahrheit entspricht, fühlt sich das drückende Gefühl in meinem Magen an, als hätte ich sie angelogen.

»Versprich mir eins: Luca ist ganz gut darin, sich vor solchen verantwortungsvollen Entscheidungen zu drücken. Nimm es nicht persönlich. Rechne aber damit, dass du ihn da vielleicht fragen musst.«

»Okay«, erwidere ich, obwohl ich weiß, dass ich mich mindestens genauso davor drücke wie er. Denn wenn ich ihn darauf anspreche, was er nach dem Studium machen möchte, ob wir dann noch zusammen sind und ob wir uns gemeinsam was suchen sollen, dann wird ihm vielleicht auffallen, dass er mit einem arbeitslosen Suchtkranken seine Zukunft nicht verschwenden will.

»Du bist zurück«, kommt es dann von ihr und sie schaut zur Tür.

Luca. Ich werde niemals genug davon haben, ihn anzusehen. In seiner Nähe sein zu wollen. Mein Herz schlägt in einem viel zu schnellen Tempo, als ich seinen niedergeschlagenen Ausdruck wahrnehme.

»Wenn er dich auch nicht ernst genommen hat, dann gehe ich da rein und erzähl dem Arsch mal –«

»Ich bin Migräne-Patient. Migräne mit Aura.«

Fuck. So fühlt sich das also an, eine Diagnose zu einer Krankheit zu bekommen, die nicht heilbar ist.

Genauso wie die Sucht immer ein Teil von mir sein wird, werden die Kopfschmerzen in seinem Leben bleiben.

»Ich … es tut mir –« Kayas Stimme neben mir bricht. Dann springt sie auf und läuft zu Luca. Sie kommt ruckartig vor ihm zum Stehen. Vielleicht, weil ihr wieder eingefallen ist, dass Luca Berührungen nicht mag.

Mein Herz schmerzt, ihr dabei zuzusehen, wie sie weinend vor ihrem Bruder steht. Sein hilfloser Blick gleitet durch den Raum und mit den Armen hat er seinen Bauch umklammert.

Der Kloß in meinem Hals ist übermächtig, als ich aufstehe und zu ihnen gehe.

Ich räuspere mich. »Es ist doch gut, dass wir jetzt wissen, was los ist, oder?«

»Vielleicht.« Luca wirkt so verloren.

Wir haben nie darüber geredet, ob es okay ist, wenn ich ihn in der Öffentlichkeit berühre. Aber ich kann nicht weiter zusehen, wie er denkt, er müsse da ganz allein durch. Also mache ich noch einen Schritt auf sie zu. Ich lege Luca einen Arm um die Schultern und ziehe ihn zu mir. Sein gesamter Körper wirkt wie versteinert. Aber er lässt es zu, dass ich ihn berühre. Als ich seine schnellen Atemzüge endlich an meinem Hals spüre, drehe ich mich zu Kaya.

Es ist das erste Mal, dass die Ähnlichkeit zwischen den beiden nicht zu leugnen ist. Dass in Kayas zarten Gesichtszügen die gleiche Unsicherheit liegt wie in seinen. Im Gegensatz zu Luca laufen ihr aber unaufhörlich Tränen die Wangen hinunter.

Ich hebe die Hand, um ihr beruhigend über den Arm zu streicheln. Weil ich keine Ahnung habe, wie ich sie sonst trösten kann. Aber sie wirft sich beinahe in die Umarmung und vergäbt ihren Kopf an meiner Schulter.

Ich schaue zu Luca, weil ich nicht weiß, ob das hier okay für ihn ist. Aber er nickt einfach nur und etwas von der Anspannung verlässt seinen Körper.

Ich weiß nicht, wie lange wir so dastehen, aber es ist das erste Mal seit Jahren, dass ein Gefühl von Familie sich in all meinen Zellen breitmacht.

»Heißt das, es gibt jetzt Medikamente, die die Anfälle erträglicher machen?«, fragt Kaya und löst sich ein bisschen von mir.

»Er hat gesagt, ich stehe ganz am Anfang von meiner Migräne-Behandlung und es sei ein langer Weg, herauszufinden, was die Symptome lindern könnte. Wir wissen jetzt also, was es ist, aber besser wird es dadurch auch nicht.« Luca klingt enttäuscht und frustriert.

Es ist das erste Mal, dass ich ihn wirklich verstehe. Dass ich ganz genau nachvollziehen kann, was ihm gerade durch den Kopf gehen muss.

»Das weißt du nicht«, kommt es von Kaya.

»Bei Anneliese hat auch nur der Alkohol geholfen und das in den meisten Fällen ja auch nicht richtig.«

»Du bist aber nicht unsere Mutter und hast jetzt einen Arzt gefunden, der dich ernst nimmt. Egal, wie lange es dauert, Luca, du bist nicht allein.«

»Fuck«, sagt er und zittert so heftig, dass ich Angst habe, dass er in meinem Arm zusammenbricht. Doch als ein Schluchzer seinen Körper verlässt, verliere ich den Kampf gegen das Brennen in meinen Augen. Tränen laufen mir über die Wangen. Für Luca. Für uns. Und für mich. Für die Sucht, die einfach kam und nie gegangen ist. Die früher mein engster Freund war und heute mein größter Feind ist. Die mir alles genommen und gleichzeitig so viel beigebracht hat.

»Wir bekommen das zusammen hin«, murmele ich.

Irgendwann lösen wir uns voneinander.

Nachdem Luca ein Rezept für Medikamente von der Arzthelferin bekommen hat, verlassen wir die Praxis, die er in den nächsten Wochen noch häufiger besuchen muss. Und hoffentlich hilft ihm all das.

Teil 4
Frühling

48

Luca Jenssen

Die letzten Wochen waren der absolute Horror. Zwischen Arztbesuchen, arbeiten, Hockey und der Masterarbeit war kaum Zeit für Kian und mich. Obwohl Kian seit einigen Wochen auch in meinem Fitnessstudio arbeitet, dank Collin, sehen wir uns eigentlich nur abends, wenn wir beide müde ins Bett fallen.

Wenn ich zurück an den Sex in der Umkleide denke, ist es wahrscheinlich nicht so schlecht, dass Kian und ich wenig Zeit haben, über die Stränge zu schlagen.

»Wo habt ihr einen Pfannenwender?« Es ist das erste Mal, dass Leander mich anspricht. Und ich weiß nicht mal, warum, schließlich hat er hier letztes Jahr gelebt, also muss er doch wissen, wo die sind.

In meiner Aufzählung an Dingen, die gerade anstehen, habe ich vergessen zu erwähnen, dass Gruber und Williams entschieden haben, ein Event pro Woche für Teambuilding-Maßnahmen durchzuführen.

Deswegen stehe ich jetzt auch zusammen mit Leander Martinez, Jonas Hecker, Kevin Anders und Sebastian Ulrich in unserer WG-Küche und wir müssen ein Tiramisu vorbereiten. Als ich mich für den Nachtisch gemeldet habe, dachte ich noch, das wäre die einfachste Aufgabe.

Aber schon der Ausflug in den Supermarkt mit den Jungs war eine Katastrophe. Dabei hat Martinez uns sogar das Rezept seiner Oma geklärt. Anders ernährt sich vegan und für Fink mussten wir laktosefreie Milchprodukte besorgen.

Pflanzliche Sahne zu finden, die man aufschlagen kann, hat uns enorm viel Zeit gekostet. In zwei Stunden müssen wir am Stadion sein. Obwohl die Küche chaosmäßig so aussieht, als wären wir schon fast fertig, findet sich in den Auflaufformen erst die unterste Schicht.

»Im Rezept steht, dass das Tiramisu mindestens zwei Stunden kaltstehen muss«, kommt es von Hecker, der drei Eier Anlauf benötigt hat, um herauszufinden, wie man Eigelb vom Eiweiß trennt. Nicht, dass ich es besser gekonnt hätte.

»Wenn Jenssen aufhören würde, mit Arslan Sexnachrichten auszutauschen, und sich endlich mal auf die Mascarpone-Creme konzentrieren würde, könnten wir das schaffen.« Ich habe keine Ahnung, ob Leander Martinez das mit unserer Aufgabe so ernst nimmt oder ob er eifersüchtig ist. Aber es nervt mich, dass er in unserer Küche ist und so tut, als würde ihm all das gehören.

»Neidisch?« Ich könnte natürlich auch versuchen, zumindest eine freundschaftliche Beziehung zu unserem besten Center aufzubauen, aber ich habe keinen Bock. Immer wenn ich ihn sehe, zieht sich mein Magen zusammen. Auf die schlechte Art. Auf die Art, die mich daran erinnert, dass Kian seinen Schwanz im Mund hatte und deswegen monatelang auf dem Eis gefehlt hat.

»Nee, danke, ich habe genug Drama in meinem Leben.«

»Wow, du bezeichnest Kian also als Drama. Nett. Oder meinst du uns beide zusammen?« Wenn er nicht so gut auf dem Eis wäre, würde ich verlangen, dass er rausgeworfen wird.

»Luca, ich –«

»Für dich Jenssen.« Ich verschränke die Arme vor der Brust und bin mir bei jedem Atemzug bewusst, dass ich mich total kindisch verhalte.

»Ich habe das Gefühl, du bist auf Streit aus«, sagt er und spiegelt meine Haltung.

Vielleicht sollte ich ihm mal an den Kopf werfen, dass er aufhören soll, seine hellblonden Haare so wachsen zu lassen, dass es meinen ähnlich sieht. Oder dass ich mitbekomme, wie er mit Kian in der Kabine redet und zusammen mit ihm lacht. Aber allein in meinem Kopf hören sich die Sätze, die ich ihm vorwerfen will, absolut albern an.

Ich weiß nicht mal, was mit mir los ist. Mit Kian läuft alles gut. Abgesehen davon, dass wir uns kaum sehen. Und wenn, dann ist immer irgendwer aus dem Team dabei oder wir sind so müde, dass außer Küssen oder Handjobs kaum was läuft.

»Du legst es ja darauf an mit … deinem Verhalten.« Wow, richtig erwachsen, Luca.

»Was ist eigentlich los bei euch beiden?«, fragt Hecker, stellt sich neben Leander und betrachtet mich aus seinen braunen Augen.

»Halt dich daraus«, verlange ich.

»Nein, das betrifft das ganze Team. Dafür sind wir hier.« Ich weiß nicht, warum Kevin Anders sich auch noch einmischen muss und wieso Ulrich so still ist und nichts zu meiner Verteidigung sagt.

»Müssen die Eier nicht verarbeitet werden wegen Salmonellen-Entwicklung?« Ich studiere seit Ewigkeiten Biologie, wenn ich was gelernt habe, dann das.

»Dann müsst ihr euch wohl beeilen mit der Klärung«, schlägt Hecker vor, und ich bin so kurz davor, zu gehen und sie in meiner Küche stehenzulassen.

»Oder ihr geht einfach alle und ich mach den Nachtisch allein fertig.«

Spätestens Ulrichs hochgezogene Augenbrauen signalisieren mir, dass ich einen Schritt zu weit gegangen bin.

»Kian und ich hatten ein Date. Das schneller fertig war, als es gestartet hat. Ich will nichts von ihm. Wenn du es genau wissen möchtest, wollte ich mich … noch mal gewollt fühlen. Ich habe nicht mal damit gerechnet, dass Kian zustimmt, als ich ihn gefragt habe.« Der Ausdruck in seinen Augen ist sanft und echt. Ihm ist es wichtig, dass wir gut miteinander auskommen, und mir ist es egal. Und das sollte es nicht.

»Ich … kann es nicht leiden, dass du was mit Kian hattest.« Ich schaue extra nicht zu Ulrich, weil ich den vorwurfsvollen Blick von der Küchentheke aus schon spüre. Also gucke ich lieber zu dem Regal mit Kians Pflanzen.

Fink hat letzte Woche schon mal gefragt, ob er nicht ein paar in sein Zimmer aufnehmen soll, weil kaum noch Platz für Vorräte ist. Daraufhin hat Kian welche in meins gestellt. Den Raum nutze ich nur noch als Kleiderzimmer, weil wir die meiste Zeit nur bei Kian sind. Wahrscheinlich könnten wir uns noch einen Mitbewohner nehmen und mehr Miete sparen.

»Verständlich, aber ich kann daran nichts ändern, außer dir zu versichern, dass ich nicht *so* an Kian denke, weil ich immer noch an meinem Ex hänge, der ein absolutes Arschloch ist.« Den letzten Satz sagt er so leise, als hätte er gar nicht beabsichtigt, uns davon zu erzählen.

»Ich hatte in den letzten Wochen viele Migräneanfälle und mit der Masterarbeit war alles zu viel. Das ist so arschig von mir, dich dafür nicht zu mögen. Und das nervt mich auch, aber ...« Es ist einfach. Und keine Ahnung. Was soll ich ihm sagen, dass ich super unzufrieden mit mir bin und froh bin, alles an ihm auszulassen? Dass ich die letzten Wochen so viele Anfälle hatte, dass Kian öfter meine Kotze weggewischt hat, als wir Zeit hatten, miteinander zu reden? Dass ich davon ausgehe, dass es nicht mehr lange dauert, bis er mich fallenlässt?

Ich schaue in Ulrichs sommerbesprosstes Gesicht und die weit aufgerissenen Augen, die ich im ersten Moment nicht deuten kann.

»*Du* hast Migräne?« Und ich weiß, dass er es nicht *so* sagt, aber ich höre den Unglauben in Leanders Stimme und alles in mir will verteidigen und fliehen. Will ihm an den Kopf werfen, dass er sich die Frage in den Arsch stecken kann. Aber ich unterdrücke den Impuls. Schlucke die Wut und konzentriere mich auf seinen aufrichtigen Ausdruck und das Mitleid, das irgendwo in seinen Augen steht.

Niemand weiß von der Migräne.

»Warum hast du vorher nichts gesagt?«, kommt es von Ulrich, und ich kann die Enttäuschung zwischen den Buchstaben hören. Wir spielen seit mehreren Jahren miteinander. Das hat aber trotzdem nicht dazu geführt, dass ich mich ihm anvertraut habe. Und vielleicht ist das auch das Problem. Dass ich nie jemanden an mich ranlasse.

»Ich wollte einfach nur normal sein. Und nicht an meine ... Mutter erinnert werden, die das auch hatte und ihre Kopfschmerzen so lange mit Alkohol betäubt hat, dass sie vergessen hat, dass sie Kinder hat.«

Irgendwer zieht scharf die Luft ein. Ich weiß nicht, wer, weil mein Blick wieder an der Efeutute klebt. Ich wünschte, Kian wäre hier. Dann könnte er ab jetzt übernehmen und ich müsste mich nicht mit den Reaktionen der anderen auseinandersetzen.

»Vielleicht sollten wir die Eier doch in den Kühlschrank stellen«, kommt es von Anders.

Ein Lachen löst sich von meinen Lippen. Eins, das frustriert statt unbeschwert klingt.

»Ich habe nicht gedacht, dass es so schnell so deep wird. Ich kann total verstehen, dass du frustriert und gestresst bist und dass das, in Kombi mit Kian und mir, eben rauskommt. Aber ich fände es cool, wenn wir uns besser verstehen würden. Ich mag Kian und wäre gern auch mit seinem Boyfriend befreundet.« Natürlich ist Leander jünger als ich und findet die perfekteren Worte.

»Okay. Ich versuche es«, sage ich und meine es auch so. Mit dem Team zusammen zu sein und mich nicht mit allen zu verstehen, ist mir zu anstrengend. Ich merke schon, wie müde ich nach den paar Stunden Kochen gemeinsam mit Leander und den anderen bin. Und nachher treffen wir uns noch mit allen.

»Und vielleicht können du und Kian nächste Woche aussetzen und lieber was zu zweit machen. Das hilft dem Team ja auch«, schlägt Ulrich vor.

»Endlich stehst du mal auf meiner Seite«, erwidere ich und schenke ihm ein Lächeln, das sich anstrengender anfühlt, als es sollte.

»Aber keine Zweisamkeit in der Kabine. Es hat gereicht, dass du das eine Spiel gefehlt hast«, schiebt er noch hinterher und klopft mir auf die Schulter.

»Das wird nicht noch mal passieren.« Ich bin mir ziemlich sicher, denn das, was Kian und ich die letzten Wochen miteinander gemacht haben, nichts mit dem zu tun hat, was in der Kabine gelaufen ist.

»Es könnte sein, dass wir doch zu wenig Mascarpone haben«, kommt es zehn Minuten später kleinlaut von Hecker.

»Also das Vegane muss jetzt nur noch in den Ofen, dann wäre das fertig.« Anders steht mit seinem Dessert am Küchentisch, weil an der Theke zu wenig Platz für uns ist.

»Entweder einer zieht jetzt noch mal los, oder wir riskieren es, dass wir zu wenig haben«, schlägt Leander vor.

»Dann würde ich sagen, du und Jenssen. So könnt ihr an eurer Freundschaft arbeiten.« Ulrich zwinkert mir zu und ich weiß nicht, ob ich einfach in mein Zimmer abhauen oder die Chance nutzen soll.

»Von mir aus.« Vielleicht ist es für das dumpfe Gefühl in meinem Kopf ganz gut, wenn ich die Wohnung mal verlasse.

Als Leander und ich fünf Minuten später schweigend nebeneinander zu dem kleinen Supermarkt in unserer Straße gehen, bereue ich es, nicht in mein Zimmer gegangen zu sein. Denn was noch schlechter für die lauernde Übelkeit ist als die Anwesenheit der Jungs in meiner Küche, ist die Abwesenheit des Gesprächsstoffs zwischen Leander und mir.

Soll ich ihn jetzt was fragen, das mich nicht interessiert?

Soll ich was von meinem Leben erzählen?

Soll ich mit ihm darüber reden, wie krass es ist, dass wir gerade so erfolgreich mit dem Team sind?

»Irgendwie schräg, oder?«, sagt er und löst damit etwas von der Anspannung in mir.

»Schon«, erwidere ich und schenke ihm ein Lächeln.

»Also … läuft es gut mit Kian und dir?«

»Wir sehen uns gerade zu wenig, um das beantworten zu können.«

»Wird das denn besser oder ist kein Ende in Sicht?«

Wir müssen warten, bis wir über den Parkplatz zum Eingang können, weil einige Autos vor uns sind.

»Ich beende meine Masterarbeit diese Woche. Ich hoffe, dass ich dann wieder mehr Zeit habe.«

»Bestimmt«, kommt es von Leander und ich bin froh, dass wir weiterkönnen und kein unangenehmes Schweigen entstehen kann.

Wir betreten den Markt und gehen direkt in Richtung Kühlschränke.

»Ich checke noch schnell, ob jemand in der Gruppe geschrieben hat und wir noch was brauchen, sonst nehme ich die zwei Packungen hier und wir können zur Kasse«, sagt Leander und ich warte, bis er sein Smartphone checkt.

»Nichts.«

Ich habe keine Ahnung, was Ulrich damit bezwecken wollte, aber als wir an der Kasse stehen, weiß ich immer noch nicht mehr über meinen Teamkameraden.

»Tut mir leid mit deinem Ex.« Keine Ahnung, ob ich das eben schon gesagt habe, und wahrscheinlich ist es auch kein echtes Mitleid, weil ich noch nie in seiner Lage war. Aber es fühlt sich richtig an.

»Muss es nicht. Er war mein bester Freund. Ich habe alles gesetzt und er hat sich am Ende trotzdem für seine Freundin entschieden. Bin nicht der erste queere Typ, dem das passiert ist, und der letzte auch nicht.«

»Trotzdem scheiße«, sage ich und meine es auch so. Wenn Kian sich jetzt doch für jemand anderen entscheiden würde, wäre ich am Arsch. Es würde wahrscheinlich Jahre kosten, bis ich ihn wieder vergessen würde.

Leander bezahlt und wir verlassen den Laden.

»Was machst du jetzt?«, frage ich, während wir uns zwischen den Autos durchschlängeln.

»Daten und hoffen, dass irgendwer von den Typen mich endlich an was anderes denken lässt.« Er hat ein Lächeln auf den Lippen, hört sich aber gleichzeitig enttäuscht an. »Und darauf hoffen, dass ich Vinnie in diesem Leben nicht mehr über den Weg laufe.«

»Ich hoffe, du findest jemanden.« Nicht nur für mich, sondern auch für Leander. Eigentlich ist er nämlich richtig nett, wenn ich nicht darüber nachdenke, dass Kian ihm einen geblasen hat. Und mir schon viel zu lange nicht mehr.

49

Luca Jenssen

»Wir müssen reden.« Ich weiß ganz genau, dass Kian mich genauso mag wie ich ihn, und trotzdem hört sich der Satz so an, als würde er unsere Beziehung jetzt beenden. Nicht, dass ich es ihm verdenken würde, schließlich war ich kaum da für ihn, weil ich die letzten Tage immer bis spät an der Uni war.

Ich wollte gerade unsere Wäsche machen, als er von der Arbeit nach Hause gekommen ist. Er steht in dem schwarz-orangefarbenen Shirt und der Trainingshose des Fitnessstudios in seinem Zimmer, das die letzten Monate unseres wurde.

»Ich wollte eigentlich … die Wäsche machen.« Ich weiß ganz genau, warum ich das gesagt habe. Warum ich mich nicht hinsetze und ihn reden lasse. Ich will nicht, dass er Schluss macht. Will nicht hören, dass er sich mehr erhofft hat, als wir uns in der Kabine darauf geeinigt haben, es zu versuchen.

»Meinst du, *wir* können die danach machen und erst … ich muss das loswerden.« Er schaut mich nicht an und starrt die Shirts an, die ich auf meinem Arm halte. Wahrscheinlich fragt er sich, warum ich seine Wäsche mache, wenn wir nicht mal miteinander schlafen. Vielleicht auch nicht, weil so was niemand denkt, oder?

»O…okay.« Ich hasse es, dass meine Stimme zittert. Ich lasse die Shirts fallen und hoffe, dass Kian meine Verunsicherung nicht auffällt.

»Ich … weiß gar nicht, wo ich anfangen soll.«

»Es tut mir leid, dass ich so wenig zuhause war.« Das Rasen meines Herzens ist beinahe schmerzhaft schnell. Und ich weiß nicht, was ich noch sagen soll. Wird er mir glauben, dass alles besser wird, weil die Masterarbeit jetzt weg ist?

»Warum? Nein. Ich … wollte dir keine Angst machen.«

Warum stehst du dann so weit von mir weg? Warum kannst du dann meinen Blickkontakt nicht halten? Warum ist es so lange her, dass wir uns das letzte Mal richtig geküsst haben?

»Ich weiß, dass ich gerade zu viel Arbeit und kaum Zeit für dich habe und … ich weiß nicht, ob es weniger wird, weil ich nächsten Monat mit der Ausbildung anfange und –«

»Eine Ausbildung?« Er wird wegziehen. Anders kann ich mir nicht erklären, dass uns immer noch so viele Meter trennen. Würde ich mit ihm gehen? Will er, dass ich mit ihm komme? Was ist, wenn nicht? Das ist das Ende, oder?

»Ja, ich … es tut mir leid, dass ich dir nichts davon gesagt habe. Ich habe nicht damit gerechnet, dass ich den Platz bekomme.« Er atmet schwer und dann landet sein Blick endlich auf mir. »Ich wollte dich nicht enttäuschen.«

Ich halte den Abstand nicht mehr aus und überbrücke ihn.

»Du könntest mich nicht enttäuschen.«

Irgendwo in dem dunklen Braun schimmert ein Grinsen. Hinter der Scham und der Enttäuschung.

»Wir haben gesagt, dass wir über alles reden, und das habe ich nicht eingehalten.«

»Kian, das ist okay. Versprochen.«

»Okay«, murmelt er und ist mir so nah, dass ich seine zitternden Atemzüge an meinen Lippen spüre. Und wahrscheinlich sollte ich mich ihm nicht entgegenlehnen, sondern fragen, was sein Ausbildungsplatz für uns bedeutet. Aber ich habe ihn so verdammt vermisst. Und scheiße Angst gehabt, dass ich es vermasselt habe.

Als sein Mund endlich auf meinem liegt, hört mein Körper auf, vor Nervosität zu summen. Seine Finger finden den Weg in meine Haare. Gänsehaut rieselt mir den Rücken hinab, als er an den einzelnen Strähnen zieht. *Fuck.* Ich liebe es, wie gut er mich kennt. Dass er genau weiß, was ich brauche, obwohl wir uns so viele Wochen kaum gesehen haben.

Mit der Hand fahre ich über seine Brust, die sich verändert hat. Die deutlich definierter geworden ist. Seit er wieder trainieren darf und im Fitnessstudio ist, habe ich das Gefühl, dass er die verlorene Zeit vom letzten Jahr nachholen muss. Und wahrscheinlich sollte ich ihn mal danach fragen, anstatt zuzulassen, dass er meine Hüfte umgreift, um seinen Körper an meinen zu ziehen.

»Was machst du für eine Ausbildung?«, frage ich atemlos, was ihn zum Lachen bringt und meinen ganzen Körper zum Brennen. Reden. Vernunft. Angezogen bleiben.

»Als Physio. Und danach wäre es supercool, einen Platz für Medizin zu bekommen.« Sein Ausdruck ist beinahe verlegen, unabhängig davon, wie viel Freude und Stolz in seiner Stimme liegen. Und ich fühle genau das Gleiche wie bei seinen Küssen. Das Flattern in meiner Brust und das Ziehen in meinem Magen.

»Ich freue mich für dich. Und hättest du mir schon bei der Bewerbung davon erzählt, hätte ich keinen Zweifel daran gehabt, dass du den Platz bekommst.«

»Ich wollte das allein schaffen … Du hast die letzten Monate so viel für mich getan.«

»Und du für mich mindestens genauso viel.«

Unglauben steht in seinen Augen geschrieben.

»Ich hatte keine Ahnung, dass es sich so anfühlt, jemandem nahe zu sein. Sich Menschen zu öffnen. Ich war sogar mit Leander einkaufen und habe ihn nach seiner Vergangenheit gefragt. Vor unserer Beziehung habe ich so was nicht gemacht.«

Ein Lachen löst sich von seinen Lippen, das ich wahrscheinlich verdient habe. Und ich mag es. Liebe es, wie die Spannung aus seinem Körper verschwindet und seine Gesichtszüge sich ent-spannen.

»Leander hat mir davon erzählt.« Und es ist das erste Mal, dass bei so einer Aussage kein Ziehen in meinem Magen ist.

»Ich glaube, wir werden nicht die besten Freunde, aber ich mag ihn. Vielleicht.«

»Wow, Luca, das ist ja fast eine Liebeserklärung.«

»Fick dich«, erwidere ich lachend und kommentiere seine Aussage nicht weiter. Gehe nicht darauf ein, dass keiner von uns bisher die drei Worte gesagt hat.

»Wir hätten über die Ausbildung reden müssen, weil die hier in Tannstein stattfindet.« Weg sind das Schmunzeln und die Leichtigkeit.

Vielleicht liegt es auch einfach nur daran, dass ich Kian so selten ernst erlebe. Dass ich noch viel zu oft an den unbeschwerten, verantwortungslosen und egoistischen Kian denke. An das Bild, das ich viel zu lange von ihm hatte.

»Ist das nicht gut?«, frage ich, weil ich nicht einschätzen kann, warum er wieder so distanziert wirkt.

»Bleibst du hier? Also jetzt, wo du mit dem Studium fertig bist.« Er ist genauso verunsichert wie ich. Und macht sich mindestens so viele Gedanken, weil ich ihm wichtig bin. Und er mir.

»Ich würde gern an der Uni bleiben, aber –«

»Ich will nicht, dass du nur meinetwegen bleibst«, unterbricht er mich und spricht dabei schneller als sonst.

»Ich weiß. Auch wenn ich das von Malte richtig stark fand, dass er gegangen ist, könnte ich mich gerade nicht mit dem Gedanken anfreunden … von dir weg zu sein.« Mein Herz rast. Was ist, wenn es für ihn nicht so ist? Wäre ich damit klargekommen, wenn er für die Ausbildung woanders hingezogen wäre? Wahrscheinlich. Denn mich von ihm zu trennen, ist gerade keine Alternative.

»Du glaubst nicht, wie erleichtert ich bin, dass du das sagst. Ich … hatte Angst, dass ich zu anhänglich bin. Aber die Vorstellung davon, dass wir uns dann vielleicht nur ein oder zwei Mal im Monat sehen, fühlt sich scheiße an.«

»Dann sind wir eben beide anhänglich«, entgegne ich und schenke ihm ein Lächeln, das ich in meinem gesamten Körper spüre.

»Damit kann ich leben.« Er streicht mir mit den Fingern viel zu sacht durch die Haare. Sein Ausdruck schwankt zwischen verträumt und gedankenverloren, als er sich zu mir beugt. Ich komme ihm auf der Hälfte entgegen. Kian zu küssen, wird nie langweilig. Fühlt sich jedes Mal an, als wüsste ich endlich, dass ich normal bin. Dass nichts an mir anders ist. Dass ich nicht allein bin. Dass ich mich auf ihn verlassen kann.

Seine Berührungen werden fester und mein Körper singt. Summt vor Lust und Erregung. Voller Erwartung, was als Nächstes passiert. Vorfreude, seinen nackten Körper an meinem zu spüren.

Als er seine Lippen von meinen trennt, rechne ich damit, dass er mir das Shirt aussieht. Dass wir in nur wenigen Augenblicken nackt sind. Dass ich komme, bevor er es tut. Und ich liebe genau das, weil er mir zeigt, dass es auch darum geht, dass es mir gefällt.

»Lust auf eine Runde *Mario Kart?*«, fragt er und lächelt so unbeschwert, dass ich es auch spüre. Die Leichtigkeit. Die Freiheit. Uns.

»Ich dachte schon, du fragst nie.« Ich will ihm nicht verraten, dass ich mit Sex gerechnet habe.

»Der Gewinner bekommt einen Blowjob?« Sein Grinsen wird anzüglicher.

»Und ich habe für einen Moment geglaubt, dass deine Intentionen jugendfrei sind«, entgegne ich kopfschüttelnd.

»Mittlerweile müsstest du mich doch kennen.« Er greift nach meiner Hand, zieht mich ein Stück zu sich und gibt mir einen Kuss auf die Nase.

»Stimmt.« Und ich weiß nicht, wem ich dafür mehr danken sollte. Dem Leben, das uns immer wieder zusammengebracht hat. Oder Kian, der dafür gekämpft hat, als ich nicht mal wusste, was das Magenziehen in seiner Nähe bedeutet.

»Ich bring die Wäsche zur Maschine und du bereitest alles vor?«

»Okay«, antworte ich und schaue ihm dabei zu, wie er alles vom Boden einsammelt. Er schenkt mir noch ein letztes Lächeln, bevor er das Zimmer verlässt.

Ich bin so verdammt froh, ihn in meinem Leben zu haben.

50

Kian Arslan

Luca ist heute mit seiner Schwester unterwegs. Die letzten Tage haben wir so viel Zeit miteinander verbracht, dass ich gar nicht weiß, was ich mit mir anfangen soll. Vielleicht stehe ich deswegen in der Küche und tue so, als bräuchte die Alocasia eine extra Pflegeeinheit. Dabei habe ich sie schon gedüngt, gegossen und abgestaubt. Es gibt überhaupt keinen Grund, sich noch länger hier aufzuhalten. Aber vielleicht lässt sich gleich mal einer meiner Mitbewohner blicken, bevor ich so eingehe wie die Aloe, die Leander nach seinem Einzug hiergelassen hat. Vielleicht ist es doch ganz gut, dass das Praktikum in der Gärtnerei sich nicht richtig angefühlt hat.

Das Öffnen einer Zimmertür lässt meinen Puls in die Höhe schnellen. Was habe ich eigentlich in der WG gemacht, bevor ich mit Luca zusammen war?

»Ich glaube es kaum, da ist ja mein verschollener bester Freund«, sagt Chiara zur Begrüßung.

»Ich hab dich auch lieb«, erwidere ich nur und zupfe an einem vertrockneten Blatt, das ich eben übersehen haben muss.

»Seit du und Luca in love seid, habe ich dich kaum zu Gesicht bekommen.«

»Die letzten Wochen haben wir doch immer wieder telefoniert.«

Sie hat mir von ihrer Ausbildung erzählt und mir Tipps für das Vorstellungsgespräch gegeben.

»Stimmt«, erwidert sie und öffnet den Kühlschrank.

»Haben du und Fink heute noch Pläne?«, frage ich bemüht lässig. Ich will nicht, dass sie denkt, dass ich sie nur frage, weil Luca nicht da ist.

»Ich wollte mir nur noch einen Riegel nehmen, bevor ich losmuss.« Sie hält die in Plastik eingepackte Proteinquelle hoch und schließt den Kühlschrank.

»Fink bleibt hier?«, hake ich nach und lehne mich am Türrahmen an.

»Langeweile, weil dein Liebster nicht da ist?«, fragt sie mit hochgezogenen Augenbrauen.

»Vielleicht«, erwidere ich.

»Hast du gehört, Gruber? Wir sind gut genug, wenn Jenssen nicht da ist.« Fink gibt mir beim Betreten der Küche einen leichten Bodycheck und geht zu seiner Liebsten, die kopfschüttelnd von mir zu ihrem Freund schaut.

Wahrscheinlich hätte ich das nicht gesagt, wenn ich gewusst hätte, dass meine Mitbewohner nur wenige Sekunden später die Küche betreten, aber jetzt kann ich es auch nicht mehr zurücknehmen.

»Es wird Zeit, dass wir noch mal was als WG zusammen machen.« Und ja, vielleicht haben sie alle recht. Vielleicht haben Luca und ich fast nur Zeit zu zweit verbracht. Aber Fink und Gruber waren auch oft mit ihren Beziehungen beschäftigt.

»Ich habe den Hinweis verstanden«, kommt es von Chiara, die Fink einen Kuss gibt. »Ciao und viel Spaß euch.« Sie zwinkert mir zu und verlässt die Küche.

Und dann stehen wir plötzlich nur noch zu dritt in dem kleinen Raum, den ich in Grubers Abwesenheit mit Pflanzen gefüllt habe. Zwischen uns so viel Distanz und Ungesagtes wie noch nie zuvor. Ich weiß, dass die Veränderung der Küche nichts damit zu tun hat, dass es sich zwischen uns nicht mehr so anfühlt wie kurz vor Grubers Abflug, und trotzdem fühlt es sich ein bisschen so an, als wäre ich daran schuld.

»Ich kann mich noch daran erinnern, dass wir am Anfang gesagt haben, dass wir keine WG sein wollen, in der jeder hinter seiner Zimmertür lebt. Vielleicht lässt sich das nicht vermeiden, wenn wir alle in einer Beziehung sind und unsere Jobs haben.« Ich weiß, dass Gruber einfach nur das ausspricht, was wir alle denken, und trotzdem ist es hart. Löst nichts von der Schwere in meiner Magengrube.

»Chiara und ich überlegen, zusammenzuziehen.« Finks Gesichtsausdruck sieht gequält aus. So, als hätte er uns gerade verkündet, er würde die Mannschaft verlassen. Dabei ist das ein Grund zum Freuen, schließlich haben wir alle mitbekommen, wie sehr er nach der Trennung von Milou gelitten hat. Und von dem Debakel mit Lara, von dem mir Luca vor ein paar Wochen erzählt hat, will ich gar nicht erst anfangen.

»Herzlichen Glückwunsch, Mann«, kommt es von Gruber, dessen Lächeln so breit und echt ist, dass das ziehende Gefühl in meinem Magen weniger wird.

»Danke«, murmelt Fink, und beide schauen zu mir.

»Ich freue mich für dich und Chiara, das ist so cool. Und es tut mir leid, dass Luca und ich so viel unter uns waren.«

»Wir sind froh, dass ihr euch endlich gefunden habt. Hat lange genug gedauert«, sagt Gruber lachend und Fink schnaubt gespielt genervt.

»Ich auch«, erwidere ich ehrlich und gehe nicht auf ihre neckenden Versuche ein. »Wie wäre es, wenn wir heute Pizza bestellen und ich euch in *Mario Kart* besiege?« Ja, Luca ist nicht da und ich habe Langeweile, aber ich habe auch Bock, endlich noch mal Zeit mit den Jungs zu verbringen.

»Du kannst uns auch was kochen, machst du schließlich für Luca auch.« Fink wackelt mit den Augenbrauen und schaut von mir zum Kühlschrank und zurück.

»Du setzt wohl darauf, dass ich mich dann vielleicht verletze und nicht mehr spielen kann, das Risiko ist mir zu groß.« Vielleicht ist es arschig, dass ich für die beiden nicht koche, aber ich bin froh, einen Tag mal nicht in der Küche stehen zu müssen.

»Ich habe deine lächerlichen Ausreden vermisst.« Gruber gibt mir einen Klaps auf den Arm und drängelt sich an mir vorbei zu der Schublade des Grauens. Der Ort, an dem alles liegt, was keinen festen Platz in der Wohnung hat. Zwischen Streichhölzern, Sushi-Stäbchen und Batterien kramt unser Kapitän mehrere Flyer von Lieferanten raus. Luca hat ihm bestimmt schon zehnmal erklärt, dass es genug Lieferdienste gibt, die alle Infos in der App haben, aber davon lässt Gruber sich nicht beirren.

Wir stimmen zwischen zehn Speisekarten ab und entscheiden uns am Ende für asiatisches Essen. Italienisch erinnert mich zu sehr an den Sommer, den ich mit Luca in meinem Zimmer verbracht habe. Es ist fast ein Jahr her, dass ich mit einer dummen Aktion mein ganzes Leben auf den Kopf gestellt habe. Auch wenn es sich die ersten Monate richtig scheiße angefühlt hat, ist doch so viel Gutes daraus entstanden. Ich habe einen Ausbildungsplatz, auf den ich Bock habe. Und ich bin mit der Person zusammen, die ich nicht erwartet habe. Rückblickend hat Gruber vielleicht recht. Möglicherweise war da immer mehr zwischen uns, aber wir haben das beide nicht gecheckt. Keine Ahnung.

Wir haben schon mehrere Runden gespielt, von denen ich die meisten gewonnen habe, als der Lieferdienst mit unserem Essen klingelt. *Schnick, Schnack, Schnuck* verliere ich und ich muss zur Wohnungstür. Doch noch bevor ich diese öffnen kann, steht Luca mit unserer Bestellung und seiner Schwester im Schlepptau im Flur.

Und wahrscheinlich ist es höflicher, sie zuerst zu begrüßen, aber mein gesamter Körper schreit nach Luca. Die zerzausten Locken in seiner Stirn und die rosigen Wangen, die bestimmt von den vielen Treppen kommen, sind zu verführerisch. Seine Augen finden meine. Halten meinen Blick. Wir machen beide einen Schritt aufeinander zu, bis ich seine Luft atme und er meine. »Hi«, haucht er, aber ich antworte nicht. Schaffe keinen Buchstaben, wenn meine Lippen seinen so nah sind. Und dann küsse ich ihn. Lasse ihn wissen, wie sehr ich mich freue, dass er wieder da ist. Dass es ihm gut geht.

Meine Hände finden wie von selbst den Weg zu seinem dünnen Shirt. Sie streichen über seine Brust und seinen Bauch, ohne dass ich etwas dagegen machen kann. Ich will nicht, dass er aufhört, mich zu küssen.

»Hi, Kian.« Beinahe hätte ich Kaya vergessen.

Luca lacht unter meinen Lippen und ich beende nur widerwillig unseren Kuss.

»Hi, Kaya«, sage ich und starre immer noch Luca an. Liebe das aufgeregte Glitzern in seinen grünen Augen, das ich letzten Sommer noch nicht sehen durfte.

»Verrückt, wie verknallt ihr seid«, sagt sie und Lucas Wangen laufen noch ein bisschen röter an. Ein bisschen so wie in den Momenten, wenn ich ihm die Luft zum Atmen nehme. Wahrscheinlich sollte ich diese unangebrachten Gedanken in der Nähe seiner Schwester und mit den Jungs in meinem Zimmer sein lassen.

»Jetzt hat er uns schon wieder vergessen.« Fink ist auch in den Flur gekommen.

Luca schaut mich mit hochgezogenen Augenbrauen an.

»WG-Abend«, murmele ich und nicke zu unserem Mitbewohner.

»Dann verabschiede ich mich«, kommt es von Kaya.

»Du gehörst zur Familie, komm ruhig mit rein«, sage ich, weil sie ein bisschen so wirkt, als wolle sie gerade nicht allein sein. Und Lucas dankbares Lächeln bestätigt meine Einschätzung.

»Die Mahlzeiten von dem asiatischen Restaurant sind sowieso immer viel zu viel, da könnt ihr auch was von haben«, sagt Fink und verschwindet in der Küche. Wahrscheinlich, um den Tisch zu decken, weil wir nicht alle in meinem Bett essen können.

Nur wenig später ist endlich wieder so viel Leben in unserer Küche wie zu Grubers Party. Dem Abend, an dem ich Luca zum ersten Mal schmecken durfte. Ich schaue zu meinem Freund, der neben mir sitzt, und werde direkt mit einem Lächeln belohnt, das das Kribbeln in meinem Körper anfacht.

»Habt ihr heute einen Familienausflug gemacht?«, fragt Gruber und Lucas Gesichtsausdruck wird sofort verschlossener. Ich weiß, dass er heute mit Kaya bei der psychologischen Beratung in der Stadt war. Allerdings bin ich mir nicht sicher, ob er darüber mit den Jungs reden will.

»Ich weiß nicht, ob Luca euch erzählt hat, dass wir eine schwierige Kindheit hatten, weil unsere Mutter Alkoholikerin ist. Wir haben beide über die letzten Jahre gemerkt, dass das ganze doch einen großen Einfluss auf unser Leben und unsere Beziehung hat. Wir haben uns heute mit einer Psychologin getroffen.«

Alle starren auf ihre Teller und niemand sagt ein Wort. Vielleicht, weil wir eben noch über Luca und mein Verliebtsein gewitzelt, uns über Hockey unterhalten und währenddessen *Mario Kart* gezockt haben. Wahrscheinlich hat niemand damit gerechnet, dass das Gespräch so schnell so deep wird.

»Ich finde das total stark von euch und hoffe, dass das erste Gespräch vielversprechend war.« Ich mag es, wie Gruber es jedes Mal schafft, einen Safe Space zu schaffen, und dabei die richtigen Worte findet.

Luca und ich haben lange über professionelle Hilfe gesprochen. Ich weiß, dass der Umzug für Kaya und der wiederholte

Vertrauensmissbrauch ihrer Mutter sehr schlimm waren. Dass Luca sich schlecht gefühlt hat, weil er damit gerechnet hat und nicht so für Kaya da sein konnte, wie sie es brauchte. Zumindest ist er davon ausgegangen, ohne mit ihr darüber zu reden.

»Ich fand es gut. Aber ich glaube, es braucht noch einige Sitzungen, bis ich über alle Dinge sprechen kann«, sagt Luca und ich schenke ihm ein Lächeln dafür, dass er so offen darüber redet. Er greift nach meiner Hand, legt sie auf seinen Oberschenkel und verschränkt unsere Finger miteinander.

»Macht ihr das dann immer zusammen?«, fragt Fink.

»Wir können ein paar Sitzungen bei der Beratungsstelle gemeinsam machen, stehen aber beide schon auf Wartelisten für Einzeltherapien.« Kaya schaut kurz in die Runde, bevor sie etwas von meinem Reisgericht nimmt.

»Das klingt nach einem guten Plan. Danke, dass ihr das mit uns geteilt habt.« Gruber schenkt uns allen ein Lächeln.

»Spielen wir trotzdem gleich noch eine Runde *Mario Kart*? Wenn Kaya dabei ist, habe ich wenigstens eine Chance.«

Fink schaut zu Kaya, die lachend ihren Kopf in den Nacken wirft. Ich habe Luca schon mal unterschätzt, deswegen sage ich nichts dazu, sondern lehne mich zu ihm.

»Ich bin stolz auf dich«, flüstere ich und drücke ihm einen Kuss auf die Wange.

Schon bevor Fink seinen Auszug angekündigt hat, war die WG nicht mehr die, die sie am Anfang war. Aber vielleicht ist das einfach so. Wir haben uns schließlich alle weiterentwickelt. Und egal, ob wir zusammenwohnen oder nicht, wir werden immer ein Team und Freunde bleiben.

51

Kian Arslan

Wir haben es ins Turnier geschafft. Obwohl es die ganze Saison richtig gut gelaufen ist, hat es uns alle trotzdem überrascht. Das ganze Team ist also heute ziemlich früh in den Bus Richtung Norden gestiegen. Wir spielen das Wochenende in einem Aufstiegsturnier mit vier anderen Mannschaften um den Aufstieg in die Regionalliga.

»Schläft Jenssen noch?«, kommt es von der gegenüberliegenden Gangseite. Ich bin froh, dass Leander leise spricht und dass sich das Team ruhig verhält. Luca hat gestern Abend schon mit Übelkeit gekämpft und wir waren uns beide nicht sicher, ob er überhaupt mitfahren kann.

Seit er mit Schmerztherapie und Ernährungsberatung gestartet ist, sind seine Symptome nicht mehr so eindeutig wie vorher. Er hatte auch schon Taubheitsgefühle und hat es geschafft, die Tablette rechtzeitig einzunehmen und nur wenige Stunden ausgeknockt zu sein. Ich bin froh, dass er schläft. Es gibt Studien darüber, wie wichtig es ist, dass er Regelmäßigkeiten und Routinen in seinen Tag einplant. Wir haben auch seine Schichten im Fitnessstudio angepasst, damit er jeden Tag um die gleiche Uhrzeit aufstehen kann.

»Ja«, antworte ich Leander leise.

»Willst du einen Riegel haben?«

»Ich bin zu nervös, um zu essen. Aber danke.« Ich schenke ihm ein Grinsen und schaue noch mal kurz zu Luca. Er trägt die Augenmaske, die ich ihm geschenkt habe, und seine Kopfhörer.

Niemand aus dem Team hat etwas dazu gesagt, dass er mit Kissen und in Schlafsachen angereist ist. Keine Ahnung, ob es daran liegt, dass jetzt alle über die Migräne Bescheid wissen, oder ob sie ihm vorher schon alles durchgehen ließen.

»Ich wünschte, ich würde weniger essen, wenn ich aufgeregt bin. Irgendwann werde ich die Kilos nicht mehr so schnell los.«

»Das bezweifele ich«, entgegne ich.

Ich habe Leander schon unzählige Male ohne Kleidung gesehen, wenn jemand von uns den Körper eines professionellen Hockeyspielers hat, dann er. Denn an ihm ist wirklich kein Gramm Fett zu finden. Luca würde das wahrscheinlich nicht gefallen zu hören, aber im Gegensatz zu ihm sehe ich nackte Körper. Und daran kann ich nichts ändern.

»Stimmt es, was Thomas gesagt hat? Dass er schon verhandelt, was neue Spieler angeht?«

Ich würde es nicht als Verhandeln bezeichnen, weil keiner von uns einen Cent bekommt. Aber wir brauchen neue Leute, um uns in der Liga zu halten.

»Ja, und wenn wir weiterkommen wollen, dann müssen wir auch einiges für unsere finanzielle Lage tun. Glaube, da reichen die Videos auf unserem TikTok nicht aus.«

Mein Blick wandert zu der Sitzreihe vor uns, in der unser Kapitän zusammen mit Joris sitzt. Trainer Thomas hat erlaubt, dass Joris und Jolene uns begleiten dürfen, um Hintergrundmaterial zu filmen. Warum Jolenes Freundin Romy auch dabei ist, weiß ich nicht. Vielleicht war noch ein Platz im Bus frei.

Schon bevor wir den Bus betreten haben, wurden kleine Aufnahmen von uns gedreht, wie wir angereist sind. Wenn ich die beiden richtig verstanden habe, teilen sie manche Sachen live in den Storys und anderes Material benötigen sie, um kleine Vlogs zu schneiden.

Ich bin mir nicht sicher, ob andere Mannschaften aus Amateurligen sich so viel Kopf um Social Media machen. Aber wir haben die besten Ticketverkäufe seit Jahren und mittlerweile stehen die Sponsoren Schlange für die Trikots für die nächste Saison.

»Warte mal ab, wenn eins der Videos wirklich viral geht. Vielleicht hilft das uns ja.«

Das letzte Mal, dass wir über TikTok Aufmerksamkeit bekommen haben, war für ein Video von unserem Trainer. Jolene hat kleine

Videoschnipsel von ihm zusammengestellt und er wurde von den Menschen in den Kommentaren zum hottesten Eishockeytrainer Deutschlands gewählt. Das hat ihn aber absolut kaltgelassen.

»Meinst du, Jenssen erfüllt Jolene bei dem Turnier ihren Videowunsch?«, fragt Leander grinsend.

»Kann ich mir nicht vorstellen.« Ich hätte damit kein Problem, wenn die ganze Welt weiß, wie heiß mein Freund ohne Trikot aussieht, aber Luca ist nicht angetan von der Idee. Jolenes Vorschlag, ein Video von ihm zu drehen, wie er nur mit Handtuch bekleidet in der Kabine ist, hat er lachend abgewunken. Sie ist ihm jetzt so weit entgegengekommen, dass er so tun soll, als würde er sich den Schweiß mit seinem Trikot von der Stirn wischen, und den Followern wenigstens seinen trainierten und tätowierten Bauch zeigt.

»Wie er gesagt hat, dass das niemand sehen will, und alle gelacht haben.« Leander muss sich die Hand vor den Mund halten, um nicht wieder anzufangen. Dabei strahlen seine himmelblauen Augen so ansteckend, dass ich mich selbst kaum zurückhalten kann.

»Ich glaube, er weiß gar nicht, wie hot er aussieht.«

»Und was für ein verdammtes Glück du hast«, kommentiert Leander, als könnte ich froh sein, dass ich mit meinem Aussehen so jemanden klarmachen konnte.

»Arsch«, erwidere ich und spüre endlich den Hunger, der sich unter dem nervösen Ziehen die letzten Stunden versteckt hat.

Als wir Ewigkeiten später vor einer Jugendherberge halten, gehe ich davon aus, dass Thomas uns verarscht.

»Es wird Vierbettzimmer geben. Holt eure Taschen aus dem Kofferraum. In der Zwischenzeit besorgen Gruber und ich die Schlüssel. Ihr —«

Wildes Gemurmel, gefolgt von fassungslosen Tönen, unterbricht die Rede des Trainers.

»Ich habe mir unsere erste Reise mit dem Team glamouröser vorgestellt«, murmelt Leander kopfschüttelnd.

Ich will ihm nicht sagen, was ich mir vorgestellt habe, deswegen gebe ich einen zustimmenden Laut. Ich kann ihm ja schlecht erzählen, dass ich mir ausgemalt habe, wie Luca und ich jeden Abend wilden Sex haben, der unsere Gewinnchancen immens erhöhen würde.

»Was ist los?«, kommt es von meiner rechten Seite. Vielleicht hätte ich Luca aufwecken sollen. Ich habe mich aber dafür entschieden, ihm jede Sekunde Schlaf zu geben, die er bekommen kann.

»Wir schlafen in Vierbettzimmern in einer Jugendherberge.«

Er schaut mich mit müdem und irritiertem Blick an.

»Deswegen die Lautstärke«, sage ich und nicke nach hinten zu den anderen im Bus.

»Wenn sich dann mal wieder alle beruhigen würden. Gruber und ich haben eine Liste erstellt, wer sich mit wem ein Zimmer teilt.«

»Das war's dann wohl mit Sex dieses Wochenende«, kommentiert Luca. Ich liebe es, wie er nach dem Aufwachen keinen Filter hat.

»Dafür, dass Gruber uns nicht vorgewarnt hat, könnten wir es in seinem Bett tun«, schlage ich vor und ernte einen Lacher von Leander und einen Mittelfinger vom Kapitän.

Er steht schon in seiner Sitzreihe, weil er mit Thomas die Schlüsselsituation klären muss.

»Glaub mir, ich war auch nicht begeistert. Aber solange niemand bereit ist, uns den Spaß zu bezahlen, müssen wir nehmen, was wir uns leisten können.«

»Jolene, wann schaffst du es endlich, Jenssen davon zu überzeugen, seinen Körper für uns auf TikTok zu verkaufen«, ruft Jan Fink so laut, dass es auch alle in der letzten Reihe mitbekommen.

»Nie«, erwidert mein Sitznachbar, bevor Jolene überhaupt Luft geholt hat.

»Dann muss wohl wieder der Trainer ran«, schlussfolgert Ulrich und erntet dafür einige Lacher aus dem Team.

»Wie wäre es, wenn wir uns erst mal auf das Wochenende und den Sieg konzentrieren«, verlangt Gruber und die Geräusche verstummen. Er schenkt uns allen einen mahnenden Blick, bevor er den Bus hinter dem Trainer verlässt.

»Dann machen wir eben noch mal alle eine Runde Schulferien. Bei manchen ist das ja noch nicht so lange her«, sagt Fink und erntet daraufhin böse Blicke von Hecker und Leander. Letzterer hat dieses Jahr Abitur gemacht. Sein freiwilliges soziales Jahr im Kindergarten startet zur gleichen Zeit wie meine Ausbildung. Keine Ahnung, wie er es schaffen wird, tagsüber mit Kindern zu arbeiten und abends im Training mit ähnlich vielen Hockeyspielern. Ich würde wahrscheinlich wahnsinnig werden, auch wenn ich gern Menschen um mich habe.

»Wie geht's dir?«, frage ich Luca, als das Team nach und nach den Bus verlässt.

»Müde.« Er hält sich die Hand vor den Mund, um ein Gähnen zu verbergen.

»Was machen die Kopfschmerzen?« Ich weiß, dass er gestern schon eine der Tabletten genommen hat, die sein Arzt ihm verschrieben hat. Sobald er die ersten Anzeichen, also das Auftreten seiner Aura, spürt, soll er was einwerfen. Er hat danach dann nur geschlafen. Aber weder Schmerzen gehabt noch sich übergeben müssen. Gruber und Williams haben sich darum gekümmert, dass es histaminfreie Mahlzeiten für ihn gibt, und Thomas ist auch in alles eingeweiht.

»Eine Vier.« Sein Arzt hat ihm empfohlen, ein Tagebuch zu führen und da anhand einer Skala seine Schmerzen einzutragen. Außerdem hält er da auch Essen, Stuhlgänge, Schlaf und Sport fest.

»Dann kann es ja nur besser werden«, entgegne ich und schenke ihm ein aufmunterndes Lächeln. Er nickt nur müde und wir packen unsere Sachen zusammen, um dem Rest nach draußen zu folgen.

Nur wenige Minuten später steht das gesamte Team vor unserem Trainer und unserem Kapitän, die Schlüssel und eine Liste mit Zimmerverteilungen in der Hand halten.

»Ey, Ulrich, dieses Mal bleiben die Finger aus der Hose, sonst teile ich mir mit dir kein Zimmer«, sage ich laut und ernte dafür von Luca ein Augenverdrehen und einen Seufzer.

»Ich hatte eine Zecke, du Arsch«, erwidert Ulrich und läuft trotzdem rot an.

»Wunderbar, dann hätten wir das auch geklärt. Gruber und ich machen mit der Zimmerverteilung weiter. Arslan, Anders, Jenssen und Martinez.«

»Das wird ja ein Spaß für Anders und Martinez. Arslan und Jenssen konnten sich schon in der Kabine nicht zurückhalten.« Den Konter von Ulrich habe ich verdient.

»Hier geht es mehr um Jenssens Gesundheit als um ihren Beziehungsstatus. Ich hoffe, ihr werdet euch zusammenreißen.« Ich bin froh, dass Thomas unserer Bitte nachgekommen ist und das ernst genommen hat.

»Ja«, kommt es von uns beiden.

Die restlichen Zimmergruppierungen werden vorgelesen und es gibt erstaunlicherweise keinen, der seins mit jemand anderem tauschen will.

»Bevor ihr alle in eure Räume verschwindet, gebe ich das Wort an Williams ab.« Ich schaue unserem Co-Kapitän dabei zu, wie er sich aus der Menge löst und neben Gruber stellt. Wir haben die letzten Wochen kaum miteinander gesprochen, weshalb ich seinen Gesichtsausdruck nicht einschätzen kann. Weiß nicht, ob vielleicht etwas passiert ist und er deswegen so traurig aussieht. Eigentlich habe ich ihn, seit Sanders gegangen ist und er dieses Beziehungsdrama hatte, nicht mehr so richtig glücklich und losgelöst erlebt.

»Ich habe mich schon viel zu lange davor gedrückt, euch zu sagen, dass ich nächste Saison nicht mehr dabei bin.«

Das vorfreudige Kribbeln, das noch bis eben durch meinen Körper gesummt ist, verstummt augenblicklich. Ich schaue zu Luca, der mit weit aufgerissenen Augen unsere Nummer Acht anstarrt.

»Ihr wisst, wie wichtig mir Hockey ist und wie sehr ich es geliebt habe, mit euch auf dem Eis zu stehen, aber …« Er schließt die Lider und sein Brustkorb hebt und senkt sich zu schnell.

Ich hätte mich mehr bemühen sollen, aber als das mit ihm und Camille und Maxi war, war ich ein selbstsüchtiges, alkoholkrankes Arschloch. Dann war das mit Luca. Der Autounfall. Der Sommer, in dem ich mich nur gehasst habe und keine Kapazitäten für Freunde hatte. Und jetzt steht er hier und ringt um Worte, und keiner stellt sich neben ihn. Keiner ist da und übernimmt, weil wir alle zu geschockt sind.

Meine Brust schmerzt und mein Hals ist wie zugeschnürt. Ich habe keinen der Teambuildingtage genutzt, um mal mit Williams zu sprechen, dabei war er immer für mich da, wenn irgendwas war.

»Ich habe für das Referendariat einen Platz in einer anderen Stadt bekommen und … bin froh, dass das geklappt hat.« Williams' Stimme zittert.

Alle sind still. Ich habe das Gefühl, dass irgendwas in der Mannschaft gebrochen ist.

Ein Blick zu Gruber verrät mir, dass er zwar davon wusste, aber nicht weniger betroffen wirkt.

»Du wirst uns fehlen. Es ist kein Geheimnis, dass du die letzten Jahre das Team zusammengehalten hast. Ich konnte das mit Neuseeland nur machen, weil ich wusste, dass du da bist. Ich … fuck, ich dachte nicht, dass mir das so schwerfallen wird.« Gruber mit Tränen in den Augen zu sehen, gibt, glaube ich, nicht nur mir den Rest.

Ich spüre Lucas kühle Finger an meinem Unterarm, bevor er seine Hand in meine legt.

»Danke, ich wollte euch das vor den Spielen sagen und nicht, wenn wir den Aufstieg geschafft haben.«

Es ist das erste Mal, dass keiner aus dem Team Williams ermahnt, unseren Sieg nicht zu jinxen.

»In einer Stunde treffen wir uns wieder am Bus und fahren zur Halle. Seid bitte pünktlich.« Trainer Thomas blickt in die Runde, dann wendet er sich kurz Williams zu. Ich kann nicht verstehen, was er sagt, aber er drückt seine Schulter, bevor er das Team stehen lässt und zur Jugendherberge geht.

»Wirst du weiter Hockey spielen?«, fragt Jonas Hecker.

»Ich weiß nicht, ob ich dafür dann noch Zeit haben werde«, antwortet Williams.

»Mann, du kannst uns doch nicht mit Gruber allein lassen.« Für seinen Kommentar erhält Ulrich den Mittelfinger von unserem Kapitän.

»Ich habe noch gar keinen deiner berühmt-berüchtigten Sexratschläge erhalten.«

»Das liegt wahrscheinlich daran, dass du noch Jungfrau bist, Anders«, kommentiert Fink und die meisten aus dem Team lachen.

Ulrich und Leander sind die Ersten, die auf Williams zugehen und ihn umarmen.

Als ich an der Reihe bin und Williams drücken kann, fehlen mir immer noch die Worte.

»Tut mir leid«, murmele ich, weil es die Wahrheit ist. Weil ich mehr hätte machen können.

»Ist okay.«

Ich weiß nicht, worüber wir reden. Darüber, dass ich ihn als Freund enttäuscht habe. Darüber, dass er die Tigers verlassen wird. Darüber, dass vielleicht mehr als der Job hinter dem Umzug steckt.

Wahrscheinlich drücke ich ihn viel zu lange, aber ich kann nicht anders. Kann nicht glauben, dass er geht und ich mich nicht mehr bemüht habe.

52

Luca Jenssen

Schon als wir an der Halle ankommen, spüre ich die Übelkeit in meinem Magen. Den bitteren Geschmack auf meiner Zunge. Das Pochen in meinem Kopf. Wenn ich jetzt eine der starken Tabletten einwerfe, kann ich heute bei keinem Spiel dabei sein und verpasse das Trainingsprogramm morgen früh. Wenn ich die Hälfte der Dosis nehme und mich eine Stunde zurückziehe, schaffe ich es vielleicht. Denn wenn ich nichts nehme und aufs Eis gehe, kann mir die Taubheit in meiner rechten Körperseite zum Verhängnis werden. Und ich könnte das gesamte Wochenende ausfallen.

»Alles klar bei dir, du siehst so blass aus?«, fragt Fink und mustert mich besorgt.

Wir sind in einer der Gastkabinen des Hafenheimer HC. Es gibt tatsächlich mehrere, denn Hafenheim hat jahrelang hochklassig gespielt und damit eine deutlich besser ausgestattete Hockey-Veranstaltungsstätte als die meisten Teams in unserer Liga.

»Ist Chiara da?« Ich weiß, dass sie mit im Bus war. Hafenheim ist medizinisch top aufgestellt, aber Thomas hat trotzdem erlaubt, dass Finks Freundin mitkommt.

»Glaube, sie lässt sich gerade die Sanitätsbereiche zeigen. Warum?«

»Physiosachen«, sage ich, weil ich ihm nicht erklären will, dass ich in den TikTok-Kommentaren gelesen habe, dass die Stimulation bestimmter Stellen am Nacken dazu führen kann, dass die Symptome einer sich ankündigenden Migräne weniger werden. Wenn ich das meinen Arzt sage, wird er wahrscheinlich aufhören, mich ernst zu nehmen.

»Okay.«

Es ist das letzte Spiel für heute, also haben die meisten nur ihre Taschen hier abgelegt und sind in die Halle. Keine Ahnung, wo Kian ist, aber seine Augen haben so aufgeleuchtet, als einer der Organisatoren von einer Spielhalle am anderen Ende der Katakomben erzählt hat, dass ich davon ausgehe, dass er da ist.

Ich drücke eine Tablette aus dem Blister und hoffe darauf, dass sie mich nur so weit ausknockt, dass ich in zwei Stunden auf dem Eis stehen kann. Bevor ich die Kabine verlasse, gebe ich Thomas Bescheid, dass ich von Chiara nach meinem Nacken schauen lasse. Er sieht mich kurz verwundert an, fragt aber nicht weiter nach, weil er wahrscheinlich genug damit zu tun hat, dass Team zusammenzuhalten und sich die anderen Mannschaften anzuschauen.

Heute Abend spielen alle in einem Drittel gegeneinander. Morgen ist die Spielzeit auch gekürzt und am Sonntag finden dann normal lange Spiele statt. Die besten zwei Mannschaften steigen auf.

Am Ende des Gangs gibt es zum Glück eine kleine Tafel mit einer Übersicht, wo was zu finden ist. Im Tigers-Stadion gibt es nur Hin und Zurück. Und die beiden Kabinen. Nichts im Vergleich zu diesen Hallen.

Der Bereich für das medizinische Personal ist zum Glück direkt neben dem Eis.

Schon als ich bei Chiara ankomme, spüre ich das dumpfe Gefühl in meinem Kopf und die tauben Fingerspitzen. Ob das die Tablette oder die Migräne ist? Keine Ahnung. Ist ja nicht so, als würde ich das schon seit Wochen machen und es ist trotzdem noch ein riesiges Rätsel.

»Oh, hi, Luca, ich wollte gerade zurück zum Rest.«

»Warte.« Meine Zunge fühlt sich schwer an.

»Alles okay?«

Ich sehe, wie Chiara mir die Hand auf den Arm legt, spüre es aber nicht.

»Ich … Migräne. Tablette. Nacken massieren.« Das letzte Wort hört sich selbst in meinen Ohren komisch an.

Chiaras Blick wechselt von besorgt zu beunruhigt. Sie führt mich mit ihrer Hand in einen Raum. In der Mitte ist eine Massageliege. Den Weg schaffe ich allein. Auch wenn sich das Aufsteigen wie in

Zeitlupe anfühlt. Und so, als würden meine Beine nicht mehr zu mir gehören.

»Ich bin mir nicht sicher, ob ich dir noch helfen kann.« Chiaras Stimme hört sich unendlich weit weg an.

»Zu hell«, sage ich und presse die Lider aufeinander. Eine Tür fällt zu und dann ist das Licht endlich aus.

Als ich ihre starken Finger an meinem Nacken spüre, bin ich schon so weit weg, dass mir nicht mehr übel wird. Dass das Pochen in meinem Hirn langsamer wird. Und leiser. Bis es ganz verstummt.

Ich friere und versuche, nach meiner Decke zu greifen, die nicht da ist.

»Nicht erschrecken.«

Warum ist Kian da und meine Decke nicht und warum fühlt sich unser Bett so glatt an?

»Vorsichtig, sonst fällst du von der Liege.«

Es dauert, bis mein Kopf seine Worte sortiert. Bis ich mich an die halbe Tablette und Chiaras Hände an meinem Nacken erinnere.

»Wann ist das Spiel?« Ich öffne die Augen und kann Kian nur schemenhaft ausmachen. Sonst scheint aber niemand im Raum zu sein. Keine Ahnung, warum Chiara nicht da ist. Und warum Kian nach Duschgel riecht.

»Baby, das Spiel war schon.«

»Fuck.« Wut gesellt sich zu dem Unwohlsein in meinem Magen.

»Wir haben gewonnen«, sagt er leise. Ich weiß, dass er sich gerade auch nicht sicher ist, was mir helfen könnte. Aber ich mag es, dass er so normal wie möglich damit umgeht.

»Wie spät ist es?«

»Kurz vor Mitternacht«, antwortet er und ich weiß nicht, was ich sagen soll. Wie ich die Wut auf diese scheiß Krankheit in Worte fassen kann, ohne es an ihm auszulassen. Ja, der Arzt hat gesagt, sie wird immer ein Teil von mir sein und ich muss damit leben lernen. Aber er kann nicht wissen, wie sehr sie mich an Anneliese und meine Kindheit erinnert. Daran, dass ich meine Mutter an sie verloren haben. Dass ich Kian keine weitere Chance geben wollte, weil seine Abhängigkeit mich an ihre erinnert hat. Vielleicht wird es Zeit, dass ich mir auch mal Hilfe hole.

»Tut mir leid«, murmelt Kian und ich hasse es, dass er das Gefühl hat, sich entschuldigen zu müssen.

Ich taste vorsichtig nach ihm und lege meine Hand auf seine Schultern. Ich spüre genau seine Wärme und die Anspannung. Etwas, das so wenige Stunden nach einem Anfall oder der Einnahme der Tabletten eigentlich nicht funktioniert. Vielleicht lag es an der halben, oder Chiaras Massage war doch keine schlechte Idee. Oder es war eben ein schwächerer Anfall. Der Arzt hat gesagt, dass es sogar Jahre kosten kann, eine gewisse Kontrolle oder Routine zu entwickeln.

»Kannst du dich aufrichten?«, fragt er und erhebt sich, sodass meine Hand von seinen Schultern rutscht.

Ich durchlebe alle Gefühl, bis ich endlich an der Kante der Liege sitze. Hass. Unsicherheit. Dankbarkeit für Kian. Wut. Schwäche. Krankheit.

Ich könnte kotzen, dass ich wegen dieser Scheiße das Spiel verpasst habe. Deswegen sind wir doch nur hier. Und jetzt fehlt mir ein Tag.

»Ich weiß genau, woran du jetzt denkst. Wir können es nicht ändern. Morgen und übermorgen sind genügend Spiele. Ich bin froh, dass es dir besser geht.«

Wenn mir vor ein paar Monaten jemand gesagt hätte, dass Kian Arslan perfekt für mich ist, hätte ich wahrscheinlich gelacht und nie wieder mit der Person geredet.

»Es tut mir leid, dass ich nicht für dich da war.«

»Bist du doch«, erwidere ich und umgreife seinen Arm, weil ich nicht will, dass er so weit weg von mir ist.

»Ja, aber —«

»Erzähl mir lieber, ob der Billard-Raum so cool ist, wie der Typ gesagt hat«, verlange ich und lehne mich ihm noch ein bisschen entgegen. Vielleicht, weil mich der Geruch seines Duschgels immer wieder an den Sex in der Kabine erinnert und es viel zu lange her ist.

»Ja. Ich zeig ihn dir morgen.«

»Versprochen?«, frage ich.

Für einen Augenblick sind nur unsere Atemzüge in dem kleinen, dunklen Raum zu hören. Als er »Ja« sagt, fühlt es sich nach mehr als nur dem kleinen Versprechen an.

»Meinst du, du schaffst es zum Bus?«

»Bestimmt«, sage ich, obwohl ich noch nicht auf meinen Beinen gestanden habe.

Es klopft zaghaft an der Tür, bevor ich es testen kann.

»Du kannst reinkommen, Luca ist wach.«

Als sich die Tür öffnet, schließe ich instinktiv die Augen, weil ich Angst davor habe, dass das einfallende Licht wieder die Kopfschmerzen triggert.

»Gruber hat gefragt, ob wir in der nächsten halben Stunde zur Jugendherberge fahren können, oder ob sie schon vor sollen.« Es ist Williams' Stimme.

»Was sagst du, Luca, meinst du, wir schaffen das und können mit dem Team heim?«

»Warum sind alle noch hier?«, frage ich und blinzele vorsichtig. Williams ist im Raum und die Tür nur einen Spalt geöffnet.

»Alle sind hiergeblieben, damit wir als Team zurückfahren«, kommt es leise von ihm.

Ich weiß nicht, was ich sagen soll. Habe keine Ahnung, warum mir plötzlich die Worte fehlen. Wo die heiße Wut hin ist, die immer irgendwo lauert.

Keiner der beiden sagt was. Vielleicht, weil sie darauf warten, dass ich die Stille fülle? Dass ich mich bedanke, dabei wäre das Wort viel zu wenig für das, was das Team die letzten Wochen getan hat. Ich weiß, dass Gruber und Williams sich um mein Essen für diesen Trip gekümmert haben. Dass die anderen aufmerksam waren, mich aber trotzdem so wie immer behandelt haben.

»Cool«, sage ich also, weil ich meine Gefühle immer noch nicht in Worte fassen kann.

»Sollen wir helfen?«, bietet Williams an.

»Ich schaff das schon.« Ich hätte seine Hilfe auch annehmen können. Aber ich hasse nichts mehr, als mich so schwach zu fühlen.

Ich habe ein verfluchtes Spiel verpasst, obwohl ich nur wenige Meter neben der Eisfläche lag.

53

Kian Arslan

»Wie fühlt es sich an, die Hälfte der Saison gefehlt zu haben und jetzt einen so entscheidenden Anteil am Erfolg der Tigers zu haben?«, fragt Jolene und ich muss die Augen verdrehen.

»Danke für die Erinnerung, ich hatte es fast vergessen«, entgegne ich und schaue mich hilfesuchend nach meinem Team um, das wahrscheinlich schon in der Kabine verschwunden ist. Es sind noch zwei Stunden, bis die heutigen Spiele starten, aber Jolene und ihr Handy lösen bei fast allen den Fluchtinstinkt aus. Ich war einfach zu langsam, weil ich Luca zu viel beobachtet habe.

Er hat heute richtig lange geschlafen und ich habe Angst, dass er seine Symptome überspielt und doch noch nicht fit genug ist. Aber bis jetzt konnte ich nichts Auffälliges erkennen.

»Kian?«

»Sorry, was?« Ich weiß nicht mehr genau, was sie gefragt hat, nur, dass es unsinnig war.

»Wie würdest du den Vibe dieses Wochenende im Team beschreiben?«, fragt sie. Auf ihren Lippen liegt ein Lächeln, aber ihre Augen schauen streng. Für meinen Geschmack nimmt sie die ganze TikTok-Sache viel zu ernst.

»Der Sieg im gestrigen Match hat die Motivation für das Wochenende nur gesteigert. Wir wollen gewinnen. Trotzdem hängt natürlich auch Nervosität in der Luft. Es ist schließlich das erste Mal seit vielen Jahren, dass die Tigers um den Aufstieg kämpfen.«

»Hast du das Gefühl, dass Williams' Ankündigung, das Team zu verlassen, eine Auswirkung auf die Stimmung hat?« Jolene und Joris haben gestern allein schon drei Videos hochgeladen. Eins davon war mit dramatischer Musik unterlegt und hat die Szenen vor der Jugendherberge eingefangen. Ich bin mir immer noch nicht sicher, ob ich es geschmacklos finde oder ob es schön ist, eine Erinnerung an den Moment zu haben.

»Dass Williams ab nächster Saison nicht mehr mit uns auf dem Eis steht, hat uns alle überrascht und hart getroffen. Er war über Monate unser Kapitän und ist jemand, der das Team zusammenhält. Und genau das ist passiert, als er uns gestern von seinen Plänen erzählt hat: Wir sind noch enger zusammengewachsen.«

Drei Typen aus Bergstätten gehen an uns vorbei und schütteln lachend über meine Aussage den Kopf. Wahrscheinlich verspotten sie uns dafür, dass wir gerade ein Interview führen, als würden wir in der ersten oder zweiten Liga spielen. Verstehe ich. Aber die Tigers müssen einiges an Geldern auftreiben, wenn wir nächste Saison aufsteigen wollen. Also spielen wir Jolenes und Joris' Spiel und hoffen darauf, dass es aufgeht. Und in der Zwischenzeit ignoriere ich so Idioten, die uns dafür belächeln.

»Luca Jenssen ist gestern Abend wegen eines Migräneanfalls nicht auf dem Eis gewesen. Wie geht es ihm und können wir heute mit ihm im Spiel rechnen?«

Als Joris Luca erzählt hat, wie viele sich gehört fühlen könnten mit ihrem Krankheitsbild, hat er zugestimmt, auch das auf dem Kanal zu thematisieren.

»Luca hat viel geschlafen und eben gesagt, dass es ihm gut geht. Ich hoffe doch, dass wir später zusammen auf dem Eis stehen.« Laut Jolene soll es wohl effektiv sein, wenn wir unsere Beziehung andeuten, aber erst mal nichts dazu sagen. Da Luca und mir das egal ist, ob TikTok davon weiß oder irgendein gegnerisches Team, testen wir einfach ihre Theorie.

»Super, danke dir.« Ihr Smartphone verschwindet endlich und mit ihm die Anspannung aus meinem Körper.

»Wird Zeit, die Jungs aufs Eis zu holen, damit wir Fotos machen können für die Webseite.«

Im Bus dachte ich, Romy kommt mit, damit Jolene nicht so allein ist, und vielleicht, weil ein Platz im Zimmer frei war. Aber dass die kurvige Dunkelhaarige mit dem auffälligen Augenmakeup in Wahrheit unsere neue Fotografin ist, wusste ich nicht.

»Meinst du nicht, dass die anderen schon genug über uns lachen?«, frage ich, weil es einfacher ist, als ihr zu sagen, dass alle anderen bestimmt so wenig Lust darauf haben wie ich.

»Lass sie, schließlich werdet ihr sie die nächsten zwei Tage fertigmachen.«

»Wie schön, dass dein Vertrauen in uns so groß ist.« Ich hätte eigentlich von Anfang an wissen können, dass es zwecklos ist, sie von etwas abzubringen, wenn sie es sich in den Kopf gesetzt hat.

Weniger später versammelt sich also das Team auf einer Seite der Eisfläche. Keine Ahnung, wie Jolene das mit den Hafenheimern geklärt hat, dass wir die frische Fläche zerstören, nur um ein paar Bilder zu schießen. Hätten wir schließlich auch in der Kabine machen können.

Wir stehen also in Trikots in drei Reihen zusammen, mit auf dem Rücken verschränkten Händen. Selbst Thomas ist aus seinem Trainerraum gekommen und lässt sich von Romy zurechtrücken.

»Okay, wir machen jetzt ein paar ernste Fotos für Sponsorenkampagnen und die Website. Danach wollen wir das Ganze ein bisschen auflockern. Es wird auch Einzel- und Kleingruppenaufnahmen geben, damit wir noch mal ein bisschen frisches Material für Social Media haben«, kündigt Romy entschlossen an und macht ein paar vorsichtige Schritte auf dem Eis.

Nachdem sich alle wieder beruhigt haben und das genervte Gestöhne von einigen abgeflacht ist, setzt Romy einen fokussierten Blick auf, der Jolenes strengem Ausdruck in nichts nachsteht.

»Wir sind schneller fertig, wenn ihr einfach genau das macht, was ihr machen sollt«, sagt sie laut und hebt ihre Kamera.

»Ich liebe autoritäre Frauen«, murmelt Anders neben mir.

»Redest du von deiner Mutter?« Der Spruch kommt mir schneller über die Lippen, als ich darüber nachdenken kann. Er entlockt dem Team ein paar Lacher und Luca einen Seufzer. Ich vermute aber, dass er sich das Grinsen auch verkneifen muss. Versichern kann ich mich davon nicht, weil ich nach vorn zu Romy sehen muss.

»Super, weiter so«, ermutigt uns Romy.

Sie macht noch einige Aufnahmen, bevor sie uns eine Pause gönnt, in der wir Plätze tauschen und was trinken können.

Joris hat sein Smartphone in der Hand, weil er wahrscheinlich einige Videoclips aufgenommen hat. Er hat uns eben schon gesagt, dass der Zusammenschnitt von Williams eine halbe Millionen Aufrufe erreicht hat.

Jolene watschelt in kleinen Schritten zu ihrer Freundin. Die beiden reden über irgendwas und lachen. Romy greift nach Jolenes Hand und dreht sie einmal unter ihrem Arm durch. Sie schauen sich einen Moment zu lang in die Augen. Und ich weiß nicht, ob ich noch weiter zusehen darf, wie verliebt die beiden noch immer sind, oder ob diese Sekunden nur ihnen gehören und ich den Blick besser abwenden sollte. Doch ich bin zu langsam. Sehe genau, wie Romys Finger sich in Jolenes kurzen blonden Strähnen vergraben. Wie sie sich näherkommen und ihre Lippen sich berühren.

Erst als Pfiffe von den Publikumsrängen zu hören sind, wende ich meinen Blick ab.

»Das ist so geil, hört nicht auf«, verlangt irgendwer von ihnen. Weg ist das kribbelige Gefühl, das mir ihr Kuss beschert hat. Weil er mich daran erinnert hat, dass ich Luca viel zu lange nicht berührt habe. Schon gar nicht so offen im Außen.

Doch Romy und Jolene reagieren cooler, als ich es tun würde. Sie zeigen beide Mittelfinger, ohne ihren Kuss zu unterbrechen.

Woraufhin noch mehr Catcalling aus dem Publikum erfolgt.

»Frag mich, ob uns das auch passieren würde?«, kommt es von Luca, der sich irgendwann zu mir gesellt haben muss. Wir tragen weder Helme, Handschuhe noch Schutzausrüstung. Er ist mir näher als sonst auf dem Eis. Ich spüre seine Wärme an meinem Rücken. Seine Berührungen an meinem Arm.

»Sehr wahrscheinlich nicht«, erwidere ich und lehne meinen Kopf an seine Schulter.

»Du riechst so gut«, murmelt er und vergräbt seine Nase in meinen Haaren.

Wenn es dieses Wochenende nicht um alles gehen würde und er gestern nicht ausgefallen wäre, würde ich ihn spätestens jetzt vom Eis ziehen und in irgendeiner unbeobachteten Ecke auf die Knie gehen.

»Wie sieht's aus? Küsst du mich? Vor all den Leuten?« Seine Lippen wandern über meinen Nacken und lösen eine Gänsehaut an meinem ganzen Körper aus.

Mit der Hand an meiner Hüfte dreht er mich in einer Bewegung zu sich. Und ich liebe jede Sekunde. Mag es, wie Luca sich nimmt, was er will.

»Ich habe dich vermisst«, flüstere ich. Wie lange waren wir uns eigentlich nicht mehr so nah?

Ich spüre seine Atemzüge auf meinen Lippen. Die Wärme, die er ausstrahlt. Schmecke beinahe sein Lächeln.

Aber bevor einer von uns den nächsten Schritt machen kann, ruft uns Thomas zur Ordnung.

»Später?«, fragt Luca und schiebt mich ein Stück von sich.

»Versprochen«, erwidere ich und ernte dafür ein breites Lächeln.

54

Luca Jenssen

Mein Körper fühlt sich an wie überfahren. Meine Gelenke sind träge und meine Beine schwer. Eher so, als hätte ich gestern den ganzen Tag auf dem Eis gestanden anstatt auf der Liege gelegen und meiner Migräne das Zepter in die Hand gegeben.

Vielleicht habe ich Kian heute Morgen angelogen, als ich gesagt habe, dass alles gut ist. Und ich glaube, er weiß es auch. Aber nicht zu spielen, nur weil ich nicht so fit wie letzte Woche bin, kommt einfach nicht infrage.

Vor allen Dingen nicht, wenn das eines der letzten Spiele mit Williams ist. Ich habe Thomas noch vor dem Fotoshooting auf dem Eis erzählt, dass ich bereit bin. Dass er mich direkt zu Beginn zusammen mit Williams, Gruber, Kian und Leander aufstellt, habe ich nicht erwartet.

Aufregung pumpt durch meinen Körper, als ich die Schutzausrüstung anlege. Während ich den Klettverschluss an den Armen und um die Brust strammziehe, schaue ich zu Kian, der wieder der Langsamste ist. Aber ich beschwere mich nicht, als er mir seinen Hintern entgegenstreckt, der nur in engen Boxershorts steckt.

Es ist faszinierend, wie wenig mich seine Nacktheit noch vor wenigen Monaten interessiert hat, und wie ich jetzt mehrmals am Tag an ihn denke. Ich werde mir definitiv etwas für später überlegen.

Aber erst mal das Spiel hinter uns bringen. Weil alle gegeneinander antreten und morgen die beiden Halbfinale sind, wurde die Spielzeit verkürzt. Wir starten zum Glück und sind heute Abend früher fertig als der Rest.

»Thomas hat mich darum gebeten, die Rede zu halten, weil er noch ein wichtiges Telefonat hat«, startet Gruber, steht von seinem Platz auf und stellt sich in die Mitte des Raums.

»Wir hätten uns keinen besseren Start in das Turnier vorstellen können als den von gestern Abend. Das war herausragend. Heute ist Jenssen wieder dabei und ich spüre den Siegeswillen im Raum.«

Es wird gejubelt, geschrien und applaudiert. Kian ist natürlich am lautesten. Nur mit einem Schienbeinschutz hüpft er auf und ab. Und ich kann das Lachen, das irgendwo in mir ausbrechen will, nicht mehr aufhalten.

»Ich will, dass wir da heute und morgen rausgehen und Spaß haben. Und wie wäre es, wenn wir, während wir die Zeit unseres Lebens haben, Williams noch einen Sieg zum Abschied schenken. Oder mehrere.«

Die Nervosität, die bis eben noch viel zu schwer in meinem Magen lag, wird ersetzt durch summende Vorfreude. Vergessen ist mein Körper, der immer noch den Anfall verarbeitet und die Tabletten abbaut. Alles in mir lechzt nach Dopamin und Adrenalin. Nach dem Gemeinschafts-gefühl, das mir nur die Jungs geben können. Danach, Kian stolz zu machen.

»Wie sieht's aus, holen wir den Aufstieg für die Tigers?«

Die Rufe sind ohrenbetäubend. So laut, dass mein Körper für einen Moment nicht hinterherkommt. Dass mein Herz rast und meine Hände feucht werden.

»Ich hör euch nicht!«, brüllt Gruber und alles um mich herum explodiert. Und dann lass ich einfach los. Schließe mich an. Spüre den Zusammenhalt und Kians Arm um meine Schultern.

Er zieht mich noch ein Stück näher zu sich. Verteilt Küsse auf meiner Stirn, meiner Wange, meinem Mundwinkel.

»Du sagst Bescheid, wenn es nicht mehr geht, okay?«

Ich verstehe ihn kaum wegen der Lautstärke in der Kabine, trotzdem nicke ich. Doch mir war eigentlich schon klar, dass ihm das nicht reicht.

Er legt beide Hände an mein Gesicht und dreht mich zu sich.

»Versprochen?« Ich kann das Wort nur von seinen Lippen ablesen, weil einige aus dem Team laute Tigergeräusche machen und gejubelt wird.

»Ja.«

Er hält meinen Blick fest, so lange, bis nicht mehr nur die Vorfreude aufs Spiel durch meine Adern pulsiert.

»Küss mich«, verlangt er und ich komme nur Sekunden später seiner Bitte nach. Kian so kurz vorm Spiel zu schmecken, fühlt sich immer an wie ein erstes Mal. Und zeitgleich, als hätten wir es schon hunderte Male gemacht.

Als Rufe zu Pfiffen werden, löse ich mich von ihm. Er zwinkert mir zu und drückt mir noch einen schnellen Kuss auf den Mund, bevor er sich den Brustschutz umlegt.

Vielleicht sollte ich mir auch mal die Schlittschuhe schnüren und aufhören, meinen Freund anzustarren.

Ich bin zu langsam und es kotzt mich richtig an. Zum Glück ist Martinez da und stellt den Angreifer der Neusteinener. Martinez ist flink und wahnsinnig geschickt, weswegen der Puck nur Augenblicke später wieder bei unserem Team ist.

Selbst beim Aufbauspiel bin ich einen Schritt zurück. Leanders Pass an mich prallt an der Bande ab und wird zum Glück von Kian abgefangen.

»Fuck.« Ich weiß, dass das Fluchen mich auch nicht schneller macht. Und mir nicht dabei hilft, wendiger zu sein.

»Loser.« Einer im türkis-schwarzen Trikot fährt an mir vorbei und schubst mich gegen die Bande. Natürlich findet er genau den Moment, in dem der Schiri nicht guckt. Wahrscheinlich hofft er darauf, dass ich jetzt eine Schlägerei anzettele und vom Eis fliege. Aber vorher gehe ich freiwillig und lasse jemand anderen für mich spielen, damit wir Neusteinen abziehen können und ihnen das selbstgefällige Lächeln aus dem Gesicht fällt.

Ich presse also meine Lippen zusammen und mache weiter.

Als mich Thomas endlich vom Eis holt, atme ich erleichtert aus.

Ich habe mich auf dieses Spiel gefreut. Wir haben so lange darauf hingearbeitet und jetzt kann ich wegen der scheiß Migräne nicht spielen. Und wegen Anneliese.

»Jenssen, guck mich an«, verlangt Trainer Thomas und ich hebe den Kopf.

Er wird mir jetzt sagen, dass er mich dieses Wochenende nicht mehr spielen lassen kann. Dass ich raus bin.

»Hör auf, so viel nachzudenken, Jenssen. Du hast mir gesagt, dass du bereit bist. Vielleicht solltest du dich selbst noch mal daran erinnern.«

»Ja, Trainer.« Er setzt mich nicht auf die Bank.

»Ganz oder gar nicht. Du entscheidest.« Thomas nickt mir kurz zu, bevor er sich wieder dem Spiel zuwendet.

Heckers Pass auf Anders wird von einem der Gegner abgefangen, die nicht zögern, das Match zu drehen. Die nächsten Minuten passiert zu viel in unserer Hälfte. Schmitt pariert einige Torschüsse, die zu locker und nicht platziert genug sind. Trotzdem wird der Druck auf unseren Torhüter zu hoch. Es ist fast so, als würden wir schlafen.

»Ulrich, guck, dass du die Jungs unter Kontrolle bekommst«, ruft Gruber, aber ich bin mir nicht sicher, ob er das hört.

Nur Sekunden später schafft es Fink endlich, die Scheibe zurückzuerobern, wird aber augenblicklich von einem Neusteinener Adler gegen die Bande gedrückt. Der Schiri ist wieder verdammt blind und unsere ganze Bank steht und schreit, bis Thomas uns wieder zur Ordnung ruft. Der Schiri gibt unserem Trainer ein Handsignal, das auch Personen ohne Hockey-Erfahrung verstehen würden.

Noch eine Aktion und es gibt Zeitstrafen. Für uns. Obwohl einer der Adler Fink zu heftig in die Bande gepresst hat. Wut pulsiert in meinem Körper. Ich will da raus, weiß aber auch, wie gefährlich es ist, jetzt zu wechseln, wenn sich alle bei uns in der Hälfte aufhalten.

Ulrich kämpft um den Puck und gewinnt. Er treibt das Spiel endlich in die Hälfte des anderen Teams und Thomas hat die Chance, Williams und Gruber aufs Eis zu tauschen.

Als Kian, Martinez und ich endlich drauf dürfen, ist mein Körper so adrenalin- und wutgesättigt, dass ich die Müdigkeit und die Nachwirkungen der Migräne nicht mehr spüre.

Gruber spielt mir in den Lauf und ich schaffe es, einige Meter zu machen, bis mich ein anderer Körper mit voller Wucht trifft und gegen die Plexiglasscheibe drückt. Natürlich wird nicht gepfiffen, warum auch? Ich kann ja schließlich noch atmen und sehe noch keine Sterne.

Der einzige Trost? Nur Sekunden nach dem Boarding ist der Puck bei Kian, der ihn zu Martinez schlägt. Williams und Gruber sind auch mit über der Linie. Mein Herz pumpt, während ich mühelos in die Lücke gleite, die Kian mir geschaffen hat. Dafür müssen wir uns nicht angucken, weil wir es unzählige Male geübt haben.

Martinez spielt die Scheibe zu mir, bevor er von zwei Defensivspielern beinahe zerquetscht wird.

Ich habe nur einen Herzschlag Zeit, das schwarze Stück Gummi unter Kontrolle zu bringen, bevor ich es mit aller Kraft aufs Tor schlage. Millisekunden später, die sich anfühlen wie Stunden, landet die Scheibe im Netz und alle Anspannung verschwindet. Wir gehen in Führung. Die Halle rastet aus. *Eye of the Tiger* dröhnt aus den Boxen, was normalerweise auswärts nichts passiert. Kian erreicht mich als Erster. Mit dem fettesten Grinsen im Gesicht crasht er meinen Körper und ich genieße jede Sekunde.

»Jenssen is back«, brüllt Leander Martinez, als er zu uns skatet. Auch Gruber und Williams klopfen mir aufs Schulterpolster und umarmen mich, bevor wir in die Mitte zum Face-Off müssen.

Wir starten in die zweite Hälfte des Spiels mit einer Führung im Gepäck, aber Neusteinen macht es uns nicht einfach. Sie schubsen, foulen und provozieren, bis Anders raus muss, weil er der Nummer Dreißig den Helm vom Kopf gezogen und ihm ins Gesicht geschlagen hat.

Thomas steht sauer und mit verschränkten Armen an der Bande und schaut dabei zu, wie wir drei Minuten Unterzahl bekommen. Ich bin mir nicht sicher, ob er wütend auf Kevin Anders oder den Schiri ist, der definitiv nicht auf unserer Seite ist.

Natürlich lassen die Spieler in den türkis-schwarzen Trikots uns ganz genau spüren, wie selbstsicher und überlegen sie sind. Dabei überrennen sie uns fast. Den ersten Torschuss kann Schmitt abwehren. Allerdings ist Fink einen Schritt zu langsam und die Scheibe landet wieder bei unseren Gegnern, die in perfekter Schussposition sind. Es fühlt sich an, als würden alle aus dem Team die Luft anhalten, als das schwarze Stück Gummi übers Eis segelt und in unserem Netz landet.

Das Hupen, das in der ganzen Halle erklingt, fühlt sich an wie ein Schlag in die Magengrube.

»Kein Stück gönn ich das den arroganten Arschlöchern«, kommt es von Kian und er tritt mit aller Wucht gegen die Bande vor uns.

Es sind noch fünf Minuten übrig und jeder von uns weiß, dass das genügend Zeit ist, um das Spiel wieder zu drehen. Es darf sich nur keiner mehr provozieren lassen, jetzt, da wir wieder vollzählig auf dem Eis stehen.

Doch egal, wie hart wir die letzten Minuten kämpfen, wir bekommen den Puck nicht mehr versenkt. Neusteinen zum Glück auch nicht. Trotzdem ist der Frust im gesamten Team zu spüren, als das Spiel vorbei ist.

»Wir haben uns alle mehr erhofft. Trotzdem müssen wir die Enttäuschung jetzt in den Griff bekommen, weil wir gleich noch Spiele haben. Ein Unentschieden ist besser als eine Niederlage und bedeutet noch lange nicht, dass wir auf dem letzten Platz landen und morgen dann raus sind.« Trainer Thomas nimmt sich die Zeit, mit jedem von uns Blickkontakt aufzubauen. Wir sind zurück in der Kabine und die gute Stimmung von heute Morgen ist wie weggeblasen.

»Ihr habt heute eine Wahnsinnsleistung auf dem Eis gezeigt. Ich bin sehr stolz und mir sicher, dass wir es bis ins Halbfinale schaffen.«

Gemurmel geht durch den Raum, als würde ganz langsam wieder etwas Energie zurückkommen.

»Raus aus den verschwitzten Sachen. Trinkt was. Esst. Und dann sehen wir uns zum nächsten Spiel wieder. Redet mit Chiara, wenn euch etwas wehtut.« Dann verlässt Thomas den Raum.

Er hat recht. Wenn wir uns jetzt runterziehen lassen, dann fehlt uns am Ende der Siegeswille und wir können morgen nur noch von der Tribüne zuschauen.

55

Kian Arslan

Wir haben es verdammt noch mal ins Halbfinale geschafft. Es gab zwei Unentschieden, aber das letzte Spiel konnten wir für uns entscheiden. Und das Adrenalin des Sieges pulsiert immer noch in meinen Adern, als wir längst unter der Dusche stehen. Ich müsste lügen, wenn ich sagen würde, dass es einfach ist, nicht zwei Abteile weiterzugehen, um Luca nackt nur für mich zu haben. Mein Körper lechzt danach, das High des Sieges zu feiern und zu halten.

Aber ich bleibe artig und hole mir nicht mal einen runter. Weil das wäre schon zu schräg, wenn alle um mich herum sind. Ich trockne mich also härter als nötig ab, damit mein Schwanz vorzeigbar ist für die Umkleide. Nicht, dass ich mich für die Größe schäme. Oder dass Nacktheit ein Problem für mich ist. Aber ich glaube, Luca fände das nicht so cool. Und ich habe große Lust, ihm noch heute, egal wo, zu zeigen, wie cool ich ihn finde. Vorzugsweise auf den Knien. Oder nackt unter ihm. Über ihm. Auf ihm.

Mein Plan, ohne Ständer rauszugehen, ist auf jeden Fall nicht aufgegangen. Also binde ich mein Handtuch so um meine Hüften, dass ich es verbergen kann. In der Hoffnung, dass der Anblick des halbnackten Teams den Rest übernimmt.

Und es funktioniert. Dadurch, dass wir uns heute schon unzählige Male an- und ausgezogen haben, bin ich schneller als sonst fertig.

»Martinez, Fink, Anders und ich wollten eine Runde Billard spielen. Kommst du mit?«, fragt Luca.

Ich hatte gehofft, dass wir ein paar Minuten nur für uns haben.

»Hat Thomas nicht gesagt, dass Anwesenheitspflicht im Zuschauerraum ist?«, frage ich so laut, dass Fink, Anders und Leander es hoffentlich mitbekommen und auf ihr Pflichtbewusstsein hören. Während ich der Lust folge, die eindeutig Luca auf dem Plan hat.

»Kein' Bock drauf, uns die Arschlöcher noch mal zu geben«, entgegnet Luca nur schulterzuckend.

Zustimmendes Gemurmel von allen. Ich schaue kurz zu Gruber, in der Hoffnung, dass er als Kapitän alle zur Ordnung ruft. Aber er steht gerade bei Joris und scheint vertieft in ein Gespräch mit seinem Freund zu sein. Zumindest schaut er ihm so lange in die Augen, dass er sowieso nichts anderes mitbekommen würde.

»Okay, von mir aus«, sage ich und stopfe meinen Kulturbeutel zurück in meine Tasche.

»Hey, du musst nicht, wenn du nicht willst«, kommt es von Luca und er schenkt mir ein müdes Lächeln. Wahrscheinlich bin ich wieder ein Arsch, weil ich nur das Eine im Kopf habe. Vielleicht ist er zu müde für alles andere. Vielleicht will er mehr Zeit mit dem Team. Und ich kann ihm ja schlecht wie ein kleines, bockiges Kind sagen, dass ich will, dass er was anderes einlocht als Billardkugeln.

»Warum grinst du so?«, fragt er und mustert mich mit schiefgelegtem Kopf.

»Nichts«, erwidere ich und winke ab. Ich möchte ihn damit nicht unter Druck setzen.

Wir lassen unsere Sachen in der Kabine, die Gruber abschließt. Wir gehen ein Stück mit dem Team zum Eis, bevor wir einen anderen Gang nehmen und abhauen. Wahrscheinlich hätten wir Gruber auch davon erzählen können, er hätte ja sowieso nichts machen können. So aber laufen wir lachend über die langen Wege, und es fühlt sich wirklich so an, als wären wir gerade auf Klassenfahrt und würden uns rausschleichen oder vor der Lehrkraft fliehen. Luca hat meine Hand genommen und das aufgeregte Kribbeln in meinem Bauch erinnert mich eher an ein bevorstehendes Flaschendrehen als ein Billardspiel.

Vor allem, wenn ich zu ihm sehe. Das grelle Deckenlicht lässt seine blonden Locken förmlich leuchten. Er trägt nur ein weißes Unterhemd und ich kann all die schwarzen Linien auf seinen

Unterarmen erkennen. Ich bin so kurz davor, ihn einfach um eine Ecke zu ziehen und die drei anderen weiterlaufen zu lassen.

Alles in mir schreit danach. Aber wenn er heute Abend lieber was anderes machen möchte, muss ich das akzeptieren. Ich will ihn dafür nur nicht loslassen müssen.

Wir biegen um die nächste Ecke und sind endlich bei einem der Spielräume. In den anderen befinden sich noch Automaten und Tischtennisplatten.

Zum Glück ist sonst niemand hier und wir haben alles für uns. Wahrscheinlich, weil die meisten so spät entweder die Spiele gucken oder längst zuhause sind. Vielleicht hätten wir uns auch ein Taxi zur Jugendherberge nehmen sollen, schließlich hätten wir unser Stockbett für uns gehabt.

»Okay, wer gegen wen?«, frage ich.

Als Lucas Augen sich verdunkeln und sein Grinsen verführerischer wird, befeuert das die Lust, die ich den ganzen Tag schon spüre. Er greift nach dem Saum seines Shirts und zieht es sich einfach über den Kopf.

»Ich bin raus«, kommt es von Fink.

»Oh, Mann, ich hätte wissen müssen, dass du nicht wirklich mit uns Billard spielen willst.« Leander klingt geknickt, aber ich habe gerade nur Augen für Luca.

Für seine Tattoos. Die Muskeln, die in dem Licht so perfekt in Szene gesetzt werden.

»Kann ich zusehen?«, fragt Anders und ich bin mir nicht sicher, ob er das ernst meint.

»Ihr müsst Schmiere stehen. Wenn uns jemand erwischt, können wir uns den Aufstieg abschminken«, sagt Luca und hält dabei meinen Blick.

»Fuck you, Jenssen! Von Arslan habe ich so was erwartet, aber von dir?« Okay, Fink ist richtig sauer. Aber mein ganzer Körper summt und es könnt ihm nicht weniger egal sein.

»Komm schon, Fink, lass die beiden doch«, sagt Anders.

»Warum? Ich leg Chiara schließlich auch nicht auf der Liege im Saniraum flach«, erwidert er und ich würde seine Argumentation garantiert verstehen, wenn nicht alles in mir nach Luca schreien würde.

»Könntest du aber«, kommt es von Leander und ich kann mir das Lachen nicht mehr verkneifen.

Allerdings bleibt mir der nächste Ton im Hals hängen, als Luca den Reißverschluss seiner Jeans öffnet.

»Oh, fuck«, sage ich viel zu laut.

Als er sich auch die Boxershorts von den Beinen streift und komplett nackt vor mir steht, vergesse ich kurz, wie Atmen noch mal funktioniert.

»Hier könnten Kameras sein.« Ich glaube, Fink hat noch nicht verstanden, wie Luca und ich sind, wenn wir Sex haben wollen.

»Habe ich heute Mittag gecheckt«, entgegnet Luca und ich könnte ihm allein dafür einen Blowjob geben.

»Halbe Stunde. Keine Sekunde länger.«

Als die Tür knallt, weiß ich, dass sie verschwunden sind, ohne noch mal hinzusehen.

»Das war also von langer Hand geplant«, spreche ich meine Gedanken aus und mache ein paar Schritte auf ihn zu. Wahrscheinlich sollten wir das Risiko nicht eingehen. Sollten alles auf diesen Sieg setzen und Sex haben, wenn wir wieder zuhause sind. Meine Vernunft hat aber mit den dreien den Raum verlassen.

Ich stehe immer noch zu weit weg von Luca. Wir berühren uns immer noch nicht. Ich bin noch nicht auf die Knie gegangen. Alles, weil ich nicht genug von seinem Anblick bekomme. Weil die Kronleuchter, die dem Raum den Charme einer alten Kneipe geben, seinen Körper perfekt ausleuchten. Die schwarzen Linien, die seine Oberarme und seine Brust überziehen. Die Muskeln, die sich bei jedem Atemzug mitbewegen. Feine blonde Haare, die seinen Unterbauch und seinen Intimbereich überziehen. Seinen Schwanz, der so hart ist wie meiner.

»Ich weiß nicht, ob ich mich jemals an deinem Anblick sattsehen werde«, sage ich und lasse meinen Blick seine Beine hinunter und wieder hinauf wandern. Ich weiß nicht, ob es meine Worte oder meine Aufmerksamkeit sind, die seinen Körper zum Zittern bringen.

»Wirst du mir irgendwann verraten, was da in französischer Sprache auf deinem Arm steht?«, frage ich und verweile ein bisschen zu lange unterhalb der Schlange auf der Innenseite seines Unterarms.

»*Le Petit Prince*. Das einzige Buch, das es die ersten Jahre bei uns zuhause gab. Anneliese hat es irgendwann mal mitgebracht. Ich habe immer versucht, Kaya daraus vorzulesen. Manchmal, wenn wir wieder nichts zu essen hatten oder Anneliese wieder Flaschen nach uns geworfen hat, war Kaya richtig traurig. Mein nicht vorhandenes Französisch hat sie immer zum Lachen gebracht. Erst Jahre später habe ich mir das Buch mal in der Schule ausgeliehen und habe verstanden, worum es in der Geschichte geht.«

»Shit.« Manchmal wünschte ich, Luca und ich wären uns nicht so ähnlich. Er würde nicht den Schmerz fühlen, den ich auch spüre. Aber am Ende sind wir zwei Typen, die von ihren Müttern enttäuscht wurden. Die Krankheiten haben, die immer bleiben werden. Aber wir haben uns.

»Halbe Stunde, oder?«, fragt er und legt den Kopf schief.

Ich nicke nur.

»Wie wäre es, wenn du deine Klamotten verlierst?«, schlägt er vor und schenkt mir ein laszives Grinsen. Eins, das seine Augen leuchten lässt. Eins, das die Lust in meinem Inneren befeuert.

Ich komme seiner Bitte nach. Greife nach dem dunklen Shirt und ziehe es mir über den Kopf. Meine Hose und Boxershorts folgen, ohne Zeit zu verlieren. Heute können wir uns nicht so lange auf das Vorspiel konzentrieren.

»Sag mir, was du willst, Luca«, verlange ich und mache einen Schritt auf ihn zu. Ich berühre ihn nicht. Fahre mit meinen Fingern nicht die einzelnen Linien nach. Nicht über die Erhebungen seiner Muskeln. Ich weiß, dass er die zaghaften Berührungen oft nicht ertragen kann.

Er antwortet mir nicht. Sondern bückt sich. Und ich will protestieren. Ihm sagen, dass ich keinen Blowjob will. Dass ich seinen Schwanz in mir brauche. Dass es schon viel zu lange her ist, seit wir mehr als Hand und Mund eingesetzt haben.

Doch er greift nicht nach meiner Erektion, sondern nach seiner Hose, aus der er Gleitgel befördert. Kein Kondom.

Er steht auf und legt die Tütchen auf die grüne Fläche des Billardtisches.

»Kaugummi-Geschmack?«, frage ich und betrachte das pinke Plastik.

»In dem Paket war auch noch was mit Zuckerwatte.« Sein Lächeln wird breiter, aber in seinen Augen schimmert eine Unsicherheit, die ich nicht zuordnen kann. Nicht direkt.

Nicht, bis er sich mit den Unterarmen auf dem Tisch abstützt und mir seinen Hintern entgegenstreckt. Bis all meine Gedanken verstummen.

»Meinst du das ernst?«, murmele ich und starre weiter seine perfekte Rückenansicht an. Meine Hände zittern vor Verlangen. Sehnen sich nach seinem Körper.

»Ich würde heute gern noch kommen.« Er schaut mich über seine Schulter herausfordernd an.

Als meine Hand das erste Mal mit einem lauten Geräusch auf seiner Arschbacke landet, zuckt er zusammen und ich auch. Für einen Moment sind nur seine und meine Atemzüge zu hören. Und mein Herzschlag, der vor Erregung rast.

Ich betrachte die rote Färbung seiner Haut.

»Fuck, das steht dir so gut.«

»Kian, du –« Er verschluckt den Rest des Satzes, als meine Handfläche das nächste Mal auf ihm landet. Mein Körper summt. Meine Haut brennt, da, wo sie seine berührt hat. Und alles in mir sehnt sich danach, Spuren zu hinterlassen. Mich in ihm zu versenken. Das so lange auszukosten, bis er mich anfleht, ihn kommen zu lassen. Aber ich weiß, dass wir dafür heute nicht die Zeit haben.

»Letztes Mal«, kündige ich an und beobachte Luca dabei, wie er mir seine Hüfte noch ein Stück entgegendrückt.

Beim nächsten Schlag verlässt ein Stöhnen seinen Mund. Und ein Wimmern, so als müsste er sich zurückhalten, nicht nach mehr zu verlangen. Und ich würde ihm den Wunsch erfüllen. So lange, bis mein Handabdruck auf seiner Haut verewigt ist.

Stattdessen lasse ich mich auf die Knie sinken. Seinen Arsch genau vor meinem Gesicht.

56

Luca Jenssen

Meine Haut brennt, bis seine feuchte Zunge die Spuren nachfährt, die er hinterlassen hat. Ich habe nicht gedacht, dass er es so schnell schafft, dass ich kurz davor bin, zu kommen. Dass mich nur Augenblicke davon trennen, meinen Schwanz an dem Tisch zu reiben.

»Meine Handabdrücke auf deinem Arsch … Ich hätte nicht gedacht, dass mich das so anmacht. Fuck.« Seine Stimme klingt beinahe ehrfürchtig.

»Wenn du dich endlich beeilst, lass ich sie mir tätowieren«, sage ich und strecke ihm meinen Hintern noch ein Stück entgegen.

»Versprochen?« Sein heißer Atem streicht über meine feuchte, wunde Haut.

»Ja und jetzt steck endlich —«

Als seine Zunge über Stellen fährt, die noch nie zuvor berührt, geschweige denn geleckt wurden, stirbt jeder Gedankengang. Ich kann mich nicht mehr zurückhalten, meinen Schwanz an dem immer noch kühlen Tisch zu reiben.

Doch noch bevor ich mein Becken kippen und bessere Stellen erreichen kann, bohren sich seine Finger in meine Haut und halten mich zurück.

»Fuck, Kian.« Ich will kommen. Alles in mir brennt. Summt. Und kribbelt.

Doch er lacht nur und zieht mich von dem Tisch weg. Und dann leckt er mich so lange, bis meine Beine nicht mehr aufhören zu zittern.

Bis jede Zelle in mir nach Erlösung lechzt. So lange, dass ich ohne Berührung kommen könnte.

»Fick mich endlich«, verlange ich viel zu laut.

Und offensichtlich ist das genau das, worauf er gewartet hat, denn er tastet nach den Gleitgel-Packungen, die neben mir liegen.

Er ersetzt seine Zunge mit einem feuchten Finger. Dabei fährt er oft über die weiche Haut, sodass ich kurz davor bin, mit der Hand nach meinem Schwanz zu greifen, um dem Ganzen ein Ende zu setzen.

Doch nur Atemzüge später berührt er mich endlich richtig. Und ich? Ich hätte wahrscheinlich schon längst den Boden unter den Füßen verloren, würde er mich nicht so festhalten.

Quälend langsam öffnet er mich. Dabei will ich den Schmerz. Will ihn endlich richtig spüren. Will kommen.

»Kian.«

»Öffne die Beine noch ein bisschen, Baby.« Er fährt mit der freien Hand über meine Oberschenkelinnenseite und ich komme seiner Bitte nach.

Als er endlich einen zweiten Finger dazunimmt, zieht es. Und da ist mehr als der Druck und die Dehnung.

»Atme, Luca.« Ich liebe Kians Sex-Stimme. Das raue Flüstern, das über meine erhitzte Haut gleitet.

Ich versuche, seiner Anweisung zu folgen, aber meine Geduld ist genauso am Limit wie meine Lust.

Als er einen dritten Finger dazunimmt, tut es weh. Und es ist nicht die schöne Art von Schmerz, die mir seine Handflächen eben eingebracht haben.

»Ein und aus«, kommt es von Kian und ich weiß nicht, ob er von meiner Atmung oder seinem Eindringen spricht.

Ich konzentriere mich mehr auf mich als seine Berührungen. Auf die Atemzüge, die viel zu flach und schnell meinen Körper verlassen.

Er legt die freie Hand auf meinen unteren Rücken und drückt mich noch ein Stück auf den Tisch, bis ich mit meinem gesamten Oberkörper aufliege.

Als er dann das nächste Mal seine Finger einführt, sehe ich Sterne hinter meinen geschlossenen Lidern.

»Kian.« Ich erkenne meine Stimme nicht mehr wieder. Weiß nicht, ob das Wimmern von mir oder von ihm kommt.

»Bereit?«

»Ja!«, schreie ich ihn an, was mir ein Lachen einbringt.

Er zieht seine Finger zurück und die Leere, die daraufhin folgt, ist ungewohnt. Doch bevor ich ihn noch mal auffordern kann, sich endlich zu beeilen, spüre ich seine Zähne an meinem Hintern. Nur Sekunden später beißt er zu und stößt mich damit fast über die Kante. Mein Herz überschlägt sich. Und mein Schwanz hinterlässt so viel Sauerei, die wir später noch wegmachen müssen.

»Sorry«, flüstert er lachend und leckt über die pochende Stelle.

Dann steht er endlich auf und greift nach der letzten Packung Gleitgel, die neben mir liegt. Die Sekunden, die er zum Verteilen braucht, sind unerträglich. Während ich sonst auf den Moment gewartet habe, in dem ich nicht berührt werde, fehlt mir jetzt seine Nähe. Seine Hände. Seine Finger. Seine Wärme.

»Dein Anblick … Fuck. Du bist einfach alles.«

Ein Lachen verlässt meine Lippen. Ich liebe es, dass er auch keine Sätze mehr zusammenbekommt. Dass die unzusammenhängenden Worte alles sein könnten, aber es sich schwer nach einer Liebeserklärung anhört. Einer, die das warme Gefühl in mir heißer werden lässt.

»Kian.« Keine Ahnung, ob er das Flehen in seinem Namen hört. Die Aufforderung, anzufangen.

Er schlägt mich noch mal. Das Geräusch hallt durch den Raum. Der Schmerz beschleunigt die Lust und Ungeduld.

Als er mich endlich spreizt und ich seinen Schwanz an meinem Eingang spüre, stöhne ich erleichtert auf.

Ich war allerdings nicht vorbereitet auf alles, was dann kommt. Auf den ziehenden Schmerz. Den krassen Druck. Auf meine Atmung, die plötzlich außer Kontrolle gerät. Auf meinen Körper, der gegen das Eindringen kämpft.

»Luca, du musst dich entspannen.«

»Ich weiß nicht, wie«, bringe ich zwischen zusammengepressten Zähnen raus. Ich bin so angekotzt davon, dass mein Körper mir schon wieder einen Strich durch die Rechnung macht. Gestern konnte ich nicht spielen und jetzt kann ich keinen Sex haben? Wirklich?

Kians erster Schlag auf meinen Hintern gibt mir die Kontrolle über meine Atmung wieder.

Der zweite verdrängt all die Zweifel und die Wut.

Beim dritten verlässt alle Anspannung meinen Körper.

»Du bist so gut, Baby.«

Er ist nur ein Stück in mir und es ist zu viel. Druck. Schmerz. Gefühl.

Ich kralle meine Finger in den Tisch unter mir und bin mir nicht sicher, ob ich von ihm weg oder mich ihm entgegendrücken will.

Aber er nimmt mir die Entscheidung ab. Fährt mit seiner überhitzten Hand über meinen Rücken bis zu meinem Nacken.

»Kian.« Ich will, dass er weitermacht. Dass er aufhört. Dass die Lust wieder überwiegt.

Nur Augenblicke später zieht er mich an der Schulter zu sich. Dabei schiebt er sich noch ein Stück in mich und es liegt mehr Schmerz als Lust in meinem Stöhnen.

Als sich seine Finger von hinten um meinen Hals legen, schaffe ich es endlich, meine Atmung zu regulieren. Kann loslassen, weil ich weiß, dass er da ist und mich auffängt.

»Ich hoffe, du bist bereit für den Rest?«

Er lässt mir nicht die Möglichkeit, nachzufragen. Mit einer Bewegung berühren sich unsere Körper an allen Stellen. Sein Stöhnen vibriert in mir wider. Oder es war meins. Keine Ahnung.

»Du weißt nicht, wie viel mir das hier bedeutet. Ich hätte das nicht von dir erwartet. Verdammt, ich habe nicht mal darüber nachgedacht, dass du darauf Lust hast.« Er hinterlässt viel zu zarte Küsse auf meinen Schulterblättern. Doch meine Beschwerde erstirbt, als er mehr Druck auf meinen Hals ausübt.

»Ich kann es nicht glauben, weil ich gesehen habe, wie sehr du mich gehasst hast. Wie du meinen Anblick nicht ertragen konntest. Das Einzige, das ich mir gewünscht habe, war, dass wir endlich miteinander auskommen.«

Er weiß, dass ich seine Stimme brauche, um mich auf den Moment konzentrieren zu können. Aber ich habe mit anderen Worten gerechnet. Mit mehr Feuer. Nicht mit so viel Ehrfurcht in seiner Stimme.

»Ich hätte nicht gedacht, dass der hotteste Typ aus dem Team sich von mir ficken lässt.«

Und dann muss ich doch lachen, weil dieser Umschwung von romantischem Gesäusel zu Dirtytalk einfach typisch Kian ist. Doch am nächsten Atemzug verschlucke ich mich beinahe, als er sich zurückzieht und wieder in mich stößt.

Langsam, aber fest. Keine Ahnung, ob er sich zurückhalten muss oder will, dass ich mich daran gewöhne.

Ich dachte, es würde mir schneller gefallen. So wie alles mit ihm. Habe damit gerechnet, dass ich danach nichts anderes mehr machen will.

»Alles gut?«, fragt er und ich weiß nicht, wie er jedes Mal herausfindet, dass ich mit den Gedanken ganz woanders bin. Ich antworte ihm nicht. Brauch ich auch nicht.

Sein Tempo wird schneller. Alles in mir empfindlicher. Und dann verschwindet das fremde Gefühl. Ich spüre seine abgehackten Atemzüge an meinem Nacken. Seine Finger umgreifen immer noch meinen Hals, aber er erhöht den Druck.

»Ich würde so gern dabei zusehen, wie dein Körper meinen Schwanz aufnimmt, aber ich verewige mich lieber.« Er beißt zu. So fest, dass ich für einen Moment nur noch ein Rauschen höre. So lange, dass mein Kopf endlich leise wird. Als er von meiner Schulter ablässt, lodert mein Körper. Brennt alles in meinem Inneren lichterloh. Bin ich so kurz davor, zu kommen, dass ich nichts mehr sehe. Dass nur noch Dunkelheit hinter meinen Lidern herrscht. Dafür fühle ich alles. Die Enge. Seine Härte. Die Reibung. Seinen Körper. Den festen Griff.

Er schlägt mich. Er beißt mich. Er schiebt sich so tief in mich, dass ich beinahe vornüber falle.

»Ich kann erst kommen, wenn du fertig bist, Baby.« Seine Atmung klingt angestrengt. »Sag mir, was du brauchst.« Er verharrt in mir. Seine Hand, die noch an meinem Hals war, hat er um meine Brust geschlungen.

»Luca.« *Luca. Luca. Luca.*

Ich will nie wieder nicht hören, wie er meinen Namen ausspricht. Nie wieder nicht fühlen, wie er in mir ist und ich nicht mehr weiß, was sein und was mein Herzschlag ist.

»Ich will dich.«

Kians Lachen trifft die überhitzte Haut an meinem Hals.

»Glaub mir, Schatz, du wirst mich nicht mehr los.« Er bewegt sich. Ganz langsam. Vor und zurück. Hält mich so fest, dass ich nur abwarten kann. Er berührt all die empfindsamen Stellen. Erinnert mich und meinen Körper daran, dass wir noch nicht fertig sind.

»Ich will dich. Nackt. Angezogen. Auf dem Eis. In unserer eigenen Wohnung. Ich will Fehler machen mit dir und besser werden. Ich will dich halten, wenn es dir schlecht geht, und ficken, wenn du wieder fit bist. Ich liebe dich.«

Das hat er nicht gesagt. Ich lache, bis er sich so tief in mir versenkt und mich gleichzeitig loslässt. Mit den Unterarmen kann ich den Fall nach vorn abbremsen. Der Stoff des Tisches brennt. Aber er drückt mich mit der flachen Hand nach unten, bis ich komplett aufliege.

»Ich will, dass du kommst. So hart, dass du vergisst, dass wir unser Zeitlimit längst überzogen haben und jeden Moment jemand reinkommen könnte.«

Er bewegt sein Becken so schnell nach vorn, dass ich mit dem Hüftknochen gegen den Tisch stoße. Aber ich liebe den Schmerz. Mag es, dass mein Körper an so vielen Stellen brennt. Liebe es, wie sehr es mir hilft, mich auf das Wichtigste zu konzentrieren. Kian in mir. Die Reibung an meinem feuchten Schwanz. Seine Geräusche. Meine Töne. Sein Stöhnen, das meins wird.

»Fuck, wenn jetzt jemand reinkommt. Dich so sieht. Mitbekommt, wie gut du mich aufnimmst. Dich ficken lässt. Den Aufstieg könnten wir uns abschminken, aber der Anblick von dir, nackt vor mir ausgebreitet, ist unbezahlbar.«

Mein Herz rast. Was ist, wenn wirklich jemand im Raum steht? Wenn hier Kameras sind? Wenn jemand mitbekommt, was wir hier machen? Wie wir wohl aussehen. Ob es so hot aussieht, wie Kian sagt?

Er stößt weiter in mich. Jede Bewegung bringt mich näher zum Ziel. Lässt meine Erektion immer wieder über die Kante gleiten. Nass. Viel zu fest. Schmerzhaft. Aber nur so, dass es die Lust befördert. Den Orgasmus näherkommen lässt.

»Es wird Zeit, Baby.« Kian drückt meine Brust so fest in den Tisch, dass der nächste Atemzug stecken bleibt.

»Luca.« Meine Sicht verschwimmt. Alles zieht sich in mir zusammen. Beim nächsten Stoß trifft er Stellen, die mich Sterne sehen lassen. Die endlich das in mir auslösen, was wir die ganze Zeit gejagt haben. Ein Stöhnen löst sich aus meiner gequetschten Brust.

Das Gewicht verschwindet und dann trifft er mit seiner Handfläche noch mal meine Pobacke und stößt mich über die Kante.

Ich komme so hart und so lange, dass ich nicht mehr weiß, wo oben und unten ist. Was Schmerz und was Lust ist. Mein Orgasmus überrollt mich und ich vergesse zu atmen. Weiß nicht, ob Kian schon gekommen ist. Habe keine Ahnung, ob ich immer noch stöhne oder er. Wie lange wir hier sind, bis mein Name von seinen Lippen fällt.

»Luca.« Alles wird noch nasser. Lauter. Leichter. Weicher. Schöner. Wärmer.

»Fuck, Luca.« Er zieht sich aus mir zurück und fehlt mir augenblicklich.

Ich spüre seine Hände an meinem Hintern. Weiß nicht, ob er wieder Spuren hinterlassen will. Warum er mich spreizt. Verlangt, dass ich meine Beine weiter auseinandermache.

Aber ich vertraue ihm. Öffne die Augen und sehe nur die grüne Fläche unter mir.

Er geht hinter mir auf die Knie und ich spüre seine Atemzüge auf meinem Arsch. Mein überreizter Körper liebt den kurzen, stechenden Schmerz, den sein Biss hinterlässt. Die Vorstellung von all den Spuren, die er auf mir verewigt hat, lässt die Lust wieder zurückkommen. Dabei bin ich viel zu müde und nicht mal sicher, ob meine Beine mich gleich hier raustragen werden.

Ein Klopfen an der Tür lässt mich zusammenzucken. Pumpt so schnell Blut aus meiner unteren Körperhälfte in meine obere, dass ich nicht mehr hinterherkomme.

»Wir müssen zurück.«

Ich kann nicht zuordnen, zu wem die Stimme gehört.

»Eine Sekunde noch«, kommt es von Kian, der weiterhin hinter mir kniet. Der immer noch alles sieht, was noch nie jemand gesehen hat. Was ich mir noch nie angeguckt habe. Aber es stört mich nicht.

»Gib mir, was ich haben will, Luca, damit wir endlich zurückkönnen.« Seine Stimme klingt immer noch rauer als sonst. So, als hätte er eben zu viel geredet, dabei habe ich jede Sekunde gebraucht. Jeden Satz geliebt. Jedes Wort genossen.

»Was?« Ich weiß nicht, was er jetzt von mir will. Aber ich habe es auch nicht eilig, hier rauszukommen. Am liebsten will ich heute gar nicht mehr aufstehen.

Kians Zunge berührt Stellen, an denen eben sein Schwanz war. Die Berührung löscht jeden meiner Gedanken.

»Entspann dich, Baby.« Sein heißer Atem kitzelt über meine feuchte Haut und bringt meine Beine zum Zittern.

Und dann spüre ich es. Seine Lust, die meinen Körper verlässt. Er leckt. Er saugt. Er haucht meinem Schwanz mit seiner Aktion wieder Leben ein.

Ich wusste nicht, dass ich es heiß finden werde, wenn er mich leckt, nachdem er in mir gekommen ist. Aber fuck. Ich würde wahrscheinlich kommen, wenn er so weitermacht.

Doch dann verschwindet er und nimmt die feuchte Wärme mit sich.

»Kian«, verlange ich heiser und weiß selbst nicht, was ich will. Dass er einfach weitermacht und wir riskieren, morgen nicht aufzusteigen. Dass er uns irgendwo hinbringt und beenden kann, was er angefangen hat. Dass er mich anfasst und nie wieder aufhört.

Und als hätte er den letzten Gedanken gehört, verschränkt er seine Finger mit meinen und zieht mich auf die Beine.

Ich stolpere und er fängt mich auf. Und dann ist seine Brust wieder an meiner. Sein Gesicht so nah, dass ich alles sehen kann. All die Worte, die er zu mir gesagt hat. Doch als ich meinen Mund öffne, um etwas zu erwidern, verschließt er meine Lippen mit seinen. Kians Zunge schmeckt salzig und anders. Und nur Sekunden später begreife ich, warum. Er schmeckt nach uns. Und ich weiß nicht, wie wir es angezogen aus diesem Raum schaffen sollen.

57

Kian Arslan

Ich schmecke immer noch uns, als wir es endlich geschafft haben, angezogen das Billardzimmer zu verlassen.

Anders und Fink sind schon vor Minuten abgehauen, während Leander auf uns gewartet hat. Meinen Blicken ist er ausgewichen. Wahrscheinlich hätte ich auch damit rechnen müssen, dass es jetzt zwischen uns komisch ist, schließlich waren wir nicht leise. Ich hoffe wirklich, dass er nicht so viel mitbekommen musste.

»Sorry«, murmele ich also und weiß nicht mal, wieso. Lucas Kopfschütteln nach zu urteilen, hätte ich mir die nicht ernstgemeinte Entschuldigung auch sparen können.

»Ich … Mir ist es ehrlich gesagt scheißegal, dass ihr sehr lauten Sex in der Öffentlichkeit haben musstet und ich vor der Tür gewartet habe. So was macht man in Freundschaften.« Ich wusste, dass Leander korrekt ist. Und bin erleichtert, dass zwischen uns keinerlei komische Gefühle stehen.

»Aber?«, frage ich, weil er immer noch nicht zu mir gesehen hat. Wir biegen um die nächste Ecke und Luca beschleunigt seinen Schritt. Wahrscheinlich, weil er Leander die Chance geben möchte, mir zu erzählen, was wirklich los ist.

»Fink und Anders sind nach ein paar Minuten abgehauen, aber ich wollte nicht, dass ihr den Aufstieg gefährdet, also bin ich geblieben und … ich hätte nicht gedacht, dass du so viel redest während des Sex.« Er lacht, aber es hört sich nicht echt an.

Mein Blick wandert beinahe automatisch zu Luca, der einige Meter vor uns geht. Ich weiß ganz genau, wie seine Rückenansicht ohne Kleidung aussieht, weil ich eben erst in den Genuss kam. Und es war so verdammt hot. Ich wäre völlig fein damit gewesen, wenn er mich weiterhin getoppt hätte. Habe überhaupt nicht damit gerechnet, dass er es auch mal andersherum probieren will.

»Ich glaube, ich habe ihm gesagt, dass ich ihn liebe. Während wir miteinander geschlafen haben.«

Das entlockt Leander endlich ein echtes und lautes Lachen. »Kian Arslan ein wandelndes Klischee. Wer hätte damit gerechnet.«

»Ich habe nicht nachgedacht und –«

»Lass mich raten, dein Blut war ganz woanders als in deinem Kopf.«

Für seinen Kommentar schubse ich ihn, sodass er gegen die graugestrichene Wand fällt.

»Arsch«, sagt er und reibt sich die Seite, die bestimmt nicht so sehr schmerzt, wie er gerade tut.

»Wenn wir zuhause sind, muss ich wahrscheinlich mit ihm darüber reden, oder?« Vielleicht hat Luca auch vergessen, dass ich was gesagt habe. Er war zwischendurch so abwesend und lusttrunken, dass die Wahrscheinlichkeit vorhanden ist.

Ich hatte noch nie Sex mit einer Person wie Luca. Es hat noch nie so gematcht im Bett wie mit ihm. Noch nie zuvor habe ich die Bedürfnisse so lesen können.

»Du solltest zumindest für dich herausfinden, ob er deine Gefühle erwidert. Also ja, ich bin stark dafür, dass ihr redet.«

Dabei können wir alles andere so viel besser. Aber ich weiß, dass Leander recht hat, also nicke ich nur zustimmend.

Wir schweigen einige Atemzüge. »Warum bist du sauer, wenn es nicht wegen des Akustik-Pornos ist, den du dir reinziehen musstest?«

»Vinnie ist hier.«

Leander hat mir nie einen Namen zu seinem Ex gesagt. Brauchte er auch nicht, weil allein in dem einzigen Wort so viel Vergangenheit und Schmerz liegt.

»In welchem Team?«

»Königswalde.« Morgen spielen wir gegen die Bären.

»Nummer?« Ich weiß kaum etwas über seinen Ex. Habe keine Ahnung, wie er aussieht. Aber ich weiß, dass Leander zu uns gewechselt ist, weil es in Wasserborn nicht mehr ging.

»Es geht nicht darum, dass wir morgen auf dem Eis stehen. Also nicht nur.«

»Okay?« Ich bleibe stehen, weil ich Leander sehen und nicht in den Gang starren will bei einem Gespräch, das ihm wichtig ist.

»Er wollte Billard spielen.«

»Fuck«, erwidere ich und Leander hebt endlich den Kopf. Ich weiß nicht, ob ich ihn je so erlebt habe. Als er zu uns kam, war er auch zurückhaltend und in sich gekehrt. Trotzdem hat er Stärke ausgestrahlt und wie oft gelächelt. Ihn so klein und frustriert zu sehen, fühlt sich komisch an.

»Es ist über ein Jahr her, seit wir uns das letzte Mal gesehen haben. Ich habe mir das immer wieder vorgestellt. Also, was passiert, wenn wir uns begegnen. Schließlich spielen wir den gleichen Sport. Ich dachte, ich wäre dann längst über ihn hinweg. Hätte genug Abstand gewonnen, dass es nicht mehr wehtut. Aber –«

»Es hat dich aus der Bahn geworfen«, stelle ich fest und fühle genau, was er meint. Erinnere mich zurück an den Sommer und all die Gefühle, von denen ich dachte, dass Luca sie niemals erwidert.

»Ja. Ich habe auf dem Boden gesessen und versucht, eure Geräusche auszublenden. Als ich dann aufgesehen habe, kam er den Gang entlang. Und ich habe ihn sofort erkannt. Wusste direkt, dass er es sein muss, noch bevor ich das Gesicht unter der umgedrehten Kappe zuordnen konnte. Und ich hasse es, dass er so scheiße stolziert ist, als würde ihm hier alles gehören.« Leander atmet schwer aus und schüttelt dann den Kopf. »Vielleicht lag es auch an den Sexgeräuschen, aber mein Körper ist durchgedreht, als er nähergekommen ist. Das ganze Programm. Herzrasen. Schwitzige Hände. Übelkeit. Und weißt du, was richtig ätzend war? Er hat immer noch nach dem Parfüm gerochen, das ich ihm geschenkt habe. Geht's noch? Er hat 'ne fucking Freundin, die er geschwängert hat, und trägt den Duft, den ich für ihn ausgesucht habe, als wir noch beste Freunde waren, die sich geküsst haben?« In Leanders blauen Augen glitzern Tränen. Ich bin mir nicht sicher, ob vor Wut oder Verletzung.

»Und dann hat er mich begrüßt, als wären wir alte Bekannte und nicht, als wäre ich wie oft vor ihm auf die Knie gegangen. Ich habe kein Wort rausbekommen, weil mich sein Verhalten so sauer gemacht hat. Aber ich wollte auch keinen Aufstand machen, weil er ganz genau gehört hat, was hinter der Tür vor sich geht. Und ich wollte nicht, dass er uns ans Messer liefert, weil ich ihm an den Kopf werfen musste, dass er mich wenigstens ehrlich fragen kann, wie es mir geht, nachdem er mein Erster war.«

»Scheiße«, sage ich.

»Und dann standen wir da und haben uns angeschaut und angeschwiegen, während du sauversaute Sachen zu Luca gesagt hast.« Und dann lacht er frustriert und ich kann nicht anders, als es zu erwidern.

»Mir tut es wirklich leid, dass wir so einen unangenehmen Moment geschaffen haben. Ich kann total verstehen, wenn du jetzt sauer auf mich bist.«

»Ich bin wütend auf ihn. Nicht auf dich. Aber es war wie in einem schlechten Film. Die Sexgeräusche und unsere Vergangenheit zwischen uns und wir haben trotzdem nicht gesprochen. Ich habe mir ausgemalt, wie ich ihm all die Scheiße, die er mir angetan hat, an den Kopf werfe. Und dann hat er einfach von Hockey geredet.«

»Und du konntest nicht weg. Fuck.« Ich weiß nicht, womit ich einen Freund wie Leander verdient habe.

»Vielleicht hasse ich dich doch ein kleines bisschen dafür«, entgegnet er und schenkt mir ein trauriges Lächeln.

»Ich würde jetzt gern sagen, dass das alles Lucas Schuld ist, aber wir wissen alle, dass es auch meine Idee hätte sein können.«

»Es war auf jeden Fall hot, bis Vinnies Auftritt kam. Von da an war es das Unangenehmste, das ich jemals erlebt habe.«

»Ich mach das wieder gut, wenn du mir seine Rückennummer verrätst.«

»Die Zwölf. Paulo Vincenzo.«

Ich sage Leander nicht, wie schön ihre Namen zusammen klingen. Auch nicht, dass ich Paulo heute Morgen begegnet bin und ich Leander verstehen kann. Schließlich habe ich Luca, und Leander sollte über ihn hinwegkommen.

Aber ich glaube, jeder, der Paulo trifft, wird ihn so schnell nicht vergessen. Was bestimmt auch daran liegt, dass er unterschiedliche Augenfarben hat. Und daran, dass er einen Raum mit seiner Ausstrahlung einnimmt. Paulo ist so, wie ich immer sein wollte, so sehr, dass ich zum Alkohol gegriffen habe. Damals haben sich auch alle nach mir umgedreht. Zumindest in meiner Erinnerung. Zu ihm schauen alle auf, weil er das symmetrischste Gesicht überhaupt hat und die blaue und grüne Iris im krassen Gegensatz dazu stehen.

»Ich war so kurz davor, ihm zu sagen, dass er den Cut in seiner Augenbraue besser schließen lässt, nicht dass seine schlimmste Vorstellung wahr wird und er am Ende wieder von einem Typen angemacht wird.«

Ich habe Leander nie gefragt, was wirklich alles passiert ist, und gerade bereue ich es. Sehe, wie sehr ihn die Begegnung verletzt hat. Merke, wie viel in ihrer Beziehung vorgefallen sein muss.

»Wir werden gewinnen und aufsteigen. Und sie nicht. Und dann kannst du ihm noch mal ins Gesicht gucken. Sehen, wie er sich fühlt, verloren zu haben. Danach wirst du ihm hoffentlich nie wieder begegnen müssen.«

»Danke, Kian.« Er lächelt mir zu und ich warte noch einen Augenblick ab, weil ich das Gespräch nicht beenden will, wenn er noch etwas loswerden muss.

»Sollen wir zurück?«

Ich könnte mir jetzt Besseres vorstellen, als mir das Hockeyspiel anzuschauen. Mit Luca zusammen in einem Bett einschlafen zum Beispiel. Aber wir haben eben schon unseren Aufstieg riskiert und ich will Thomas nicht verärgern.

58

Luca Jenssen

Natürlich hat unsere Eskapade vom gestrigen Abend die Runde im Team gemacht. Als wir die letzten Minuten des Hockeyspiels noch geschaut haben, bin ich Finks Blicken begegnet, die Bände gesprochen haben. Vielleicht hätte ich ihn auch nicht miteinbeziehen sollen. Zumindest hat Thomas nichts davon mitbekommen. Oder ihm fehlt einfach die Energie, sich damit auseinanderzusetzen.

Er hat vorhin schon die Ansprache gehalten und sah dabei aus, als wäre er von Freitag bis heute um Jahre gealtert. Gruber hat Williams davon erzählt, dass da privat wohl einiges abgeht. Keine Ahnung, wieso.

Ich schlüpfe aus meiner Shorts und will gerade nach einer neuen greifen, als mich ein Pfeifen zusammenzucken lässt.

»Holy Shit. Das ist doch nicht gestern auf dem Eis passiert, Jenssen«, kommt es von Jan Fink, der ganz genau weiß, woher die blauen Flecken, Fingerabdrücke und Bissspuren kommen, weil er nur eine Tür entfernt stand. Hätte mir klar sein sollen, dass er mir das heimzahlen wird.

»War das Arslan?«, fragt Ulrich.

Ich hatte noch nie Lust, über Sex in der Kabine zu sprechen. Aber da gab es auch nie etwas Erwähnenswertes.

»Kannst du so überhaupt spielen?« Mir ist scheißegal, wer die Frage stellt.

Ich schaue zu Kian, der mir zulächelt. Ein bisschen so, als würde er mir den Vortritt lassen, etwas zu sagen. Aber nur, wenn ich will. In seinen dunklen Augen ist nichts von der Scham zu erkennen, die sich schwer in meinem Bauch auszubreiten versucht.

Ich kann Sex endlich nach so vielen Jahren genießen und jetzt ist es immer noch nicht normal?

»Ich dachte, wir hätten mal besprochen, dass die Kabine ein Safe Space ist?«, sage ich und drehe mich nicht um, sondern greife nach der frischen Unterwäsche und ziehe sie mir über.

»Ich habe mir jahrelang eure Ausführungen über Sex anhören müssen. Niemanden hat interessiert, dass ich mich damals allein bei der Vorstellung von nackten Körpern fast übergeben hätte. Kian und ich sind zusammen. Wir haben Sex. Fertig.« Vielleicht war es auch dumm von mir, zu glauben, die blauen Flecken fallen nicht auf. Heckers rechte Flanke ist auch übersät von Hämatomen. Hockey ist ein Sport, der Spuren hinterlässt. Und ich liebe es, dass ich im Spiegel sehen kann, was Kian und ich gestern gemacht haben.

Ich schaue zu Fink, der einen deutlich sanfteren Ausdruck aufgesetzt hat als gestern Abend. Und ja, ich verstehe ihn. Es war arschig. Aber seine Aktion gerade war auch nicht besser.

»Ich bin echt enttäuscht und dachte, wir wären alle ein paar Schritte weiter, als jemanden für seine Vorlieben zu verurteilen.« Nach Williams' Ausbruch herrscht Stille in der Kabine.

Alle schauen betreten auf den Boden.

»Ich dachte, wenn ich gehe, habe ich zumindest was hinterlassen können. Ich weiß nicht, wie oft ihr schon auf mich zugekommen seid und nach Rat gefragt habt. Ich hab mehr von euch erwartet.«

»Tut mir leid, Luca«, kommt es von Fink und ich fühle mich augenblicklich schlecht.

»Du musst dich nicht entschuldigen, ich hätte dich da nicht reinziehen sollen.«

Es kommen von allen Seiten Entschuldigungen, die mehr an Williams als an mich gerichtet sind.

Ich schaue zu unserer Nummer Sechs, die mit verschränkten Armen in der Mitte des Raums steht. Keine Ahnung, was wir ohne ihn machen sollen. Er dreht sich einmal im Kreis. Und sieht ein bisschen so aus, als würde er gerade realisieren, dass das hier das letzte Mal ist. Die letzte Chance für ihn, zusammen mit uns aufzusteigen. Vielleicht wird er das noch mal mit einem anderen Team erleben. Aber ich weiß, wie viel er für uns gegeben hat. Wie er Gruber vertreten und uns alle zusammengehalten hat.

»Ich will, dass wir heute da rausgehen und Königswalde schlagen. Wir haben das schon mal geschafft. Aber das klappt nur, wenn wir füreinander einstehen. Wenn wir alle hier respektieren. Wenn wir uns gegenseitig motivieren und nicht aufhören zu kämpfen.« Williams entschlossener Tonfall hallt von den Wänden der Kabine wider. Und in mir. Er trifft genau die richtigen Worte. Entfacht den kribbeligen Siegeswillen, den ich in allen Blicken sehe.

Weg ist die betretene Stimmung.

»Ja, verdammt«, kommt es von Adam Schmitt, unserem Goalie, der bestimmt zum besten Torhüter des Turniers gewählt wird. »Lasst uns endlich den Aufstieg feiern, den wir letztes Jahr verdient hätten«, verlangt er laut und alle stimmen mit ein.

Ich blicke zu Gruber, der das breiteste Lächeln überhaupt im Gesicht trägt. Von ihm wandert meine Aufmerksamkeit wieder zurück zu Kian Arslan. Meinem Kian. Der Person, die mich so nimmt, wie ich bin. Er ist der Mensch, der meine Bedürfnisse so liest, als wären es seine eigenen.

Der Kian, der noch vor wenigen Monaten nicht mehr war als mein Mitbewohner mit dem Alkoholproblem, den vielen Stylingprodukten und dem Pflanzendschungel in der Küche.

Der Kian, der mir gestern seine Liebe gestanden hat.

»Tannstein«, brüllt Gruber, der mittlerweile neben Williams steht.

»Tigers«, ruft das gesamte Team laut zurück.

Aus den Boxen, für die Schmitt bei Auswärtsspielen zuständig ist, ist *Eye of the Tiger* zu hören. Viele singen mit. Wobei es mehr an Gegröle als Gesang erinnert. Aber ich stimme nicht mit ein. Achte nicht auf meine Teamkameraden, von denen manche immer noch in Boxershorts sind, andere aber zumindest schon ihre Schutzausrüstung angelegt haben.

In all dem Chaos sehe ich nur Kian, der aus vollem Hals mitsingt. So lange, bis ich nach seiner Hand greife und ihn zu mir ziehe. In seinen braunen Augen blitzt ganz kurz Überraschung auf. Und dann ist seine Wärme endlich wieder ganz nah.

»Hey«, murmelt er und ich verstehe ihn kaum, also mache ich noch einen Schritt auf ihn zu.

»Hi.« Ich lege meine Hand in seinen Nacken. Vermisse die Haare zwischen meinen Fingerspitzen, weil Kian letzte Woche entschieden hat, seine Seiten wieder millimeterkurz zu schneiden.

Das Lächeln auf seinen Lippen ist sanft und liebevoll. In dem dunklen Braun liegt so viel Verlangen, dass meine Gedanken für einen Moment verstummen.

Als er mir so nah kommt, dass ich seine Worte beinahe schmecken kann, tritt alles andere in den Hintergrund. »Danke, dass ich mich auf deinem Körper verewigen durfte.« Wenn er wüsste, dass ich Kim gestern Abend noch nach einem Termin gefragt habe, dann wäre ihm klar, wie viel mir das bedeutet.

Aber ich sage nichts. Lehne mich ihm noch ein Stück entgegen, bis ich endlich seine Lippen an meinen spüre. Und dann küsse ich ihn. Mitten in der Kabine mit unserem Team um uns herum. Ich war noch nie so glücklich. Nicht alles ist einfach mit ihm, aber ohne ihn nicht mehr vorstellbar.

Als Pfiffe ertönen und Gruber sagt, dass wir in wenigen Minuten aufs Eis müssen, mache ich doch einen Rückzieher und sage ihm nicht, was ich empfinde.

59

Kian Arslan

Wir liegen zurück und ich könnte kotzen. Dabei weiß ich ganz genau, dass es uns nichts bringt, jetzt die Ruhe zu verlieren. Wir spielen schließlich gut, aber Königswalde ist besser. Noch. Zumindest ist es das, was ich mir sage, seit sie mit dem 2:1 in Führung gegangen sind.

Wir sind in den letzten Minuten des zweiten Drittels und Hecker hat gerade den Puck an Paulo Vincenzo verloren. Und ich habe mir selten so sehr gewünscht, auf dem Eis zu stehen, wie in diesem Moment. Aber wahrscheinlich ist es fürs gesamte Team gut, dass die Wechselrhythmen von Leanders Ex und mir nicht übereingestimmt haben. Ich hätte ihn garantiert nicht so davonkommen gelassen.

»Bitte nicht«, murmelt Leander und ich sehe genau, was er meint. Paulo Vincenzo steuert direkt auf Fink zu, die letzte Instanz vor Schmitt. Es braucht nur eine Körpertäuschung, dann ist er an unserer Defensive vorbei. Und natürlich ist Paulo Vincenzo nicht dumm, sondern passt so gut und im perfekten Moment ab, dass ich den Hut ziehen würde, wenn er für uns spielen würde. Wir halten alle kollektiv die Luft an, als Königswaldes Stürmer die Scheibe gekonnt annimmt und sofort aufs Tor zielt. Ein Summen ertönt in der Halle und dann müssen wir dabei zusehen, wie die in den weißen Trikots jubelnd aufeinander zu fahren. Nur Sekunden später erklingt *Still Waiting* von Sum41 zum dritten Mal. Fuck.

»Wechsel.« Das ist das Einzige, was Thomas sagt.

Paulo Vincenzo ist geblieben und wartet in der Mitte schon auf den Face-Off. Selbstverständlich lasse ich mir die Chance nicht nehmen, ihm die Scheibe abzunehmen.

Ich bin schneller da, als der Schiri bereit ist. Was mir die Gelegenheit gibt, seinen überlegenen Blick für einen Moment zu halten.

»Kannst du überhaupt laufen nach dem Arschfick gestern?« Sein Lächeln wird noch arroganter und herablassender.

Es dauert ein paar Sekunden, bis seine Aussage zu mir durchdringt.

»Was soll ich sagen, du weißt ja ganz genau, wie das ist, Vinnie.«

Nur Augenblicke später fällt der Puck und ich kann den Zweikampf für mich entscheiden, weil Paulo Vincenzo zu spät reagiert hat.

Adrenalin flutet durch meine Adern, als ich über das Eis stürme. Schon als ich den Defensivspieler im weißen Trikot auf mich zukommen sehe, gebe ich die Scheibe wieder ab. Ich habe mit einem Stoß gerechnet, aber nicht mit dem harten Zusammenprall mit der Bande, der mich Sterne sehen lässt, aber uns zwei Minuten Überzahl einbringt.

Königswalde wechselt vier Spieler. Aber das ist uns egal, weil wir alle Blut geleckt haben. Weil es nur noch wenige Minuten sind, bis die zweite Hälfte vorbei ist, und uns fehlen noch zwei Tore für den Gleichstand.

Leander passt den Puck nach dem Bully zurück in unsere Hälfte. Gruber spielt zu Williams, der dafür sorgt, dass unser gesamtes Team sich weiter nach vorn bewegt und kein Loch in der Mitte entsteht. Ich falle ein Stück zurück, um einen Gegenspieler mitzuziehen und Williams mehr Platz für einen Spielzug zu geben. Wir sind schnell, wendig, und niemand behält den Puck länger als ein paar Atemzüge, während wir Königswalde überrennen.

Williams spielt den Puck zu Leander, der etwas seitlich steht und die perfekte Position hat, um uns ein Tor einzubringen.

Ich schließe die Augen und mache sie erst wieder auf, als unsere Hymne aus den Boxen tönt. Dabei schaue ich genau dann zu Leander, als er kurz zur Bank der Gegner sieht.

Ich weiß, warum er zu ihm schaut. Warum ein Schatten über der Freude liegt, die seine Gesichtszüge ziert. Er will gesehen werden von der Person, die ihn am meisten verletzt hat. Vielleicht will er ihn auch daran erinnern, dass sie nicht mehr zusammen auf dem Eis stehen und feiern werden. Weil egal, wer von uns gewinnt, wir spielen dann in unterschiedlichen Ligen und Bezirken. Es wird wahrscheinlich Jahre dauern, bis Tannstein noch mal gegen Königswalde antreten wird. Ich hoffe für Leander, dass er jetzt damit abschließen kann.

Williams reißt ihn in eine Umarmung und endlich ist sein Lächeln wieder zurück. Noch ein Tor, dann sind wir gleich auf.

Königswalde ist nach dem Treffer wieder vollzählig und die letzte Minute ist angebrochen.

Wir haben noch mal gewechselt. Aber niemand von uns sitzt, als Anders sich den Puck in einem harten Zweikampf zurückerobert. Wir schauen dabei zu, wie die Seitenwechsel mit Hecker und die Abgabe der schwarzen Gummischeibe so flüssig laufen, dass es Trainer Thomas ein Lächeln auf die Lippen zaubert.

Mein Herz schlägt mir bis zum Hals, als ich einen letzten Blick auf die Uhr werfe. Zwanzig Sekunden. Wir sind alle in der gegnerischen Hälfte. Die klügste Entscheidung oder die dümmste. Das entscheidet jetzt der nächste Spielzug.

Sebastian Ulrich fliegt mit der Scheibe an einem Gegenspieler vorbei und passt Gruber in den Lauf. Der ist nur Millisekunden zu spät losgesprintet, mit einem Königswalder auf den Fersen.

Leander schnappt neben mir nach Luft, als Grubers Schläger auf den Puck trifft. Atemzüge später segelt dieser über das Eis, direkt zu Williams, der nicht lange fackelt und den Ausgleich erzielt.

Nach einer kurzen Ansprache von Trainer Thomas, die positiver ausgefallen ist als gedacht, und einer weiteren Motivationsrede von Williams, stehen wir nach der Pause für das letzte Drittel wieder auf dem Eis.

Die ersten Minuten ist der Kampf zwischen unseren Mannschaften intensiv und ausgeglichen. Wir wechseln oft, aber wir sind mittlerweile in allen möglichen Konstellationen so aufeinander abgestimmt, dass es Luca endlich schafft, den Puck für uns zu behaupten. Und das länger als für einige schnellen Pässe.

Ich sprinte auf ihn zu, lasse mich weiter nach links fallen, als er sich dreht und unsere Schläger sich bei der Übergabe des Pucks beinahe berühren.

Lucas Lächeln verfolgt mich noch auf dem Weg zum Tor, aber ich lasse mich nicht ablenken. Fokussiere mich auf die beiden Defensivspieler, die mir entgegenstürzen. Ich atme ein und haue die Scheibe beim Ausatmen gegen die Bande. Wie erwartet sieht der in Weiß den Zug nicht kommen und ich kann den Puck in Empfang nehmen, als ich an ihm vorbei bin.

Und dann gebe ich ab. Ohne zu gucken. Passe auf die andere Seite, weil sich das Spiel auf links verlagert hat. Natürlich lässt es sich der Abwehrspieler nicht nehmen, mir noch einen Bodycheck mitzugeben, bevor er sich wieder seiner Aufgabe zuwendet.

Zu spät. Er bremst und wendet, als das Hupen bereits ertönt. Ein viertes Mal *Eye of the Tiger* und wir gehen endlich und verdient in Führung.

Ich skate auf Luca zu, der den Treffer erzielt hat, und ich würde ihm am liebsten den Helm vom Kopf ziehen und ihn so lange küssen, bis das Spiel vorbei ist. Aber ich begnüge mich damit, ihn in eine feste Umarmung zu ziehen.

»Gott, Luca, ich muss mich gerade wirklich zusammenreißen, dich nicht vom Eis zu ziehen.«

Daraufhin ernte ich ein Lachen von meinem Freund. »Danke für den Pass.«

»Danke für das Tor, Baby«, sage ich und lasse es mir nicht nehmen, ihm einen Klaps auf den Po zu geben. Auch wenn ich durch die Handschuhe nicht viel spüre, reicht mir das Augenrollen, das Luca mir daraufhin schenkt.

Als ich dachte, der Anfang des letzten Drittels war hart, habe ich die Rechnung ohne den Siegeswillen der Königswalder gemacht.

60

Luca Jenssen

Es sind noch fünf Minuten auf der Uhr und wir immer noch in Führung, als Martinez in die Bande gestoßen wird und zusammensackt. Und dann bricht auf dem Spielfeld ein Faustkampf aus, den es so in den letzten Tagen nicht gegeben hat.

Natürlich ist Kian auf dem Eis, während ich draußen sitzen und alles mitansehen muss: wie er dem Typen, der Martinez viel zu hart in die Bande befördert hat, den Helm runterzieht, und mit nackten Fäusten auf dessen Gesicht einhaut.

Keine Ahnung, wann er Zeit hatte, sich die Handschuhe auszuziehen, aber es ist alles so schnell passiert, dass selbst die Schiris zu lange brauchen, um den Kampf zu unterbrechen. Was aber auch daran liegen könnte, dass andere in Grün und Weiß sich um die beiden versammelt haben und sich gegenseitig schubsen und anschreien. Niemand macht Anstalten, Kian und den anderen auseinanderzuziehen.

»Wehe, du gehst jetzt aufs Eis, Jenssen«, kommt es von Thomas.

Wahrscheinlich, weil meine Hände sich so fest in der Bande vergraben haben, dass es wirkt, als würde ich mich jeden Moment über die Abtrennung aufs Eis ziehen.

Kian und der andere gehen zu Boden und ich bereue den Anflug von Vernunft. Es dauert viel zu lange, bis sie endlich getrennt werden.

Als ich das nächste Mal die Augen öffne, läuft Blut aus Kians Nase, und zwar nicht zu knapp.

»Du bleibst hier, Jenssen. Lass die Sanis ihren Job machen.«
Manchmal hasse ich Trainer Thomas dafür, dass er nicht ist wie die
anderen. Dass er so korrekt und leise ist.

Mein ganzer Körper brennt und ich weiß nicht wohin mit der Wut
in meinem Inneren. Will auf den Platz und dem Typen, der jetzt
genau wie Kian für seine Zeitstrafe draußen sitzt, auf die Schnauze
hauen.

»Wer ist der Kerl?«, frage ich und schaue zu Williams, der im
Gegensatz zu mir meistens genau weiß, wie unsere Gegenspieler
heißen. Ich habe schon mal beobachtet, wie er sogar manche über
Instagram stalkt, um noch mehr herauszufinden. Schräg, irgendwie.

»Paulo Vincenzo. Soweit ich weiß, haben Leander und er
Vergangenheit.« Vinnie.

Wahrscheinlich hat Kian mir gestern Abend nichts mehr davon
erzählt, weil er bestimmt nicht wollte, dass ich ihn aufhalte, wenn er
dem Typen begegnet. Aber nachdem dieser Leander für den Rest des
Spiels ausgeknockt hat, hätte ich ihn noch unterstützt, wenn ich auf
dem Eis gewesen wäre.

Chiara läuft von der anderen Seite des Stadions, wo der Sanitäts-
bereich ist, rüber zu uns. Das Spiel hat wieder angefangen, als sie uns
erreicht.

»Leander muss wegen Verdacht auf Gehirnerschütterung und
eventueller Orbitalfraktur ins Krankenhaus«, sagt sie und schaut zu
unserem Trainer.

»Fuck.« Es ist das erste Mal, dass ich ihn fluchen höre. Dass er
lauter spricht als normal.

»Danke, Chiara.« Er nickt ihr noch zu, bevor er sich wieder dem
Chaos auf dem Eis zuwendet.

»Ich gebe Jolene noch Bescheid für den Livestream und gehe dann
wieder zurück zu den Sanis.« Ich weiß nicht, mit wem sie redet, aber
Thomas' schaut verbissen auf das Spielfeld vor uns.

»Okay, danke«, sage ich, woraufhin Chiara mir ein müdes Lächeln
schenkt und zu Joris und Jolene verschwindet, die vor sich ein Stativ
aufgebaut haben, um das Endspiel, das uns eventuell den Aufstieg
einbringt, zu allen Fans zu übertragen.

»Jenssen, Williams, Anders«, zählt Thomas unseren nächsten
Wechsel auf.

Ich schwinge mich über die Bande und lande in einem Spiel, das ganz anders ist als die letzten Drittel. Es ist schneller, körperbetonter und aggressiver. Königswalde ist erbarmungslos bei Fehlern, aber wir sind defensiv stabil aufgestellt und können den Angriff parieren. Fragt sich nur, wie lange, wenn wir uns weiter so überrennen lassen und keine eigenen Versuche für Tore starten.

Anders schafft es endlich, sich freizumachen, kommt aber nur ein paar Meter weit, bevor er mit einem gegnerischen Spieler kollidiert. Schmitt hält den nächsten Schuss und gibt uns ein paar Minuten zum Verschnaufen.

Kian und ich stehen zusammen auf dem Eis, als die letzten Sekunden runterlaufen. Wir sind alle in unserer Hälfte. Die Tigers und die Bären. Und es ist nur eine Frage des Glücks, ob wir die Führung behalten können. Ob wir es noch mal schaffen, die Scheibe zurückzuerobern und aus unserer Hälfte zu treiben, oder ob wir beim nächsten Pass oder Schuss darauf hoffen müssen, dass Schmitt ihn hält oder er daneben geht.

Als sich Kian in einen Zweikampf wirft, rast mein Herz vor Angst, dass er sich wieder verletzen könnte. Dass es doch zu früh ist, so aggressiv vorzugehen. Aber er schafft es, den Puck an sich zu reißen, und steuert die andere Hälfte an.

Ich habe mich zu sehr von der Angst ablenken lassen und bin zu langsam.

Aber es ist egal, weil ein Hupen ertönt, als ich die Mittellinie gerade überquere. Und dann bricht das schönste Chaos überhaupt aus.

Das gesamte Team ist nur Sekunden nach dem Ende auf dem Eis. Ich werde von irgendwem in eine Umarmung gerissen und dann gesellen sich noch mehr dazu.

»Wir haben gewonnen, verdammt noch mal!« Gruber.

»Nur für dich, Williams!« Fink.

»Wir steigen auf!« Anders.

Ich kämpfe mich aus ihren Armen, weil ich nur einer Person jetzt nah sein will. Aber ich sehe ihn nicht direkt. Lasse den Blick über all die dunkelgrünen Trikots gleiten, zwischen denen vereinzelt immer noch weiße sind.

Jolene und Joris laufen auf uns zu. Dabei hält Jolene ihr Smartphone, weil sie wahrscheinlich immer noch live ist. Gruber läuft zu Joris und hebt ihn einfach hoch. Ganz unabhängig davon, dass der Blonde größer ist als unser Kapitän. Jolene hält die ganze Szene fest und ich nutze die Chance, endlich zu Kian zu fahren, der immer noch in der anderen Hälfte ist.

Wenn Jolene ihren Fokus und die Kamera gerade auf Joris und Gruber ausrichtet, kann ich Kian küssen, ohne dass das Internet alles sieht.

Als er mich bemerkt, löst er sich von Anders und Hecker und kommt mir entgegen. Keiner von uns bremst. Wir treffen etwas zu hart aufeinander. Das erinnert mich aber nur daran, dass ich es liebe, nicht so zaghaft mit ihm sein zu müssen.

»Mit dir auf dem Eis ... ist unbeschreiblich.« Meine Stimme zittert und klingt ziemlich atemlos.

Er schenkt mir ein breites Grinsen und zieht sich den Helm vom Kopf.

»Ich bin bereit, das noch jahrelang zu machen in der Regionalliga, wenn du jetzt den Helm ausziehst.« Er klopft kurz gegen meinen geschützten Kopf und ich folge seiner Anweisung.

Verschwitzte Strähnen fallen mir in die Stirn, aber das ist mir egal. Und ihm auch, denn er greift mit seinen Fingern einfach in die Strähnen und zieht meinen Kopf näher zu sich.

»Es war echt hart, sich auf das Spiel zu konzentrieren und nicht darauf, dass wir irgendwann heute Nacht nach Hause kommen und ich dann endlich wieder nackt mit dir in einem Bett bin.«

»Wer sagt, dass ich nicht angezogen bleibe?«, frage ich lachend.

»Ich«, entgegnet er, zwinkert mir zu und lehnt sich zu mir.

Aber ich verwehre ihm den Kuss. Lege meine Hand über seinen Mund und versuche, meine Atmung unter Kontrolle zu bekommen.

»Kian Arslan, du hast mir nicht nur gezeigt, was Sex ist, sondern auch, wer ich bin. Du hast im Billardraum etwas gesagt, das ich gehört und nicht vergessen habe. Ich liebe dich und ich hoffe, du kannst dich noch daran erinnern, wenn wir später zuhause sind.«

Seine Augen sind weit aufgerissen und ich liebe das Feuer in dem dunklen Braun. Ich löse meine Hand und erwarte eine Beschwerde. Oder irgendwas Versautes.

»Ich liebe dich, Luca.«

Alles kribbelt in mir. Keine Ahnung, warum mir die letzten Jahre nicht aufgefallen ist, wie perfekt Kian für mich ist. Aber ich bin froh, dass er es mir gezeigt hat. Dass er so lange für uns gekämpft hat, bis ich es auch gesehen habe. Ihn bemerkt habe. Für uns eingestanden bin.

»Darf ich?«, fragt er und legt seine Hand in meinen Nacken. Wahrscheinlich war es dumm und zu gefährlich, dieses Spiel ohne Gebissschutz gespielt zu haben, aber als ich mich zu ihm lehne und meine Lippen mit seinen berühre, bin ich verdammt dankbar dafür.

Leider bleibt die Welt nicht stehen, als wir uns küssen, sondern dreht sich viel zu schnell weiter. Denn es sind nicht nur Pfiffe und Applaus, die in den Vordergrund rücken, sondern auch Jolenes und Joris' Stimmen.

Als wir uns voneinander lösen, schaue ich in die Smartphone-Kamera unserer Social-Media-Beauftragten, und dann sehe ich Williams, der grinsend eine Regenbogenflagge schwenkt. Keine Ahnung, woher er die hat. Aber das war sein letztes Spiel. Den Aufstieg, auf den er seit Jahren hinarbeitet. Er sollte jetzt nicht allein sein.

Also reiße ich Kian mit mir, anstatt Jolene böse anzufunkeln, weil das ganze Internet jetzt unseren Kuss mitbekommen hat. Ich weiß auch, dass wir die Klicks brauchen, weil jetzt ganz schön viel auf den Verein zukommt.

Gruber, Fink, Ulrich und Hecker scheinen eine ähnliche Idee wie ich gehabt zu haben und wir kommen beinahe zeitgleich bei unserem Co-Kapitän an.

Ich nicke Fink und Ulrich zu, die genau wissen, was ich vorhabe. Und als hätten wir es schon unzählige Male einstudiert, positioniert sich jeder so, dass wir Williams nur einen Augenblick später auf Händen tragen.

»Fuck, lasst mich runter«, beschwert er sich lachend, aber anstatt seiner Bitte nachzukommen, kommt der Rest auch dazu, und wir lassen Williams endlich gebührend hochleben für das, was er für die Tigers in den letzten Jahren getan hat.

Als er anfängt, sich mehr zu bewegen, und die Verletzungsgefahr zu groß wird, lassen wir ihn runter. Er hat immer noch ein Lachen auf den Lippen, als er endlich wieder auf seinen Schlittschuhen zum Stehen kommt.

Mein Blick gleitet von ihm über den Rest des Teams bis zu Thomas, der mit einem der Gegner zusammensteht. Es ist der Typ, der Leander ins Krankenhaus befördert hat.

»Hoffentlich sagt er diesem Vincenzo mal, wie asozial er sich verhalten hat«, sage ich etwas zu laut und zu niemandem Bestimmten.

Gruber folgt meinem Blick. »Du meinst Paulo? Ich schätze, sie reden darüber, dass er nächste Saison für die Tigers spielt.«

»Was?«, kommt es zeitgleich von Kian und mir.

»Er ist verdammt gut«, sagt Gruber schulterzuckend.

»Und ein totales Arschloch«, kommt es von Kian und ich kann ihm nur beipflichten.

»Wäre wahrscheinlich besser, Martinez erst mal nichts davon zu erzählen«, sage ich.

»Warum?«, kommt es von Ulrich, dessen Blick immer noch auf Thomas liegt.

»Das ist Leanders Ex«, antwortet Kian für mich.

»Shit.«

Ja. Ich schaue noch mal zu Williams, der immer noch die Regenbogenfahne in der Hand hält. Wir hätten letzte Saison gewinnen sollen. So hätte er wenigstens noch mitspielen können in der Regionalliga. Jetzt geht er und ist nicht dabei. Erlebt nicht unsere erste Saison, dabei hat er am meisten dafür gekämpft.

Die Freude in seinen Augen wird von einer Traurigkeit umschlossen, die ich auch fühle. Und den Gesichtsausdrücken der anderen nach zu urteilen, geht es ihnen ähnlich. Aber keiner sagt was. Wir bleiben einfach im Moment und kosten so lange davon, wie es geht.

Wer weiß, was jetzt alles auf uns zukommt.

Epilog

Kian Arslan

Als ich mich entschieden habe, noch mal nach Hause zu fahren und meiner Mutter gegenüberzutreten, hatte ich Erwartungen an das Gespräch. Hoffnungen. Vorstellungen davon, wie sie mich endlich versteht und ich ihr verzeihen kann. Genau deswegen bin ich hier.

Doch als sie mir nicht mal in die Augen schauen konnte, als ich unangekündigt an der Tür stand, wäre ich besser gegangen. Dabei habe ich auch darüber nachgedacht, was ist, wenn der schlimmste Fall eintritt. Ich habe die letzten Wochen beim Treffen davon erzählt. Habe so oft mit Luca geredet, dass ich jedes erneute Mal damit gerechnet habe, dass er genervt ist. Mir sagt, dass ich es endlich durchziehen soll. Doch er hat jedes Mal geduldig alle möglichen Fälle mit mir abgewogen. Er hat nie falsche Hoffnungen geweckt, weil er selbst von seiner Mutter enttäuscht wurde.

Und ich weiß jetzt ganz genau, wie das schmerzt. Weiß, wie es in der Brust wehtut, von der eigenen Mutter so behandelt zu werden. Denn meine ignoriert mich einfach und lässt mich in unserem Wohnzimmer stehen. Dabei bin ich extra morgens gekommen. Habe meinen Kurs auf den Nachmittag verschoben, damit meine Geschwister uns nicht ablenken. Aber jetzt ist sie einfach in der Küche und ich hier.

Wahrscheinlich kann ich froh sein, dass eines meiner Kinderbilder immer noch an der weißen Wand neben dem Kamin hängt und sie es nicht entsorgt hat.

»Du kannst also nicht mal mit mir reden«, sage ich so laut und gefasst wie möglich. Dass ich meine zitternden Hände in die Taschen meiner Hose schiebe, bekommt sie nicht mit, weil sie immer noch in der Küche ist. Dabei weiß ich nicht mal, ob es Wut oder Enttäuschung ist, die sich durch meinen Körper frisst.

»Was willst du denn hören? Dass deine Tante mich vergangene Woche angerufen hat und mir davon erzählt hat, dass einer deiner Cousins dich auf TikTok gesehen hat?« Und dann steht sie mit den Händen in den Hüften vor mir und schaut mich so streng an wie damals, als ich das erste und einzige Mal eine Sechs in Deutsch mit nach Hause gebracht habe.

»Weißt du, was darauf zu sehen war?«

Ja, weiß ich, aber ich bin wegen was ganz anderem hier und wollte heute eigentlich nicht über Lucas und meine Beziehung sprechen.

»Du hast einen deutschen Jungen geküsst.«

»Was ist schlimmer, seine Nationalität oder sein Geschlecht?« In all den Monaten, in denen ich an mir gearbeitet habe, habe ich immer noch nicht gelernt, meinen Mund in den richtigen Momenten zu halten.

»Kian Arslan«, flucht sie, aber es ist mir egal. Ich habe nicht damit gerechnet, dass sie plötzlich fein damit ist, wenn ihr Erstgeborener sich wahrscheinlich nie fortpflanzen wird. Wenn die Schande der Familie am Ende auch noch in einer gleichgeschlechtlichen Beziehung ist, über die sich die Verwandtschaft das Maul zerreißen kann.

»Eigentlich bin ich gekommen, um dir zu verzeihen. Um dir davon zu erzählen, dass ich vor zwei Wochen eine Ausbildung als Physiotherapeut gestartet habe und irgendwann Medizin studieren möchte. Aber jetzt weiß ich nicht mehr, warum ich mich die letzten Wochen auf das hier vorbereitet habe, wenn es sowieso nur eine Enttäuschung wird.«

Wie erwartet sagt sie nichts. Wir stehen weit voneinander entfernt. Zwischen uns die Vergangenheit und all die geplatzten Erwartungen, die wir aneinander hatten.

»Ich bin trockener Alkoholiker, seit ein paar Monaten, und Verzeihen steht ganz oben auf der Liste an Dingen, die einem dabei helfen, trocken zu bleiben. Ich weiß, dass Papa und du immer nur mein Bestes wolltet. Ich bin mir sicher, dass ihr mich nur schützen wolltet. Ich vergebe euch, weil ihr es nicht besser wusstet.«

Sie ist sprachlos, wirkt aber nicht überrascht. Vielleicht, weil sie mich auch schon betrunken aufgefunden hat. Vielleicht, weil Sucht in unserer Familie auch immer ein Thema war. Eins, das am liebsten sofort unter den Teppich gekehrt wurde.

»Ich lebe jetzt mein eigenes Leben. Ich bin stolz auf den Ausbildungsplatz. Ich freue mich auf die nächsten Jahre. Wir spielen ab Herbst in einer höheren Hockeyliga. Ich bin verliebt. Und ich bin dir sehr dankbar für alles, was du Gutes für mich getan hast. Ich würde mich freuen, wenn du Teil meines Lebens bleibst, aber wenn du das nicht bedingungslos kannst, dann werde ich jetzt gehen und nicht mehr zurückkommen.« Mein Herz schlägt mir bis zum Hals. Meine Hände in den Taschen sind schwitzig und meine Augen brennen. Aber ich lasse nicht zu, dass sie Tränen sieht. Also halte ich die Luft an und gebe ihr die Zeit, auf mein Gesagtes zu reagieren.

»Du hast einen Mann geküsst.«

Das Smartphone in meiner Tasche vibriert. Ich nehme es raus. Vielleicht, um einen Grund zu haben, sie nicht mehr anzusehen. Nicht mehr in die Enttäuschung zu blicken, die meine Kindheit, Jugend und jetzt auch mein Erwachsenenleben ausmacht.

Arslan.

Luca, 10:13

»Ist das alles?«, frage ich sie, schon auf dem Weg nach draußen. Er hat sein Safeword verwendet. Ein Migränenotfall. Er hat es noch nicht oft genutzt, deswegen weiß ich nicht, was mich zuhause erwarten wird. Aber ich weiß, dass es wichtiger ist, als darauf zu warten, dass meine Mutter sich je ändern wird. Denn das wird nicht passieren.

»Weißt du was? Es ist mir scheißegal. Ben artık senin oğlun değilim.« *Ich bin nicht länger dein Sohn.*

Ich habe vorher nachgeschaut, was es auf Türkisch heißt. Und wahrscheinlich habe ich es komplett falsch ausgesprochen. Aber dann hätte sie mir ihre Sprache beibringen sollen.

Sie schaut mich aus weit aufgerissenen Augen an. Verletzt. Wahrscheinlich zum ersten Mal. Und es tut scheiße weh, sie so zu sehen. Dass sie nichts gesagt hat. Dass ich ihr verziehen habe. Mich bei ihr bedankt habe und ich am Ende die Schande der Familie bleibe.

Du hast einen Mann geküsst.

»Mein Freund braucht mich.« Der Freund, der sich einfach nach unserem Hockeysieg meinen Fingerabdruck auf seine Hüfte hat tätowieren lassen.

Und dann gehe ich, ohne noch mal zurückzublicken.

Es gibt eben nicht immer ein Happy End. Denn das ist das Leben und nicht irgendein kitschiger Film mit einem bisexuellen türkischen Jungen in der Hauptrolle. Wenn es den gäbe, hätte Luca mich schon längst dazu gezwungen, ihn zu schauen.

Ich ziehe die Haustür hinter mir zu. Obwohl meine Brust immer noch schmerzt, ist die Schwere aus meinem Magen verschwunden.

Das war's dann wohl.

Epilog

Luca Jenssen

Als ich aus der Hölle aufwache, liegt Kian neben mir. Ich spüre die Nachwirkungen der letzten Migräne überall. Aber am schlimmsten ist mein Kopf, der sich weiterhin wie betäubt anfühlt. Immerhin ist der Schmerz verschwunden und nur noch ein dumpfer Nachhall ist zu spüren. Mein Magen brennt und meine Brust schmerzt. Aber ich spüre meinen Arm wieder und der Geschmack in meinem Mund ist annehmbar: Minzig, und Schlucken tut auch nicht weh.

Entweder habe ich wenig gebrochen oder Kian hat es irgendwie geschafft, mir Tee einzuflößen.

Ich strecke meine Hand aus und fahre vorsichtig über seinen Arm, weil ich ihn nicht wecken will. Es ist nicht so hell in seinem Zimmer. Das schon länger auch meins ist. Wahrscheinlich ist es früh morgens oder abends. Ich habe keine Ahnung. Ich kann Kian nur schemenhaft ausmachen, aber ich habe ihn die letzten Wochen und Monate so lange betrachten können, dass meine Vorstellungskraft all die Stellen ergänzt, die ich durch die fehlende Helligkeit nicht erkennen kann. Seine nackte Brust. Sein Gesichtsausdruck. Wahrscheinlich schläft er mit offenem Mund. Das macht er manchmal, wenn er auf dem Rücken liegt.

Als ich sein Gesicht erreiche, zuckt er zusammen.

»Luca?«

»Mir geht's gut. Ich bin gerade erst wach geworden.« Das Erste stimmt nicht so ganz, aber mir ging es schon deutlich schlechter. Die

Anfälle sind auch nicht mehr so lange wie letztes Jahr noch. Keine Ahnung, ob es an den Medikamenten liegt. An den regelmäßigen Arztbesuchen, oder daran, dass ich seit Ewigkeiten einen geregelten Tagesablauf habe. Und Kian legt viel Wert darauf, dass wir mindestens einmal am Tag frisch kochen.

»Okay«, murmelt er und tastet auf seinem Nachtschrank nach seinem Smartphone. »Wir haben gerade mal fünf. Wie wäre es, wenn wir noch etwas schlafen?«

»Welcher Tag?«, frage ich und rutsche noch ein bisschen in seine Nähe.

»Samstag«, sagt er leise, wahrscheinlich, weil er weiß, dass mich die verlorenen Tage stressen. Dass ich es nicht mag, dass es Zeiten in meinem Leben gibt, an die ich überhaupt keine Erinnerung habe, weil es mir so schlecht ging.

»Das Treffen mit deiner Mama.« Ich habe ihm Donnerstagmorgen geschrieben, nachdem ich es Ewigkeiten ausgehalten und schon überlegt hatte, zu meiner Schwester zu gehen, um ihm das Gespräch nicht zu versauen. Dann habe ich aber zu lange gewartet und musste die Nachricht mit links schreiben, weil meine komplette rechte Hälfte taub geworden ist.

»Ich war froh, dass du geschrieben hast.« Zwischen den Zeilen steckt so viel Enttäuschung.

Ich weiß genau, wie das ist. Weiß, wie es sich anfühlt, wenn Hoffnung und Erwartungen von der eigenen Mutter zerstört werden.

»Tut mir leid.«

Ich rutsche noch ein Stück zu ihm und ziehe ihn in meinen Arm. Kian hat mir vor ein paar Tagen verraten, dass er gern kuschelt, aber verstehen kann, wenn das für mich vom Tisch ist.

Ich streiche durch seine Haare, bis er förmlich summt.

»Ich habe mir den Donnerstag auch anders vorgestellt.«

»Erzähl mir davon«, verlangt er leise und erschaudert, als ich mit den Fingernägeln über seine Kopfhaut fahre. Wie kann er glauben, dass ich gegen Kuscheln bin, wenn es ihm so gut gefällt?

»Ich wollte abends für dich kochen. Lasagne. Die Gute, nicht die, die Kaya und ich immer aus Resten zubereitet haben, wenn wir Anfang des Monats hatten und Anneliese wieder verschwunden ist.«

Er schiebt sein Bein über meine Körpermitte und das Gewicht beruhigt irgendwas in meinem Inneren.

»Dann hätte ich dir ganz romantisch von der Wohnungsbesichtigung erzählt, die ich für uns nächste Woche ausgemacht habe.«

Sein kompletter Körper versteift sich. Ich halte die Luft an. Er hebt den Kopf und schaut mich an. Ich kann nicht genau deuten, was er darüber denkt. Ob er findet, dass es zu früh ist. Dass ich alles überstürze. Schließlich weiß ich immer noch nicht, ob das mit der Stelle am Lehrstuhl klappt.

»Du meinst das ernst?«

Ich lasse meine Finger über die warme Haut auf seinem Rücken gleiten. »Kian, ich will unser eigenes Wohnzimmer. Eine Wohnung, die nur uns gehört und die du voll mit Pflanzen stellen kannst. Ich will nicht dauernd darauf achten müssen, ob jemand von den anderen zuhause ist, wenn ich mit dir schlafen will. Ich —«

»Wie romantisch«, entgegnet er und klaut meinen Spruch von vor wenigen Wochen.

»Ich will dich. Und uns.«

»Das klingt ziemlich perfekt. Vor allem der Sex-Part.«

»Warum wusste ich, dass das bei dir hängenbleibt?«, sage ich und seufze gespielt genervt.

»Weil du mich verdammt gut kennst. Und jetzt frag mich ordentlich.«

»Willst du mit mir zusammenziehen, Kian Arslan? So richtig.«

»Ja«, antwortet er und verschließt meine Lippen mit seinen.

Wahrscheinlich sind wir zu schnell. Gruber und Joris sind schon länger zusammen und wohnen immer noch getrennt.

Aber ich weiß nicht, worauf wir noch warten sollen, wenn sich gerade jetzt alles so richtig anfühlt.

Danksagung

Bei dieser Veröffentlichung ist mir wieder aufgefallen, dass ihr dieses Buch nicht in der Hand halten würdet, wenn es Jane nicht gäbe. Meine unglaublich begabte Illustratorin, die das wohl hotteste Cover in meinem Portfolio entworfen hat. Danke, dass du immer wieder mit mir zusammenarbeiten willst. Dass du wieder alles möglich gemacht hast, damit wir alle ein absolutes Meisterwerk in den Händen halten.

Fin, danke, dass du so viel Zeit und Liebe in dieses Manuskript gesteckt hast und mich, meinen Stil und meine Charaktere so gut nachvollziehst.

Danke, Charlotte, dass du so viel Geduld mit mir hast und mich in all meinen Schritten unterstützt. Danke, dass du auf mich aufpasst, wenn ich es manchmal vergesse.

Fabi, Carsten, Jenny & Charlotte, dieses Buch würde es ohne euch nicht geben. Vielen Dank, dass ihr euch die Zeit genommen habt, die Geschichte von Luca & Kian zu lesen und sie noch besser zu machen!

Ich könnte keine Bücher schreiben und veröffentlichen, wenn ich nicht so eine großartige und unfassbar treue Community hätte, die geduldig ist, mich nicht unter Druck setzt und sich mit mir für meine Erfolge feiert. Danke, dass ich sein darf, wie ich bin. An dieser Stelle möchte ich mich bei Alex, Sanny, Tara, Sven, Sonja, Andrea, Jenny, Nici, Jaqueline und allen, die mich so lange schon auf Patreon unterstützen. Ihr habt so viel mehr für mich getan und ich hoffe, ich finde oft genug die Zeit, euch zu sagen, wie dankbar ich bin.

Meine Blogger*innen danke ich von Herzen für ihre Unterstützung: Nicht eine Person hat gezögert, als ich gefragt habe, und das ganz ohne Cover und mal wieder viel zu spät. Ihr seid toll und ich weiß nicht, was ich ohne euch machen würde.

Tausend Dank an Alex, meine Freund*innen und meine Familie dafür, dass ihr euch seid Jahren den Wahnsinn in meinem Kopf anhört, an mich glaubt, mich unterstüzt und mich in allen Entscheidungen bestärkt.

Ich habe die letzten Jahre so viele Jobs jongliert, ein Studium gemeistert und Bücher veröffentlicht – und ich bin unfassbar stolz und dankbar dafür, dass ich das alles geschafft habe und nie aufgehört habe, an mich und diesen Traum zu glauben. Das ist für mein zwölfjähriges Ich, das Olsen-Twins Fan war und die Liebe geliebt hat: Schau mal, wo wir heute sind.

Ganz viel Liebe,
Lisa

Autoren-Biografie

Lisa F. Olsens Bücher bieten Themen und Charakteren eine Plattform, die sonst oft übersehen werden und wenig Gehör finden. Sie schreibt im New-Adult-Genre und widmet sich vorwiegend der Liebe zwischen Männern. Mit einem Bachelor in Psychologie und einer Schwäche für broken boys sorgt sie regelmäßig für einen erhöhten Taschentuchverbrauch bei ihren Lesenden.

Du willst nichts verpassen? Dann trag dich für meinen *Newsletter* ein und erhalte regelmäßige Updates zu meinen Schreibprojekten. Für Einblicke in mein Arbeiten und Bonusmaterial, kannst du mich gerne finanziell auf *Patreon* unterstützen.

www.lisafolsen.de

Drowning In Your Voice
Only Friends – Malte & Joris
And I liked it – Caspar
And I liked it – Caspar
Novembernachtskuss